Mary Renault, 1905 in London geboren, schrieb über ein Vierteljahrhundert Romane, in denen Epochen und Figuren der Antike kunstvoll dargestellt werden. Sie starb im Dezember 1983.

Mary Renault

Die Maske des Apoll

Historischer Roman

Aus dem Englischen von
N. O. Scarpi

Knaur

Von Mary Renault sind außerdem erschienen:

Feuer vom Olymp (Band 63008)
Ein Weltreich zu erobern (Band 63059)
Tödlicher Tanz (Band 63081)
Der Stier aus dem Meer (Band 63088)

Vollständige Taschenbuchausgabe November 1997

Titel der Originalausgabe: »The Mask of Apollo«

Originalverlag: Longmans, Green und Co. Ltd., London
Umschlaggestaltung: Agentur Zero, München
Umschlagfoto: Artothek, Peißenberg
Satz: Ventura Publisher im Verlag
Druck und Bindung: Elsnerdruck, Berlin
Printed in Germany
ISBN 3-426-63098-2

2 4 5 3 1

Tränen für Hekabe und die
Frauen von Ilion waren
Von den Parzen am Tag ihrer
Geburt schon bestimmt.
Aber, Dion, dir, gekrönt mit
rühmlichen Taten,
Löschten die Götter das Los
weitester Hoffnungen aus.
Doch nun ruhst du, geehrt von
den Bürgern, in heimischer
Erde,
Der du zu rasender Glut, Dion,
das Herz mir entfacht.

Platon
übertragen von Emil Staiger

1

Nicht viele Leute erinnern sich in Athen noch des Lamprias. Doch auf dem Peloponnes wird noch heute von seiner Truppe gesprochen. Fragt in Korinth oder Epidauros, und keiner wird von ihm gehört haben. In der Argolis aber spricht man von seinem wahnsinnigen Herakles und seinem Agamemnon, als wäre es gestern gewesen. Wo seine Truppe heute umherreist, weiß ich nicht.

Jedenfalls war er in Athen, als mein Vater starb, und schuldete ihm mehr Geld als sonstwer; doch, wie gewöhnlich, war er beinahe bankrott und versuchte, mit einer Handvoll Drachmen eine Rundreise zusammenzustellen. Und so bot er mir an, mich als Komparsen mitzunehmen. Das war das Beste, was er tun konnte.

Wie vermutlich allgemein bekannt, war mein Vater Artemidoros ebenfalls Schauspieler; der Dienst des Dionysos kreist in unserm Blut. Ja, man könnte ihn als ein Opfer des Gottes bezeichnen. Er starb an einer Erkältung, die er sich hier in Athen zuzog, wo er in den *Bakchen* des Euripides, welche die klassische Neueinstudierung des Jahres waren, mehrere Nebenrollen spielte. Es war einer jener hellen Frühjahrstage, wie man sie bei den Dionysien erlebt, warm in der Sonne, doch mit einem schneidenden Wind. Zuerst trat er als König Pentheus auf, trug ein Kostüm aus rotem Stoff, reich bestickt, mit weiten, bis auf die Hand reichenden Ärmeln; auch waren Brust und Schultern gepolstert, denn er war wie ich ein schlanker Mann. Ich weiß nicht, was in ihn gefahren war, daß er darunter schon sein Mänadengewand für die Königin Agave anlegte. Nach dem

Abgang des Pentheus ist ja reichlich Zeit; aber er war immer stolz darauf, daß er sich so schnell umziehen konnte. Natürlich schwitzte er; als er die Maske wechselte und in dem nassen, dünnen Kleid auftrat, verzog sich die Sonne, und er erkältete sich durch und durch. Niemand hätte das gedacht. Ich war selber als eine der Mänaden auf der Bühne und fand, besser habe er noch nie gespielt. Für seine Frauenrollen war er berühmt, besonders für wahnsinnige Frauen wie Agave und Kassandra und die tränenselige Niobe.

An jenem Tage hatte er kein Glück; denn der Hauptdarsteller, der den Gott gespielt hatte, gewann den Schauspielerpreis und gab ein Fest. Mein Vater entfernte sich nicht gern allzu früh, denn das konnte mißverstanden werden, und so blieb er und trank bis nach Mitternacht. Die Erkältung schlug ihm auf die Brust, er bekam hohes Fieber, und in der dritten Nacht starb er. Obgleich ich damals neunzehn war, hatte ich doch in unserer Familie noch keinen Tod erlebt. Ich war halb betäubt und von dem Lärm der Riten völlig verwirrt; im Haus ging alles drunter und drüber. Mein Vater lag auf der Bahre, mit den Füßen zur Tür, und meine Mutter, meine Großmutter und meine Schwester hielten ihn jammernd umschlungen. In dem kleinen Raum war ein ständiges Kommen und Gehen, Nachbarn und Schauspieler, die ihm die letzte Ehre erweisen und eine schwarzbebänderte Haarlocke an die Tür hängen wollten. Noch jetzt spüre ich, wie es ziepte, als ich in einer dunklen Ecke stand und mit der Schere meiner Mutter an meinem Haar herumschnitt. Es war bereits kurz wie bei allen Schauspielern. Doch da es blond und fein war, wurde nichts aus den Locken, sosehr ich mich auch bemühte. Ich riß und zerrte, und meine Augen tränten vor Schmerz und Kummer, und ich hatte Angst, es wäre nicht genug, um einen würdigen Beitrag zum Grabkranz zu liefern.

Von Zeit zu Zeit verstummte das Jammern, wenn ein neuer Besucher seine Worte sprach. Die Nachbarn verzogen sich bald – Außenseiter wissen ja nicht, was sie von einem Schauspieler sagen sollen –, doch seine Kollegen verweilten, denn er war immer sehr beliebt gewesen. Und so sagten sie immer wieder, wie gut man mit ihm gearbeitet habe und daß er stets bereit gewesen sei, einem Freund zu helfen. Meiner Mutter wäre es wahrscheinlich lieber gewesen zu hören, daß er einige Ersparnisse hatte. Er sei nie steckengeblieben, sagten sie, und sie erzählten manche Geschichten, die mich höchlichst verwunderten, denn ich hatte noch nicht erfahren, was auf der Rundreise einer Truppe ungefähr alles geschehen kann. Wie begabt er gewesen sei, sagten sie, der arme Artemidoros! Ein Unglück, daß er so früh dahingehen mußte; keiner konnte sich daran erinnern, daß er eine gefühlvoller gespielte Polyxena gesehen hätte. Doch dieses Jahr war das Los auf einige armselige Preisrichter gefallen.

Ich legte meine Schere hin, lief ins Haus, das Haar halb geschoren wie das eines Verbrechers, und ließ die abgeschnittenen Haare auf dem Handtuch. Da wohl nicht jedermann meine Tränen gebilligt hätte, versteckte ich mich wie ein geprügelter Hund und warf mich weinend auf mein Bett. Es waren nicht die Trauernden, vor denen ich mich verbarg, sondern mein Vater auf seiner Bahre, stumm wie ein Komparse, die Maske auf dem toten Gesicht, auf den Abgang wartend.

Ich bin nicht sicher, wann mir bewußt wurde, daß ich begabter war als er. Vor zwei Jahren – nein, vor drei. Ich war sechzehn, als ich ihn sah, wie er in *Das Opfer in Aulis* den jungen Achilles spielte, und ich bezweifle, daß es mir damals aufgegangen ist. Er bewegte sich immer ausgezeichnet, und seine Hände konnten allem Ausdruck verleihen. Seine Stimme habe ich nie bezaubernder gehört. Er machte aus Achilles einen entzückenden, feurigen, aufrichtigen Jüngling mit einem Hochmut, der zu knabenhaft war, um zu kränken. Seinen Agamemnon bemerkte man kaum, sondern man wartete nur darauf, daß er als Achilles wieder auftrat. Ja; doch der Schatten all des Dunkels, dieses schwarzen Grams, der furchtbare Kriegsschrei, dessen Wut und Schmerz alle Pferde erschreckte, er steht nahe bevor, und seine göttliche Mutter weiß es bereits. Man hätte es spüren müssen. Mich überlief es kalt, wenn er von seiner gekränkten Ehre sprach. Und ich hörte einen andern Schauspieler und wußte noch kaum, wen.

Wäre er selbstzufrieden, eifersüchtig oder ein schlechter Kollege gewesen, so hätte ich gelernt, mich zu entschuldigen. Doch er besaß alles, was ein Künstler braucht – bis auf den Funken des Gottes. Keiner wußte besser als ich, wie er hinter der Szene war. Ich war ja, seit ich laufen konnte, fast ständig bei ihm gewesen. Mit drei Jahren spielte ich Medeas jüngeren Sohn, obgleich ich mich daran nicht erinnern kann; vermutlich wußte ich nicht, daß ich auf der Bühne stand. Später erzählte mir mein Vater, wie er seine Medea-Maske vorher heimgebracht hatte, für den Fall, daß sie mich erschrecken würde. Doch ich steckte der Maske nur die Finger in den Mund. Es ist schwer, Schauspielerkinder dazu zu bringen, daß sie Masken, selbst die greulichsten, ernst nehmen. Sie sehen sie zu früh und zu nah. Meine Mutter erzählte gern, daß sie mich, als ich zwei Jahre alt war, um mich vor Zugluft zu schützen, in eine alte Gorgonenmaske steckte und feststellte, daß ich an den Schlangen saugte.

Ganz deutlich aber erinnere ich mich, daß ich den Astyanax zu seiner Andromache gespielt habe. Ich war damals schon sechs, denn Astyanax muß ja richtig agieren. Es handelte sich um die *Troerinnen* des Euripides. Mein Vater erzählte mir die Handlung und versprach, daß man mich nicht wirklich von der Mauer werfen würde, soviel man auch davon redete. Wir spielten solche Geschichten immer im Scherz vor dem Schlafengehen, als Posse oder mit unseren eigenen Worten. Ich liebte ihn sehr. Jahrelang bemühte ich mich, ihn für einen großen Schauspieler zu halten.

»Schau nicht auf den Herold«, sagte er bei der Probe zu mir. »Du sollst ja nicht wissen, was er meint, obgleich jedes Kind mit ein wenig Grütze im Kopf es wissen müßte. Achte nur auf die Stichworte, die ich dir gebe.«

Er ließ mich an den Rand der Bühne treten, damit ich die Masken so sehen sollte, wie das Publikum sie sah. Ich kletterte über die Ehrensitze hinauf und war erstaunt, wie menschlich und traurig sie aussahen. Und während ich dort stand, spielte er seine Rolle als wahnsinnige Kassandra mit zwei Fackeln. Ich kannte sie auswendig, denn ich hatte gehört, wie er den Text lernte. Es war übrigens nach allgemeiner Ansicht seine beste Rolle. Dann wechselte er die Maske und war bereit, als Andromache aufzutreten. Das ist das Drama, wo man sie auf einem mit Beute vollgehäuften Karren aus der geplünderten Stadt schleppt, ihr Kind im Arm, nichts als zwei weitere Beutestücke. Eine großartige Szene; sie verfehlt nie ihre Wirkung.

Ich war noch klein genug, um in Frauenarmen getragen zu werden; es war seltsam, unter dem faltenreichen Gewand, an das ich mich klammerte, die harte Brust eines Mannes zu spüren, der jeden Atemzug anhielt und ihn erst mit seinem Text freigab; und der Brustkasten zitterte wie das Holz einer Leier. Wenn man darüber nachdenkt, so glaube ich, daß wohl der meisten Männer Söhne sich zu Tode schämen müßten, wenn sie ihren Vater mit der Stimme eines Weibes weinen und klagen hörten. Doch da er nie versäumte zu üben, mußte ich diese Stimmen seit meinem ersten Atemzug gehört haben. Alte Männer, junge Männer, Königinnen und dröhnende Tyrannen, Helden, Jungfrauen und Könige. Für mich hatte ein Mann das Recht, sieben Stimmen zu besitzen. Nur Frauen mochten mit einer einzigen auskommen.

Als der Tag kam, war ich noch bekümmert, weil es keine Maske für mich gab, obgleich man mir immer wieder erklärt hatte, daß für Kinder keine Masken benutzt wurden.

»Macht nichts«, sagte mein Vater, »die Zeit wird schon kommen.«
Dann zog er seine eigene Maske herunter, das lächelnde Gesicht verwandelte sich in ein feierliches. Denn im Prolog spielte er die Athene.
Vor dem Parodos wartete der Wagen, gezogen von vier Ochsen, beladen mit den Goldschätzen Trojas. Der Ochsenführer kam und dann mein Vater in der blassen Maske einer Witwe mit kurzgeschorenem Haar. Er kletterte hinauf, und irgendwer hob mich zu ihm; dann setzte er mich auf seine Knie, und die Ochsen zogen an.
Hinter der hohen Einfahrt war die große Kurve des Theaters. Ich war an leere Reihen gewöhnt. Jetzt aber, mit Gesichtern gefüllt, wirkte der Raum weit und unbekannt, murmelnd und gefährlich wie das Meer. Mein Vater flüsterte: »Schau nicht ins Publikum. Die Fremden machen dir angst. Denk daran, wie sie deinen armen alten Großvater ermordet haben. Lehn dich an mich.«
Das war nicht die Art, wie ich den Astyanax spielen ließe. Schließlich ist er doch Hektors Sohn; ich mag ihn lieber lebhaft und kühn und ohne an Böses zu denken. Doch auch mein Vater kannte sein Handwerk. Selbst die Männer seufzten, als wir langsam in die Orchestra kamen; ich konnte das halblaute Klagen und Schluchzen der Frauen hören, das über dem tiefen Baß schwebte. Plötzlich packte es mich. Mein Vater und ich, auf uns allein gestellt, brachten das fertig. Wir konnten diese fünfzehntausend Zuschauer mit uns nach Troja führen, konnten bewirken, daß sie uns sahen, wie wir gesehen sein wollten. Noch heute schmecke ich ihn, diesen ersten Schluck der Macht.
Dann fühlte ich, wie ihr Wunsch sich nach mir streckte. Es war wie die Berührung eines Liebenden, die besagt: Sei, was ich begehre! Jede Macht hat ihren Preis. Ich klammerte mich an Andromache, meine Mutter, und lehnte an ihrer Brust; doch die

Hände, denen ich antwortete, waren die Hände des Schauspielers Artemidoros. Als sie mich formten wie Wachs und zu einer Einheit kneteten, wußte ich, daß der vielköpfige Liebhaber auch ihn gepackt hatte. Ich fühlte es durch unser beider Haut hindurch. Und doch fühlte ich, daß er unschuldig war. Er verkaufte nicht, er gab aus freien Stücken, Liebe für Liebe.
Der Herold kam mit der Nachricht, ich müsse sterben. Ich erinnerte mich daran, daß ich ihn nicht anschauen sollte. Doch ich meinte, des Grams meiner Mutter wegen müßte ich traurig dreinsehen. Und so hob ich die Hand und berührte das tote Haar der Maske. Daraufhin hörte ich ein Seufzen und Schluchzen aufsteigen wie eine Woge. Es kam aus den Reihen der Hetären. Denen ist ein richtiges Weinen lieber als Feigen. Doch es dauerte noch einige Jahre, bevor ich nach ihnen zu schauen wußte. Als der Herold mich zum Tode trug, glaubte ich, hinter der Skene würden alle versammelt sein, um mir Glück zu wünschen, doch nur der Helfer des Trachtenmeisters kam eilig heran, um mich nackt auszuziehen und mir blutige Wunden auf die Haut zu malen. Mein Vater, der bald nach mir abgegangen war, trat zu mir, klopfte mir auf den nackten Bauch und sagte: »Guter Junge!« Und dann war er wieder fort; denn von der Andromache zur Helena war mit all dem Schmuck ein rascher Kostümwechsel nötig. Es war eine prächtige Tracht, und sie sollte gegen die der anderen Gefangenen abstechen. Die Maske war besonders sorgfältig gemalt und hatte goldene Haarkränze. Er trat auf, und ich hörte seine neue Stimme, einschmeichelnd und bestrickend, als er dem zornigen Menelaos antwortete.
Bald darauf fiel das Stichwort, auf das ich tot hinausgetragen werden sollte. Man legte mich auf den Schild, und zwei Komparsen hoben ihn auf. Der Tag war warm, doch die Brise kitzelte mir die Haut, und ich dachte nur daran, daß ich ganz schlaff daliegen sollte, wie man mir aufgetragen hatte. Der Chor rief meiner Großmutter Hekabe die Nachricht zu; ich lag mit ge-

schlossenen Augen da, und während der Herold seine lange Rede über meinen Tod hielt, betete ich zu Dionysos, er solle mich nur ja nicht niesen lassen. Es gab eine Pause, die ewig zu dauern schien. Das ganze Theater war totenstill, hielt den Atem an. Dann sagte eine furchtbare, leise Stimme just neben mir: »Setzt ab den runden Schild des Hektor auf den Boden!«

Auf diese Szene war ich gut vorbereitet worden, doch nicht mit Hekabe. Ich hatte nichts zu tun, als still zu liegen. Die Hekabe spielte Kroisos, der Hauptdarsteller. Er war damals auf der Höhe seines Könnens. Ich hatte nur seine Maske gesehen – das war alles.

Natürlich hatte ich ihn schon mit Andromache klagen gehört, doch das war ihre Szene, und ich mußte an meine eigene Rolle denken. Jetzt schien die Stimme durch mich hindurch zu dringen, und ein Frösteln rann mir das Rückgrat hinunter. Ich vergaß, daß ich es war, um den getrauert wurde. Und in Wirklichkeit war es ja auch mehr als ich.

Da war keine Sanftmut, sondern der alte Stolz zu nackter Verzweiflung geworden, ihr noch neu, gleichsam ein fremder Wanderer. Auf dem Boden der Tiefe öffnete sich eine neue Tiefe, und doch kann die Seele fühlen. Kalte Hände berührten meinen Kopf. So stumm waren die Reihen über uns, daß ich von den Pinien draußen deutlich eine Taube gurren hörte.

Ich war noch nicht sieben Jahre alt. Ich glaube, daß ich mich erinnere; doch zweifellos habe ich Fetzen von späteren Aufführungen hineingemischt, von Theodoros oder Philemon oder Thettalos; auch von meinen eigenen. Und doch träumte ich jahrelang davon, und so erinnere ich mich auch gewisser Einzelheiten wie der Stickerei auf seinem Gewand mit einer Borte von Mäandern und Rosen am Saum, das ich zwischen meinen Lidern hindurchschimmern sah. Wenn ich an diese Träume denke, kommt mir alles wieder. War es Troja, um das ich trauerte, oder die Sterblichkeit der Menschen? Oder war es um meinen Vater in der Stille, die wie ein Siegeskranz auf der Stirn des Kroisos lag? Alles, was ich noch bestimmt in der Erinnerung habe, ist meine schwellende Kehle und das Grauen, das mich überfiel, als ich merkte, daß mir Tränen in die Augen stiegen. Meine Augen brannten. Zu meiner Trauer gesellte sich der Schrecken. Ich würde die ganze Aufführung verderben. Der Mäzen würde sein Geld verlieren, Kroisos seinen Kranz. Mein Vater würde nie wieder eine Rolle bekommen, auf der Straße würden wir unser Brot erbetteln müssen. Und nach der Aufführung stände ich der schrecklichen Hekabe ohne Maske gegenüber. Tränen quollen aus meinen Augen. Ich hoffte, ich würde sterben, die Erde würde sich öffnen oder die hölzerne Skene, aus der die Schauspieler hervortraten, würde Feuer fangen, bevor ich laut zu weinen anfing.

Die Hände, die meine gemalten Wunden betastet hatten, hoben mich sanft auf. Ich war in den Armen Hekabes; die gefurchte Maske mit den herabgezogenen Lippen beugte sich über mich. Die Flöte, die während Hekabes Rede leise geklagt hatte, erhielt ein Zeichen, lauter zu klagen. Und von ihren Tönen gedeckt, flüsterte Königin Hekabe mir ins Ohr:

»Sei still, du kleiner Schuft! Du bist doch tot!«

Mit einmal fühlte ich mich wohler. Alles, was ich gelehrt worden war, stellte sich wieder ein. Wir mußten ja arbeiten. Als die Hände mich losließen, glitt ich schlaff zurück. Und während er mich wusch und in ein Leichentuch hüllte, wischte er mir auch die Augen. Und die Szene ging zu Ende:

»Umsonst
opferten wir. Und doch wenn nicht die Hand des Gottes
die Stadt gepackt und in den Grund geschmettert hätte,
verschwunden wären wir im Dunkel, wären nicht
ein Stoff für die Musik und künft'ger Männer Lieder.«

Als die Komparsen mich in meinem königlichen Leichengewand davontrugen, dachte ich überrascht bei mir: ›Wir, wir sind diese künft'gen Männer!‹ So gut wie alle andern war ich eben für den Astyanax verantwortlich gewesen. Sein Schatten hatte in der Unterwelt gewacht und gehofft, ich würde ihm keine Schande machen. Welch eine Last hatte ich getragen! Mir war es, als wäre ich um eine Lebenszeit gealtert.
Mein Vater, der hinter der Skene gestanden und alles gesehen hatte, eilte herbei, als man mich vom Schild gleiten ließ, und fragte, was denn über mich gekommen sei. Wäre er meine Mutter gewesen, so hätte ich wohl gewagt zu weinen. So aber sagte ich, ich hätte keinen Laut von mir gegeben.
Bald darauf kam Kroisos und nahm seine Maske ab. Er war ein magerer Mann, nichts als ein Profil, wie ein Gott auf einer Münze, nur daß er kahl war. Als er auf uns zuging, versteckte ich mich hinter den Röcken meines Vaters, doch er zog mich an den Haaren hervor. Winselnd kam ich näher – ein wenig erfreulicher Anblick, wie ihr euch vorstellen könnt, über und über mit roter Farbe beschmiert. Er grinste und zeigte seine großen, gelben Zähne. Verdutzt merkte ich, daß er gar nicht böse war.
»Beim Hund!« sagte er. »Ich glaubte schon, wir wären erledigt.« Und dazu schnitt er eine Grimasse wie die Sklavenmaske eines Komödianten. »Artemidoros, dieser Junge hat Gefühl, aber er weiß auch, was er zu tun hat. Wie heißt du denn?«
»Niko«, erwiderte ich. Mein Vater sagte: »Nikeratos.« So hatte ich mich nur selten nennen gehört, und irgendwie fühlte ich mich dadurch verwandelt.
»Ein gutes Omen«, meinte Kroisos. »Nun, wer weiß?«
Während die Frauen über der Bahre klagten, stellte sich die Erinnerung an ein Dutzend solcher Szenen aus meiner Kindheit wieder ein. Mein Vater hatte mich immer, wenn er konnte, als Komparse verwendet. Draußen wurde es still. Ich hörte eine Stimme. Phantias, der Maskenmacher, war gekommen, um uns

seine Teilnahme auszudrücken. Die Frauen, die müde geworden waren, schwatzten jetzt eine Weile. Ich war der Herr im Haus, ich hätte hinausgehen und ihn begrüßen müssen. Phantias sprach von meines Vaters Darstellung der Polyxena. Ich drehte mich auf meinem Lager um und weinte in die Kissen. Ich weinte, weil der Gott, dem wir beide dienten, mir die Wahl gegeben hatte, und mein Herz hatte ihn des Gottes wegen im Stich gelassen. Und doch hatte ich für ihn mit dem Gott gekämpft. »Was für ein Haus heute«, würde ich sagen. »Sie müssen ja auf dem Kerameikos den Beifall gehört haben. Die Szene mit der Urne hätte einen Stein erweichen können. Weißt du, daß ich den Feldherrn Iphikrates habe weinen sehen?«
Immer gab es etwas, das man sagen konnte, und etwas Wahres dazu. Doch über den großen Lobesworten, die jeder Künstler erhofft, hatte der strenge Gott mir den Mund verschlossen und hatte sie in meine Brust zurückgedrängt. Sie fehlten ihm; ich weiß, daß sie ihm fehlten. Manchmal sah ich es in seinen Augen. Warum hatte ich sie ihm nicht gesagt und dem Gott überlassen, sich damit abzufinden? Die Götter haben so viel, und die Menschen haben so wenig. Und überdies leben die Götter ewig.
Ich vermochte nicht zu lügen wie ein Kind. Ich stand auf, wischte mir das Gesicht ab, begrüßte Phantias, der eine Graburne, bemalt mit zwei Masken und dem an einem Grab trauernden Achilles, mitgebracht hatte, und schnitt mir noch ein wenig von meinem Haar für den Grabkranz ab. Dann stellte ich mich an die Tür, um die Besucher zu empfangen. Und dort war ich, als Lamprias kam.
Als er sein Angebot machte, dankte ihm meine Mutter, ohne mich zu fragen, was ich dazu meinte, mit Tränen. Lamprias hüstelte und sah mich an, als wolle er mich um Verzeihung bitten, denn er wußte, was ich dachte. Seine großen schwarzen Brauen gingen auf und nieder, und er blickte nach meinem Vater. Ich auch, als ich das Angebot annahm und meinte, nun

werde er sich auf seiner Bahre aufrichten und sagen: ›Bist du verrückt, Junge?‹ Doch er sagte nichts. Was hätte er auch sagen können? Ich wußte, daß ich annehmen mußte. Ich hatte derzeit nichts Besseres.

Mit neunzehn taugt man beim Theater zu nichts als für die Arbeit der Komparsen. Um in eine Truppe aufgenommen zu werden, selbst als dritter Schauspieler, muß man schon die Reife besitzen, die einem ermöglicht, nicht nur junge Männer und Frauen zu spielen, sondern auch Krieger, Tyrannen und alte Männer. Und das kann kein Bursche dieses Alters. Während ein erwachsener Mann, der seine Stimme in Übung gehalten hat und seinen Körper geschmeidig, jugendliche Masken tragen kann, bis er fünfzig ist.

Solange mein Vater lebte, hatte ich immer Beschäftigung, sang im Chor oder stand stumm da, wenn zwei Rollen, vom selben Schauspieler gespielt, sich überschnitten und man einen Komparsen brauchte, der für eine der beiden Rollen Maske und Gewand tragen mußte. Vor kurzem hatte ich dann und wann ein paar Verse zu sprechen gehabt, in modernen Stücken, bei denen auch die Komparsen manchmal etwas sagen dürfen. Wenn ich auch sonst wenig wußte, kannte ich doch das Theater, und ich war nicht töricht genug, anzunehmen, daß ich mehr erwarten durfte. Jeder Schauspieler, der das Glück hat, in Athen aufzutreten, hat einen Sohn oder einen Neffen oder einen jungen Freund, den er für die Bühne ausbildet. Von jetzt an war ich wie das kleine Waisenkind in der *Ilias*, das keinen Bissen bei Tisch erhält. »Hinaus!« sagten die anderen Buben. »Es ist nicht dein Vater, der hier speist!«

Ich wußte, daß ich im besten Fall drei Jahre benötigen würde, um meinen Weg zu machen und Rollen in guten Aufführungen zu bekommen. Und selbst drei Monate lang konnte meine Mutter mich nicht müßiggehen lassen. Wir waren in wahrer Armut zurückgeblieben; sie würde ihre Weberei verkaufen müssen, meine Schwester mußte selber ihre Mitgift verdienen oder aber unter ihrem Stand heiraten. Irgendwie mußte ich eben mit dem einzigen Handwerk, das ich verstand, meinen Lebensunterhalt erwerben.

Lamprias war erfreut, als ich sogleich zusagte und auch keine Bemerkung machte, die ihm peinlich gewesen wäre. »Braver Junge, braver Junge«, sagte er und klopfte mir auf den Rücken. »So wählt ein richtiger Schauspieler und deines Vaters Sohn! Die Reife wird schon kommen, das wissen wir alle. Unterdessen hast du den meisten Burschen, die ich kenne, schon etwas voraus. Du hast, seit du auf den Beinen stehen kannst, hinter der Bühne gelebt und hast eine Ahnung von allem, vom Leierspiel bis zur Bedienung der Maschinen. So eine Rundreise wird etwas aus dir machen. Kein Schauspieler kennt sich selber, bevor er eine Rundreise hinter sich hat.«

Ich sagte ihm nicht, daß ich ja voriges Jahr mit meinem Vater auf einer Rundreise gewesen war, in Samos und Milet als Komparse in einer ausgezeichneten Truppe; ich hatte auf dem Achterdeck schlafen und mit dem Kapitän essen dürfen. Ich würde das, was kommen mochte, durch Großtun nicht besser machen. Es hätte ja noch schlimmer sein können. Jungen verwaisten Männern wie mir blieben nur zwei Möglichkeiten: entweder verkauften sie irgendeinem Schauspieler ihre Gunst, um dafür eine Beschäftigung zu finden, oder es ging mit ihnen rasch abwärts. Vorstellungen in Dörfern, wo man, wenn man nicht gefiel, sein Abendessen aus den Obst- und Gemüseabfällen der Bewohner zusammenstellen konnte. Die Truppe des Lamprias spielte doch wenigstens in Theatern, wenn auch nur in den kleinen.

Bei Sonnenuntergang wurde mein Vater begraben. Es war eine sehr schöne Zeremonie, und sie hätte ihm gefallen. Philotimos erschien persönlich und erzählte von irgendeiner Klemme, aus der mein Vater ihm in jungen Jahren geholfen hatte. Als alles

vorüber war, gingen wir heim, zündeten die Lampen an, brachten das Zimmer in Ordnung und versuchten nicht daran zu denken, was jetzt werden sollte.
Binnen einem Monat müßte ich fort. Ich beschloß, etwas spazierenzugehen; alles wirkte so fremd. Unterwegs kam ich an der Tür einer alten Hetäre vorbei; als ich siebzehn war, hatte ich sie eines Nachts einmal aufgesucht, weil ich mich schämte, daß ich es noch nie mit einer Frau versucht hatte. Ich hörte, wie sie drinnen zu ihrer Leier summte. Sie war immer freundlich zu Knaben. Aber ich schuldete meinem Vater doch mehr Respekt, und wonach ich mich wirklich sehnte, war nichts als ein wenig Bemutterung. Meine erste wirkliche Liebesgeschichte war noch frisch in meinem Herzen, obgleich seither drei Jahre vergangen waren. Ein Schauspieler aus Syrakus war für einen Monat zu Besuch gekommen und aus Liebe zu mir noch einen zweiten Monat geblieben. Unser Abschied war recht rührselig gewesen – mit Zitaten aus den *Myrmidonen* –, und ein Jahr später hatte er mir aus Rhodos geschrieben.
Bevor wir mit den Proben begannen, wurde ich aufgefordert, in Lamprias' Haus zu Abend zu essen, um die Truppe kennenzulernen. Wir wohnten im Piräus neben dem Theater, er dagegen in der Nähe des Hafens. Ängstlich machte ich mich auf den Weg dorthin, den ich mir zwischen Fischernetzen, Fässern und Ballen suchen mußte.
»Die Plage auf so einer drittklassigen Rundreise«, pflegte mein Vater zu sagen, »ist der zweite Schauspieler. Er ist gescheitert. Und das läßt er in der Regel alle anderen entgelten.«
Diesmal hatte er unrecht. Der alte Demochares hatte den Honig des Lebens gekostet und war ein umgänglicher Mann. Mehr als einmal hatte er den Efeukranz des Siegers getragen. Heruntergekommen war er dadurch, daß er dem Dionysos allzu eifrig diente. Als ich ankam, war er schon ziemlich betrunken; und am Ende, damit er nicht ins Wasser fiel, mußte ich helfen, ihn nach

Hause zu schaffen. Beim Becher war er so heiter wie Pappasilenos, doch später, als wir ihn ins Bett legten, nahm er meine Hand, weinte ein wenig und zitierte: »O Antlitz jung und schön, Sorgen und Tod ziehen an dir vorbei« mit einer Stimme, deren Wohlklang auch durch die Trunkenheit nichts eingebüßt hatte. Auf dem Rückweg räusperte sich Lamprias, sprach von den früheren Triumphen des Alten und ließ mich wissen, daß ich, neben meinen anderen Verpflichtungen, an der gemeinsamen Aufgabe mitwirken müsse, ihn auf der Bühne nüchtern zu halten.

Der dritte Schauspieler, Meidias, war schon verdrossen heimgegangen; und zwar, ob ihr es nun glauben wollt oder nicht, weil ein alter Saufbold, der nicht mehr gradestehen konnte, mir mehr Komplimente gemacht hatte als ihm. Mein Vater hatte immerhin zur Hälfte recht gehabt – dieser war der Gescheiterte; noch keine sechsundzwanzig Jahre alt, hatte er doch schon all seine Hoffnungen hinter sich. Irgendein spöttischer Gott hatte ihm ein schönes Antlitz verliehen – das einzige, was ein Schauspieler nicht braucht. Das hatte ihm außerhalb der Bühne manchen Erfolg eingetragen, und diesem Umstand verdankte er sein anfängliches Glück. Und so glaubte er, die Welt liege ihm zu Füßen. Jetzt lernte er, daß die Füße dazu da waren, um darauf zu stehen, doch das wollte er nicht wahrhaben. Kaum hatten wir die ersten Becher gefüllt, als er mir erzählte, was für prachtvolle Rollen er hätte haben können, wenn er bereit gewesen wäre, seine Ehre zu verkaufen. Er warf mit großen Namen um sich wie eine alte Frau, die den Mädchen ihre Schmuckstücke zeigt. Obgleich ich für meine Jahre sehr jung aussah, wußte ich doch genug, und ich war so gut wie sicher, daß er alles hinter sich hatte, was seine Ehre ihm einbringen konnte, bevor er mit Lamprias abschloß. Ich fürchte, daß er das in meinen Augen las.

Am nächsten Tag fingen wir mit den Proben an. Wir hatten einen

Spielplan von zwei oder drei modernen Stücken ohne Chor; und zwei Klassiker für den Fall, daß ein Mäzen uns zu einem Festspiel haben wollte.

Natürlich fuhren wir nicht nach Korinth. Die Korinther wissen, was man ihnen schuldig ist, und werfen faule Eier, wenn sie nicht zufrieden sind. Wir begannen in Eleusis, dann ging es nach Megara und von dort nach Süden rund um Argolis. Wenn Lamprias, wie er das jeden Tag tat, von der prächtigen Erfahrung sprach, die ich mir aneignen würde, so meinte er damit, daß wir auf der ganzen Reise kaum ein modernes Theater sehen würden oder wahrscheinlich auch keinen Mäzen. Wir würden mit unseren eigenen Kostümen, Masken und Requisiten – lauter Sachen, die wir nach den Dionysien aus zweiter Hand gekauft hatten, nachdem reichere Truppen bereits mit allem versehen waren – herumreisen und die Skene mit dem, was wir gerade fanden, zusammenzimmern. Obgleich ich nie geglaubt hatte, daß ich das je sagen würde, muß ich doch zugeben, daß man noch schlechter anfangen kann.

Sehr bedauerlich war es, daß ich in der letzten Probenwoche Meidias einen Denkzettel verpassen mußte. Obgleich er sich von Anfang an gegen mich gestellt hatte, versuchte ich, um des lieben Friedens willen, mit ihm auszukommen; doch an jenem Tage hielt er es für richtig, mir neidisches Gewäsch über meinen Vater weiterzuerzählen. Er war größer als ich, hatte sich aber nicht bemüht, wie ich es, dank meinem Vater, getan hatte, in ein gutes Gymnasium zu gehen, wo man lernt, wie man stehen und sich bewegen soll. Da lernt man auch manche Kniffe. Wir hatten eine Probe im Theater von Piräus gehabt und gingen die Stufen zwischen den Bänken hinauf, als ich ihn niederschlug und ihm gleichzeitig ein Bein stellte. So fiel er nicht gerade sanft, sondern rollte ein gutes Stück hinunter. Einige Buben, die uns bei der Probe zugesehen und ganz oben gehockt hatten wie Spatzen, freuten sich, daß sie ohne Eintrittsgeld so viel geboten bekamen, und jubelten. Zum Glück brach er sich nichts, und sein Gesicht ging ja niemanden etwas an. Darum sagte Lamprias auch kein Wort. Ich wußte, daß ich dafür irgendwie büßen müßte; aber ich konnte nicht ahnen, wie dieser Schlag mein ganzes Leben lang seinen Schatten werfen sollte.

Der Tag der Abreise kam. Meine Mutter verabschiedete sich bei Morgengrauen und Lampenlicht von mir, vergoß einige Tränen und warnte mich vor Versuchungen, die sie nicht nannte, denn ohne Zweifel vermutete sie, daß ich sie darüber belehren konnte. Ich küßte sie, schulterte mein Bündel und ging pfeifend durch die halbdunklen Straßen, wo halbwache Vögel mir antworteten. Die Schreie der nächtlichen Fischer, die ihren Fang heimbrachten, schallten weit über das graue Wasser hin. Beim Treffpunkt entdeckte ich, daß Lamprias, um zu zeigen, daß wir doch eine Truppe von Rang waren, für den Gepäckwagen, für die Esel und Maultiere einen Mann gemietet hatte. Das war mir angenehm. Ich hatte schon geglaubt, ich müßte mich auch darum kümmern.

Als wir aufbrachen, sagte er, es sei ein unsicheres Jahr für Rundreisen. Das stimmte, genau wie meistens in den letzten Jahren. Unlängst hatten die Thebaner die Welt dadurch in Staunen versetzt, daß sie die Spartaner erst aus ihrer Burg und dann aus ihrer Stadt verjagten. Sie hatten sie aus ganz Böotien verdrängt; wir Athener hatten sie zur See geschlagen. In ganz Hellas reckten sich die Menschen und atmeten tiefer. Immerhin marschierten dauernd Krieger über den Isthmus. Lamprias meinte, er werde froh sein, wenn er den hinter sich hätte. Megara würde zweifellos ruhig sein; dort kümmerten sich die Leute vor allem um ihre eigenen Angelegenheiten. Doch auf dem Peloponnes gärte es in den Städten; sie suchten die Dekarchien abzuschütteln, welche die Spartaner über sie gesetzt hatten. Leicht konnten wir in etwas hineingeraten.

Die Leute reden immer davon, was für ein schönes, freies Leben

die Schauspieler führen, wie sie alle Grenzen überschreiten und überall hingehen können. Das ist richtig, wenn es besagt, daß Söldnerheere nichts gegen uns haben und andere die heiligen Edikte achten. Man kommt wahrscheinlich dort, wo man gerade einkehrt, mit heiler Haut davon und kann zum mindesten auf Obdach und Nahrung von seinem Choregen zählen, immer vorausgesetzt, daß dieser Mäzen noch lebt und nicht über Nacht verbannt wurde. Doch für eine auf sich selbst gestellte Truppe ist es recht schwer, wenn sie bei der Ankunft entdeckt, daß die Männer in die Berge geflohen sind, die Frauen sich in ihren Häusern verbarrikadieren, während eine Schwadron Berittener ihre Pferde in der Orchestra untergebracht hat und die Skene zu Brennholz zerkleinert.
Immerhin war es ein schöner Morgen; die Straße von Salamis glitzerte vor dem purpurnen Eiland; ich erinnerte mich an meinen Aischylos und bevölkerte das Wasser mit knarrenden Rudern und krachenden Schiffsschnäbeln und sah, wie von überfüllten Galeeren goldbeturbante Perser ins Meer geschleudert wurden. Dicht vor uns lag Eleusis; dort würden wir morgen spielen, noch heute wollten wir die Skene aufschlagen. Ich ritt auf meinem Esel und trachtete, den Karren immer zwischen mir und Meidias zu haben. Lamprias führte auf seinem Reitmaultier; Demochares fing den Tag lieber auf dem Wagen an, wo er sich auf den Bündeln ausschlafen konnte, um am Morgen den Kopf frei zu haben. Hoffnungsvoll blickte ich zu ihm hinüber und nahm mir vor, ihn zu fragen, ob er je Euripides kennengelernt hatte. Alt genug dafür sah er aus.
Von dem ersten Teil meiner Rundreise ist nichts wirklich erzählenswert. Hundert Schauspieler könnten das an meiner Stelle tun. Ich hatte im Wirtshaus das härteste Bett mit dem ältesten Stroh, mußte Botengänge für alle machen, die Kostüme flicken, Bänder in die Schuhe ziehen, Haar und Bart der Masken kämmen und Farbe auftragen, wenn eine alte Skene der Auffri-

schung bedurfte. Mir war das gleichgültig – außer wenn Meidias den Leuten erzählte, das seien die Dienste, für die ich angestellt worden sei.
Er war die Plage, unter der ich litt; nicht die Flöhe im Stroh, nicht die harte Arbeit, nicht die Sorge um Demochares. Ich liebte den alten Trunkenbold, auch wenn er mich toll machte, und bald lernte ich, ihn zu behandeln. In seinen guten Jahren war er, wie er mich wissen ließ, ein großer Liebhaber gewesen; seit langer Zeit schien er sich an keinen jungen Menschen angeschlossen zu haben, von dem er keine Verspottung erwarten mußte. Er war das Wrack eines vornehmen Menschen, und so war er auch nie abstoßend, selbst in der Trunkenheit nicht; er glich mehr einem alten Tänzer, der beim Klang der Flöte seine Schritte macht, dort, wo die Nachbarn ihn nicht sehen können. War er nüchtern, so hielt ihn seine Selbstachtung in den Schranken. Nach der Aufführung, wenn er zu trinken begann, hatte er für geringere Sorgen keine Zeit. Schließlich lehrte er mich sehr vieles, das mir seither von Nutzen gewesen ist. Und er rezitierte mir schöne Epigramme von Agathon oder Sophokles für von ihnen begehrte Jünglinge und ersetzte, wann immer es in den Vers paßte, ihre Namen durch meinen.
Nur am Morgen vor der Aufführung hatte ich wirkliche Schwierigkeiten mit ihm. Dann entwischte er, um sich mit einem Becher aufzuwärmen, und wenn ich nicht aufpaßte, so trank er den Krug leer. Ich mußte für ihn zum Weinhändler laufen, unterwegs Wasser beimischen und ihn beständig reden lassen, damit er sich ernüchterte. Mit einigem Glück gelang es mir, ihn rechtzeitig anzukleiden, so daß ich auch meine eigene Arbeit verrichten konnte.
»Das Theater liegt dir im Blut«, sagte er immer wieder zu mir. »Du hast das offene Gesicht. Nicht wie dieser Dummkopf von Meidias, der sich in die Maske verliebt, mit der er zufällig geboren ist, und bald nicht einmal mehr das haben wird, weil

seine tölpelhafte Einbildung schon jetzt deutlich sichtbar ist. Der Künstler strömt in die Maske, die der Dichter ihm bietet; nur so wird der Gott ihn besitzen. Ich habe dich gesehen, mein Lieber, als du dich selber nicht gesehen hast. Ich weiß es.«

So sprach er, um mich aufzumuntern. Keiner war gütiger, wenn er nur nicht aufstehen mußte. Ich erhoffte mir nie von ihm, daß er nüchtern bleiben würde, um meine Kämpfe auszukämpfen. Er war beinahe sechzig, und in meinen Augen war das sehr viel; doch er bewegte sich noch immer wie ein Mann, der weiß, daß er vornehm aussieht, und hinter einer Maske war es überraschend, wie jung er an guten Tagen tönen konnte. Ich nahm ihm nicht übel, daß Meidias in Schenken Fremden gegenüber höhnisch über den Liebling des alten Mannes redete.

So trieben die Dinge dahin bis zu dem Tag, als wir den *Hektor* des Philokles aufführten. Das schrie nach homerischen Schlachtkostümen, in denen die Beine bis zu den Schenkeln zu sehen waren. Meidias mit seinen dünnen Beinen mußte sich die Schenkel ausstopfen und hatte noch immer X-Beine. Er sollte den Paris spielen.

Wir waren in einer kleinen Marktstadt zwischen Korinth und Mykene. An solchen Orten gibt es immer einen bodenständigen Witzbold, der auch seine Vorstellung geben will. Paris geht mit den Worten ab: »Was liegt mir dran, teilt Helena mein Bett?« Und da rief der Witzbold gellend: »Sie muß mager geworden sein, daß sie zwischen solche Knie paßt.« Eine Weile ging es nicht weiter, und Schlimmeres sollte noch kommen. Meidias spielte auch den griechischen Herold, und Paris, der auf der Bühne die Herausforderung hören muß, wird von einem Komparsen dargestellt. Hinter der Szene gab Meidias mir seinen gefältelten Rock und seine Maske, als wünschte er, sie wären mit Gift getränkt. Und natürlich, als ich auftrat, lachte der Witzbold laut und hetzte das ganze Haus auf.

Danach hatte Paris ein langes Gewand zu tragen, und ein Vers handelte von dieser unkriegerischen Tracht; und Meidias, der mich bisher nur gehänselt hatte, wurde jetzt ein ernster Feind.

Übergehen wir die tägliche Chronik seiner Anschläge. In jeder Schenke in der Nähe eines Theaters findet man einen Schauspieler, der diese alten Geschichten verzapft, als wäre er der erste, dem sie zustießen; doch da hat ihm der Zuhörer wenigstens einen Becher bezahlt. Und so wollen wir uns nicht bei dem Dorn im Schuh aufhalten, nicht bei dem zugenähten Ärmel, nicht bei der zerrissenen Maskenschnur und so weiter. Eines Morgens entdeckte ich einen dunklen, klebrigen Fleck und einen zerbrochenen Weinkrug neben dem Platz, wo Demochares Luft geschöpft hatte. Der Wein war ungemischt gewesen, und ich ahnte, wer ihn geschickt hatte. Doch diesmal verrechnete er sich. Demochares mochte sich selbst gegenüber allzu nachgiebig sein, aber er war nicht so nachgiebig, daß er einem Meidias erlaubt hätte, sich über ihn lustig zu machen. Ich glaube, daß er bei dieser Gelegenheit Lamprias voraussagte, es würde Schwierigkeiten geben. Doch Lamprias wollte von keinen Schwierigkeiten hören als von denen, die er selber hatte. Und über Meidias war er durchaus im Bilde. Vor allem wußte er, daß es vor Beendigung unserer Rundreise keine Möglichkeit gab, ihn zu ersetzen.

Wir waren nach Phigalia verpflichtet worden, einer kleinen Stadt bei Olympia. Das war ein wichtiger Zeitpunkt, denn die Stadt selbst hatte uns kommen lassen. Man feierte dort das Fest des Helden, der die Stadt gegründet hatte, und auch ihre Befreiung.

Phigalia war eine der Städte, welche die Spartaner, nachdem sie den großen Krieg gegen die Athener gewonnen hatten, unter die Gewalt von Oligarchen stellten, um das Volk ruhig zu halten. Wie gewöhnlich hatten sie ihren Rat der Zehn aus den schlimmsten unter den alten Grundbesitzern zusammengesucht, die unter der demokratischen Herrschaft verbannt worden waren und am meisten dadurch zu gewinnen hatten, daß sie jetzt die Anhänger der Demokratie unterjochten. Diese Dekarchen hatten alte Schulden zehnfach vergolten; hatten nach ihrem Gutdünken gehandelt, sich irgendeine hübsche junge Frau zugelegt oder einen schönen Burschen, der ihnen zusagte, oder auch irgendeinem Mann sein bestes Stück Land enteignet. Beklagte sich jemand, so sandten die Spartaner Truppen, und wenn sie mit dem Kläger fertig waren, meinte der, daß es ihm vorher doch noch besser gegangen sei. Dann kam der Aufstand der Thebaner; Pelopidas und die anderen Patrioten von Theben hatten der Welt gezeigt, daß die Spartaner aus dem gleichen Stoff geschaffen waren wie andere Männer auch; und während die Söhne des Herakles sich die Köpfe rieben und herumliefen, um zu sehen, was ihnen eigentlich begegnete, ergriffen die unterworfenen Städte die Gelegenheit. Darin waren die Leute von Phigalia sehr flink gewesen; doch als sie sich erhoben, um den meistgehaßten Dekarchen in Stücke zu reißen, waren die anderen mit ihren Parteigängern schon in die Berge geflüchtet.

Der Stadtrat hatte uns eine Botschaft zukommen lassen und ein Stück verlangt, das zu dem Fest passen sollte. Ohne Rücksicht auf die Kosten. Etwas von dem Gold der Dekarchen war bei der Plünderung gerettet worden. Lamprias hatte just das rechte Stück für sie gefunden – »Kadmos« von Sophokles dem Jüngeren, darin Theben gerühmt wurde. Es war ein neues, mittelmäßiges Stück, das kein Mensch einer Wiederaufnahme für würdig gehalten hatte. Kadmos, bestraft, weil er den Drachen des Kriegsgottes getötet hat, wird aus der Gefangenschaft befreit, zum König gemacht, mit Harmonia vermählt, und so weiter bis zum Hochzeitszug. Für alle Fälle hatte Demochares, der Stücke gut bearbeiten konnte, wenn er klar im Kopf war, einige Prophezeiungen des Apollo eingefügt, die sich irgendwie auf Phigalia beziehen konnten. Der Stadtrat war entzückt. Wir probten eine

Woche lang mit dem Chor, der so gut war, wie er eben sein konnte, denn zunächst waren die Söhne der führenden Bürger ausgewählt worden und dann erst die Stimmen.
Ich freute mich auf diese Vorstellung, weil sie mir mehr als gewöhnlich zu tun gab. Ich hatte als Komparse einen von den erdgeborenen Kriegern des Kadmos zu spielen und ein paar Verse zu sagen, und beim ganzen Finale mußte ich als Apollo dastehen, denn Meidias, der den Apollo spielte, hatte auch die Rolle der Harmonia zu spielen.
Damals trug ich zum erstenmal die Maske des Gottes.
Meidias, der sich über alle unsere Kostüme lustig machte, um zu zeigen, was er sonst gewöhnt war, spottete am meisten über diese Maske. Sie müsse volle fünfzig Jahre alt sein, sagte er, und darin mochte er recht haben. Sie war schwer, aus Olivenholz geschnitzt, doch keineswegs unbequem zu tragen, denn sie war im Innern ebenso geglättet wie außen, die Arbeit eines wirklich guten Handwerkers. Heutzutage macht keiner mehr ein so dauerhaftes Stück.
Ich erinnere mich an das erste Mal, als ich unsere Körbe in Eleusis auspackte und sah, wie sie zu mir aufblickte. Das gab mir einen Ruck. Es war ein Antlitz, dachte ich, mehr für einen Tempel bestimmt als für die Bühne. Ich weiß noch, daß ich mitten zwischen all unseren Sachen niederkauerte und sie immer wieder anschaute. Meidias hatte recht, wenn er sie altmodisch nannte. Keiner würde sagen, wie man das vor einem modernen Apollo tut: »Köstlich! Was für ein reizender junger Mann!«
Demochares, den ich darüber befragte, sagte mir, sie sei Lamprias von irgendeinem alten Schauspieler überlassen worden, der gemeint hatte, sie bringe ihm Glück. Es hieß, sie sei für die erste Wiederaufnahme der »Eumeniden« des Aischylos gemacht worden, worin der Gott eine Hauptrolle hat. Das müsse in den großen Tagen des Alkibiades und des Nikias gewesen

sein, sagte Demochares, als Mäzene noch Mäzene gewesen waren.
Die Nacht vor der Ankunft in Phigalia hatten wir in Olympia verbracht. Ich war nie dort gewesen und konnte gar nicht genug schauen. Tatsächlich war der Ort, wenn nicht gerade ein Spieljahr war, steintot. Doch Jugend ist leicht entzückt, und ich machte mich mit Demochares auf den Weg, um die Sehenswürdigkeiten zu besichtigen. Wie ein altes Pferd in seinen Stall, so trottete er zu seiner Lieblingsschenke am Fluß, und als er merkte, daß ich ihn weiterschleppen wollte, sagte er mit seiner schönsten Stimme: »Mein lieber Junge, du hast dich bei mir wegen der Maske Apollos erkundigt. Nun ist mir gerade eingefallen, aus wessen Werkstatt sie stammt. Geh nur zum Tempel des Zeus, und du wirst sehen. Ja, und zwar am Westgiebel.«
Ich gab nach und war es zufrieden, daß ich dadurch rascher vom Fleck kam. Hitze füllte das waldbestandene Tal, denn hier kommt der Frühling schon als Sommer. Der Fluß strömte seicht in seinem Kieselbett; der Staub erhitzte die Füße, die bemalten Standbilder leuchteten. Ein zärtlicher Hermes, der Trauben vor dem Kind-Gott baumeln ließ, den er trug, weckte den Wunsch, sein rotbraunes Fleisch zu streicheln. Weiterhin waren da die Standbilder, welche die Athleten zur Strafe errichten mußten, wenn sie beim Schwindeln ertappt wurden; kümmerliches, billiges Pfuschwerk. Die Vergoldung auf den Dächern glitzerte, der weiße Marmor schimmerte. Der große Altar des Zeus, seit dem Morgenopfer noch ungereinigt, stank und wimmelte von Fliegen. Doch im Tempel gab es immer Schaulustige. In der Vorhalle und in den Säulengängen lärmten Führer und Händler; Hausierer verkauften Nachbildungen der Zeusstatue aus bemaltem Lehm, Quacksalber priesen ihre Waren an, Lämmer und Böcke blökten, sie wurden als Opfertiere verkauft. Ein Rhetor mit verrosteter Stimme deklamierte die Odyssee, während sein Knabe mit der Schale herumging. Ich kam aus der heißen Sonne

in den weichen, kühlen Schatten und stand mit allen anderen staunend vor dem gewaltigen Standbild im Tempel, dem Gold und Elfenbein, dem Thron, groß wie mein Zimmer daheim, bis mein Auge, aufwärts wandernd, dem Antlitz der Macht begegnete, das da sagt: »O Mensch, schließ Frieden mit deiner Sterblichkeit, denn auch diese ist Gott.«
Als ich hinausging, mußte ich einen Bettler abschütteln, der anscheinend meinte, mein Lohn wäre ein freies Abendessen. Ein Führer winkte reichen Frauen mit ihren Kindern, Kindermädchen und großen Strohhüten; ich sah, wie er den Finger hob, und hörte, daß er vom Bildhauer Pheidias sprach. Mein Auge folgte seinem Finger.
Das Dreieck des Giebelendes war voll von der Schlacht zwischen den Griechen und den Kentauren. Theseus und Peirithoos und ihre Männer kämpften, um Knaben und Frauen zu retten; Menschen gegen Halbmenschen rangen, rauften, trampelten, schwangen Äxte; und in der Mitte, hoch und allein, den rechten Arm über dem Gewühl, war der Apollo der Maske.
Man konnte ihn nicht verkennen. Hier aber war der Mund geschlossen, und das Antlitz hatte Augen. Ich trat zurück, um besser sehen zu können, und war so versunken, daß ich eine Frau anstieß, die mich schalt. Ich hörte es kaum. Entzücken und Ehrfurcht ließen mich erschauern. Auch jetzt, manchmal, kehrt mir dieser Schauder wieder.
Apollo steht über der Schlacht, braucht nur dazusein, nicht zu handeln. Die Welt ist noch immer grün und frisch; er allein weiß, daß er es ist, für den die Griechen kämpfen. Doch ein Lichtschein von ihm spiegelt sich im Gesicht des jungen Theseus. Die Griechen müssen siegen, weil sie seinem Bild ähnlicher sind; sein prophetisches Auge blickt weit darüber hinaus. Er hat keine Günstlinge. Er ist streng, leuchtend, anmutig und ohne Mitleid. Ein vollendeter Akkord ist sein Freund, dessen Saiten

darauf abgestimmt sind. Kann er den Spieler der Kithara bemitleiden, der stümpert?
Auf dem Rückweg hielt ich ihm eine Ansprache, knabenhaftes Geschwätz in Knüttelversen, wie sie jeder Schauspieler erdenken kann. Doch ich kam nicht dazu, meine Rede zu beenden, denn Demochares hatte sich unterdessen toll betrunken und mußte zurückgebracht werden, solange er noch stehen konnte. Er begrüßte mich als seinen reizenden Hylas, worüber die anderen Trinker lachten und grölten. Ich war schon daran gewöhnt. »Hylas?« sagte ich. »Du weißt doch, was mit ihm passierte. Herakles ließ ihn allein sich umsehen, und die Nymphen des Orts fingen und ertränkten ihn. Und Herakles verpaßte die Überfahrt mit der Argo. Ahoi, Maat, komm an Bord zurück, bevor das Tau gekappt wird.«
Doch als ich in Phigalia unsere Sachen auspackte und die Maske des Apollo an ihren Nagel hängte, pflückte ich einen Lorbeerzweig, um ihn darüber zu befestigen, und goß ein paar Tropfen Wein auf den Boden davor. Und als ich mit meiner flackernden Lampe die alte, hölzerne Skene verließ und mich umdrehte, da war es mir, als leuchteten Augen in den Höhlen und beobachteten mich.
Am Morgen der Aufführung, lange vor Sonnenaufgang, strömte schon das Publikum herbei. Keiner wollte das Spiel versäumen. Ich sah einen alten Großvater, der von seinem Esel bis zu seinem Sitz getragen wurde.
Ich versicherte mich, daß Demochares seinen Frühstücksbecher gewässert eingenommen hatte; dann schnallte ich ihn in die Rüstung des Ares; jedem legte ich seine Sachen zurecht, und dann stimmte ich meine Leier, die ich zum Brautgesang schlagen sollte. Und dann kleidete ich mich als thebanischer Krieger. Alles ging, soweit ich mich erinnere, glatt, bis etwa zwei Drittel vorüber waren. Lamprias und Demochares waren als Kadmos und Teleohassa auf der Bühne. Meidias war als Harmonia abge-

gangen, um sich das Kostüm des Apollo anzuziehen. Dann würde er auf dem den Göttern vorbehaltenen Weg oberhalb der Skene erscheinen und prophezeien. Ich war noch immer als Krieger gekleidet und hatte weiter nichts zu tun, als einen Speer zu halten.

Ich stand in der Mitte der Bühne, oben beim königlichen Tor, und spähte über das Theater hinaus nach dem Bergabhang, in den es eingefügt war. Plötzlich bemerkte ich eine Schar von Männern, die herunterkamen. Mein erster Gedanke war, daß es die Bürger einer Nachbarstadt seien, die kämen, um das Stück zu sehen, und sich verspätet hätten. Als ich sah, daß sie alle Speere und Schilde trugen, machte ich mir noch immer weiter keine Sorgen darum und nahm an, sie würden bei dem Festspiel einen Kriegstanz aufführen. Rückblickend finde ich, daß solche Einfalt kaum glaubhaft ist; lebt man aber in Athen, so glaubt man mit der Zeit, daß die Welt eines Theaterstücks wegen stillsteht. Lamprias setzte seine Rede fort; die Männer kamen näher. Bis plötzlich, unten in der Orchestra, einer vom Chor gellend aufschrie und hinaufzeigte. Das Publikum blickte zuerst auf ihn und dann in die Richtung, in die er wies. Und dann brach das Chaos aus.

Die Truppe oben stimmte ihren Triumphgesang an und stürmte hügelabwärts. Die Phigalianer waren alle waffenlos und begannen, die hölzernen Bänke samt den Stützen aus dem Boden zu reißen, oder liefen weg. Die Frauen, die in ihren besten Kleidern auf der andern Seite saßen, drängten sich kreischend zusammen. Ein junger Mann, ein rascher Denker, sprang vom Chor auf die Bühne und entriß mir meinen Speer. Hoffentlich hat er ihm genützt; es war ein Theaterspeer mit einem hölzernen Blatt. Ich bot ihm auch meinen Schild an, den er dringender gebraucht hätte, doch da war er schon fort; die bärtige Maske hatte er sich auf den Kopf gestülpt.

Ich weiß nicht, was mir als nächstes eingefallen wäre, aber ganz

in meiner Nähe hörte ich die Stimme des Lamprias dröhnen, der noch immer seine Verse sprach.
Alle Leute, die Schauspieler in der Mehrzahl nicht unbedingt für verrückt halten, sagten nachher, ein Gott hätte von uns Besitz ergriffen. Tatsächlich ist es aber bei solchen Gelegenheiten klüger, als man denkt, einfach weiterzuspielen. Zum mindesten weiß jeder, wer und was er ist. Wir hätten viel mehr Aussicht gehabt, erstochen oder zertrampelt zu werden, wenn wir ausgerissen wären, als so, da wir auf der Bühne blieben. Die Natur des Menschen verlangt einen Grund, sagen die Philosophen, und so kann ich einen bieten. Ich bezweifle, daß ich damals an diesen Grund dachte. Für mich war Theater noch immer die Dionysien in Athen. Ich war an ein Zeremoniell gewöhnt, an Achtung vor der heiligen Umfriedung, an Priester, Staatsmänner und Feldherren auf den Ehrenplätzen; alles vollzog sich einwandfrei, und auf Ausschreitungen stand die Todesstrafe. Dieses Getümmel reizte mich. Wir hatten das Stück eigens für dieses eine Festspiel einstudiert, und ich war noch nicht in meinem Kostüm als Apollo aufgetreten.
Das Durcheinander wurde noch schlimmer. Da und dort waren Männer im Publikum aufgesprungen und zu den Oligarchen übergelaufen. Manche Frauen waren auf die Männerseite hinübergeklettert, um ihre Sippe aus dem Kampf zu lösen. Jetzt aber kehrten Männer, die davongelaufen waren – nicht aus Angst, sondern um ihre Waffen zu holen –, bewaffnet zurück. Doch Demochares hatte inzwischen das Spiel fortgesetzt und sang sein ernstes Lied als Telephassa. Und er hatte sogar ein Publikum, einen alten Priester in der ersten Reihe, der von all dem nichts bemerkt hatte, und einige Kinder, die anscheinend an Auseinandersetzungen zwischen feindlichen Parteien gewöhnt waren, aber noch nie ein Theaterstück gesehen hatten.
Voller Bestürzung hatte ich eben gemerkt, daß unten Blut floß,

als Lamprias einige Verse improvisierte, mich zu sich winkte und mir zuflüsterte: »Spiel den Apollo!«
Ich ging ab und lief hinter die Bühne. Bevor ich den Skeneraum erreichte, wußte ich schon, was ich finden würde – natürlich nichts. Ich schaute in die Körbe. Er mußte noch im Kostüm der Harmonia davongelaufen sein. Seine eigenen Kleider lagen da. Kostüm und Maske des Apollo waren dort, wo ich sie hingelegt hatte. Ich zwängte mich hinein, griff nach der Leier und ging vom Skeneraum, der nichts als ein Schuppen mit flachem Dach und einer wackligen Leiter war, zu dem Platz der Götter auf dem Dach oben. Meidias hatte es ausprobiert, wie man da hinaufkam: mit der einen Hand mußte man sich fest anklammern und mit der andern Leier und Kostüm halten. Als ich hinaufstolperte und mir an einem Nagel den Ärmel zerriß, fluchte ich den Oligarchen von Phigalia, die so reich geworden waren, ohne auch nur eine Drachme für dieses verdammte Theater springen zu lassen. Nieder mit ihnen! Hoch die Anhänger der Demokratie, dachte ich. Apollo segne ihre Sache!
Während ich auf mein Stichwort wartete, vergegenwärtigte ich mir im Geiste alles, was ich von Apollos Rede wußte, wie ich sie bei den Proben von Meidias gehört hatte. Es war gerade das Richtige für die Phigalianer, sofern nur irgend jemand zuhörte. Ich berührte eine Maske, weil das Glück bringen soll, und flüsterte: »Hilf mir hier heraus, Apollo, und ich opfere dir auch etwas dafür.« Was das sein sollte, darüber nachzudenken war jetzt keine Zeit. Ich schritt hinaus und schlug meine Leier.
Von oben konnte ich eine richtige Schlacht beobachten. Etwa die Hälfte der Bürger war jetzt bewaffnet, wenn zum Teil auch nur mit Dolchen oder Hackmessern. Doch es gab auch Speere und Schwerter, denn es erwies sich als eine recht ernste Angelegenheit. Hier oben zu stehen, ungehört zu deklamieren war für einen Schauspieler albern und für einen Gott unwürdig. So hob ich denn den Arm wie der Apollo des Phidias und brüllte:

»Sieg!«
Einige Frauen riefen und zeigten auf mich. Einige Männer begannen, mir zuzujubeln. Und im Nu tönte die Prophezeiung klar und deutlich aus meinem Kopf. Sekundenlang glaubte ich, ich müsse sterben. Dann aber – woher, das überlasse ich euch, je nach eurer Anschauung, zu entscheiden – kamen mir in meiner Kinderstimme die Verse ins Gedächtnis, die der Bote nach der Schlacht von Salamis in den *Persern* des Aischylos spricht. Es war die erste lange Rede, die mein Vater mir zu lernen aufgegeben hatte. Ich schlug einen lauten Akkord auf meiner Leier an, trat an den Rand meines Standplatzes und schmetterte die Verse hinaus, so gut ich es eben konnte:

»Vorwärts, ihr Griechensöhne! Befreit das Land eurer Väter!
Rettet die Kinder, Frauen und die heil'gen Stätten,
Der alten Götter Tempel und die Gräber jener, die
euch zeugten! Auf zum Kampf! Alles gehört dem Sieger!«

Dem Theater in Phigalia fehlte es so ziemlich an allem, aber es hatte eine gute Akustik. Vom Hügel her drangen die Zurufe zu mir. Später versicherte man mir, daß einige Frauen geglaubt hatten, es sei wirklich Apollo gewesen. Nach dem, was ich auf Reisen über Land erlebt habe, würde es mich nicht allzusehr überraschen. Die Männer, wenn sie weniger einfältig waren, hielten es doch für ein glückliches Omen und glaubten, es gehöre zum Stück. Ich hörte, wie sie den Gott anriefen, während sie die Oligarchen zurückwarfen.
Der Rest der Rede aber führte die Griechensöhne ans Meer, und ich fürchtete, das könnte alles verderben. Aber ich war überzeugt, es würde meinem Vater mißfallen, wenn er glauben müßte, ich sei wegen eines kleinen Mißgeschicks auf einer Rundreise steckengeblieben; überdies warf Demochares mir von der Bühne her Kußhände zu und rief: »Nur zu! Nur zu!« Und

so nahm ich es eben, wie es kam, rezitierte von ehernen Schiffsschnäbeln, von gerammten Hecks, von zerbrochenen Rudern, von Ufern, die mit Leichen übersät waren, von Kielen, die auf dem Wasser trieben. Dann und wann unterbrach ich mich und spielte dorische Märsche, um das alles auszuspinnen.

Ich weiß nicht mehr, wie weit ich kam, bevor die Oligarchen jenseits der Hügel außer Sicht waren. Sie liefen bis nach Sparta, wo sie auch blieben, und das war es, was sie verdient hatten. So hatte ich den größten Teil meines Publikums verloren, denn die Bürger verfolgten ihre Feinde. Da das Spiel anscheinend zu Ende war, zitierte ich diesmal noch Euripides:

»Umsonst des Menschen Hoffnung!
Das Unverhoffte macht der Gott der Tat,
wie hier wir sehen!«

Und damit stieg ich hinunter und zerriß mir abermals den Ärmel an dem Nagel.

In ganz Phigalia wurde an diesem Abend gefeiert. Auf der Agora, dem Marktplatz, war eine weite Höhlung gegraben und mit freiem Wein gefüllt. Ich überließ es Demochares, sich an den Gaben des Dionysos zu erfreuen – das hatte er verdient –, und ging weiter. Die Leute fragten mich, wer denn den Apollo gespielt habe; es müsse ein Riese gewesen sein, sagten sie zumeist, und es habe ausgesehen, als wäre er vom Himmel gekommen. Ich hätte Kothurne tragen sollen, doch ich hatte nicht die Zeit gehabt, sie zuzubinden. Es ist nun einmal eine Tatsache, daß man ein Publikum dazu bringen kann, beinahe alles zu sehen, wenn man nur selber daran glaubt.

Ich vermißte seit mehreren Stunden Lamprias und fragte mich, wo er sein mochte. Später erfuhr ich, daß er, geduldig wie das Schicksal, die ganze Zeit über im Skeneraum auf einem Korb

gesessen und gewartet hatte, bis Meidias kam, um seine Kleider zu holen.
Meidias hatte schon seine Geschichte parat: als er sah, wie einige Bürger in Bedrängnis gerieten, sei er ihnen zu Hilfe geeilt. Dieser undankbare Kerl konnte nie aufrichtig sein – Harmonias Hochzeitskleid war über und über mit dem Schmutz des nahen Schweinekobens bedeckt, wo man nicht aufrecht stehen konnte.
Der Stadtrat bat, wir sollten doch den *Kadmos* am nächsten Tag wiederholen, um den Sieg zu feiern. Das taten wir denn auch mit großem Beifall. Als es ans Zahlen ging, da erklärten die Bürger, sie könnten uns für die erste Aufführung nur die Hälfte des Honorars geben, weil wir ja nicht bis zu Ende gespielt hätten. Noch jetzt muß ich lachen, wenn ich an Lamprias' Gesicht denke. Ich selber hatte nicht zu klagen, denn diesmal spielte ich Apollo und Harmonia, während Meidias den stummen Teil der Rolle übernehmen mußte.
Wie ich schon sagte – auf einer Rundreise kann sich alles ereignen. So jedenfalls kam es, daß ich zum erstenmal Gelegenheit hatte, als dritter Schauspieler aufzutreten.

2

Als ich mein sechsundzwanzigstes Jahr erreicht hatte, war ich in Athen nicht mehr ganz unbekannt. Im Piräus hatte ich die erste Rolle gespielt und im Theater der Hauptstadt in einigen preisgekrönten Stücken zweite Rollen. Doch darin waren große Männerrollen für den Protagonisten gewesen, und meine besten Rollen waren durchweg Frauenrollen. Als meines Vaters Sohn wäre es mir leicht gewesen, mich darauf festzulegen. Es war eine Zeit, wie sie für jeden Schauspieler kommt – die Zeit, da man sich freimachen muß.

Es würde mehr als des Beifalls im Piräus bedürfen, damit mein Name unter die der ersten Schauspieler der Hauptstadt eingereiht würde. Der Wettstreit war tödlich; die Bücher waren voll von alten Siegern, die ihre Kränze kaum zählen konnten. Doch in anderen Städten gab es immer noch einen Wettbewerb; und jetzt war die Zeit, da ich versuchen sollte, einen oder zwei Kränze heimzubringen.

Meine Mutter war gestorben. Ich hatte meine Schwester anständig ausgestattet und versorgt. Nichts hielt mich in Athen zurück. Und ich bin von Natur aus, wie die meisten Männer meines Berufs, wanderlustig. Aus allen diesen Gründen ging ich eine Partnerschaft mit Anaxis ein.

Es ist jetzt schon eine gute Weile her, daß er sich ausschließlich mit Politik beschäftigt. Seine Stimme, seine Gesten finden viel Beifall; und jeder gegnerische Redner, der einen Stein auf ihn werfen will, beschuldigt ihn, Schauspieler gewesen zu sein. Nun, er hat seinen Kreis gewählt und ist dort willkommen. Doch wenn er mir auch nicht dankbar dafür sein mag, daß ich es sage, war er zu der Zeit, von der ich spreche, sehr verheißungsvoll, und ich habe immer gefunden, daß er es gar zu leichtherzig aufgegeben hat.

Er war älter als ich, schon über dreißig, und galt als sehr empfindlich; aber man konnte ganz gut mit ihm auskommen, wenn man ihm nicht auf die Hühneraugen trat. Er stammte aus einer reichen Familie, die jedoch im großen Krieg alles verloren hatte; ihren Grundbesitz erhielt sie nie zurück, und sein Vater mußte sich als Verwalter durchschlagen. Und so war Anaxis, obgleich er begabt war, nur mit halbem Herzen Schauspieler; mit der anderen Hälfte strebte er danach, ein vornehmer Mann zu werden. Jeder meiner Berufskollegen wird mich verstehen.

Er war der einzige mir bekannte Schauspieler, der einen Bart trug. Wie er ihn unter der Maske unterbrachte, weiß ich nicht, aber selbst im Sommer stutzte er ihn nur. Er schätzte die Würde, die der Bart ihm verlieh, und er war tatsächlich eine Persönlichkeit. Doch er wurde nicht jünger und war nicht auf die Liste gekommen. Und so wurde er nachgerade besorgt.

Unserem Vertrag gemäß wollten wir als Protagonisten abwechseln. Er liebte die repräsentativen Rollen wie den Agamemnon und überließ mir dennoch, auch wenn er wählen konnte, manche erstklassigen Rollen. Er war eben ein Mann von guter Herkunft und verhielt sich entsprechend. Er mochte großtuerisch sein, aber er war nie schmutzig oder gemein, und das bedeutet bei Rundreisen sehr viel.

Wir hatten einen Ruf nach Korinth mit einem nagelneuen Stück, *Die Amazonen*, von Theodektes. Anaxis, der wählen durfte, nahm den Theseus für sich und überließ mir die Hippolyta, die, meiner Ansicht nach, die bessere Rolle war. Den Herakles spielte Krantor, unser dritter Schauspieler. Er war der beste, den wir uns beschaffen konnten, ein gesetzter alter Theaterhase, der längst allen Ehrgeiz verschwitzt hatte, ohne darum mißmutig geworden zu sein, und er blieb beim Theater, weil er ein anderes

Leben nicht ertragen hätte. Als Komparsen hatten wir einen jungen Menschen, einen gewissen Anthemion, der Anaxis' Freund war. Anaxis verglich ihn mit einer Stute des Praxiteles. Das traf zum mindesten auf den Kopf zu, der wie Marmor war; im übrigen war er harmlos und tat, was man ihm auftrug. Ich hätte mir eine bessere Wahl vorstellen können, wußte aber, daß Anaxis sich ohne ihn nicht rühren würde. Und so schwieg ich lieber, als gleich mit einem Zank zu beginnen.

Das Theater von Korinth ist eines der besten in Griechenland. Es hat Sitzplätze für achtzehntausend Personen, und noch in den obersten Reihen kann man jeden Seufzer hören. Die Periakten, welche die wechselnde Dekoration trugen, drehten sich glatt, die Wagen rollten auf geölten Rädern, und Klytemnestra kommt im letzten Bild von *Agamemnon* nicht mit zwei hopsenden Leichen zu ihren Füßen herausgewackelt. Der Kran schwingt einen auf den Platz der Götter, als flöge man wirklich, und setzt einen leicht wie eine Feder genau dorthin, wo man stehen soll. Er würde einen Karren mit zwei lebensgroßen Flügelpferden und zwei Schauspielern aufheben, ohne zu knarren.

Unser Mäzen, der wie alle Korinther so reich war, daß ihm das Gold aus den Ohren herauskam, hatte selber einen Chor der hübschesten Knaben der Stadt zusammengestellt, welche die Amazonen spielen sollten. Ich verbrachte meine ganze freie Zeit mit einem von ihnen, einem prachtvollen Kerl halb mazedonischer Herkunft, mit grauen Augen und dunkelrotem Haar.

Anaxis war hier sehr glücklich. In Korinth wurden die Schauspieler in die besten Häuser eingeladen. Und ebenso Wagenlenker und Ringkämpfer, obgleich ich natürlich Besseres zu tun wußte, als ihm das vorzuhalten. Was für ein Vergnügen, sagte er immer wieder, unter feinen Leuten zu sein, fern vom Theaterklatsch und dessen engstirnigen Eifersüchteleien. Und doch wissen Theaterleute, was einer tut und was er wert ist; selbst ihre Eifersucht ist gewissermaßen eine Schätzung. Ich wiederum, ich würde lieber mit einem ausgedienten Soldaten aus Ägypten oder Ionien beim Wein sitzen oder mit einem Bandhändler, der die Straßen kennt, Auskünfte über Wirtshäuser austauschen, als mit einem reichen Narren das Lager beim Nachtmahl teilen, der glaubt, daß seine Einladung mich begeistern muß, weil er drei Wagen besitzt, der gut und schlecht erst dann unterscheiden kann, wenn die Richter ihm gesagt haben, was er denken soll, der sich aber den Gast in seinem Speiseraum leistet wie den Perserteppich und die sprechende Dohle und den libyschen Affen, weil der gerade in diesem Jahr Mode ist. Und der dir zweifellos erzählen wird, daß er das Zeug in sich hätte, eine Tragödie zu schreiben, wenn seine Geschäfte ihm nur die Zeit dazu ließen. Alles, was man zugunsten so eines Gastfreunds sagen kann, ist, daß er die besten Hetären mietet. Ich kann alles in allem sehr gut ohne Frauen auskommen; wenn man aber bei so einer Gesellschaft Vernünftiges zu hören bekommt, so nur aus dem Mund der Hetären. Sie kennen die Tragödien wirklich sehr genau. Man erfährt in Korinth bald, wo ihre Plätze sind, und feinere Schwingungen richten die Schauspieler immer an sie.

Die Amazonen sind eines der besseren Stücke des Theodektes, und sie haben ihm auch den Dichterpreis eingebracht. Er war von Athen herübergekommen und war so zufrieden mit uns, daß er nie ein Wort über die Stelle sagte, wo ich seine Verse verschärft hatte. Unser Mäzen veranstaltete ein recht korinthisches Siegesfest; wir brauchten den ganzen nächsten Tag, um uns davon zu erholen, und ich faulenzte mit meinem grauäugigen Mazedonier in einer piniengesäumten Felsenbucht bei Perachora. Das Leben eines Schauspielers ist voll von Sichfinden und Sichtrennen; man kann sich nicht jedesmal das Herz aus dem Leibe reißen. Aber ich war gerührt, als er mir ein Halsband aus blauen Kügelchen gab, das den bösen Blick abwenden sollte. Ich habe es noch heute.

Unsere nächste Verpflichtung führte uns nach Delphi.
Anaxis war begeistert von dieser Aussicht. Mit jedem Jahr, je tiefer seine Hoffnungen beim Theater sanken, desto mehr ließ er sich in die Politik ein und kundschaftete das Land aus; und er hatte diesen Ruf nach Delphi schon von weitem gewittert. Der Grund zu diesen Theatervorstellungen außerhalb jeglicher Festspielzeit war, daß man die Teilnehmer einer Friedenskonferenz unterhalten wollte, eine höchst wichtige Angelegenheit.
Ein Friedensabschluß war überfällig; seit vielen Jahren hatten die Schauspieler Schwierigkeiten, überhaupt auf die Reise zu gehen, denn entweder zogen die Spartaner gegen Theben oder die Thebaner gegen Sparta. Anfangs war alle Welt für Theben. Doch infolge der thebanischen Siege erwachte die alte nachbarliche Eifersucht in Athen, und jetzt hatten wir ein Bündnis mit Sparta. Das war vermutlich vorteilhaft, aber es widerte mich an. Das sind die Dinge, um derentwillen ein Mann wie ich die Politik den Demagogen überläßt. Das einzig Gute daran war, daß diese störrischen Kerle unsere Hilfe benötigten und damit bewiesen, daß sie endgültig auf dritte Rollen herabgesunken waren und nie wieder führende Rollen spielen würden. Sie hatten sich für unbezwinglich gehalten, nur weil sie ihr Leben von der Wiege bis zum Grabe dem Kampf geweiht hatten; doch der große Krieg dauerte so lang, daß auch andere Griechen, wenn auch gegen ihren Willen, zu dieser Erfahrung gelangten. Am Ende des Krieges hatten sehr viele seit ihrer Knabenzeit Waffen getragen und kaum ein anderes Handwerk gelernt. Und so, wie arbeitslose Schauspieler, gingen sie auf die Wanderschaft. Schließlich gab es immer noch fast so viele Kriege wie Theaterfeste; und überall wurden Komparsen gebraucht.
Kaum waren die Spartaner geschlagen, als die Arkadier, die sich bis dahin damit begnügt hatten, da und dort als Söldner zu kämpfen, auf den Gedanken kamen, das Kriegsgeschäft auf eigene Rechnung zu betreiben. Und so war der Peloponnes mit

Rauch und Kriegern überzogen, just als man eine gute Spielzeit mit freien Straßen erhofft hatte.
Aber die meisten anderen Städte hatten genug davon. Daher diese Friedenskonferenz in Delphi. Anaxis versicherte mir auch, daß hinter der Szene mächtige Staaten außerhalb von Hellas das Vorhaben unterstützten. Sie hatten den Wert guter griechischer Söldner schätzengelernt und sahen bekümmert, wie diese Krieger im Kampf um einheimische Interessen vergeudet wurden; sie wollten sie gern wieder auf dem offenen Markt sehen.
Anaxis steckte voll mit Klatsch über diese Intrigen. Ich bemühte mich, ihm aufmerksam zuzuhören, fand das aber schwierig. Wir waren mit dem Schiff nach Itea gekommen; und jetzt schleppten wir uns auf gemieteten Maultieren über die gewundenen Pfade durch das Tal von Pleistos, folgten dem Fluß im Schatten der Olivenhaine, die auf den Abhängen rechts und links der Schlucht wuchsen. Manchmal öffnete der Wald sich weit, und hoch oben konnte man Delphi liegen sehen, winzig gegen die mächtige Flanke des Parnassos, doch schimmernd wie ein Edelstein.
Es war warm in den Olivenhainen; das Sonnenlicht sprenkelte sie, und man war nie fern vom Plätschern des Wassers, da der Fluß zum Meer hinunterrauschte. Dann und wann regten sich die Zweige, und eine andere Luft wehte vom Berg her, kalt, hell und rein. Mir schauerte es im Nacken, wie eine Hundenase zuckt, bevor sie noch weiß, warum. Aber Anaxis war in Korinth geschäftig gewesen wie ein Eichhörnchen, um Erkundigungen einzuziehen, und ihm gefiel es nicht, daß ich mein Auge schweifen ließ. Der Pharao von Ägypten und der Großkönig würden ganz bestimmt Spitzel schicken.
»Meinen Segen«, sagte ich. »So können zum mindesten im Frieden die Griechen wählen, ob sie kämpfen oder daheim bleiben wollen.«
Anaxis räusperte sich und sah sich um; ein sehr überflüssiger Zeitvertreib, denn nur die Maultiere waren in Hörweite.

Aus Langeweile war Anthemion ans Ende des Zuges gegangen, wo er Krantor langweilte. »Es heißt auch, daß ein Abgesandter des Dionysios von Syrakus kommen wird, inoffiziell natürlich.«
Ich klatschte mir aufs Knie, und das erschreckte mein Maultier derart, daß es mich beinahe abwarf. Diese Worte hatten mich geweckt.
»Beim Hund von Ägypten! Nur ein Abgesandter? Bist du sicher? Vielleicht kommt er selber. Und wir bekommen ihn sogar zu sehen!«
Anaxis runzelte die Stirn und schnalzte mit der Zunge, denn er spürte die Leichtfertigkeit in meinen Worten. Schließlich sprachen wir von dem berühmtesten Mäzen der Welt.
»Natürlich kommt er nicht selbst. Er verläßt seine Burg nie, es sei denn wegen eines Krieges und wenn er sein ganzes Heer mitnimmt. Auf diese Art kann man seine Leute nicht bestechen, und er hat sie bei der Hand, wenn hinter seinem Rücken in Syrakus der Verrat sich regt. Er hätte sich nicht vierzig Jahre in Sizilien an der Macht halten können, wenn er nicht einer der gerissensten unter den Lebenden wäre. Andererseits kann sein Sendling ein hochgestellter Mann an seinem Hofe sein, der vielleicht Auftrag hat, Ausschau nach Talenten zu halten.«
Das hatte ich in seinen Augen gelesen, bevor er es gesagt hatte. Seine Feierlichkeit reizte mich.
»Laß mich aus dem Spiel«, entgegnete ich. »Vielleicht will er uns eine seiner Oden vorlesen, wie er das mit Philoxenos getan hat. Er durfte, nachdem man ihn um sein Urteil gebeten hatte, eine Woche in den Steinbrüchen verbringen, um seinen Geschmack zu verbessern. Und dann wurde ihm vergeben, und er wurde zum Abendessen eingeladen. Als er aber die Schriftrollen wiederauftauchen sah, da klatschte er in die Hände, rief die Wache und sagte: ›Zurück in die Steinbrüche!‹«
Ich muß gestehen, daß ich diese Geschichte auf meines Vaters

Knien gehört hatte. Philoxenos hatte zwanzig Jahre von ihr gelebt und sie immer weiter ausgeschmückt. Aber die Geschichte war zu gut, als daß man sie verderben durfte.
»Und dann«, fuhr ich fort, »gab es noch jenen Sophisten, der diese Akademie hatte, in den ein junger Verwandter des Dionysios sich verliebte und den er nach Syrakus brachte; der arme Teufel glaubte, man könnte aus dem Tyrannen einen zweiten Solon machen. Wie rührend ist doch junge Liebe! Als der Arme den Mund allzu weit aufriß, wurde er nicht nur aus Syrakus verjagt, sondern auf ein Schiff nach Aigina verfrachtet, wo man gerade beschlossen hatte, jeden Athener, der hier landete, zum Sklaven zu machen. Und seine Freunde mußten ihn, als sie davon erfuhren, auf dem Markt loskaufen! Seinen Namen habe ich vergessen.«
»Platon«, sagte Anaxis und atmete langsam, um seine Erregung zu bemeistern. »Jedermann gibt zu, daß er ein steifnackiger Mann ist, der seine Möglichkeit nicht nutzte, aus Angst, ein Schmeichler gescholten zu werden. Er wurde zu einer Gesellschaft geladen, aber er wollte keine passende Kleidung anlegen, er wollte nicht tanzen –«
»Kann er's?«
»Und als er sprechen sollte, vermied er politische Theorien –«
»Worüber sollte er denn sprechen?«
»Über die Tugend, glaube ich. Was liegt daran? Alles, was ich verlange, ist, daß du in Delphi die Augen offen hältst und darauf achtest, was du tust. Die Gelegenheit klopft nur ein einziges Mal an.«
»Schön. Wenn Dionysios so reich ist, wie die Leute sagen, kann er seinem Gesandten zweifellos einen Sitz im Theater bezahlen. Das kostet nur zwei Obolen.«
»Niko, mein lieber Junge, du weißt, daß ich große Stücke auf dich halte.« Er bemühte sich sehr. »Du hast Talent. Das Publikum hat dich gern. Aber glaube nur nicht, daß du nicht auch

dort enden kannst, wo er jetzt ist –«, er warf einen Blick zurück auf Krantor, der vom Maultier gestiegen war, um zu urinieren –, »wenn du dich nicht anstrengst, die Bekanntschaft einflußreicher Leute zu machen. Der Bursche in Korinth! Ein reizender Kerl für eine Nacht! Aber deine Tage mit ihm zu verbringen! Und die Gesellschaft, zu der du nicht gehen wolltest, weil du angeblich zu müde warst! Weißt du, daß Chrysippos den größten Rennstall auf dem Isthmus besitzt? Alle Welt war da. Um mit Krantor von einer Schenke in die andere zu ziehen, dazu warst du nicht zu müde.«

»Krantor kennt die besten. Alle Welt war dort. Warum bist du nicht auch gekommen?«

»In einer Stadt wie Korinth sollte ein Schauspieler deines Ranges sich nicht mit einem drittklassigen Mann in Schenken sehen lassen. Ich versichere dir, solche Dinge versteht man ganz und gar nicht!«

»Danke für das Kompliment, mein Lieber. Wenn ich aber dafür zu gut bin, dann, bei Apollo, bin ich auch zu gut, in drittklassigem Mist aufzutreten, selbst wenn der Tyrann von Syrakus ihn schreibt und aufführen läßt. Mag er Theophanes kommen lassen und ihn in purpurne Stiefel stecken! Sie sind einander würdig.«

Ich konnte merken, wie Anaxis an sich hielt, denn er erinnerte sich daran – was auch ich hätte tun sollen –, daß Streitereien eine Rundreise auf den Hund bringen können. Man kann sich nicht lange genug voneinander fernhalten, um sich abzukühlen. Ich habe das schon blutig enden sehen.

»Gut, gut, Niko. Aber ein Künstler sollte wissen, ob er von der Kunst spricht oder von der Politik. In diesem Fall bezweifle ich, daß du es weißt.«

»Sieh!« Ich wies aufwärts. »Das muß der Tempel des Apollo sein.« Ich hatte genug von der Politik.

»Ja, natürlich! Das Theater ist gerade dahinter. Sag mir, Niko,

hast du je eines von den Stücken des Dionysios aufgeführt gesehen?«
»O nein. Ich habe noch nie den Fuß nach Syrakus gesetzt.«
»Sein *Ajax* hat vor einigen Jahren in Athen bei den Dionysien den zweiten Preis gewonnen.«
»*Ajax*? Das war von ihm?« Es war natürlich von einem athenischen Choregen aufgeführt worden, der neben dem Dichter ebenfalls als Sieger eingetragen wurde, wie das Sitte ist. Ich hatte es vergessen, falls ich es überhaupt gewußt haben sollte, und ich muß gestehen, daß ich überrascht war.
»Ja, das war von ihm. Die Athener sitzen nicht bei einem Schmarren, ohne zu murren, und noch weniger erlauben sie, daß so etwas mit einem Preis gekrönt wird. Wir wollen uns doch nichts vormachen. Dionysios, der Herrscher, ist ein Despot und der Freund von Despoten. Er herrscht mit Spionen. Er plündert Tempel. Er hat den Karthagern griechische Städte verkauft. Er ist überall mit den Oligarchen verbündet. Er leiht den Spartanern Truppen. Ihn zu hassen ist darum das Losungswort eines jeden demokratischen Griechen. In einer Rede vor der Festversammlung muß man natürlich sagen, daß seine Verse abgedroschen sind und auf jedem Fuß hinken. Wollte einer behaupten, sie seien gar nicht schlecht, glaubst du, daß man fachmäßig ihren Aufbau diskutieren würde? O nein, man würde ihn anklagen, er wolle die dreißig Tyrannen zurückhaben. Wir aber, mein lieber Niko, sind Künstler und erwachsene Menschen; und niemand hört uns zu.«
»Ja, das ist nur gerecht. Würdest du aber trotzdem wirklich für ihn spielen? Mir läge nichts daran, vor einem Publikum zu spielen, vor dem vorher ein Redner aufgetreten ist wie der in Olympia.«
»Mein lieber Niko! Man merkt, daß du von klein auf zum Theater gehörst. Das ist mehr als vier Olympiaden her. Wie alt warst du damals?«

»Ungefähr sieben. Aber mir ist, als wäre es gestern gewesen.« Ich war dabeigewesen, als Freunde meines Vaters ihm davon erzählten! Dionysios hatte bei dem musikalischen Wettstreit einige Chorlyrik vortragen lassen. Nicht zufrieden damit, erstklassige Talente zu mieten, hatte er nicht gewußt, wo er haltmachen sollte, und sie so reich gekleidet wie persische Satrapen, hatte überdies ein Zelt aufschlagen lassen, purpurn geschmückt mit goldenen Schnüren. Das kam vermutlich daher, daß er Sizilien nie verlassen hatte. Die gebildeten Leute lachten, und alle übrigen schrien: »Protzerei!« Auch der Redner Lysias war bei den Spielen; er war damals schon ein alter Mann, aber immer noch sehr beeindruckend, und er hatte sein ganzes Leben lang gegen die Oligarchen gekämpft; nicht ohne Grund, denn er hatte miterleben müssen, wie sein Bruder von den Dreißig ermordet wurde, und war selbst nur knapp mit heiler Haut davongekommen. Er ergriff die Gelegenheit, hielt eine Brandrede gegen Dionysios und drängte die Menge, zu zeigen, was Hellas von ihm dachte. Da wurden denn die Schauspieler ausgepfiffen, die Menge riß das Zelt nieder und plünderte, was sie erwischen konnte. An diesem Punkt der Geschichte zog ich die Aufmerksamkeit auf mich, da ich laut herausplatzte. Durch die Tracht Prügel, die mein Vater, der niemals etwas aufschob, mir unverzüglich verabreichte, hat sich der Vorfall tief in mein Gedächtnis eingegraben. Olympia, sagte er, sei ein heiliges Fest; war es schon wider das Gesetz, daß Lysias selber Gewalt anwendete, so hätte er doch nie andere Männer dazu auffordern dürfen. Und bei einem Wettstreit der Künste soll über nichts anderes zu Gericht gesessen werden als über die Künste. Wie ihm wohl zumute wäre, wenn er ausgepfiffen würde, obgleich er als Schauspieler sein Bestes gegeben hätte. Er sagte, hoffentlich würde ich das nie erleben müssen. Daraufhin hatte ich mich fortgeschlichen. Auch jetzt widerstrebte es mir, Anaxis die Geschichte zu erzählen.

»Damals war er noch provinzlerisch«, sagte Anaxis. »Schließlich ist er nur der Sohn eines Schreibers. Seither aber hat er sich gute Ratschläge gekauft, und fleißig ist er immer gewesen.«
»Ich will seine Stücke lesen«, sagte ich, um ihn zu beruhigen. Wir stiegen zu der Bergschulter hinauf, auf der Delphi steht. Der Wald lichtete sich. Von den Gipfeln blies klare, reine Luft. Die Gegend roch nach Segen, Gefahr und Göttern.
»Jedenfalls«, meinte Anaxis, »muß man sich daran erinnern, daß er ein Sizilianer ist, der über Sizilianer herrscht. Die alten Sitten von Korinth sind hier recht spärlich geworden. Im Kampf gegen die Karthager haben sie in all den Jahren deren Lebensformen gelernt und sich daran gewöhnt. Dionysios soll auch etwas davon haben. Das Beste, was sie in ihrer Lage erhoffen können, ist, einen schlechten Tyrannen gegen einen guten einzutauschen.«
Sekundenlang sah ich das dunkle Gesicht des Liebsten meiner Knabenzeit vor mir, und ich fragte mich, ob er mich noch immer entzücken würde. Dann aber traten wir aus den Bäumen hervor und standen auf der Höhe.
Laßt euch den ehrfurchtgebietenden Eindruck von Delphi von einem Dichter schildern und von einem Philosophen erklären. Ich selber arbeite ja nur mit den Worten anderer Männer. Ich blickte in das Tal zurück, sah, wie die Olivenhaine sich Meile um Meile bis zum Meer erstreckten, das hinter den Klippen aufschimmerte. Jenseits eines weiten, offenen Geländes war, wolkengefleckt mit Sonne und Dunst, der Berg Korax zu sehen und im Westen die eisernen Klippen von Kirphis. Über uns ragte, mehr geahnt als erschaut, der Parnassos. Sein Haupt war von seinen Knien verhüllt, den Felsentürmen der Phaidriaden, die ihrerseits den Himmel aufzuspießen schienen. Ja, wahrhaftig, Apollo ist der größte von allen Chormeistern. Die Stadt mit ihrem Tempel in der Mitte ist in dieser Weite klein wie ein Spielzeug. Und doch ist es, als umstünden all diese Titanenhäup-

ter die Stadt und blickten auf sie. Sie sind der Chor rund um seinen Altar. Höbe er den Arm, so würden sie eine Dithyrambe anstimmen. Ich kenne keine andere Gottheit, die so einen Eindruck hervorzubringen vermöchte. In Delphi fragt man nicht, woher die Leute wissen, daß hier der Mittelpunkt der Welt ist. Ich schaute zu der mächtigen Steile der Phaidriaden auf, die sich hinter dem Theater erheben wie eine Skene, die bis zum Himmel reicht.
»Sieh nur«, rief ich, »Adler!«
»Mein lieber Niko, die sind hier so alltäglich wie Tauben. Gehen wir lieber ins Wirtshaus, solange dort noch etwas zu essen übrig ist. Falls das dein erster Besuch in Delphi ist, so mußt du das nicht unbedingt alle Welt wissen lassen.«
Am nächsten Morgen besichtigten wir das Theater. Mit Vergnügen stellten wir fest, daß nach dem großen Erdbeben vor fünf Jahren alles neu angeschafft worden war. Rund um den Tempel standen noch Gerüste, und das Dach war notdürftig aus Fichtenstämmen und Stroh zusammengebaut. Apollo und die Erdschlange führten noch immer ihren alten Krieg. Wir schlenderten durch die Stadt, vorbei an den hohen, stolzen Standbildern und an den Schatzhäusern der griechischen Städte. Anaxis wartete geduldig, während ich die Wächter bestach und all das Gold bestaunte. Wir quetschten uns an Schaulustigen und Führern und Wallfahrern vorbei, an Soldaten und Priestern und Sklaven, Tempeldienern mit Besen und Huren mit Fächern; an Ständen, wo Lampen, Bänder, Rosinen, Orakelbücher und geweihte Lorbeerblätter für glückliche Träume verkauft wurden. Ich schaute dahin und dorthin und hatte den Eindruck, als spielten Zwerge auf einer für Titanen gebauten Bühne. Vermutlich war Delphi noch ein kleiner geweihter Ort, als die Armee des Xerxes kam, um das Gold zu rauben, und als die Einwohner Apollo fragten, was zu tun wäre. »Verlaßt die Stadt!« sagte er. »Ich kann mich schon selber schützen.« Noch immer zeigt man die Felsspitze,

die er auf die Perser stürzte, während er hoch von den Phaidriaden wetterte und durch den Donner brüllte. Als Andenken kaufte ich mir eine kleine vergoldete Erzstatue des Gottes, der seinen Bogen spannt. Ein hübsches Stück. Die alte Statue im Tempel ist auch ein Apollo, aber man sieht jetzt keine Nachbildungen mehr von ihm; es heißt, daß er doch roh ist und daß die Kunst mit der Zeit gehen muß.

Dann kam ein Sklave uns entgegen und lud uns ein, mit unserem Choregen Wein zu trinken.

Wir wurden zu einem schön bemalten Haus neben dem Stadion geführt und merkten sogleich, daß es sich bei unserem Mäzen um ein ganzes Syndikat handelte. Drei waren Delphier, aber wir beobachteten, auf wen sich alle Blicke richteten, und vermuteten, daß es der vierte war, der das Geld aufbrachte. Es war ein gewisser Philiskos, ein asiatischer Grieche aus Abydos. Seine Kleidung und der elfenbeinerne Fliegenwedel sagten uns alles; überdies ist Delphi so voll von Klatsch wie ein Bienenstock im Winter voller Bienen. Es handelte sich um den Vertreter des Königs Artaxerxes, und mit persischem Gold spielte er auf der Konferenz den Gastfreund.

Während Süßigkeiten gereicht und Artigkeiten ausgetauscht wurden, unterhielten wir uns über das Stück. Die Bürger von Delphi wurden überhaupt nicht erwähnt. Die Gesandten waren es, denen wir gefallen mußten. Ich war an der Reihe, ein Stück zu leiten und eine Rolle zu wählen, und ich hatte *Hippolytos mit dem Kranz* vorgeschlagen. Die Sache war so gut wie erledigt, als ein kleiner Mann, der sich nur wichtig machen und daheim erzählen wollte, er habe auch mitgeredet, erklärte, das könnte eine Beleidigung für die Athener sein, weil es den König Theseus in schlechtem Licht zeige. Anaxis und ich versicherten den Leuten, das Stück werde alle fünf Jahre in Athen neu einstudiert und sei der sicherste Erfolg des Spielplans. Zu spät. Schon war der Schaden angerichtet, eine Panik brach aus. Bei einer Friedenskonferenz sei es doch selbstverständlich, daß jeder nach Kränkungen und Beleidigungen Ausschau halten würde. *Helena in Ägypten* könnte den Pharao kränken, *Medea* die Korinther, *Alkestis* die Thessalier. Ein- oder zweimal warf ich Anaxis einen Blick zu, um ihm zu raten: »Laß es gut sein! Bevor sie uns auch nur vermissen, sind wir schon in Theben.« Doch er hatte Herz und Hoffnung auf diese Darbietung gesetzt. Als ich ihm, während all dieses Geredes, zuflüsterte: »Versuch doch, ihnen *Die Perser* vorzuschlagen«, da blickte er zu Boden und lachte nicht.

Aus lauter Langeweile begann ich zu träumen; und Träume wecken Erinnerungen. Als wieder eine Pause entstand und alle sich die Köpfe kratzten, sagte ich: »Warum nicht *Die Myrmidonen*?«

Wie oft hat man gesehen, daß dieses Stück von dem Ort abhängt, an dem man lebt. Es ist in Theben ein Lieblingsstück und auch bei den Mazedoniern sehr beliebt. In Athen ist es kaum je wiederaufgenommen worden; kein Mäzen würde es wagen, diese Gefahr einzugehen. Immer, seit den Tagen des Aischylos, gab es Leute, denen es mißfallen hat, und man konnte nie wissen, ob nicht gerade diese unter den Preisrichtern sein würden. Demagogen haben erklärt, die Liebe eines Mannes für einen Jüngling sei ein Relikt aus aristokratischen Zeiten – ein Politiker wird alles sagen, wenn es nur zu dem paßt, was er erreichen will –, und das letzte, was sie hören wollen, ist, daß es sich um ein edles Stück handelt. Ihnen ist es lieber, daß diese großen Bekenntnisse nicht gar so sehr im Herzen widerhallen.

Heute aber stellte es sich heraus, daß es just das Richtige war. Man erwog es von allen Seiten und konnte nicht den leisesten Makel auf irgend jemandes Ahnen, Götter oder Stadt darin entdecken.

Wir verabschiedeten uns, vollgestopft mit persischen Süßigkeiten und Mandeln, verwünschten die Zeitverschwendung, waren aber mit dem Ergebnis zufrieden. Anaxis freute sich über seine Rolle. Ich, als Protagonist, würde den Achilles spielen; doch Patrokles hatte einige wunderschöne Verse und Briseis nachher auch. Krantor sollte den Odysseus und die verschiedenen anderen Rollen spielen.

»Und«, sagte Anaxis, »wohl auch den Apollo im Prolog.«

Beim Sprechen waren wir bei den höchsten Reihen des Theaters angekommen und blickten über das Dach des Tempels hinweg nach den Bergen.

»Nein«, meinte ich, »den Apollo übernehme ich selber.«

Anaxis hob die Brauen.

»Das willst du tun? Es ist ein sehr schneller Kostümwechsel. Vergiß nicht, Apollo kommt herangeflogen; du wirst dich aus der Rüstung herausschälen müssen.«

»Mir liegt besonders viel daran. Man ist ja nicht alle Tage in Delphi. Nenn es meinen Dienst an dem Gott.«

Abends wurden wir gerufen, um mit dem Chormeister, dem Flötenspieler und dem Skenemaler zusammenzutreffen. Hagnon, der Maler, war ein alter Freund aus Athen. Während der Proben schwatzte ich mit ihm, und er malte unterdessen Waffentrophäen auf die Wagenflächen und griechische Zelte auf die Periakten, jene dreiseitigen Kulissen-Prismen, die auf jeder Seite eine andere Dekoration trugen. Von Zeit zu Zeit rief er seinem Handlanger, ihm die Leiter oder Farbe zu bringen oder das Gerüst zu verstellen, und beklagte sich, daß der Bursche nie zur Stelle war. Es war ein schlaksiger, spindeldürrer Kerl mit einem zerzausten gelben Bart; einmal bemerkte ich, daß er mich anstarrte, und das weckte eine Erinnerung in mir, die ich aber nicht deuten konnte. Doch es lag auf der Hand, daß er seine Augen eher auf alles andere richten würde als auf die Arbeit, und so dachte ich nicht weiter daran. Hagnon hatte ihn nach Delphi mitnehmen müssen, weil er ursprünglich das Haus eines Bür-

gers hatte ausmalen sollen. Den Auftrag für das Theater hatte er erst später erhalten.
Die Proben verliefen glatt. Der Chor der Myrmidonen bestand aus schönen, gutgewachsenen Männern, die auch gut singen konnten. Ich fand einen Sattler, der mir einen Gurt anfertigte, in dem ich fliegen konnte. Der Mann, der den Kran bediente, wog mich, um das Gegengewicht zu berechnen; da ich merkte, daß er sehr geschickt war, probierte ich meinen Flug nur einmal mit ihm und sprach den Prolog von dem den Göttern vorbehaltenen Platz aus.
Die Arbeit an den *Myrmidonen* machte mir Freude. Sie waren mir in jungen Jahren in die Seele gedrungen und rühren mich noch heute. Den Patroklos hatte ich schon besser dargestellt gesehen. Anaxis besaß genügend Technik, um seine Stimme jugendlich klingen zu lassen, aber es fehlte ihm an Liebreiz. Immerhin brachte er die menschliche Güte des Patroklos zur Geltung, ohne die alles sinnlos geblieben wäre.
Delphi wurde von Tag zu Tag voller. Gesandte trafen ein; und wie Anaxis mir erzählte, kamen auch Agenten aller Art, um die Gesandten zu bespitzeln, von der gegnerischen Partei in den verschiedenen Städten ausgeschickt, von den geheimen Verbündeten in feindlichen Städten, von den Königen und Tyrannen, die unterrichtet sein wollten, und ich weiß nicht, von wem sonst noch. Mehr unterhielten mich die kostspieligen Hetären, die aus anderen Städten gekommen waren und sich zum Ärger der in Delphi ansässigen Mädchen hier niederließen; sie würden ein besseres Publikum abgeben als all diese Friedensschacher. Ich überließ es Anaxis herumzuschnüffeln und ging auf die thymianduftenden Berghänge oder durch die Olivenhaine, lauschte dem Chor der Zikaden und der Gebirgsvögel, während ich mir diese oder jene Stelle meiner Rollen vorsagte. Eines Tages kam Anaxis und berichtete aufgeregt, daß der Abgesandte des Dionysios schließlich gekommen sei, und das steigerte

unsere Hoffnungen, denn er war eine große Persönlichkeit und aus der Sippe des Tyrannen. Meine Gedanken waren gerade auf eine Atempause gerichtet, und so blieb der Name mir keine Sekunde lang im Kopf haften.

Auf meine Bitte malte Hagnon die Masken für die Hauptrollen; der Maskenmacher der Stadt taugte nur, um die Masken des Chors zu machen, Hagnon aber vollbrachte mit seinem Schnitzmesser wahre Wunderwerke, wie das nur ein guter Maler kann. Er hatte mir einen prächtigen Achilles zurechtgemacht und arbeitete jetzt am Patroklos. Die Apollo-Maske fehlte noch.

Seit Lamprias gestorben war und seine Witwe sein Hab und Gut verkauft hatte, hatte ich die von Pheidias stammende Maske in einem Behälter wie in einem kleinen Altar an der Wand meines Zimmers in Athen hängen. In der Erinnerung an Phigalia bekränzte ich sie vor jedem Wettbewerb und brachte ihr irgendein Opfer dar. Es gab keinen bestimmten Grund dafür, daß ich sie mitgenommen hatte – man kann immer jemanden finden, der unsere Sachen hütet, während wir unterwegs sind –, doch die Maske war nun einmal da und lag jetzt auf dem Tisch in meiner Wohnstatt. An jenem Abend, als die Lampe angezündet wurde und die Schatten sich mit der Flamme bewegten, war es, als schaute die Maske mich an. »Nikeratos, du hast mich heimgebracht«, schienen die Augen in den leeren Höhlen sagen zu wollen. »Die Winterherrschaft des Dionysos in Delphi ist aus und vorbei. Hast du nicht meine Musik vom Parnassos gehört? Ich würde gern wieder Skenefarben wittern!«

Das gab mir einen Ruck. Ich setzte mich an den Pinientisch, das Kinn in der Hand, wie mein Vater es mich vor einer Maske zu tun gelehrt hatte, wenn man sich selber hineindenken will.

»Ruhmreicher Apollo«, sagte ich dann, »bist du dessen sicher? Würde es dir nicht gefallen, wenn dein Antlitz mehr nach der heutigen Mode geformt würde? Du könntest alles haben: einen schweren goldenen Kranz, edelsteinbesetzte Ohrringe. Für die

Geldleute hier bedeutet das gar nichts. Und sie werden bei der Kostümprobe dabeisein.«
Eine nächtliche Brise wehte von den Höhen des Korax; das Licht flackerte. Apollo sah mich aus dunklen, lidlosen Augen an. »In Phigalia«, sagte er, »hast du versprochen, mir etwas zu opfern. Habe ich vorher etwas verlangt?«
Am Morgen betrachtete ich sie bei Tageslicht. Die Farbe war stumpf und abgenutzt, doch das Schnitzwerk war vollendet. Hagnon war im Theater bei der Arbeit. Ich öffnete den Behälter und fragte ihn, was er davon hielte.
Er sah die Maske lange an, furchte die Stirn und biß sich auf die Lippen. Ich erwartete, er werde die üblichen Dinge sagen: steif, roh, primitiv. Doch er sah sie an, als hätte ein Schmerz ihn gepackt, und sagte:
»O Gott, wie muß es gewesen sein, als Menschen noch diese Sicherheit besaßen?!«
»Der Gott weiß es«, sagte ich. »Ich werde sie tragen und sehen, was daraus über mich kommt. Kannst du sie übermalen?«
»Ja, ja, natürlich! Ich kann sie übermalen und dafür sorgen, daß man sie von vorn kaum von einer heutigen unterscheiden kann. Aber weißt du was, Niko, ich werde dir eine neue kaufen und sie umsonst bemalen. Dafür gib mir diese hier, und wir sind quitt.«
»Nein. Ich meinte, ob du sie so herrichten kannst, wie sie gewesen ist?«
Er nahm sie in die Hand, wendete sie hin und her und kratzte mit dem Fingernagel über die Farbe.
»Ich kann's versuchen. Der Gott möge mir helfen. Laß sie mir hier.«
Er legte sie zur Seite und schob die Leiter längs der Skene. Ich half ihm dabei und fragte ihn, wo denn sein Helfer hingeraten sei.
»Ich habe ihn fortgeschickt und bin froh, daß ich ihn los bin. Es

arbeitet sich rascher allein. Stinkfaul, mürrisch und die halbe Zeit besoffen. War er je in deinen Diensten, Niko?«
»In meinen? Wie kommst du darauf?«
»Als ich ihn auszahlte, sagte er, das seien vermutlich deine Ränke!«
»Meine? Was meinte er damit? Es ist wahr, irgendwie kam er mir bekannt vor ... Wie heißt er denn?«
»Meidias ... du kennst ihn also?«
Vielleicht hätte ich ihn ohne Bart wiedererkannt, aber ich glaube, daß es seine Beine waren, die meine Erinnerung aufgestört hatten. Wer anders als er konnte glauben, daß ich, nach all diesen Jahren und in meiner Stellung, nichts Besseres zu tun hatte, als ihn seines kläglichen Taglohns zu berauben? Er vermutlich hätte das getan.
Nun, dachte ich, jetzt habe ich ihn wohl zum letztenmal gesehen. Und das war richtig.
Am nächsten Tag kam Hagnon nicht ins Theater. Irgend jemand berichtete, er habe sich in seinem Zimmer eingeschlossen und wolle nicht öffnen. Er schien nicht krank zu sein; vielleicht hatte er jemand bei sich. Abends traf ich ihn in der Schenke.
»Die Farbe ist noch nicht trocken«, sagte er. »Aber komm und sieh selber!«
Er hatte die Maske auf den Tisch gestellt und eine Lampe davor. Ich schaute schweigend, während die Augen des Gottes, von unergründlicher Stille erfüllt, über uns hinausblickten. Wir hatten ihm gedient. Er war in seine Berghöhle zurückgekehrt wie eine Schlange im Frühling, um seine Jugend erneuern zu lassen. Mein langes, tiefes Schweigen war Hagnon unbehaglich.
»Das Zimmer ist zu klein. Ich hätte sie dir im Theater zeigen sollen!«
»Hast du das gemacht?« fragte ich. »Oder hat er es selber getan?«
»Ich will dir sagen, was ich gemacht habe. Ich fand, es sei ein

Tag für das Orakel; und so opferte ich und nahm die Maske mit mir und ging in die Grotte hinunter.«

Ich sah ihn an. Er blickte beinahe beschämt drein.

»Ich wollte einfach das richtige Gefühl kriegen. Doch man muß irgend etwas fragen, und so fragte ich, welche Attribute das Antlitz des Gottes zeigen sollen, und die Pythia antwortete – ganz deutlich, ich konnte es hören, ohne daß der Priester es zu deuten brauchte: ›Der pythische Apollo!‹ Und so ging ich heim und begann zu arbeiten.«

»Apollo Loxias«, sagte ich.

Vorher, beinahe bis auf das blanke Holz abgewetzt, schien er nur den Olympier zu zeigen, ausgeglichen und klar. Doch beim Brüten über den verblichenen Linien von Mund, Augen und Nase hatte Hagnon verlorene Biegungen und Schatten entdeckt. Ein Schauer rann mir über den Nacken. Hier war der Doppelzüngige, dessen Worte sich in ihrem Sinn bewegen wie eine Schlange in einem Schilfbett, sich ringeln und krümmen. Wie kann ein Mensch seine Seele Kindern offenbaren? Und wie ein Gott den Menschen?

Dann fragte ich Hagnon, wie denn die Pythia gewesen war.

»Wie verwitterter Fels«, erwiderte er. »Sie hat ihre Zähne verloren, und unter dem Dampf sabberte sie. Doch in Wirklichkeit habe ich sie nicht lange angesehen. Im Grunde der Grotte, hinter dem Dreifuß, ist ein Riß, der sich ins Dunkel verliert, und in dessen Öffnung ein sieben Fuß hoher Apollo aus Gold mit Augen aus Lasur und Achat. Der muß noch über die Perserkriege hinaus zurückreichen. Er hat jenes geheime Lächeln. Ich konnte die Augen nicht von ihm abwenden. Aber ich hörte dennoch, was sie sagte.«

Ich ließ Wein auftischen und sagte, er solle sich doch seine Arbeitszeit bezahlen lassen. Aber er erwiderte, das würde Unglück bringen. Bevor wir tranken, ließen wir unsere Becher vor der Maske aneinanderklingen.

Ich fragte ihn, warum er, wenn diese alten Formen ihm so nahe waren, dennoch im heutigen Stil arbeitete.
»Versetze mich zurück in die ruhmreiche Zeit des Perikles«, sagte er, »und bewirte mich mit Lethewasser, damit ich vergesse, was ich weiß. Einst verdienten die Menschen solche Götter. Und wo sind sie jetzt? Sie verbluteten auf Schlachtfeldern, schwarz vor Fliegen; oder sie verhungerten bei der Belagerung, weil sie zu gut waren, um ihre Nachbarn zu plündern. Oder sie segelten nach Sizilien, Päane singend, und ließen ihre Knochen in gesunkenen Schiffen oder als Sklaven in den Fiebersümpfen der Steinbrüche. Kamen sie lebend heim, so wurden sie von den Dreißig Tyrannen ermordet. Oder wenn sie all das überlebten, saßen sie im Alter in staubigen Winkeln, verhöhnt von ihren Enkeln, denn von Größe zu sprechen war wie eine Stimme aus dem Grab. Jetzt sind sie alle dahin; und hier sind wir, du und ich, die wissen, was aus ihnen geworden ist. Was wirst du mit dieser Maske tun, Niko, wenn du sie aufsetzt?«
»Das magst du wohl fragen. Zum mindesten werde ich das Drama von Aischylos spielen, für das sie gemacht war. Vielleicht wird sie mich etwas lehren.«
Die Lampe rauchte, und Hagnon putzte sie. Als er den Docht beschnitt, war es wie ein Flackern auf den Zügen des Loxias, und man hätte glauben können, daß die dunkle Seite lächelte.

Bei der Kostümprobe fragten die Mäzene, wie ich es vorausgesehen hatte, Hagnon, warum er sie mit diesem alten, frischbemalten Zeug betrogen habe. Als er ihnen erklärte, daß er dafür auch nichts berechnet habe, sagten sie erbost, sie hätten doch angeordnet, alles müsse aufs beste hergerichtet werden. Dieser Maske aber fehle es an Anmut und Reiz, sie sei zu streng. Mäzene sind Mäzene, und so fragte ich sie nicht, wozu Apollo Anmut benötige, wenn er doch komme, um in Worten wie gehämmertes Erz das Verhängnis zu künden. Statt dessen sag-

ten wir, der Gott habe durch das Orakel ausdrücklich diese Maske befohlen, weil sie den pythischen Ausdruck besitze. Das brachte sie zum Schweigen.
Als die Dummköpfe gegangen waren, kam Gyllis, die thebanische Kurtisane – heute ein wenig aus der Mode, aber immer noch berühmt dafür, wie sie Verse liest –, und küßte uns der Reihe nach. Sie war im Zuschauerraum gewesen und schwor, wir würden einen Riesenerfolg haben. Mikon, der Mechaniker, der seine Arbeit liebte, erkundigte sich bei mir, ob der Kran glatt laufe. »Ich will, daß ein Schauspieler sich sicher fühlt, sonst kann er sich nicht richtig ausgeben. Hier in Delphi nehmen wir nie ein altes Seil. Zweimal für einen Menschen, einmal für einen Wagen, das ist meine Regel. Das letzte Stück, das gespielt wurde, war *Medea*, und so bekommst du heute ein neues.« Ich erklärte ihm, daß ich mich in meiner Mutter Armen nicht sicherer gefühlt habe, und er kletterte mit seiner Ölflasche und seinem Fettkrug in seinen hölzernen Turm zurück.
An diesem Abend regnete es, und das dämpfte unsere Stimmung, doch der Tag brach kühl und blau an mit nur einer ganz leichten Brise. Als wir ins Theater kamen, waren die oberen Reihen bereits besetzt, und die Diener der Mäzene machten sich bei den Ehrenplätzen mit Kissen und Teppichen zu schaffen. Durch die Spalten der Skene wirkte es wie ein festliches Ereignis. Ich schnallte meinen Gurt um und zog darüber Apollos weiße, goldgesäumte Tunika an, während mein Kostümhelfer den Ring des Gurtes durch den Schlitz schob.
Auf dem Tisch stand in einem offenen Behälter die Maske. Vom Maskenmacher hatte ich dafür eine neue blonde Perücke erworben. Es war junges, starkes Haar, wie es die Bauernmädchen verkaufen, wenn sie sich bei Trauerfällen das Haar abschneiden müssen. Das Leben des Gesichts flutete hinein; ich malte mir aus, wie es von dem Haupt des zürnenden Gottes strömte, während die Pfeile auf seinem Rücken klapperten, wenn er mit

wütenden Schritten wie die einbrechende Nacht über die Felsen in die Ebene von Troja hinunterstieg. Das ist der Apollo der *Myrmidonen*; geradewegs aus dem Homer!
Mit erhobenen Händen bat ich um seine Huld, und dann legte ich die Maske an. Schon begannen die Flöten- und Kitharaspieler mit der Musik, und Mikon gab mir von seinem Turm aus das Zeichen: »Fertig!«
Ich lief hinaus, winkte Anaxis zu, der für alle Fälle Anthemion küßte, weil das Glück bringen sollte, und Krantor, der den Harnisch des Odysseus umschnallte. Hinter der Rückwand der Skene war die versteckte Plattform, wo Mikons Lehrling wartete, um mich an den Haken des Krans anzuhängen. Die Musik wurde lauter, um das Knarren der Maschine zu übertönen; das Seil an meinem Rücken straffte sich. Ich griff nach dem silbernen Bogen und lehnte mich in meinem Gurt zurück.
Aufwärts ging es, hinaus über die Skene; der Kranbaum mit seinem wandernden Schirm von gemalten Wolken hob sich und drehte sich in seinem Zapfen. Das brandungsgleiche Rauschen der Stimmen verstummte; das Spiel hatte begonnen. Über den Phaidriaden kreiste kreischend ein Adler und wiegte sich, wie ich, in den Lüften. Der Kranbaum drehte sich auswärts, und die Musik hielt an, weil jetzt meine Rede begann. Da war es, daß ich knapp über mir ein leises Krachen im Seil hörte und ein leichtes Durchsacken spürte. Ein Strang hatte sich gelöst.
Zuerst dachte ich, es sei lediglich ein Ruck im Flaschenzug gewesen. Mikon war unbedingt verläßlich und das Seil nagelneu. Ich beschloß also, nicht weiter daran zu denken. Ich hatte ungefähr ein Drittel hinter mir, als ich abermals das Gefühl hatte, daß etwas sich löste. Diesmal war kein Zweifel möglich. Ich fühlte, wie es spannte und nachgab. Und ich sackte ein, zwei Zoll tiefer.

»... des Zeus kampfbrechende Aegis ...«

Ich konnte mich sprechen hören; doch schnell wie ein Herzschlag durchzuckte mich der Gedanke: Ein angeschnittenes Seil – Meidias! Dreißig Fuß tief ... auf Stein!

»Und wenn der braune Aar mit seinem wilden Kamm
herunterschwebt, ist kaum ein Schutz zu finden ...«

Weise Worte. Noch immer kamen sie aus der Maske, und ein Vers drängte zum nächsten. Zwei Stränge waren gerissen. Wie viele blieben noch? Der letzte, der mein ganzes Gewicht trug, konnte nicht ewig halten. Wenn ich jetzt laut schrie, konnte man mich vielleicht gerade noch herunterholen.

»Denn ich bin Phoibos, Bogner mit den Sonnenpfeilen,
der Wahrheit Zunge, niemals falsch beschwörend ...«

Ich dachte an die Maske, die ich trug. Ich kannte ihre Züge wie meine eigenen. Und ich dachte: Mein Vater hätte weitergeredet!

Das vollzog sich in Sekunden. Meine Stimme sprach noch immer die Verse, und jetzt legte ich meinen Willen hinein. Die Worte, das Licht, die Berggipfel, durch die Löcher der Maske erschaut; der Geruch der Maske, alt und hölzern, mit frischer Farbe gemischt, der Zuschauerraum am Berghang, mit Augen gefüllt, das alles schlug klar und hell an meine Sinne, während Sekunde um Sekunde verstrich, die jede meine letzte sein konnte. Eine Art Ekstase, wie sie Männer – so sagt man – in der Schlacht spüren, durchflutete mich.

Plötzlich wurde das Publikum unruhig. Man hörte ein Summen, und dann schrie einer ganz laut: »Achtgeben! Das Seil!«

Es hatte bei den Seitensitzen begonnen, wo man hinter die

Kulisse sehen konnte. Wenn sie doch bloß still wären! Vor dem Ende meiner Rede konnte ich tot sein; warum warteten sie nicht, statt mich mit schalen Neuigkeiten zu unterbrechen. Ich hob die Hand, Apollo gebot Schweigen, und dann warf ich ihnen die erstbesten Worte zu, die mir in den Sinn kamen: »Herr über alle Götter ist das Schicksal!« Anschließend nahm ich meine Rede wieder auf.

Jetzt herrschte tödliche Stille. Jedes Wort fiel in beklemmendes Schweigen. In den Riemen meines Gurtes spürte ich ein Ziehen des Seils über mir. Der dritte Strang löste sich.

Der vierte mußte der letzte sein, dachte ich; er gab nach, schon sank ich tiefer. Dann, als das Publikum erleichtert aufatmete – vielleicht auch enttäuscht –, merkte ich, was geschah. Mikon war gewarnt worden; er ließ mich behutsam auf die Bühne hinunter.

Einen Augenblick lang war es, als baumelte ich an der Fingerspitze des Todes; im nächsten aber berührten meine Füße den Boden. Es war vorbei. Man erwartete, daß ich jetzt da stehen und meinen Bogen nehmen würde. Ich löste den Ring auf meinem Rücken, an dem ich noch immer hing. Und dann erfand ich einen Abgang aus dem Stegreif. In meinem letzten Vers ist die Rede von dem Rückflug nach dem hohen Olympos. Ich war gerade noch besonnen genug, diesen Vers wegzulassen. Bei einem spannungsgeladenen Publikum wäre das ein willkommener Anlaß zu Gelächter gewesen.

Ich hatte den Eindruck, tagelang dort oben geschwebt zu haben. Es war ganz seltsam, daß jeder hinter der Skene mich fragte, wie ich mich fühlte.

»Später!« sagte ich. »Jetzt muß ich mich umziehen!«

Anaxis stürzte auf mich zu, die knabenhafte Patroklos-Maske zurückgeschoben. Blaß vor Entsetzen, drückte er mir einen Becher Wein in die Hand, doch nach einem Schluck schob ich ihn fort.

»Kannst du weiterspielen?« fragte er. »Soll nicht lieber Anthemion für dich einspringen?«
Ich beherrschte meine Züge gerade zur rechten Zeit.
»Nein. Vielen Dank. Aber im Namen der Götter – hinaus auf die Bühne! Es ist ja keiner draußen!«
Mein Gehilfe schnallte meinen Gurt ab und legte mir die Rüstung des Achilles an. Dabei schwatzte er unablässig. Mikon kam herbeigeeilt, das angeschnittene Seil in der Hand.
»Später«, sagte ich.
Achilles muß ziemlich lange grollend dasitzen, bevor er sich entschließt zu sprechen, und dadurch konnte ich mich ausruhen; doch wenn er sein Schweigen bricht, dann muß es lohnend sein, ihn zu hören. Mein Blut war noch immer in tollem Wirbel, und ich war auf alles gefaßt. Ich erinnere mich, daß ich dachte: So fühlt man sich, wenn man schlecht spielt. Aber als ich die Verse sprach, darin er den Ruhm einem langen Leben vorzieht, da brach plötzlich tosender Beifall los, und ich mußte mein Spiel unterbrechen. Damit hatte ich nicht gerechnet: nie, glaube ich, bin ich so nahe daran gewesen, meinen Text zu vergessen.
Endlich war es vorüber. Der Lärm schien ewig zu dauern. Selbst als ich mich umziehen ging, applaudierten die Leute noch. Doch mit einmal fühlte ich mich hohl wie ein geleerter Weinschlauch, elend und todmüde. Sogar der Beifall tönte leer. Er wäre nicht anders gewesen für einen Gaukler, der durch einen Reif von spitzen Messern gesprungen ist. Angewidert dachte ich an meine Leistung, die meiner Überzeugung nach von Anfang bis Ende schlecht gewesen war. Ganz verblödet stand ich da, während mein Gehilfe mich auszog, und versuchte, höflich zu den Leuten zu sein, die hinter die Bühne gekommen waren. Jetzt brachte Mikon abermals das Seil und zeigte es in der Runde.
»Ich hatte es abends geprüft; Fuß für Fuß.« Er hielt es zwei Mäzenen unter die Nase, die gekommen waren, um sich zu

beklagen. »Seht her! Diese Lumperei! Die Stränge waren geöffnet und ein heißes Eisen hineingelegt worden. Hätte man es angefeilt, so hätte das Seil sich abgerieben, und ich hätte das sehen müssen, als ich es laufen ließ. Das ist in der Nacht getan worden. Dieser betrunkene Schuft, der Gehilfe des Malers! Er soll hier gesehen worden sein.«
»Ich habe ihn um Mitternacht hier herumstreichen sehen«, sagte Hagnon, »mir aber weiter keine Gedanken darüber gemacht. Hat vielleicht irgendeine Beschäftigung gefunden, dachte ich. Nun, hoffentlich erwischen sie ihn. Die jungen Leute sind auf die Berge hinaufgestiegen; sie vermuten, er habe sich dort irgendwo versteckt, um sein Werk zu beobachten.«
»Mag sein.« Ich fühlte mich nicht länger betroffen. Neben mir stand die Bahre des toten Patroklos. Ich schob die Puppe zur Seite und war froh, daß ich eine Sitzgelegenheit gefunden hatte.
»Wo ist der Wein?« fragte Krantor. Er schenkte ein und reichte mir den Becher. Ich hätte alles, was man mir anbot, mit Vergnügen getrunken, aber der üppige samische Duft sagte mir, daß dies der beste Tropfen in Delphi war. Es durchlief mich wie frisches, warmes Blut.
Anthemion schwatzte: »Es ist ein Geschenk von irgendeinem Verehrer im Publikum. Vor dem Ende des letzten Chors wurde der Krug gebracht. Und der Bote sagte nur: ›Zu Ehren des Protagonisten.‹ Aber du wirst seinen Namen schon erfahren, dessen bin ich gewiß.«
Ich setzte den Becher ab. »Du Dummkopf! Gerade hat jemand versucht, mir das Genick zu brechen, und jetzt gibst du mir einen Wein, von dem du nicht weißt, woher er kommt.« Ich überlegte, ob ich nicht ein Brechmittel nehmen sollte, aber dann sagte ich mir, sterben sei weniger mühevoll.
»Nein, nein, Niko!« Der alte Krantor klopfte mir auf die Schulter. »Trink nur aus, mein Junge. Ich habe den Sklaven gesehen, der ihn gebracht hat. Rassig wie ein Vollblutpferd. Er kann bei

keinem schlechten Mann in Diensten stehen. Vermutlich einer der Mäzene.« Er warf einen Blick auf die beiden, die hier herumstanden, doch die hüstelten und sahen in eine andere Richtung.

Er füllte den Becher noch einmal. Der Wein war, obgleich ungemischt, so süffig, daß er wie Milch durch meine Kehle rann. Da ich immer mit leerem Magen auf die Bühne gehe, spürte ich recht bald die Wirkung. Ich stand da und schwebte sozusagen auch ohne Kran in den Lüften. Alles war golden, jedermann herzlich und gut und schön. Den Becher in der Hand, sah ich auf meinem Tisch die Maske Apollos in ihrem Behälter. Mein Kostümhelfer hatte das Haar geflochten und gebunden, wie ich es ihm gezeigt hatte, im Stil der Zeit des Perikles. Als der Wein mich in höhere Sphären hob, schien die Maske Prophezeiungen zu verkünden. Schwankend erhob ich mich vor ihr. Nicht ich war es gewesen, der die Rede gehalten hatte; die Maske hatte gesprochen, dachte ich, während ich wie eine Puppe in Apollos Hand hing. Ich hob den Becher und brachte ihr ein Trankopfer dar.

»Da tust du gut daran«, sagte eine mir unbekannte Stimme. »Wahrhaftig, der Gott muß dich lieben!«

Ich wandte mich um. Die Menge im Skeneraum war auseinandergetreten wie Komparsen beim Auftritt einer gewichtigen Persönlichkeit.

Da stand ein Mann, der unmittelbar von einem Denkmalssockel in der Straße der Siege herabgestiegen sein konnte. Sechs Fuß und eine Handbreit groß, dunkles, gelocktes Haar, an den Schläfen ergrauend, das Gesicht aber noch jung. Ein Gesicht von strenger Schönheit, ernst bis zur Schwermut und doch von Leben erfüllt. Bestimmt ein Gesicht aus jenen Tagen, von denen Hagnon gesprochen hatte, da die Menschen ihre Götter verdienten. Seine dunklen Augen waren auf mich geheftet.

Es ist seither so viel geschehen, daß ich nicht sagen könnte, was

ich damals empfand. Ich weiß nur noch, daß er wie gesendet erschien, als ich mein Trankopfer darbrachte.
Vom Wein war meine Zunge schwer geworden, und so blieb meine Antwort aus. Aber Anaxis kam herbeigeeilt mit einem Überschwang von höflichem Gerede. Auch die Mäzene drängten sich hinzu. Ich sah, daß das ein Mann war, der für alle etwas bedeutete, nicht nur für mich.
Während Anaxis redete, hatte ich Zeit, ihn zu beobachten. Er war für einen Festtag sehr schlicht gekleidet, fast mit der betonten Einfachheit eines Philosophen – ein langes Gewand, keine Tunika darunter, die linke Schulter entblößt. Über den halben Oberarm lief eine auffallende Narbe. Das Gewand war schmucklos, doch von bester milesischer Wolle; die Bordüre kaum einen Zoll breit; die Sandalen zeugten von karthagischer Arbeit mit goldenen Spangen. Es war die Einfachheit eines Mannes, der nur einen einzigen Laden kennt – den besten in der Stadt.
Er sprach ein klassisches Attisch, doch mit einem dorischen Einschlag und noch einem anderen Tonfall, den ich nicht bestimmen konnte; denn seine Antwort an Anaxis war so kurz und förmlich, daß alle Lobreden versiegten. Dann, noch immer mit strengen Zügen, wandte er sich wieder mir zu und schluckte. Ich weiß nicht, was meinen Blick mit einmal klärte; vermutlich war es die Echtheit des Weines. Ich dachte: Er ist ja schüchtern! Aber zu stolz, um es einzugestehen.
Ich hatte ihn mit Ehrfurcht betrachtet; er schien wie aus einer anderen Welt zu kommen. Jetzt, da ich eine Schwäche an ihm bemerkte, die ihn als Sterblichen erkennen ließ, begann ich ihn zu lieben.
Ich stand von der Bahre auf, hielt mich aber noch immer mit einer Hand daran fest. Es störte mich nicht sehr, daß ich angeheitert war; schließlich hatte er den Wein geschickt. Er war als Freund hier, hatte aber, wie auch der Dümmste sehen konnte,

noch nie zuvor den Fuß hinter eine Bühne gesetzt. Er mußte sich verloren fühlen, und ich war sein Gastfreund.
»Ich danke dir«, sagte ich. »Das beste Getränk, das ich je gekostet habe, und just in dem Augenblick, als ich es am dringendsten benötigte. Du hast mir das Leben gerettet – gleich nach Apollo, der mir beistand als der Edelmann, der er ist. Morgen will ich ihm eine Ziege opfern. Und auch meinem Vater Artemidoros schulde ich ein Opfer. Hast du ihn je als Kassandra gesehen?«
Er lächelte ein wenig, fühlte sich sichtlich behaglicher und sagte: »Ja, laß mich nachdenken.« Die Worte kamen ihm nicht unbedacht über die Lippen, das war zu merken. »Ja, in den *Troerinnen*. Nicht wahr? Oder im *Agamemnon*? Ich war damals ein sehr junger Mann und besuchte Freunde in der Akademie. Aber ich habe das Stück nie so lebendig dargestellt gesehen. Wenn ich mich recht erinnere, hat Kroisos die Hekabe gespielt.«
»Kroisos!« rief ich. »Dann hast du auch mich gesehen. Ich war das Kind Astyanax.«
Er musterte mich aufmerksam und sagte nach kurzer Pause: »So bist du immer Schauspieler gewesen? Dein ganzes Leben lang?« Er schien überrascht. Doch es war klar, daß er nicht unhöflich sein wollte. Ich bejahte seine Frage. »Nun ja«, fuhr er fort, »da sind manche wahren Worte bei Euripides über die vielen Gesichter der Götter. Wie heißt es nur dort?«
Ich rezitierte:

»›Die Götter tragen viele Gesichter,
Und viele Geschicke erfüllen sich,
Um ihrem Willen genugzutun.‹

War es das, was du gemeint hast?«
Er lächelte, diesmal ohne Scheu, aber wie ein ernster Knabe. »Ja, und ich weiß jetzt, wie der Text weitergeht:

›Des Menschen Erwartung ist eitel;
Das Ungedachte bringt der Gott zum Sein,
Wie hier wir sehen.‹

Diesmal Worte von gutem Omen.«

Er hielt inne und sah sich in der Menge um, die den Skeneraum füllte und sich um uns drängte. Sein Lächeln verblich, und er sagte sehr förmlich:

»Wir müssen mehr von all dem sprechen. Jetzt wirst du Ruhe brauchen. Willst du aber heute abend mit mir speisen? Komm gegen Sonnenuntergang oder ein wenig früher.«

»Mit Vergnügen«, erwiderte ich; mehr glücklich als überrascht, denn ich wußte, daß es uns bestimmt gewesen war, einander zu begegnen. »Doch nach wessen Haus soll ich fragen?«

Ich hörte die beiden Mäzene unterdrückt lachen. Anaxis riß den Mund auf und machte mir Zeichen. Doch ich sah, daß der Mann keineswegs gekränkt war. Es ist nie schlimm, wenn man nur um seiner selbst willen von jemandem geliebt wird.

»Ich werde dich durch einen Sklaven holen lassen«, sagte er ruhig. »Ich habe derzeit ein Haus auf dem Felsen gemietet. Mein Name ist Dion, ich bin Bürger von Syrakus.«

3

Gegen Abend, als es an der Zeit war, sich anzuziehen und auf den Weg zu machen, hätte ich mich am liebsten gedrückt. Die ausgestandenen Schrecken und den Wein hatte ich ausgeschlafen, mir dann stundenlang Anaxis' Ratschläge angehört, wie ich mich zu verhalten hätte, was ich sagen und, mehr noch, was ich nicht sagen sollte. Denn mein Gastfreund war niemand anders als der Abgesandte des Dionysios. Vielleicht, meinte Anaxis, würde er mich auffordern, etwas zu rezitieren.

»Da verrechnest du dich«, erwiderte ich. »Er sieht nicht aus wie jemand, der seinen Gast das Abendessen verdienen läßt.«

Er hatte sich einen Bürger genannt, ganz wie es jeder vornehme Athener getan hätte. Syrakus hielt bekanntlich noch an den alten Formen fest. So ein Mann mag, wenn er neugierig ist und sonst nichts zu tun hat, sehr wohl einen wandernden Schauspieler zum Abendessen einladen, und er wird ihn mit der Unbefangenheit behandeln, die er sich selbst schuldet; doch damit dürfte die Sache schon ihr Ende haben – jeder Esel konnte das einsehen. Sehr wahrscheinlich würde das Haus von Gesandten und Politikern wimmeln, die mir, wenn sie sich daran erinnerten, daß auch ich vorhanden war, leutselig törichte Fragen stellen würden. In meinem Herzen war mir diese Begegnung wertvoll, die so unerwartet und seltsam gewesen war wie eine Tat des Schicksals; ehe ich sie mit Gemeinplätzen verdarb, wollte ich, daß wir uns nie wieder trafen.

Es wäre vernünftig gewesen, sich in Ruhe anzuziehen, ohne daß Anaxis eine Geschäftigkeit entwickelte wie eine Brautmutter. Er berief sogar einen Bartscherer, der mir das Haar kräuseln sollte.

Fast wurde ich wütend und fragte ihn, was für einen Affen er aus mir machen wolle, nachdem mein Gastfreund mich am Morgen mit schlichtem und glattem Haar gesehen hätte. Zum Glück sagte der Bartscherer, mein Haar sei zu kurz, damit könne er nichts anfangen. Ich hatte außerdem die größte Mühe, mich nicht in Anthemions Festgewand stecken zu lassen, ein rotes Kleidungsstück mit Stickereiborten, eine Liebesgabe des Anaxis. Wie so viele Schauspieler, die auf der Bühne ständig prächtige Gewänder tragen müssen, verzichtete ich im Alltag gern darauf. Ich besaß ein einfaches dunkelblaues Gewand, das ich anzog; weiße Gewänder lassen sich auf Reisen schlecht sauberhalten. Nachdem ich meinen Willen durchgesetzt hatte, war ich Anaxis gegenüber freundlicher gestimmt. Als die Zeit immer näher rückte, hätte ich ihm liebend gern meinen Platz eingeräumt. Gyllis aus Theben veranstaltete eine Gesellschaft, und ich war der einzige, der nicht daran teilnehmen konnte.
Dann aber kam der Sklave und führte mich zu Dions Haus, das außerhalb der Stadt auf einem Vorsprung oberhalb des Pleistostales stand. Die Sonne senkte sich, und Delphi hatte sein tragisches Gewand angelegt. Ein blutrotes Licht färbte die blassen Hänge der Phaidriaden und füllte die Schluchten mit Zinnober und Purpur. Von irgendwo aus der Höhe hörte ich ein Schreien, als jagten sich dort die Mänaden. Doch das war längst vorüber; es mußten die jungen Männer sein, die noch immer hinter Meidias her waren. Der Abend war ihnen günstig, denn der Mond ging auf. Ich dachte: »Jetzt muß er doch schon in Theben sein! Armer Teufel – laßt ihn laufen!« Wenn er wirklich irgendwo gelauert hatte, um seinen Triumph zu kosten, so war meine Rechnung jetzt wohl beglichen.
Das viereckige weiße Haus war schon von weitem zu sehen; seine Terrasse lag unmittelbar am äußersten Rand des Vorsprungs, und dahinter war nichts als freier Raum und roter Himmel. Es war jetzt dämmrig; auf der Terrasse brannte eine

Fackel in einem vergoldeten Halter mit aufrechter Flamme. Hier standen Gefäße mit Schlingpflanzen, zwischen den Steinplatten wuchsen süßduftende Sträucher, und ein Spalier mit Reben war zu sehen. Irgendwo sang ein junger Bursche zur Kithara. Die Musik verstummte; mein Gastfreund erhob sich aus dem Schatten und kam mir entgegen. Sein Kopf streifte die Reben über ihm.

»Willkommen, Nikeratos!« Auf seinem eigenen Boden, nicht von allen angestarrt, wirkte er um zehn Jahre jünger. Im verblassenden Licht war ein Lächeln auf seinen Zügen zu erkennen. »Ich freue mich, dich zu sehen. Wir sind hier draußen, um das Ende des Tages zu genießen. Doch sobald es kühl wird, wollen wir hineingehen.« Es war ein milder Abend, aber ich erinnerte mich daran, daß er aus Sizilien kam.

Die Terrasse war mit bunten Marmorplatten gepflastert. Die niedrigen Ruhelager aus Rohr hatten Kissen aus weißem Leinen mit offenbar ägyptischer Stickerei. Von einer großen Gesellschaft war nichts zu bemerken. Es war gut, daß ich mich geweigert hatte, Anthemions Festgewand anzuziehen. Nur ein einziger Gast war noch da, ein Mann von ungefähr sechzig Jahren, graubärtig, mit dichten Brauen und tiefliegenden Augen. Er war stämmig, aber nicht dick, für seine Jahre gut in Form. Sein linker Arm war mit Narben bedeckt. Hopliten haben dort keine Wunden, er mußte also aus guter Familie sein. Ja, selbst neben Dion sah er durchaus vornehm aus. Kein Sizilianer, vielmehr deutete alles an ihm auf Athen. Kein Politiker, dazu sah er zu redlich aus und war auch zu freundlich, als Dion mich vorstellte. Doch da zufällig beide gleichzeitig redeten, verstand ich seinen Namen nicht, und fragen mochte ich nicht danach.

»Wir waren heute morgen zusammen im Theater«, sagte Dion. »Weißt du, daß bisher keiner von uns beiden je eine Aufführung der *Myrmidonen* gesehen hatte? Aber wir hatten das Stück gelesen ... natürlich.«

Er lächelte mir zu. Es war nicht weiter verwunderlich. *Die Myrmidonen* sind das am seltensten gespielte und am meisten gelesene von allen großen Dramen.
»Ja, natürlich«, sagte der andere. Ich merkte, daß es sich bei dieser Feststellung um etwas handelte, was alle Welt von ihnen wußte. Ich hatte auch den Eindruck, daß es ihn überraschte, Dion so mitteilsam zu sehen. Als wolle er das verbergen, setzte er hinzu: »Und dann hört der Geist eine ideale Wiedergabe, der die Wirklichkeit nur selten gleicht. Du aber hast, im Gegenteil, das Stück für mich bereichert. Ich werde vielfach in deiner Schuld bleiben.«
Wir traten an die Balustrade der Terrasse. Die Sonne war inzwischen untergegangen, doch Delphi schien noch immer von dem Licht zu glühen, in das es vorher getaucht war.
»Ich habe Dion neidisch gemacht«, fuhr er fort, »als ich ihm erzählte, daß ich dich voriges Jahr im Piräus als Alkestis gesehen habe. Die Sterbeszene war sehr schön. Diese Festigkeit, diese Einsamkeit! Eine Stimme, die scheinbar mit jedem Vers entschwand, als wäre Alkestis schon auf ihrem Weg. Das war eindrucksvoll; weit mehr als das Pathos, auf das die meisten Schauspieler abzielen.«
Ich war erfreut, doch aus irgendeinem Grunde antwortete ich: »Wer wäre nicht einsam, wenn er für einen langweiligen Menschen wie Admetos stürbe? Ich bin immer froh, wenn ich dann die Maske des Herakles aufsetzen kann und die Trunkenheitsszene spiele, obgleich ich mich dazu auf drei Zoll hohe Kothurne stellen muß.«
Er verwirrte mich. Ich glaube nicht, daß er das bewußt tat. Manche Menschen sind an den Abstand gewöhnt. Es hätte ihn nicht gehindert, mir einen gewissen Blick zuzuwerfen, der besagte, daß es, wenn ich fünf Jahre jünger wäre, vielleicht eine ernste Sache hätte werden können. Ich glaube aber auch nicht, daß er das beabsichtigte. Er war eben von Natur

aus so, wenn er sich möglicherweise auch nie gehenlassen würde.
Ich konnte merken, daß meine Antwort ihn enttäuschte. Doch Dion lächelte. Man sah ihn selten laut lachen; aber er hatte ein gewisses Lächeln, bei dem er den Kopf ein wenig zurückwarf, und das entsprach bei ihm einem Lachen. Es gibt Männer, denen man nur schwer nahekommt und deren harte Schale man nur durch Zufall durchstößt. Ich hatte Glück. Und die Ursache war ein Mann, der versucht hatte, mich zu töten, dachte ich. Irgendwo ist ein Gott am Werk.
Wir sprachen noch eine Weile über das Stück, und dann gingen wir zu Tisch. Das Essen war ausgezeichnet, bestand aber nur aus zwei Gängen und war also keineswegs das sprichwörtliche sizilianische Bankett. Blumen wurden hereingebracht, kleine, gelbe Rosen, und der Wein, der gleiche, den er mir im Theater geschickt hatte. Er hatte seinen besten hergegeben. Für ihn galt immer: alles oder nichts.
Ein prachtvoller etruskischer Lampenhalter hing an der Decke: eine strahlende Sonne mit Nymphen, die sich aufwärts schwangen und deren Arme die Lichtschalen hielten. Solche Dinge findet man nicht in einem gemieteten Haus, es sei denn, man bringt sie mit. Es gab nichts in dem Raum, das nicht irgendeinem Zweck gedient hätte; doch alles, was man sah, war königlich. Ich fand es schwer, meine Augen von ihm abzuwenden, wie sich das geziemte. Bekränzt auf seiner Lagerstatt, den Becher in der Hand, hätte er das Modell für einen Vasenmaler sein können, der ein Fest von Göttern malt. Sein bloßer Arm und seine Schulter waren wie edles Erz; er konnte keine ungeschickte Bewegung machen; die Würde, die Schauspieler sich oft mühsam erwerben, war angeboren. Und seine Züge überstanden auch die Prüfung, die ihnen auferlegt ist, wenn sie sich bewegen. Häufig wird Schönheit stumpf oder gewöhnlich, wenn die Sprache die Maske durchbricht; hier aber brachte jede

Veränderung, wie ein Wechsel der Beleuchtung, neue Schönheiten zutage.
Jetzt schickte er den Sklaven fort; wir würden uns selber bedienen, sagte er. Die große Schale wurde in die Mitte des Tisches gesetzt, der Schöpflöffel lag auf einem sauberen Tuch, wir zogen unsere Liegestätten näher.
»Und nun erzähle uns, Nikeratos«, sagte er, »wie du heute morgen entronnen bist. Und wenn ich da in ein Geheimnis eindringe, so vergib mir, denn ich bin unter anderem auch ein Krieger, und noch nie habe ich im Angesicht des Todes solche Gelassenheit erlebt. War das Eingebung? Oder bereitest du dich durch Übungen auf so etwas vor?«
Er sprach wie zu einem Ehrengast. Ich überlegte eine Weile.
»Nein, das nicht«, sagte ich. »Das Theater ist schließlich ein heiliger Bezirk. Es wäre ein Verbrechen, einen Mann dort zu schlagen oder gar Blut zu vergießen. Aber dergleichen üben wir nicht ein, obgleich wir uns nach Möglichkeit nicht leicht aus der Fassung bringen lassen. Ich kannte einen Mann, der vom Platz der Götter hinunterfiel, als er seine Maske wechseln wollte, und mit gebrochenem Arm weiterspielte. Heute aber glaube ich ... du hast die Apollo-Maske gesehen; es ist kein Gesicht, das man gern lächerlich machen möchte.«
Er warf einen raschen Blick auf seinen Freund, als wollte er sagen: Ich hatte recht, dann wendete er sich mit seinem ernsten, belebten Lächeln zu mir.
»Nicht ohne Grund also waren diese Worte in meinem Geist: ›Ihr glaubt offenbar, ich stehe mit meiner Seherkunst den Schwänen nach. Wenn diese nämlich spüren, daß sie sterben müssen, dann lassen sie, die auch in der Zeit vorher schon gesungen haben, ihre meisten und schönsten Lieder erklingen, vor Freude, daß sie zu dem Gott abscheiden dürfen, dessen Diener sie sind. Weil sich die Menschen aber vor dem Tode fürchten, verleumden sie auch die Schwäne und behaupten, sie

beklagten ihren Tod und stimmten vor Kummer ihren Gesang an, ohne dabei zu überlegen, daß kein einziger Vogel singt, wenn er Hunger hat oder friert oder wenn er sonst ein Leid hat. Ich aber glaube, weil sie als Vögel des Apollo die Gabe der Weissage besitzen und daher zum voraus wissen, was für ein Glück im Hades sie erwartet.‹« Er brach ab und sagte zu seinem Freund: »Ich zitiere das ohne Buch.«

»Aber ziemlich genau«, antwortete der Freund lächelnd.

»Nein, ich habe den Wiedehopf vergessen.«

Ich hatte meine Ohren weit aufgesperrt und konnte kaum erwarten, meine Bewunderung auszudrücken: »Was für prachtvolle Worte! Wer hat sie geschrieben? Aus welchem Stück sind sie?«

Sie sahen einander an. Anscheinend hatte ich ihnen eine Freude bereitet. Dion sagte: »Dies ist der Dichter. Sie sind aus Platons Dialog *Phaidon*.«

Der Name überraschte mich. Das waren die Menschen, von denen ich selber Anaxis erzählt hatte! So viele Jahre – es mußten annähernd zwanzig sein –, und noch immer trafen sie einander. Doch ich hatte geglaubt, dieser Platon sei Sophist.

»Die Worte sind von mir«, sagte er. »Der Gedanke war der eines bessern Mannes.«

»Aber die Worte!« Sie tönten noch immer in meinem Kopf. »Herr, hast du ihrer noch mehr? Hast du nie daran gedacht, für das Theater zu schreiben?«

Er hob die Brauen, als hätte meine kleine Schmeichelei ihn gefreut. Zum mindesten sagte er mit halbem Lächeln: »In der letzten Zeit nicht.«

»Warum nicht, Platon?« fragte Dion.

»Seltsam zu sagen, aber in meiner Jugend war es mein größter Ehrgeiz. Ich war voll von Bildern und Vorstellungen; sie brauchten nur anzuklopfen, und ich öffnete ihnen. Nur zu verlangen, und ich hätte sie gespeist und gekleidet ... aber Dion, gewiß habe ich dir das erzählt.«

Abermals fiel mir seine ausdrucksvolle Stimme auf; wie ein tiefgestimmter Aulos, von einem Meister geblasen. Doch kein Widerhall darin. Mit diesem Brustkorb hätte er das binnen eines Monats überwinden können, wenn ich ihn ausgebildet hätte. Ein Zwang aber hätte die Stimme dünn gemacht; das hatte er anscheinend gelernt, sonst aber nichts.

»Ich versichere dir, daß es so ist«, sagte er. »Ich schrieb einmal eine Tragödie und brachte sie ins Theater, damit sie für die Dionysien gewählt würde. Nach dem, was ich bei einer Probe gesehen hatte, wäre sie wohl in Betracht gekommen, aber das weiß ich nicht. Doch zufällig – wie die Menschen sagen, die sich mit ihrer Unwissenheit zufriedengeben – begegnete ich in der Vorhalle Sokrates – der Freund, Nikeratos, der mich zur Philosophie brachte –, und er wollte das Stück sehen und stellte einige Fragen, alle allzu klar. Ich sah, daß ich die Arbeit eines Lebens brauchte, um die Antworten zu finden, die ich so unbefangen gegeben hatte. Alles war darin – bis auf die Wahrheit.«

»Nun, Herr«, erwiderte ich, »auch Euripides ist einmal ein Anfänger gewesen. Die Treue zur Natur kann nicht nur im Arbeitszimmer gelernt werden; zur Hälfte kommt sie daher, daß man hinausgeht und lauscht. Die Schauspieler werden dir bald zeigen, ob ein Vers sich schlecht spricht. Nach dem, was ich eben gehört habe, möchte ich meinen, daß du dich allzu leicht von deinen Freunden hast abschrecken lassen. Glaub mir, das Theater schreit geradezu nach neuen Tragödien; sieh dir doch nur all diese Neueinstudierungen an. Warum sich nicht überwinden und es diesmal einem Fachmann zu lesen geben? Wäre es dir recht, wenn ich es läse und dir sagte, was ich davon halte?«

»Warum nicht?« sagte Dion. »Auf diese Art könnte ich es auch lesen.«

»Ich habe alles verbrannt, sobald ich heimkam«, erklärte er. Er sah mich an und lächelte – er konnte wahrhaft bezaubernd sein,

wenn er es darauf anlegte. Und dann sagte er: »Mein Freund, Apollo verlangt nicht von uns allen die gleichen Opfergaben.«
Dion füllte meine Schale. Der Boden war mit einem Eros bemalt, der die Leier spielte; eine hübsche, heitere Arbeit, mit weißer Farbe betont, nach italischer Mode. »Nun, Nikeratos, wenn Platon kein Stück hat, das er dir geben kann, muß ein anderer Freund eintreten, so gut er vermag. Ich hatte schon vor, dich zu bitten, wurde aber durch das Vergnügen unserer Unterhaltung abgelenkt …«
Er brach jäh ab. Wir alle fuhren auf. Vom Himmel her, wie es schien, erscholl ein Schrei, der mir den Atem benahm. Ich glaube nicht, daß ich je in meinem Leben einen so entsetzlichen Schrei gehört habe. Wie ein Meteor niederfällt, so fiel aus großer Höhe über uns dieser Schreckensschrei, und dann verstummte er wie abgeschnitten. Ich setzte den Becher hin, der in meiner Hand so zitterte, daß Tropfen auf den Tisch fielen. Dion rief den Sklaven und fragte: »Was war das?«
Der Sklave strahlte, als brächte er gute Nachrichten und sei des freudigen Empfangs sicher.
»Ja, Herr, das muß dieser gottlose Bursche sein, hinter dem sie seit heute morgen her sind. Der Kerl, der versuchte, das Theater mit dieses Herrn Blut zu besudeln. Die jungen Leute sagten, bevor sie gingen, wenn sie ihn erwischten, würden sie ihn vom Felsen des Äsop hinunterwerfen.«
In meinem Magen wurde der Wein kalt.
»Vom Felsen des Äsop?« fragte Dion.
»So heißt er, wie man mir sagt, Herr, nach einem alten Lästerer, der von dort hinabgestürzt wurde. Er ist oberhalb der großen, weißen Felsen der Phaidriaden. Sie fallen ganz steil ab.«
»Danke«, sagte Dion. »Du kannst gehen.« Er wandte sich zu mir. »Sie haben Gerechtigkeit geübt und dich gerächt … was hast du? Du bist ganz blaß.«
Er ist ein Krieger, dachte ich. Glaubt er, ich hätte auch dort oben

sein und mithelfen sollen? »Ich war ja schon gerächt«, erwiderte ich. »Er ist einmal Schauspieler gewesen.«
Ich stellte mir die lange Jagd vor, die Beute stolpernd und dürstend wie ein Wolf vor ihnen fliehend; und dann mußten sie ihn einen langen Weg bis zu der Stelle geschleppt haben, und er wußte, was mit ihm geschehen sollte.
Die beiden Männer musterten mich. Nicht gerade verachtungsvoll, denn ich war schließlich ein Gast.
»Er hat versucht, dir das Leben zu rauben«, sagte Dion. »Und dennoch hättest du ihn schonen wollen?«
»Ja, ich hätte ihn verschont. Schließlich sitze ich hier lebendig an der Tafel. Hältst du mich deswegen für feige?«
Seine Augen weiteten sich. Nie habe ich gesehen, daß so dunkle Augen ein Antlitz erhellten.
»Du scherzt wohl! Feige nach dem, was wir heute gesehen haben? Nein, beim Zeus! Es ist Seelengröße, den Feind im Staub zu schonen. Besser als Rache ist es, am Übel nicht teilzuhaben.«
Er beugte sich vor, eifrig wie ein Liebender. Doch ich ließ mich nicht täuschen; es war die Ehre, um die allein es ihm ging. »Es gibt ein schlechtes altes Sprichwort«, fuhr er fort, »daß man sich von seinen Freunden nicht an Güte und von seinen Feinden nicht an Grausamkeit übertreffen lassen soll. Nein, ich habe …«, er machte eine kleine Pause und wandte sich zu Platon, »… ich habe zu viel gesehen.«
Nun, dachte ich, dafür muß Sizilien der richtige Ort sein. Wie kann nur so ein Mann von dorther kommen?
»Glaub mir, Nikeratos, ebenso wie um deines Mutes willen ehre ich dich, weil du keine Freude an der Rache hast.«
Ich fühlte mich tief erschüttert und elend und hätte über so viel Güte weinen mögen. Das aber hätte ihm wohl nicht zur Ehre gereicht. Ich sagte irgend etwas, daß ich in meinem Beruf mehr als genug mit menschlicher Rache zu tun hätte. Ich sah, wie Platon aufschaute, doch er sprach kein Wort.

»Gewiß«, fuhr Dion fort, »nach Rache dürsten heißt, vor seinem Feind hinfallen und den Staub zu seinen Füßen verschlingen. Was Schlimmeres können wir uns von ihm antun lassen? Im Haß wie in der Liebe werden wir wie das, worüber wir brüten. Was wir verabscheuen, das übertragen wir in unsere eigene Seele. Besser für eine Hure zum Bettler werden. Den Geist vernachlässigt, die Seele ihrer wahren Nahrung beraubt, verdammt am Ende zu irgendeiner niedrigen Wiedergeburt, wenn, wie ich überzeugt bin, Pythagoras uns die Wahrheit gelehrt hat. Wer, bei klarer Vernunft, würde diesen Triumph dem Mann gönnen, der ihm unrecht getan hat?«

Diese Worte beeindruckten mich. An dergleichen hatte ich nie gedacht, und das sagte ich auch. Und als Entschuldigung fügte ich hinzu: »Ich habe an diesen jämmerlichen Meidias gedacht. Sein ganzes Leben lang wollte er jemand sein, aber ohne dafür zu bezahlen. Und das ist für einen Künstler immer der Tod. Aber das! Keinem Hund hätte ich das antun können. Doch mit der Seele hast du natürlich recht. Du hast mir die Schätze der Philosophie gezeigt.«

»Geborgte Schätze!« Er lächelte und warf Platon einen Blick zu. »Es ist das Los des Lehrers, seine Worte schwerfällig aus dem Mund des Schülers kommen zu sehen.«

»Der Schüler«, entgegnete Platon mit seiner tiefen, leichten Stimme, »der erlebt, was er lernt, ist auch ein Lehrer. Eine Stadt solcher Schüler könnte die Welt lehren.« Dann, als hätte er eine Unhöflichkeit begangen, weil er von privaten Dingen sprach, wandte er sich zu mir: »Du bist unschuldig an diesem Tod, denn du hast ihn weder gewollt noch willkommen geheißen. Denke daran, daß der Mann ihn um einer Lästerung willen erlitt. Es war die Ehre des Gottes, die sie gerächt haben.«

Ich trank einen Schluck und schwieg. Doch bei mir dachte ich: Ist es das, was du denkst, weiser Mann? Hätte ich um Hilfe gerufen, als ich dort oben hing, und durch Apollos Mund meiner

Angst Luft gemacht, so daß sie alle gelacht und mich verachtet hätten, dann hätten sie die ganze Umfriedung kurz und klein geschlagen und wären heimgegangen. Aber ich gefiel ihnen; sie sorgten sich um mich. Das ist mein Siegeskranz. So weise bist du und kannst das nicht erkennen?
Sie zitierten Pythagoras, und ich betrachtete ihre durchgeistigten Gesichter und dachte: ich bin nur ein Komödiant. Alles was ich tue, wird wie Rauch verflogen sein, wenn der letzte Graubart stirbt, der es gehört hat; das hier sind große Männer, deren Ruhm wahrscheinlich ewig dauern wird. Doch bei allem, was sie wissen, haben sie keine Ahnung von den Reaktionen einer Menschenmenge.
»Dein Becher ist leer.« Dion tauchte den Schöpflöffel in die Schale. »Wir wollen dich nicht schwermütig sehen. Hat Achilles um Hektor getrauert? Und hier ist es nur ein Thersites, der sterben mußte. Und das bringt mich wieder auf das, Nikeratos, was ich sagen wollte. Hättest du Lust, bei den nächsten Lenäen wieder den Achilles zu spielen?«
Das wäre es denn, dachte ich. Einen Augenblick lang sah ich Anaxis und den Bartscherer vor mir. Aber in Athen?
»Ich bin glücklich darüber, daß du an mich gedacht hast; aber ich spiele noch nicht die Rollen der Protagonisten. Und überdies bestimmen das die Veranstalter.«
Ich hatte vergessen, daß er ein Fremder war. So nahe und dabei so fern!
»Bemüh dich darum!« Er lächelte. »Ich glaube, daß Freunde von mir das schon bewerkstelligen können. Und was die Rollenverteilung angeht, nun, wenn wir die erste Besetzung nicht haben, so können wir dich doch vielleicht bekommen, solange dein Name noch neu auf der Liste ist.«
Ich merkte, daß er sich auskannte. Frühere Sieger werden zuerst gewählt; die Liste ist dazu da, um den Veranstaltern eine gerechte Möglichkeit zur Wahl zu geben. Er sagte mir, selbst

wenn sein Chorege die erste Wahl hätte, würde er dennoch mich nehmen. Das Tor, an das ich seit Jahren geklopft hatte, öffnete sich auf die Berührung seines Fingers. Ich dankte ihm, so gut ich konnte. Doch selbst jetzt war ich zu lange beim Handwerk, um nicht zu fragen: »Um was für ein Stück handelt es sich?«
Ich ahnte die Antwort, bevor ich sie erhielt. Ich sah, wie er schluckte.
»Es heißt *Hektors Loskauf*, ein Werk meines Verwandten Dionysios, des Archonten von Syrakus.« Er hätte mich lieber nicht angesehen, und so gönnte er mir nur den Blick eines Kriegers. »Wie du vielleicht weißt, ist das Stück früher in Athen gespielt worden und errang geringere Preise. Doch wie jeder Dichter, setzt er sein Herz daran, den ersten zu gewinnen.« Er klatschte in die Hände und befahl dem Sklaven: »Mago, bring mir das Buch von meinem Nachttisch.«
Wir unterhielten uns, während wir warteten. Worüber, weiß ich nicht mehr. Ich fand, er habe sich seiner Aufgabe sehr gut entledigt; als vornehmer Mann wußte er, wie man etwas verlangt. Der Mann war sein Verwandter, aber auch sein Herrscher, er konnte mich also kaum um Vergebung bitten. Und keiner konnte sagen, daß er mir einen geringen Lohn angeboten hatte.
Das Buch kam.
»Wäre es dir recht«, fragte er, »wenn ich meinen Schreiber kommen und es von ihm lesen ließe? Er ist Tarentiner und liest recht gut.«
»Vielen Dank. Aber am besten liest man es selbst. Die Fackel auf der Terrasse brennt noch. Darf ich hinausgehen?«
Höflich sprach er die Hoffnung aus, daß es mir draußen nicht zu kalt sein würde. Ich ging in den kühlen, taufrischen Garten, der von den Geräuschen einer Gebirgsnacht erfüllt war, dem Rauschen der Bäume, einem Vogelruf, der wie eine Glocke klang, Ziegenklappern jenseits der Schluchten. Ströme von Mondlicht wuschen die Phaidriaden kristallklar, der dunkle Schaum der

Oliven flutete zum Meer, Rebenschatten überquerten die Adern der Marmorplatten. Die Fackel brannte schwach, aber ich brauchte ihr Licht kaum.
Ich setzte mich auf eine Liegestatt, das Buch geschlossen in der Hand. In dem gesprenkelten Schatten des Oleanders glaubte ich ein Gesicht zu sehen. Ich löste das Band von der Rolle, und dann hielt ich wieder inne. Loxias, sagte ich, wenn es darin etwas Gutes gibt, so kommt es von dir! Dann will ich es spielen, und die Leute mögen sagen, was sie wollen. Ist es aber gespreiztes, bombastisches Zeug, dann ist es nicht von dir, und ich rühre es nicht an. Selbst dann nicht, wenn ich bis zu meinem vierzigsten Jahr auf eine weitere Chance warten müßte und überdies die Freundschaft eines Mannes verlöre, der einem den Glauben an die Menschen geben kann. Ich verspreche es, Loxias. Ein Mensch hat nur wenig, was er einem Gott zum Dank dafür geben kann, daß er ihm das Leben gerettet hat; dies ist alles, was ich habe.
Ich entrollte das Buch und las.
Zu Zeus, auf dem den Göttern vorbehaltenen Platz, kommt Thetis im Gram um ihren dem Tode verfallenen, sterblichen Sohn Achilles. Das tönte recht gut, zumal die Verse der Thetis. Nichts war besonders entwickelt, aber bei der Aufführung würde es sich schon ergeben. Die Götter gehen ab, und nun tritt ein Knabenchor auf, der die griechischen Frauen darstellt, und ein Männerchor der Griechen. Die Mitteltore öffnen sich, und Achilles, noch immer trauernd, wird hereingeschoben. So weit, nicht übel.
Eine Szene für Achilles, dem Homer entlehnt, mit einem Hauch Sophokles. Wenn man schon leiht, dann sollte man getrost das Beste nehmen! Damit ließ sich etwas machen; zum mindesten war es kein Gewäsch. Ich las weiter. Die Handlung war nicht schlecht geführt und zeigte auch gewisse persönliche Züge, soweit das bei so einem Thema möglich ist. Nach einer Szene

zwischen Phoinix, Automedon und dem Chor, während die Schauspieler ihre Masken wechseln, tritt Hermes auf als Vorbote des Priamos. Kein schlechter Text für den dritten Schauspieler! Und dann Priamos. Ein Wagen wird durch den Parodos gefahren, was sich immer gut macht. Der Wagen hält an, und Priamos spricht.

Ich hatte rasch gelesen, um einen Überblick über das Stück zu gewinnen. Doch plötzlich war ich gefesselt und begann, laut zu lesen. Der alte Mann spricht von seinem toten Sohn, dessen Leiche er vom Sieger loszukaufen gekommen ist; zunächst spricht er von Hektor als von dem Heldenkönig, der er nie sein würde, dann von dem Kind, das er gewesen war. Der Vater erinnert sich an die Streiche des mutwilligen Knaben und wie er ihn verprügelt hatte. Das war eine wunderbare Stelle, und ich, gewöhnt mit dem Kopf zu lesen, war den Tränen nahe. Dann kam ein Auftritt Agamemnons: kein Wiedererkennen, Rede und Gegenrede, Ironie, das Übliche. Das Stück war ganz ordentlich – bis auf Priamos. In dieser Gestalt hatte es den großen Atem – das konnte man nicht leugnen. Die Szene mit Achilles hätte Erz geschmolzen.

Ich war überrascht, denn ich hatte immer nur gehört, daß Dionysios eine sehr geringe Meinung von seinem Sohn und Erben hatte. Das hier jedenfalls war etwas. Es war eine Rolle, mit der man nicht fehlgehen konnte.

Ich ging in den Speiseraum zurück; die Männer unterbrachen ihr Gespräch. Platons kühle Augen verrieten mir, falls ich es nicht selbst gewußt haben sollte, daß ich an der Schwelle gezaudert hatte, um mir einen richtigen Auftritt zu verschaffen.

»Mir gefällt das Stück. Es müßte sich gut spielen lassen. Habe ich richtig verstanden, daß du mir die Hauptrolle geben willst?«

»Gewiß doch«, sagte Dion. »Wie auch nicht?«

»Die Hauptrolle ist Priamos. Achilles gibt ihm nur Stichworte.«

»Natürlich kannst du jede Rolle haben, die du dir aussuchst.«

Er sah mich erstaunt an. Ich hätte wissen können, daß die Gestalt des Achilles ihm den Blick auf alles übrige verstellen würde. Doch Platon, an den ich nicht gedacht hatte, fiel ein:
»Er hat ganz recht, Dion. Priamos hat eine gewisse Eigenart. Achilles ist von überallher genommen. Ich habe dir das nicht gesagt, weil ich nicht sicher war, ob ich recht hatte.«
In diesem Augenblick wußte ich, als hätte ich es mit eigenen Augen gesehen, daß die Geschichte vom Sklavenmarkt in Aigina stimmte. Aristophanes hätte daraus etwas Gutes zu machen verstanden. Während wir über das Stück sprachen, tändelte ich mit diesem Gedanken. Doch ein Gedanke führt zum andern. Dies war ein stolzer Mann. Wie mußte er Dion geliebt haben, wenn er ihn auch jetzt noch lieben konnte! Das dämpfte meine heitere Stimmung.
»Du wirst einen guten Schauspieler als Stütze brauchen«, sagte Dion. »Ich dachte an Hermippos, den ich noch nie schlecht gesehen habe.«
Das hätte ich voraussehen müssen. Ich sah Anaxis vor mir mit seinem bunten Gewand und dem Bartscherer, wie er sich abmühte und abplagte und darauf vertraute, daß ich bei allem nicht nur an mich allein denken würde. Nun, dachte ich, in dieser Gesellschaft mag ich nicht gerade viel zählen, aber ich will redlich zu meiner Sache stehen. »Ich kenne Hermippos. Ein guter Schauspieler. Aber mein Partner ist Anaxis, den du heute gesehen hast.«
Wir waren zwar nur für diese Rundreise aneinander gebunden, aber Laien gegenüber muß man die Dinge vereinfachen.
Er sah ein wenig verwirrt drein. Vermutlich meinen die meisten Menschen, Theaterleute lebten von der Hand in den Mund und nähmen, was sie bekommen können.
»Verzeih mir«, sagte ich, »aber wir Diener des Gottes haben auch unsere Ehre.«

»Du brauchst kein Wort mehr zu sagen«, erwiderte er rasch. »Dein Partner ist willkommen.«
Platon warf ihm einen erstaunten Blick zu.
Doch Dion begann jetzt, von Theaterstücken zu sprechen, und bald merkte ich, daß hier ein Mann war, der mich manches lehren konnte. In der Regel ist nichts langweiliger als ein Dilettant, der keine Ahnung von der Technik hat und voll von Theorien steckt. Doch er wußte, wovon er sprach. In den meisten Tragödien handelt es sich um Könige und die ihnen auferlegten Entscheidungen. Und was er an jenem Abend sagte, ist mir mein ganzes Leben lang von Nutzen gewesen. Das Theater kann einen schließlich nur das Wie lehren; die Männer im wirklichen Leben müssen einem das Warum zeigen.
Er kannte den Krieg und die Führerschaft, die den Soldaten Vertrauen einflößt; er wußte, wie stark einer sein muß, bevor er wagen darf, barmherzig zu sein. Sein Lieblingsdichter, sagte er, sei Sophokles, der über die Verantwortung und die moralische Entscheidung geschrieben hatte; Antigone und Neoptolemos erwägen das Schickliche, ihre eigene Ehre, die ihnen ja genau vertraut sind, gegen die Dinge, die sie auf Treu und Glauben hinnehmen sollen.
»Eine Stadt«, sagte er, »ist nur ein Haufen von Bürgern. Wenn jeder von ihnen auf das ihm Schickliche verzichtet hat, wie können sie da öffentliche Wohlfahrt begründen?«
»Und Euripides?« fragte ich. »Von ihm haben wir noch nicht gesprochen.«
Ohne Zaudern sagte er: »Ich liebe nur die *Troerinnen*, die uns das Erbarmen mit den Unterworfenen lehren, obgleich in dem Stück selbst das niemand erkennen läßt. Im übrigen sind seine Männer und Frauen Spielzeuge der Götter, die sich schlimmer aufführen als Barbaren. Was kann man daraus lernen?«
Sein Eifer überraschte mich.
»Ich vermute, daß er zeigt, wie die Dinge sind, und daß die

Menschen sie eben ertragen müssen. Nach allem, was man hört, hat er es nicht leicht gehabt. Hekabes gab es zehn für eine Drachme.«

»Bevor das Schlimmste kam, war er tot«, sagte Platon. Das gab mir einen Ruck, wic immer, wenn ich einem Mann begegne, der diese Dinge noch selbst erlebt hat. Für mich waren das Märchen aus der Kinderzeit. »Zufällig weiß ich, was er lehren wollte, obgleich er starb, als ich noch ein Knabe war. Sokrates hat es mir erzählt. Euripides zeigte ihm gewöhnlich seine Werke, bevor er sie weitergab, denn ihre Ziele waren die gleichen. Sokrates sagte ihm, er werde sie mit den von ihm benutzten Mitteln nie erreichen; doch Euripides entgegnete, er sei ein Künstler und kein Philosoph. Es war ihnen gemeinsam, daß sie es verabscheuten, die Götter durch rohe Bauernmärchen erniedrigt zu sehen, durch die sie schlimmer wurden als die schlimmsten Menschen. Sokrates nannte das eine Lästerung. Dafür haben diese Toren ihn getötet. Doch seine Wahrheit konnten sie nicht töten, denn er zerstörte nicht, ohne Besseres anzubieten. Nicht so Euripides, der Phantome schuf, wie das alle Dichter tun. Die Wahrheit ist eine Einheit, das Trugbild mannigfaltig, und Vielfalt schafft ein Stück. Er glaubte, es genüge, diese Götter der Felder und der Agora zu zeigen, wie die Sagen sie bilden – launisch, wollüstig, verlogen, grausam in der Rache, sorglos gegenüber der Ehre –, und dann das Publikum sich selbst zu überlassen. Nur weil das Dach undicht war, wollte er das ganze Haus niederreißen. Sokrates lehrte, da es unvorstellbar sei, daß die Götter böse sein sollten, müßten sie gut sein. Doch Euripides entläßt sein Publikum mit den Worten: ›Wenn dies die Götter sind, dann gibt es keine Götter.‹«

Ich überdachte das; ich verstand, was er meinte.

»Es ist wahr«, antwortete ich. »Wenn wir von den *Bakchen* einmal absehen, ist er mit den Göttern nicht so erfolgreich wie mit den Menschen. Du, Herr, wirst am besten wissen, ob er es

so gemeint hat oder nicht anders konnte. Aber du wirst doch, glaube ich, seine Geschicklichkeit bei den Menschen zugestehen. Er war der erste, der Männer und Frauen gezeigt hat, wie sie wirklich sind.«
»Sag eher, er war der erste, der aussprach, daß sie mit dem zufrieden sein können, was sie sind, und nicht versuchen müssen, besser zu sein. ›Ich weiß‹, sagt seine Medea, ›welch böse Tat ich zu tun im Begriff bin, doch die Leidenschaft ist stärker als guter Rat.‹ Und Phaedra sagt: ›Ich bin hilflos‹, bevor sie einen gerechten König arglistig dazu bringt, seinen unschuldigen Sohn zu töten. Menschen sind selten hilflos gegen ihre eigenen bösen Wünsche, und tief in ihrer Seele wissen sie das. Doch die gewöhnlichen Menschen lieben die Schmeichelei nicht weniger als die Tyrannen. Wenn man ihnen sagt, der Kampf für das Gute sei nur ein Trugbild, niemand müsse sich schämen, den Schild wegzuwerfen und davonzulaufen, Feigheit sei etwas ganz Natürliches, der Held eine Sage, werden viele dankbar sein. Wird davon aber die Stadt, die Menschheit besser?«
Da ich kein Sophist war, geübt, jede Rede zu parieren, sagte ich nur: »Aber ist es nicht herrliches Theater?«
Platon hob die Brauen und sah in seinen Becher. Kein Publikum von zwanzigtausend Menschen hätte ein so widerhallendes Schweigen hervorzubringen vermocht. Ich errötete bis zu den Haarwurzeln.
Dion beugte sich vor und legte die Hand auf meine Schulter.
»Platon, nicht einmal von dir möchte ich Nikeratos schelten lassen. Haben wir nicht gerade heute gesehen, daß er lieber sein Leben wagte, als daß ein Gott unwürdig gesprochen hätte? Er war ein Vorbild für uns alle.«
Platon stimmte ihm unverzüglich sehr höflich bei und leistete sozusagen Abbitte. Und ich meine, daß es ihm sogar ernst war. Obgleich er nicht betrunken war, glaube ich doch sagen zu dürfen, daß die Kraft seiner eigenen Gedanken ihn fortgerissen

hatte. Und so, wenn es auch Zeit war zu gehen, blieb ich noch eine Weile, um zu zeigen, daß ich mich nicht gekränkt fühlte. Als ich mich schließlich verabschiedete, füllte Dion meine Schale, um auf die gute Gottheit zu trinken; und nachdem ich das getan hatte, trocknete er sie und legte sie mir in die Hand. »Behalte sie, bitte«, sagte er, »zur Erinnerung an diesen Abend und zum Dank für eine Leistung, die ich nicht so bald vergessen werde. Ich wünschte, es wäre genügend Zeit geblieben, um eine Schale eigens für dich mit Apollo oder Achilles zu bemalen.«
Ich trat in das sinkende Mondlicht hinaus. Unergründliche Schatten füllten die Schluchten. Auf dem Boden der Schale spielte Eros, mit weißen Blumen gekrönt, die Leier. Hinter mir im Hause hörte ich die Stimme Dions, der seinem Freund sagte, was man vor Fremden nicht sagen kann. Ich aber, ich wußte, daß ich einem Mann begegnet war, für den ich mein Leben opfern würde.

4

Die Friedenskonferenz von Delphi war ein Schauspiel, das nicht einschlug und auch keinen Preis gewann. Dion schrieb das dem Umstand zu, daß die Gesandten vorher weder gebetet noch geopfert hatten. Man hätte doch meinen sollen, daß sie, einmal in Delphi versammelt, zum mindesten das Orakel befragt haben würden; doch vermutlich hatte jeder von ihnen Angst, auf der Verliererseite zu sitzen.

»Einige unserer Gäste«, sagte Dion, als er mich kommen ließ, um unseren Vertrag zu bestätigen, »welche Ehrenplätze im Theater einnahmen, hätten dort in die Schule gehen sollen. Wenn Männer mit gewichtigeren Geschäften auch nur die Hälfte deiner Frömmigkeit bewiesen hätten, wären sie vielleicht eher zum Ziel gekommen.«

Ich merkte, daß er das gut meinte, und so fragte ich nicht, ob das Aushandeln eines Vertrags, der so lange dauern sollte, bis ein jeder heimging und es sich anders überlegte, ein gewichtigeres Geschäft war als Aischylos, der seit hundert Jahren gespielt wurde und wohl noch weitere hundert Jahre überdauern wird.

Anaxis war in Ekstase und redete von nichts anderem, seit er die Nachricht erhalten hatte. Natürlich sagte ich ihm nicht, daß Dion von sich aus Hermippos vorgeschlagen hatte. Es gibt Schauspieler, die sich solche Gelegenheiten nicht entgehen lassen, doch sie haben meinen Vater nicht gekannt. Früher oder später muß man dafür büßen, und immer ist der Zeitpunkt ungünstig, wenn die Rechnung präsentiert wird. Anaxis war entzückt, daß ich mich für den Priamos entschieden hatte;

Achilles war genau die Rolle, in der er sich selber sah. Er war wie eine Katze vor der Sahneschüssel.
»Kein Zeitpunkt könnte besser sein«, sagte er. »Niemals war die öffentliche Meinung in Athen weniger gegen Dionysios als jetzt. Du erinnerst dich vielleicht – als er uns im thebanischen Krieg Truppen lieh, wurde er zum Bürger der Stadt ernannt. Mit ein wenig Glück werden die Preisrichter für das Stück und nicht gegen den Verfasser stimmen. Hast du auch daran gedacht, Niko, daß er, sollte das Stück preisgekrönt werden, es sicher in Syrakus mit der ersten Besetzung aufführen will?«
»Schnell ausspucken!« sagte ich. » Es bringt kein Glück, wenn man das ungeborene Kalb verkauft.«
Er redete sich in solche Hitze hinein, daß ich fürchtete, er werde vergessen zu spielen. Armer Anaxis, ich konnte seine Gedanken lesen. Er träumte davon, den Grund und Boden seines Vaters zurückzukaufen und sich als Landedelmann niederzulassen.
Auch ich war es zufrieden, Geld zu verdienen. Ich hatte genug erspart, um mich auch in schlechten Zeiten ernähren zu können, wenn sie nicht gar zu lang dauerten. Aber nicht so viel Geld, wie man braucht, um auf gute Rollen zu warten. Was mich mehr beschäftigte, war der Gedanke, mich in Athen durchzusetzen. Das und noch etwas anderes. Ich wußte, was Anaxis durch den Kopf ging; wenn das Stück den Preis errang, würde es in Syrakus gespielt werden. Das hatte Dion mir gesagt. Und das würde bedeuten, daß ich ihn wiedersah.
Wenn man mich fragt, was für eine Art Liebe das war, nun, das fragte ich mich selber. Von Anfang an hatte ich gewußt, daß er unerreichbar war wie ein Gott. Für die Liebe eines Knaben, der einen Mann verehrt, war ich zu alt. Ich wollte auch nicht wie ein Knabe wetteifern. Mein Beruf lag mir im Blut. Und doch hatte ein Bedürfnis in meiner Seele in ihm das erkannt, was sie suchte.
An meinem letzten Abend in Delphi ging ich allein aus und versuchte, mir über mich selbst klarzuwerden. Es war spät, die

Straßen waren leer. Die Weihestandbilder schauten mich an, das Erz ließ das Weiß in ihren Achataugen sehen, und der bemalte Marmor richtete seinen ruhigen, blauen Blick auf mich. »Was willst du, Niko?« schienen sie zu fragen. »Weißt du es denn auch nur zu sagen?«
Ich hatte den Weg zum Theater eingeschlagen und ging an ihm vorbei weiter hügelaufwärts. Der Kran, die Maschine der Götter, ragte wie ein Finger zu dem blassen, mondhellen Himmel auf. Ich stieg höher und gelangte zu dem Triumphwagen eines Siegers, in Erz ausgeführt, ein Wagen und Pferde mit einem hochgewachsenen Burschen, der die Zügel hielt. Nicht in Bewegung, wie ein heutiger Bildhauer es täte, die Muskeln gestrafft, die Tücher wehend; nein, einfach ruhig dastehend in seinem langen Gewand und auf das Zeichen wartend. »Hier stehen wir«, schien er mir zu sagen. »Ich und meine Pferde, wohlausgebildet und bereit. Wir haben aus uns gemacht, was wir konnten, doch wir sind sterblich. Jetzt steht es bei den Göttern.«
Ich dachte: Warst du Wirklichkeit, junger Held, oder nur der Traum eines Bildhauers? Doch das wirkt auch umgekehrt. Der Künstler erschaut den vollkommenen Athleten, die Jugend schafft ihn. Du warst Wirklichkeit; diese starkknochigen Hände und Füße verraten es mir. Du hast irgend jemandes Traum lebendig gemacht. Den des Homer? Des Pindar? Platon nannte die Dichter Schöpfer von Phantomen. Ja, aber manchmal nehmen sie Fleisch und Blut an, kommen zurück und rufen: »Heil Vater!« Nun, dies ist einer, um dessentwillen der Vater nicht erröten muß. Das macht einen nachdenklich.
Ich dachte an Dion. Er hatte einen Traum Platons begriffen und sich dazu aufgeschwungen, dieser Traum zu sein. Eine stolze Schöpfung. Doch auch ich hatte geträumt und viele andere dazu. Wie denn nicht? Wenn die Quellen trüb sind, sehnt sich jedermanns Geist nach klarem Wasser. Überlegt doch, was Athen und der größte Teil von Hellas zu Zeiten unserer Väter und zu

unseren eigenen erlebt haben! Erst Krieg, dann Schwäche, Tyrannis, Aufruhr, dann die Niederwerfung der Tyrannis, und schließlich konnte das gute Leben beginnen. Doch das Feuer der Männer brannte niedrig. Das Gemeine mit gemeinen Waffen zu bekämpfen hatte ihre Seelen verkümmern lassen. Bevor man das gute Leben führen kann, muß man sich daran erinnern, was es ist. Es gibt immer noch einen Krieg zu gewinnen oder noch einen Wahlkampf, bevor das gute Leben beginnt. Unterdessen streiten sich jene, die noch immer daran glauben, um das Gute. Und so träumen wir. Wovon? Von einem Mann, von den Göttern gesendet, zunächst, um uns an etwas glauben zu machen, wenn auch nur an ihn, und dann, um uns führen zu lassen. Das ist es. Wir haben einen König geträumt.

Ich dachte an das Entzücken, das ich empfunden hatte, als er vom Königtum sprach; von Gerechtigkeit, Barmherzigkeit und Leitung. Ich hatte geglaubt, es wäre so, weil ich lernte, wie Könige und Helden gespielt werden sollten. Das war es aber nicht. Wenn ich Könige und Helden spielte, hatte ich etwas geschaffen, das dem ähnelte, was ich ersehnte; wie Seefahrer den Wind herbeipfeifen. Es war eine Beschwörung gewesen. Und das, was ich gerufen hatte, war gekommen.

Jetzt kannte ich mein eigenes Herz. Und ich war in Frieden mit mir. Es war sinnvoll, daß ich ihn lieben sollte, einfach weil er da war. Er brauchte nichts für mich zu tun, er mußte nur wirklich sein. Darüber hinaus würde ich die Götter nur dann und wann um ein Wort mit ihm bitten, um gewiß zu sein, daß er noch lebte und auf Erden wandelte. Als Gegengabe würde ich, wenn ich es vermöchte, alles für ihn tun, was er forderte; beispielsweise einen Preis für das Stück seines Verwandten gewinnen.

Ich machte kehrt, hob die Hand zum Gruß vor dem Pferdelenker im Wagen. Er hatte dafür gearbeitet, und das mußte ich auch.

Am nächsten Tag verließen wir Delphi und setzten unsere Rundreise fort. Keiner der Festspielveranstalter gönnte uns auch nur einen Trunk. Das Theater bedeutete ihnen keine zwei Strohhalme, und sie hätten ebensogern Flötenspielerinnen auftreten lassen, wenn das den Gesandten gefallen hätte. Immerhin hatten wir unsere volle Bezahlung empfangen, und damit kann man nicht immer rechnen. Und so mochten sie ihren Wein behalten.

Es war gut, daß ich Anaxis erzählt hatte, er habe auf Dion Eindruck gemacht, denn in das Haus oben wurde er nicht eingeladen. Natürlich hätte Dion das tun sollen, und um das zu bemänteln, mußte ich mir allerlei Lügen einfallen lassen. Anaxis war damals im Skeneraum nüchtern gewesen, während ich betrunken war; das war sein Pech. Er war wohl allzu beflissen gewesen, und Dion hatte das wahrscheinlich für Kriecherei gehalten. Es gab Menschen, denen gegenüber er hilflos war; statt es einzugestehen, nahm er bei seinem Rang Zuflucht, gleichsam wie auf einer Akropolis, wo er außer Reichweite war. Sein ganzes Leben lang hatte das ihm Feinde gemacht, und das muß er meiner Ansicht nach gewußt haben. Doch das war ihm lieber, als eine Schwäche zu zeigen. So war dieser Mann.

Als wir nach Athen zurückkamen, ließen wir beide unsere Namen wieder eintragen, um auf die Liste der Protagonisten zu kommen. Bald darauf hörte ich, daß mein Name darauf stand. Anaxis vernahm nichts dergleichen, aber er bekam gute Rollen, und wenn das Stück den Preis gewann, so waren die Aussichten für das nächste Jahr günstiger.

Auf der Rundreise über Delphi, Korinth, Theben und Megalopolis hatten wir gut verdient. Ich konnte bis zum Winter durchhalten, wenn die Proben für die Lenäen beginnen. Ich ließ es mir gutgehen, bewirtete alte Freunde, kaufte Stücke für meine Bibliothek, fuhr mit den Übungen im Gymnasium fort und dergleichen mehr. Am häufigsten aber ging ich in den Garten der Akademie, obgleich er ziemlich weit von meiner Wohnung entfernt lag, für den Fall, daß Dion, statt sogleich nach Syrakus zu segeln, noch eine Weile bei Platon bleiben würde. Wenn ich ihm auch nie begegnete, gab ich doch die Hoffnung nicht auf, denn ich wußte ja, daß er kein Mann war, der sich gern auf den Straßen anstarren ließ.

Platons Schule lag in der Nähe des Gymnasiums, hinter einem Platanenhain. Man sah seine jungen Leute frisch gebadet, geölt und angekleidet, wenn sie nach den Übungen fortgingen; sie unterhielten sich und lachten, machten aber niemals irgendwelche derben Scherze. Manchmal blieben zwei vor dem Eros-Standbild im Hain stehen und brachten eine Handvoll Blumen als Opfer dar, die sie unterwegs gepflückt hatten, und reichten einander die Hände, was ich ganz reizend fand. Ein- oder zweimal, wenn ich Lachen hörte, trat ich näher, um zu erfahren, worüber sie lachten; aber ich fand es nie heraus.

Zumeist waren sie sehr gut gekleidet, besonders einige, aber nie protzig. Und bei denen, die einfache Kleidung trugen, wußte man nicht zu sagen, ob es aus Armut geschah oder ob sie es freiwillig taten.

Unter den letzteren war ein Jüngling, den ich häufig im Garten sah, aber nie im Gymnasium. Sein Äußeres hatte meinen Blick immer wieder angezogen; er hatte das glatte Kinn eines Knaben, aber ein reines, schönes, für sein Alter zu ernstes Profil. Als ich ihm eines Tages auf dem Pfad begegnete, ergriff ich die Gelegenheit und fragte ihn, ob Dion als Gast hier sei.

»Zur Zeit nicht.« Er hatte eine tiefe, angenehme Stimme, ohne die Rauheit seiner Jahre. »Du hast ihn um ein oder zwei Monate verfehlt. Er kam mit Platon aus Delphi. Wolltest du ihn besuchen?«

Ich wich der Frage aus und erkundigte mich statt dessen nach der Schule. Der Knabe war anfangs schüchtern gewesen, das aber löste seine Zunge. »Das ist keine Schule im üblichen Sinne. Wir treffen uns, um zu arbeiten, zu denken, zu sprechen und zu prüfen. Und die jüngeren lernen von den älteren. Von Platon aber lernt jeder; doch man kann auch eine andere Meinung vertreten, wenn man es zu begründen versteht. Schließ dich uns doch an! Es wird dein Leben verändern. Mir ist es jedenfalls so ergangen.«

Offenbar hielt er mich für jemand, der Muße hat. Bevor man bekannt geworden ist, kann man seine Maske aufhängen und gehen, wohin man will, frei wie die Luft. Kein Mensch kennt unser Gesicht. Selbst jetzt noch fehlt mir das manchmal.

»Das Schulgeld könnte ich wohl kaum aufbringen«, sagte ich. »Was kostet es für ein Jahr?«

»Ach, gar nichts. Ich habe nie auch nur eine Drachme bezahlt. Wie Platon sagt, nahm Sokrates nie etwas. Er sagte, er liebe es, sich auszusuchen, mit wem er reden wolle.«

Ich betrachtete die bemalten Säulengänge, die Blumen, den gepflegten Rasen.

»Hat er denn nicht den ganzen Tag auf den Straßen und auf der Agora verbracht? Das kann man auch umsonst tun.«

»Gewiß. Platon ist nicht reich, obgleich er mehr besitzt, als Sokrates besaß. Doch die Schule nimmt Gaben an, allerdings nur von Leuten von der Akademie. Außenseitern möchte er nicht verpflichtet sein. Dion hat uns die neue Bibliothek geschenkt. Keiner aber wird um dessentwillen zugelassen, was er besitzt – es sei denn hier«, er schlug sich auf die Stirn. Er hatte graue Augen mit einem inneren Ring, dunkel wie Rauch. »Ich danke dir für das Vergnügen deiner Unterhaltung. Aber jetzt muß ich gehen, sonst bekomme ich keinen guten Platz für Platons Vortrag. Und das ist sein bedeutendster. Er hält ihn nur alle paar Jahre.«

»Nun, wir können uns ja hier wieder treffen. Worüber spricht er?«

»Über das Wesen des Einen«, sagte er, als hätte meine Frage ihn überrascht.

Als er fort war, blieb ich noch eine Weile im Schatten der

Platanen. Alle jungen Leute waren in die Palästra hineingegangen. Garten und Rasen waren leer; ich trat näher. Ein Delphinbrunnen murmelte leise; die Gebäude, obgleich verhältnismäßig neu, wirkten hier heimisch wie ein alter Olivenbaum. Eine Tür stand offen, Männerrücken waren zu sehen. Ein Gast mehr würde wohl kaum auffallen, deuchte mich, und da Platon kein Schulgeld verlangte, wäre es ja auch weiter kein Betrug. Ich könnte vielleicht erfahren, was Dion zu dem gemacht hatte, was er war.

Plötzlich hörte ich eine Stimme, die ich erkannte. Großer Gott, dachte ich. Warum brüllt er bloß alles so heraus? Eine schöne Stimme, aber so gut wie vergeudet. Bei diesem Brustkorb sollte er imstande sein, ein Theater zu füllen – auch jetzt noch; er müßte sich nur in die Hände eines Mannes begeben, der etwas davon versteht … Niemand bemerkte mich auf der Schwelle. Nun, und ich hörte so lange zu, wie man braucht, um einen Eröffnungschor zu singen. Er hätte ebensogut Skythisch sprechen können, so wenig ergaben seine Worte für mich einen Sinn. Ich stahl mich davon, warf aber noch einen letzten Blick auf das Haus. Oberhalb des Tors waren Worte eingegraben und mit Gold ausgefüllt. Doch als ich näher kam, las ich nur »Niemand, der ungeometrisch ist, darf hier eintreten.«

Schuster, bleib bei deinem Leisten! dachte ich. Ein verlorener Morgen. Bis auf jene grauen Augen. Ich ging heim zu meinen Übungen und zu *Hektors Loskauf*, und nachher machte ich einen Spaziergang in der Nähe meiner Wohnung. Anders wäre es gewesen, wenn der Knabe mir im Gymnasium einen Blick zugeworfen hätte. Doch offenbar war er nur dem Geist und dem Wesen des Einen zugewandt. Das mußte traurig enden.

Immerhin, einige Wochen später forderten Freunde mich auf, mit ihnen auszugehen. Und da begegneten wir einander wieder. Als wir den Park durchquerten, stieß einer von ihnen mich an.

»Niko, du Hund, du hast gesagt, es sei dir gleichgültig, wohin wir gingen, aber du hast uns hierher gesteuert. Wo sonst findest du solche Schönheit? Tu bloß nicht so, als merktest du nicht, wie er dich ansieht. Dir würde recht geschehen, wenn wir jetzt nicht von deiner Seite wichen.

Ich machte mich von ihnen los, bevor er sah, worüber sie lachten, und ging auf ihn zu. Er begrüßte mich und sagte sogleich: »Jetzt weiß ich, wer du bist. Als du das letzte Mal fortgingst, fiel es mir ein. Du bist Nikeratos, der Schauspieler.«

Ich sagte ja und freute mich, wie jeder es täte, daß er sich von den wenigen Augenblicken her, wo man sich im Theater ohne Maske verbeugt, an mich erinnerte.

»Ich habe dich im Piräus als Alkestis gesehen«, sagte er. »Ich hatte das Stück vorher schon zweimal gesehen, aber die beiden anderen Schauspieler hatten, verglichen mit dir, viel zuviel Mitleid mit sich selber. Du hast die ganze Reise zum Styx gemacht, indem du ganz allein lagst und die Trauernden rund um dich. Ich habe geweint; aber wie man weinen soll! Mit der Seele und nicht mit dem Bauch.«

Nicht der zarteste Flaum sprießte in seinem Gesicht; er konnte kaum mehr als fünfzehn sein. Andererseits besaß er eine Sicherheit im Auftreten, die mich verblüffte.

»Hier gibt's also nicht nur Mathematik?« fragte ich.

»Natürlich nicht! Warum willst du dich nicht zu uns gesellen? Ich fragte dich schon einmal.«

»Mein lieber Junge, wenn man auch nicht bezahlen muß, so muß man doch essen. Aber hoffentlich sehen wir einander wieder.«

»Du könntest doch kommen und lernen, wenn du nicht arbeitest.«

»›Niemand, der ungeometrisch ist, darf hier eintreten.‹ Ich wäre eine weiße Krähe in der Schar, verstehst du? Willst du aber heute abend mit mir speisen?«

»Vielleicht weil du Schauspieler bist? Platon kennt keine Her-

kömmlichkeit.« Nachdenklich hielt er inne. »Ich glaube, er würde sogar eine Frau annehmen, wenn er sie für geeignet hält.«
»Da glaubst du mehr, als ich glauben kann.«
»Das sagt jeder. Und doch bin ich hier.«
Ich hatte den Mund geöffnet, weil ich etwas sagen wollte, doch jetzt mußte ich nach Luft schnappen. Ja, richtig, wenn man näher hinsah, konnte man unter dem Männergewand sanft gerundete Brüste erkennen.
»Ich bin Axiothea aus Phlios. In der Akademie weiß es jeder. Ich trage dieses Gewand nicht als Verkleidung.«
Ich konnte nur dastehen und blinzeln. Hätte ich es von Anfang an gewußt, so hätte ich es zweifellos mißbilligt; so aber ging mir einfach die Luft aus.
»Allmählich war es unfreundlich, es dir nicht zu sagen«, fuhr sie fort. »Hoffentlich nimmst du es mir nicht übel.«
Ihr Lächeln und ihre Offenheit besiegten mich. Ich vermochte ihr nicht böse zu sein, denn ich merkte, daß sie als Frau ebenso war wie ich als Mann. »Freunde sind Freunde«, sagte ich. »Darf ich mir das Vorrecht des Freundes herausnehmen und dich fragen, wie alt du bist?«
»Neunzehn. Du hast mich sicher für frühreif gehalten.«
Wir lachten, und dann fragte ich, wie sie zu all dem gekommen sei. Sie erzählte, sie habe mit fünfzehn den Mädchen-Wettlauf in Olympia gewonnen. Platon war dort gewesen; sie hatte ihn gesehen und von der Akademie sprechen gehört.
»Doch ich stellte mir das ungefähr so vor wie ein Wagenrennen. Großartig, aber jenseits meiner Reichweite. Ich tat das einzige, was ich tun konnte; ich kaufte mir seine Bücher und las sie. Und so lebte ich in dem Haus meines Vaters, eine weiße Krähe in der Schar, wie du eben gesagt hast, und die Bewerber mieden mich, was meinen Vater ärgerte.«
Sie hatte schwere Zeiten durchlebt; er hatte sie geschlagen und ihre Bücher verbrannt. Was sie hatte retten können, hatte sie in

den Felsen versteckt und heimlich gelesen. Kein Mensch hatte mit ihr gesprochen, nur der Bruder ihrer Mutter, der Phaidons Schule in Elis besucht hatte. Doch ihre Mutter war tot, und so scherte man sich nicht weiter darum. Dann aber starb plötzlich ihr Vater, und dieser Onkel wurde ihr Vormund.

»Jeder, auch ich, war überzeugt, mein Vater hätte mich enterbt. Doch er hatte es noch hinausgeschoben oder sich anders besonnen. Jedenfalls drängten sich plötzlich die Bewerber. Mein Onkel begriff meine Abscheu nicht nur, er teilte sie auch. Zwar hätte er mich lieber zu Phaidon geschickt, da Platon in seinen Augen ein Träumer ist. Andererseits meinte er, daß Platon mich eher aufnehmen würde.«

Sie hatte sich das Haar abgeschnitten und Männerkleidung angelegt, denn sie wollte, daß man sie nach ihren Fähigkeiten beurteilte; man sollte nicht glauben, es sei bei einer Frau etwas Besonderes.

»Doch als ich die Kleider trug«, sagte sie, »merkte ich, daß sie auch zu meiner Seele paßten. Das wirst du wohl verstehen.«

»Ja, das Theater vermag einem ein solches Gefühl zu geben.«

»Und so trat ich vor ihn hin«, fuhr sie fort. »Anscheinend wie ich wirklich war. Und das dürfte ihn getäuscht haben, wenn man es so nennen darf. Jedenfalls fragte er mich aus und sagte, ich sei willkommen. Doch dann empfand ich solche Achtung vor ihm, daß ich ihn ebensowenig belügen konnte wie einen Gott, und so erzählte ich ihm alles. Gewiß ist er ein Mann von echter Seelengröße. Er hätte zürnen und glauben können, ich wolle mich über ihn lustig machen. Doch er sagte, ich habe nur seine These bestätigt, daß man Frauen Philosophie lehren könne, wenn sie von Natur aus dazu geeignet seien, und daß ich ihm willkommen sei. Und was meine Kleidung angeht, so sagte er, in erster Linie müsse man gegen seine Seele ehrlich sein und erst dann gegen seinen Körper.«

»Und daran hat er wirklich festgehalten? Besteht Gleichheit zwischen dir und den anderen?«
Sie machte eine so brüske, so beredte Geste, daß ich mir vornahm, diese Gebärde auf dem Theater zu verwenden.
»Gleichheit! So tief werde ich hoffentlich nie sinken! So ein Schwindel! Verlangt der Soldat, allen anderen gleich zu sein? Nicht, sich zu erproben? Der Philosoph? Nein; sich selbst zu erkennen. Lieber möchte ich in Platons Schule die Letzte sein, als nach Phlios zurückzulaufen, wo ich Lob ernten könnte, soviel ich wollte. Gleichheit! Nein, wahrhaftig, so hat Platon mich nicht gekränkt! Menschen, denen an solchen Dingen liegt, wirst du in den Schulen der Rhetorik finden. Hierher kommen sie nicht.«
»Es tut mir leid«, sagte ich. »Als Künstler hätte ich es besser wissen sollen.«
Wir setzten uns auf eine Bank unter einem Olivenbaum. Hatte man sich einmal an sie gewöhnt, so fand ich es leichter, mit ihr zu reden, als mit der sehr umgänglichen Gyllis aus Theben. Die eine hätte aus ihren Liebhabern ein Regiment bilden können, die andere strahlte in ihrem ganzen Wesen Jungfräulichkeit aus. Aber sie war an die Gesellschaft von Männern gewöhnt, freundlich, aber nicht schamlos, voller Selbstachtung, aber nicht herausfordernd. Platon verstand anscheinend sein Geschäft.
Nachdem wir uns noch eine Weile unterhalten hatten, erzählte ich ihr, daß ich in Delphi Dion kennengelernt hatte. Da erhellte sich ihr Gesicht, und sie sagte: »Er ist unsere Hoffnung für die ganze Welt!«
Ich hatte schon erwartet, daß sie ihn loben würde, doch das war erheblich mehr.
»Du siehst erstaunt drein«, fuhr sie fort. »Hast du denn nichts von Platon gelesen? Nicht einmal den *Staat*?«
Ich mußte gestehen, daß ich wirklich nichts von ihm gelesen hatte.

»Das alles findest du in den Büchern vier und fünf, wo er sagt, daß die Menschheit nie frei vom Bösen sein wird, bevor nicht ein großer Staat unter die Herrschaft eines Philosophen gelangt, der zum Königtum erzogen ist. Irgend jemand muß beginnen, bevor das Volk glaubt, daß es auch so gehen wird. Er sagt, die meisten Gemeinwesen seien heute wie Schiffe, die von einem halbblinden Schiffer gelenkt werden. Die Mannschaft weiß, daß er von der Richtung abgewichen ist, und hat vor zu meutern. Doch wenn es ihr gelingt, das Steuer zu ergreifen, so wird es darum nicht besser, denn keiner von ihnen kann ein Schiff lenken, sie haben ja nie gelernt, daß es so eine Wissenschaft überhaupt gibt. Wenn wirklich ein Schiffer käme und sagte: ›Steuert nach dem Arkturus‹, würden sie ihn für einen närrischen Sterngucker halten und verspotten. Der Philosoph ist der Steuermann. Er weiß, wo der Hafen ist und wo das Riff. Er kennt die Fixsterne. Die Menschen aber folgen immer noch Sinnestäuschungen. Ihr Vorurteil wird erst gebrochen, wenn so ein Mann das Steuer ergreift und sie unterweist. Hat er sie einmal vor den Klippen gerettet, wird es mit den vorgefaßten Meinungen zu Ende sein. Kein Mensch wird mehr ertrinken, wenn er den Rettungsring erkennt. Oder doch?«

Sie machte eine Pause und wartete auf ein Stichwort, wie Philosophen das zu tun pflegen; oder auch wie Komiker, obgleich man das natürlich nicht sagen darf. Und ich antwortete: »Gewiß nicht!«

»Und so, wenn Dion das Steuer ergreift, wird ein neues Zeitalter anheben.«

»Was?« Ich fuhr auf. »Plant Dion einen Aufstand?«

»Nein! Wie könnte er an dergleichen denken? Er ist ein Freund Platons. Und Platon hat immer gelehrt, daß Gewalt und Verrat nichts anderes erzeugen als sich selber. Das war auch die Lehre des Pythagoras, des weisesten aller Menschen.«

»Worauf also hofft er? Es ist wahr, er wirkt tatsächlich wie ein

Mann, den die Götter zum Königtum geschaffen haben. Aber Dionysios hat doch einen Erben.«

»Einen, den er verachtet.«

»Wenn's zum Letzten kommt, so ist Blut dennoch Blut.«

»Manchmal spricht der Stolz lauter. Dionysios hat die Macht von Syrakus nicht aufgebaut, um sie nach seinem Tod den Karthagern zu überlassen.«

»Denkt er das von seinem Sohn?«

»So heißt es allgemein. Er hat ihn von jeher eingeschüchtert, und jetzt verachtet er ihn als Feigling.«

»Und ist er ein Feigling?«

»Vielleicht. Vielleicht will er auch nur am Leben bleiben. Der alte Dionysios ist ein tapferer Kriegsmann, doch er wittert hinter jedem Stuhl einen Mörder. Wußtest du, daß selbst seine Familie nicht zu ihm kommen darf, bevor sie nicht bis auf die Haut durchsucht wurde? Praktisch von klein auf hat der Sohn in der Angst gelebt, sein Vater könnte argwöhnen, daß er einen Aufstand plane und ihn aus dem Weg schaffen wolle. Er hat keinen Zutritt zu den politischen Tagesgeschäften. Kaum daß er bei den Spielen ein Opfer darbringen oder eine Quelle einweihen darf.«

»Nun, man kann die Kuh nicht schlachten und gleichzeitig melken. Was hat sein Vater denn erwartet?«

»Wer weiß, was ein unbelehrter Geist denken mag? Eines ist gewiß; er hat zu Dion mehr Vertrauen als zu jedem anderen. Dion braucht sich nicht einmal durchsuchen zu lassen, denn der Tyrann kennt ihn und weiß, daß Dion zu keinem Verrat fähig ist. Verwandt ist er mit Dionysios durch Heirat; er entstammt dem alten Adel, während Dionysios ein Niemand ist. Er ist ein Gesandter, von allen Staaten geachtet, mit dem sie gern verhandeln, während sie Dionysios nicht über den Weg trauen. Ein in der Schlacht erprobter Feldherr, dem seine Leute überallhin folgen, der Gerechtigkeit übt und Achtung erringt. Doch der Erbe wird gesucht, denn er ist es nicht.«

»Das alles will ich glauben. Doch nur ein Philosoph würde sein eigen Fleisch und Blut übergehen und einen Erben um seiner Tugenden willen auswählen.«
»Ja, gewiß. Das erwarten wir auch nicht. Aber Dionysios hat von seiner zweiten Frau, einer Schwester Dions, zwei Söhne. Sie sind noch jung, aber Dion hat bei ihrer Erziehung mitgewirkt, und der ältere hängt sehr an ihm. Dionysios könnte beschließen, diesen Sohn zum Erben zu machen – dann hätte Dion die Möglichkeiten, die er braucht. Es ist ja nicht der Glanz der Macht, woran ihm gelegen ist; er will nur eine von Menschen beherrschte Stadt in eine von Gesetzen beherrschte verwandeln.«
An der Art, wie sie ihre letzten Worte sprach, merkte ich, daß sie zitierte; vermutlich Platon.
»Was für Gesetze? Athenische?«
»O Nikeratos, wie können wir überhaupt miteinander reden, bevor du den *Staat* gelesen hast? Bitte, warte einen Augenblick. Ich will sehen, ob das Buch in der Bibliothek frei ist. Aber du mußt gut darauf aufpassen, ja? Wenn es verlorengeht, könnte ich es mir nicht leisten, einen Abschreiber zu bezahlen. Ich müßte es selber tun, und das würde ein Jahr dauern.«
»So lang ist es?« fragte ich beunruhigt. Doch dann dachte ich an Dion. »Ja, ich will sorgsam damit umgehen.«
Sie blieb eine Zeitlang fort; schließlich sah ich sie eilig zwischen den Bäumen näher kommen, die dunklen Locken fielen ihr in die Stirn. Gewiß hatte sie ihr Geständnis nicht zu früh abgelegt. Hatte Platon das gleiche empfunden?
»Es tut mir leid«, berichtete sie, »aber es ist ausgeliehen. Und dann hat Speusippos, Platons Neffe, mich aufgehalten. Nun, immerhin habe ich dir das hier mitgebracht. Es ist ganz kurz und wird dir natürlich besser gefallen. Daran hätte ich schon vorher denken sollen.«
Es war eine nicht sehr dicke Rolle. Ich dankte ihr; vielleicht zu herzlich. »Handelt es auch von den Gesetzen?«

»Nein, von der Liebe.«
»Dann wird es mir bestimmt gefallen. Morgen, ungefähr um die gleiche Zeit, treffen wir uns hier, und ich bringe es dir zurück.«
»Ja, gut. Weißt du, daß du für mich der erste Freund bist, der kein Philosoph ist? Die anderen haben mich schon für ein Ungeheuer gehalten.«
»Für einen Schauspieler würde sich das nicht schicken. Wenn ich eine Frauenmaske aufsetze, bin ich eine Frau; anderes könnte ich nicht leisten. In den meisten von uns, die wir dem Gott dienen, sind zwei Naturen.«
»Dieses Buch wird dir gefallen. Ich bin froh, daß ich es gewählt habe.«
»Und ich, daß wir uns begegnet sind.« In meinen Worten war mehr als bloße Höflichkeit.
Ich hatte vorgehabt, abends mit Freunden zusammenzusein, doch da es noch zu früh war, rollte ich das Buch auf und schaute hinein. Es hieß *Das Gastmahl*, zum mindesten ein erfreulicher Anfang. Und mein Interesse wuchs, als ich entdeckte, daß es im Hause Agathons, des Tragödiendichters, spielte, nachdem er zum erstenmal mit einem Stück einen Preis errungen hatte. Ich hatte in seinem *Antaios* gespielt, einem sehr reizenden Stück und dem Beginn des modernen Theaters, denn er löste den Chor von den Geschehnissen los, und das ermöglichte uns, Handlungen zu spielen, die nicht die Gegenwart von fünfzig Zuschauern voraussetzen. Obgleich zu meiner Enttäuschung kein Bericht über die Aufführung darin enthalten war, fesselte mich doch der Dialog, und ich las weiter. Da war von einem Gesellschaftsspiel die Rede, einer Reihe von Reden zum Preis der Liebe. Und dann blickte ich erst wieder auf, als es zu dunkel zum Lesen geworden war. Ich zündete die Lampe an, machte mich abermals an das Buch und hörte nicht eher auf, als bis ich es ausgelesen hatte.
Wie man später entdeckt, sollen die ersten Gespräche nur die

allerersten Anfänge der aufsteigenden Liebe zeigen. Doch es war der Traum meiner Knabenzeit, das herrliche Band zwischen Aristogeiton und Harmodios, Achilles und Patroklos, Pylades und Orestes. Ich erinnere mich, wie ich das mit meinem ersten Liebhaber, dem syrakusanischen Schauspieler erlebt hatte. Für mich hatte er die Heldenmaske getragen, nicht um zu täuschen, sondern, wie ich inzwischen längst begriffen habe, auf mein Verlangen. Armer Mann, er hätte viel lieber einen Zuhörer für seine kleinen Sorgen gehabt, hätte lieber von dem Rivalen gesprochen, der ihm seine Verse abschnitt oder ihm seine große Szene mit allerlei Ablenkungen verdarb, von der Rundreise, die in der Wildnis von Thessalien scheiterte. Dankbar erinnerte ich mich an seine Güte; er war mit meinen Wunschbildern zärtlich umgegangen. Ich hatte Glück, wie das heutzutage meist zugeht. Seither hatte ich längst aufgehört zu glauben, daß die Wirklichkeit existiert. Und jetzt wußte ich, daß sie es tut, wenn auch nicht für mich.

Platon und Dion hatten es gewußt. Dafür hatte ich den Beweis gesehen. Zwanzig Jahre nachdem diese Fackel entzündet worden war, gab sie trotz der Hitze, die sie ausgestrahlt hatte, noch heute Licht. Es war bitter für mich, obgleich ich nichts für mich erhofft hatte. So ist das Wesen des Menschen. Immerhin, da die Worte und ihr Klang in meinem Blut waren, konnte ich nicht aufhören zu lesen. Ich war wie einer, der hoch auf dem Berg eine Leier hört und ihr über Felsen und Dornen folgen muß. Der Mann schrieb wie ein Gott. Jetzt, da er tot ist, behaupten die Menschen, seine Mutter habe ihn von Apollo empfangen. Nun, er war ein Sterblicher. Ich bin ihm begegnet. Aber ich kann das Gerede begreifen.

Von all dem abgesehen, war es prächtiges Theater. Es reizte einen, es auf die Bühne zu bringen. Alkibiades war eine Prachtrolle, für die ich meine Ohren hingegeben hätte. Sokrates schien zwischen Tragödie und Komödie zu schwanken – diesen Boden fangen die modernen Schriftsteller gerade an zu bearbeiten –, doch die Gestalt fesselte mich, da ich ihn hauptsächlich aus der Schmähschrift *Die Wolken* kannte. Wenn er wirklich der Mann war, zu dem Platon ihn macht, dann war sein Tod ein Mord, und Aristophanes' Hände waren nicht sauber. Es ist also nicht weiter verwunderlich, dachte ich, wenn Platon keine Zeit für Dramatiker und nicht viel für Schauspieler hat.

Als ich Axiothea das Buch zurückgab, fragte ich sie, ob das zutreffe. Obgleich das lange vor ihrer Zeit war, kannte sie doch die Geschichte der Schule und berichtete, daß beim Prozeß gegen Sokrates Platon sich zu seiner Verteidigung erhob, was ihn angesichts der Stimmung des Gerichts und der Regierung in Athen in große Gefahr gebracht haben muß. Er hatte begonnen mit den Worten: »Ihr Herren, obgleich ich der Jüngste bin, der je vor euch stand –«, und wollte fortfahren, daß er gerade für die jungen Menschen spreche, die Sokrates, nach der Anklage, verderbt haben sollte. Doch die Dikasten brüllten: »Niedersetzen!« Und da er nicht vom Fach war, konnte er sich nicht Gehör verschaffen. Es ist kaum erstaunlich, daß er das nie verwunden hat; doch, wie ich zu Axiothea sagte, es war ein wirklicher Verlust für das Theater. Kein Zweifel, diese Gabe hatte er in sich.

Ich begegnete ihr oft im Park, weil ich gern Umgang mit ihr hatte, und auch um der Dinge willen, die sie mir von Dion erzählen konnte. Da sie die Hoffnung nicht aufgab, auch mich der Philosophie zuzuführen, machte sie mich mit ihren Freunden bekannt; unter ihnen war Speusippos, Platons Neffe. Er war ein eleganter junger Mann, mager und drahtig, mit einem Gesicht wie ein hübscher Affe, und zumeist sah er aus, als wäre er nachts sehr lange aufgeblieben, manchmal über seinen Büchern, manchmal auch nicht. Dennoch war er, wie Axiothea sagte, unter ihren Freunden einer der hervorragendsten Männer. Ganz gewiß hatte er gewinnende Umgangsformen, und

obgleich er jedes sehenswerte Stück kannte, fragte er mich doch immer zuerst nach meiner Ansicht.
Dann war auch Xenokrates da, ein schlaksiger Bursche mit ungepflegtem Bart und schmutzigen Fingernägeln, in dessen Gesicht sich nur der Mund bewegte, so daß ich oft Lust hatte, ihm zu sagen, er solle sich doch für zehn Drachmen eine bessere Maske kaufen. So ungerührt, als wäre ich ein tauber Stoffel, hielt er den anderen gegenüber an der Meinung fest, es heiße den Wind mit Netzen zu fangen, wenn man aus einem Schauspieler einen Philosophen machen wollte, aus einem Mann, der sich jeder Leidenschaft hingab, doch nicht, um Schmerz und Freude bemeistern zu lernen, sondern um vielmehr ihre schlimmsten Übertreibungen darzubieten und damit den Beifall der Unwissenden zu ernten! Ebensogut könnte man in einem Bordell Keuschheit predigen! Keiner machte ihm aus seiner Grobheit einen Vorwurf; es war Brauch, jede Meinung zu erörtern, ehe man sie verwarf, und so beherrschte ich mich. Die Debatte dauerte einige Zeit, doch Speusippos nahm Partei für mich, und man war einig, daß er den Tag gewonnen hatte.
Oft sprachen sie, auch ohne daß ich sie dazu drängte, von Dion. Sie glaubten – das hatten sie von Sokrates –, daß dem Menschen ein Gefühl der Gerechtigkeit innewohnt. Und Dion war ihr bevorzugtes Beispiel.
Sein Vater Hipparinos entstammte einem alten, vornehmen Geschlecht in Syrakus und lebte wie ein König auf großem Fuß. Mit Rassepferden, prächtigen Palästen und Banketten hatte er sein Geld so gut wie durchgebracht, als er den Kampf des Dionysios um die Macht unterstützte; sein Einsatz wurde ihm fünffach vergolten. Dionysios mußte den Mann geliebt und geschätzt haben, denn er verband ihre Familien so eng, wie das Gesetz es erlaubte; er heiratete Hipparinos' Schwester, Dions Tante, und als sie ihm eine Tochter gebar, verlobte er das Mädchen mit Dion, den er fast wie einen Sohn behandelte.

Sizilien ist jedoch nicht Griechenland, was auch die dortigen Griechen erzählen mögen. Dionysios, in allem, bis auf den Namen, ein König, gönnte sich auch königliche Launen und nahm zwei Frauen. Aristomache, die Schwester von Dions Vater, aus Freundschaft und zur Festigung seiner Macht im Innern, Doris von Lokroi aus außenpolitischen Gründen. Die Sippen hätten leicht aneinandergeraten können; gerissen, wie er war, schaffte er eventuelle Streitigkeiten, welcher seiner Ehefrauen der Vortritt gebührte, dadurch aus der Welt, daß er beide am selben Tag heiratete; und mehr noch, er schlief in jener Nacht mit beiden, aber niemand durfte wissen, durch welche Tür er zuerst trat.

Doris von Lokroi schenkte ihm als erste einen Sohn. Das entsprach anscheinend nicht seinen Erwartungen, denn nach einiger Zeit, als Aristomache noch immer nicht schwanger war, ließ er Doris' Mutter mit der Begründung hinrichten, sie habe Aristomache behext. (Wie ich schon sagte, Hellas reicht nur bis zur Meerenge.) Doris' Sohn war schon im Knabenalter, als Aristomache ihren ersten Sohn gebar.

Unterdessen wuchs der junge Dion als Liebling sämtlicher Götter heran. Im Hause des Archonten bewegte er sich so frei wie in seinem eigenen. Er war immens reich. Sein Rang entsprach dem des Neffen eines Königs, wenn nicht noch höher. Und er glich einem Jüngling auf einem Fries des Phidias. Seiner Stellung und seiner Persönlichkeit wegen umbuhlt, gelang es ihm, in dieser ausschweifendsten aller Städte seine Ehre zu bewahren. Das aber prägte ihn; obgleich nicht eitel, lernte er doch aus Selbstschutz Abstand zu halten, und so nannten die Leute ihn stolz. Mit sechzehn entfloh er erleichtert in den Krieg. Die Götter hatten bei ihm an nichts geknausert, und er war ein tapferer Soldat. Auf dem Feldzug in Italien fand er Zeit, bei den Pythagoreern zu studieren. Mit zwanzig, als seine glänzende Jünglingszeit zu nicht weniger glänzender Mannheit aufdäm-

merte, erfuhr er, daß Platon bei ihnen zu Gast war. Und sogleich überquerte er die Meerenge, um ihn zu ehren.
Bis jetzt hatte ich einen oder zwei von Platons Dialogen gelesen, die einige Zeit vor diesen Ereignissen geschrieben worden waren. Fast immer findet sich darin irgendein prächtiger Jüngling, Lysias oder Alkibiades oder Charmides, an Geist und Körper gleich hervorragend, der seine drängenden Bewerber vernachlässigt, um bei Sokrates zu landen. Er stellt, bescheiden, aber kühn, alle richtigen Fragen und geht strahlend aus all den geistigen Spielen hervor und weiß, daß er zurückkehren wird. Hier hatte ein Traum sich verwirklicht. Ich konnte mir vorstellen, wie Platon empfand.
Bald waren sie in Sizilien und erklommen den Berg Ätna, um die Krater zu besichtigen. Die reine Gestalt des fernen Berges schwebte im Äther, weiß wie Schaum. Sie stiegen oberhalb der Obstgärten zwischen wilden Formen schwarzer Lava hinauf. Der Schnee, in Licht gebadet, hauchte einen Drachenatem aus, die feuerspeiende Schmiede reichte unergründlich vom Himmel bis ins Mark der Erde hinab. Nichts Geringeres schien der Elemente würdig zu sein, die darin entfesselt waren.
Unterdessen hatte Dion eine Botschaft nach Syrakus gesendet; und Dionysios, der es liebte, sich seinen Hof als einen Helikon der Musen vorzustellen, antwortete mit der erwarteten Einladung.
Der junge Dion war entzückt. Liebe und Philosophie hatten ihm die Augen geöffnet; er erkannte, daß in Syrakus, wo es ihm selbst so gut gegangen war, nicht alles gut war. Doch er hatte auch gelernt, daß der Mensch nur aus Unwissenheit sündigt. Den Gott, den er einmal erkannt hatte, mußte er lieben. Und – wie auch anders? – jedermann mußte Platon lieben.
Als ich im Olivenhain der Akademie diese Geschichte hörte, da schlug mein Herz für diesen Mann. Er war für die Politik erzogen worden, hatte – in vierzig langen Jahren – das bittere

Ende des Krieges und drei Formen von Mißherrschaft erlebt, er hatte gesehen, wie der Reformeifer seiner Verwandten sich in rücksichtslose Despotie verwandelte, sobald sie an der Macht waren. Er hatte das Leben des Sokrates von ihnen erbetteln müssen; dann, als er sich von der Hälfte seiner Familie losgesagt und seine Laufbahn aufgegeben hatte, hatte er hilflos zusehen müssen, wie sein Freund, der der Tyrannis mit niemals wankendem Mut getrotzt hatte, unter dem Schein des Rechts ermordet wurde. Und nun begegnete ihm dieser allseits geliebte Jüngling, der an ihn glaubte wie an einen Gott und ihn einlud, das »gute Leben« nach Syrakus zu bringen. Was hätte er tun sollen?
Ausführlich wurde mir von meinen Freunden in der Akademie berichtet, was Platon und Dionysios zueinander sagten. Auch Philosophen sind Menschen, und ich habe nie jemanden getroffen, der eine Auseinandersetzung, die er mit einem anderen hatte, ohne Schönfärberei wiedererzählt hätte; immerhin glaubte ich doch das meiste. Platons Manieren waren ausgezeichnet, und anfangs mußte er sehr höflich gewesen sein. Doch er hatte unter den Dreißig gelebt, und so konnte ihm der Geruch der Tyrannis nicht entgehen, den alle Wände ausschwitzten. Unterdessen wurde viel Wesens von ihm gemacht. Und nach entsprechender Frist wurde er aufgefordert, seine Vorstellung zu geben und vom »guten Leben« zu sprechen.
Ich weiß nicht, ob Dionysios erwartet hatte, als Beispiel genannt zu werden. In Sizilien würde mich das nicht wundern. Es ergab sich, daß für Platon »gutes Leben« das Leben von gerechten Männern in einer gerechten Gemeinschaft war, deren Herrscher nach ihren Verdiensten erwählt wurden, und nicht nach Rang und Geburt, und die in Mäßigung und Tugend erzogen worden waren. Er hatte an ein oder zwei sizilianischen Banketten teilgenommen, die in einer Orgie geendet waren. Er ließ keinen Zweifel daran, daß er unter »gutem Leben« etwas ande-

res verstand. Und er erinnerte daran, was Pythagoras von Kirkes Schweinen gesagt hatte.
Für Dionysios war die freie athenische Redeweise etwas Ungewohntes. Er verlor den Kopf und die Fassung. Platon war ebenso an Achtung gewöhnt wie Dionysios an Schmeichelei. Dionysios war wütend, war vielleicht auch eifersüchtig auf Dions neue Beziehung. In der Diskussion behielt er nicht recht, aber er beschloß, dennoch das letzte Wort zu behalten.
Platon beschloß unverzüglich abzureisen; alles was er brauchte, war ein Schiff, und das besorgte Dion für ihn. Niemand konnte ahnen, daß es mit versiegelten Befehlen des Archonten segelte. Es mußte wie eine ausgesuchte Rache gewirkt haben, daß Platon ausgerechnet von dem Mann in die Sklaverei verkauft wurde, zu dem Dion ihn voller Vertrauen gebracht hatte. Und als dieser später erfuhr, daß Platon keine Sekunde an ihm gezweifelt hatte, war er wahrscheinlich überrascht.
Der wohlhabende Philosoph, der Platon freikaufte, wollte keine Drachme erstattet haben; er sagte, es sei für ihn ein Vorrecht gewesen. Platon fuhr nach Hause und schwieg aus Stolz über seine Erlebnisse, doch als die Sache ruchbar wurde, bezeugte er Dions Unschuld. Dem alten Dionysios, der großen Wert auf die Meinung der Leute legte, wurde es unbehaglich zumute; mit einem Brief versuchte er, die Sache wiedergutzumachen. Er hoffe, schrieb er, daß Platon nicht schlecht von ihm spreche. Platon erwiderte, er sei viel zu sehr beschäftigt gewesen, um die Sache überhaupt noch zu erwähnen.
Was Dion dachte, als er davon erfuhr, wird nicht berichtet. Doch sein Leben war verändert. War er frei zu reisen, so fühlte er sich so sehr als Mann der Akademie, daß er eher zurückzukehren schien als anzukommen. Er war gemäßigt wie Pythagoras; er lernte, er traf mit Philosophen zusammen. In Sizilien aber wurde jeder Auftrag, mit dem man ihn betraute – Krieg, Botschaft, Gericht –, einwandfrei ausgeführt. Wenn er seine Befehle um

der Gerechtigkeit willen mißachtete, so tat er das immer in aller Offenheit. Ein Verschwörer hätte nie daran gedacht, ihm seine Geheimnisse anzuvertrauen. Es war, als hätte Dion, weil Platon nicht in Syrakus bleiben durfte, um seine Ehre zu verteidigen, sein ganzes Leben dem Ziel geweiht, Zeugnis für seinen Freund abzulegen. Wie Axiothea gesagt hatte: In ihm war nichts Verräterisches; ebensowenig in Platon, der keine Sache für größer hielt als die Wahrheit und genug Aufstände in Athen erlebt hatte, von denen jeder Haß, Niedertracht und Rache säte wie Drachenzähne, um den nächsten zu zeugen.
Sie alle hatten versagt, aus dem einfachen Grund, weil die Menschen nicht besser wurden. Haß, so hatte er entdeckt, vernichtet. Nur Liebe ist schöpferisch. Ein Staat kann nur durch gute Menschen erlöst werden, die Güte um sich her verbreiten, bis die Masse davon durchsetzt wird und es genügend gerechte Männer gibt, um zu herrschen. All das erzählten sie mir in der Akademie. Und mir erschien es sinnvoll, wenn nur damit begonnen würde. Und wenn es einen Mann gab, der das konnte, dann war es Dion.
Bald allerdings war es für mich an der Zeit, diese Freuden aufzugeben. Die Rollen für die Lenäen wurden verteilt, und anschließend sollten die Proben beginnen.
»Du mußt siegen«, sagte Axiothea, als ich es ihr berichtete. »Das wird Dionysios Athen annähern und von Sparta entfernen. Und das kann nur gut sein.«
»Nur gut? Nach allem, was ich in der Politik erlebt habe, kann alles, was du erdenken magst, auch schlecht ausgehen. Dazu braucht es nur bösen Willen. Das alles überlasse ich den Sachverständigen. Künstler in der Politik sind wie das Hurenkind bei der Hochzeit; wir erinnern uns an Dinge, die nicht zeitgerecht sind, und kommen schlecht weg.«
»Gib acht, Niko, und schüttle die Politik nicht so ab. Eines Tages fordert sie ihren Tribut, ob du willst oder nicht.«

»Das kann auch die schwarze Pest oder das Sumpffieber. Unterdessen bleibe ich bei dem, was ich kann. Je mehr Zeit Dionysios damit verbringt, Stücke zu schreiben, desto weniger Zeit bleibt ihm für die Tyrannis. Ein Tag ist für ihn nicht länger als für andere Menschen. Überdies muß ein Künstler sich selber kennen, und das kann niemandem schaden. Oder doch?« fügte ich hinzu, mich an die Methode erinnernd.

»Gewiß nicht.«

5

Hektors Loskauf wurde von den zuständigen Preisrichtern zugelassen und für die Lenäen angesetzt. Ein reicher Syrakusaner bot sich als Chorege an. Alles verlief wie geplant, lediglich bei der Besetzung gab es eine Schwierigkeit. Leontis, unser Mäzen, war als dritter an der Reihe, seinen Protagonisten zu wählen; und der Mann vor ihm wählte mich. Er sagte, er habe mich in Delphi gesehen. Hastig wurde beratschlagt, und dann änderte der andere seinen Sinn. Was er dafür bekam, weiß ich nicht, aber an den Aufführungskosten wurde nicht geknausert. Als wir hörten, wer mit der Anfertigung der Masken und Kostüme, der Bemalung der Skene und der Einübung des Chors beauftragt war und welche Gelder dafür ausgegeben wurden, mußten wir zugeben, daß daneben selbst die von Persern unterstützten Festspiele in Delphi etwas von einem Schmierentheater gehabt hatten.
Phileas war ein Chormeister, der, müßte er auch den Chor auf den Kopf stellen, immer noch tadellose Gruppen bilden und jede Silbe kristallklar aussprechen lassen würde. Da es mir Freude machte, beobachtete ich ihn häufig bei der Arbeit. Man kann fragen, wie mir zumute war, daß ich die Hauptrolle spielen und die Aufführung leiten sollte, dort, wo einst Aischylos gewirkt hatte; wo Sophokles als Chorknabe getanzt und später nur als Komparse in einem seiner eigenen Stücke aufzutreten brauchte, damit das Publikum sich von seinen Sitzen erhob. Nun, das Theater war meine zweite Heimat. Ich konnte mich nicht entsinnen, daß es je anders gewesen wäre. Ich kam mir vor wie ein Sohn aus reichem Hause, der gerade volljährig geworden ist. Ich weiß nicht, wann ich mich je glücklicher gefühlt habe.

Inzwischen hatte ich mich schon in das Stück eingelebt; ich wußte, was der Vers dem Schauspieler zu geben hatte und wo die Stimme gehoben oder gesenkt werden mußte. Ganz wie ich gefürchtet hatte, war Anaxis auf dem besten Weg, den Achilles viel zu schwülstig zu sprechen.

»Mein Lieber«, sagte ich schließlich, »du warst heute wirklich großartig, aber du hast die Verse ein wenig zu betont gebracht, wenn du weißt, was ich meine. Wir müssen da und dort das Pathos des alten Herrn dämpfen. Vergiß nicht, daß das Stück siegen muß, wenn es uns nach Syrakus bringen soll.«

Er nahm meine Worte recht gut auf, beklagte sich aber darüber, daß der dritte Schauspieler, Hermippos, immer versuche, ihn an die Wand zu spielen, was leider stimmte. Dion hatte ihn anstelle von Anaxis vorgeschlagen. Ich wußte, daß er ein guter Schauspieler war, und da Dion ihn begünstigte, behielt ich meine Einwände, daß es vielleicht nicht so gut wäre, einen sehr bekannten zweiten Mann als dritten auftreten zu lassen, für mich. Wir wurden ausgezeichnet bezahlt – es entschied also der goldene syrakusanische Köder. Hermippos hatte seinen Stolz unterdrückt und das Angebot angenommen, doch jetzt wollte er zeigen, daß er jemand war, falls wir es vergessen haben sollten. Das tat er nicht dadurch, daß er bombastisch daherredete, denn das war nicht sein Stil; aber er spielte den Narren. Er war einer der wenigen Schauspieler, die in der Tragödie ebensogut waren wie in der Komödie, und die Komödie schien sein Gesicht geformt zu haben, das rund war mit einem breiten Mund und einer Nase wie ein Knopf. Auf der Bühne benahm er sich tadellos; doch er gehörte zu denen, die, wenn sie ihre Verse gesagt haben, bis zu dem Augenblick, wo es weitergeht, tun, was ihnen beliebt. Er scherzte mit den Mechanikern, wettete bei den Rennen, lief in den Masken anderer Stücke herum, um uns alle wissen zu lassen, daß er noch immer die gleiche hohe Meinung von sich hatte. Mich hatte mein Vater gelehrt, an meine Aufgabe zu denken und mich nicht durch Dummheiten ablenken zu lassen. Anaxis aber, der es für unpassend hielt, seine Maske anzulegen, bevor er nicht eine Weile sinnend davorgesessen hatte, wurde ganz toll und war nicht klug genug, das zu verbergen. Es war nicht schön, dauernd Frieden stiften zu müssen, während ich mich doch ganz für die Rolle des Priamos sammeln wollte.

Manchmal machte die Rolle mir angst. Den Achilles hatte ich abgelehnt, weil er zu einfach war; diese Wirkungen hätte ich im Schlaf erzielen können. Vielleicht hätte ich ihn doch nehmen und für den Priamos irgendeinen guten alten Schauspieler vorschlagen sollen, der diese Rolle schon unzählige Male gespielt hatte und seinerseits die Wirkungen im Schlaf erzielt hätte. Das wäre natürlich das Sicherere gewesen. Aber ich hatte mich um die Rolle gerissen, gerade weil sie für mich etwas Neues bedeutete; es war eine Erprobung. Ich hatte mir Gedanken darüber gemacht – mit einem Wort, sie hatte mich gelockt. Und wenn ich Dion gegenüber mein Wort nicht brechen und mich nicht um meine Möglichkeiten bringen wollte, mußte ich eine gute Leistung vorweisen.

Ich las die *Ilias* von Anfang bis Ende und kam auf die Stelle zurück, wo Priamos versucht, Hektor von dem tödlichen Kampf abzubringen. Du bist unsere letzte Mauer, sagt er; wenn du fort bist, sehe ich unser Haus in Trümmer fallen, Troja geplündert, die Frauen vergewaltigt, die Kinder auf den Steinen zerschmettert, bevor ich selber gefällt werde und dort liegenbleibe, wo meine eigenen Hunde mich fressen.

… Dem Jüngling stehet es wohl an,
Wenn er im Streit erschlagen, zerfleischt von der
Schärfe des Erzes,
Daliegt; schön ist alles im Tode noch, was auch
erscheinet.

Aber wird das grauende Haupt und der grauende
Bart nun,
Auch die Scham von Hunden entstellt dem ermordeten
Greise:
Das ist, traun, das kläglichste Leid den elenden
Menschen.

Diese Verse kamen mir immer in den Sinn, wenn ich die Szene mit Achilles spielte.

Dann kam der Tag, da die Dramatiker sich vorstellten, was bedeutete, daß die Wettkämpfe unmittelbar bevorstanden. Wir gingen in unsern Festgewändern und bekränzt in das Odeion, um uns zu verbeugen, während die Themen der Stücke genannt wurden. Da unser Dichter in Syrakus war, sprach an seiner Stelle ein Redner mit geschulter Stimme, was zweifellos ein guter Tausch war. Ich fürchtete, unsere Gewänder könnten allzu üppig wirken – es ist schließlich eine Zeremonie und keine Theateraufführung. Die Schauspieler kommen ohne Bühnenkostüm und ohne Maske und sollten nicht gar zu auffällig gekleidet sein. Doch wir waren mit prunkvoller Eleganz ausgestattet worden. Wenn unser Mäzen auch keinen guten Geschmack hatte, so wußte er doch, wo man am besten einkaufte.

Wie Anaxis vorausgesagt hatte, wurde der Name des Dionysios ohne jede Mißfallensäußerung aufgenommen, während Hermippos mit einigem Gelächter begrüßt wurde, da man ihn zuletzt in Komödien gesehen hatte. Es liegt in der Natur der Dinge, daß ein Komödienspieler dem Publikum besser bekannt ist als ein Tragödienspieler: Wenn die Zuschauer sich daran erinnern, wie man einen Kranz von Würsten geschwungen hat oder mit einem mächtig ausgestopften Phallos herumgesprungen ist, so bedarf es mehr als eines vergoldeten Kranzes, um das vergessen zu machen. Falls Hermippos sich ärgerte, so ließ er es doch nicht merken, sondern verbeugte sich, als ob er einen Tribut entge-

gennähme. Er war ein beherzter Mann, und ich hatte ihn gern. Später sagte ich zu Anaxis, es sei doch gut, daß wir ihn dabei hätten, denn er hielte das Publikum bei guter Laune.
»Dieser Hanswurst! Laß mich ihn vergessen, solange ich kann! Dionysios hat hier zweite Preise errungen, als er viel unbeliebter war als jetzt. Ich weiß gar nicht, warum du so besorgt bist.«
Ich wollte ihm gerade widersprechen, doch dann besann ich mich anders und sagte: »Mein Lieber, du mußt verstehen, daß ich wegen der Schwierigkeiten zwischen dir und Hermippos gespannt bin wie eine Leier. Es ist erstaunlich, wie gut du dich jetzt mit ihm verträgst. Aber die Angst, es könnte just an dem Tag, von dem für uns so viel abhängt, einen Krach zwischen euch geben, raubt mir nachts den Schlaf.«
»Mein lieber Niko«, erwiderte er unverzüglich, »auch kein Hermippos könnte mich so weit bringen! Wir sind in der Hand des Gottes. Sollte es anfangen zu schneien, die Frau des höchsten Archonten auf ihrem Ehrenplatz von Geburtswehen befallen werden oder die Thebaner die Grenze überschreiten, ja, das wären wirkliche Schrecknisse, und wir wollen Iakchos bitten, sie abzuwenden. Doch Hermippos? Richten wir unseren Sinn lieber auf ernste Dinge!«
Bei der Kostümprobe war er daher eitel Liebenswürdigkeit; und Hermippos, als der gute Schauspieler, der er im Herzen war, fand keine Zeit für Albernheiten. Es geht zu glatt, dachte ich. Das Pech wird am entscheidenden Tag kommen! Dann, bei meinem Auftritt mit dem Wagen hinter Hermes, reckte eines der Pferde den Hals, schnappte die Maske des Hermippos bei der Perücke, die es wahrscheinlich für Stroh hielt, und riß sie ihm vom Kopf. Wir lachten uns halb tot, und nachher war uns leichter ums Herz.
Nun kam die schicksalsvolle Auslosung der Reihenfolge der Spiele. An jenem Tag regnete es, aber wir gesellten uns dennoch

zu der Schar von Schauspielern und Mäzenen, die im Säulengang des Theaters auf die Listen warteten.
Am ersten Tag würden wir keinesfalls an die Reihe kommen; bei den Lenäen ist die Komödie Königin und eröffnet die Festlichkeiten. Danach kamen die verschiedenen Trilogien mit den Satyrspielen. Die Liste erschien, und nun wußten wir Bescheid. Von dem Abschluß mit der Komödie abgesehen, kamen wir als letzte an die Reihe.
Nun, bei den Dionysien ist das eine gute Nachricht. Doch bei einem Winterfestspiel wie den Lenäen kann man erst am Tag selbst wissen, ob man Glück hat oder nicht. Ist es regnerisch oder weht ein scharfer Wind, gehen die älteren Leute oder die, die nur einen dünnen Mantel anhaben, bald nach Hause. Die anderen werden unruhig, stehen auf, um sich die Beine zu vertreten oder ihre Bedürfnisse zu verrichten, ihre Gedanken sind halb bei der heißen Suppe, die sie zu Hause erwartet, sie werden mißgestimmt und kribblig, und man hat es schwer, ihnen zu gefallen. Ist das Wetter aber schön, dann hat man Publikum und Tag gewonnen. Die Sanftmut und Gunst des Theaterrunds an solchen Nachmittagen ist bei den Schauspielern sprichwörtlich. Zeus und Dionysos und Apollo Helios erweisen sich für die vielen Opfer erkenntlich.
Am Abend vor dem Fest lag ich da und lauschte dem Lärm der mitternächtlichen Riten; dem Geschrei der Frauen, die durch die Straßen rennen und versuchen, es den Mänaden in den Bergen gleichzutun und in aller Sicherheit, wie sie das bei den Lenäen tun, Gefahr mimen und den König Weinstock bekränzen, um ihn zu versöhnen, weil er gestutzt wird. Ihre Gesänge und ihr Iakchos-Schreien und das rote Licht der Fackeln, das über meine Zimmerdecke glitt, weckten mich, wenn mir die Augen zugefallen waren. Gegen Morgen hörte ich sie mit ausgebrannten Fackeln frierend, schimpfend und über den Regen murrend vorbeiziehen.

Der Tag begann bewölkt; nicht jenes eindeutig schlechte Wetter, um dessentwillen man die Vorstellung verschiebt, sondern grau und drohend. Während der ersten Komödie war der Himmel so dunkel, daß die Leute heimgingen und das Theater halb leer blieb. Wären die Schauspieler weniger entmutigt gewesen, hätte das Stück einen Preis gewinnen können. Später hellte es ein wenig auf, das Theater füllte sich, und ein keineswegs besseres Stück wurde gut aufgenommen und gewann den Preis.

Am Tag, da die Tragödien begannen, blies ein heftiger Wind. Die Zuschauer erschienen bis zu den Augen eingehüllt oder mit über den Kopf gezogenen Mänteln. Der Wind riß an den Gewändern der Schauspieler und des Chors. Der Flötenspieler, der beide Hände zum Spielen brauchte, stand bald mit freiem Rücken da, so wild spielte der Wind mit seinem Gewand. Das nützte dem Protagonisten, der den Bellerophon spielte und eine feierliche Rede zu halten hatte, natürlich nur wenig. Im nächsten Teil der Trilogie mußte er auf einem Pegasus reitend herbeigeflogen kommen. Mein Herz blutete für ihn, als er hin und her baumelte und das Publikum lachte und lärmte. Natürlich wurde das Stück um die Hälfte gekürzt. Aber es war ein mittelmäßiges Werk, das ohnehin kaum eine Aussicht auf Erfolg hatte.

Auch am nächsten Tag ließ der Wind nicht nach. Das Stück, das heute an der Reihe war, war dem Dichter nicht gelungen. Er hatte unbedingt eine Trilogie schreiben wollen, obwohl er in den ersten Teil schon alles hineinlegte, was er zu sagen wußte. Endlich legte sich der Wind, und eine blasse Sonne erschien; doch bis dahin war das Publikum gelangweilt und wartete auf das Satyrspiel.

Der folgende Tag gehörte uns.

Ich konnte nicht schlafen. Ich dachte daran, etwas Mohnsaft zu nehmen, doch davon wird man stumpf, und da ist es noch immer besser, müde zu sein. Gerade als ich aufstehen wollte, kam ein

Hochzeitszug vorüber, singend und lärmend, denn im Januar, dem Heiratsmonat, gibt es dergleichen fast jeden Abend. Ich erhob mich und streckte die Hand zum Fenster hinaus. Die Luft war still, aber sehr kalt. Im milden Licht der Nacht sah ich Apollo in seinem hölzernen Behälter. Da ich ohnehin wach war, zündete ich eine kleine Tonlampe an und trat vor die Maske. Die Flamme bewegte sich leicht in der Zugluft des Fensters, die Augenhöhlen schienen mich forschend anzusehen, doch völlig gelassen. Ich ging wieder zu Bett, ließ die Lampe brennen und lag in Gedanken. Plötzlich erwachte ich bei Tagesanbruch. Die Lampe war erloschen, Vögel zwitscherten draußen, der Himmel war klar.

Ich sprang auf und schaute hinaus. Ein mäßiger Frost färbte die Ränder der Oleanderblätter und die schwarzen Finger der Reben weiß. Mein Atem schwebte reglos in der Luft.

Ich warf mir die Decke um und machte am Fenster meine Übungen. Meine Stimme tönte rein und biegsam. Ein kecker Vogel in den Reben pfiff fast wie eine Flöte, und das half mir. Ich schürte die Scheite im Ofen und wärmte mir Wein, schlug einige Eier hinein, fügte noch Weißmehl und Honig dazu, ein altmodischer Heiltrank, der meinem Magen in solchen Zeiten guttut. Ich brockte auch Brotstücke hinein, denn ich wußte, daß ich später nichts essen würde. Die Krumen warf ich meinem flötenden Vogel zu, sprach vor Apollos Maske ein Gebet und brachte ihm ein Opfer dar.

Als ich das Haus verließ, fühlte ich mich erwärmt und frisch. Mein Wirt und meine Wirtin, die mich nur selten beachteten, es sei denn abends, um festzustellen, wen ich heimbrachte, kamen heraus und wünschten mir Glück, was ich für ein gutes Omen hielt. Der Himmel wurde jetzt ganz blau. Anfangs spürte ich in meinen Füßen und Fingern ein leichtes Kribbeln, doch dann ließ die Kälte allmählich nach.

Ich machte beim Bartscherer halt, wo ich Hermippos traf. Bereitwillig leistete er mir Gesellschaft und wartete, bis ich fertig war. Zusammen gingen wir ins Theater.

Die öffentlichen Bänke waren voll besetzt mit Leuten, die sich tüchtig eingemummt hatten. Auf den Seitensitzen, wo die Schauspieler soviel wie möglich von den anderen Stücken mithören können, hatte Anaxis uns Plätze freigehalten. Neben uns saßen die Schauspieler des zweiten Stücks und etwas weiter unten die Schauspieler des Satyrspiels, mit dem der Tag enden würde, *Silenos und die Gorgonen*. Sie begrüßten Hermippos wie einen verlorenen Bruder und fragten, wann er denn zur Komödie zurückkehren werde. Oberhalb von uns waren die Männer und Knaben vom Chor, schwatzten miteinander, prahlten und scherzten.

Weiter unten, auf den Ehrenplätzen, saßen die Vertreter der ausländischen Mächte, die Archonten und die Choregen mit ihren Gästen, die Sklaven mit Decken und Kissen beladen, um es ihnen bequem zu machen. Und dann kamen die Priester und Priesterinnen: die Priesterin der Demeter, die Priester des Zeus, des Apollon, des Poseidon, der Athene. Jetzt dröhnten Trommeln und Zimbeln; das Kultbild des Dionysos wurde hereingetragen und vor der Orchestra aufgestellt, wo er seine Diener sehen konnte. Sein Priester nahm den Stuhl in der Mitte ein, auf ein Fanfarenzeichen hin wurde es still im Theater. Die Vorstellung begann. Außer Sichtweite, hinter dem Parodos, hörten wir die ersten Töne der Flöte, die zum Chor spielte. Ob man dahinter ist oder davor – es gibt nichts, was diesem Augenblick vergleichbar wäre.

Die erste Tragödie war ein *Amphitryon*, von einem Dichter, dessen Name mir entfallen ist; ein unbekannter Dramatiker, von dem man nie wieder etwas gehört hat. Er mußte sich mit diesem einen Stück ausgeschrieben haben, denn es war durchaus nicht schlecht. Er hatte das Ohr am Boden gehabt, keine neue Wirkung war ihm entgangen, keine Wendung, die im vergangenen

Jahr Erfolg gehabt hatte. Die Zwischenspiele des Chors waren sehr stark, mit der lydischen Begleitung für die Flöte. In jenen Tagen, da es noch neu war, pflegten wir das Bauchmusik zu nennen. Noch heute erinnert es mich an die Klage um Adonis. Der Flötenspieler war einer so heiklen Aufgabe nicht ganz gewachsen, aber das dürfte das Publikum kaum gemerkt haben. Es war ein frisches, ausdrucksvolles, gut gemachtes Stück und ging einem ein wie gewürzter Wein. Hermippos, das sah ich, war das Lachen völlig vergangen. Ich sagte zu Anaxis: »Ein Erfolgsstück!«

Er nickte, ruhiger, als ich erwartet hatte, und sagte: »Die Preisrichter sind in diesem Jahr eine ältliche Gesellschaft.«

Ich reckte den Hals, um einen Blick auf die zehn für dieses Fest ausgelosten Persönlichkeiten zu werfen. Ein Mann muß schon in reiferen Jahren sein, um urteilen zu dürfen, und dieses Jahr waren tatsächlich einige Greise unter ihnen.

Das Stück hatte immerhin gefallen; das Publikum klatschte, trampelte, schwenkte Tücher und Kopfbedeckungen. Die Preisrichter hielten Rat. Ich war ein wenig betroffen, als ich sah, daß dieses erste Stück schon so eingeschlagen hatte; es war eigentlich das zweite, vor dem ich mich gefürchtet hatte. Anaxandrides, der Verfasser, war einer der Sieger aus den Großen Dionysien. Solche Dichter geben sich selten die Mühe, bei den Lenäen überhaupt mitzumachen. Vielleicht hatte er irgendwelchem Unmut Luft machen wollen; die Athener hören gern Kritik an der Stadt, wenn der Winter die Straßen versperrt und Fremde außer Hörweite hält. Jedenfalls würde er ein starker Mitbewerber sein. Überdies hatte sein Mäzen durch das Los zuerst wählen dürfen und Eupolis verpflichten können, der seit zwanzig Jahren für die Dichter Preise errang.

Der Eröffnungschor hatte einige schöne Verse, war aber zusammengestoppelt und nicht im neuesten Stil des Anaxandrides. Nach und nach argwöhnte ich, daß es ein altes, überarbeitetes

Stück war, mit dem er nicht gewagt hatte, bei den Großen Dionysien zu erscheinen. Doch er hatte immer noch Eupolis, der jetzt als Telemachos, Sohn des Odysseus, auftrat und noch immer seine schönen Gebärden hatte. Ich dachte: Welch tolle Hoffnungen habe ich genährt! Wir werden überhaupt nicht in Frage kommen!

Hermippos beugte sich zu mir. »Ich hätte geglaubt, er wäre vernünftiger. Er hätte die Penelope spielen sollen.«

Ich hob die Brauen. Eupolis war als Darsteller jugendlicher Rollen beliebt, er war nicht viel über fünfundvierzig und anmutig wie ein Knabe. Dann aber begann er zu sprechen. Ich war verblüfft. Seine Stimme klang um zwanzig Jahre älter als im letzten Sommer. »Ist er krank gewesen?« flüsterte ich.

»Nein; er hat sich drei Zähne ziehen lassen. Ein halbes Jahr lang hat er sich damit herumgequält; schließlich sagte sein Arzt, es könne ihn das Leben kosten, wenn er die Zähne länger behielte. Wußtest du das nicht? Aber sich vorzustellen, daß er es wagt, den Telemachos zu spielen!«

Ich habe meinem Vater für vieles zu danken, nicht zuletzt dafür, daß er mir gesunde, kräftige Zähne vererbt hatte. Jeder Schauspieler, dessen bin ich sicher, der Eupolis an jenem Tage hörte, erschauerte, als hätte er in vollem Sonnenlicht eine Eule erblickt. Jedem von uns konnte das in nächster Zeit zustoßen. Ein Schauspieler, der nicht mehr alle Rollen spielen kann, ist bald erledigt.

Jetzt durften wir wieder hoffen. Doch es machte mir keine Freude, dem Schwanengesang eines guten Sängers zuzuhören, zumal das ganze Theater es wußte. Als Anaxis mich anstieß und vorschlug, wir sollten gehen, stand ich sofort auf, obwohl es noch viel zu früh war; ich hatte nicht den Mut, noch länger zu bleiben.

Im Skeneraum herrschte das übliche lautlose Durcheinander. Ich kannte es von Kindesbeinen an und hatte gelernt, mich still

wie eine Maus in einer wimmelnden Küche zu bewegen, damit ich niemanden störte. Dann war ich Chorknabe gewesen, ein zwitschernder Vogel in der Schar, in der jeder kicherte und schwatzte und großtat und sich über die Verehrer der anderen lustig machte. Als nächstes durfte ich einen Speer tragen und war hochbeglückt, daß mir eine solche Rolle anvertraut wurde, dann war ich der stumme Vertreter eines anderen Schauspielers, saß bei den Proben vorn, um zu lernen, wie er sich bewegte. Zuletzt dann wurde ich dritter Schauspieler und hatte damit den Vorhügel erklommen, von dem aus man die wirklichen Berge erblickt, die man alle bezwingen soll. Dann zweiter Schauspieler, als der man leben und sterben mag, wenn sich einem nicht eine Gelegenheit bietet, die man ergreifen kann. Jetzt, zum erstenmal, war ich der Protagonist; mein Tisch stand im Ankleideraum der Ersten Schauspieler, der Gehilfe wartete, um mir beim Ankleiden zu helfen, an den Wandhaken hingen meine Kostüme, meine Masken und meine Requisiten waren vorbereitet.
Ich legte das Kostüm des Zeus für den Prolog an, ein schönes purpurnes Gewand, mit goldenen Eichenblättern bestickt. Der Gehilfe rieb den großen Spiegel aus geglättetem Erz. Ich sah mich darin und hinter mir, am Ende des Raumes, den Tisch des Eupolis. In der Stille hörte ich von der Bühne her seine Stimme und auch das Räuspern des Publikums. Nach dem Klang der Verse mußte jetzt bald sein letzter Abgang kommen. Ich griff nach meinem Zepter, schob die Maske mit dem Bart über meinen Kopf und sagte zu dem Gehilfen, der sich mit meinem Gürtel zu schaffen machte, ich wäre gleich wieder da. Eupolis hatte zwischen Abgang und Verbeugung nur die Wahl, hierherzugehen, und ich an seiner Stelle wäre dann gern allein in diesem Raum gewesen.
Ich weiß nicht, wohin ich ging; das nächste, woran ich mich erinnere, ist, daß ich auf dem Platz der Götter saß, den Adler auf der linken Faust, das Zepter in der Rechten; Anaxis in der Maske

der Thetis kam auf mich zu, und alle Augen Athens entkleideten mich bis auf die Haut.
Als ich dort saß, den rechten Fuß auf dem Schemel, in der Haltung des Olympischen Zeus, war es mir, als wäre ich schlafwandelnd hierhergekommen und entdeckte erst jetzt, wo ich war. Plötzlich wurde ich von Angst gepackt. Meine ersten Verse tönten in meinem Kopf, kreisten um sich selber, führten aber nirgendwohin. Bestimmt würde ich steckenbleiben, sobald ich sie einmal gesprochen hatte. Hier oben kann niemand einem helfen, ohne daß das ganze Theater es hört. Und bei einem Gott wird dann immer gelacht. Wenn mir das zustößt, dachte ich, dann bin ich für das ganze Stück erledigt. Ich dachte an Dion; ich durfte ihn nicht im Stich lassen. An Anaxis, dessen Hoffnungen ich vernichten würde. Da kam er gerade. In einem einzigen Augenblick hatte ich eine ganze Stunde des Grauens durchlebt. Tochter des Ozeans, dachte ich. Tochter des Ozeans ... Meine Hände waren eiskalt. Mein Vater würde vor Scham sterben, dachte ich. Er war nie steckengeblieben. Er war ein weit besserer Schauspieler als ich.
Mit einmal waren die Verse wieder da. Ich begann meine Rede und achtete sorgfältig auf die Kleinigkeiten, die ihm so wichtig gewesen waren. Ich hatte vergessen, daß er nicht unten saß. Bald war ich mitten in meinem Text; und als ich in der Rolle des Priamos auftrat, spürte ich keine größere Angst als bei den Proben. Doch das ganze Stück hindurch, bis zum Ende, war ich mir meines Vaters bewußt, als sei er nicht von mir gegangen.

6

An das Siegesfest erinnere ich mich nicht sehr deutlich. Gyllis aus Theben, die zu den Lenäen nach Athen gekommen war, sagte, sie habe noch nie einen Mann so viel trinken und doch nüchtern bleiben sehen. Ich bin sonst kein großer Trinker, aber ich darf wohl sagen, daß ich alles trank, was man mir in die Hand gab. Mein Glück muß es wieder ausgebrannt haben.

Das Fest wurde vom Vertreter Syrakus' veranstaltet und war das üppigste, das man seit Jahren gesehen hatte. In seiner Lobrede auf den Verfasser lud er uns nach Syrakus ein, wo wir vor unserem Dichter spielen sollten. Er hatte schon Plätze für die Überfahrt auf dem nächsten Schiff bestellt.

Ich kann mich an kein Siegesfest erinnern, bei dem es so friedlich zugegangen wäre. Anaxis hatte den Achilles viel besser gespielt als bei den Proben; er hielt sich zurück und überließ mir die Chance, den Preis des Verfassers zu gewinnen, für den nur die Protagonisten in Frage kommen. Ich hatte geschuftet wie ein Hund, um den Sieg zu erringen, und konnte es doch kaum glauben, daß ich bekränzt worden war. So als müsse ich mich davon überzeugen, daß es wahr war, hielt ich den Efeukranz ständig in der Hand.

Nur eine Mißhelligkeit gab es. Axiothea, sonst viel zu schüchtern, eine Schenke zu betreten oder durch die Tür des Gymnasiums zu gehen, hatte den Einfall gehabt, an dem Siegesfest teilzunehmen. Speusippos versuchte es ihr auszureden, doch sie sagte, sie wolle nicht lange bleiben, sondern mir nur Glück wünschen, was ja nicht länger als eine Minute dauern würde. Er war bereit, sie zu begleiten, sagte aber, sie dürfe auf keinen Fall von seiner Seite weichen. Ich war verblüfft, als ich sie herankommen sah, und übervoll, wie mein Herz war, umarmte ich Axiothea. Das arme Mädchen blickte mich ganz verwirrt an; irgendein Esel, der sie für den Busenfreund des Speusippos hielt, machte eine scherzhafte Bemerkung, und die Leute schauten auf. Das Erröten des Mädchens machte sie nur noch reizvoller, und der Spaßmacher erklärte, er werde uns beide wegschnappen. Speusippos, der zu meiner Überraschung ein aufbrausendes Temperament hatte, wäre um ein Haar über ihn hergefallen, wenn es mir nicht gelungen wäre, Frieden zu stiften und die Sache beizulegen. Als ich Axiothea um Verzeihung bat, sagte sie, ich hätte sie doch begrüßt, wie man einen Freund begrüßt. Ich glaube, daß sie aufgeregter war, als sie merken ließ; aber sie war ein großherziges Mädchen und wollte mir die Siegesfreude nicht verderben.

Obgleich der Preis der Lenäen gestiftet worden war, als das Geld noch mehr Wert hatte als derzeit, handelte es sich dennoch um eine recht erfreuliche Summe, und angesichts unserer Aussichten fand ich nichts dabei, das Geld auszugeben. In Sizilien, das wußte ich, würden wir sowohl auf der Bühne wie auch außerhalb einen gewissen Aufwand treiben müssen. Und so ließ ich mir von Kallinos ein Gewand aus feingekrempelter milesischer Wolle anfertigen, cremeweiß, mit einer gestickten Bordüre aus roten Sternen mit Strahlenspitzen in Blau mit Gold darüber. Anders als Bühnenkostüme wirkte es zwar auch auf die Distanz gut, noch besser aber aus der Nähe. Ich wollte nicht vor Dionysios von Syrakus erscheinen, als besäße ich nichts weiter als das, was er mir zu geben geruhte. Außer an meinen eigenen Ruf mußte ich auch an den von Athen denken.

Wir mußten einige Tage auf ein Schiff warten; denn wir wollten in der schlechten Jahreszeit nicht riskieren, auf einem kleinen Fahrzeug in einen Sturm zu geraten. Bei gutem Wetter stachen wir in See und kamen mühelos von Korkyra nach Tarent. In

Sybaris machten wir halt, um eine Ladung bemalter Vasen an Bord zu nehmen, die wie rohe Eier behandelt wurden, weil sie zweifellos ebenso teuer waren wie alles andere in dieser Stadt. Hermippos, der dort in ein Bordell ging, berichtete, es sei wie das Haus eines Edelmanns ausgestattet mit sehr anschaulichen Gemälden an den Wänden, vermutlich deshalb, weil der Gedanke an den Preis die Kunden leicht impotent machen konnte.

Im Theater war nichts los, aber wir sahen eine Wandertruppe auf der Agora, einen Mummenschanz im italischen Stil. Wie wir alle wissen, gefällt dem Gott in den Komödien die Unflätigkeit ganz gut, und ich halte mich nicht für prüde. Aber in Athen lassen wir es doch nicht bis zur Lästerung kommen. Dionysos, der Gott der Lustbarkeit, erlaubt jeden Scherz. Mit dem allmächtigen Zeus jedoch spaßt niemand, und selbst in einem Satyrspiel wird Apollo würdig dargestellt. Hier aber wurde er von Herakles mit einer Keule gejagt und schimpfte vom Dach seines Heiligtums herab wie ein räudiger Kater. Mit einem Kuchen angelockt, beugte er sich vor, verlor das Gleichgewicht und stürzte in einen Waschzuber. Schlimmer noch – es gab einen Zeus mit Riesennase und Riesenphallos, der auf einer Leiter zum Schlafzimmer der Alkmene hinaufkletterte. Hermes spähte hinter ihm durchs Fenster und erzählte dem Publikum, was sich im Innern begab. Selbst Hermippos, der anfangs über die Scherze gelacht hatte, war am Ende tief entrüstet.

Doch so widerwärtig das Spiel auch war, weit schlimmer war die Aufführung einer etruskischen Truppe aus dem Norden. Das sind braune, schlehenäugige Männer, gute Tänzer und Flötenspieler, deren Vorfahren, wie es heißt, aus Lydien stammen. Was sie für ein Stück spielten, kann ich nicht sagen. Die Italer konnten ihrem Kauderwelsch anscheinend folgen. Ich weiß nur, daß ihre Gesichter völlig nackt waren. Sie schneiden damit Fratzen.

Es ist schwer zu schildern, wie diese Zurschaustellung mich

verletzte. Es gibt barbarische Völker, die sich schämen, ihre Körper zu zeigen, während Menschen von Kultur stolz darauf sind, wenn ihre Körper sich sehen lassen können. Doch sein Gesicht vor der Menge zu entblößen, als wäre man selber der Held des Stücks und nicht Ödipus oder Priamos, dazu gehört schon wahrhaftig eine eherne Stirn. Man weiß, wenn einer spielt, daß hinter der Maske ein Gesicht ist, das spricht, wie es muß, wenn man überhaupt empfindet; doch das ist das Geheimnis des Spielers und des Gottes. Anaxis sagte voller Empörung, man müsse sich doch fühlen wie eine Hure.

Zwei Tage später umfuhren wir das Vorgebirge des Herakles; hoch über dem Meer schwebte die wolkenweiße Brust des Ätna. Auf dem Achterdeck stehend, sahen wir in der Ferne Land auftauchen. Der Kapitän, inzwischen unser Freund, klopfte uns auf die Schulter und meinte, in Syrakus würden wir bald gemachte Leute sein. Abgesehen von den Gaben des Dionysios, die sicher prächtig ausfallen würden, könnten wir doch in allen griechischen Städten entlang der Küste spielen, wo es prächtige Theater gebe und wir nur unsere Bedingungen zu stellen brauchten. Nach dieser Reise hätten wir sicher ausgesorgt fürs Leben.

Nach seinem Weggang sagte Anaxis: »Da er regelmäßig diese Strecke befährt, muß er wissen, wovon er redet. Wie ich euch vielleicht erzählt habe, besaß meine Familie vor dem Krieg einen kleinen Grundbesitz bei Marathon, guter Boden, die Oliven wurden unter unserem Namen in Athen verkauft. Der Mann, dem er jetzt gehört, lebt in der Stadt und bewirtschaftet das Gut mit einem Verwalter. Wer weiß, vielleicht ist er bereit, es zu verkaufen.«

»Mein Traum wäre es«, sagte Hermippos, »eine eigene Truppe zu haben; drei Schauspieler, zwei Komparsen, ein guter Flötenspieler, der den Chor anführen kann. Im einen Jahr etwa über Korinth, Epidauros, Delphi nördlich bis Pella zu reisen, im nächsten nach Delos und Ionien. Von Pergamon hört man große Dinge. Samos kenne ich; Ephesos – ja, das ist eine Stadt! Und Sizilien? Während wir hier sind, werde ich mich umschauen. Denkt doch nur an die hochgeachtete Truppe des Diphilos; was unterscheidet sie denn im Grunde von der unsern? Nur Äußerlichkeiten; Kostüme, Maske, eine gute Reiseausrüstung, schöne Maultiere und ein wenig Vergoldung am Karren. Hat man sich einmal durchgesetzt, so kann man an einem festen Ort bleiben. Ich würde ein kleines Haus in Korinth kaufen und zwischen den Rundreisen immer dorthin zurückkehren. Ich kenne ein Mädchen, das es mir warmhalten würde! Jetzt muß sie sich von einem fetten, alten Geldverleiher aushalten lassen, der ...« So ging das weiter. Nach einer Weile fragte er: »Und du, Niko? Warum bist du so still?«

Ich lachte. »Verkauf kein ungeborenes Kalb!«

Ich hing ebenso meinen Gedanken nach wie die andern, doch ich war abergläubischer. Das hatte mein Vater mir vererbt. Vor einem Festspiel gingen wir auf Zehenspitzen, um nur ja kein unheilkündendes Wort zu sprechen oder die Hausschlange nicht zu erschrecken oder keinen bösen Traum zu erzählen. Aber nichts war so schlimm, als im voraus auf einen Sieg zu rechnen. Das lernte ich gleich beim erstenmal gründlich, als ein anderer siegte; jahrelang war ich daran schuld.

Der Wind begünstigte uns so sehr, daß schon bald die Ruder eingezogen werden konnten. Bei Sonnenaufgang sichteten wir Syrakus.

Als wir in den großen Hafen einliefen, sagte Anaxis: »Das also ist der Ort, der mich zum Schauspieler gemacht hat!«

Ich wußte, was er meinte. Seine Familie hatte im großen Krieg alles verloren, und hier vor Syrakus war Athen besiegt worden. Vielleicht waren wir gerade an der Stelle, wo die Hafensperre unsere Flotte eingefangen hatte. Dort drüben – jetzt trockengelegtes Land – war die vermoorte Ebene, wo die Athener gelagert

und sich das Sumpffieber geholt hatten, das zur Zeit unserer Großväter in Griechenland unbekannt gewesen war.
Die Oberstadt war bewaffnet wie ein Drache, nichts als Wälle und Wachttürme; und sie hatte auch einen Drachenkopf. Am Ende des mit Türmen wie mit Schuppen gepanzerten Nackens ragte die Inselfestung Ortygia ins Meer hinaus, von Kriegsmaschinen starrend und mit Wällen wie Klippen. Alles das war das Werk des Dionysios. An die Kosten durfte man nicht denken. Aber seine Raubgier war in ganz Griechenland berüchtigt. Es hieß, daß er das Einkommen seiner Untertanen mit nicht weniger als zwanzig vom Hundert besteuerte. Ich fragte den Kapitän, wie sie das ertrugen.
»Wenn du erst einmal wie ich in einer Stadt gewesen bist, welche gerade von den Karthagern geplündert worden ist, wirst du es begreifen«, sagte er. »Ich glaubte vor jenem Tag, ich hätte schon manches Schlimme gesehen. Es ist besser, sage ich dir, gar nicht zu wissen, daß Menschen solcher Dinge fähig sind. Ohne die Karthager ist nichts hier verständlich. Aus Angst vor ihnen, nicht aus Angst vor dem Tyrannen, haben freie Männer wie Sklaven an der Errichtung dieser Mauern mitgearbeitet. Und der alte Mann hat die Macht all die Jahre aus dem gleichen Grund bewahren können, aus dem er sie errungen hat; er ist ihnen immer noch lieber als die Karthager. Denke daran, wenn du an Land gehst, und hüte deine Zunge.«
Jetzt kam an den Hängen von Epipolai das Theater in Sicht. Wir reckten die Hälse, und Anaxis sagte: »Wir werden noch ein paar Proben brauchen. Es hat diesen Klangkeller.«
Ich stimmte ihm zu, denn es war bekannt, daß die schräge Lage des Theaters die Akustik verdarb, und man hatte Verstärker anbringen müssen. Manche Theater benutzen hohles Erz, um den Klang zu heben, andere hölzerne Wandschirme; hier aber hatte man eine natürliche Höhle schaffen müssen. Der Echoraum hatte die Form eines gespitzten Ohrs, und ein Witzbold

hatte es das Ohr des Dionysios genannt – ein Hinweis auf die Eselsohren des Königs Midas –, und unter diesem Namen war es bei den Schauspielern allgemein bekannt. Man hatte mir vorausgesagt, daß man sich darauf umstellen müsse.
Auf dem Verdeck regte es sich; die Segel wurden eingezogen, doch die Ruderer saßen müßig. Der Kapitän stand mit dem Lotsen auf dem Vorderdeck des Schiffes und beschattete die Augen mit der Hand. Als ich hinzutrat, fragte er: »Hast du gute Augen, Niko?«
»Was gibt's denn zu sehen?«
»Nicht halb soviel, wie ich erwartete! Zu still und kein Gedränge wie sonst. Und die paar Leute, die zu sehen sind, stecken die Köpfe zusammen. Irgendwas scheint nicht in Ordnung zu sein.«
Auch ich hatte diesen Eindruck. Nichts von den Geräuschen der Arbeit, kein Geschrei war zu vernehmen, wie man das in einem betriebsamen Hafen erwartet. Die beiden Männer sahen mich an. Ich sagte: »Was es auch sein mag, es müßte schon etwas Besonderes sein, wenn es Dionysios abhalten sollte, sich sein Stück anzuschauen ...« Einige sizilianische Mitreisende machten ein ängstliches Gesicht. »Was hältst du davon?« fragte ich den Kapitän. »Eine Seuche?«
»Nein, dann würde Rauch von den Scheiterhaufen aufsteigen. Und bei einem kriegerischen Zwischenfall wäre erst recht Leben und Treiben zu beobachten. Das ist etwas Politisches.«
Wir ließen die Anker fallen. Die Sonne wurde heiß und die Aussicht auf den Hafen langweilig. Einige Passagiere hatten sich mit einem Fischerboot an Land bringen lassen, und wir sahen sie jetzt, wie sie sich am Ufer nach Neuigkeiten erkundigten. Das machte uns ungeduldig, und wir nahmen uns vor, uns ebenfalls ausbooten zu lassen.
Bald näherte sich ein Boot. Zwei Männer kletterten an Bord, der erste offenbar ein Kaufmann von sikulischer oder karthagischer Herkunft. Sizilien war immer ein Schmelztiegel der Rassen

gewesen. In gutem Griechisch erkundigte er sich bei dem Kapitän nach einer Ladung Lasurstein aus Ephesos. Der Kapitän schickte Matrosen in den Laderaum, um die Ware zu holen, und fragte nach Neuigkeiten. Man kann sich vorstellen, wie die Umstehenden den Atem anhielten.

»Seit gestern nichts Neues«, sagte der Syrakusaner. »Niemand ist eingelassen worden, und die Wachen machen den Mund nicht auf. Seit drei Tagen sind die Ärzte oben, aber selbst ihre Frauen können ihnen kein Wort entlocken.«

»Mein Freund«, sagte der Kapitän, »du zäumst das Pferd am Schwanz auf. Was ist mit wem nicht in Ordnung?«

»Was? Das wißt ihr nicht?« Er sah aus, als müßte es doch in der Luft geschrieben stehen. »Dionysios liegt im Sterben, heißt es.«

Ich spürte, daß mir der Mund offenblieb; wie ein gestrandeter Fisch kam ich mir vor. An jeden möglichen Streich des Schicksals hatte ich gedacht, nur nicht an diesen; denn länger, als einer von uns am Leben war, hatte Dionysios über Syrakus geherrscht.

Irgend jemand fragte, wie lange Dionysios schon krank sei. Seit sechs Tagen, sagte der Kaufmann, habe er hohes Fieber. Sein Blick wanderte an uns vorbei zum Ufer, wo plötzlich Leben in die Menschen gekommen war. Von der Reling aus winkte er jemandem zu. Der Mann am Ufer hob die Hand und senkte sie, die Handfläche nach unten gekehrt. Es bedurfte keiner weiteren Erklärung.

Aber irgend jemand muß immer Erklärungen abgeben. Und so sagte der Kaufmann: »Schluß mit den Neuigkeiten. Er ist tot.«

Im Nu war das Schiff von Lärm erfüllt, und zwar gleich in drei oder vier Sprachen durcheinander. Es war wie auf einem Bauernhof zur Zeit der Fütterung. Schauspieler gelten für redselig, aber ich glaube, daß wir die einzigen waren, die keinen Ton sagten. Keiner wagte das erste Wort auszusprechen. Nicht daß nichts zu sagen gewesen wäre. Schweigend begruben wir unse-

re Hoffnungen wie die prächtigen Kostüme und Masken eines durchgefallenen Stücks. Wir würden sie nie wieder brauchen. Nach einer Weile sagte ich: »Ja, ihr Lieben, so ist das Theaterleben!«
Bei diesen Worten drehte sich der Kaufmann plötzlich um. Er wartete noch immer auf seine Ware, während der andere Mann, der mit ihm im Boot gekommen war, mit dem Kapitän sprach. Der Kaufmann unterbrach das Gespräch, deutete auf uns wie jemand, der sich beklagt, daß die Ladung stinkt. »Sind das Schauspieler?«
Der Kapitän dachte an unsere Schwierigkeiten und erwiderte, wir seien hervorragende Künstler aus Athen, die eingeladen worden seien, bei Hof zu spielen; jetzt aber sei es mit unserem Stück vorbei. Daraufhin sah ich, wie der andere plötzlich hinter den Kapitän trat; das fiel mir auf. Irgend etwas an ihm kam mir bekannt vor. Doch der Kaufmann war noch nicht fertig. »Sind das«, er wies noch immer auf uns, »die Schauspieler aus dem Stück des Archonten?«
Jetzt hatte ich es satt. »Für wen hältst du dich?« sagte ich. »Schacherst du um Ziegen auf dem Markt? Frag höflich, wenn du etwas wissen willst.«
Darauf ging er nicht ein, bat uns auch nicht um Verzeihung. Er war viel zu sehr von seinen Empfindungen erfüllt, um die Zeit zu vergeuden.
»Wenn euch an eurem Heil gelegen ist, dann tretet ihr am besten sogleich mit diesem Schiff die Heimreise an. Wie das enden wird, vermag kein Gott zu sagen. Ihr habt schon genug Unheil über unsere Stadt gebracht, ihr und euer Freund da.« Er deutete auf den anderen Mann. »Ich bin kein Politiker und kein Sophist.« Seine Stimme überschlug sich beinahe. »Alles, was ich verlange, ist, in Frieden zu leben. Sagt über den Archonten, was ihr wollt; aber er hat diese Mauern gebaut, ja, er hat sein Gewand geschürzt und einen Mörteltrog getragen. Und er hat dafür ge-

sorgt, daß auch die feinen Leute arbeiten mußten. Er hat die Mauern gebaut und darauf geachtet, daß sie immer bemannt waren. Und was wird jetzt aus uns?« Er wandte sich zu dem anderen, der sich davongeschlichen hatte und zurückschielte wie ein Kaninchen in der Schlinge. »Du Unglücksbringer, du schmarotzender, athenischer Schmierenkomödiant mit deinem Geldsack unter dem Hemd! Hoffentlich langt's für einen Strick!«
Aus diesen delphischen Rätselsprüchen wurden wir nicht klug; aber der Kapitän fragte scharf: »Was hat der Mann getan? War's ein Mord?« Und zu diesem gewandt, sagte er: »Mach, daß du von meinem Schiff kommst, bevor ich dich über Bord werfen lasse! Glaubst du, ich will etwas mit der Kriegsflotte zu tun haben? Fort mit dir!«
Der Mann trat auf den Kapitän zu, die Worte sprudelten ihm nur so aus dem Mund. Er faßte sich an die Brust und rief sämtliche Götter von Zeus bis Serapis zum Zeugen an, daß er nichts getan habe, was gegen die Gesetze der Götter oder der Menschen verstoße. Ein noch nicht entwöhntes Kind konnte nicht unschuldiger sein; und doch sagte mir eine innere Stimme: Theater!
Und im nächsten Augenblick griff Hermippos nach meinem Arm. »Niko, jetzt erkenn ich ihn. Er war im Chor; im ersten Vers der Gegenstrophe! Er kam immer um einen halben Takt zu früh. Erinnerst du dich nicht?«
Er hatte recht; das hatte sich bei der Kostümprobe abgespielt. »Ja, aber in Hekates Namen, wie ist er hierhergekommen?« sagte ich.
»Wir wollen ihn fragen«, meinte Anaxis.
Zu dritt gingen wir zu ihm. Der Chormann griff sich an die Stirn und schüttelte den Kopf wie ein von den Eumeniden verfolgter Orestes. Doch alles hat seine Zeit und seinen Platz. Ich stand vor ihm und rief in meiner Stimme eines zürnenden Achilles: »Genug! Erzähl uns die Wahrheit!«
Er rang die Hände, bis ich glaubte, er würde sie sich ausreißen,

und dann keuchte er: »O Nikeratos! An dich wende ich mich! Ich frage dich, Herr, wie hätte ich das voraussehen sollen? Bei meinem Leben, bei allem, was heilig ist, ich wollte keinem Menschen etwas Böses antun. Irgend jemand mußte doch Dionysios die Nachricht bringen und den Lohn für die gute Botschaft empfangen. Warum nicht ich? In Korinth fand ich ein Schiff, das mich durch die Meerenge brachte, das ersparte mir zwei Tage.«

»Du bist also mit der Nachricht vor uns abgefahren«, erwiderte ich. »Und was dann?«

Er zeigte das Weiße in seinen Augen wie ein geprügelter Hund. Ich hätte es aus ihm herausschütteln können, doch da sagte der Kaufmann:

»Ich kann es euch schneller erzählen. Als der Archont die Nachricht erhielt, bezahlte er dem flügelfüßigen Hermes hier den Lohn und einen guten dazu. Dann lud er zum Siegesfest. Es dauerte zwei Tage, und es würde sicher noch immer dauern, wenn nicht Dionysios in den Garten gegangen wäre, um sich abzukühlen. Er war kein Jüngling mehr; mehr als einmal hatte er das Sumpffieber, und das sitzt einem in den Knochen. Binnen zwei Stunden war er krank.«

Der Chormann schaute uns an, einen nach dem andern, und sein Schweigen war Bestätigung. Hermippos lenkte Anaxis' Blick auf sich und wies mit dem Kopf nach dem Wasser, und dann krempelten sie die Ärmel auf.

Man konnte es ihnen kaum verargen. Halb und halb juckte es auch mich in den Fingern. Aber der unglückselige Kerl hatte nur getan, was jeder andere auch getan hätte, dem der Einfall gekommen wäre. Doch selbst als ich es ihnen ausgeredet hatte, waren sie nichtsdestoweniger dafür, ihn an Land zurückzubefördern; er habe genug Pech gebracht, um eine ganze Flotte untergehen zu lassen. Schauspieler sind gewiß abergläubisch, aber noch abergläubischer sind Seeleute, und ich sah, wie unser

Kapitän lauschte. Der Chormann, an dessen Namen ich mich nicht entsinnen kann, obgleich ich dachte, er sei mir für allezeit ins Gedächtnis gegraben, fiel nieder und umklammerte meine Knie. Das habe ich auf der Bühne schon besser gesehen. Er weinte und schrie, seine einzige Hoffnung, am Leben zu bleiben, sei es, abzuwarten, bevor die Syrakusaner darangingen, ihn für den Tod des Archonten verantwortlich zu machen. Sie würden ihn auf den Wällen kreuzigen, und sein Geist würde uns verfolgen.

Es war eine recht gute, lange Rede, und so hatte ich Zeit nachzudenken. Dazu war ich ohnehin erst spät gelangt. Doch was braucht es viel Zeit? Ein Mann, der zur Stunde des Schicksals ein Omen empfängt, sollte sich nicht in der Tür umwenden und es Zufall nennen.

»Hör auf mit deinem Jammergeschrei«, sagte ich. »Man kann ja sein eigenes Wort nicht verstehen.« Er verstummte, und ich fuhr fort: »Nun, gewiß, du hattest nichts Böses im Sinn. Aber du hast es angerichtet. Dein Lohn ist dir geblieben, und der war bestimmt nicht gering, während diese Schauspieler hier die große Möglichkeit ihres Lebens verloren haben. Wie ich die Sache betrachte, ist es das mindeste, was du tun kannst, daß du ihnen die Rückfahrt nach Athen bezahlst. In diesem Fall bitte ich den Kapitän, dich ebenfalls mitzunehmen.«

Er konnte meinem Vorschlag gar nicht schnell genug zustimmen.

»Natürlich«, sagte Anaxis, »gilt das auch für Nikeratos, obgleich er viel zu vornehm war, das zu erwähnen. Als Protagonist hat er den größten Schaden erlitten.«

»Vielen Dank, mein Lieber«, erwiderte ich. »Aber das ist nicht nötig. Ich fahre nicht mit. Ich habe große Lust, mir Sizilien anzusehen.«

Mit diesen Worten war, wie ich gefürchtet hatte, der erste Akt beendet, und jetzt begann die große Szene. Selbst der Kapitän spielte mit. Ob ich denn verrückt geworden sei, fragten sie. Was würde denn hier mit dem Theater los sein? Aller Wahrscheinlichkeit nach stand ein Bürgerkrieg bevor, und am Ende würden gar die Karthager anrücken, während die Wälle nur schwach bemannt waren. Selbst für einen Lebensmüden, meinte der Kapitän, gäbe es verschiedene Möglichkeiten. Auf all das erwiderte ich, daß ich schon selbst auf mich aufpassen könnte und daß ich mir immer gewünscht hätte, Syrakus zu sehen. Nach einer Weile gaben Hermippos und der Kapitän auf, doch Anaxis zog mich zur Seite.

»Niko, mein lieber Freund.« Er packte mich bei den Schultern, was er noch nie getan hatte, und ich merkte überrascht, daß er mich wirklich gern hatte. »Ich flehe dich an, lauf nicht wie ein Knabe ohne Schild und Helm in die Schlacht, um nach dem Ausschau zu halten, den du liebst. Vor den andern habe ich, aus Achtung für deine Gefühle, nichts gesagt, aber es bedurfte keines delphischen Orakels, um mir zu verraten, wie die Dinge liegen. Überlege doch! Du hast keinen Kopf für Geschäfte, das weißt du. Du wirst hier nichts ernten als Unannehmlichkeiten; und der Mann, dessen Geschick du folgen willst, so hervorragend er ohne Zweifel auch ist, wird nicht die Muße haben, sich daran zu erinnern, daß ein gewisser Nikeratos auf Erden wandelt. Du hast keine Ahnung, was in einer Stadt geschehen kann, wenn die Tyrannis in andere Hände übergeht. Und hat einmal der Parteienkampf begonnen, und schneiden die Leute einander auf der Straße die Gurgel durch, so fragt man nicht erst lange, ob du hier fremd bist oder nicht. Komm, fahr mit uns heim und kehr später zurück hierher, wenn sich alles beruhigt hat.«

»Mach dir keine Sorgen, mein Lieber«, antwortete ich. »Mit neunzehn Jahren habe ich mit Lamprias eine sehr zweitrangige Rundreise unternommen, von der ich doch lebendig davongekommen bin. Ich werde mich in Sizilien schon zurechtfinden.«

»Wie willst du dir auch nur etwas zu essen beschaffen?«

»Sei unbesorgt. Von dem Geld, das ich als Preis bekommen habe, ist noch etwas übrig. Doch sieh, der Bootsmann ist bereit, ich muß ihn erwischen.«
Schnell raffte ich meine Sachen zusammen. Den Korb mit der Maske Apollos übergab ich Anaxis.
»Bewahr sie für mich auf und spende ihr dann und wann ein wenig Weihrauch. Der Gott ist daran gewöhnt. Und bitte ihn, er möge mir gnädig sein, bis ich wieder daheim bin.«
Das versprach er; er schüttelte den Kopf, als wäre es die Fähre Charons, die ich besteigen wollte, um den Styx zu überqueren. Er und Hermippos umarmten mich. Sie sahen mir nach, bis das Boot das Ufer erreichte. In einiger Entfernung von ihnen stand der Chormann an der Reling und starrte mir nach wie einem Wahnsinnigen, der sich in ein brennendes Haus stürzt. Dieses Gefühl hatte auch ich, als ich meinen Fuß auf syrakusanischen Boden setzte.

7

Ich beschloß, als erstes den Weg zum Theater einzuschlagen; dort würde man weitersehen. Die Richtung fand ich allein, denn ich sah keinen Menschen, den zu fragen mich lockte.
Syrakus ist eine prachtvolle Stadt und erinnert ein wenig an Korinth, von dem es ja gegründet worden war. Doch es war wärmer, grüner und staubiger, der Gestank war größer, und in der Luft war schon etwas vom Frühling zu spüren. Alles schien reichhaltiger – die Vergoldung, der Marmor, die Läden, die Menschen. Sie trugen die Züge sämtlicher Völker unter dem Rund des Himmels. Blonde und dunkelhaarige Hellenen, braune Numider mit Habichtsprofilen, schwarze Libyer mit dicken Gesichtern, rötliche, kleine, schwarzhaarige Sikuler und dazu nur jede denkbare Mischung, die sich daraus ergeben mochte. Ihnen allen gemeinsam war ihre griechische Tracht und ihre Angst. Die Stadt glich einem aufgestörten Ameisenhaufen, und die Bewohner machten den Eindruck, als warteten sie ab, was mit ihnen geschehen würde.
Im Theater war niemand. Ich trat ein und fühlte mich sofort besser, war wieder mehr ich selber. Wie erwartet, war es aufs prächtigste ausgestattet, farbiger Marmor, vergoldete, bemalte, überreich geschmückte Standbilder; ein Ort, an dem man eher dachte: »Ich spiele in Syrakus«, als: »Ich spiele Sophokles.« So viele Maschinen wie hier hinter und unter der Bühne hatte ich noch nie gesehen. Dionysios mußte seine Kriegstechniker hier beschäftigt haben, wenn sie sonst nicht gebraucht wurden. Eine mächtige Vorrichtung aus Rädern und Hebeln brachte mich in größte Verlegenheit; später entdeckte ich, daß sie dazu diente,

die Bühne zu heben oder zu senken, indem sie die Kammern darunter voll- oder leerpumpte.
Immerhin wußte ich, wohin ich meine Schritte als nächstes lenken würde. In der Straße gab es eine Theaterschenke. Sie war leicht zu erkennen: in einer Ecke der Stand eines Bartscherers; an der einen Wand eine Anzahl tragischer Masken, an der anderen eine Szene aus dem *Agamemnon* mit den Namen der Schauspieler. So leer das Theater gewesen war, hier wimmelte es von Menschen; vertraute Geräusche umbrandeten mich, Geräusche, die dem Schauspieler in allen Städten von Hellas sagen, hier sei er daheim.
Der Stuhl des Bartscherers war frei; da ich am Morgen schon den Bart geschoren hatte, ersuchte ich ihn, mich mit Bimsstein abzureiben – eine Tätigkeit, bei der man sich gut unterhalten kann. Eine Neuigkeit ist die andere wert.
Der Bartscherer war ein Korinther, wie es jeder Bartscherer in Syrakus ist oder zu sein vorgibt. Als er mich fragte, woher ich käme und dergleichen mehr, erzählte ich ihm alles, verheimlichte allerdings, daß ich Dion kannte. Während er seine Handtücher ausbreitete, verkündete er über die Schulter hinweg diese Neuigkeiten. Und sogleich, um ihm die Mühe zu ersparen, standen die Leute auf und setzten sich im Halbkreis um uns. Manche boten mir Wein an. Mit der Stadt draußen hatte das hier nicht die geringste Ähnlichkeit. Schauspieler verstehen einander wie ein Hund den andern.
Keinen überraschte es, daß ich nach dieser langen, zwecklosen Reise die Stadt besichtigen wollte, bevor ich heimfuhr. Der Bartscherer, dem auch die Schenke gehörte, stellte mich den führenden Schauspielern vor und mehreren alten, die vermutlich den ganzen Tag hier verbrachten. Der Chormeister des Dionysios, der, wie es hieß, auch *Hektors Loskauf* vorbereitet hätte, wohnte ganz in der Nähe, und man schickte nach ihm. Unterdessen berichteten mir alle über das verhängnisvolle Fest

des Dionysios und meinten, er hätte es überstehen können, wenn er es gewohnt gewesen wäre zu trinken. Sie sprachen von den Stücken, die er angesetzt hatte; es herrschte viel aalglatte Bosheit zwischen den führenden Schauspielern, weit mehr als in Athen, und das kam daher, daß sie um die Gunst des Tyrannen buhlen mußten. Der Mann, zu dem ich mich am meisten hingezogen fühlte, war ein Darsteller zweiter tragischer Rollen und hieß Menekrates. Da er sichtlich gesprächig war und ich bislang nichts Vernünftiges erfahren hatte, fragte ich ihn, ob der junge Dionysios ein ebenso guter Gebieter sein werde wie sein Vater. Sekundenlang schauten alle sich auf der Suche nach Lauschern um; schließlich waren wir ja in Syrakus. Doch sie waren anscheinend befriedigt. Menekrates lächelte und ließ seine weißen Zähne sehen. Seine Haut war fast pechschwarz, und er hatte eine hohe numidische Nase.

»Mein lieber Nikeratos, das ist das Rätsel der Sphinx. Kein Mensch weiß etwas, weder über das Theater noch über andere Dinge. Wenn du meine Meinung hören willst: nun, der Mann, der es am dringendsten zu wissen wünscht, wie es um den jungen Dionysios bestellt ist, ist er selber. Seit er den Kinderschuhen entwachsen ist, hat er nicht gewagt, sich so zu verhalten, daß ein Mann von Rang ihn ernst nehmen könnte. Selbst bei einer Komödie wird er erst dann lachen, wenn alle rings um ihn lachen. Näher steht ihm das Weinen. Ich selbst habe ihn einmal zum Weinen gebracht. Das ist alles, was man von ihm weiß. Vielleicht sitzt er in diesem Augenblick da wie ein Schauspieler ohne Maske und wartet darauf, daß jemand ihm eine Rolle schreibt.«

»Oder«, sagte ein Mann mit den flachen Fingerkuppen des Flötenspielers, »er nimmt vielleicht die Maske ab, unter der er die ganze Zeit gespielt hat, um sich zu verbeugen und sein Antlitz zu zeigen.«

Nun erschien der Chormeister, ein kleiner, beweglicher Mann,

der jeden Schauspieler in ganz Griechenland kannte und sich nach ihm erkundigte. Und so mußte ich vom Theater sprechen. Aber das war ja schließlich der Mittelpunkt ihres Lebens, und ein reiner Zufall hatte mich irgendwie anders gemacht.
Und was jetzt? Noch hatte ich keine Entschlüsse gefaßt. Natürlich hätte ich einfach zu Dions Haus gehen und ihm bedeuten können: »Hier bin ich, gestrandet, ohne Arbeit nach der langen Reise. Du hast mich verpflichtet; jetzt sorge für mich!« Aber dazu hätte ich ein anderer sein müssen.
Der Bartscherer war fertig, und es war Mittagszeit. Doch Menekrates erlaubte nicht, daß ich mir eine Mahlzeit bestellte, sondern teilte ein gutes Fischgericht mit mir. Und nachdem wir gegessen hatten, sagte er, da ich gekommen sei, die Sehenswürdigkeiten von Syrakus zu besichtigen, wäre es ihm ein Vergnügen, mir die Stadt zu zeigen und mir ein Nachtlager anzubieten.
Das war ein Omen an einem Kreuzweg. Ich mochte den Mann, auch er schwatzte gern und besaß auch nützliche Kenntnisse. In ganz Hellas verbindet ein Gewebe von Gastfreundschaft die Künstler des Dionysos. Sollte er nach Athen kommen, fände er bei mir ebenso selbstverständlich Gastfreundschaft. Und so nahm ich dankend an, denn ich mußte ja auch an das Fahrgeld für die Heimreise denken.
»Auch nur die Beerdigung mitzuerleben«, sagte er, »wird deinen Besuch gelohnt haben. Es ist immer ein großes Schauspiel, wenn es sich um einen bedeutenden Mann handelt; diesmal aber wird es das herausragende Ereignis für eine ganze Generation sein.«
»Oder für zwei Generationen«, sagte der Chormeister. »Vergiß nicht, Dionysios hat über zwei Generationen geherrscht.«
Ich erkundigte mich, wer die Riten vollziehen werde.
»Der Erbe natürlich«, erwiderte er. »Der junge Dionysios.«
Offenbar zweifelte niemand daran, wer der Erbe war. Was moch-

te sich in der Inselfestung abspielen? Es bestand wenig Aussicht, daß ich das je erfahren würde.
Dann führte mich Menekrates in die schmale Gasse, wo er wohnte; es war ein schönes, sauberes Zimmer mit weiß getünchten Wänden, das sich nach einem Hof öffnete. Er zeigte mir mein Bett, legte sich auf seines und schlief sogleich ein, wie das hier zu dieser Stunde jeder tut. Noch war es früh im Jahr, aber es wurde schon warm. Da ich nicht daran gewöhnt war, lag ich sinnend da und blickte durch das Fenster in den Hof mit seinen grünen Schatten von Palmen und Kürbissen.
Als die Schatten länger wurden, erwachte er. Wir netzten das Gesicht mit Quellwasser, und er sagte: »Laß uns sehen, ob mein Vetter Theoros schon zu Hause ist. Zu dieser Stunde müßte er das Sterbezimmer schon gereinigt haben. Von ihm erfahren wir etwas aus erster Hand.«
Wir gingen durch das schmale Gäßchen, darin sich zwei Menschen nicht nebeneinander bewegen konnten, und ich fragte, wer dieser Theoros sei.
»Ach, das ist der große Mann unserer Familie«, gab er zur Antwort. »Er arbeitet für den Arzt Leontis, legt heiße Breiumschläge auf und dergleichen mehr. Seit drei Tagen sind er und sein Brotgeber sowie Iatrokles, der andere angesehene Arzt, in Ortygia eingesperrt gewesen. Meine Base – er ist ihr Mann – war ganz außer sich, die arme Frau. Sie meinte, wenn der Archont stürbe, würden sie alle hingerichtet. Ich sagte ihr, sie solle sich keine Sorgen machen; es gäbe niemanden, dem das Leben des alten Mannes so wertvoll sei wie ihm selber.«
Apollo, dachte ich, du hast deinen Diener nicht verlassen!
»Von mir hält er nicht sehr viel«, sagte Menekrates. »Seiner Meinung nach hätte ich ahnen müssen, daß ein so wichtiger Mann in die Familie einheiratet, und einen anderen Beruf ergreifen sollen. Aber da er ein Wichtigtuer ist und nichts für sich behalten kann, werden wir jedenfalls etwas von ihm erfahren.«

Theoros, ein dickbäuchiger Mann mit langem, wohlgekämmtem Bart und Manieren, die er seinem Herrn abgeguckt haben mochte, stand vor dem Herdstein. Mich empfing er höflich, Menekrates von oben herab. Der Raum war gestopft voll von Nachbarn und Verwandten.

Theoros' weitschweifigen Bericht mit allen Einzelheiten der Krankheit des Dionysios will ich überspringen. Ausführlich schilderte er uns, wie er jedesmal, wenn Leontis ihn etwas zu holen schickte, von den Wachen gründlichst durchsucht worden war, bevor er das Krankenzimmer wieder betreten durfte.

»Eine Torheit, wo so viele Heilmittel den Tod herbeiführen können, wenn sie mißbraucht werden! Aber die Ärzte hatten ihre Vorschriften, und keiner wagte, dagegen zu verstoßen. Sie hatten Angst, er könnte sich erholen und sie bestrafen. Als sein Zustand sich verschlechterte und die Wachen uns sagen hörten, es sei nur noch eine Frage der Zeit, da hörten sie auf, den jungen Dionysios zu durchsuchen. Aber man konnte merken, daß sie sehr besorgt waren. Hätte es sich um Dion gehandelt, wäre es etwas anderes gewesen. Für ihn galten die Vorschriften nicht.«

Unter den Anwesenden erhob sich ein Murmeln. »War Dion denn nicht da?« fragte einer.

Theoros hüstelte und strich sich den Bart. »Eine heikle Geschichte. Einerseits war der Kranke sehr erschöpft, andererseits noch immer der Herrscher. Einem Kranken aber ohne jede Vorsicht zu gehorchen, kann einen zu seinem Mörder machen.«

In einer respektvollen Pause erwogen das die Umstehenden. Meine Frage brannte mir auf der Zunge, doch die Manieren, mit denen man aufgewachsen ist, haften fest. Ein weißhaariger Alter, der seiner Stellung sicher war, rief: »Was? Was? Hat Dionysios denn Dion nicht kommen lassen?«

»Auch das, Glaukos, ist leichter gefragt als beantwortet.« Mit dieser Antwort war Theoros so zufrieden, daß ich meinte, ich müsse wahnsinnig werden. »In der ersten Phase, als der Kranke noch völlig Herr über seine Sinne war, beschäftigte er sich mit Alltagssorgen, denn die Götter hatten ihm kein Vorwissen gesendet. Er sprach über sein Stück, ließ Timaios kommen, den Skene-Maler, und redete, gegen unseren Rat, eine volle Stunde mit ihm und schickte auch mehrmals Boten aus, um zu erfahren, ob die Schauspieler aus Athen schon angekommen seien.« Er machte eine Verbeugung und sagte: »Wir genießen den Vorzug, der ihm versagt geblieben ist.«

Ich erwiderte die Verbeugung. Menekrates zwinkerte mir zu. »Dion besuchte seinen Verwandten natürlich, fand ihn aber ausschließlich mit diesen Dingen beschäftigt. Er rief uns ins Vorzimmer und trug uns auf, ihn sofort zu verständigen, wenn unsere Voraussagen sich ändern sollten. ›Ich kenne solche Fieberanfälle aus dem Feld, der Zustand des Patienten kann sich schnell verändern. Wenn er sich verschlechtert, laßt es mich unverzüglich wissen.‹ Ihr kennt ja seine Art. Mein Herr sagte nachher, Dion möge ja Feldherr sein, aber wir seien nicht seine Soldaten, wofür er uns zu halten schien.« Mein Mut sank. »Zuerst mußte der Erbe von jeder Veränderung erfahren. Und der sagte sofort: ›Mein Onkel hat sich nie zu schonen gewußt. Und mein Vater auch nicht. Es wäre sein Tod, wenn wir die beiden zusammenbrächten.‹ Als Dion wiederkam, wurde ihm darum gesagt, der Kranke müsse absolute Ruhe haben. Am Abend stieg das Fieber, der Patient wurde sehr unruhig, seine Gedanken schweiften ab, er gab Befehle, widerrief sie sogleich und verlangte schließlich ein Schlafmittel. Im Verlauf dieses Durcheinanders ist wahrscheinlich auch Dions Name gefallen. Hätten wir jedoch alle Befehle befolgt, wäre das Krankenzimmer ein Treffpunkt für Heerführer, Techniker, hohe Staatsbeamte, Steuereinnehmer, Stallmeister und Schauspieler gewesen; ein Chaos, wie unser neuer Archont es nannte. Er selber benahm sich mit großem Anstand. Dion kam, glaube ich, noch ein- oder zweimal zurück und brachte auch die Söhne seiner Schwester

mit; und einmal rief Dionysios ihm zu, er solle doch hereinkommen und nicht so lange mit den Wachen reden. Doch gleich darauf hatte er wieder anderes im Kopf und warf uns vor, daß wir Ärzte ihm nicht einmal einen Mohnsaft bereiten könnten. Sein Sohn, der dabei war, bat uns, ihm diese Erleichterung nicht zu versagen, die ja wohl seine letzte sein würde. Wir fügten uns also, und das Ende war friedlich.«
Friedlich auch für die Ärzte, dachte ich. Wenn man seinen Kranken nicht retten kann, ist es gut zu wissen, wann man aufhören darf, ihn zu fürchten, und anfangen muß, seinen Erben zu fürchten. Da waren sie besser dran als die Wachen.
Bevor Menekrates und ich das Haus verließen, hörte ich noch, wie Theoros einem Busenfreund die letzten Worte des alten Tyrannen mitteilte. Nachdem er seinen Trank bekommen hatte, winkte er seinem Sohn und sagte: »Wenn diese Dummköpfe mich sterben lassen, sollte sogar ein Dummkopf wie du imstande sein, Syrakus zu beherrschen. Ich hinterlasse dir eine Stadt, die mit diamantenen Ketten befestigt ist.« Diese Worte wiederholte er wie ein Handwerker, der stolz auf seine Arbeit ist. Dann schloß er die Augen.
Als wir fortgingen, überlegte ich: Welche Rolle gedachte ich hier zu spielen? Dies ist nicht Kreons Theben, sondern wir leben in der Jetztzeit der hundertdritten Olympiade. Nun, ich würde das Begräbnis abwarten. Vielleicht konnte ich bei dieser Gelegenheit einen Blick auf Dion werfen, da es mir verwehrt war, ihn aufzusuchen. Er hatte Sorgen genug, auch ohne von wandernden Schauspielern belästigt zu werden. Ich würde nur in der Menge stehen und ihn vorüberschreiten sehen.
Ob er jetzt vielleicht mehr Zeit in Athen verbringen werde, fragte ich Menekrates.
»Eher weniger«, war die Antwort. »Es sei denn, der junge Dionysios wäre ein noch größerer Dummkopf, als sein Vater glaubte. Aus Angst, der Junge könnte nach der Herrschaft streben, hat

er ihn von allem ferngehalten. Er wird in den nächsten Jahren Dion neben sich brauchen, um das Staatswesen überhaupt in Ordnung halten zu können. Wenn Dion ein Mann ist, muß er seine Gelegenheit abwarten. Ich danke den Göttern, daß ich keine Familie habe. Jetzt werde ich wohl auf Rundreise gehen.«
»Wenn du meinst«, sagte ich, »daß Dion sich der Herrschaft bemächtigen will, so halte ich das nicht für wahrscheinlich. Er ist nicht für Aufruhr und Bürgerkrieg. Ich bin ihm einmal begegnet.« Da er das jeden Tag von irgendeinem Schauspieler in Griechenland erfahren konnte, hätte es seltsam, ja, unfreundlich gewirkt, wenn ich ihm nichts davon erzählte. Und so berichtete ich ihm von unserer Begegnung, wobei ich allerdings nur das Theater erwähnte.
»Fahr auf keinen Fall vor dem Begräbnis ab«, sagte er. »Niemand wird es wagen, Feste zu veranstalten, aber wir werden uns die Zeit schon vertreiben.« Er bot mir an, mich in das beste Knabenbordell von Syrakus zu führen, das, wie er mir versicherte, bestimmt geöffnet wäre. Ich lehnte dankend ab, denn ich liebe Eros mit ungestutzten Schwingen. Das Lächeln eines Sklaven, der dem Besucher ins Gesicht spucken würde, müßte er nicht die Peitsche fürchten, hat nicht die Kraft, mich zu erwärmen. So gingen wir statt dessen abends wieder in die Theaterschenke, wo es brechend voll war. Menekrates erzählte aller Welt mein Abenteuer mit dem Kran in Delphi, und ich war denn genötigt, es auch selber zu berichten. Stratokles, der Chormeister, sagte, er kenne leider nicht den ganzen Text von *Hektors Loskauf*, da man ihm nur die Chorpartien gegeben habe. Da verlangten alle, ich solle rezitieren. Im Nu hatte man mich auf den Stuhl des Bartscherers gehoben. Unter den Zuhörern waren auch einige Herren vom Hofe, die wegen der allgemeinen Trauer an diesem Abend keine andere Zerstreuung fanden und begierig waren, das Stück zu hören, an dem, wie sie sagten, Dionysios gestorben war.

»Die Verse sind nicht schlecht«, sagte einer von ihnen. »Nicht ganz Sophokles – mit Ausnahme der Stellen, die von Sophokles sind –, aber gar nicht schlecht. Es gab einen Orakelspruch, mußt du wissen, der verhieß, der Archont würde erst dann sterben, wenn er einen Sieg über Bessere, als er war, errungen hätte. Mehr als einmal ließ er die Karthager entkommen, obgleich er sie ins Meer hätte werfen können.«
Alle blickten erschrocken auf. Der junge Mann, der zuerst gesprochen hatte, sagte: »Er ist tot. Die grünen Sprossen beugen sich am schnellsten dem wechselnden Wind. Sie waren wertvoll für ihn, und er brauchte sie dann und wann, damit die Stadt auch ihn brauchte. Das aber war am Ende der verheißene Sieg. Der doppelzüngige Apollo lacht zuletzt.«
»Das glaube ich nicht«, sagte ich. »Ich kenne die anderen Stücke und meine, daß die Entscheidung gerecht war. Das ist sie in Athen gewöhnlich.«
Meine Gedanken kehrten zu des Theoros Bericht von dem alten Tyrannen zurück, der nach seinem Schlaftrunk gerufen hatte, während Dion draußen vor der Tür stand. Ja, am Ende hatte er den besiegt, der besser war als er.
Am nächsten Morgen weckte Menekrates mich in aller Frühe, um mir, solange es noch nicht zu heiß war, die Sehenswürdigkeiten zu zeigen. Wir überquerten gerade die Agora, als wir einen Ausrufer hörten, der alle Bürger zur Versammlung lud. Ich war erstaunt, daß es dergleichen unter einer Tyrannis überhaupt gab, doch Menekrates versicherte mir, all diese Formen seien beibehalten worden. »Komm mit«, forderte er mich auf. »Mein Freund Demetrios, der Kupferschmied, wird dir erlauben, von seinem Dach aus zuzuschauen.«
Der Versammlungsplatz lag unten in der Ebene. Auf unserem Weg dorthin kamen wir an den Steinbrüchen vorbei, in die im großen Krieg die athenischen Gefangenen gesteckt worden waren; viele waren gestorben. Menekrates erzählte

mir, Dionysios habe sie auf das Doppelte vergrößern lassen und man wisse nicht, wer heute noch darin geschunden werden mochte. »Nun«, sagte er, »die Dinge können sich ändern. Wer weiß?«

Der Versammlungsplatz, auf dem auch Hahnenkämpfe ausgetragen wurden, war über Nacht von Buden und dergleichen geräumt worden. Die hohe Rednertribüne in der Mitte war diesmal nicht mit Purpur, sondern weiß verhängt. Menekrates hatte sich zu den Bürgern gesellt, während ich auf dem Dach des Kupferschmieds stand. Bald hörte ich den Klang von Trompeten und das Klirren von Waffen. Ein halbes Regiment zog auf und nahm in der Mitte des Platzes rund um die Tribüne Aufstellung. Auf die Syrakusaner machte das wenig Eindruck. Schwatzend und drängelnd standen sie da.

Durch ein Spalier von Kriegern ritt der neue Archont zur Rednertribüne und stieg, nicht gerade anmutig, die Stufen hinauf. Meine Augen schweiften zu Dion, der mit königlicher Würde hinter ihm stand, zusammen mit anderen Männern der Familie. Ihn hätte ich überall an seiner Größe und Haltung erkannt. Was den jungen Dionysios betraf, so war er schmächtig und hielt sich krumm. Noch auf eine Meile Entfernung konnte man feststellen, daß er weder gut aussah, noch daß von ihm ein gewisser Zauber ausging.

Er begann zu sprechen, und hin und wieder brachte der aufgewirbelte Staub ihn zum Husten. Seine Stimme entsprach seiner Erscheinung: gezwungen, verängstigt, nach Wirkung haschend, und das alles ließ seine Mängel nur noch deutlicher zutage treten. Seine Rede war leeres Gewäsch, die ihm wahrscheinlich irgend jemand aufgesetzt hatte. Soweit ich seine Worte hören konnte, lobte er den Dahingeschiedenen, beklagte seinen eigenen Verlust und den der Stadt und forderte das Volk zur Treue auf. Es gab Beifall, aber vermutlich nur, weil überall Soldaten standen. Vieles entging mir, denn der Schmied dachte nicht daran, seine Sklaven faulenzen zu lassen, und das Hämmern übertönte häufig jedes andere Geräusch. Aber ich verpaßte wohl nicht allzuviel.

Als ich einmal etwas verstehen konnte, merkte ich, daß er vom Begräbnis seines Vaters sprach, das des größten Mannes von Syrakus würdig sein sollte. Bei der Nachricht von solcher Festlichkeit taute das Volk auf, und da und dort klang der Beifall ehrlich. Daraufhin belebte sich der junge Mann ein wenig wie ein nervöser Schauspieler vor einem freundlichen Publikum. Er blickte nicht länger auf seine Aufzeichnungen, sondern sprach mit einem plötzlichen Ausbruch von Beredsamkeit von der dichterischen Begabung seines Vaters, der Frucht von langen Nächten beim Schein der Lampe, während andere Männer im Genuß schwelgten. Die Hämmer in der Schmiede begannen wieder zu dröhnen, und ich hörte noch etwas von den begabten Künstlern, welche die Skene ausgemalt hätten und jetzt für die Leichenfeier am Werk wären, die nicht minder glänzend sein werde. Dem zögernden, von Pausen unterbrochenen Sprechen war zu entnehmen, daß er sich jetzt von seinem Text befreite. Wieder gingen seine Worte in lautem Gehämmer unter, da hörte ich: »... wird von dem Protagonisten gesprochen werden.«

Von welchem Protagonisten? dachte ich. Was soll das?

Dion hatte die ganze Zeit unbeweglich wie eine Statue dagestanden. Jetzt sah ich, wie er auffuhr und um sich blickte. Da wußte ich, daß ich richtig gehört hatte.

Irgendwie ging die Ansprache zu Ende. Am Tor begegnete ich Menekrates. Er hatte in nächster Nähe der Tribüne gestanden und hatte alles genau gehört. Es stimmte: Ich sollte die Trauerrede halten!

»Mein Lieber«, sagte ich, »wir müssen beide träumen! Die Trauerrede muß er doch selber halten!«

»Natürlich müßte er das. Aber Dionysios scheint nicht so dumm

zu sein, wie er aussieht. Er weiß, daß er dazu nicht imstande ist. Bei einem Staatsbegräbnis erwarten die Leute etwas mehr. So aber zollt er der letzten Leistung des alten Mannes den schuldigen Tribut. Das ist ein kluger Einfall, der ihm erst auf der Tribüne gekommen ist. Er agierte vor seinem Publikum. Beim Hund, Niko, dein göttlicher Beschützer hält seine Hand über dich.«
»Er hat mir einen Freund geschickt«, sagte ich.
Ja, es war ein Glück, daß ich Menekrates getroffen hatte. Er war von Natur aus großherzig und kein Nebenbuhler, da er immer nur zweite Rollen spielte. Und er war selig, daß er als mein Gastfreund Anteil an dem Ereignis hatte und die Nachricht verbreiten konnte.
Wir kehrten in seine Wohnung zurück. Dort konnte man mich finden. Und just nach der Siestazeit, als die Sonne sich aus dem Hof zurückzog, erschien der Palastbote mit der Aufforderung, am nächsten Morgen nach Ortygia zu kommen.
Zur Stunde, da der Markt beginnt, zog ich ein einfaches weißes Gewand an, da ich ja in ein Trauerhaus ging, und wanderte bei Sonnenaufgang dem Meer zu. Menekrates begleitete mich den halben Weg. Er sagte, es sei für einen Syrakusaner gegen die Natur, vor Ortygia zu verweilen.
Die schwärzlichen iberischen Söldner, die an der meterdicken Befestigungsmauer Wache hielten, prüften das Schreiben aus dem Palast und öffneten das dreifache Tor. Jedes von ihnen hätte für eine kleine Stadt genügt. Ich ging hindurch und kam auf einen gepflasterten Platz am kleinen Hafen.
So viele Kriegsschiffe hatte ich noch nie beisammen gesehen. Zum erstenmal erblickte ich hier einen Fünfruderer, hoch wie ein zweistöckiges Haus. Seltsame Maschinen waren auf den Decks montiert, um Feuer oder Steine zu schleudern oder aus Masthöhe Gewichte abzuwerfen, die das feindliche Schiff versenken sollten. Die Schnäbel funkelten mit großen gemalten

Augen. Auch auf den Wimpeln war ein Auge zu sehen; das war die Hausflagge des Dionysios. Die Kasernen für die Galeerensklaven schienen sich meilenweit zu erstrecken.

Ein dreißig Fuß hoher Wachtturm lag am Ende des Weges noch auf dem Festland. Sein Dach war mit nubischen Bogenschützen bemannt, Männern von blinkendem Schwarz mit Panzern aus Ochsenhaut und mächtigen Hornbogen. Vor dem Tor, so blond wie die Männer oben dunkel, standen acht hochgewachsene Gallier.

Sie trugen griechische Rüstungen, da sie Wache hielten. Über diese Truppen hatte ich viel gehört, hauptsächlich von Soldaten, die vor ihnen davongelaufen waren. Der alte Dionysios hielt an der Regel fest, daß seine Söldner in der Ausrüstung ihrer Heimat kämpfen sollten, weil sie sich darin am wohlsten fühlten. Und die Gallier pflegten splitternackt in den Kampf zu ziehen, ließen dazu ihre Triumphgesänge erschallen, die sich wie das Geheul von Bergkatzen anhörten, warfen ihre Schwerter auf dem Marsch in die Luft und fingen sie wieder auf. Beim Angriff rissen sie die blauen Augen weit auf, gegen Schmerz waren sie anscheinend unempfindlich, und das Wort Furcht kannten sie nicht. Ein Gallier, kleiner als sechs Fuß, galt als Zwerg; man hatte mir erzählt, in der Schlacht habe man das Gefühl, als stünde man einer Reihe wahnsinniger Götter gegenüber. Nach siegreichem Kampf schnitten sie den Toten die Köpfe ab und nahmen sie als Trophäen mit. Es hieß sogar, sie äßen das Gehirn.

Nun, da standen sie, genau wie man sie mir geschildert hatte; glattes Kinn, langer Schnurrbart, das blonde, bis zur Taille reichende Haar in Zöpfen geflochten und mit roten Bändern zusammengebunden. Lange Schwerter mit seltsam geschmiedeten Griffen, Hals- und Armspangen aus Goldgeflecht. Es blieb mir nicht viel Zeit, sie anzugaffen; barsch fragte der Hauptmann nach meinem Begehren. Um sein erbärmliches Griechisch zu verstehen, trat ich näher und zeigte ihm meinen Brief; er winkte

ab, als wäre ich daran schuld, daß er nicht lesen konnte, und befahl einem Mann, sich drinnen zu erkundigen. Endlich hoben sich die Fallgatter. Ein anderer Gallier winkte mir. Der Weg führte an großen Katapulten und Bergen von Schleudergestein vorbei. Am Ende war abermals ein Tor, oben standen abermals Nubier, unten abermals Gallier. Das Tor öffnete sich sofort. Jetzt war ich in Ortygia.
Ich betrat keine Festung, sondern eine verborgene Stadt. Ja, dies war das erste Syrakus gewesen; die korinthischen Einwanderer hatten sofort seine unübertreffliche Lage erkannt. Sie hatten den Ort gegen Angriffe vom Meer und vom Land gehalten, bis die Stadt ihre Grenzen gesprengt hatte und auf das Festland hinübergeflutet war. Dionysios hatte all dies in seine Schutzwälle einbezogen; dann hatte er zu seinem eigenen Vorteil Ortygia von allen Einwohnern geräumt. Jeder in dieser geschäftigen Stadt stand im persönlichen Dienst des Herrschers; sie genügte sich selbst. Alle Gewerbe, die benötigt wurden, um sie in Frieden oder Krieg zu behaupten, waren hier versammelt. Ich sah eine Straße nur mit Waffenschmieden, ich entdeckte eine große, dröhnende Schmiede, eine Gerberei mit Lederwaren, groß wie ein kleiner Markt, Töpfer und Tuchwalker, drei Schreinereien, nicht gerechnet die Schiffswerften.
Der Weg stieg an; über steile, gepflasterte Gassen und Treppen kamen wir in das Viertel der Kasernen. Es war mehr eine Soldatenstadt, darin jede Rasse ihre eigene Straße hatte: Griechen, Gallier, Kampaner, Iberer, Nubier, Ägypter. Wir gingen durch die Straße der Spartaner, deren Anführer nicht wollten, daß ihre Leute mit den anderen Griechen zusammenkamen, aus Angst, sie könnten verdorben werden. Mit hochmütigem, stumpfsinnigem Gesicht standen sie auf den Schwellen und starrten uns an. Neben dem Gallier wirkten sie ziemlich klein. Jetzt, wo wir auf der Höhe waren, konnte ich die Türme einer großen Burg sehen, die am Fuß der Insel ins Meer hineinragte.

Ich fragte den Gallier, ob das der Wohnsitz des Dionysios sei, doch er erwiderte, das sei ein Getreidelager. Es war offenbar, daß diese Festung sich ewig halten konnte, solange sie noch über Schiffe verfügte, die das Meer beherrschten.
Schließlich gelangten wir in eine breite Straße, die auf der einen Seite von einer hohen Mauer begrenzt war, gespickt mit Wachttürmen. Der Gallier klopfte an eine Seitentür und sprach durch ein Gitter. Die schwere Eichentür öffnete sich. Die Sonne sickerte durch grünen Schatten; Vögel zwitscherten, Wasser plätscherte. Wir waren in einem Garten. Ich weiß nicht, was ich erwartet hatte, jedenfalls nicht dies.
Aber es war tatsächlich ein königlicher Park; zwischen Bäumen und Rasenflächen standen schöne Häuser, die Leuten von Rang und Stand gehörten. Es gab sehr viele Statuen, moderne, glatte, süßliche. Der alte Mann mußte diese Schätze bis zuletzt gesammelt haben. An einem Brunnen unter einem Vordach aus Marmor füllten Frauen Wasser in schimmernde Krüge. Dann hörte ich endlich auch das schrille Geschrei der berufsmäßigen Trauerer und wußte, daß wir in der Nähe des Palastes sein mußten.
Vor einem hohen, mit Gold verzierten bemalten Torbogen, der von sitzenden Löwen aus rotem samischen Marmor flankiert wurde, stand eine Wache von Galliern. Mein Begleiter übergab mich einem griechischen Kämmerer, und als ich durch den Torbogen ging, sah ich, daß eine innere Mauer, volle sechs Fuß dick, zu durchschreiten war, bevor man in die königlichen Gemächer gelangte. Vor ihrem Eingang aus vergoldeter Bronze standen acht Gallier, und zwar größer als alle, die ich bisher gesehen hatte. Als sie mich durchließen, wurde ich in einen Raum geführt, der wie der Umkleideraum eines kostspieligen Badehauses aussah. Zwei der Wachleute waren mit mir gekommen. Von einem Stuhl erhob sich ein fetter ägyptischer Eunuch, verbeugte sich und begann, ohne ein Wort zu sagen, meinen

Gürtel zu lösen. Ich wollte gerade zum Schlag ausholen, als ich mich wieder an die kleine Zeremonie erinnerte.

Der Eunuch zog mich nackt aus, schüttelte meine Kleider, betrachtete meine Sandalen von allen Seiten und hängte sie auf. Dann kleidete er mich von Kopf bis Fuß neu ein. Die Wachen ließen ihn dabei nicht aus den Augen. Als ich fertig war, klopfte der Kämmerer an eine andere Tür, lauschte, öffnete sie und meldete: »Nikeratos, der athenische Schauspieler.«

Ich trat in das Empfangszimmer.

Es hatte nichts Königliches, sondern war einfach das Zimmer eines reichen Mannes, eines Neureichen etwa. Vollgestopft mit wertvollen Dingen, Statuen, Wandgemälden, ägyptischen Einlegearbeiten, auf einer Staffelei ein Zeuxis. Das war kein gekaufter Geschmack; das Gute wie das Protzige waren die Wahl eines einzigen Mannes. Am Fenster war das schönste Stück des Zimmers, ein mächtiger grüner Marmortisch auf vergoldeten Sphinxen, korinthische Arbeit aus der besten Periode. Ich erinnere mich, daß ich den Tisch bewunderte, bevor mir bewußt wurde, wer daran saß.

Vielleicht spukte der alte Dionysios noch irgendwo; er konnte nicht der Mann gewesen sein, der das alles so leicht aufgab. Jedenfalls wirkte der junge Mann am Tisch wie ein Angestellter, der mich gleich ersuchen würde zu warten. Zum Glück war ich gelehrt worden, wie man einen Raum betritt, und so verrieten sich meine Gedanken nicht. Ich verbeugte mich.

Wie er mich begrüßte oder mir mitteilte, zu welchem Zweck ich bestellt worden war, das weiß ich nicht mehr. Er war kein Mann, der denkwürdige Worte von sich gab. Auf schickliche Weise brachte ich vor, daß ich mich geehrt fühlte, und sagte auch etwas über das Werk seines Vaters und über den Verlust, den das Theater erlitten hatte.

»Nun«, erwiderte er und fingerte an einer Rolle, die vor ihm lag, »sein letzter Wunsch war es, dich in diesem Stück zu hören. Und so wird es ihm hoffentlich gefallen, dich die Trauerrede sprechen zu hören. Falls der Tote überhaupt etwas hört, was wir ja nicht wissen können.« Diese letzten Worte sagte er wie ein Mann, der gern recht modern wirken will. »Hier ist sie. Kann ich dich ein Stück daraus lesen hören?«

Was soll das, dachte ich. Eine Prüfung? Doch vermutlich meinte er, das sei ich ihm schuldig.

Als ich die Rolle öffnete, sagte er: »Hoffentlich kannst du meine Schrift lesen. Ich habe noch sehr spät daran gearbeitet, und es war keine Zeit mehr, es abschreiben zu lassen.«

Die Schrift war sehr deutlich, und ich sagte, ich wünschte, meine Rollen beim Theater wären so gut geschrieben. Da erhellte sich sein Gesicht wie das eines Kindes. Welche Stelle er zu hören wünsche, fragte ich.

»Laß sehen!« Mit gesenktem Kopf wie ein Hund in hohem Gras beugte er sich über den Text. Er war offenbar kurzsichtig. »Diese Stelle«, sagte er.

Ich las einen Absatz über den Bau der Mauern von Syrakus. Zu meiner Überraschung war die Prosa ausgezeichnet, ein attischer Stil, beherrscht, doch kraftvoll mit schön geschwungenen Rhythmen. Es sprach sich gleichsam von selbst. Als ich aufsah, bemerkte ich, wie er mich, unter der Maske urteilender Gelassenheit, ängstlich beobachtete. Natürlich, dachte ich, das hätte ich ahnen müssen. Er wollte mich nicht prüfen, sondern hören, wie seine Worte klangen. Solchen Autoren war ich schon begegnet. Und als ich an eine Stelle kam, die unruhig und wirr und ohne rechte Form war, verlieh ich ihr dennoch eine gewisse gefällige Rundung, wie man das eben macht, wenn man den Kniff heraus hat.

Dann kam eine sehr gute Passage; doch er hob die Hand.

»Ich danke dir, Nikeratos. Das war ausgezeichnet. Zieh den Stuhl dort näher und laß uns miteinander reden.«

Er wartete nicht ab, bis ich es getan hatte, sondern fuhr fort:

»Ich hatte gehört, du seist in Syrakus. Trotz meiner Sorgen, meines Vaters Tod, meiner Machtübernahme hat sich das meinem Geist fest eingeprägt. Denn auf dem Versammlungsplatz kam es mir, wie von einem Gott gesendet, in den Sinn. Meine Gedanken formten sich wie von selbst. Ist das nicht merkwürdig?«

Ich sagte, daß niemand darauf gekommen wäre, und gewiß sei das merkwürdig. Für Schmeichler habe ich nie etwas übrig gehabt, und ich kann mir nicht vorstellen, daß ich seinem Vater geschmeichelt hätte. Doch als ich jetzt diesem lang aufgeschossenen, unbeholfenen jungen Mann gegenübersaß, dessen aus Gründen der Trauer kurzgeschorenes Haar den rosa Schädel sehen, der die Finger ruhelos über eine Schreibtafel wandern ließ, der Würde zeigen wollte, während seine Augen um Beachtung flehten, erschien es mir läppisch, an Grundsätzen festzuhalten. Und so beruhigte ich ihn, so gut ich konnte, ohne vertraulich zu werden, denn es war offensichtlich, daß er befürchtete, nicht ernst genommen zu werden. Schließlich ließ er Süßigkeiten bringen, die mir zu so früher Stunde zuwider sind, die er aber gierig knabberte, und dann begann er vom Theater zu sprechen, äußerte Gemeinplätze über die klassischen Tragödien, als hätte noch nie zuvor jemand darüber nachgedacht. Er wühlte in den gefüllten Datteln und den verzuckerten Rosenblättern herum und redete dabei von dem Komödien-Element in *Alkestis*. Und die ganze Zeit über spulten sich in meinem Geist die Erlebnisse dieses Morgens ab: die Festung, die Iberer, die Zugbrücke, die Fallgatter, die Nubier, die Gallier, die Straße mit den Katapulten, die Trieren, die Pentekonteren, die Waffenlager, die Kasernen, die Wälle, die Gitter, der Durchsuchungsraum. Da saßen wir und tauschten Banalitäten über Euripides aus, während rings um uns die gewaltigste Machtmaschinerie von Hellas oder der Welt durch eigene Triebkraft weiterlief, obgleich ihr Schöpfer tot war, und die zitternden Hebel warteten

auf die Hand des neuen Herrn, auf diese feuchte, blasse Hand mit den abgekauten Fingernägeln.
Dann sagte er, sicher wolle ich dem Toten noch meine Achtung erweisen, und rief nach dem Kämmerer. Nachdem ich wieder mein eigenes Gewand angezogen hatte, wurde ich zu den Trauernden geführt. Der tote Herrscher war in der Bankettballe auf einem mit Schwarz und Purpur behangenen Katafalk in einer mit Blei ausgeschlagenen offenen Lade aufgebahrt. Dicke Eisblöcke vom Ätna lagen um den Körper, um ihn für die Leichenfeier frisch zu halten. Ständig kamen und gingen Sklaven, die neues Eis brachten und den Wasserbehälter unter dem Katafalk leerten. Ich blickte in das viereckige kriegerische Gesicht mit dem schwarzen, gedrungenen Kinn und der kurzen Stupsnase. Zu Häupten der Bahre standen offenbar Verwandte. Eine Frau mit dem viereckigen Gesicht des Toten und dessen dunklen Brauen mußte wohl seine Tochter sein, vielleicht jene, die Dions Gattin war.
Ich nahm die Schere vom Opfertisch, schnitt eine Locke ab und legte sie auf den Berg von Haaren, der groß genug war, um eine Matratze damit füllen zu können. Schon entfernte ich mich mit dem Kämmerer, als aus dem äußeren Hof ein Mann auf mich zukam, der aussah wie ein höherer Beamter.
»Wenn dieser Herr der Schauspieler Nikeratos aus Athen ist«, sagte er, »so würde mein Gebieter gern mit ihm über die Riten sprechen.«
Ich folgte ihm durch den Park, vorbei an dem Brunnen zu einer tiefer gelegenen Rasenterrasse. Dahinter stand ein Haus, das nicht sehr groß, aber von vollendeter Schönheit war, und der Hermes, der davor stand, mochte ein Praxiteles sein. Noch bevor ich eintrat, wußte ich, wem es gehörte; die klare Linienführung, die Einfachheit der Formen, die Pracht der sparsamen Ausschmückungen sprachen für sich.
Der Diener führte mich in ein Arbeitszimmer mit weißgetünch-

ten Wänden, daran sich Regale mit Rollen reihten. An einem Tisch aus geglättetem Pinienholz, am offenen Fenster, saß Dion. Ich trat näher.

»Guten Tag«, sagte er wie zu einem Fremden.

Verwirrt und betroffen stand ich da; ich bin nicht einmal sicher, daß ich ihm antwortete. Er schickte den Diener fort, und mit einmal veränderten sich seine Züge.

»Mein lieber Nikeratos!« Er stand auf und schüttelte mir die Hand. »Vergib mir diesen kalten Gruß. Einen Augenblick!« Er riß die Tür auf, doch draußen war alles leer. »Ich habe meinen Diener seit zehn Jahren; aber unsichere Zeiten, unsichere Menschen, wie man sagt. Setz dich, und wir wollen einen Becher Wein trinken. Ich bin seit dem Morgengrauen beschäftigt gewesen, und du wohl auch.«

Er ging an einen Seitentisch, wo in einem großen, mit Schnee gefüllten Becken ein Gefäß stand. Nachdem er uns beiden eingeschenkt hatte, reichte er mir frisches Brot zum Eintauchen. Nichts konnte die Würde übertreffen, mit der er all diese schlichten Dienste tat. Und das hatte einen gewissen Reiz, wie wenn ein wohlerzogener Knabe die Gäste seines Vaters bedient. Wir setzten uns an den Tisch. An einem Spalier oberhalb des Fensters war eine alte, knotige Rebe, die gerade blühte; ihr scharf umrissener Schatten fiel auf den weichen, wächsernen Schimmer des Holzes und auf seine braune Kriegerhand, die darauf ruhte.

»Die anderen Schauspieler sind, wie ich höre, heimgefahren«, begann er. »Du aber hast dem Wechsel des Schicksals mit deinem gewohnten Mut standgehalten. Und es möge dir günstig sein, wie du es verdienst, Nikeratos. Daß du die Trauerrede hältst, wird dir bestimmte Angebote eintragen; nicht nur hier, sondern auch in vielen anderen Städten. Das sage ich dir in aller Offenheit. Wenn man einem Mann zu Hilfe kommt, so soll man ihn auch wissen lassen, was es kostet.«

Er hielt inne. Ich fand nichts, was ich ihm erwidern konnte. Ich fürchtete, dies alles sei nur ein Traum. Hatte er wirklich Hilfe von mir gefordert?
»Was die Geldfrage betrifft«, fuhr er fort, »nun, die werde ich selbstverständlich erledigen. Aber ein aufsteigender und noch junger Künstler denkt doch zuerst an seinen Ruf. Glaube nicht, daß das mir unbekannt ist. Ich weiß, was ich verlange. Du mußt selber urteilen, ob die Sache es lohnt.«
Ich sagte, ich würde alles tun. Ich spürte, daß ich wie ein Knabe errötete, und das war mir selbst in meiner Kinderzeit nur selten passiert.
»Du bist ein Mann, dem ich vertraue.« Das sagte er ohne viel Umschweife. »Als ich hörte, man habe dich hierhergerufen, da war es mir, als habe die Hand des Gottes das bewirkt. Wir haben wegen der Riten miteinander zu tun, und von anderem braucht niemand etwas zu wissen.«
Aus einem Schreibkästchen nahm er einen kleinen gefalteten und versiegelten Brief.
»Zu dir, Nikeratos, der du unseren Gedankenaustausch kennst, kann ich mehr sagen als bloß: Bring das zu Platon! Du brauchst nicht zu fürchten, es handle sich um aufrührerische Umtriebe. Du weißt, wie wir über Gewalt denken. Nein, das Unternehmen, zu dem ich ihn dränge, ehrt uns beide. Es kann über alle Maßen hinaus Gutes für unseren jungen Herrscher, für die Stadt, ja, für die Welt zur Folge haben. Notwendigerweise muß ich ganz offen schreiben, was Anstoß erregen und unsere Hoffnungen vereiteln könnte. Du verstehst mich vielleicht?«
Doch, das glaubte ich.
»Wenn Platon kommt, wozu ich ihn dringend auffordere, so muß es aussehen, als wäre es ein Gedanke des jungen Dionysios gewesen, sonst würde er es verübeln. Das ist bei einem jungen Menschen, dem die Macht noch fremd ist, der so einem Vater folgt, nur natürlich. Doch davon hängt Platons Empfang ab und

von seinem Empfang alles! Du hast ihn vielleicht sagen gehört, die Philosophie sei kein Werkzeug, das man herumreichen kann wie den Zollstock des Maurers. Sie ist ein Feuer, das aus der Glut des Geistes auf der Suche nach der Wahrheit hervorbricht. Ohne dieses Feuer ist sie überhaupt nichts.«

Seine Stimme, seine Züge, das alles versetzte mich im Nu in jenes Zimmer in Delphi zurück. Der edle Wahn, die verwirrende Schönheit von alldem betäubten mich. Zwanzig Jahre ungefähr war es her, daß der goldene, verliebte Knabe seinen Freund nach Syrakus gebracht hatte, um den alten Tyrannen durch die Philosophie zu verändern. Ich dachte an das viereckige, gedrungene Gesicht auf dem Bett von Eis, sah die im Tod fest zusammengepreßten Kiefer, die schlauen, mißtrauischen Linien um die geschlossenen Augen. Und nach alldem, nach dem sagenumwobenen Zusammenprall, wo Stolz auf Stolz traf, nach der unter falschen Vorzeichen erwirkten Abreise, dem Sklavenmarkt in Aigina, nach all den Jahren mehr oder weniger heimlicher Zusammenkünfte, lebte jetzt in diesem Mann von vierzig, diesem Diplomaten, diesem Krieger die Flamme wieder auf. Und er war bereit, es nochmals zu versuchen.

Ich muß mir lange Zeit zur Antwort gelassen haben, denn er sagte: »Ja, sprich nur, Nikeratos. Es gibt hier wenige, mit denen ich meine Gedanken teilen kann. Du hast Dionysios kennengelernt. Was hältst du von ihm?«

Ich überlegte, wie ich das am besten ausdrücken könnte. »Nun, Platon wird sich zu keiner Schmeichelei hergeben. Glaubst du, daß das diesmal weniger ins Gewicht fallen wird?«

Er lächelte und schwieg. Dann sagte er: »Ich sehe, daß du die Leichenrede in der Hand hast. Hattest du schon Zeit, sie durchzulesen?«

Da er sichtlich das Thema wechseln wollte, erwiderte ich: »Nein, noch nicht. Dionysios hat mich ein Stück daraus vorlesen lassen.«

»Und was meinst du dazu?«
»Das meiste ist sehr gut, bis auf zwei oder drei Ungeschicklichkeiten. Er muß etwas von der Begabung seines Vaters geerbt haben. Glaubst du, er würde es merken, wenn man den einen oder anderen Strich macht? Hier das zum Beispiel hat mit der Sache gar nichts zu tun und spricht sich schlecht.«
»Wo?« fragte er. Ich zeigte ihm die Stelle. Er las sie und sagte dann: »Du solltest sie doch lieber so lassen, wie sie da steht. Er hat sie selbst dazugesetzt.«
Unsere Blicke trafen sich. War ich wirklich so töricht gewesen, daß man mir das sagen mußte? Bei einigem Nachdenken fand man ja überall seine Handschrift!
»Und doch«, sagte er, »als du ihm das hier vorlesen mußtest, hast du es nicht nach Kräften verbessert?«
»Das schon. Er ist ja noch sehr jung, und er schaute so besorgt drein.«
»Dann begreifst du also, Nikeratos? Ich weiß, unterwürfige Gesinnung ist dir fremd, du bist auf Leistung bedacht, nicht auf Gunst. Und doch hast du ihm geschmeichelt. Ich bin auch nicht unterwürfig, und doch habe ich das gleiche getan. Wie du siehst, hat er die Rede selbst abgeschrieben; jetzt glaubt er bereits, er hätte sie, bis auf ein paar kleine Hinweise, selber verfaßt. Nun, wenn du und ich Verständnis für seine unerprobte Hand und seinen nicht geformten Geist haben, glaubst du nicht, daß Platon das auch haben wird? Wenn du ihn lehren gehört hättest, so kenntest du seine Milde einem Anfänger gegenüber, der seinen Weg sucht. Alles, was er verlangt, ist der Wille zu lernen. Und er weiß, wie man ihn erweckt.«
Dessen sei ich sicher, meinte ich. Was hätte ich auch sonst sagen können?
»Du hast ja selbst erlebt, wie sehr es Dionysios danach verlangt, sich auszuzeichnen. Im Augenblick genügt ihm der äußere Schein, wofür seine Ausbildung verantwortlich sein dürfte. Oder

vielmehr der Mangel an Ausbildung. Doch, wie Platon immer sagt, das ist der Anfang, von dem aus junge Menschen dahin gelangen, die Auszeichnung selbst zu schätzen. Sokrates, berichtete er, prägte allen, die zu ihm kamen, folgende Worte in die Seele: ›Sei, was du scheinen willst.‹«

»Das ist ein guter Rat«, sagte ich und dachte im stillen, gewiß sei er das. Doch wie beim Langstreckenlauf, bedarf es durchhaltender Kraft. Auch beim Theater sucht man die, die durchhalten, schon früh aus. Käme ich in die Lage, mir eine eigene Truppe zusammenzustellen, würde ich den jungen Dionysios kaum aufnehmen. Aber wie dem auch sei, das Schicksal hatte die Rollen verteilt; vermutlich kann man ihn nur lenken und das Beste hoffen.

Dion saß in Gedanken da. »Sein Vater«, sagte er, »war in allem, was seine Angelegenheiten anging, ein guter Menschenkenner. Er wußte, ein Sohn mit den Eigenschaften des Vaters wäre ein Rivale gewesen. So einen Sohn fürchtete er; und doch wünschte er sich ihn. Weder Wunsch noch Furcht haben sich verwirklicht. Er äußerte keinen Schmerz. Ob er ihn empfand, ob sein Sohn ihn erriet – wer kann das sagen?«

Ich dachte an *Hektors Loskauf*. Jetzt erklärte sich vieles.

»Eines ist sicher – der junge Mann will selber etwas sein, ohne daß er sagen könnte, was. Und deshalb muß Platon jetzt kommen. Er muß, Nikeratos.« Dion sah müde aus. Wahrscheinlich hatte er diese Nacht kein Auge zugetan. Sonst hätte er kaum so mit mir gesprochen. »Er hat von den Göttern die Gabe, Seelen einzufangen. Mir hat das kein Gott verliehen. Ich hoffe, daß ich meiner Stadt, meinem Verwandten, dem Himmel gegenüber meine Pflicht tue. Platon hat mich gelehrt, die Ehre zu lieben, und ich darf sagen, daß ich von diesem Grundsatz nicht abgewichen bin. Doch ich vermag nicht, Feuer in anderen Menschen zu entzünden. Das ist immer mein Kummer gewesen.«

»Das ist nicht wahr«, sagte ich.

Ich konnte nicht anders. Im nächsten Augenblick hätte ich mir am liebsten die Zunge abgebissen. Nicht weil ich es gesagt hatte; aus Höflichkeit wäre es durchaus passend gewesen. Aber weil ich es aus vollem Herzen gesagt hatte.
Er hatte den Blick auf einen goldenen Löwen gerichtet, den er als Briefbeschwerer benutzte. Jetzt sah er mich an. Er schluckte. Ich merkte, wie er darüber nachsann, was man da sagen sollte, und erkannte, daß ihn die Worte freuten.
Er hob den Löwen auf, setzte ihn wieder hin, und mit der Festigkeit des Kriegers, die er immer aufbrachte, wenn er verlegen war, sagte er: »Nun, wenn ich auch deine Gefahr in Delphi nicht geteilt habe, so war ich doch dort, um dir die Ehren des Schlachtfelds zu erweisen. Das stellt ebenso ein Band her wie im Krieg.« Er war wahrhaftig ein vornehmer Mensch. Das befreite uns beide. Er stand auf und wandte sich zu einer Nische in der Wand am Ende des Raums. Dort war ein erzener Apollo zu sehen, ein ruhiges, forschendes Gesicht, die beiden Hände ausgestreckt, in der einen der tödliche Bogen, in der andern die heilende Schale. »Bestimmt«, sagte er, »der Gott, dem Platon sein Leben lang diente, hat dir die Treue gehalten. Ihm gefällt das Maß bei Menschen und Stadtstaaten, und gewiß hat er dich am Tag der Not hierhergeführt.«
»Ich werde ihn nicht im Stich lassen. Und auch dich nicht. Dessen möge er mein Zeuge sein.«
Das wäre ein guter Abgang gewesen, doch wir mußten noch über die Riten sprechen, und das dauerte eine weitere Stunde. Das war gut; es machte unsere Beziehung leichter.
Bevor ich mich verabschiedete, gab er mir einen Vorschuß auf meinen Lohn dafür, daß ich die Trauerrede sprach; es war mehr, als ich insgesamt erwartet hatte. Und so, weil ich wußte, daß es sich geziemte, faßte ich Mut und führte Menekrates zum Abendessen in die Theaterschenke. Wie erwartet, blickten die Schauspieler, die dort beim Wein saßen, zunächst zur Seite, doch ich

ging zu Stratokles und seinen Freunden und erklärte, ich würde nie vergessen, daß ich ihnen mein Glück zu danken hatte. Wenn sie mich nicht hier bewirtet hätten, so hätte Dionysios nie erfahren, daß ich in Syrakus sei, und ich hoffte, sie würden mir das Vergnügen erweisen, mit mir zu trinken. Anfangs schauten ein paar noch griesgrämig drein, doch schließlich blieb keiner zurück, und wir verbrachten einen angenehmen Abend. Ich war froh, daß ich das getan hatte, und mein Eindruck war, daß auch Dion es gutgeheißen hätte.

Den ganzen folgenden Tag bereitete ich mich auf die Trauerfeierlichkeiten vor, die am nächsten Abend stattfinden sollten. Der Hofschneider hatte mir mein Gewand angefertigt. Es war schwarz, in Purpur getaucht, mit fußbreiten Bordüren, die mit Goldfransen, Amethyst, Achat und Perlen verziert waren.

Der Trauerzug setzte sich bei Sonnenuntergang in Bewegung, vom Palast hinunter, durch die fünffachen Tore von Ortygia, durch die alte und die neue Stadt; dann zwischen einem Spalier von Fackeln wieder in die Ebene, wo Timaios, der Skene-Maler, den Scheiterhaufen vorbereitet hatte.

Voran schritt ein Chor von Männern und sang die Totenklage für Hektor aus dem Stück des Toten zu der Musik von mehreren Flöten; Sänger und Flötenbläser trugen tiefschwarze Gewänder und Zypressenkränze. Als nächstes kam eine Abteilung Soldaten, die Speere hinter sich her schleifend, die Helme unter dem linken Arm. Dann ein Wagen, geformt wie ein Kriegsschiff, schwarz behängt mit dem Bild der Stadtgöttin von Syrakus in doppelter Lebensgröße und in der Haltung einer Trauernden. Dann folgten fünfzig Knaben, die den Frauenchor für Hektors Leichenzug sangen. Hinter ihnen die Priester des Dionysios, der des Toten Namensgott war, mit ihren heiligen Emblemen. Dann Fackelträger, die Fackeln mit kostspieligen Duftstoffen getränkt, zum Anzünden des Scheiterhaufens. Dahinter, vor dem

Toten, die männlichen Verwandten: der junge Dionysios und seine Halbbrüder, die Söhne von Dions Schwester Aristomache, und Dion selbst.
Der Leichenwagen ragte fünfzehn Fuß hoch und wurde von einem Elefanten gezogen, ein von den Karthagern im Krieg erbeutetes Tier. Auf einer schwarz und purpurn verkleideten Bahre lag Dionysios, weiß gekleidet und golden bekränzt. Trotz der Eisblöcke hatte die Verwesung schon eingesetzt; der Geruch drang mir in die Nase, da ich unmittelbar dahinter ging in meinem Trauergewand mit einem Kranz aus vergoldetem Lorbeer und in der Hand die Vase, die ihm in Athen als Preis zugesprochen worden war. Natürlich war es nur die übliche Vase, auf der ein Chor und der Gott gemalt waren, und gegen die anderen Grabgeschenke nahm sie sich sehr einfach aus. Doch sein Blick hatte bis zuletzt auf ihr geruht.
Hinter mir kamen die Frauen seiner Familie, dann ein großer Katafalk mit den Waffen und Feldzeichen und Kriegstrophäen des Toten. Sein Schlachtroß und die anderen Tiere, die vor dem Scheiterhaufen geopfert werden sollten, wurden von den gallischen Kriegern geführt. Da konnte man einen Blick auf die diamantenen Ketten erhaschen, doch das Gemurmel wurde nie sehr laut. Vermutlich stimmte es, daß die Armen, deren Kinder die Abfallhaufen durchstöberten, während er von goldenen Tellern aß, es immer noch vorzogen, innerhalb seiner Mauern zu hungern als auch nur eine einzige Plünderungsnacht der Karthager miterleben zu müssen. Unterdessen hatte ich Dinge gehört, die mich das begreifen ließen.
Es war jetzt beinahe dunkel, und nur dort, wo die Sonne ins Meer gesunken war, glühte noch ein tiefroter Schein; rings um den Scheiterhaufen jedoch brannten Fackeln, deren Flammen sechs Fuß hoch aufloderten und fast mittägliche Helle ausstrahlten.
Ich hätte gern des Timaios Entwürfe für *Hektors Loskauf* gese-

hen. Sie müssen bewundernswert gewesen sein. Immerhin, er hatte statt dessen für den Scheiterhaufen sein Bestes gegeben, und man spricht bis zum heutigen Tag davon. So hoch ragte der Scheiterhaufen, daß die Zuschauer vom Hinaufstarren einen steifen Hals bekamen. Das vergoldete Gerüst für die Bahre hätte einem Pharao als Thron dienen, die Opfergaben eine Bankett-halle ausschmücken können. Die wie bei einer Pyramide schräg abfallenden Seiten des Scheiterhaufens waren mit flachen Brettern besteckt und über und über mit Bildern von den Siegen des Dionysios bemalt. Die Sizilianer bemalen alles, ihre Häuser, ihre Wagen, sogar ihre Karren. Die Schlachtszenen waren mit allerlei vergoldeten Schnörkeln ausgeschmückt. Auf einen Athener wirkte es ungemein überladen, doch die Syrakusaner waren hell begeistert, und er ist als ein gewaltiges Kunstwerk in die Geschichte eingegangen. Bestimmt war er außerordentlich, und von den Kosten hätte man die Armen der Stadt ein Jahr lang mit Brot und Öl versorgen können. Jedenfalls hob man den alten Mann dort hinauf zwischen Pech und Terebinthen und duftendes Öl und Zunder. Und dort lag er und wartete darauf, meine Rede zu hören, bevor er auf die Reise geschickt wurde zu Rhadamanthys, dem Totenrichter. Ich bestieg die Rednertribüne. Meine Unruhe war im Nu verflogen, denn die Stille hatte jetzt so wenig mit Trauer und so viel mit Theater zu tun, daß ich mich richtig heimisch fühlte.

Zu seinen Lebzeiten hätte man mich nicht dabei ertappt, eine Lobrede auf einen Mann wie Dionysios zu sprechen, wer immer sie geschrieben hätte. Doch bei einer Trauerfeier ist es schicklich, sich nur an das Gute zu erinnern; sonst kränkt man die Götter der Unterwelt und reizt den erzürnten Gott, Rache zu nehmen. Dions Worte waren, so weit sie eben reichten, durchaus ehrlich. Er pries den Toten als Krieger und als Verteidiger der Stadt, und damit füllte er den größten Teil der Rede. Er erwähnte auch, obgleich von den Syrakusanern mit der höchsten Macht bekleidet, habe Dionysios nie ein Haus in der Stadt durch Unkeuschheit und Laster erbost. Nachher versicherten mir die Leute, daß das nicht mehr als die Wahrheit und wahrscheinlich das Geheimnis seiner langen Herrschaft gewesen war. Wie Hipparchos in Athen feststellte, sind Verwandte und Liebhaber, denen Unrecht zugefügt wird, viel gefährlicher als Demagogen; sie töten selbst um den Preis des eigenen Lebens. Der alte Mann hatte aus der Geschichte gelernt; zudem war er selbst ein Demagoge gewesen.

Ich hatte mir mit den kleinen Einschaltungen seines Sohnes in der Trauerrede große Mühe gegeben, um ihnen neben Dions schöner Prosa doch ein wenig Klang zu verleihen. Man mußte den jungen Mann bei guter Laune halten, damit er Platon kommen ließ.

Als ich schloß, hörte ich das tiefe Gemurmel, das bei solchen Gelegenheiten den Applaus ersetzt. Dann wurden die Opfertiere geschlachtet, noch mehr Gaben wurden dargebracht, und schließlich ergriffen die Verwandten die Fackeln und entzündeten den Scheiterhaufen. Sogleich sprangen mächtige, lodernde Flammen auf, verbargen die Leiche und trieben mit ihrer Hitze die Menge zurück. Ich stand mit versengtem Gesicht da und sah zu, wie die schönen Malereien des Timaios sich zusammenrollten und schwärzten. Und dann gingen alle heim. Ich erinnerte mich an das einfache, armselige Begräbnis meines Vaters und wie wir nachher zusammengesessen und gedacht hatten: »Was jetzt?«

Nach schicklicher Frist wurde ich sehr gut bezahlt. Dion hatte mir einen Platz auf einem Schiff gesichert, das am nächsten Tag die Segel hissen sollte. Ich hatte allen meinen Freunden Lebewohl gesagt, bis auf Menekrates, der mich zum Schiff begleiten wollte. Ich war gleichsam schon abgereist, als ein Bote vom Palast kam und meldete, Dionysios wünsche mich zu sehen.

Diesmal öffneten die Tore sich mir mühelos; doch im Innern des Palastes wurde ich einen anderen Weg geführt. Wir kamen zu einer einfachen Tür. Mein Führer klopfte und öffnete. Ein angenehmer Geruch von Holz und Farbe drang mir entgegen wie in der Werkstatt eines Schreiners. Und genau das war es auch; und an der Werkbank saß Dionysios der Jüngere mit einem Spielzeugwagen vor sich und einem dünnen Pinsel in der Hand, mit dem er allerlei Zierat malte. Diesmal erwies er mir tatsächlich eine Ehre – er hatte mich in sein Heiligtum eintreten lassen.

»Ich hatte große Freude an deiner Art, die Trauerrede zu sprechen, Nikeratos«, sagte er. »In der Werkstatt des Timaios habe ich mir eine Nachbildung der Belagerung von Motye anfertigen lassen, eines der Bilder für den Scheiterhaufen. Zum Andenken an diesen Tag sollst du es haben.«

Er wies mit dem Pinsel darauf. Das Bild stand auf einer Staffelei an der Wand; aus der Nähe besehen, wirkte es noch greller und war viel zu groß, um es mühelos auf dem Schiff mitnehmen zu können. Doch ich dankte ihm, als hätte er mir einen Lieblingswunsch erfüllt.

Er forderte mich auf, aufzustehen und die Malerei zu bewundern, was ich auch tat. Doch der Tisch daneben zog meinen Blick auf sich, und ich konnte nicht umhin, meine Augen darauf zu richten. Er war voll von kleinem Spielzeug, Wagen und Pferden, Karren und Eseln und Maultieren und dazwischen eine Kriegsgaleere mit geblähten Segeln. Alles in sizilianischem Stil bemalt und vollendet wie wirkliche Dinge, die durch einen Zauber verkleinert worden waren. Es verlangte einen danach, alles zu berühren. In all den Jahren, da sein Vater ihn beobachtet hatte wie eine auf der Lauer liegende Katze, ob sich irgendwelche Anzeichen gefährlicher Neigungen bei ihm zeigten, hatte der Sohn sich nur mit diesen Dingen befaßt.

Da er mich ja kaum hierher eingeladen hätte, wenn er nicht

wünschte, daß ich es betrachtete, pries ich die Vollendung der Arbeit. Ich war gespannt zu hören, was er sagen würde. Und ich erhielt mehr dafür, als ich begehrte. Er sprang auf und trat an den Tisch. Mindestens eine Stunde lang muß er geredet haben. Er erklärte mir, welche Holzarten er benutzte und wie und warum; er zeigte mir seine Schnitzmesser und Raspeln, den Leim und den Lavastaub zum Glätten. Er wies auf die Rennwagen hin und auf die Wagen, die für Festumzüge bestimmt wären. Sein Gesicht belebte sich, die Züge wurden fest und klar; er war ein anderer Mensch. Plötzlich sah ich ihn vor mir, wie er in einer netten, sauberen Werkstatt mit einem Kunden über den Entwurf eines Stuhls oder eines Bettes sprach, erfolgreich, geachtet, zufrieden. Ein braver Handwerker, der die Fähigkeiten nutzte, die in ihm steckten.

Keiner von uns beiden, dachte ich, ist für die Rolle des philosophischen Königs die richtige Besetzung. Ich hatte es gut, denn ich brauchte mich nicht daran zu versuchen.

Er fragte mich, welches der Modelle mir am besten gefiele. Die Wahl war schwer; doch ich wies auf einen Staatswagen mit vergoldeten Kränzen, der ihn am meisten Mühe gekostet haben mußte.

»Nimm ihn«, sagte er. »Er ist dein. Nicht viele Leute erkennen die feinere Arbeit. Ich schenkte einen ähnlichen meinem Sohn, doch er zerbrach ihn noch am selben Tag. Kleine Kinder haben kein Gefühl für zerbrechliche Dinge.«

Die Mitteilung, daß er schon Vater war, rüttelte mich auf, und beinahe hätte ich den Wagen fallen lassen. Natürlich war er alt genug dazu, und doch konnte ich es kaum glauben.

»Jetzt werde ich weniger Muße für Zeitvertreib haben«, sagte er, und die Festigkeit seiner Züge wich wieder schwächlicher Eitelkeit. »Komm wieder, Nikeratos, wenn die Trauerzeit vorbei ist, und gib uns eine Probe deiner Kunst. Dann kannst du auch die Vergnügungen kosten, die Syrakus bietet. Unsere Mädchen

verdienen ihren Ruf.« Die Lüsternheit in seinen Augen zeigte ihn von einer neuen, allerdings nicht besonders erfreulichen Seite. Mir fiel ein, was ich hier und da in den Schenken gehört hatte.
Bald darauf verabschiedete ich mich. Im Hinausgehen sah ich, wie er wieder an seiner Werkbank saß und die schwachen Augen auf die kleinen Spielzeugfiguren richtete.

8

Am nächsten Tag trat ich die Heimfahrt an, und zwar über Tarent. Dion ließ mich noch einmal rufen und gab mir einen Brief für Archytas mit, den ersten Mann der Stadt und Anführer der dortigen Pythagoreer. Wie Dion sagte, sollte auch er seinen Einfluß auf Platon geltend machen, der lange sein Gastfreund gewesen war. Ich versprach, den Brief sofort zu überbringen. Etwas in Dions Zügen verriet mir, daß es sich um eine sehr nachdrückliche Aufforderung an Archytas handelte, und ließ mich darüber hinaus erkennen, daß in diesem Staatsmann, Feldherrn und Gelehrten zugleich ein schöner, gebieterischer Knabe lebte, der nicht gewohnt war, ein Nein zu hören.

Auf der Hinreise hatte ich mit dem Wetter Glück gehabt, und auch die Heimreise ließ sich zunächst gut an. Noch jetzt scheue ich mich, davon zu erzählen. Doch sobald ich eine Laufplanke betrete, steht alles mir wieder vor Augen, und wiederholt habe ich gute Angebote zurückgewiesen, wenn damit eine Seefahrt in der ungünstigen Jahreszeit verbunden war.

Die Geschichte meines Schiffbruchs will ich mit wenigen Worten erzählen: Vor Tarent gerieten wir in einen Sturm, der von den Bergen heruntertobte, und wir kenterten. Schon vorher war ich so seekrank gewesen, daß mir der Tod als Erlösung erschien. Plötzlich merkte ich, daß ich schwamm. Ich war am Ende meiner Kräfte, als ich von einem Rettungsboot an Bord genommen wurde. Aber in der Hafeneinfahrt schlug auch dieses Boot um. Nur halb und halb erinnere ich mich, daß ich irgendwie ans Ufer gelangte. Ich wurde wieder ohnmächtig, und als ich erwachte, fand ich mich in einem Bett liegen; neben mir saß ein junger Mann. Ich sei unter Freunden, sagte er und ging, um einen Graubart zu holen. Erhitzte, mit Tüchern umwickelte Steine wärmten das Bett, und irgendwo dampften süßliche Kräuter. Als es mir etwas besser ging, erfuhr ich, daß Pythagoreer mich pflegten. Es gehört zu ihren Regeln, Unglücklichen zu helfen, gleichsam als Opfer für Zeus, den Barmherzigen.

Meine Brust tat mir weh, ich hatte Fieber und war nahe daran, das Schicksal meines Vaters zu erleiden. Außer an ein paar Träume erinnere ich mich an kaum etwas. Leise Musik erklang, um die Harmonie meines Körpers wiederherzustellen, und ich mußte heißen Sirup trinken. Der blaue Dampf des Brennkolbens tanzte den ganzen Tag vor meinen Augen wie eine Schlange nach den Tönen einer Flöte. Einmal erwachte ich aus einem Traum und sah meinen Körper losgelöst von mir im Bett liegen. Ein Priester stand daneben und betete, ich möge als Philosoph wiedergeboren werden. Dann träumte ich, ich stünde neben einem Grab und hielte einen Schädel in der Hand. Es war ein sauberer Schädel, und ich wußte, daß alles nur ein Theaterstück war. Manche Bilder kehren mir immer wieder zurück. So war ich der Sohn eines ermordeten Königs, dessen Schatten mich zur Rache aufrief. Doch ich war nicht Orestes. Es wäre vermutlich unsinnig, wollte ich das Ganze berichten. Unsinnig war es wie die meisten Träume.

Als ich aus meinen Fieberphantasien erwachte, zeigte der junge Mann, der mich pflegte, mir meinen Geldgürtel. Ich war froh, daß das Gold nicht ins Wasser gefallen war. Nur mein Silber hatte ich verloren, ungefähr ein Zehntel der ganzen Summe. Sogleich fragte ich nach meinen Briefen; sie seien gerettet, müßten aber getrocknet werden. Man flößte mir allerlei Suppen ein, da Fleisch bei ihnen verboten ist. Sie wollen nicht töten, sagen sie, und man müsse gegen Tiere ebenso gerecht sein wie gegen Menschen. Doch auch bei ihrer Nahrung kehrten meine Kräfte zurück. Als ich dann abermals nach meinen Briefen fragte, bat der junge Mann mich um Verzeihung. Man hätte, als man mich aus dem Wasser zog, nichts dergleichen gefunden, doch aus Angst, das Fieber würde zurückkehren, habe man mir das zunächst nicht sagen wollen. Ich sagte, er habe recht getan. Als ich mich aufsetzen konnte und mich langsam wieder wie ein Mensch fühlte, bat ich, mit Archytas sprechen zu dürfen. Es hieß, Staatsgeschäfte und Meditationen beanspruchten beinahe seine ganze Zeit, aber man wolle ihn fragen. Binnen einer Stunde kam er, ein Mann von etwa fünfzig, mit tiefliegenden Augen, mager, drahtig und offenbar arbeitsam. Er war der Mann, zu dem die Tarentiner das größte Zutrauen hatten; obgleich eigentlich niemand das höchste Amt zwei Jahre innehaben sollte, hatten sie ihn für sieben Jahre gewählt und zweifelten nie an seiner Redlichkeit. Das konnte ich mir gut vorstellen, denn er strahlte eine Ruhe aus, die den ganzen Raum erfüllte.

Er setzte sich neben mich, hörte mir zu und dankte mir mit großer Höflichkeit. Er schlug vor, wir sollten uns ausführlicher unterhalten, sobald ich wieder bei Kräften sei. In dieser Nacht schlief ich gut, denn ich hatte das Gefühl, daß die Hälfte meiner Bürde von mir genommen war.

Als ich, auf den jungen Mann gestützt, gehen konnte – ich war noch so schwach, daß ich seine Schönheit kaum wahrnahm –, wurde ich in das Haus des Archytas geführt. Er war in seinem Arbeitszimmer, einem großen, weißgetünchten Raum mit Tischen und Fächern, voll mit Büchern und getrockneten Pflanzen und geometrischen Figuren wie Würfeln, Prismen, Kegel und dergleichen, alle aus Holz geschnitzt. Da gab es verzwickte Geräte mit Seilen und Hebeln. Er war ein großer Erfinder, und manche verbesserte Maschine, die er ersonnen hatte, wurde in ganz Tarent benutzt. Auch Leiern und Flöten und Stimmgabeln fanden sich da, und ein prachtvoller Apollo in langem, fallendem Gewand, der die Kithara spielte.

Nachdem er sich nach meinem Befinden erkundigt hatte, forderte er mich auf, ihm ausführlich zu berichten, wie die Dinge in Syrakus standen. Dionysios, sagte er, hatte im südlichen Italien häufig Krieg geführt, doch dank Dions Vermittlerdienste hatte er Tarent nie angegriffen. Was für ein Mensch sein Sohn sei? Ich berichtete ihm alles, was ich wußte; dann wiederholte ich, soweit ich mich nach all diesen Abenteuern noch entsinnen konnte, was Dion zu mir gesagt hatte und warum er Platon nach Sizilien holen wollte.

Schließlich sagte Archytas: »Du hast Ton und Klang von Dions Stimme sehr genau erfaßt. Du mußt ihm mit großer Aufmerksamkeit zugehört haben.«

»Das habe ich, Herr. Aber ich bin ja Schauspieler. Da geht einem ein Tonfall unbewußt ins Ohr.«

»Wirklich?« Er sah mich neugierig an. »Dein Gehör muß aber sehr gut sein.« Er griff nach seiner Leier und schlug einige Töne an. Bald aber meinte er, ich sähe müde aus und sollte mich lieber wieder hinlegen. »Ruh dich aus! Fürchte nichts! Ich werde dir einen Brief für Platon mitgeben und dich als einen Mann empfehlen, dem ich vertraue. Er dürfte sich übrigens an dich erinnern. Er vergißt selten ein Gesicht.«

»Und du wirst ihn auffordern, nach Sizilien zu fahren?« fragte ich. Er lächelte. Meine Worte mochten geklungen haben wie die eines Kindes – so sagt Homer –, das am Rock seiner Mutter zerrt und auf den Arm genommen werden will.

»Gewiß werde ich das. Du bist Dions lebender Brief gewesen. Papier und Tinte hätten nicht mit solcher Macht wirken können. Kein Zweifel, du und er, ihr seid in eurem früheren Leben durch Bande der Liebe oder Verwandtschaft vereint gewesen. Oder er gab dir wahre Lehren oder dein Leben oder erwies dir Wohltaten, wofür deine Seele noch immer dankbar ist. Diese Bindungen können oftmals, in vielen Geburten, erneuert werden. Ihr beide seid zweifellos Seelen in den Reihen Apollos. Nähre dich von reiner Nahrung, höre, um zu wachen und zu schlafen, die

richtige Musik. Trink deine Medizin, bete zu Apollo und Asklepios. Die Zukunft ist nur bei dem Gott. Ruhe in seiner Hand!«
All das tat ich. Meine Kräfte kehrten zurück, und bald sah ich im Spiegel, daß mein Gesicht nicht mehr so hager war. Ich hatte mich vor der Heimreise gefürchtet, doch Archytas, der durch lange Beobachtung des Himmels ein wetterkundiger Mann war, legte meinen Reisetag fest, und die Fahrt war ruhig wie im Sommer.

Hatte der erste Teil der Reise mich beinahe umgebracht, so tat der zweite mir gut. Nichtsdestoweniger, als ich in Athen ankam und die halbe Nacht mit meinen Freunden aufsaß, die wissen wollten, was ich alles erlebt hatte, da konnte ich mir am nächsten Tag den langen Weg zur Akademie doch noch nicht erlauben und mietete einen Reitesel.

Platons Zimmer blickten auf gemähtes Gras und Rosenstöcke. Eine alte, freundliche Sklavin öffnete. Ich brachte sie nicht erst lange mit meinem Namen in Verwirrung, sondern sagte, ich käme von Archytas. Sie verschwand, kehrte gleich zurück und ließ mich eintreten.

Das Arbeitszimmer war hell und hatte nicht viele Möbel, die nur sparsam, aber vollendet verziert waren. Wie bei Dion, dachte ich, entschied aber dann, es müsse wohl umgekehrt sein. Am Fenster stand ein großer Tisch mit allem Handwerkszeug eines Gelehrten: Würfel, Zylinder, kugelförmige Körper, ein Modell der Bahnen der Planeten, Musikrollen, Zirkel und ein Schreibbrett, darauf eine Papierrolle ausgebreitet war. Platon saß davor und schrieb von einer Wachstafel ab.

Als die Sklavin gegangen war, stand er auf, musterte meine Züge und sagte langsam: »Du bist der Schauspieler, der Tragöde aus Delphi. Nikeratos. Du warst es, den Dion meinte.« Seine letzten Worte verwirrten mich. »Du siehst krank aus«, fuhr er fort. »Setz dich!«

Ich bestellte ihm meinen Auftrag, berichtete, wodurch ich verhindert gewesen war, und gab ihm den Brief des Archytas. Doch bevor er ihn öffnete, rief er die alte Dienerin und beauftragte sie, mir einen warmen Trank zu brauen, denn der Wind war kalt. Doch auch jetzt öffnete er das Siegel noch nicht, sondern erkundigte sich nach dem Schiffbruch und nach meinem Befinden. Endlich entschuldigte er sich und las.

Dann sagte er: »Archytas teilt mir mit, daß Dion dich in Syrakus gesehen und dir den Inhalt seines Briefes mitgeteilt hat. Jetzt ist mir alles klar. Du mußt wissen, daß ich inzwischen von ihm gehört habe; es war ein sehr förmlicher Brief, der eine Einladung seines Verwandten, des Dionysios, enthielt. Die Nachschrift lautete: ›Ich empfehle dir Nikeratos, der, wie du vielleicht weißt, wieder in Athen ist. Hier hat er gute Arbeit geleistet.‹ Da ich niemanden dieses Namens gesehen hatte, wußte ich nicht, was er meinte.«

Heutzutage, da bekannte Künstler ganz offen mit diplomatischen Missionen betraut werden, kommen einem diese Worte für einen Mann in Platons Stellung vielleicht etwas merkwürdig vor. Damals aber war dieser Brauch erst im Entstehen; er bürgerte sich fast nur durch Zufall ein, da Schauspieler herumreisen und mit Leuten jeden Standes zusammenkommen müssen. Niemand findet etwas dabei.

»Herr«, sagte ich, »ich möchte dich nicht mit Dions Worten behelligen; du kennst ihn und weißt, wie er spricht. In dem Brief, den ich bei mir hatte, drängte er dich, nach Syrakus zu kommen. Doch er fügte hinzu, es sollte bald geschehen, solange der Geist des jungen Dionysios noch fügsam ist. Wie Dion mir sagte, enthielt seine persönliche Botschaft eine Beurteilung des jungen Herrschers. Und er trug mir auch auf, dir zu berichten, daß ich zweimal in Ortygia empfangen wurde, für den Fall, daß du Näheres darüber hören möchtest. Er meinte anscheinend, das würde bestätigen, was er geschrieben hatte.«

In diesem Augenblick klopfte die Dienerin an die Tür und

brachte mir meinen Trank. Platon versicherte mir, er würde mir guttun, das Rezept stamme von einem Priester, der ihm in Ägypten ein Fieber behandelt habe. Das Getränk schmeckte seltsam, ziemlich unangenehm; doch es wärmte, und so schlürfte ich es bis zu Ende. Währenddessen kam Platon wieder auf den Brief zurück. Einmal, als ich beim Trinken aus dem Fenster blickte und meinen eigenen Gedanken nachhing, spürte ich, daß er mich ansah, und drehte mich um. Vermutlich war ich darauf gefaßt gewesen – schließlich handelte es sich um wichtige Dinge –, daß er sich über mich klarwerden, daß er mich sozusagen einschätzen wollte. Doch er dachte; dachte durch mich hindurch, könnte man sagen. Aus Höflichkeit blickte er zur Seite, doch sekundenlang hatte ich gleichsam gefühlt, wie er durch alles hindurch dachte, was ihm die Gründe meines Daseins zu sein schienen, als wäre ich ein Würfel oder ein Stern. Nicht um meinetwillen, sondern um einer Sache willen, die dahinter lag. Er litt und war betroffen und mußte irgendwo die Oberfläche durchbrechen. Zufällig befand gerade ich mich ihm gegenüber. All das erfaßte ich in einem Augenblick; nur Worte zu finden dauert lang. Ich trank die Schale leer und dankte ihm.
Plötzlich lächelte er – das gleiche Lächeln, möchte ich sagen, mit dem er Axiothea erobert hatte – und sagte: »Jetzt verstehe ich Dions Nachschrift: Vertraue Nikeratos, wie ich es tue. Erzähl mir also von deiner Begegnung mit ihm, wie er ausgesehen, und alles, was er gesagt hat. Wir sind uns wohl darüber einig, daß wir ihm den Vorzug vor Dionysios geben.«
Ein- oder zweimal unterbrach er mich und fragte, ob Dion sich wohl befinde und wie sein Haus aussehe. Nach einer Weile kam ich auf Dionysios zu sprechen; auf die Trauerrede und die Spielzeugwagen. Platon befragte mich ausführlich und häufig über das hinaus, was ich wußte. Was hatte der junge Dionysios gelesen? Beschäftigte er sich mit der Geometrie? Mit der Musik? Das wisse ich nicht, sagte ich. Nach Dions Worten habe er

überhaupt keine Ausbildung erhalten, während mein Eindruck gewesen sei, daß der junge Mann nach Anerkennung verlange, sich aber nicht viel Gedanken darüber mache, ob er sie auch verdiene.

»Damit beginnen so viele!«

Ich sah ihm ins Gesicht; diesmal barg es kein Geheimnis. Ich fand etwas darin, das auch ich verstehen konnte. Während ich von Dion erzählte und Platon von Empfindungen bestürmt wurde, war sein Gesicht eine höfliche Maske gewesen. Jetzt aber war es für jemanden wie mich ein offenes Gesicht. Der Vorschlag lockte ihn, es war eine große, eine lohnende Rolle. Doch er war alt und erfahren. Er kannte noch jenes Athen, von dem unsere Väter sprachen: Krieg, Niederlage, Verzweiflung, Tyrannenherrschaft, Aufruhr, Rache, Ungerechtigkeit, versiegende Hoffnung. Während ich sprach und er in sich selbst versank, konnte ich die Gewichte sehen, die sich auf die Waage legten, sowohl in die eine wie in die andere Schale.

Er betrachtete den Tisch mit den Tafeln und den offenen Rollen. Dann sagte er und versuchte seine Worte unbefangen klingen zu lassen: »Nun, Nikeratos, du hast viel erduldet; aber nicht umsonst. Ich werde nach Sizilien gehen.«

Es war offenbar, daß er keine langen Reden wünschte, und so sagte ich bloß, das werde für Dion eine frohe Botschaft sein, der große Hoffnungen darauf setzte.

Ziemlich trocken erwiderte er: »Das tun allzu viele. Mein Beruf, anders als der seine, wird besser ohne Zuschauer ausgeübt.« Er hielt inne, und dann fügte er hinzu: »Doch man möchte am Ende nicht entdecken, daß man nur eine Anhäufung von Worten gewesen ist.«

So war mir seine Meinung nicht länger verborgen. Kaum hatte ich Abschied von ihm genommen und die Einfriedung seines Gartens verlassen, als Axiothea und zwei junge Männer zwischen den Olivenbäumen hervorsprangen, wo sie sichtlich ge-

wartet hatten. Sie begrüßte mich nur flüchtig und sagte: »Du hast ihn gesehen? Hat er etwas gesagt? Wird er gehen?«
Mein Erstaunen schien die jungen Leute zu überraschen. Von nichts anderem, sagten sie, sei hier die Rede. Ob ich denn nicht wisse, daß die Einladung ganz offiziell erfolgt sei? Kurz, Dionysios hatte entgegen meiner Annahme seine Briefe nicht durch einen Boten überbringen lassen, sondern durch hochgestellte Beamte. Jetzt war mir alles klar, und ich verstand seine mangelnde Neugierde auf den Brief des Archytas. Ich hatte geglaubt, ich brächte ihm Neuigkeiten. Statt dessen hatte er seit Wochen eine Schar von Philosophen, von Gesetzesgelehrten, von Sophisten und Geometern und Historikern, seine jungen Leute und zweifellos viele von deren Vätern um sich gehabt, die ihn alle umdrängten und von ihm wissen wollten, ob er nun gehen und seine Theorien durch Beweise erhärten werde. Sicherlich war ihm das meiste von dem, was ich ihm von Dionysios erzählte, da und dort schon zu Ohren gekommen. Ich bewunderte seine Höflichkeit. Vielleicht hatte ich doch noch einen Lichtschimmer auf das Werk geworfen, das ihm bevorstand; aber vor allem hatte ich das Gewicht der tarentinischen Philosophen auf ihn gewälzt und ihn gedrängt wie die andern.
Bestimmt, dachte ich, glaubt Dion, daß er seinen Willen haben wird. Doch das ist es vermutlich, was einen König ausmacht.

9

In der nächsten Zeit war ich mit eigenen Angelegenheiten beschäftigt. Die Großen Dionysien standen vor der Tür, und ich wurde für die Rolle des Orpheus in einem Stück gleichen Namens ausgewählt. Der Verfasser war Eucharmos. Es war eine gute und dankbare Rolle und sehr ergreifend; meine Musik wurde außerhalb der Bühne von einem Kitharaspieler gespielt, aber ich sang selber. Das Stück wurde gut aufgenommen; später erfuhr ich, daß ich in die engere Wahl für den Kranz gezogen worden war und ihn um nur wenige Stimmen verfehlt hatte. Der Kranz fiel Aristodemos zu, der die Rolle des Ajax meisterhaft hingelegt hatte; vielleicht etwas übertrieben, aber alles in allem einwandfrei.

In diesen Wochen ließ ich mich auf eine kleine Liebesgeschichte ein, eine von denen, die man nicht zu wichtig nehmen sollte. Wäre es einem andern passiert, so hätte ich gewußt, was ich von der Sache zu halten hätte. Doch ich war viel zu verstrickt und ließ mich nur zu gern täuschen; ich sah, was ich sehen wollte, und bezeichnete alles andere als jugendliche Leichtfertigkeit. Und als mein Alkibiades von der Agora mich für einen wohlhabenden Narren mit Rennpferd und Haus auf dem Kerameikos verließ, konnte ich mich nicht mit dem Gedanken trösten, ich hätte meinen Seelenfrieden für eine lohnende Sache dahingegeben. Ich hatte es im voraus gewußt, aber die Augen davor verschlossen. Seine lachende Stirn, seine blühende Jugend hatten es mir angetan.

Dennoch hätte ich so etwas früher leichtgenommen, jetzt aber nicht. Ich lag mit mir selbst in Fehde. Nutzlos fragte ich mich stundenlang, wo er sein mochte, und all die Zeit blickte Apollos Maske mit leeren Augen auf mich herab. Verleiht er dir einmal das Wissen, so kannst du es nicht ungeschehen machen. Versuchst du es, so läßt er dich leiden. Ich wurde von diesen verächtlichen Augenhöhlen und von dem Gedanken an einen jungen Mann verfolgt, den nur mein inneres Auge erschaut hatte, wie er die Hänge des Ätna erklomm, das Schneelicht auf seinem aufwärts gewandten Antlitz. Er hatte mir die Freude an meinen alten Befriedigungen gestohlen, indem er mich sehen ließ, wie Männer sein können.

Mit solchen Gedanken unternahm ich eines Tages im Grün des Frühlings einen Spaziergang zur Akademie. Nicht daß ich Axiothea gesucht hätte – sie mochte allerlei gehört haben und würde es nicht verstehen. Doch zufällig erblickte ich im Garten die strengen Züge des Xenokrates, der mich weder ausfragen noch zurückhalten würde; das wußte ich. Und so erkundigte ich mich bei ihm, wann Platon beabsichtige, nach Syrakus zu fahren. Er hob die Brauen. Platon, sagte er, sei schon seit mehr als einem Monat fort.

War all diese Zeit an mir vorübergeglitten? Plötzlich hatte ich das Gefühl, seit den Dionysien sei jeder Tag vergeudet worden, und ich müsse alles abschütteln, wie ein nasser Hund das Wasser abschüttelt. Hier in Athen konnte ich dem jungen Menschen an jeder Straßenecke begegnen oder bei Freunden, die meine Torheit miterlebt hatten. Die bloße Luft schmeckte schal.

Darum machte ich am nächsten Tag die Runde bei den Vertretungen der ausländischen Städte, um zu erfahren, welche von ihnen Festspiele plante. Es war kein isthmisches oder pythisches Jahr und für Olympia zu früh. Unterwegs stieß ich auf Eupolis. Ich blieb stehen und erzählte ihm, daß ich eine Rundreise im Sinne hätte. Er staune, erwiderte er, daß ich es nicht wieder mit Sizilien versuchte, wenn ich dort, wie ich immer behauptete, so großen Erfolg gehabt hätte.

»Was das anlangt«, sagte ich, »habe ich nicht behauptet, auch nur auf einer einzigen Bühne in Sizilien gestanden zu haben. Ich habe nur die Trauerrede auf Dionysios gesprochen. Doch da du mich fragst, nun ja, es ist wahr, ich habe daran gedacht, wieder hinzufahren.«

Ich ging weiter, verblüfft über mich selber, und dachte: Jetzt muß ich wirklich hinfahren, denn er wird es in ganz Athen herumtragen. Ich, der ich geschworen hatte, nie mehr den Fuß auf ein Schiff zu setzen! Welches Schicksal hatte ihn mir über den Weg geführt? Und warum mußte ich mit ihm sprechen? Er wäre an mir vorübergegangen! Ich ging nach Hause, um zu überlegen. Die Maske hing an der Wand, unverändert im hellen Mittagslicht. Doch als ich den Rücken wandte, spürte ich, wie sie lächelte.

Unterdessen war gutes Segelwetter gekommen. Der sizilianische Vertreter begrüßte mich herzlich, bot mir Wein an und sagte, er habe meine Frage erwartet.

»Nicht daß ich einen besonderen Auftrag hätte. Doch mit der Jugend am Steuer singt die ganze Mannschaft, wie das Sprichwort heißt. Syrakus ist heute eine fröhliche Stadt. Sehr fröhlich sogar. Ich glaube nicht, daß ein Künstler wie du etwas verlieren kann, wenn er gerade jetzt hingeht. Ich werde deinen Besuch mit einem Brief anmelden und auch deinen Erfolg als Orpheus erwähnen. Welche Poesie! Welches Pathos! Wir alle waren in Tränen.«

Ich dankte ihm für sein Lob, hätte aber darauf verzichten können. Ich wußte, daß ich das Pathos übertrieben hatte, weil ich mir gerade damals besonders leid tat. Jedenfalls fühlte ich mich, als ich Abschied nahm, gebunden; sein Brief wurde von einem an diesem Tag abgehenden Schiff mitgenommen. Es war, als hätte eine Hand hinter meinem Rücken mich geschoben.

Einige Abende später, als bis auf den Abschied selbst alle Reisevorbereitungen getroffen waren, klopfte es an meine Tür. Da stand er, des Willkommens sicher, im ganzen Übermut seiner Schönheit, in der Erinnerung an meine frühere Nachgiebigkeit, und dachte, ich würde in helles Entzücken ausbrechen. Er habe sich, so sagte er, mit seinem neuen Freund zerstritten. Und außerdem – niemals mehr werde er einen finden wie mich! Eine Sekunde lang schien die Fahrt nach Westen nie geplant gewesen zu sein, sie konnte ohne weiteres auf das nächste Jahr verschoben werden. Dann aber, als ich schon glaubte, ich hätte nur noch Augen für ihn, spürte ich andere Augen auf mich gerichtet. Im Lampenlicht, das in der Zugluft der offenen Tür flackerte, wachte die Maske.

Und neben diesen beschatteten Augen blickten die blauen vor mir ausdruckslos wie Glas. Ich fand meine Stimme wieder und sagte, ich hätte versprochen, mit Freunden zu speisen. Erst nach einer Weile schickte er sich an zu gehen, überzeugt, ich würde ihn zurückhalten. Ich hörte, wie er auf der Straße wiederholt stehenblieb und zauderte, ehe er sich endlich entfernte.

Die Überfahrt nach Syrakus verlief tadellos – reine alkyonische Tage herrschten. In Tarent besuchte ich meinen Gastfreund und brachte ihm einige Gaben, um ihm meine Dankbarkeit zu beweisen. Dann ging ich zu Archytas – vielleicht wollte er mir Briefe für Platon mitgeben. Als ich eintrat, erkannte er mich nicht, denn ich war gut gekleidet und hatte auch ein bißchen zugenommen. Dabei trug ich mein bescheidenstes Gewand; doch ein Schauspieler, der nach Sizilien geht, muß in den Augen eines Pythagoreers leichtfertig wirken, und so musterte er mich zunächst zweifelnd. Dann aber, als er feststellte, daß ich noch immer derselbe war, sprach er freier. Gern wollte er mir für Platon einen Brief mitgeben, von dem erst kürzlich eine Nachricht eingetroffen war. Ein Bote des Hofes hatte sie gebracht, dem man nichts Persönliches anvertrauen konnte. Platon schien guter Stimmung und hoffnungsvoll zu sein. Er hatte um einige Abhandlungen des Pythagoras über Geometrie sowie um die Schriften des Archytas gebeten, ferner um Berechnungen räumlicher Gebilde und um mathematische Geräte. All das hatte man ihm geschickt. Platon hatte auch den Eifer des Dionysios erwähnt, seinen Geist zu heben, und daß schon der ganze Hof angesteckt worden sei. »Wenn es den Göttern gefällt«, hatte er geendet, »ist dies der Beginn von neuen Dingen für Syrakus.«

»Platon weiß, zurückhaltend zu sein«, sagte Archytas, »doch einer Unwahrheit ist er nicht fähig. Du kannst dir also vorstellen, wie erfreut wir waren. Man muß doch glücklich sein zu sehen, wie das Werk des Zeus überall auf Erden getan wird. Doch unsere Stadt lebt im Schatten der Segel Ortygias. Das Wohl von Syrakus ist auch unser Wohl.«

Er fügte hinzu, diesen guten Nachrichten wären leider recht schlechte vorausgegangen, und zwar hätte es Gerüchte über die Ausschweifungen und Zügellosigkeiten des jungen Dionysios gegeben. Archytas, der viele Kriege mitgemacht hatte und drei Becher Wein noch keine Orgie nannte, war immerhin recht beunruhigt gewesen.

Dennoch hatte der junge Mann Platon einen prächtigen Empfang bereitet. Ein vergoldeter Wagen war für ihn zum Hafen hinuntergeschickt worden. Doch das sei nichts gewesen, hieß es, im Vergleich zur Wirkung von Platons Anwesenheit. Archytas erklärte noch, wenn ich ihm auf der Rückfahrt berichten wollte, wie die Dinge standen, könnte ich seiner Dankbarkeit gewiß sein; und, wie er höflich andeutete, auch handfester Beweise dieser Dankbarkeit.

Als ich fragte, ob er mir auch ein Wort für Dion mitzugeben wünsche, sagte er sogleich, natürlich läge ihm viel daran, ihm mit einem verschwiegenen Boten einen Brief zu senden. Es handle sich um wichtige Staatsgeschäfte, und ich zeigte ihm, daß ich verstand. Und jetzt, da ich sicher war, daß ich Dion sehen

würde, hätte ich mich auch ein zweites Mal einem Sturm vor der Küste Tarents ausgesetzt, wenn es keine andere Möglichkeit gab, zu ihm zu gelangen.
Doch wir hatten eine glatte Überfahrt und segelten geradewegs in den Hafen. Auf meinem Weg zur Wohnung des Menekrates sah ich, daß Syrakus wieder Syrakus war. In den Straßen drängten sich die Menschen, die Läden hatten alles, was Schiffe von fernen Küsten zu bringen vermögen; in den Rinnsteinen stöberten abgezehrte Kinder nach Abfall, und wer im Wagen fuhr, hielt sich Blumen an die Nase zum Schutz gegen die Gerüche. Kam ein gallischer oder iberischer oder nubischer Söldner in Sicht, versteckten die Kaufleute ihre besten Waren.
Die Sonne war im Sinken. Menekrates, noch verschlafen von seiner Siesta, schabte sich gerade den Bart, als ich eintrat. Er sprang auf und schnitt sich; wir mußten Spinnwebe suchen, um das Blut zu stillen. Mir war es, als wäre ich nie fort gewesen.
Es sei der größte Jammer, meinte er, daß ich diese letzten Monate hier verpaßt hätte. Ich erzählte ihm von den wilden Geschichten, die ich in Tarent gehört hatte, und sagte, daß sie zweifellos übertrieben seien wie jedes Gerücht, das die Runde macht.
»Auf keinen Fall«, erwiderte er. »Eher untertrieben. Nun, wenigstens gab es Arbeit für Schauspieler.«
»Ich hätte nie geglaubt, daß so etwas in dem jungen Dionysios steckte.«
»Mein lieber Niko, selbst er würde zum Begräbnis seines Vaters kaum Flötenspielerinnen und Seiltänzer laden. Er hat auch den Trauermonat durchaus geziemend beachtet. Diese Zeit brauchte er wahrscheinlich, um wirklich begreifen zu können, daß der alte Mann tot war. Und eine Weile sah es ja auch außerdem so aus, als würde Dion die Zügel übernehmen und ein zweiter Vater werden.« Er besann sich anscheinend und wechselte das Thema. Als ich ihn nach Dion fragte, erwiderte er, Dion sei gesund

und habe für den Fall, daß die Karthager auf die Nachricht vom Tod des alten Dionysios hin frech zu werden drohten, der Stadt ein Geschenk von dreißig Trieren gemacht.

»Dreißig!« rief ich. »Der reichste Mann in Athen würde Zeter und Mordio schreien, wenn die Steuer ihn mit mehr als einer Triere belasten wollte.«

»Nun, Dion hat dreißig gegeben. Bei uns sind die Reichen sehr reich, das darfst du mir glauben. Hast du deinen Fuß schon in die Schenke des Bartscherers gesetzt?«

»Nein, das Meer war so still, daß ich mir den Bart an Bord schaben konnte. Was hätte ich denn dort für Neuigkeiten hören können?«

»Nun«, er war angelegentlich damit beschäftigt, mir Wein und Süßigkeiten zu reichen, »die Geschichte vom jungen Dionysios. Um hübsch der Reihe nach zu berichten – es begann, als Philistos zurückberufen wurde.« Der Name sagte mir nichts, und Menekrates fuhr fort: »Hier hat der Name noch immer großes Gewicht, obgleich ich ein Knabe war, als er verbannt wurde. Er war Hauptmann von Ortygia gewesen. Reich wie König Midas. Er gab Feste, von denen die Leute sprachen. Und das tat man auch von seinen Liebesangelegenheiten. Die Mutter des alten Dionysios war eine seiner Geliebten, doch der Archont war eben erst an die Macht gekommen, und so drückte er ein Auge zu, denn Philistos war zu mächtig, um sich auf einen Streit mit ihm einlassen zu können. Später heiratete er ohne Erlaubnis des Dionysios in dessen Familie ein. Das roch nach Streberei. Und man machte kurzen Prozeß und schickte ihn nach Italien in die Verbannung, wo er lebte, bis jetzt die Amnestie kam.«

»Es hat also Reformen gegeben?«

»O ja. Wie ich schon sagte – in den ersten zwei Monaten hat Dion wahre Wunder getan, hat Gefangene aus den Steinbrüchen geholt, hat Verbannte heimgerufen. Im Falle des Philistos dürfte er der Rückkehr aus prinzipiellen Gründen zugestimmt haben. Dionysios hatte vermutlich nichts damit zu tun; er war zu jung, um den Mann gekannt zu haben. Nun, wie dem auch sei, er kam. Für sein Alter ist er noch sehr rüstig, und kaum war er zurück, so veranstaltete er auch schon ein Fest, ganz so wie früher. Dion blieb nicht lange. Der junge Dionysios aber hielt aus. Und das Fest endete erst zwei Tage später.«

»Und damit hat es angefangen?«

»Nun, der junge Mann hatte sich hinter dem Rücken seines Vaters immer schon kleine Vergnügungen verschafft, aber wahrscheinlich wurde ihm bei dieser Gelegenheit zum erstenmal bewußt, daß er der Archont war und tun konnte, was ihm beliebte.«

Meine Gedanken kehrten zu meinem zweiten Empfang in Ortygia zurück, und ich sah sein Gesicht vor mir, als er von den Vergnügungen von Syrakus sprach.

»Es hätte auch schlimmer sein können«, fuhr Menekrates fort. »Wenn er nun Geschmack am Blutvergießen gefunden hätte. Doch alles, wonach ihn verlangte, war ein Fest, das ewig dauern sollte, ohne daß sein Vater tobte und Ruhe forderte, weil er schreiben wollte. Und so war das nächste Fest im Palast. Ich habe von einem Mädchen, das mit einer Schlange tanzt, viel darüber gehört. Erstaunlich, was sie der Schlange beigebracht hat. Das mußt du dir einmal ansehen. Doch am dritten Tag verließ sie das Fest. Zu diesem Zeitpunkt war man auf Neues begierig. Wenn der Gastgeber zahlen kann, dann führt an einem Ort, der so voll von Hetären und Akrobaten und dergleichen ist, schnell eines zum andern. Nach einer Woche war keine Nachricht aus Ortygia so weit hergeholt, daß man sie nicht geglaubt hätte. Zwischen der Burg und Karthago hatte es immer einen versteckten Handel gegeben. Der alte Mann hatte davon nach Belieben Gebrauch gemacht; Philistos wußte das. Doch jetzt ging es nicht mehr um geheime Verträge oder um den Austausch von Geiseln, sondern um die Beschaffung von Gauklern, Feuerschluckern, Schwerttänzern oder sonstigen Talenten. Hin und wieder mußten die Gäste auch mal frische Luft schnappen; anfangs nur in den Straßen von Ortygia, später auch in der Stadt. Und nicht lange, da wurden, wenn man die Fackeln leuchten sah, Gattinnen, Söhne und Töchter hinter verschlossenen Türen versteckt gehalten, denn die Zecher meinten, jedem eine Ehre zu erweisen, den sie raubten.«

»Und was tat Dion?« fragte ich.

»Warf einen Blick in den Saal und versuchte, von irgend jemand etwas Vernünftiges zu erfahren. Natürlich weigerte Dionysios sich, das Fest abzublasen, und wollte auch ihn zum Trinken verleiten. Das weiß ich von meiner Freundin ... Nun, wenigstens ist kein Schauspieler verhungert. Zwischen den Festen gab es fast jede Woche ein Stück; wir warten damit ja nicht auf die hohen Festtage wie ihr in Athen. Ich kann ein Jahr von dem leben, was ich verdient habe. Und das ist gut, denn der Heuschreckensommer ist vorbei ...« Er schaute mich unter den Brauen an, als hoffte er, nun hätte er genug gesagt.

»Alle Sommer enden«, erwiderte ich. »Als ich meine Fahrt antrat, war mir das nicht bekannt. Ich hoffte nur auf Beschäftigung bei den Festspielen.«

Er schwieg, biß sich auf die Lippen und stand mit zusammengezogenen Brauen da. Kein Zweifel – er sah verbittert drein. Gereizt sagte ich, er solle gefälligst mit der Sprache herausrücken, ganz gleich, was es auch sei.

»Ich wünschte, du hättest es in der Schenke vernommen«, sagte er.

Er ging an mir vorbei hinaus in den Hof, der jetzt im Schatten der Reben grün war, und die Kürbisse ließen ihre großen, gelben Blüten hängen. Dann kam er wieder ins Zimmer, und ich dachte: Jetzt kommt's!

»Wer möchte einem Freund schon schlechte Nachrichten brin-

gen? Die Wahrheit ist, Niko, daß dein Dion und sein Sophist mit dem Theater ein Ende machen wollen. Sie wollen es vernichten, mit den Wurzeln ausgraben. Das ist alles.«
»Was? Unmöglich!« rief ich. Aber ich spürte den Schlag, den nur die Wahrheit verursachen kann. »Die Festspiele sind doch heilig!«
»So heilig, daß das Theater ihrer unwürdig ist. So wenigstens heißt es.« Der heiße, dunkle Zorn Siziliens machte aus seinem Gesicht eine düstere Maske; dann faßte er sich und legte mir die Hand auf die Schulter. »Es tut mir leid, Niko. Man könnte meinen, daß ich dich dafür verantwortlich mache, und gewiß soll man nicht alles glauben, was man hört. Aber das eine weiß ich. In Ortygia waren überall Schauspieler, rezitierten, wurden zu Tisch geladen, mit Gold bezahlt. Jetzt, über Nacht, seit Platon hier ist, wird keiner mehr gebeten, so gut er auch sein mag. Und mehr noch, seit mindestens dreißig Jahren gab es am Namenstag des Archonten eine Theateraufführung. Eines seiner eigenen Stücke, wenn er gerade eines fertig hatte; jedenfalls immer etwas. In diesem Monat ist der Tag des neuen Herrschers an der Reihe. Aber nichts, nicht einmal ein Fest. Nur Opfer und Hymnen.«
Die Schatten im Hof waren länger geworden. Sein grünes Licht wirkte jetzt kalt, kündigte Regen an. Ich dachte an Delphi, an den bemalten Weinbecher mit Eros darin, an das Gespräch bei Lampenlicht. Ich erinnerte mich daran, wie ich damals glaubte, zu welch vornehmem Mahl ich eingeladen war und zu welch einem Gespräch! Da gab es keine Gaukler, keine Flötenspielerinnen, sondern es war das Symposium wahrhaft vornehmer Menschen. Daß solches daraus werden würde, hatte ich ebensowenig erwartet, wie man erwartet, bei einer Fechtübung durchbohrt zu werden.
»Glaubst du nicht«, sagte ich, »daß Dionysios einfach sturzbetrunken ist? Hat dein Vetter Theoros irgendwas gehört?«

»Ich begegnete ihm gestern auf der Straße, doch ich sprach nicht mit ihm. Nein, Niko, so lange dauert kein Rausch. Es ist diese Philosophie. Das sagen alle.«
Bestürzt sahen wir einander an, und ich erinnerte mich, was das zu bedeuten hatte. Dion hatte den Sieg errungen, um den er und die Akademie gebetet hatten. Eigentlich hätte ich mich freuen müssen.
Ich versuchte, es in vernünftige Worte zu bringen: »Aber dann muß er der Stadt doch richtige Gesetze gegeben und eine freie Versammlung einberufen haben? Selbst wenn das Theater für eine Weile nicht spielt und die Schauspieler auf die Wanderschaft gehen müssen, seid ihr ja schließlich auch Bürger. Wird da das Gute nicht mehr Gewicht haben als das Schlechte?«
»Wenn es dahin käme, vielleicht. Zunächst gab es solche Gerüchte, als die Strafen aufgehoben wurden. Doch daraus ist nichts entstanden. Ich sage dir, Niko, ich habe nicht vor, hier zu sitzen und meine Ersparnisse aufzuessen. Ich will mich einer Truppe anschließen, sobald ich einen Mann gefunden habe, mit dem ich gehen kann. Ich könnte auf der Stelle eine Truppe von Nichtskönnern zusammenstellen und die führende Rolle spielen, aber viel lieber wäre ich zweiter hinter einem guten Protagonisten. Mehr Ansehen, mehr Vergnügen, und das Geld ist fast das gleiche.«
»Ich schäme mich zu fragen, ob ich gut genug wäre.«
Er ließ die weißen Zähne blitzen, griff nach meiner Hand und sagte: »Ich hatte nicht den Mut, dich so geradewegs zu fragen.«
Ich erzählte ihm, ich sei mit dieser Hoffnung hierhergekommen; wir lachten, und im Nu hielten wir unsere Aussichten für gar nicht so schlecht.
»Ich will dir was sagen«, fuhr ich fort. »Morgen stelle ich mich bei Dionysios vor. Dazu hat er mich das letztemal aufgefordert, und so werde ich ihn beim Wort nehmen. Ich will sehen, was ich in Erfahrung bringen kann, und werde auch versuchen, mit Dion

zu sprechen. Und wenn es mir gelingt, werde ich ihn ohne Umschweife wegen des Theaters befragen. Dann werden wir wenigstens wissen, woran wir sind.« Trotz allem fragte ich mich, ob er vielleicht doch etwas für mich zu tun hätte.
Dann machten wir Pläne für unsere Rundreise. Die Bedingungen sollten wie üblich sein: ich würde zwei Drittel der Ausgaben tragen, eingeschlossen den Lohn für den dritten Schauspieler und den Komparsen. Das konnte ich mir leisten, da die Überfahrt von Athen mich nichts gekostet hatte. Den Gewinn würden wir nach dem gleichen Schema teilen. Danach gingen wir in die Theaterschenke, um ein Glas auf unsere Zusammenarbeit zu trinken. Nur wenige Männer waren dort. Schweigsam saßen sie vor ihren Bechern, oder sie stritten hitzig. Wir gingen bald wieder. Menekrates war guter Stimmung; er war ein Mann, der von einem Tag zum andern lebte. Ich dagegen lag in dieser Nacht lange wach. Mir war, als seien Herz und Geist mir entzweigerissen.
Am nächsten Tag machte ich mich zu früher Stunde auf den Weg, denn ich wußte ja, wie lang es dauerte, bis man durch alle Tore hindurchkam.
Die Wachen beim Pförtnerhaus hatten gewechselt. Anstatt der Gallier waren es jetzt Italer, die eine mir fremde Mundart sprachen; dunkle, kraushaarige Männer in schimmernder Rüstung mit geraden Schilden und schweren, sechs Fuß langen Wurfspießen. Sie wirkten soldatischer als die Gallier, und ihr Griechisch war weniger barbarisch. Sie blickten ebenso stolz drein wie Spartaner, waren aber sichtlich heimischer. Spartanern ist es zuwider, übers Meer zu fahren. Sie fragten mich nach meinem Begehr und ob ich irgendwelche Beweisstücke bei mir habe. Da der Brief des Archytas an Dion vertraulich war, zeigte ich den Brief an Platon. Davon versprach ich mir einen Erfolg, denn Platon war ja Gast des Herrschers.
Der Hauptmann las den Namen; sogleich zogen sich die schwar-

zen Brauen über der hochmütigen Nase zusammen, und seine Nasenflügel blähten sich, als ob das Papier schlecht röche.

»Platon!« sagte er so laut, daß seine Leute den Namen verstehen konnten.

Da erhob sich ein allgemeines Gemurre, und es hörte sich an, als ob sie ihre eisenbesetzten Speere schüttelten. Der Hauptmann gab mir den Brief zurück. »Nun, Griechling, wenn du unter vier Augen mit diesem Platon sprichst, dann bestell ihm dies von der römischen Kohorte.« Und er fuhr sich mit der Hand über die Kehle. Seine Leute murmelten beifällig.

Sie ließen mich durch. Doch die Nachricht, daß ich zu Platon ging, machte ihren Weg ebenso schnell wie ich, und von jeder Wache, je nach Rasse und Gewohnheit, bekam ich ungefähr die gleiche Botschaft mit. Selbst ein Grieche, der mich durch die königlichen Gärten geleitete, erklärte: »Wenn du von seiner großartigen Schule gekommen bist, um ihn nach Athen zurückzuholen, so kannst du dich von einem Wachhaus zum andern, von hier bis zum Euryalos durchtrinken. Laß es mich nur wissen.«

Er war ein großer, behaarter Böotier, doch neben ihm fühlte ich mich heimischer als in Gegenwart der Fremden, und so fragte ich, was Platon denn verbrochen habe, daß er so gehaßt werde. Daheim, fügte ich hinzu, stehe er doch im Ruf eines ruhigen Mannes.

»Dann soll er nach Hause gehen und ruhig sein! Sonst wird ihn hier noch irgend jemand endgültig zur Ruhe bringen! Er wurde hierhergeladen, um den Archonten zu verderben, und du kannst dir wohl denken, wer etwas dabei zu gewinnen hofft. Die Söldner entlassen ... o ja, das ist Platons Rat – und die Stadt als Geschenk für seinen Freund Dion aufbewahren. Ich wünschte, der Alte lebte noch. Längst hätte er ihn mit Kopf und Gliedmaßen ans Wachtor genagelt!«

Ich antwortete nicht. Die lange Nacht hatte dem Aufruhr in meinem Innern keinen Frieden gebracht. Nun näherten wir uns dem Palast. Der Böotier blieb stehen.
»Hast du die Syrakusaner am Versammlungstag gesehen? Aus freiem Willen haben sie sich vierzig Jahre nicht gerührt. Wie lange, glaubst du, werden sie ohne uns waffengeübte Männer die Karthager fernhalten?« Er spuckte ins Gras. »Das magst du diesem Platon von mir bestellen.«
Wir gingen über den äußeren Hof und durch einen offenen Säulengang zu einem inneren Hof.
»Warte hier«, sagte er.
Ich wartete im Säulengang und sah mich um. Es war ein grüner, schattiger Ort mit blühenden Schlinggewächsen und einem großen, viereckigen Becken in der Mitte. Das Becken war leer, und auf den Kacheln lag sauberer Sand. Am Marmorrand sah ich mehrere gutgekleidete Männer sitzen. Sie hielten Zeigestöcke, mit denen sie geometrische Figuren zeichneten, mit Buchstaben und Zahlen daneben. Nach beendeter Aufgabe glättete ein Sklave den Sand mit einem Rechen, und dann begannen sie von vorn.
Als ich mich über das Bild, das sich meinen Augen bot, beruhigt hatte, entdeckte ich an der einen Seite des Hofes Platon. Er saß auf einem ehernen Palmenstamm, zusammen mit Dionysios. Hinter ihrem Rücken saßen Höflinge, die sich's bequem machten. Ich sah, wie zwei von ihnen unanständige Zeichnungen in den Sand malten und dann rasch wieder verwischten.
Platon hatte den Kopf halb in meine Richtung gewendet. Er sprach. Die mächtige Stirn und die schweren Schultern waren vorgebeugt, gleichsam vom eigenen Gewicht. An diese Haltung erinnerte ich mich. Die Hände ruhten auf den Knien, und manchmal hob er die eine in einer knappen, aber so deutlichen Gebärde, daß kein Schauspieler etwas daran zu verbessern gewußt hätte. Auch Dionysios' Gesicht konnte ich sehen. Seine Lippen

waren geöffnet, und sein Körper bewegte sich wie ein Gerstenfeld im Wind, ein Zeichen, daß er jedem Wort folgte.
Dionysios winkte meinem Begleiter, der mich gleich darauf holte.
Dionysios hatte sich sehr verändert. Das letztemal war er natürlich in Trauer gewesen, hatte den Bart nicht geschabt, dagegen den Kopf kahl geschoren. Doch es war mehr als das; seine Haut wirkte heller, er war nicht mehr so von Unruhe erfüllt und sah alles in allem heiter aus wie ein unscheinbares Mädchen, das sich über seine Heirat freut. Platon beobachtete ihn; nicht so, wie er Dion beobachtet hatte, scharf und stolz. Und doch lag eine gewisse Zuneigung in seinen Zügen, wie bei einer Mutter, wenn ihr Kind seine ersten Gehversuche macht.
»Nun, Nikeratos«, begann Dionysios, doch sogleich wandte er sich um. »Hier, Platon, ist ein Mann, dessen Namen du kennst, ohne ihn allerdings von Angesicht zu kennen. Dies ist Nikeratos, der Tragöde aus Athen, der in meines Vaters Stück der Protagonist war.«
Platon begrüßte mich höflich, doch wie einen Fremden. Das kränkte mich nicht; ich erriet den Grund und erwiderte seinen Gruß geziemend. Er sagte ein paar höfliche Worte über meine Leistung und beglückwünschte mich zu meinem Erfolg. Wenigstens schien er mich zu hören und zu sehen; Dionysios redete ununterbrochen durch mich hindurch zu Platon, nicht geringschätzig, aber als wäre sonst niemand für ihn wirklich vorhanden.
»Und was führt dich nach Syrakus?« fragte er.
Gut, dachte ich. Jetzt werden wir sehen. »Gerade nur das Geschäft meines Berufs, Herr. Ich bin gekommen, um zu arbeiten.«
Die Antwort gefiel ihm anscheinend. »Nun, Nikeratos«, nahm er den Faden wieder auf, »du bist also zuletzt in Athen bei den Dionysien gewesen, und nach deinem Erfolg bei den Lenäen hat man dir vermutlich eine führende Rolle gegeben?«

Das bejahte ich; er erkundigte sich nach dem Namen des Dichters, dem Inhalt des Stücks, wie es aufgenommen worden war, lauter Dinge, die jeder fragen mochte. Doch als er weitersprach, erkannte ich nach und nach den besonderen Ton, der mir in der Akademie aufgefallen war, wenn man das Fragespiel spielte und den Antwortenden auf ein Ziel lenkte. Da er noch wenig erfahren war in diesem Spiel, klangen seine Fragen recht töricht. Aus dem Augenwinkel sah ich zu Platon hinüber. Er war ein Mann, der keine Unruhe gezeigt hätte, und hätte er auf einem Ameisenhügel gesessen.

»Du hast also den Orpheus gespielt. Handelt das Stück von seinem Abstieg in die Unterwelt, um seine Frau zurückzugewinnen? Oder von seinem Tod in den Händen der Mänaden?«

»Von letzterem«, erwiderte ich. »Doch die erste Episode erzählt er in einem Monolog.«

Seine Züge erhellten sich. Ich schien ihm auf die Sprünge geholfen zu haben.

»Orpheus war Apollos Sohn, wie es heißt. Ist es denkbar, daß er, von einem Gott gezeugt, nicht vermocht hätte, mit seinem von der Gottheit eingegebenen Gesang die Mänaden zu besänftigen?«

»Das weiß ich nicht. Doch manches Publikum will nicht die beste Wendung und läßt es sich merken.«

»Ach was!« Diesen Einwand schob er beiseite. »Was sollen die Menschen von den Göttern denken, wenn deren Söhne in Irrtümern befangen gezeigt oder gar vernichtet werden?«

»Vielleicht, Herr, schlagen sie nach der Seite ihrer Mütter.«

Platons Blick flatterte wie der eines alten Schlachtgauls, wenn er die Trompete hört. Doch er schwieg und überließ die Sache dem Füllen. Der junge Mann war sichtlich in Verlegenheit.

»Jedenfalls«, sagte er, »hast du die Leidenschaften des Orpheus nachvollzogen, seine Wünsche und seine Hoffnung und seine Verzweiflung. Und dem Publikum hat das gefallen?«

»Ich glaube wohl. Es ließ die üblichen Zeichen der Zufriedenheit merken.«
»Und du kannst vermutlich ebenso geschickt Frauen spielen, ob alt und sorgenvoll oder jung und verliebt?«
»Ja, das kann ich.«
Wie lange würde er das wohl durchhalten? In der Hoffnung, ich möchte noch törichter wirken als er? Ich erinnerte mich an das rasche, gewandte Frage-und-Antwort-Spiel in der Akademie und an die Freude, die in einem geweckt wird, wenn die Leute wirklich ernsthaft sind. Und so ging es wahrscheinlich auch Platon.
»So, du kannst auch grölende Trunkenbolde, keifende Weiber oder diebische Sklaven spielen?«
»Ein Komödiant könnte es besser.«
»Solche Rollen findest du also deiner unwürdig?«
»Keineswegs; nur meine Begabung ist anders gelagert.«
»Du meinst«, seine Nase schnupperte wie die eines Jagdhundes, »daß kein Charakter zu niedrig ist, ihn nachzuvollziehen?«
»Das hängt davon ab, was der Verfasser mit dieser Niedrigkeit bezweckt.«
Ich merkte, daß ich ihn aus dem Konzept gebracht hatte, und das ärgerte ihn. Es lag ihm auf der Zunge, mich zu fragen, wie ich es wagen durfte, mit ihm zu diskutieren, doch dann entsann er sich der Grundsätze einer Debatte. Er wandte sich zu Platon, teils um dessen Zustimmung zu ernten, teils aber auch in der Hoffnung, der alte Kämpe würde in den Kampf eingreifen und mich vernichten.
Platon nahm diesen stummen Hilferuf nicht zur Kenntnis, und ich sah auch, warum. Ein Mann kam durch den Säulengang näher. Er war ungefähr in Platons Alter und verriet in seiner Haltung den Mann von Rang und Stand. Sein rotes, verwittertes Kriegergesicht war vom guten Leben aufgedunsen, doch der Blick seiner hellblauen Augen war noch immer strahlend und

aufmerksam; es war, als hätten sie alles gesehen, was sehenswert war, und wüßten, was davon zu halten war. Für sizilianische Begriffe war er gut gekleidet, das heißt nach unseren Maßstäben sehr prächtig, nach hiesigem Geschmack, also mit Spangen aus Malachit und schwerem Gold bis zu den Sandalen. Er ging an der Balustrade entlang und hinkte leicht, musterte jedermann und dankte mehr oder minder freundlich für den Gruß, den man ihm entbot. Es war deutlich zu merken, daß alles wohlüberlegt war.

Platon hatte ihn bemerkt, Dionysios noch nicht. Als der Fremde an zwei Männern vorbeikam, die Figuren in den Sand zeichneten, rief er ihnen etwas zu; als sie auflachten, verwarnte er sie vorwurfsvoll. Es war zu merken, daß Platon aufmerksam werden sollte. Dann ging er weiter, bis er unweit von Dionysios stehenblieb, vor dem er sich tief verbeugte.

»Guten Tag, Philistos«, sagte Dionysios, und ihre Blicke begegneten sich. Philistos hielt einen Augenblick inne. Sein Gesicht war das eines Mannes, der seinen Vorgesetzten erblickt, einen netten, unerfahrenen Knaben, der sich lächerlich macht; aber der Vorwurf galt eher dem Mann, der es besser wissen sollte und den Knaben dennoch weiter anleitete. Der Blick zeigte Respekt, Zurückhaltung und stille Ironie. Und dazu einen Hauch von Begönnerung, der verletzen sollte.

Dionysios wußte nicht recht, ob er ihn zu sich rufen sollte. Er beherrschte sich immerhin. Einen Augenblick lang schien Philistos sich zu fragen, ob er irgend etwas sagen konnte, das seinem armen Freund die Augen öffnen würde. Dann aber, so als sei er überzeugt, die Zeit sei noch nicht reif, zog er sich würdig zurück, blieb jedoch am Ende des Hofes stehen und schaute dem Geometriebeflissenen zu.

Dionysios sah ihm nach, und dann wandte er sich wieder zu mir. Er war jetzt verstimmt und hilflos. Ich hätte ihm gern das Stichwort geliefert, wenn ich nur seinen Text gekannt hätte.

Platon sagte: »Wir sprachen, glaube ich, gerade über das Wesen der Geschicklichkeit des Schauspielers.«
Er mischte sich nicht in das Gespräch ein, ließ nur seine Gegenwart fühlen wie ein Protagonist, der oberhalb der Bühne auftritt und, obwohl er kein Wort spricht, doch sogleich die Szene beherrscht. Das war seine Gabe. Im Nu war Philistos nichts als ein reicher alter Herr, übertrieben gekleidet, übertrieben genährt, der in allem herumschnüffelte. Dionysios lebte wieder auf.
»Nun, Nikeratos, trotz allen deinen verschiedenen Künsten würde ich von dir doch immer lieber jene Würde und Schicklichkeit hören, mit denen du die Trauerrede gehalten hast. Soll ich dir sagen, warum?« Ich sah, wie Platon sich regte, doch sein Schüler war jetzt am Zug. »Alle Dinge hienieden sind nur Nachahmungen der reinen Formen, welche die Götter kennen; gut, wenn sie sich der Ähnlichkeit annähern, schlecht, wenn sie darin versagen. Wenn du also Menschen und ihre Eigenschaften spielst, so ahmst du eine Nachahmung nach. Stimmt es?«
»So könnte es scheinen.« Ich war darauf bedacht, ihn in Stimmung zu halten und die Sache hinter mich zu bringen.
»Wenn du also eher das Schlechte in den Menschen nachahmst als das Gute, wie kunstvoll du es auch tun magst, so gibst du doch in Wirklichkeit die schlechteste Nachahmung, jene, die dem wahren Vorbild am wenigsten gleicht. Folgt das nicht daraus?«
Ich hatte nicht umsonst mit Axiothea und ihren Freunden meine Zeit verbracht; man mußte sich nur an die Regeln halten. »Ja, das würde daraus folgen.«
»Aber, Dionysios, vergessen wir nicht, daß Nikeratos sich eben erst zu uns gesellt hat.« Platons klare Stimme war wie ein silbernes Messer, das einen Apfel durchschneidet. »Du und ich, wir sind Schritt für Schritt zu der Auffassung des göttlichen Originals gelangt. Er aber, in seiner Höflichkeit, hat den Vorder-

satz ohne Beweis hingenommen. Es gibt ein Sprichwort, daß man einen großherzigen Mann nicht allzuweit drängen soll. Derzeit mögen wir ihm für das Vergnügen danken, das seine Kunst uns bereitet hat; später, wenn er den ganzen Gedankengang verfolgt hat, können wir ihn vielleicht auch für unsere Schlußfolgerungen gewinnen.«

Dionysios ließ mutlos den Kopf sinken. Doch er nahm es hin wie ein Schüler von seinem Meister. Der Herr über die Flotte von Syrakus, über die Tore und Katapulte und Steinbrüche schmollte wie ein gescholtenes Kind. Er warf mir einen Blick zu. In seinen Zügen spiegelte sich nicht der Zorn des Tyrannen, der vor einem wandernden Schauspieler eine Zurechtweisung erfahren hatte, sondern nur Gekränktheit darüber, daß Platon nicht Partei für ihn ergriffen hatte.

Ich suchte nach einer höflichen Ausrede, die es mir erlaubte, mich zu entfernen, als ich am Ende des Säulengangs Dion kommen sah.

Was ich fühlte, vermag ich nicht zu sagen. Da stand er, derselbe Mann wie immer, ohne einen einzigen niedrigen Gedanken in seiner Seele; ein Mann, der, wenn er einem Bittsteller seinen Schutz versprach, bis zum Tode dazu stand, und wäre es auch ein Leibeigener gewesen. Und doch wollte dieser selbe Mann mich nicht nur um mein Brot bringen, nicht nur um den Ruf, für den ich mein Leben lang geschuftet hatte, sondern mir, wie es mir schien, die Seele aus dem Leib reißen.

Als er auf uns zukam, ging er an Philistos vorbei. Ich sah, daß zwei unversöhnliche Feinde einander grüßten. Philistos verzog sich höhnisch; Dion drehte sich nicht um. Ich merkte an ihm die Glut von Sieg und Hoffnung. Er begrüßte Dionysios. Vorher aber hatte sein Blick schon von weitem Platon gesucht, und dem jungen Mann war das nicht entgangen.

Als er mich sah, ließ Dion keine Überraschung merken. Er mußte von meiner Ankunft erfahren haben. Seine Begrüßung

war förmlich, aber ich wußte, daß er mich würde sprechen wollen. So machte ich mich, als ich entlassen wurde, auf den Weg zu seinem Haus. Im Vorzimmer, wo ich auf ihn wartete, hatte ich reichlich Zeit zum Nachdenken, fand aber keine Antwort. Dafür, meinte ich, bedurfte es eines Sophisten.
Schließlich kam er. Vor dem Diener wahrte er Abstand und trat ins Haus. Dann ließ er mich rufen. Sobald wir allein waren, begrüßte er mich noch gütiger als zuvor. Er strahlte vor Glück. Ich hatte geglaubt, er werde sich vor mir unbehaglich fühlen, doch nein.
Ich gab ihm den an ihn gerichteten Brief und auch den für Platon. Er schob meine Zurückhaltung wahrscheinlich auf schlechte Nachrichten, die ich brachte, denn er las den Brief des Archytas im Stehen. Dann, als er beruhigt war, ließ er mir Wein reichen. Es war eine italische Schale, die Bemalung mit weißer Farbe gesteigert wie bei seinem Geschenk in Delphi. Mich bedrängten Erinnerungen – der Kran, der Todesschrei des Meidias, die Schlacht von Phigalia, mein Vater als Kassandra, das große Theater in Syrakus, wo Aischylos die »Perser« herausgebracht hatte, Menekrates, der sagte: »Unter der Maske ist alles gleich.« Die Schale zitterte in meiner Hand. Ich vermochte sie festzuhalten, wie man das zu tun lernt. Er hatte den Krug fortgestellt und nichts bemerkt.
Jetzt hob er seine Schale. »Auf das Glück von Syrakus! Eine herrliche Morgendämmerung – möge Zeus sie begünstigen!«
Ich beherrschte mich und erwiderte langsam: »Sollen wir das Gebet des Hippolytos sprechen: ›Gewähre mir, des Lebens Lauf zu enden, wie ich begann‹?«
Er lächelte: »Wähle doch ein Gebet von besserem Omen, denn dieses haben, wenn ich mich recht erinnere, die Götter verworfen.«
»Ich sehe, daß du deinen Euripides kennst. Nun, dann ein Trinkspruch auf das geläuterte Syrakus! Nieder mit dem Pöbel,

mit den geheuerten Truppen, Spionen, Gefräßigen, Trunkenbolden, Huren und Schauspielern!« Ich hob die Schale und schleuderte sie auf den Marmorboden.
Ich hatte nicht gewußt, daß ich das tun würde. Der Wein bildete einen großen, roten Stern, Spritzer trafen unsere Gewänder. Ein Stück des Bechers lag vor meinen Füßen; eine gekrönte Gottheit in italischem Stil.
Er stand ganz still, erst verblüfft, dann zornig. Sizilianer seines Rangs wissen nicht, daß ihnen solche Dinge zustoßen können. Nun, dachte ich, jetzt spricht er mit einem Athener, und damit muß er sich abfinden.
»Nikeratos«, sagte er, »es tut mir leid, zu sehen, daß du dich so vergessen kannst.«
»Vergessen? Nein, bei Apollo, ich habe mich daran erinnert, wer ich bin. Ich bin ein Bürger ohne Stand und Rang. Ich verstehe nichts von Philosophie; während du dich geistig gebildet hast, habe ich mein Handwerk gelernt, das du jetzt abschaffen willst. Doch was immer ich bin oder wie du mich auch nennen magst, eines weiß ich: Ich bin ein Diener des Gottes, und sosehr ich dich ehre, sosehr ich dich liebe, immer will ich doch mehr dem Gott gehorchen als dir.«
Er hatte reglos zugehört; doch bei diesen Worten fuhr er auf, als kennte er sie. Ich wartete, aber er sagte nichts.
»Für mich warst du wie ein Gott.« Hätte ich mich nicht in der Gewalt gehabt, wäre ich in Tränen ausgebrochen. »Doch neben dem Gott bist du nur ein Mensch. Leb wohl. Ich denke nicht, daß wir einander noch begegnen werden.« An der Tür blieb ich stehen, doch es gab keinen Grund, länger zu verweilen, und so sagte ich nur: »Es tut mir leid, daß ich die Schale zerbrochen habe.«
»Nikeratos! Komm zurück ... ich bitte dich.«
Die Worte klangen steif. Sie waren seiner Zunge fremd. Und das veranlaßte mich, mich umzudrehen.

»Komm, setz dich!« sagte er.

Wir setzten uns an seinen Tisch, der mit Briefen und Bittschriften bedeckt war, wie man sie eben einem Mächtigen schickt. Auch Blätter mit geometrischen Figuren und eine Sternkarte lagen herum.

»Mein Freund«, begann er, »Archytas schreibt mir, daß du um meinetwillen beinahe dein Leben verloren hast. Ich habe dich gekränkt, was ich nicht ungeschehen machen kann. Aber es geschah aus Gedankenlosigkeit, und dafür bitte ich dich um Vergebung.«

»Wenn die Sache wahr ist«, sagte ich, »kommt es dann darauf an, wie du sie ausdrückst? Ist sie wahr oder nicht?«

»Das ist schwer.« Er stützte den Kopf in die Hände. »Platon könnte das besser ausdrücken als ich. Aber es kommt rechtens mir zu, dem Mann, von dem du dich verraten fühlst ... Was hast du gemeint, Nikeratos, als du sagtest, daß du dem Gott dienst? Nicht bloß, daß du Dionysos und Apollo Opfer darbringst und ihre heilige Umfriedung achtest, sondern etwas Größeres?«

»Du brauchst gewiß nicht selbst Schauspieler zu sein, um mich zu begreifen. Es bedeutet, daß man sich nicht über den Dichter erhebt, nicht die Wahrheit verfälscht, die man in den Menschen erkannt hat. Wenn man merkt, daß das Publikum das Bequemere wünscht oder das, was gerade in Mode ist, und wenn man nicht sicher sein kann, daß auch die Richter nur das wollen, für wen wird man da redlich sein? Nur für den Gott.«

»Du hörst ihn sprechen und gehorchst ihm. Könntest du ihn aber so deutlich hören, wenn du deine Kunst nicht von Kindheit an gelernt hättest?«

»Nein, das glaube ich nicht. Oder nicht so bald.«

»Angenommen, du hättest eine schlechte Ausbildung genossen und immer nur das minderwertige Werk höher preisen gehört als das gute?«

»Ein großes Unglück! Doch ein Schauspieler, der wirklich

Schauspieler ist, wird früher oder später lernen, selbständig zu denken.«
»Andere aber nicht? Schlechte Lehre verdirbt sie hoffnungslos?«
»Ja, aber das sind Männer, die das Theater entbehren kann.«
»Du meinst, sie könnten auch irgendeinen anderen Beruf ergreifen? Und das können sie auch. Aber, Nikeratos, alle Menschen müssen leben, gut oder schlecht, wie sie es gelehrt wurden. Und wenn genügend Leute schlecht gelehrt wurden, dann werden die Schlechten sich der Guten entledigen. Und du, ob du es willst oder nicht, bist ein Lehrer. Junge Burschen und einfache Menschen gehen nicht ins Theater, um Verse zu beurteilen; sie gehen dorthin, um Götter und Könige und Helden zu erleben, in die Welt einzutreten, die du schaffst, Seele und Geist darein zu tauchen. Kannst du das in Abrede stellen?«
»Man spielt aber für verständige Menschen!«
»Du hältst deiner Kunst die Treue, Nikeratos. Du wirst den Gott nicht mit etwas Unwürdigem kränken, auch wenn die Menschen dich dafür belohnen. Doch da endet deine Macht. Du kannst dein Stück nicht umschreiben, obgleich der Dichter vielleicht just das tut, was du zu tun verschmähst.«
»Das ist seine Sache. Ich bin Schauspieler.«
»Aber ihr beide dient dem Gott. Kann sein Gott das eine sagen und dein Gott das andere?«
»Ich bin Schauspieler. Er und ich, wir müssen jeder sein Urteil fällen.«
»Wirklich? Und doch mußt du dich in seinen Geist versetzen. Hast du nie gespürt, daß du in eine falsche Welt eintrittst? Oder in eine böse?«
Ich brachte es nicht fertig, ihn zu belügen, und so erwiderte ich: »Ja, ein- oder zweimal. Selbst bei Euripides, in seinem *Orestes*. Orestes ist ein Unrecht geschehen, doch nichts kann sein Verbrechen entschuldigen. Aber man muß ihn dennoch so spielen, daß er Mitleid weckt.«

»Hast du das getan?«
»Ich war damals dritter Schauspieler. Vermutlich hätte ich es versuchen müssen, wenn mir die Rolle zugefallen wäre.«
»Weil es das Gesetz des Theaters ist?«
»Ja.«
»Aber mein lieber Nikeratos, darum wollen wir es doch ändern!«
»Ich habe geglaubt, daß du es vernichten wolltest.«
»Nein, nicht so.« Er sah mich voller Güte an, als wäre ich ein tapferer Krieger, den er in der Schlacht besiegt hatte. »Platon glaubt, genau wie ich, daß ein Schauspieler wie du, der den Adel darstellen kann, in der ›guten Stadt‹ seinen Platz hat. Das wäre ungefähr so, daß die Rollen der niedrigen, der leidenschaftlichen, der schwankenden Menschen erzählt werden sollten, während nur der gute Mann, der als Beispiel taugt, oder die Götter, welche wahre Lehren verkünden, durch die Nachahmung des Schauspielers geehrt werden sollten. Auf diese Art würde nichts Böses tief in den Geist der Zuhörer eindringen.«
Ich starrte ihn an, feierlich wie eine Eule. Hätte ich jetzt angefangen zu lachen, so hätte ich wahrscheinlich nicht mehr aufhören können, und er hätte mich meines schwankenden Wesens wegen verachtet. Also rief ich mich zur Ordnung. Nicht daß ich sein Mißfallen fürchtete; er war, wie schon gesagt, auch nur ein Mensch. Aber dieser Mensch war mir teuer.
»Du meinst also«, sagte ich, »daß in *Hippolytos* zum Beispiel, wenn Phädra ihre schuldhafte Liebe enthüllt und Theseus, aus Unkenntnis, seinen Sohn verflucht, alles bloß erzählt werden dürfte? Und nur Hippolytos sollte sprechen?«
»Ja, genau so. Und wir könnten das Übel nicht zulassen, das durch Aphrodite, die eine Göttin ist, einem gerechten Mann zugefügt wird.«
»Nein, wahrscheinlich nicht. Und Achilles darf nicht um Patroklos weinen, nicht seine Kleider zerreißen, denn das ist ein Mangel an Selbstbeherrschung.«

»Nein, gewiß nicht.«
»Aber du glaubst, daß irgend etwas davon tief in den Geist der Zuhörer eindringen würde? Du glaubst nicht, daß es einfach langweilig sein könnte?«
Er sah mich an, geduldig und ohne Ärger. »Wie es gesunde Kost nach diesen sizilianischen Festbanketten ist, die uns die Verachtung von ganz Hellas eingebracht haben? Glaube mir, unsere syrakusanischen Köche sind auf ihre Art auch Künstler. Und doch möchtest du sicherlich deine Gestalt, deine Gesundheit, dein Aussehen einem von ihnen zuliebe nicht verlieren, selbst wenn er dein Freund wäre. Ist das richtig?«
»Gewiß. Aber ...« Es war zwecklos, gegen diesen im Wortgefecht geübten Streiter der Akademie anzutreten. Ich hatte meine Kunst mehr durch die Frage ›wie‹ gelernt als durch die Frage ›warum‹.
»Sieh dich doch nur in der Welt um.« Sein schönes Gesicht erhellte sich im Eifer. »Sieh, was Menschen überall geschaffen haben. Krieg, Tyrannis, Rache, Gesetzlosigkeit, Ungerechtigkeit. Irgendwo muß ein Anfang gemacht werden.«
Bei diesen Worten spürte ich festen Boden unter meinen Füßen. »Das ist wahr. Wenn man aber sieht, wie Dionysios aus Platons Hand ißt, warum ergreift er nicht die Gelegenheit und gibt den Syrakusanern eine richtige Verfassung? Bald wird es zu spät sein; das kann sogar ich erkennen. Warum ist diese Stadt voll von Söldnern wie eh und je? Die Tyrannis geht weiter, trotz der Kreise, die ihr in den Sand zeichnet –« Seine Züge erinnerten mich daran, was mein Verstand vergessen hatte: daß ich zu dem ranghöchsten Minister sprach. »Ich gehe zu weit. Aber wir haben von der Gerechtigkeit gesprochen.«
»Das haben wir«, sagte er nach einer Pause. »Und so will ich dir sagen, warum. Du bist kürzlich sehr krank gewesen. Als das Fieber schwand, konntest du da sogleich aufstehen und deinem Beruf nachgehen? Oder brauchtest du einen Arm, auf den du

dich stützen konntest? Nun, Syrakus ist beinahe vierzig Jahre lang krank gewesen. Eine ganze Generation ist in Krankheit aufgewachsen ...«

»Und so«, entgegnete ich, »mußt du mit dem Kind an der Brust beginnen, mit dem Schuljungen im Theater. Und Dionysios: er muß mit der Mathematik beginnen.«

Er preßte die Hand auf den Tisch, als bitte er die Götter um Geduld. »Nikeratos, bring mich nicht in Zorn! Behandle mich nicht als Kind und Platon als Narren. Er hat die Politik aus erster Hand gelernt, bevor ich noch geboren war; und ich habe sie geübt, bevor du geboren warst. Wenn du glaubst, dein Handwerk am besten zu kennen, so darfst du auch uns zutrauen, daß wir das unsere verstehen.«

Ich war beschämt und bat ihn um Vergebung. Nur aus Dankbarkeit nahm er meine Worte so ruhig auf und weil ich ihm mein Herz gezeigt hatte.

»Versuche zu erkennen, daß du hier nicht in Athen bist. Dies ist Sizilien. Jenseits des Flusses Halys ist das Land der Karthager. Der Feind steht mit einem Fuß auf der Schwelle und drückt die Tür ein, sobald unsere Schulter nachgibt. Welchen Sinn hätte es, die Söldner auszuzahlen, die Mauern von Ortygia niederzureißen und das Volk mehr oder weniger mit Gewalt einer neuen Herrschaft zuzuführen, bevor wir einen Mann geschaffen haben, der es lenken kann? Die Syrakusaner sind immer noch besser dran, als wenn sie Sklaven in Afrika wären oder ans Kreuz genagelt oder über dem Feuer gebraten, und das haben sie immer gewußt. Dionysios hat keinen Funken von Größe! Er ist weder in der Lage, Menschen zu führen, noch sie dazu zu bringen, ihn zu lieben. Aber er kann immer noch Syrakus retten, wenn man ihn nur zu lehren vermag zu denken.«

»Ja«, erwiderte ich. »All das ist richtig, wenn du genug Zeit hast. Doch wieviel Zeit glaubst du zu haben?«

Die Antwort lag ihm schon auf der Zunge, doch dann fragte er scharf, was ich meinte.
»Nur das, was du gewiß schon selber bemerkt hast; daß Dionysios sich nicht mit der Geometrie beschäftigt, weil sie ihn interessiert, sondern weil er verliebt ist.«
»Verliebt?« Er runzelte die Stirn und wollte die Sache mit einem Scherz abtun. Doch wie so viele brave Männer besaß er nicht viel Sinn für Humor. Platon hatte weit mehr.
»Du sprichst nicht im Ernst«, sagte er. »Platon könnte sein Vater sein.«
»Gewiß. Er sollte sich besser kennen. Er ist auch in der Liebe immer derselbe. Jugend verehrt die Maske der Liebe; das ist ihr Eros, ein mächtiger Gott. Hast du ihn nicht auch einmal gekannt?«
»Nein. Unser Spiel war ernst.«
»Wie gut die Götter zu dir gewesen sind! Glaubst du, alle Menschen hätten dieses Glück? Der arme junge Mann im Palast muß sein eigener Dichter sein. Sein Vater hat Stücke geschrieben, er lebt sie. Und er geht ganz in seiner Rolle auf. Ein junger Aristokrat, glänzend, ausschweifend, bezaubernd, rücksichtslos, von einem philosophischen Liebhaber zum ›guten Leben‹ berufen.«
Diesmal lachte er laut heraus. »Alkibiades! Geh, geh! Das ist nicht zum Spaßen!«
»Seine Sache ist es. Es mangelt ihm eher an Schönheit und Reiz, doch, wie er es sieht, kann er sich immer noch nach seinem Vorbild verbessern, jenem hellen, fallenden Stern. Er wird der Lehre des Sokrates treu sein und diese Liebe verdienen.«
»Das kannst du nicht im Ernst meinen. Platons Benehmen war in jeder Hinsicht tadellos«
»Wie auch nicht? Doch die Hingabe des jungen Mannes rührt ihn, und er ist gütig. Schließlich hat Sokrates seine Begierden bemeistert; glaubst du, Dionysios wünscht den Unterschied zu kennen? Alles, was er wünscht, ist, der geliebte Schüler zu sein,

zu wissen, daß er an erster Stelle steht. Wenn sich ihm etwas in den Weg stellt, wem wird er eher die Schuld daran geben: Platons Kälte oder einem alten Rivalen, der den Platz nicht räumen will?«

»Mein lieber Nikeratos, das ist keine deiner Tragödien!« Er antwortete lebhaft, und doch fühlte er sich nicht ganz behaglich.

»Mag sein ... Aber vom Theater hat es dennoch etwas. Ich verstehe nicht viel von der Politik, wie die Leute mir immer sagen; aber ein Schauspieler erkennt doch wenigstens die Eifersucht, wenn er sie sieht. Beobachte nur seine Augen!«

Er schwieg und biß sich auf die Lippen. »Das ist nichts Neues«, sagte er schließlich. »Ich selbst habe mich unter Männern erprobt, habe Schlachten geschlagen, diplomatische Missionen durchgeführt, während sein Vater ihn hinter Schloß und Riegel hielt wie eine Frau.« Er fügte nicht hinzu, obgleich es ihm nicht verborgen geblieben sein konnte, daß er es war, der des Alkibiades lebenslange Schönheit besaß. »Neid ist etwas Natürliches.«

»Nun, auch das kommt dazu. Du kannst so viel auf einen Esel laden, daß er nicht mehr vom Fleck geht. Aber wie lange rechnest du damit? Eine Generation? Nach dem, was ich heute gesehen habe, würde ich keine zwei Obolen darauf setzen, daß es ein Jahr dauert.«

Er schaute mich an, war aber nur halb bei der Sache. Ich merkte, daß er sich im stillen fragte, wie es dahin gekommen war, daß ich mir solche Freiheiten herausnehmen konnte. Als gerechter Mann machte er sich selber den Vorwurf und würde mich nicht bestrafen. Vielleicht hatte er mich auch noch ein wenig gern; es war Zeit zu gehen, solange das noch anhielt. Doch etwas hatte ich zu erwähnen vergessen.

»Ich glaube«, sagte ich, »daß es nicht schlecht wäre, wenn Platons Freunde ihn davon abhielten, allein in Ortygia herumzugehen. Die Soldaten wollen ihm die Kehle durchschneiden.«

»Wer hat dir das gesagt?«

»Sie selber sagten es. Ich hörte es von jedem Wachtposten. Sie alle glauben, daß er nichts anderes will, als sie loszuwerden.«
Endlich war er soweit; er schlug mit der Faust auf den Tisch und fluchte, als wäre er auf dem Schlachtfeld.
»Dieser junge Narr! Er wird schwatzen – wie ein Bartscherer, wie ein Kuppler, wie eine Hebamme! Er läßt Wasser durch wie ein zersprungener Krug!« Überflüssig zu fragen, wen er meinte.
»Platon hat das also nicht empfohlen?«
»Platon hat im Krieg gekämpft. Natürlich empfiehlt er es, aber als Ziel, nicht als Mittel. Wenn die neuen Gesetze eingeführt, die Bürger in der Lage sind, öffentliche Angelegenheiten zu regeln, wenn die von den Karthagern zerstörten Städte wieder besiedelt sind und an unserer Seite kämpfen können. Wer, wenn nicht ein Wahnsinniger, würde die Stadt derzeit ihrer Verteidigung berauben?«
»Jetzt verstehe ich. Dionysios hat nur seine guten Absichten verkündet! Er möchte immer schon vor dem Ziel bekränzt werden.«
»Du magst immerhin wissen, Nikeratos, was anscheinend in ganz Ortygia bekannt ist. Vor kurzer Zeit war sein Namenstag, und die üblichen Opfer wurden dargebracht. Der Priester sprach das übliche Gebet, zu des Vaters Lebenszeit aufgesetzt, zu den bestimmten Göttern, sie möchten den Archonten in seiner Macht erhalten. Mitten im Gebet hob dieser die Hand und schrie: ›Nein! Rufe keinen Fluch über uns herab!‹ Und dann sah er Platon an und erwartete dessen Lob.«
Ich habe vergessen, was ich darauf sagte. Alles, nur nicht meine wahren Gedanken: Warum im Namen jeglicher Gottheit läßt du diesen Marktschreier die Hauptrolle spielen, statt sie selbst zu übernehmen?
Vielleicht verstand ich wirklich nichts von Staatsgeschäften, aber so töricht war ich doch nicht, daß ich geglaubt hätte, nach solchen Worten je wieder sein Haus betreten zu dürfen. Wenn

es mir durch den Kopf ging, so ihm wohl auch; und vermutlich hatte es Zeiten gegeben, da er an nichts anderes gedacht hatte, doch auch an seine Ehre. Und so abrupt, wie er die Versuchung beiseite geschoben hatte, würde er auch mich beiseite schieben. Und darum behielt ich meine Gedanken für mich, doch in mir glühten sie wie ein schwelendes Feuer.

10

Meine Rundfahrt mit Menekrates war sehr angenehm. Wir kamen gut miteinander aus, obwohl man mich gewarnt hatte, er sei jemand, der sich nicht füge. Das Theater in Syrakus steckt voll von boshaftem Klatsch. Nachdem ich einige Szenen mit ihm durchgearbeitet hatte, wußte ich, daß er sein Handwerk verstand, und so wählte ich Stücke mit starken zweiten Rollen und hatte das nie zu bereuen.

Auf seinen Vorschlag hin nahmen wir eine moderne Komödie von Alexis in unseren Spielplan auf. Er ist so ein Neuerer, daß Tragöden ihn ebenso spielen können wie Komödianten alten Stils. Er hat sich nicht nur von aller ortsgebundenen Satire und Zänkerei befreit, die ebenso rasch schal wirken wie abgestandener Wein, sondern er hat auch gewagt, die alten, armseligen Phallosscherze abzuschaffen, die allzu abgenutzt waren, um der Göttin Thalia zu gefallen. Alexis hat richtige Männer und Frauen in richtigen Rollen; natürliche Masken für die Jugendlichen und die sympathischen Personen und, zwischen den Scherzen, viel echte Güte für die Menschen. Menekrates sagte, er stelle sich gern vor, daß die Leute nach der Aufführung nicht mehr so leicht bereit seien, ihre Kinder zu verprügeln. Das war ein versteckter Hinweis auf seine eigene Kindheit. Schade, dachte ich, daß er und Dion einander nie verstehen würden.

Wir hatten beide arm begonnen und in jungen Jahren hungrig auf Stroh geschlafen; jetzt freuten wir uns an gutem Essen und sauberen Wirtshäusern. Häufig erging es uns noch besser, denn die Sizilianer sind theatertoll, und Grundbesitzer, deren Land bis an den Horizont reichte, luden uns nicht bloß zum Abendessen, sondern nahmen uns auch bei sich auf. Das Kulissengeschwätz von Athen oder Korinth war alles, was sie dafür verlangten. Wenn man ihnen einen kurzen Abriß von einem Erfolgsstück gab, das wir auf unserer Rundreise noch nicht gespielt hatten, waren sie überglücklich. Und die Bauern wanderten eine ganze Nacht hindurch, um ein Stück zu sehen, wenn die Mühsal ihres Lebens es ihnen erlaubte. In Leontinoi, Tauromenion, Akragas und Gela, selbst in kleinen Orten war das Publikum großartig und verstand alle feinen Andeutungen. Der Himmel war blau, die Obstbäume standen in Blüte, über die Hügel wehte der Duft von Thymian und Salbei; und wir hatten, wie Menekrates vorausgesagt hatte, keine Rivalen. Die führenden Schauspieler von Syrakus fürchteten ihren Rang einzubüßen, wenn sie Rundfahrten auf dem Land unternahmen, und warteten in der Stadt auf bessere Zeiten. Unser dritter Schauspieler und unser Komparse waren weit bessere Leute, als wir sie gefunden hätten, wenn alles leichter gewesen wäre. Wir verdienten schönes Geld und blieben, wo es uns gefiel.

Keiner, dem wir begegneten, glaubte auch nur eine Sekunde lang, daß es mit dem Theater in Syrakus ein Ende haben könnte. Die Leute lachten, zuckten die Achseln und sagten, der junge Dionysios habe schon ein Dutzend solcher Launen hinter sich; bei unserer Heimkehr lerne er sicher die Kithara spielen. Hatten denn nicht alle Sizilianer das Theater im Blut? Da hob sich die Stimmung der Truppe und meine eigene auch. Ich dachte an Dion, der versuchte, die vierzigjährige Last der Tyrannis aus den Angeln zu heben, und da war ich uneinig mit mir selber und wußte nicht, was ich fühlen sollte.

Wir spielten in Heloros, ungefähr zwanzig Meilen südlich von Syrakus, als wir Gerüchte von Räubern in den Bergen hörten. Zu dieser Zeit hatten wir schon eine ganze Menge Silber bei uns, das wir in kleineren Orten verdient hatten, die uns keine Anweisung auf eine Bank geben konnten. Ich zeigte meinen Kamera-

den die Abrechnung, und wir beschlossen, daß ich nach Syrakus fahren und den Überschuß sicher hinterlegen sollte.
Bei dieser Gelegenheit sah ich mich etwas um. Die Theaterschenke mied ich. Es hieß, augenblicklich sei sie nur von alten Männern und verbitterten Versagern bevölkert. So wählte ich eine Weinschenke, wohin die vornehmen Herren Zuflucht nahmen und die einen kühlen, schattigen Hof hatte. Kaum hatte ich mich gesetzt und meinen Wein bestellt, als eine Stimme rief: »Niko! Was machst du hier?«
Es war Speusippos, Platons Neffe.
Er kam an meinen Tisch; wie gewöhnlich war er gut gekleidet und gepflegt. Und doch fiel mir zum erstenmal auf, daß er längst nicht so jung war, wie ich angenommen hatte, sondern gut und gern Ende der Dreißig sein mußte. Die ersten Falten zeigten sich in seinem Gesicht, und der Mund war verkniffen.
Ich bot ihm ein Glas an, das er aber mit dem Hinweis ablehnte, er habe eben schon mit einigen Syrakusanern getrunken. Wie lange er in Syrakus sei, fragte ich. Er sagte, er sei kurz nach Platon in die Stadt gekommen, der ihn darum gebeten hätte, weil er bei seiner Arbeit und für seinen Briefwechsel jemanden brauchte, auf den er sich verlassen konnte.
Speusippos hatte ich immer gern gemocht. Er galt als einer der besten Köpfe der Akademie, war Sachverständiger für Pflanzen und hatte dennoch einen offenen Sinn für Mädchen und Pferde und das Theater und unterhielt sich mühelos mit einfachen Leuten. Unter anderen Umständen hätte ich mich gefreut, ihm zu begegnen, doch war ihm am Gesicht anzusehen, daß er schlechte Nachrichten hatte.
Er erkundigte sich nach unserer Rundreise, aber ich merkte, daß dies die geringste seiner Sorgen war. Und so fragte ich geradeheraus, ob Dionysios gute Fortschritte machte.
Er fuhr sich durch das dunkle Haar, ohne Rücksicht auf die schön gewundenen Locken. »Fortschritte! Du hast ihn doch

wohl gesehen? Die Fortschritte, die ein Knabe bei einem Buch macht, wenn irgend jemand ihm einen Hahnenkampf zeigt.«
Ich sah mich um; immerhin war ich lange genug in Sizilien. Doch er war kein Dummkopf – die Nachbartische waren leer.
»Philistos?« fragte ich.
»Du kennst ihn?«
Das fragte er hastig, als wäre ihm jede noch so kleine Auskunft über einen gefährlichen Feind willkommen. Ich hätte ihn kaum gesehen, sagte ich, aber vor meiner Abreise allerlei über ihn gehört.
»Du wirst noch mehr von ihm hören. Und zumeist Lobendes. Kannst du dir das vorstellen, Niko? Dieser käufliche, gierige, alte Wüstling, der alles getan hat, um die Tyrannis einzuführen! Jetzt nennt man ihn einen klugen Staatsmann, weil er die Stadt nach wie vor in Ketten halten möchte und den Mann, dessen Sklaven die Menschen hier sind, zum Sklaven seiner eigenen Wünsche machen will.«
»Nun«, sagte ich, ein Athener zum anderen, »sie sind ohne Gerechtigkeit aufgewachsen, wie Fledermäuse ohne Licht. Es muß ihren Augen weh tun.«
»Wir alle kommen aus dem Licht, Niko. Die Seele kann sich erinnern oder vergessen.« Trotz seiner Umgänglichkeit konnte er nicht verleugnen, daß er von der Akademie kam.
»Und wie weit reicht bei Dionysios' Seele die Erinnerung?« fragte ich.
Er lachte kurz und antwortete dann ernst: »Genug, um ihm die Augen zu öffnen. Wenn das alles wäre!«
»Er will sich nicht dafür anstrengen«, meinte ich, »und möchte einem anderen die Schuld geben?«
»Du mußt ihn gut kennen.«
»Nein, aber ich habe Schauspieler gekannt, die wie er waren. Doch Platon ist noch in Gunst?«
»Dionysios will nichts davon hören, daß Platon ihn verläßt. Ganz

Griechenland würde es natürlich erfahren und sagen, der Sohn sei den Spuren des Vaters gefolgt. Aber ich glaube nicht, daß es nur das ist.«

»Ich auch nicht. Er liebt ihn also noch immer?«

Speusippos sah mich nicht an. Als Jüngling mußte er sehr anziehend gewesen sein. Vielleicht hatte er einen Anteil an Platons Liebe gehabt. »Du kannst es so nennen; oder du kannst auch sagen, er wäre gern Platons bester Schüler – ohne sich allerdings dafür anstrengen zu müssen. Natürlich gefiele es ihm, auch des Philistos' bester Schüler zu sein. Er hat derzeit schon genug Logik geschluckt, damit etwas hängengeblieben sein dürfte. Er weiß, wenn zwei Voraussetzungen einander ausschließen, dann ...«

»Aber in seinem Herzen spürt er doch«, unterbrach ich ihn, »daß die Logik für ihn eine Ausnahme machen sollte.«

Er stützte das Kinn in die Hand und sah mich an. »Du machst dich über uns lustig.«

»Wer bin ich, daß ich das wagen könnte? Ein Gespenst in einer Maske, eine Stimme von Sinnestäuschungen.«

»Auch du, Niko, auch du!«

Ein kräftiger sizilianischer Sonnenstrahl bohrte sich durch die Reben und ließ die Furchen erkennen, die das Leben in seine Züge gegraben hatte, vertieft durch eine große Müdigkeit.

»Vergib mir«, sagte ich. »Wer die Sorge verhöhnt, wird einsam weinen, heißt es. Falls du mich mißgestimmt findest, so rate ich dir, mit einigen syrakusanischen Schauspielern zu sprechen. Neben ihnen wirke ich wie Honig.«

»Es ist dein Leben«, sagte er müde. »Ich weiß es. Doch irgendwo muß das Messer des Arztes schneiden, sonst stirbt der Kranke.«

»Die Schauspieler sind ja nur wenige unter vielen, das begreife ich. Das aber behalte im Sinn, Speusippos: Während du vorne sitzt und unsere Sinnestäuschungen siehst, sehen wir die Wirklichkeit. Während du vier Personen siehst, sehen wir fünfzehn-

tausend. Zwanzig Jahre lang habe ich für sie gespielt. Da lernt man etwas.«
»Was meinst du?« fragte er rauh. »Daß sie auf das Theater nicht verzichten werden? Oder noch mehr?«
»Nun, beides. Was sagt ihr Akademiker von Platon? Wie sein Lehrer Sokrates will er seine Lehre nicht verkaufen, er will sich sein Publikum wählen. Glaubt er, daß er das hier tun kann? Er muß sich mit dem abfinden, was ist. Ganz wie ein Schauspieler.«
»Platon kennt sich aus mit Staatsgeschäften, er hat immer mit ihnen zu tun gehabt.«
Da ist wieder einer, der ihn liebt, dachte ich.
»Einmal bei den Dionysien«, sagte ich, »stürzte einer im Skeneraum, und man holte den Arzt. Der gute Mann eilte herbei, nahm in seiner Hast die falsche Tür und stand plötzlich neben Medea auf der Bühne. Hat Platon noch nicht erkannt, wo er ist?«
Er seufzte tief. »Ach, Niko, ich glaube, jetzt werde ich doch den Becher nehmen, den du mir angeboten hast.«
Ich winkte dem Wirt. Als wir wieder allein waren, sagte Speusippos: »Was, glaubst du denn, habe ich getan, bevor du kamst? Ich bin den ganzen Tag über in der Stadt, mache Bekanntschaften, gehe zu den Abendgesellschaften der Hetären, spreche mit Badewärtern und Bartscherern, um die Stimmung des Volkes zu erforschen. Das ist das Beste, was ich für Platon tun kann; das und mich vom Palast fernhalten. Der Archont fand, wir seien einander zu nahe; und er gelangte dahin, mich fast ebenso zu hassen wie Dion.«
»Hassen? So weit ist es schon gekommen?«
»Pst!« Der Wein wurde gebracht. Dann: »Bei deinem Leben, Niko, behalte das für dich! Jeder Tag, der es nicht ans Tageslicht bringt, ist ein Gewinn. Bisher sind's nur Winzigkeiten, eine Abkühlung, Nadelstiche. Wenn es aber an die Öffentlichkeit

kommt, was kann Platon tun? Ehre, Wahrheit, die Gefühle der Freundschaft – das ist seine Seele. Er kann nicht gleichgültig sein. Es wäre das Ende dieser großen Sendung.«

»Vor gut zwei Monaten versuchte ich das Dion beizubringen.«

»Es ist schwer«, sagte er langsam, »für jemanden, der die Wahrheit liebt und in einer verderbten Stadt wohnt, nicht unbeugsam zu werden. Er hat zu viel niedriges Geschacher gesehen; und jedes Sichanpassen verletzt seine Redlichkeit.« Er schaute düster in seinen Becher und leerte ihn. Ich hob den Krug aus seinem Bett von Schnee und füllte den Becher nach. »In der Akademie meinen wir, daß die Wahrheit, als das höchste Gut des Menschen, gesucht werden sollte wie eine Freude, sie darf nicht erduldet werden. Aus diesem Glauben kommt alle Philosophie ... Sieh nicht so besorgt drein, Niko, ich werde dich nicht als Gegenbeweis anführen. Ich finde, es ist eine Schande, die Überredung angenehm zu machen. Willst du klares Wasser haben, so zerdrück den Tintenfisch nicht. Platon sagt das immer zu Xenokrates – ein braver Mann, wenn er sich das selber eingestehen würde. Dir gefiel er so sehr, weil er Schauspieler mit Huren verglichen hat. ›Opfere den Grazien‹, sagt Platon. Einmal sagte ich ihm, ich hätte ihnen einen Altar im Garten gebaut. Nun, vor gar nicht langer Zeit hörte ich ihn es wieder sagen. Aber zu einem anderen.«

»Du meinst Dion?« Das Blut kreiste heftig in meinem Herzen. Ich setzte den Becher auf den Tisch. »Der braucht nicht zu opfern. Sein sind die Grazien eines Königs. Wozu brauchte er die eines Höflings? Weißt du, was ich glaube, Speusippos? Wenn es zum offenen Bruch kommt, um so besser! Dann wird er frei sein, seine Rechte zu nehmen.«

Als ich nach Heloros zurückkehrte, scharten sich die Kameraden um mich und wollten Neuigkeiten aus Syrakus hören. Ich erzählte ihnen, ich könne keine große Veränderung merken. Sie zogen lange Gesichter. Ich fragte mich, warum ich vor ihnen Nachrichten geheimhielt, die sie glücklich machen würden. Sie waren doch Kameraden und Freunde. Der dritte Schauspieler, Philanthos, ein vielversprechender junger Mann, der in besseren Zeiten zweite Rollen gespielt hätte, war bei jedem Heiligtum des Dionysos stehengeblieben und hatte irgendein kleines Opfer gebracht.

Ich hatte Dion die Stirn geboten – von einem Streit konnte man in Anbetracht unseres Rangunterschieds kaum sprechen; ich war bereit gewesen, um seinetwillen über Speusippos herzufallen. Wenn Menekrates und die anderen auf seinen baldigen Sturz getrunken hätten, wäre ich zweifellos auch über sie hergefallen, was sie nicht verdienten.

Bei dem Versuch, mich selber zu verstehen, dachte ich daran, wie oft ich vor der Maske irgendeines Heldenkönigs – zum Beispiel des Theseus in *Ödipus auf Kolonos* – gesessen und mich bemüht hatte, mir den Weg in seine Größe zu ertasten. Wie Platon sagte, mußte das Original vorhanden sein, bevor es eine Nachahmung geben konnte. Und kann man die Form hassen, in deren Wesen man einzudringen versucht hat? Doch nachdem ich die Natur meines Problems gefunden hatte, war ich seiner Lösung nicht näher.

Wir hatten noch ein oder zwei Verpflichtungen, und dann kehrten wir noch einmal nach Leontinoi zurück. Nachdem sie uns in der Komödie des Alexis gesehen hatten, boten die Leute dort uns einen Chor an, um bei einem öffentlichen Fest *Hippolytos* zu spielen. Ich gab, wie der Protagonist das immer tut, Phädra und Theseus; Menekrates war ein guter Hippolytos, in der Sterbeszene ergreifend, und wir hatten ein großartiges Haus. Das Fest, das folgte, dauerte bis zum Morgen; je heißer es in Sizilien wird, desto mehr wird die Nacht zum Tage gemacht. Uns allen wurde Gastfreundschaft gewährt. Mein Gastfreund war ein Söldner-

hauptmann des Dionysios im Ruhestand, ein gewisser Rupilius; ein Römer, aber in seinem Benehmen recht wohlerzogen. Als Abfindung hatte man ihm ein Stück Land gegeben.
Am Tag nach diesem Fest war ich um Mittag noch im Bett, beschäftigt mit meinem Frühstück, bestehend aus schneegekühlter Melone und einem hellen, kalten Wein von den Hängen des Ätna, als mein Gastfreund an die Tür pochte. Er bat mich um Verzeihung, daß er mich so früh weckte, und reichte mir einen Brief, der mit einem Boten aus Syrakus gekommen war. Der Mann wartete auf meine Antwort.
Ich stellte meine Schale auf den marmornen Seitentisch und nahm den Brief. Er war mit einem Siegel verschlossen, das ich, da die Läden gegen die Mittagsglut zugezogen waren, nicht erkennen konnte; aber für mich gab es nur einen einzigen Absender. Er braucht mich, dachte ich; er vertraut mir noch immer.
Wäre mein Gastfreund ein Grieche gewesen, hätte er sich im Zimmer zu schaffen gemacht in der Hoffnung, alles über den Brief zu erfahren; die Römer aber sind zu stolz, Neugier zu verraten, und so hatte er sich zurückgezogen. Ich sprang aus dem Bett, öffnete die Läden und stand nackt in der Sonne, um den Brief zu lesen. Das starke Licht blendete mich; es war ein richtiges sizilianisches Fest gewesen. Ich blinzelte und versuchte es nochmals.
»Dionysios, Sohn des Dionysios, an Nikeratos aus Athen. Alle Freude zuvor! Als du die Trauerrede für meinen dahingeschiedenen Vater sprachst, drückten wir den Wunsch aus, dich, sobald die Trauerzeit vorüber wäre, in einer klassischen Tragödie zu sehen. Staatsgeschäfte und unsere Studien verursachten eine Verschiebung. Nachdem diese Unterweisungen jetzt beendet sind und wir Muße haben, wird das Theater der Stadt am neunten Tage des Karneios die *Bakchen* des Euripides spielen, und zwar mit dir als Protagonist. Deine mitwirkenden Schau-

spieler magst du selber wählen. Ein nicht unwürdiger Chor wird bereits eingeübt. Philistos ist der Chorege. Leb wohl!«
Ich las den Brief ein zweites Mal. Im Hof wieherte das ausgewechselte Pferd des Boten, der meine Antwort mitnehmen sollte.
Ich schloß die Läden und warf mich aufs Bett. Der Krug war noch fast voll, und ich langte danach. Doch beim Nachdenken würde es mir nicht helfen, und ich stellte ihn wieder zurück.
Die Syrakusaner benutzen den dorischen Kalender; ich überlegte, welcher Monat der Karneios war. Es mußte der kommende sein, unser Metageitnion. Der neunte war in fünfzehn Tagen, es blieb also nur sehr wenig Zeit für die Proben.
Warum, dachte ich, bin ich bloß nach Sizilien zurückgekommen? Hatte ich in der Heimat nicht meine Arbeit, meine Freunde, mein Leben? Warum mußte unter tausend Schauspielern gerade mich das Los treffen, mit beiden Händen gepackt und entzweigerissen zu werden? Wann hatte ich das unglückbringende Wort gesprochen? Welchen Gott hatte ich gekränkt?
Nicht Dionysos; hier war er, der mich durch seinen sterblichen Namensvetter aufforderte, ihn selbst in einer der größten, dankbarsten Rollen der klassischen Tragödie zu spielen. Ich dachte an den jungen Philanthos, der mit seiner Handvoll Weihrauch oder einem Bündel Trauben vor jedem Altar haltgemacht hatte. Wer sagt, daß die Götter die Opfer der Menschen nicht beachten? Nach einer guten Leistung konnte er sogleich in das zweite Rollenfach eintreten. Und Menekrates würde einen erstklassigen König Pentheus darstellen – sein Hippolytos hatte mir das bewiesen – und für sein Leben ein gemachter Mann sein. Seine Familie würde ihm den Ehrenplatz anbieten, und Theoros würde sich vor ihm erheben.
Dionysos segnet seine gläubigen Diener, das ist wahr.
Lange lag ich da, die Arme unter dem Kopf verschränkt, und

beobachtete einen Gecko auf einem Balken. Schließlich stand ich auf und öffnete den Maskenbehälter. Diesmal hatte ich ihn mitgenommen.
Ich stellte die Maske aufrecht gegen das Kopfkissen und lag davor, nackt in dem ofenheißen sizilianischen Nachmittag, das Kinn in die Hände gestützt. Sie erwiderte meinen Blick; nicht mit leeren Augen wie damals in Athen, sondern geheimnisvoll, delphisch, dunkel. Sie antwortete nicht, sondern fragte nur: »Bist du nicht Nikeratos, der Sohn des Artemidoros? Hast du nicht zu einem Mann, den du liebtest und ehrtest, gesagt: ›Ich wähle lieber den Gott als dich!‹ So wähle mich denn, wenn du mich finden kannst. Der Bote wartet, und das tu auch ich.«
»Phöbos«, erwiderte ich, »man nennt dich den Fernhinblickenden. Du kannst erkennen, was das heißt. Das ist der Triumphgesang des Philistos. Dion ist seiner Macht beraubt. Vor deinem Bild stehend, sage ich, ich würde ihm die Treue nicht brechen. Muß ich jetzt für Philistos singen?«
Die Maske sah feierlich und heilig drein wie in einem Tempel. »Gewiß, Freundschaft ist heilig. Gastfreundschaft vor allem.«
»Du meinst Menekrates. O Herr, ich weiß; ich bin an beide gebunden. Was soll ich tun?«
»Die meisten Menschen überschlagen die Kosten.«
»Das Geld? Das ist nicht weiter von Belang. Wenn ich spiele, werde ich eine schöne Rolle und einen guten Lohn erhalten, und meine Truppe wird mich lieben. Wenn nicht, kann ich nach Athen zurück und sagen, daß ich mich dem Tyrannen verweigert habe. Jeder wird mich bewundern, und irgend jemand wird mir eine wichtige Rolle geben, um meine Festigkeit zu belohnen und weil ein beliebter Protagonist einem Stück zum Sieg verhilft. Irgendein anderer wird bezahlen; Dion oder Menekrates, je nachdem.«
»Wer verliert mehr?«

»Ein jeder verliert etwas, das ihm teuer ist.«
»Bist du ein Gott, um Verlust gegen Verlust zu messen?«
»Apollon«, sagte ich, »wir beginnen, in Stichomythien zu sprechen. Dies ist kein Theaterstück!«
»Das ist wahr. Nun? Verlangst du von mir, ich solle dir bei der Wahl zwischen deinen Freunden helfen? Du sagtest, du würdest mich wählen.«
Er hatte mich besiegt. Ich legte das Gesicht auf die verschränkten Arme, doch nicht, um zu weinen. Das konnte ich später tun. Der Bote wartete noch immer. Schließlich sagte ich: »Ich bin an der Reihe, dich zu fragen, wenn ich ein Gott bin.«
Er antwortete mit der Stimme des Speusippos: »Wir alle kommen aus dem Licht, Niko. Die Seele kann sich erinnern oder vergessen.«
»Dion erinnert sich; das wenigstens behaupten er und Platon. Gerechtigkeit und das ›gute Leben‹.«
»Sie erinnern sich an ihren Anteil.« Ein Sonnenstrahl durch die Läden traf das Kissen neben ihm; das widerspiegelnde Licht veränderte seine Züge. Es war, als lächelte er. »Und du? Woran erinnerst du dich?«
Da erschien vor meinen Augen, just durch diese Augenhöhlen erschaut, das Theater in Phigalia. Ich fühlte auf meinem Kopf die heiße, goldene Perücke, die nach Meidias roch; die Leier in meiner Hand, meine Jugend, die wie Schwingen in mir flatterte, und Worte, die über das leere Schlachtfeld tönten. Laut sagte ich:

»Viele Gesichter haben die Götter,
Und viele Geschicke erfüllen sich,
Um ihren Willen zu üben …«

Weit draußen in den Bergen tönte die Pfeife eines Schäfers. Phigalia war jetzt entschwunden; ich hörte sich entfernende

athenische Flöten, die Sänger verstummten hinter dem Parodos, die Stille blieb im Herzen.
»Nun?« fragte der Gott ungeduldig. »So erinnerst du dich an die Schlußszene der *Bakchen*? Mehr nicht?«
Er wollte zu mir sprechen, und so wartete ich.
»Mir scheint, Nikeratos, daß du, als du unlängst vorne saßest, um das Stück zu sehen, zu dem jungen Mann neben dir etwas gesagt hast. Er achtete nicht darauf, denn nicht wegen seiner Kenntnis des Euripides hattest du ihn gewählt; aber ich habe deine Worte, wie es so geht, gehört. Erinnerst du dich nicht? ›Meiner Ansicht nach, Phrynon, kann man mit Euripides nicht überall hingehen. Manchmal gerät er in Leidenschaft über tote Dinge, den Krieg, die Oligarchen, die Demagogen seiner Zeit oder über den alten Skandal, als die Spartaner die Pythia bestachen; und dann wird er wütend, statt die Rechtsprechung dem Wesen der Dinge zu überlassen, was am Ende die Tragödie ausmacht. Die alten Rechnungen sind beglichen, die Narbe auf dem Stück bleibt wie die Spur eines alten Ziegenstricks an einem lebenden Baum. In den *Troerinnen* hat er sich darüber erhoben; doch mit den *Bakchen* gräbt er tief hinunter in irgendeine geheime Spalte der Seele, wo unser Gram beginnt. Spiel dieses Stück, wo immer du magst, vor Menschen, die noch kommen werden und die andere oder gar keine Götter verehren, und es wird sie lehren, sich selber zu erkennen.‹«
Ein Schweigen folgte. Er wartete noch eine Weile, und dann sagte er mit einer Stimme, kühl wie Wasser: »Leugnest du diese Worte?«
»Nein, o Herr.«
»Leb wohl, Nikeratos«, sagte die Maske, und ihre Augenhöhlen wurden wieder leer. »Das Orakel ist zu Ende.«

11

Gleich nach meiner Rückkehr suchte ich Philistos auf. Er war umgänglich, lebhaft und sachlich, hatte offenbar schon mehrmals als Chorege gewirkt und wußte, was er zu tun hatte. Das Geheimnis meiner Tätigkeit für Dion mußte gut gewahrt geblieben sein, denn die Unterhaltung verlief wie jede Unterhaltung mit einem Mäzen. Er war sehr anständig, wußte, was seinem Rang und meinem Stand gebührte; kein Zweifel, er würde weder nörgeln noch Schwierigkeiten machen oder versuchen, mich meine Arbeit zu lehren. Wäre er ein Fremder in einer fremden Stadt gewesen, so wäre ich zufrieden heimgegangen. So aber dachte ich, wie leicht er es doch gefunden haben mußte, Dions Stellung mit der einzigen Waffe zu untergraben, die Dion fehlte, der Kunst, sich bei nützlichen Männern beliebt zu machen, die ihm keine zwei Strohhalme wert waren.

Die Truppe behandelte mich wie die Frau des ältesten Sohnes, die endlich einen Knaben geboren hat. Während ich die Sache noch überdachte, war die Nachricht von der Ankunft des Boten längst allen bekannt. Menekrates erzählte mir, die beiden anderen seien beinahe auf den Knien vor ihm gerutscht, damit er mir zurede. Doch er, der mich besser kannte, war vernünftiger gewesen. Als ich ihnen sagte, ich würde spielen, da schauten sie drein wie Menschen, die aus den Steinbrüchen befreit worden waren. Ich mußte mit ihnen trinken, sonst wären sie beleidigt gewesen.

Eines machte mir zu schaffen: daß ich zu Dion gehen mußte. Nicht um mich zu entschuldigen, denn ich hatte ihm gegenüber ja mein Wort nicht gebrochen, doch ich wollte ihm sagen, daß

es mir leid tat, ihm, gerade um des Gottes willen, dem ich diente, zuwider zu handeln, und daß ich ihm sonst in jeder Weise dienlich sein wollte. Aber noch nie hatte ich seinen Namen gebraucht, um durch die Tore zu kommen; hatte er irgendeinen Auftrag für mich, so wäre das das letzte gewesen, was ich tun durfte. Natürlich hätte ich mich auf Philistos berufen können, der ebenfalls in Ortygia wohnte, doch ich fürchtete die Spione, die sicher in seiner Nähe waren.
Zwei Nächte und einen Tag plagte ich mich mit dieser Frage herum; dann wurde ich aufgefordert, vor Dionysios zu erscheinen.
Das konnte, wie auch zuvor, meinen Absichten dienlich sein. Ich muß gestehen, daß ich von Neugier erfüllt war. Er war ein Mann, der an einem einzigen Tag drei Masken tragen konnte und von jeder glaubte, sie zeige sein wahres Gesicht – ich wollte die letzte kennenlernen.
Die Wachen an den Toren schienen guter Stimmung. Der römische Offizier erinnerte sich an mich und fragte, ob ich Platon besuchen wolle. Es klang nicht verdrossen, eher wie ein Mann mit einem Knaben scherzt. Als ich ihm den Brief des Dionysios zeigte, benahm er sich sehr beflissen. Wieder bemerkte ich, daß der Gehorsam seiner Leute nichts Sklavisches hatte, daß ihre Rüstungen gut gepflegt waren und daß sie dreinschauten, als hielten sie sich nicht bloß für die besten Krieger der Welt, sondern erwarteten, daß jedermann das wußte.
Ich wurde wie früher gründlich abgetastet, ehe ich weitergehen durfte, aber das Gewand, das der Eunuch mir gab, war schöner als beim letztenmal – mein Ansehen war offenbar gestiegen.
Der Empfangssaal sah ganz anders aus, als ich ihn in Erinnerung hatte. Beinahe alles, was aus der Zeit des alten Mannes stammte, war fortgeräumt worden. Der Zeuxis war verschwunden, die Statuen hoben die Hände wie Redner oder, wenn es weibliche Statuen waren, hielten die Arme vor dem Schoß. Eine Aphrodite

sah ganz eingeschüchtert aus. Doch zum Glück merkte ich, bevor ich anfing zu lachen, daß Dionysios wartete.

Er saß an dem Marmortisch, den nur ein Kran heben konnte, in einem elfenbeinernen Stuhl, den er diesmal vollständig auszufüllen vermochte. Er war nach letzter Syrakusaner Mode gekleidet, allerdings vielleicht etwas zu übertrieben. Sein Haar war mit Kamille gewaschen, gekräuselt und mit Goldstaub bestreut; sein Gewand war über und über mit purpurner Stickerei verziert. Ich überlegte, ob ich nicht seinen Kammerdiener bestechen und mir von dem Stoff die Reste geben lassen sollte; in diesem Gewand hätte man Rhadamanthys spielen können. Dicht vor ihm wurde man fast erschlagen, so stark war der Duft, der ihn umgab wie eine alte Hetäre. Er hatte sich das Gesicht angemalt mit dem Braun von Wettkämpfern und mit Karminrot und die Augen mit Kohle umrandet. Überrascht stellte ich fest, daß er all das Zeug trug, als sei er seit jeher daran gewöhnt, doch dann erinnerte ich mich an die Erzählungen des Menekrates. Natürlich hatte er es weggetan, als Platon kam. Ich war offenbar der einzige Mensch in Syrakus, den das noch überraschen konnte.

Er war liebenswürdig, hatte mir aber nicht viel zu sagen; offenbar wollte er mir durch diesen Empfang lediglich eine Gunst erweisen. Dann aber, als er von früheren Vorstellungen sprach und diesen oder jenen Schauspieler lobte, begriff ich, was er bezweckte: ich sollte verbreiten, daß das Verbot des Theaters aufgehoben war.

Wie mochte Platon diesmal aus Syrakus verjagt worden sein? Ich malte mir die Niedergeschlagenheit der Akademie aus. Unbedingt mußte ich Axiothea irgendein Geschenk mitbringen, um sie aufzuheitern.

»Erst heute«, sagte Dionysios und suchte in der Schale mit Süßigkeiten herum, die zwischen uns stand, »berichtete mir Platon, daß du auf deiner Heimreise in einen Sturm geraten bist. Davon hatte ich nichts gewußt.«

Ich erzählte ihm von dem Schiffbruch, doch meine Gedanken waren woanders. So war Platons Zauber also noch immer wirksam! Wird der Vogel, den er auf seine Hand gepfiffen hatte, für ihn singen oder davonfliegen? Warum aber dann dieses aufreizende Gewand? Doch wußte nicht alle Welt, wie Alkibiades sich aus der Schlinge löste und dann schmeichelnd zu Sokrates zurückkehrte, seine strahlende Anmut als Losungswort benützend?

»Und bei dieser Gelegenheit hast du vermutlich das Bild der Belagerung von Motye verloren, das ich dir gegeben hatte?«

»Leider ja, Herr.« Er sah bekümmert drein wie ein Kind, und so sagte ich, um ihm eine Freude zu machen: »Ein Verlust für mich und für Athen. Doch mehr noch trauerte ich um den kleinen Wagen. Nicht nur des Spenders wegen, sondern weil ich nie eine vergleichbare handwerkliche Arbeit sah.«

Ich hoffte, seine Züge aufleuchten zu sehen wie vorher; doch er blickte nur gnädig auf mich und ließ seinen Kammerdiener kommen.

»Geh in meine alte Werkstatt und hol einen der kleinen Wagen!« Und als der Wagen gebracht worden war, drehte und wendete er ihn zwischen seinen Fingern, deren Nägel noch immer abgekaut waren, und sagte: »Nun, diesen Verlust kann ich wiedergutmachen. Leider lassen die Staatsgeschäfte mir keine Zeit mehr für Spielsachen.« Der Wagen war verstaubt. Ich bekenne, ich war dem Weinen nahe, als er ihn mir überreichte.

Niemand behelligte mich, als ich hinausging, und so machte ich mich auf den Weg zu Dions Haus und dachte daran, was Dionysios über seine Staatsgeschäfte gesagt hatte. Es hatte sehr bedeutungsvoll geklungen. Jetzt, da ich Philistos kannte, vermochte ich mir vorzustellen, wie er dem jungen Menschen schmeichelte; wie ein erfahrener Wagenlenker einen reichen jungen Mann, wird er ihn in dem Glauben lassen, daß er, der Schüler, den Wagen lenkt. Dionysios war just der richtige Mann

dazu. Dion hätte sich nie zu einer solchen Komödie hergegeben; das war nicht seine Art.
Sein Haus, als ich jetzt davorstand, war gepflegt wie immer, keine Spur von Verwahrlosung. Und doch spürte ich eine Veränderung, einen Mangel an Leben. Früher war das Haus offen gewesen, jetzt war es geschlossen.
Ich klopfte an und nannte meinen Namen. Während ich wartete, spähte ein Knabe von sieben oder acht Jahren, ein schönes Kind, um die Ecke. Die Ähnlichkeit war unverkennbar. Bald kam der Diener und meldete, sein Herr sei sehr beschäftigt und könne niemanden empfangen. Kein Wort davon, daß ich zu anderer Zeit wiederkommen sollte.
Mit wundem Herzen ging ich durch Ortygia. Ich hatte geglaubt, er hätte mir vergeben; er selber hatte getan, was er für richtig hielt; es hatte ihm Kummer bereitet, daß es mich verletzte, doch er hatte sich nicht von seinem Vorhaben abbringen lassen. Das konnte ich verstehen, aber ich wäre nie so weit gegangen, meine Tür verschlossen zu halten. Für mich ist das Leben des Menschen ein Baum mit verkrümmten Wurzeln. Für einen politischen Philosophen mußte es gleichsam ein pythagoreischer Lehrsatz sein.
Ein oder zwei Tage später begegnete ich Speusippos auf der Straße. Kaum wagte ich, ihn zu grüßen, doch er kam auf mich zu und lud mich ein, mit ihm einen Becher zu trinken. Und so faßte ich Mut und fragte ihn, ob Dion mir sehr böse sei.
»Böse? Nicht daß ich wüßte. Warum glaubst du das?«
Ich berichtete ihm den Vorfall, und er sagte, die Aufführung sei bisher noch nicht angekündigt worden; ich merkte, daß meine Worte ihn überraschten und daß es für ihn eine Neuigkeit von großer Bedeutung war. Dennoch sprach er freundlich mit mir.
»Du brauchst deswegen keine schlaflosen Nächte zu verbringen. Wenn Dion es weiß, was ich bezweifle, so wird er sich sagen, daß du schließlich von etwas leben mußt. Gib zu, daß er

ein gerechter Mann ist. Du weißt wohl, daß Dionysios aus eigenem Antrieb das Theater geschlossen hat. Weder Platon noch Dion haben ihn dazu gedrängt. Sie sind hier, um anstelle der Tyrannis Gesetze einzuführen. Dionysios aber fand es in der *Republik*. Das war etwas, was er sogleich tun konnte, ohne Schwierigkeiten. Du kennst ihn ja. Wie ein Kind mit neuen Kleidern.«

»Doch Platon hat es geschrieben ...«, sagte ich.

»Ja ... Du weißt, Niko, daß wir in der Akademie darauf abzielen, die Welt mit Staatsmännern zu versorgen. Schon jetzt wenden sich Städte an uns und möchten eine Verfassung. Doch wie bei den Schuhmachern geht es um Maßarbeit. Die *Republik* ist, möchte ich sagen, eine Diskussion von Grundsätzen, nicht ein praktisches Gesetzbuch. Unter uns, ich glaube, daß es bei diesen Stellen vor allem darum ging, unsere Dichter zur Verantwortung aufzurütteln. Heute hat die Hälfte von ihnen die Seelen von Huren: gib mir meine Drachme, und mir ist's gleich, wer meine Seuche erwischt. Platon ist ein Mann, der selbst für eine Goldkrone kein Gran zu dem Gewicht des Übels in der Welt hinzufügen würde. Wenn keiner wie er mehr übrigbleibt, dann werden die Menschen einander zerreißen und von der Erde verschwinden. Und darum hat Dion ihn dir gegenüber verteidigt, genau wie auch ich es tue.«

»Ja, aber wenn es sich nicht um das Stück handelt, warum verschließt Dion dann seine Tür vor mir?«

»Ich bezweifle, daß das dir allein gegolten hat. In der letzten Zeit hat er sich von sehr vielen Menschen zurückgezogen. Er mußte feststellen, daß jedesmal, wenn er versuchte, irgendein Anliegen zu fördern, gerade das Gegenteil eintrat. Dionysios' Art, sich ohne offenen Streit bemerkbar zu machen! Wenn er es vermeiden kann, wird er Platon nicht zwingen, Partei zu ergreifen, denn dann könnte er erfahren, was er gar nicht zu wissen wünscht. Und so versetzt er eben Nadelstiche wie diese. Dion hat erfah-

ren, daß er seinen Freunden nicht nützt, wenn er ihnen zu helfen versucht. Und darum hält er seine Tür verschlossen.«
»Das tut mir leid. Mit mir aber muß er, fürchte ich, wirklich erzürnt sein. Wenn nicht, hätte er mir doch, da er wußte, was ich glaube, einen Brief geschickt.«
Speusippos zog die schwarzen Brauen zusammen und schüttelte den Kopf. »Nein, Niko. So denkst du, weil du selber so handeln würdest. Dion ist stolz. Solange du das nicht weißt, kennst du ihn nicht.«
Ich erinnerte mich an seinen mit Bittschriften und Staatsakten überhäuften Tisch. Wie sollte ein Mann wie er jemanden wie mich um Vergebung bitten, wenn dieser kein vertrauter Diener mehr ist? Dieser Gedanke befreite mich von der Bitterkeit.
In dem Jahr, als mein Vater starb, hatte ich die *Bakchen* zuletzt gesehen. Damals war ich Komparse. Als ich zweiter Schauspieler war, hatte man mir einmal die Rollen meines Vaters angeboten, ich aber hatte sie abgelehnt, vermutlich mehr aus Aberglauben als aus kindlicher Achtung, denn er selbst hätte mich zweifellos für töricht gehalten. Jetzt, als Protagonist, würde ich den Gott spielen und daneben den kurzen Auftritt des Sehers Tiresias. Menekrates als Pentheus und als Königin Agave war eine ausgezeichnete Besetzung.
Es ist ein Drama um ein Mysterium und eigentlich selbst ein Mysterium. Man braucht nur irgendeinen Schauspieler zu fragen, was seiner Ansicht nach Euripides damit gemeint hat, und jeder wird etwas anderes erwidern. Ich selbst habe es etwa siebenmal gespielt und könnte doch noch immer nicht sagen, ich wüßte, was irgend jemand eines Tages daraus machen kann. Vielleicht wurde es überhaupt nur geschrieben, um zu zeigen, daß es keine Götter gibt. In einem allerdings dürften wir einig darüber sein: Der Gott der *Bakchen* hat nicht zu sein wie ein Mensch.

In Syrakus gibt es hervorragende Maskenmacher, und wir nahmen natürlich den besten. Der Dionysos war wundervoll, ein zartes, blondes Gesicht, beinahe weiblich, wie das Stück ihn schildert, doch mit schrägsitzenden, dunkel umrandeten Augen wie bei einem Leoparden. Das schien mir gerade richtig. Menekrates war von der Maske der Agave entzückt, und der Pentheus war fast fertig.

Philistos erschien dann und wann zu den Proben, setzte sich still hin und hörte zu, kam dann hinter die Szene und versicherte uns, daß alles gut liefe, fragte, ob wir mit den Maschinen zufrieden seien, denn es gibt in dem Drama eine ganze Menge Zauberkunststücke wie das Erdheben und dergleichen. Natürlich werden solche Dinge in Syrakus besser gemacht als irgendwo anders auf der Welt, aber ihm lag daran, liebenswürdig zu erscheinen, und er lud die Truppe sogar zum Wein ein. Meine Kollegen ließen sich das nicht zweimal sagen, doch ich für mein Teil gab vor, mir auf der Rundreise eine fiebrige Verdauungsstörung geholt zu haben, worüber in Sizilien allgemein geklagt wird, weil das Wasser vielerorts schlecht ist, und sei noch in ärztlicher Behandlung. Da ihm daran lag, daß die Proben ihren Fortgang nahmen, ließ er meine Entschuldigung gelten. Ich spielte meine Rolle, um dem Gott zu dienen, nicht um Philistos zu schmeicheln.

Während der zweiwöchigen Probenzeit suchte ich gelegentlich kleine Weinschenken in abgelegenen Gassen auf, weil ich erfahren wollte, was das Volk sagte. Auf diese Art, glaube ich, habe ich manches erfahren, was Speusippos entging, denn er sah immer wie ein vornehmer Mann aus, während ich, wenn ich will, wie ein Soldat oder Handwerker wirke, und das nicht nur, weil ich so gekleidet bin, sondern auch so rede und mich bewege. Meistens gab ich mich als ein Skene-Maler aus Korinth aus; dieser Tonfall ist sehr leicht nachzuahmen.

Da ich viel in Ortygia war und hörte, was die Soldaten und die

Diener des Archonten sagten, hatte ich schließlich schon geglaubt, Dion habe keinen einzigen Freund mehr in der Stadt. Jetzt wurde ich eines Besseren belehrt. Das Volk gab einstimmig Platon die Schuld, daß das Theater geschlossen worden war. In den Augen der kleinen Leute war er ein ausländischer Sophist, von dem sie weiter nichts wußten, als daß Dionysios sein Schüler war – genug, ihn zu verdammen. Dion würde so etwas nicht tun, er war ein großer Herr. Als der alte Archont starb und er den jungen Tolpatsch am Zügel hielt, war das, solange es dauerte, eine goldene Zeit gewesen. Die Leute konnten mit ihren Beschwerden vor Gericht gehen; die Steuern wurden merklich herabgesetzt, und die schlimmsten Ausbeuter schickte man in die Steinbrüche. Die Söldner waren angehalten worden, sich in der Stadt anständig zu benehmen und sich nicht wie Eroberer zu gebärden. Und so fort. Jeder hatte sich von Dions Wirken große Dinge für die Stadt versprochen; anscheinend aber, als es zur Entscheidung kam, war er zu sehr der vornehme Mann gewesen.
Sie sprachen von Dion wie von einem Gott, dessen Gedanken zu kennen sie nicht erwarteten. Doch selbst die Götter haben Orakel und Priester, die ihnen Botschaften vom gemeinen Volk weitergeben. Dergleichen hatte Dion nicht. Und in Sizilien schien man das zu erwarten.
Ich teilte Speusippos meine Beobachtungen mit. Er war froh, als er das hörte, denn bei den Angehörigen des Mittelstands, mit denen er Umgang hatte, gewannen die Freunde des Philistos täglich an Boden. Sie griffen Dion nicht direkt an, dafür genoß er zuviel Achtung. Ihre Zielscheibe war Platon. »Zur Zeit unserer Väter«, sagten sie, »sandten die Athener zwei Heere und eine Kriegsflotte aus, um Syrakus zu erobern. Jetzt aber schickt Athen einen einzigen Sophisten mit einer seidenen Zunge. Doch was hat *er* zustande gebracht! Schon ist ihm der Archont ins Netz gegangen, und es wird nicht länger dauern, da wird er Dion die

Macht übergeben, der, wie alle Welt weiß, einst sein Busenfreund gewesen ist.«
Speusippos meinte, daß gebildete Männer, die Platons Werke kannten, nicht so leicht irrezuführen seien; doch selbst sie fingen an zu glauben, was ihnen täglich eingeflüstert würde: daß die Reformen Hals über Kopf eingeführt werden und ein Chaos verursachen würden. Dions sicherste Stütze sei die Aristokratie von Syrakus, jene alten Männer, deren Väter noch den verstorbenen Tyrannen bekämpft hatten. Ihr Aufstand war kurz, aber heftig gewesen. Und die Rache des Dionysios nicht minder. Sie oder ihre Witwen hatten die Blutfehde auf ihre Söhne vererbt, und sie schwelte noch immer.
All das erzählte mir Speusippos und noch vieles mehr, was ich wieder vergaß, denn ich steckte mitten in den Proben zu den *Bakchen*. Immerhin erinnere ich mich, daß er gesagt hatte, es sei die Rede von einer karthagischen Gesandtschaft, die über einen Friedensvertrag verhandeln wollte. In der Zeit des alten Archonten waren diese Gesandten immer von Dion empfangen worden, dessen Wort sie vertrauten. Sie bewunderten die Art, wie er mit ihnen sprach: gebieterisch, wortkarg, streng. Dion war beunruhigt, daß Dionysios die Gespräche selber führen wollte, denn er glaubte nicht, daß der junge Mann dieser Sache gewachsen sei. Im besten Fall würden die Karthager Vorteil aus dem Handel ziehen, im schlimmsten könnte er den Kopf verlieren und sie zum Krieg aufreizen, was ihnen vielleicht ganz gelegen käme, sobald sie seinen Charakter einmal erkannt hätten. Dion tat darum sein möglichstes, den Führer der Gesandtschaft darüber in Unkenntnis zu lassen, daß er selber nicht mehr an der Macht war.
Hoffentlich habe er Erfolg, sagte ich; und in meinem Herzen fragte ich mich, ob er die Aufführung besuchen werde und, wenn mein Spiel gut war, seinen Sinn mir gegenüber ändern und mir seine Tür wieder öffnen würde. Ich fürchtete, es sei kein

Stück für ihn; wahrscheinlich würde er darin nicht mehr sehen als eine populäre Darstellung von Olympiern, die sich schlechter benahmen als Menschen. Doch man kann diese Gottheit nicht mit dem Verstand begreifen; darum handelte es sich vermutlich in dem Stück. Ich mußte spielen, wie ich es fühlte, und alles übrige dem Gott überlassen.

Stratokles, der Chorführer des alten Dionysios, war in der Stadt geblieben, um die Lobeshymnen einzuüben. Er verstand seine Arbeit und nahm auch vom Protagonisten manche Weisungen an, was bei diesem Stück von Wichtigkeit ist. Alles ging so glatt, daß wir beinahe aufatmeten, als der Maskenmacher zu Menekrates sagte, ein Lehrling habe die Maske des Pentheus verdorben, und er glaube nicht, daß sie rechtzeitig fertig werden würde.

»Notfalls kann ich die zweite Maske des Hippolytos tragen«, sagte Menekrates. (Deren gibt es drei: die glückliche, die zornige, die sterbende.)

»Ja, sehr gut«, erwiderte ich.

In Sizilien fangen die Theateraufführungen bei Anbruch der Morgendämmerung an, denn die Hitze des Tages bricht bald herein. Das Theater von Syrakus ist gegen Südwesten gerichtet und in die Hänge der Achradina gebaut. Dahinter geht die Sonne auf. Man beginnt im Zwielicht ihres Schattens, bis die langen Sonnenstrahlen die Bühne treffen.

An jenem Tag war der Himmel wunderbar gefärbt, mit großen Flammenschwingen von dem verborgenen Osten fast bis zum Zenit. Doch als wir mit dem Spiel begannen, waren diese Schwingen noch gefaltet, der Himmel zeigte ein schmales, düsteres Rot, leicht bräunlich bis purpurn. Als wir dieses faszinierende, drohende Licht sahen, das Euripides selbst erfunden haben könnte, da blickten Menekrates und ich uns an, und keiner wagte zu sagen: »Ein glückliches Omen!«

Man löschte die Lampen, mit denen die Zuschauer zu ihren

Plätzen geführt worden waren. Ich zog die Maske herunter, und die Flöten begannen.

Dionysos eröffnet das Stück allein. Ich mache mir gewöhnlich schon vor Beginn etwas zu schaffen, gehe an den Altar der Semele, wo, wie der Dramatiker vorschreibt, das Feuer im Erlöschen ist; dann greife ich nach einer Fackel, die dort liegt, entzünde sie, hebe sie und sehe mich um. So halte ich die ganze Eröffnungsrede, gehe dahin und dorthin, betrachte das königliche Haus, das ich vernichten soll. Der Gott darf nicht wie ein Sterblicher wirken, der Böses im Sinn hat. Er ist neugierig, erkundet die Umgebung – ein stolz einherschreitender Panther aus dem Hochland, der die Mauern der Menschen beschnuppert, sachte umherstreicht, sich seiner Gottheit nicht bewußt ist.

Ich liebe diesen gelassenen Anfang. Dann, wenn ich meine Stimme erhebe, um die phrygischen Mänaden zu rufen, werden die Zuschauer aufgerüttelt, und das ist gut so. Da kommen sie getanzt mit ihren Pfeifen und Trommeln und Zimbeln, zerstören die Stille, die Heimlichkeit. Unter ihnen waren auch junge Satyrn, die einen Fackeltanz tanzten.

Als ich abging, fand ich Menekrates schon im Kostüm mit der Maske des Hippolytos; die neue war nicht gebracht worden. Schade, sagte ich, daß er eine alte tragen müsse. »Mir ist es fast lieber«, erwiderte er. »Mit dieser hier bin ich eingespielt. Ich hatte schon Angst, die andere könnte in letzter Minute noch geliefert werden. Dann hätte ich sie tragen müssen, ohne mehr als einen flüchtigen Blick in den Spiegel werfen zu können. Da kann man sich über sich selbst keine Rechenschaft geben.« Ich war froh, daß er die Sache so leichtnahm, und ging, um mein Kostüm mit dem des Sehers zu vertauschen.

Als ich wieder auftrat, blaute der Himmel. Das Hochland lag in der Sonne, und die feuchte Kälte ließ nach. Das ist gut so, wenn Sterbliche die Plätze von Göttern einnehmen.

Man kann den Tiresias in den Vordergrund spielen, wenn man will; manche Protagonisten tun das. Aber ich würde diese Szene lieber König Kadmos überlassen, dieser alten Windfahne. Er würde auf dem Hügel mit einem Gott oder mit einem Hanswurst tanzen, ohne viel zu fragen, wenn es nur sein Ansehen erhöht. Ich mußte ihm nur die nötigen Stichworte bringen, damit er seine Witze loslassen konnte. Das hilft dem Stück, denn so bigott und steifnackig Pentheus auch ist, man muß seine Redlichkeit betonen. Das ist der Kern der Tragödie.

Tiresias hat die Maske eines blinden Mannes; nur zwischen den Augenlidern sind Schlitze zu sehen. Als ich meinen leeren Blick dem Publikum zuwandte, merkte ich, daß das Stück eingeschlagen hatte.

Menekrates begann seine laute Klage über die Bakchen und ihre Riten. Als sein Stichwort fiel, traf der erste Sonnenstrahl die Bühne. Ein Gott liebt uns heute, dachte ich.

In dieses Licht trat Menekrates, ein großartiger Auftritt mit Komparsen, die ihn unterstützten. Die Goldfransen und Edelsteine seines Gewands blitzten, das Rot glühte. Und er trug seine neue Maske. Sie mußte gekommen sein, als ich mich umzog. Zu einem Zeitpunkt, der jeden Schauspieler aus der Fassung bringen mußte; doch Menekrates war zuverlässig und würde schon nicht den Kopf verlieren.

Dann hörte ich, wie es im Publikum rumorte: ein Summen, ein ärgerliches Murren, dann Gelächter. Gute Masken erzielen ihre besten Wirkungen aus der Ferne. Ich spähte durch meine Schlitze, die kaum Aussicht gewährten: Eine gute Charaktermaske; ein hartes, stolzes Gesicht für einen Feind des Lachens und des fröhlichen Gottes. Was stimmte daran nicht? Und dann sah ich es.

Es war eine Bildmaske, wie man sie in der Komödie benutzt, nur weniger roh. Eine Karikatur, aber eine verfeinerte, eine auf den tragischen Stil abgestimmte. Es war das Gesicht Dions.

Ich stand wie angewurzelt da, während Menekrates seine lange Antrittsrede begann. Jetzt erinnerte ich mich an die Ausflüchte des Maskenmachers. Darum also war sie erst dann geliefert worden, als ich schon auf der Szene war, so daß ich sie nicht sehen konnte. Und wie ein Mann den Speer in seinem Fleisch betrachtet und nicht begreift, was ihm geschieht, bis plötzlich der Schmerz einsetzt, so brach es über mich herein, daß Dion dort unten auf einem der Ehrenplätze sitzen und dies als einen Schlag ins Gesicht empfinden mußte.
Fragte er sich, wieviel Philistos und sein Herr mir bezahlt haben mochten, damit dieser Streich sich lohnte? Hielt er mich für einen Händler mit Trugbildern, eines Dichters Hure, deren Leben in der öffentlichen Darstellung jener Leidenschaften verrinnt, die zu beherrschen der Philosoph lebt? Für einen Schmierenkomödianten, der von Ort zu Ort zieht, ohne Heim noch Bleibe? Solche Männer sind leicht zu kaufen.
Der Magen hob sich mir, und einen Augenblick lang glaubte ich, ich müsse mich auf offener Szene erbrechen. Unterdessen war Menekrates schon in der Hälfte seiner Rede angelangt.

»Man sagt mir, daß ein Fremdling fern von Lydien
Nach Theben sei gekommen ...«

Dionysos, in dessen Maske ich bald auftreten sollte! Ich dachte an jene erste Rede beim Fackellicht, darin ich dem Mann Rache verhieß, der meinen Dienst verbot. Dionysos, der Gott des Theaters! Ein vollendetes Sinnbild – für dies hier!
Wie damals, als ich, ein nacktes Kind, auf einem trojanischen Schild lag, sehnte ich mich nach einem Erdheben, das die Skene verschluckte. Doch das kam später. Ich war ein Gott, und ich würde das Stichwort dafür geben. Ich hätte mich niedersetzen mögen und lachen, lachen, bis mir die Tränen kamen.

»So laßt ihn nur in meine Mauern treten,
Nicht länger wird er seinen Thyrsos schwingen,
Noch schüttelt er sein Haupt ...«

Menekrates trat mit drohenden Gesten vor. Überall war Gift. Was mag er wissen, dachte ich.
Die Maske war zu spät gekommen. Doch man findet immer noch Zeit, einen Blick in den Spiegel zu werfen. Vielleicht wollte er nicht; wollte sich in seiner Auffassung der Rolle nicht beirren lassen. Doch was gilt ihm Dion, dachte ich, daß er deswegen einen mächtigen Gönner beleidigen sollte, nur weil er mein Freund ist? Hatte er es gemerkt, so würde er es nie eingestehen. Wer täte es auch? Er wohnt in Syrakus; was darf ein freier Athener ihm vorwerfen? Und so wird dies zwischen uns sein.
»Das ist dein Werk, Tiresias ...«
Er war auf mich zugetreten. Am Ende seiner Tirade kam mein Stichwort zu einer Rede, die ungefähr doppelt so lang war. Ich konnte mich an keinen einzigen Vers erinnern.

»Brandopfer sind's, nach denen du begehrst,
Weissagung soll man wieder dir bezahlen ...«

Auf all das sollte ich irgendwie antworten. Schon spürte er meine Erstarrung, und seine Kraft schwächte sich ab. Ich gab ihm nichts. Meine Hand hob sich für den gekränkten Seher, und mein Stab stieß auf den Boden.
Ja, Tiresias durfte wohl zornig sein. Ich dachte an den eitlen jungen Narren in Ortygia, der wie ein Buchhalter an dem großen, verruchten Tisch seines Vaters saß, an den schmeichlerischen, vornehm tuenden Philistos, diese alte fette Spinne, die ihr Netz schüttelte. Und an Dion, dort gegenüber, der in der Stunde des Falls das unbeeindruckte Gesicht des Philosophen zur Schau trug – der wahre Mann läßt gleichmütig Freude und

Schmerz über sich ergehen –, von dem Heimatlosen getäuscht, den er an seinen Tisch geladen hat. Bis jetzt hatte es noch keine Zeit für Zorn gegeben.

Man ist geliefert, wenn man auf der Szene die Selbstbeherrschung verliert; und so war ich glücklich, daß ich mich von früh an darin geübt hatte. Wenn man mit neunzehn gelernt hat, Ruhe zu bewahren, obwohl man entdeckt, daß die Innenseite der Maske mit Kot beschmiert worden ist, so wird man das nie vergessen. Der arme Meidias hatte bis zum Ende unserer Rundreise nie versucht, mich aus dem Text zu bringen. Und so griff ich jetzt nach der Waffe, die mir gedient hatte, als ich keine andere besaß. Ich war hier, um den Gott zu ehren, in dem Bezirk, darin ein Mann seines Vaters Mörder Auge in Auge gegenübersteht und dennoch seine Haltung bewahren muß. An diese heiligen Gesetze denkt man selten; man hat es auch nur selten nötig. Doch sie sind das Gerüst. Nur innerhalb dieser Gesetze konnte ich kämpfen. Diese Leute hatten versucht, mir das Stück zu rauben und daraus eine drittklassige Satire zu machen. Und wenn es mich meinen letzten Atemzug kosten sollte, ich würde es mir wieder holen.

Auf das Stichwort hin setzte ich mit meiner Rede ein, lebte von Vers zu Vers. Einmal sah ich die Augen des Menekrates in den Augenlöchern aufblitzen und fragte mich, wieviel ich wohl ausgelassen haben mochte. Zum Glück ist gerade das die langweiligste Stelle im Stück. Ich schüttelte meinen Stab, oder vielmehr ich hob meine Hand, die von selber zitterte. Doch Tiresias ist sehr alt und zornig. Es war eine klägliche Leistung, aber jedenfalls erwärmte Menekrates sich wieder, und ich brachte ihm zur rechten Zeit sein Stichwort.

Ich ging mit dem jungen Philanthos ab, der den Kadmos spielte, und wir waren kaum draußen, als er seine Maske hochschob und mich offenen Mundes fragend anstarrte, aber ich hob die Hand.

»Nein. Erst wollen wir mit dem Stück fertig sein. Und kein Wort zu Menekrates!«
Ich hatte gerade angefangen, mich auszuziehen, als Menekrates in meinen Ankleideraum stürzte. »Was war mit dem Publikum los, Niko? Weißt du, daß du zwanzig Verse ausgelassen und die übrigen mehr oder minder aus dem Stegreif gesprochen hast? Diese Maske hat auch verteufelte Augenlöcher.«
Ich sagte nicht: Vor mir brauchst du keine Komödie zu spielen, mein Freund. Es konnte auch die Wahrheit sein. Selbst mit guten Augenlöchern kann man eigentlich nur geradeaus schauen. Will man seitwärts blicken, muß man den Kopf wenden. Außerhalb seiner Sehweite mochte alles mögliche geschehen, was diese Unruhe auslöste.
»Mein Lieber«, sagte ich, »lassen wir das für später. Es sind politische Dinge. Wir aber wollen bei unserem Handwerk bleiben. Wenn du es herausbekommst, so reg dich nicht auf. Nur das Stück ist wichtig. Sobald ich angezogen bin, werde ich eine Weile mit meiner Maske sitzen bleiben.«
Manche Schauspieler schwören auf diesen Brauch, und bei Wandmalern und Bildhauern ist er sehr beliebt. Ich selber bekomme meine Masken vorher ins Haus, sonst werde ich unangenehm, und betrachte sie dort in aller Ruhe ohne einen andern Zeugen als den Gott. Und doch ist es ein gutes Theaterherkommen, daß ein Schauspieler, der vor seiner Maske sitzt, in Frieden gelassen werden soll. Das gibt einem die Möglichkeit, sich zu sammeln, wenn irgend etwas nicht in Ordnung ist. Ich konnte meinen Helfer an der Tür hören, der flüsternd alle Leute abwies. Die Stimmen der Chorknaben hoben und senkten sich in der Orchestra, je nachdem, ob der Tanz sie näher oder ferner führte. Das Kinn auf die Faust gestützt, saß ich da, betrachtete die Leopardenaugen des milden, blonden Dionysos und dachte an den unsterblichen Jäger und seine Beute.
Ich wurde gerufen. Wachen führten mich vor den zornigen,

tugendhaften Pentheus. Der Gott ist als junger Mann verkleidet, doch alle ahnen irgendwie die Göttlichkeit an ihm, alle bis auf den König. Ihm gibt er sanfte Antworten, spricht dunkel die Wahrheit, lächelt.

Das Publikum hatte sich inzwischen beruhigt; aber ich spürte, daß es nervös war. Jetzt oder nie mußte ich die Zuschauer in den Griff bekommen, denn diese Stelle ist der Angelpunkt des Stücks.

Pentheus klagt den Gott als Gaukler und Marktschreier an, läßt ihm das lange Haar abschneiden – die Perücke ist dafür eingerichtet – und befiehlt ihm, den Thyrsosstab wegzulegen. Er aber steht reglos da.

»Nimm ihn selber«, sagte er in aller Ruhe. »Er gehört dem Dionysos.«

Diesen Vers sprach ich mit all seinem Hintersinn; und Menekrates, verständnisvoller Schauspieler, der er war, ging darauf ein, verstummte sekundenlang, bevor er wütend nach dem Stab griff. Ich wandte mich mit jener Gebärde zum Chor der Mänaden, die besagen soll: ›Es ist vollendet!‹ Die Stille, die darauf folgte, war, wie ich meinte, mit Furcht beladen.

Der Thyrsos ist jener göttliche Wahnsinn, den der Mensch sich erwählen muß. So erfüllt jeder sein Wesen.

Zuerst kam der Gott gütig nach Theben und sagte: »Bringt mir all diese Wildheit in euren Herzen; ich verstehe sie, sie ist mein Königreich. Meine Gabe ist der geringere Wahnsinn, der eure Herzen beruhigen und euch vor den größeren retten wird. Erkennt euch selbst, wie mein Bruder Apollon uns sagt. Ihr braucht mich.« Die Thebanerin antwortet: »Wie kannst du es wagen? Willst du wilde Bestien aus uns machen? Wir haben Gesetze und leben in der Stadt. Du beleidigst uns. Geh fort!« Und darum überfällt sie der Wahnsinn des Gottes ohne seinen Segen, sie laufen in die Berge, wo sie Wölfe in Stücke reißen. Dann kommt Pentheus und sagt: »Du schmutziger Ausländer, du Verführer ehrbarer Frauen, verschone mich mit deinen Kniffen. Ich bin mein eigener Herr; leugne das nicht, sonst werde ich zornig. Ich bin rein. Ich habe keine Ruhe, wenn ich an die Ausschweifungen dieser Weiber in den Wäldern denke. In den Kerker mit dir! Mir aus den Augen! Daß ich nichts mehr von dir höre!«

Aus des Mannes eigener Seele wird der Gott mit der lächelnden Maske die Kraft ziehen, wird Pentheus mit der Hybris des eigenen geheimen Herzens bezaubern. Einmal von diesem süßen Gift trunken, wird Pentheus sich selbst für den einzigen vernünftigen, gerechten Mann in einer verderbten Welt halten. Er hat den kleinen Wahnsinn zurückgewiesen, um den großen zu wählen.

Doch der Gott warnt ihn, wie es die Götter tun, bevor sie zuschlagen. Das kann man ironisch spielen, und so hatte ich es auch auf den Proben getan. Doch jetzt hatte ich plötzlich den Eindruck, der tödliche Schleier müßte gehoben werden, damit der Mann sehen könnte, wenn er wollte. Den Vers »Du kennst dein eignes Leben nicht, noch weißt du, wer du bist« sprach ich leise und doch so, daß es aus der Echo-Kammer widerhallte, und das war ein glücklicher Einfall. Ich erschauerte beinahe selber.

Menekrates begriff und erwiderte mir richtig. Derart unvermittelt den Ton zu wechseln, war viel von ihm verlangt! Doch er schaffte es. Nun, dachte ich, wenn man mit jemandes Maske sitzt, ruft man den Gott. Ich muß nehmen, was er schickt.

Als wir abgingen, schrie und stampfte das Publikum, wie es das stets nach großer Spannung tut; abermals ein Geschenk des Dionysos, möchte ich sagen. Für mich aber gab es diese Erleichterung nicht. Ich setzte meine Maske nicht ab, obgleich mir der Schweiß übers Gesicht rann. Menekrates legte mir die Hand auf die Schulter: »Niko, das war eine wunderbare Interpretation! Das ist echter Euripides! Dessen bin ich gewiß.« Er hat es gemerkt, dachte ich, wenn er es auch vorher nicht gewußt hatte. Ich liebte ihn um seiner Güte willen, konnte aber gerade jetzt niemanden um mich ertragen. Ich sagte nur: »Wir schaffen es!« Und damit ging ich.

Der Chor beklagte seinen anmutigen Führer in Ketten. In meinem Ankleideraum hielt ich es nicht aus. Die Sonne stand jetzt schon hoch, man spürte die Hitze. Ich fragte mich, wo Dion sitzen mochte, und fürchtete doch zugleich nichts so sehr, als daß jemand kommen und es mir sagen könnte.

Nun war es an der Zeit, das Erdbeben zu entfesseln. Ich war so überreizt, daß mir ein Schauer den Rücken hinunterjagte, wie bei einem Seemann, wenn auf hoher See einer pfeift. Mag es also kommen, dachte ich, als ich hinter die Bühne lief zum Schallbrett und einen Lärm toben ließ wie bei einem Weltuntergang. Die Wirkung war fürchterlich; in Syrakus bringt man alles zustande, Donner aus der Ferne oder aus der Nähe, stürzende Säulen, Blitze, die einen beinahe blenden.

Draußen tritt der Gott behend aus dem zerschmetterten Kerker, abermals in Jünglingsgestalt, der die Mänaden ihrer Angst wegen verhöhnt, während hinter ihm der Rauch des künstlichen Feuers aufsteigt. Pentheus tritt wütend auf, sein Gefangener ist frei, sein Dach steht in Flammen, seine Hirten fliehen vor den Mänaden, die tobend über die Berge ziehen. Er hat nichts gelernt. Er verflucht den lächelnden Gott und befiehlt seinem Heer, die Frauen zu holen. Auch dann läßt Dionysos ihm noch eine Warnung zukommen:

> »Kämpfe nicht gegen die Götter; besser wär es zu opfern,
> Wenn du's von mir erbittest, bring ich die Frauen in
> Frieden heim!«

Doch Pentheus weiß es besser. Ein glattzüngiger Lydier soll ihn nicht zum Narren halten. Er ruft nach seiner Rüstung. Er ist wie

eine Maus, die vor der lauernden Katze hin und her läuft. Und nun schlagen die Tatzen zu.
Pentheus hatte seinen Auftritt gehabt. Nun spielt der Gott mit ihm. Doch es ist nicht Dionysos, der selber wie ein grausames Kind das Spiel ersonnen hat. Dazu braucht es zwei. Der Gott ist das, was ist. Wenn wir ihn nicht erkennen wollen, so liefern wir die Ironie, über die sich die Unsterblichen erheitern.
Als die Szene vorüber war, lauschten wir dem großen Chor, der einem immer wieder den Atem stocken läßt – Schönheit vor dem Grauen. Menekrates sagte: »Niko, werden wir die nächste Szene belustigend spielen?«
»Nein. Aber irgend jemand wird sicher lachen. Das muß man auch. Was liegt daran?« Ich hatte mich inzwischen eingespielt und wußte, worauf ich abzielte.
Wir kamen zu der Szene, darin der Gott König Pentheus im Frauenkleid verführt. Nach und nach war ihm der Verstand genommen worden; jetzt, gehorsam wie der Vogel vor der züngelnden Schlange, geht er, wie er glaubt, die Mänaden zu bespitzeln, die ihn in Stücke reißen werden. Dionysos umschleicht ihn wie eine Kammerjungfer, streichelt ihm Haar und Kleid, raubt ihm selbst die Würde des entsetzlichen Todes, während der Wahnsinnige prahlt, seine Kraft könne Berge entwurzeln.
Euripides hat dieses Drama in Mazedonien geschrieben; doch wo immer man die Szene spielt, kann man sicher sein, unter so vielen Tausenden auch Lacher zu finden, um so mehr, wenn die Ermordung auf der Bühne geschieht.
Das ist, dachte ich, als ich mit erhobenem Arm Pentheus aufrief, die Szene, auf die unser Mäzen und sein Gebieter sich so sehr gefreut hatten. Nun, wir werden sehen!
Diese Szene war es, für die man die Maske Dions angefertigt hatte. Ein Hohn wie dieser war eine Kreuzigung, ersonnen, nicht um zu kränken, sondern um zu töten. Selbst in einer Komödie

kann das einen Mann umbringen; ein paar Dutzend kennen ihn, die ganze Stadt aber kennt die Lüge. So war es, wie man sagt, auch mit Sokrates.

Sobald Pentheus auftrat, wurde gepfiffen und gelacht. Bezahlte Lacher lassen sich immer erkennen; sie setzen zu früh ein. Demokratisch gesinnte Zuschauer oder solche, die das Stück hören wollten, zischten sie nieder. Auf all das war ich vorbereitet gewesen. Und nun erwiesen sie mir die Ehre, aufmerksam zuzuhören.

Soviel ich auch von Menekrates gefordert hatte, jetzt gab er mir mehr. Ob er meine Gedanken las – was geschehen kann, wenn der Gott zustimmt –, oder ob er sich selbst eine Antwort auf das gab, was ihm vorgelegt wurde, weiß ich nicht. Wahrscheinlich beides.

Pentheus hatte das Gute zurückgewiesen, das der Gott ihm anbot, und nun empfing er das Böse. Der Gott ist jetzt schlimmer, als der Mensch es je für möglich gehalten hatte; und es ist das Verhängnis des Opfers, ihm zu vertrauen.

Diese Szene kann auf verschiedene Arten gespielt werden. Man kann aus Pentheus einen polternden Tyrannen machen, der seinen eigenen Stolz zur Burleske verdreht, Dionysos aber ist nichts als Geist und Anmut. Man kann die Sympathie dahin oder dorthin lenken. Diesmal bedurfte Menekrates keiner Weisung; er hätte mein Vorhaben nicht besser verwirklichen können, wenn wir wochenlang geprobt hätten. In der vorigen Szene hatte er Pentheus als redlichen Mann gespielt, der nach Ordnung strebt und jene Maßlosigkeit fürchtet, die aus Menschen weniger als Menschen macht. Jetzt zeigte er einen Mann, der besser ist als sein Schicksal, einen König im Zusammenbruch, vernichtet durch eine edle Hybris, durch den Glauben, der Mensch könne so vollkommen sein wie die Götter.

Bei den Proben mit dem Chor hatte ich diese Szene so eingerichtet, daß die Chorleute sich vorwärtsschieben sollten, sobald

ich meinen Arm hob, wie Schweißhunde, wenn der Jäger die Beute freigibt. Es waren kluge Burschen; als ich meine Gebärden steigerte, benahmen sie sich dementsprechend. Ich hörte, wie auf den vorderen Sitzen ein oder zwei Frauen aufschrien. Jedermann fühlte Mitleid mit Pentheus und Abscheu vor dem höhnenden, grausamen Gott. Die bezahlten Lacher trieben natürlich weiter ihre Späße, dafür hatten sie ja ihren Lohn erhalten. Und so, auf dem Höhepunkt der Handlung, als das Rudel gerade sein Opfer umschloß, machte ich noch eine große, weitausgreifende Gebärde, mit der ich auch diese Leute bezwang, als wären sie meine Diener. Es wurde ganz still im Publikum.
»Zu einem großen Wettkampf führe ich den jungen Mann«, sagt Dionysos beim Abgang.
Doch meine schlimmste Prüfung war vorüber. Ich hatte den großen Botenbericht vom Tod des Pentheus dem jungen Philanthos überlassen, um auch ihm eine Gelegenheit zu geben, obgleich dieser Text häufig vom Protagonisten selbst gesprochen wird. Jetzt war ich erleichtert: Pentheus war nicht mehr im Spiel, Menekrates hatte nun die wahnsinnige Königin Agave zu spielen, die den Kopf ihres tollen Sohnes schüttelt. Mochte er sich in Ruhe für diese schwierige Rolle umziehen!
Er spielte die Wiedererkennung; das Publikum stöhnte und weinte. Ich erschien auf dem Platz der Götter, für meine letzte Offenbarung gekleidet, um den Fluch über alle zu sprechen. Und dann war das Stück zu Ende. Der Chor sang seinen berühmten Schlußgesang, die Flöten verstummten, wir traten, die Masken in den Händen, vor und verbeugten uns. Wenn in Syrakus der Beifall geräuschvoll ist, so wird er in der Echo-Kammer noch verstärkt; es dröhnt einem der Kopf, und er tat mir ohnehin schon weh.
Ich legte mich nieder – der Ankleideraum des Protagonisten hat jede Bequemlichkeit – und ließ mich von meinem Helfer abreiben. Er schwatzte, wie diese Leute das so tun, und ich war froh

darüber. In meinem Kopf drehte sich alles. Ich hatte mein Bestes gegeben – für Dion, für den Gott, für meine Ehre; aber man kann den Tod eines Mannes nicht ohne Grauen darstellen, zumal wenn man ihn liebt. Was er selber fühlen mochte – ich wollte nicht daran denken. Ich hatte genug durchgemacht.

Menekrates trat ein, ein Handtuch um die Hüften, und sein dunkler Körper glänzte vor Schweiß. »Niko, wie soll ich es dir erklären? Ein Bote brachte die verwünschte Maske. Was hätte ich tun sollen?«

»Tun? Ich habe in meinem ganzen Leben noch nie eine solche Unterstützung von einem Schauspieler erhalten. Das ist meine Antwort. Hat der Chorege sich gemeldet?«

»Nicht daß ich wüßte.« Er tauchte sein Handtuch in das Becken und rieb sich damit das Haar. »Aber ich habe mich auch nicht darum gekümmert.«

»Er wird uns kaum Kränze winden. Aber so ist eben das Theater.« Während ich sprach, öffnete sich die Tür, und die üblichen Besucher drängten sich herein, Dichter und vornehme Herren und Höflinge und Kaufleute und Knaben mit ihren Gönnern; und dazwischen, schnüffelnd wie Ratten, wenn das Schiff schwankt, Spitzel der Regierung und Spione der verschiedenen Parteien; sie sprachen über die Maske und stellten neugierige Fragen. Menekrates und ich sagten nur: »Vielen Dank! Vielen Dank!« Weiter nichts. Solange wir schwiegen, konnte Menekrates nicht beschuldigt werden. Der Protagonist leitet das Spiel; wie wir es geprobt hatten, brauchte niemand zu wissen. Und der Chorege ließ sich noch immer nicht blicken.

Schließlich verzogen sich alle. Ich war allein, zog meine Alltagskleider an, als jemand an die Tür klopfte. Es war Speusippos.

Es gab nur einen Menschen, den zu sehen ich noch mehr gefürchtet hatte. Speusippos sah müde und elend aus. Ich begrüßte ihn und wartete auf das, was kommen mußte. Er gehörte zu denen, die in ihrem Zorn ganz unnachsichtig werden konnten.

»Niko, ich sah die Besucher fortgehen und hoffte, dich hier zu treffen.« Als er mein verständnisloses Gesicht bemerkte, setzte er höflich hinzu: »Es tut mir leid, daß ich das Stück versäumt habe. Ich war bei Platon. Aber da ich gerade hier vorbeikomme, will ich es dir sagen: Dion ist verbannt worden.«

Niemand auf der Welt dürfte so von sich erfüllt sein wie ein Schauspieler, der eben von der Szene abgeht, aber das kann wahrscheinlich nur ein anderer Schauspieler begreifen.

»Nun«, fuhr Speusippos fort, »es hätte schlimmer kommen können. Er ist nicht tot. Wir werden ihn in Athen wiedersehen.« Er schaute sich um; ich beruhigte ihn, mein Helfer sei fort. »Seine Verbindung zu den Karthagern ist die Ursache. Ich erzählte dir, daß er mit den Gesandten gesprochen hat. Du weißt, er ist der einzige, mit dem zu verhandeln sie gewöhnt sind. Er schrieb ihnen, die er ja alle kannte, und ersuchte sie, ihm ihre Bedingungen zunächst insgeheim mitzuteilen. Irgend jemand spielte ihm einen Streich und gab Dionysios den Brief.«

Ich sagte nichts. Mehr zu wissen war überflüssig.

»Der war natürlich in seiner Eitelkeit tief getroffen, aber das Schlimmste war, daß Philistos ihm einredete, es sei Verrat. Davon wußten wir nichts. Im Gegenteil, Dionysios tat Dion gegenüber sehr freundlich; er versicherte ihm, er bedaure die jüngste Entfremdung, und schlug vor, die Sache bei einem abendlichen Spaziergang unten am Anlegesteg zu besprechen. Alles weitere wissen wir von Dionysios selbst, der, wie du dir vorstellen kannst, sich zu rechtfertigen sucht. Er verbrachte Stunden bei Platon, weinte, legte den Kopf in dessen Schoß … einfach widerwärtig.«

»Aber wo ist Dion?«

»Fort. Auf diesem Spaziergang hat Dionysios anscheinend plötzlich den Brief hervorgezogen und Dion damit konfrontiert.

Dions Erklärungen seien ungenügend gewesen, behauptet er. Nun, die, die er von ihm bekam, sind ihm zweifellos im Hals steckengeblieben. Immer ist es die Wahrheit, die einen ärgert. Jedenfalls war alles von langer Hand vorbereitet: das Schiff vor Anker, das Boot bereit. Es dürfte sich rascher abgespielt haben, als ich es dir erzählen kann. Du kannst dir denken, wie unglücklich Platon war, denn er hatte ja keine Ahnung, welche Befehle erteilt worden waren und ob man Dion nicht mit einem Stein an den Füßen über Bord geworfen hatte. Aber Dion kannte unsere Besorgnisse, und sobald er in Italien war, sandte er uns einen Boten. Er ist in Sicherheit. Doch die Tatsache, Niko – die Tatsache, daß er ...«

Daran zu denken, hatte ich noch keine Zeit gehabt. »Einen Boten? Aus Italien? Seit wann ist er denn fort?«

»Seit gestern. Vor dem Volk hat man es natürlich geheimgehalten. Darum hat man ihn in aller Stille fortgeschafft.«

Sicher redeten wir noch eine Weile. Dann ging er. Ich stand in dem leeren Ankleideraum, hörte die Stimmen der Männer, die draußen die Sitzreihen saubermachten und laut miteinander sprachen. Kein Widerhall von uns war geblieben. Eben noch hatte ich mit dem Gott gerungen, mit zwanzigtausend Zuschauern, mit Dion, mit Philistos, mit meiner eigenen Seele. Dion hatte von alledem nichts gewußt. Daß Philistos nicht gekommen war, hatte andere Gründe: er hatte wichtigere Geschäfte zu erledigen. Ich war wie ein Sandkorn in einer Grube und lauschte den Grillen am Abhang.

Irgend jemand hustete heiser. Ein alter Mann stand auf der Schwelle. Ich glaubte, er wolle den Raum saubermachen, und sagte, ich sei gerade im Gehen. Er blieb verlegen stehen. Ich sah, daß er einen Korb bei sich hatte; wahrscheinlich hatte er Feigen oder Sesamkuchen oder sonst etwas verkauft. Wieder räusperte er sich. »Verzeih, Herr, aber als ich noch Chorknabe war, hörte ich Kallipoides in dieser Rolle. In meiner Jugend war er der Beste, daran ist nicht zu zweifeln. Aber du hast meiner Meinung nach noch mehr hineingelegt.«

Nachdem er fort war, kam Menekrates herbeigeeilt. »Niko, ich habe gewartet, weil ich dachte, dein Freund aus Athen sei noch bei dir. Was ist denn los?«

Beinahe hätte ich angefangen zu lachen. Ich erwiderte:

»›Umsonst des Menschen Hoffnung!
Das Ungedachte bringt der Gott zum Sein,
Wie hier wir sehen.‹

Kümmere dich nicht darum. Ich hatte einen Orakelspruch von Dionysos.«

Menekrates blickte auf die luchsäugige Maske. »Kann's nicht warten, bis wir uns kräftiger fühlen?«

»Nein, mein Lieber, es wartet nicht. Nie einen Gott warten lassen! Er sagte: ›Betrinkt euch!‹«

12

Am nächsten Tag ließ Philistos mich kommen, um mich zu bezahlen. Ich hatte die halbe Nacht wach gelegen und erwogen, was ich ihm sagen sollte. Am liebsten hätte ich mir Wort für Wort aufgeschrieben, was mir durch den Kopf ging, aber am Morgen merkte ich, daß ich alles vergessen konnte. Menekrates war in Syrakus zu Hause, er hatte hier seine Familie. Und Dion brauchte in der Verbannung vielleicht einen unverdächtigen Boten, der hin und her reisen konnte.

Philistos empfing mich in seinem Arbeitszimmer. Sein Tisch war mit Akten überhäuft wie vorher der von Dion. Sein rotes, gedunsenes Gesicht mit den harten kleinen Augen reizte mich zum Erbrechen wie Schweinefleisch bei Seekrankheit. Er begrüßte mich, als hätten wir gemeinsam jemandem einen Streich gespielt. Wie ich wußte, war er nicht bei der Aufführung gewesen, doch er lobte meine Leistung. Er klatschte in die Hände, und sofort erschien sein ägyptischer Buchhalter und brachte einen großen, schweren Ledersack. Ich wartete, daß der Sack geöffnet würde, doch Philistos schob ihn mir einfach zu. Die silberne Kennmarke eines Talents war daran zu sehen. Für die damalige Zeit war es eine unglaubliche Summe. Kein Schauspieler erhielt so viel Geld. Ich schwieg, um gewiß zu sein, daß kein Irrtum vorlag. Nie in meinem Leben war ich so froh gewesen, eine so hohe Bezahlung zu erhalten.

»Ich danke dir«, sagte ich schließlich. »Im Namen meiner Kollegen und in meinem eigenen Namen.«

»Mein lieber Nikeratos«, erwiderte er leichthin, »für deine Truppe ist schon gesorgt. Dies ist nur für dich allein.«

Das ersparte mir die Mühe einer Abrechnung. Ich schob den Sack zurück. »Willst du so gütig sein und dies für mich im Tempel des Dionysos opfern?«
Er lächelte noch immer, doch seine Augen lächelten nicht mit. »Hast du einen Grund dafür?« Er beobachtete mich scharf.
»Ja, ich habe einen Grund. Ich war mit meiner Leistung nicht zufrieden.«
»Alle haben dich hervorragend gefunden.« Das sagte er nicht als Lob, sondern mit höchstem Mißtrauen. Da er vorgegeben hatte, er habe mich gesehen, konnte er das jetzt kaum widerrufen.
»Ich glaube nicht. Die Umstände waren gegen mich. Ihr habt hier ein sehr gut ausgestattetes Theater. Aber ich ziehe es vor, dort zu spielen, wo Dichter und Schauspieler ernstgenommen werden.«
»Was meinst du damit?« Seine Stimme fragte nicht, sie drohte.
»Masken, die eine lebende Person darstellen, eignen sich nur für die Komödie. In einer Tragödie lenken sie die Zuschauer ab. Schauspieler während des Spiels mit solchen Kniffen zu überraschen heißt, sie wie Hanswurste auf dem Jahrmarkt zu behandeln. Wofür ist dieses Geld da? Für meinen Ruf? Vielen Dank, aber dafür ist es nicht genug, fürchte ich.«
Er zwang sich zu lachen und sprach von der Eitelkeit der Schauspieler; er war überzeugt, daß die Sache damit erledigt sei und ich das Geld am Ende doch nehmen würde. Nicht ohne Mühe klärte ich ihn über seinen Irrtum auf und bewunderte, als ich ihn verließ, im stillen meine Selbstsicherheit. Es wäre mir nie in den Sinn gekommen, daß ihm das Eindruck machen könnte, doch beim Abschied merkte ich, daß meine Unerbittlichkeit ihm Respekt abnötigte.
Am liebsten hätte ich die Stadt sofort verlassen. Wie beim Tod des alten Archonten standen die Leute auf der Straße zusammen und tuschelten miteinander. Dann und wann gingen Soldaten

vorüber. Ein hochgewachsener Gallier schaute verächtlich über die Köpfe der Leute hinweg, ein taumelnder Nubier schrie einem anderen etwas zu. Eine Gruppe von Römern marschierte vorbei; selbstgefällig musterten sie die Einwohner und fragten sich offenbar, wann man ihnen endlich den Befehl geben werde, die Straßen zu räumen. Den Söldnern war ihre gute Stimmung anzumerken. Was die Bürger dachten, davon erfuhr man nichts.
Niemand kann weniger Freude daran haben als ich, in einen Bürgerkrieg verwickelt zu werden; und doch hätte ich geglaubt, daß von all diesen Menschen, die ich das Lob von Dions Gerechtigkeit hatte singen hören, wenigstens einer die Hand für ihn heben würde. Doch nein, ich war in Syrakus. Man wartete ab.
So gern ich auch auf der Stelle abgereist wäre, so blieb ich doch, weil ich hören wollte, ob Platon auch die Absicht hatte fortzugehen. Ich wußte, wo er wohnte, im Hause eines Pythagoreers oben auf Achradina; aber es mochte unvorsichtig sein, sich dort sehen zu lassen. So trieb ich mich lieber in den Weinschenken herum und wartete auf Speusippos. Wenn er mich sprechen wollte, würde er mich dort suchen.
Am dritten Tag lernte ich zufällig einen ungemein netten Mann kennen, der mich zu meiner Leistung im Theater beglückwünschte. Wir schwatzten und schwatzten, ein Wort gab das andere, und so wurde es schon hell, als ich am nächsten Morgen in das Haus des Menekrates zurückkehrte. Er begrüßte mich mit der Nachricht, Platon sei ermordet worden.
»Die Soldaten haben das getan«, sagte er ganz heiter. »Jedermann weiß, daß sie nur auf eine passende Gelegenheit gewartet haben. Sie sagten, Dion sei ihr bester Feldherr gewesen, bevor dieser Windbeutel ihm den Kopf verdrehte. Was hast du denn, Niko? Ich glaubte immer, du könntest den Mann nicht ausstehen.«
»Diese Nachricht wird Dion töten«, sagte ich. »Und ich werde sie ihm bringen müssen.«

Das leuchtete Menekrates immerhin ein. Um die Wahrheit zu sagen – ich war selber überrascht über das, was ich empfand. Ich hatte kein Wort von seiner philosophischen Vorlesung verstanden; als ich wußte, wie er über das Theater dachte, hatte ich ihn für gefährlich gehalten. Doch nach und nach hatte er meinen Geist geprägt wie ein großer Schauspieler, neben dem man Komparse gewesen ist. Ich erinnerte mich, wie seine Augen mich gefragt hatten: Was bist du? und daß sie die Antwort zu kennen schienen. Jetzt war er gegangen und die Antwort mit ihm.

Mich überwältigte ein Gefühl der Schuld, weil ich die Nacht bei Vergnügungen zugebracht hatte. Ich wollte von Menekrates wissen, wer es ihm berichtet habe und ob Speusippos am Leben sei. Den Antworten entnahm ich bald, daß er die Nachricht gerüchtweise gehört hatte. Das gab mir ein wenig Hoffnung, denn ich wußte, was in Syrakus alles geklatscht wurde. Und so ging ich zu Platons Haus, um mir Gewißheit zu verschaffen.

Von Trauer war da nichts zu merken. Ich klopfte und fragte nach ihm. Ohne ins Haus zu gehen, erwiderte der Sklave mir sofort, ich würde ihn in Ortygia finden. Er sei dort Gast des Archonten. Er mußte etwas in meinen Zügen gelesen haben, denn hier war ein Haus, wo die Menschen frei sprachen, und so setzte er hinzu, daß seinem Herrn bisher kein Leid widerfahren sei. Darauf könne ich mich verlassen, denn sein Neffe sei oben beim Bücherpacken. Noch bevor ich mich nach ihm erkundigen konnte, kam Speusippos herbeigeeilt. »Niko! Ich habe also richtig gehört, als ich deine Stimme zu erkennen glaubte. Komm doch herein.«

Er führte mich rasch durch den inneren Hof und die Treppe hinauf in Platons Zimmer. Auf dem Boden lagen Bücher und Rollen, und es roch nach Rauch. In der Mitte stand ein Holzkohlenbecken, in dem Speusippos Papiere verbrannt hatte. Ich

hustete und trat ans Fenster. Ein Schauspieler muß auf seine Kehle achten.
»Dich hat ein Gott geschickt«, sagte er. »Gehst du nach Athen zurück?«
»Ja oder nein. Je nachdem, ob du meine Hilfe brauchst.«
Er drückte mir beide Hände, dann wandte er sich ab und wischte sich die Augen.
»Verwünschter Rauch«, sagte er.
Jede kleine Freundlichkeit wird einem Menschen, wenn er überreizt ist, wohltun; doch von Philosophen nimmt man an, daß sie nicht weinen.
»Was ist passiert? Wo ist Platon? In den Steinbrüchen?«
»Da seien die Götter vor! Nein, was du an der Tür gehört hast, stimmt. Er ist Ehrengast des Dionysios – solange es dauert, denn gleichzeitig ist er natürlich auch sein Gefangener. Er hat ihm ein Haus im Park des Palastes gegeben. Wir hatten schon zur Hälfte eingepackt, als eine Abteilung Gallier mit der Einladung erschien … Ich komme gerade von dort. Du müßtest das Haus sehen – voll mit Spielzeug wie der Käfig einer Dohle: Statuen, Bücher, Leierspieler, Sklavenknaben. So als hätte ein Räuber eine keusche Dame entführt und schäme sich, sie zu vergewaltigen; statt dessen legt er ihr seine Beute zu Füßen und bettelt um ein Liebeswort. Es ist zum Lachen. Wie aber wird das enden?«
»Schließlich wird er ihn doch ziehen lassen müssen. Die ganze Welt blickt dorthin, wo Platon ist. Zum mindesten die gebildete Welt. Denk nur an den Skandal. Der zweite Dionysios ist nicht der erste.«
»Weißt du aber, was er möchte? Daß Platon gegen Dion Partei ergreift! Ehe er das tut, wird Platon lieber bis zu seinem Tode in Ortygia aushalten. Und dahin könnte es leicht kommen. Er ist über sechzig, Niko, und das Klima bekommt ihm nicht. Überdies ist Dionysios launisch wie ein Weib. Es braucht nur zu

einem offenen Streit oder einer Kränkung zu kommen, dann werden die Soldaten oder die Anhänger des Philistos schon die Gelegenheit zu nutzen wissen.«
»Das bezweifle ich. Ich habe die beiden zusammen gesehen – der arme Kerl ist verliebt. Und eitel. Er möchte in die Geschichte gern als Platons Lieblingsschüler eingehen und nicht als Platons Mörder.«
Ein Sklave brachte eine Platte mit Wein und Kuchen. Wir befreiten uns von dem rauchenden Kohlenbecken und machten zwei Stühle frei. Wohin man schaute, lagen Bücher. Platon mußte eine kleine Bibliothek mitgebracht haben. Und er hatte, wie ich mich entsann, an Archytas geschrieben, damit er ihm noch weitere Bücher schickte.
Nach dem Essen beschäftigte sich Speusippos mit den Dingen, die er heimschicken wollte. Die Bücher gingen, zu meiner Erleichterung, an Platon. Vor sich hin brummelnd, suchte Speusippos etliche Anmerkungen für einen Vortrag über das Wesen des Weltalls zusammen, den Xenokrates für Platon halten sollte; ferner den Entwurf für ein zukünftiges Buch, das er in Syrakus zu verlieren fürchtete, und ein seltenes Werk des Pythagoras für die Bibliothek der Akademie. Und ganz zuletzt fand er nach langem Suchen noch einen Stoß gepreßter Blumen, die jeweils zwischen einem Bogen Papier lagen. Zuerst glaubte ich, es seien Liebespfänder, doch dann fiel mir ein, daß er Pflanzenforscher war. »Wenn du sie unversehrt in die Akademie bringen kannst, wäre ich dir sehr dankbar. In diesem Jahr ist ein vielversprechender junger Mann aus Stagira zu uns gekommen, der mir bei meiner Sammlung helfen wird. Ihm gib sie bitte, er wird sich darum kümmern. Wenn ich doch bloß auf seinen Namen käme …« Er runzelte die Stirn, dann erinnerte er sich und schrieb mir den Namen auf. Aristoteles. Ich versprach, ihn aufzusuchen.
Nachdem all das erledigt war, ging er erst zur Tür und dann zum

Fenster, bevor er eine kleine Rolle aus seinem Gürtel zog. Leise sagte er: »Das hier ist das Wichtigste. Alles andere kann mit einem Boten geschickt werden. Darum sagte ich, daß ein Gott dich mir gesendet hat.«
Ich nahm es. Ein Name stand nicht darauf.
»Ich sehe, daß du verstehst«, sagte er.
Nun, da ich den Auftrag empfangen hatte, um dessentwillen ich gekommen war, hielt ich mich nicht länger auf, weder in diesem Haus noch in Syrakus. Ich nahm mir die Zeit, meiner Truppe ein Abschiedsfest zu geben und meinem Freund von der Nacht zuvor Lebewohl zu sagen. Ich nenne seinen Namen nicht. Er ist jetzt das Haupt eines sehr alten Hauses, und es war nie meine Art, mich solcher Erfolge zu rühmen.
In der Rolle waren zwei Briefe: der innere für Dion, der äußere für Archytas in Tarent. Ich erwog, wo ich sie am besten verstecken könnte für den Fall, daß ich durchsucht werden sollte. Ich öffnete den Behälter der Maske und sagte: »Apollo, mein Herr, zwei deiner Diener brauchen Hilfe. Wenn du diesen Platon so schätzt, wie alle Welt behauptet, wirst du dich seiner annehmen. Dies hier übergebe ich deiner Hut.«
Kurz bevor das Schiff die Anker lichtete, kamen einige Römer an Bord und durchsuchten das Schiff. Hinter die Maske schauten sie nicht, obgleich sie sie anstarrten. Das Antlitz des Gottes mußte ihnen Ehrfurcht eingeflößt haben. Daraus schloß ich, daß Apollo den Platon wirklich schätzte, und dessen sollte ich gedenken.
Obgleich wir guten Wind nach Tarent hatten, war das Gerücht von Platons Ermordung uns schon vorausgeeilt, und alle Pythagoreer kamen, als sie ein Schiff mit den Farben von Syrakus erblickten, zur Anlegestelle geeilt und erkundigten sich, ob die Geschichte wahr sei. Manche kannten mich, und so fragten sie mich zuerst. In ihrer Erleichterung machten sie so viel Wesens mit mir, als hätte ich selber ihm das Leben gerettet.

Ich wurde unverzüglich zu Archytas geführt. Als guter Gastfreund und echter Philosoph bot er mir zuerst Erfrischungen an, bevor er zu sprechen begann. Er saß reglos wie ein Standbild neben einem seiner Maschinenmodelle, doch ich sah, wie unter dem Gewand seine Zehen zuckten. Ich berichtete ihm alles, was ich von Speusippos gehört hatte, und gab ihm den Brief Platons. Und dann fragte ich, ob Dion hier durchgereist sei und wo er sich jetzt aufhalte.

»Zwei Fragen, mein Freund«, sagte er lächelnd. »Und beide sind leicht zu beantworten. Die erste lautet ja. Die zweite – hier im Nebenzimmer.« Dann sagte er mit soldatischer Würde: »Wohin sonst sollte Dion gehen?«

Ich war überrascht, daß Dion nicht zu uns kam, doch dann erinnerte ich mich, daß er eben erst vernommen hatte, Platon sei nicht tot. Philosophen verstehen einander, wie Schauspieler einander verstehen; natürlich brauchte er Zeit, sich zu sammeln. Als ich durch das Fenster schaute, sah ich ihn im Obstgarten auf und ab gehen. Des Wartens müde, war er herausgekommen, um zu zeigen, daß er bereit war.

Ich fand ihn auf einem Marmorsitz unter einem Pflaumenbaum, den seine Früchte niederdrückten. Unvergessen sind mir noch heute die kalkbestrichene Rinde und der schwere, süßliche Geruch der heruntergefallenen Früchte im hohen Gras, die die Wespen umsummten.

Er hatte in den paar Tagen stark an Gewicht verloren; doch die gute Nachricht hatte seine Sorgen verdrängt, er war ruhig und heiter.

Ich erzählte ihm alles, was ich wußte, und fügte hinzu, meiner Meinung nach sei nicht zu befürchten, daß der Archont je die Ermordung Platons gutheißen würde. Ich glaubte vielmehr, daß er guten Grund hätte, Platon in der Burg unterzubringen, denn von den Truppen drohe ihm Gefahr. »In Ortygia ist jeder verantwortlich. Dionysios mag vielleicht andere Gründe haben. Er ist unaufrichtiger, als er selbst weiß. Aber das könnte immerhin ein Grund sein, glaube ich.«

»Ich wünschte, es stünde mit Platons Gesundheit besser.« Dion verstummte, und der sorgenvolle Ausdruck war wieder in seinen Zügen. Dann sagte er: »Du siehst einen Mann vor dir, Nikeratos, der verbannt wurde, obwohl er keines Verbrechens schuldig ist, herabgestürzt von seiner Höhe wie die Helden, die du darstellst.« Er lächelte leicht. »Als Sokrates den Tod erwartete, soll seine Frau geklagt haben, daß es ein unerträgliches Unrecht sei. Er sagte darauf: ›Wäre es dir lieber, ich hätte den Tod verdient?‹ Doch wenn Platon in Syrakus sterben sollte, werde ich zugeben, daß die Menschen ungerecht gegen mich gewesen sind, die Götter aber nicht ... Ein Mann, wertvoller als Weltreiche, uns beiden und den noch ungeborenen Menschen; und wer weiß, wieviel Weisheit in ihm noch ungekeltert ist. Er ist von allen Fehlurteilen frei – bis auf seinen Glauben an mich. Er hatte Syrakus zwanzig Jahre lang nicht gesehen. Dionysios war damals ein Kind, das auf meinen Schultern ritt. Nur mir zuliebe ist er wieder nach Sizilien gekommen. Ich habe ihn rufen lassen – das ist die Ironie, über die selbst die Götter lachen müssen –, weil ich auf seinen Zauber vertraute, der eine Unterredung schön machen und die Seele ergreifen kann. Ist Ödipus blinder gewesen?«

»Du hast den Sohn nur in des Vaters Schatten gesehen.«

Er schüttelte den Kopf, und dann sah er mich an. »Ist es wahr, Nikeratos, wie man mir berichtete, daß du einer gewissen Maske wegen von Philistos ein Talent Silber nicht angenommen hast?«

»Ja; sie war mir geschickt worden, ohne daß ich davon wußte. Auf der Bühne habe ich sie zum erstenmal gesehen.«

»Es stimmt, wenn man sagt, daß alles, was dem Menschen geschickt wird, auch etwas Gutes hat. Im Unglück kann man auf seine Freunde zählen.« Die Nachricht hatte ihn gerührt. Statt

mir für immer seine Tür zu verschließen, hatte er mir sein Herz geöffnet.
Er erzählte mir, er werde in Athen ein Haus mieten. Sei es aus Höflichkeit oder aus einem Gefühl der Schicklichkeit, oder auch nur, weil er sich sonst nicht getraut hätte, Platon gegenüberzutreten, jedenfalls hatte Dionysios Kleider und Geld in das Boot des Verbannten schaffen lassen, damit Dion nicht wie ein Schiffbrüchiger in Rhegion ankäme. Auch seine persönliche Habe und seine Haussklaven sollten ihm nachgeschickt werden, was ihm erlauben würde, in Athen als vornehmer Mann zu leben. Landbesitz allerdings ließ sich nicht ins Ausland transportieren, und wenn er auf die jährlichen Erträge verzichten mußte, würde er nicht reich sein, jedenfalls nicht für syrakusanische Verhältnisse.
Seine Frau Arete, die Halbschwester des Dionysios, hatte ihm in einem Brief bestätigt, daß sein Geld und seine beweglichen Güter folgen würden; doch es war klar, da er kein Wort davon sagte, daß sie nicht die Absicht hatte, seine Verbannung mit ihm zu teilen. Er sprach von ihr, wie es mir schien, mehr mit Mitleid als mit Sehnsucht. Nach allgemeiner Ansicht war es eine Verbindung aus Staatsgründen gewesen, die sich im Ehebett niemals erwärmt hatte. Ich dachte an sein Arbeitszimmer, das Platons Arbeitszimmer glich, ein Raum, den Männerhände in Ordnung hielten.
»Dionysios wird ihr kein Leid antun«, sagte er. »Aber um meinen Bruder Megakles bin ich in größter Sorge. Er hat sich nie mit Philosophie befaßt; doch er ist ein Ehrenmann, der jede unserer Familie zugefügte Beleidigung rächen würde, und das weiß Philistos sehr genau. Wenn mein Bruder klug ist, hat er Syrakus verlassen, ehe ihn im Dunkeln ein Messer getroffen hat. Und dann ist da noch mein Sohn.«
Ich erwiderte, wenn Dionysios sich gescheut hätte, seinem Vater Gewalt anzutun, werde er sich doch kaum gegen einen

jungen Menschen wenden, der zudem noch sein Verwandter war.

»An eine Gewalttat glaube ich nicht«, erwiderte Dion. »Aber meine Frau wird in ihres Bruders Haus zurückkehren und ihn mitnehmen. Und ich wüßte ihn überall auf Erden lieber als dort. Er ist unruhig, leicht zu beeinflussen, erträgt keinen Tadel. Und er zeigt nicht die geringste Neigung zur Philosophie.«

»Ist er dazu nicht noch zu jung?« Ein Mann von Dions Lebensform und Charakter verlangte vermutlich von seinem Sohn sehr viel.

Er wolle vorerst noch eine Zeitlang in Tarent bleiben, meinte er, um Nachrichten von seinem Bruder abzuwarten und die Gesellschaft seiner Freunde zu genießen. »Ich hatte ganz vergessen«, sagte er, »daß es solchen Frieden überhaupt gibt.« Daher war er sehr erfreut, als ich ihm anbot, für ihn Briefe nach Athen mitzunehmen. Ich konnte am nächsten Tag dort sein; das Schiff, mit dem ich segeln wollte, wurde schon beladen.

Ich besuchte ihn am folgenden Morgen. Er saß am Fenster, das auf den Obstgarten ging, und lauschte dem Chor der Vögel, die mit dem anbrechenden Herbst verspätet und schläfrig sangen. Die Luft roch nach dem Wechsel der Jahreszeit, und unter dem Dach gurrte eine Taube. Er erzählte mir, nach meinem Weggang gestern habe er noch gute Nachrichten erhalten. Sein Bruder Megakles habe sich, als er von seiner Verbannung hörte, bei Freunden der Familie versteckt. In Katana habe er ein Schiff nach Korinth bekommen, wo er gute Freunde besitze. Das Schiff habe kurz in Tarent haltgemacht, sein Bruder sei bei ihm gewesen und habe ihm mitgeteilt, daß es ihm gelungen sei, viel Geld auf die Flucht mitzunehmen. In Athen würden sie sich wiedersehen.

Es war der siebente des Monats, Apollos Tag, und die Tarentiner veranstalteten zu Ehren des Gottes einen Chortanz. Ich hatte gerade noch Zeit, ihn mir anzusehen, bevor das Schiff in See stach. Die Musik war sehr schön, durchweg Saiteninstrumente, denn die Pythagoreer sind der Auffassung, Flöten störten die kosmische Ordnung und beunruhigten die Seele. Junge Burschen, in Weiß gekleidet und mit Lorbeerblättern bekränzt, umkreisten einen Altar aus honigfarbenem Marmor, um den sich ein Gewinde aus vergoldetem Erz schlang. Die Leier antwortete der Kithara, vom Meer her wehte eine leichte Brise. Das letzte, was ich sah, war Dion, der wie ein Held aus Marmor auf den Stufen vor dem Tempeltor stand, gerade und aufrecht zwischen hohen Säulen, die kühle Herbstsonne erhellte seine Züge. Wäre Platon erst wieder frei und in Sicherheit, dünkte mich, könnte auch Dion glücklich sein.

13

Bei meinem ersten Besuch hatte Archytas versprochen, mich zu belohnen, falls ich nützliche Nachrichten aus Syrakus brächte. Mir war das angesichts meiner Sorgen völlig entfallen. Er aber war nicht der Mann, solche Dinge zu vergessen, und er machte mir ein sehr schönes Geschenk, denn nie habe ihm jemand bessere Nachrichten gebracht, wie er sagte. Mit dieser Gabe und den Einnahmen meiner Rundreise war ich zwar nicht so reich, wie ich es nach dem Plan des Philistos gewesen wäre, aber ich war doch recht zufrieden.

Platon blieb den ganzen Winter über in Syrakus.

Manchmal war ich selbst erstaunt, wie sehr mir daran lag, Nachrichten von ihm zu erhalten. Früher wäre es allenfalls um Dions oder vielleicht um Axiotheas willen gewesen. Auch jetzt grollte ich ihm manchmal, entdeckte aber, daß ich mich dann recht kleinlich fand. Seit ich ihn bei dem jungen Dionysios hatte sitzen sehen, den er durchschaute und mit dem er dennoch geduldig war wie ein Schäfer mit einem kranken Lamm, ohne Angst vor den Wölfen ringsum, wußte ich, daß er ein edler Mensch war. Noch haftete der Tag in meinem Gedächtnis, da ich ihm Dions Brief brachte, in dem er gedrängt wurde, nach Syrakus zu kommen. Schauspieler sind eitel, das gilt auch für die besten. Doch man empfindet seine Begabung, mag sie einem auch noch so lieb sein, als eine Last, die man zugunsten anderer Menschen trägt. In ihm war kein Stolz; er wußte. Häufig dachte ich daran.

Megakles, Dions Bruder, wohnte in Korinth, einer Stadt, in der die Syrakusaner sich heimisch fühlen; Dion aber hatte sich einen Landsitz in der Nähe der Akademie, hinter den Olivenhainen, gekauft. Für einen Mann seines Ranges hatte das Haus gerade die richtigen Ausmaße. In Athen hätte das Haus, das er in Syrakus bewohnte, protzig gewirkt. Ein- oder zweimal lud er mich zum Abendessen ein, wenn er Dichter und ihre Freunde zu Gast hatte; zu seinen philosophischen Abenden forderte er mich natürlich nicht auf.

Da Speusippos bei Platon geblieben war, wurde die Akademie von Xenokrates geleitet. Ich wußte, was er von Schauspielern hielt, und blieb daher fern. Wenn Nachrichten von Platon kamen, sandte Axiothea mir eine Botschaft, und ich konnte sie im Olivenhain oder bei irgendeinem Heldengrab an der heiligen Straße treffen. Wir hatten einander liebgewonnen; mochte ihr das ruhige, karge Leben in der Akademie auch gefallen, so hörte sie doch gern, was sonst in der Welt geschah, zumal von jemandem, den sie nicht mißachtete. Sie hatte eine seltsame archaische Schönheit entwickelt; ich habe solche Gesichter in alten Tempeln gesehen. Einer Artemis in Aigina glich sie besonders.

Die Straße von Messena ist so schmal, daß auch im Winter reger Schiffsverkehr herrscht, vorausgesetzt, das Wetter ist nicht zu schlecht. Und so konnten die syrakusanischen Pythagoreer in Verbindung mit ihren Brüdern bleiben. Auch mit Speusippos, der in Ortygia ein- und ausging, blieb die Beziehung bestehen. Kein Zweifel – Dionysios, der immer auf ihn eifersüchtig gewesen war, hätte es gern gesehen, wenn Speusippos die Stadt verlassen hätte.

Zunächst klangen die Nachrichten gut; Dionysios überhäufte Platon mit Ehrungen, bewirtete ihn, unterwarf sich seinen Weisungen. Und es war ihm gelungen, den höchsten Wunsch des Archytas zu erfüllen, indem er zu einem Friedensvertrag mit den Tarentinern riet, der inzwischen bereits unterzeichnet worden war.

Davon waren die Briefe des Archytas voll; Speusippos' Briefe waren erheblich offenherziger. Er gebrauchte aber vorsichtshalber falsche Namen und richtete sie zur Sicherheit an Leute außerhalb der Akademie, manchmal an mich. Nach seiner Rückkehr wollte er die Briefe unbedingt wiederhaben und sie verbrennen, aus Angst, Platon könnte sie zu Gesicht bekommen. Doch diesen einen behielt ich. Er hört sich an, als schwatze jemand über eine vornehme Hetäre:

»Jedermann ist über das Benehmen des jungen Damiskos erstaunt. Als er begann, Heliodora zu umwerben, schwor er, kein Preis wäre ihm zu hoch. [Der Preis bedeutete die Annahme von Platons Ratschlägen.] Jetzt, da er sich zurückgezogen hat, würde man glauben, er werde mehr Stolz haben, als vor ihrer Tür zu verweilen und ihr Blumen zu schicken. Vor ein paar Tagen fragte sie ihn, warum er, wenn er noch immer ihre Freundschaft begehre, nicht bezahle wie ein Mann, da er es sich leisten könne. Und seine Antwort? Seine Freunde hätten ihm erklärt, ihr Preis sei zu hoch; soviel besitze er nicht. Er wollte, daß sie im Preis herunterging. Welch ein Unsinn bei einer Frau von ihrem Ruf und ihrer Begehrtheit! Sie ist großzügig im Umgang mit der Jugend, deren Manieren einer gewissen Glättung bedürfen; doch daß er zugeben sollte, er sei eifersüchtig, ist ebenso verdrießlich wie lächerlich.
Unlängst kam es zu einer stummen, nichtsdestoweniger schmerzlichen Szene. Sie widmete ihrer Musik eine ruhige Stunde, als er bei ihr eindrang und ihr anbot, sie solle seine gesamte Erbschaft verwalten. Das wäre mehr für ihn als für sie ein Vorteil gewesen, denn sie hätte zu seinem Vorteil gewirtschaftet. Doch sie kennt ihn inzwischen zu gut, um gleich begeistert zu sein; und so wartete sie, was noch kommen würde. Ahnst du etwas? Seine Bedingung war, sie solle Dikaios, mit dem sie seit zwanzig Jahren befreundet ist, ihre Tür verschließen und

diesen Esel zu ihrem Günstling machen. Sie benahm sich, wie ich dir, der du sie kennst, nicht erst zu versichern brauche, mit größter Würde. Der andere verzog sich beschämt. Doch diese Torheit regte sie so auf, daß sie sich krank fühlte und an diesem Tag keine Musik mehr machte. Leider befindet sie sich gar nicht wohl, und diese Geschichte hat die Sache nicht besser gemacht.«

Einige Tage später bestätigten sich die in diesem Brief angedeuteten Besorgnisse. Archytas schrieb, Platon sei sehr krank, vielleicht auf den Tod; Dionysios sei darüber so beunruhigt, daß er seine eigene Frau mit der Pflege beauftragt habe.
Doch gerade als es am schlimmsten stand, blieben die Nachrichten fast einen halben Monat lang aus, denn die Winterstürme hatten Tarent von Korkyra abgeschnitten.
Dion hatte in Athen viele Freunde gefunden. Sie besuchten ihn, um ihm ihr Mitgefühl auszudrücken und sich nach den neuesten Nachrichten zu erkundigen; wenn er Gesellschaft bei sich hatte, mochte ich ihn nicht stören. Anfangs freute er sich anscheinend, mich zu sehen; ich war der einzige, der Syrakus kannte und sich fast so gut wie er vorstellen konnte, was dort vorging. Er war zu stolz, vor seinen neuen Bekannten seine Gefühle zu zeigen, wie er sie mir in Tarent gezeigt hatte. Nach einiger Zeit aber verhielt er sich auch mir gegenüber zurückhaltend, und so ließ ich ihn in Frieden und wandte mich an Axiothea, wenn ich Neuigkeiten hören wollte.
Schließlich kam doch ein Schiff durch. Es brachte einen Brief von Archytas, dem ältere Schreiben von Speusippos beilagen. Platon war auf dem Wege der Genesung. Die Frau des Archonten hatte ihn wie eine Tochter gepflegt. Vielleicht war sie damit auch beauftragt worden, um zu verhüten, daß man ihn vergiftete oder ein Kissen auf sein Gesicht drückte.
So machte ich mich erleichtert an die Proben für die Lenäen. Ich

war früh ausgelost worden, und man hatte mir ein neues Stück von Aphareus angeboten: *Atalanta in Kalydon*.
Das Stück gefiel mir. Sowohl Atalanta wie Meleager waren dankbare Rollen. Vor allem die des Meleager war höchst verlockend mit einer prächtigen Szene, da er im Sterben liegt, während seine strenge Mutter Althaia das unheilvolle Scheit verbrennt, an dem sein Leben hängt. Hier hätte ich all die Wirkungen verwenden können, die bei *Orpheus* solchen Eindruck gemacht hatten. Im Grunde erblickte ich in der Atalanta mehr, denn darin war viel Feinheit und Wahrheit, doch das wollte ich nicht eingestehen. In einer weiblichen Hauptrolle würde man meine Leistung an den Leistungen des Theodoros messen.
Er war von dem Mäzen, der als erster an die Reihe kam, mit solchem Eifer ausgewählt worden, daß eine besonders gute Rolle für ihn vorhanden sein mußte. Was für eine, wußte ich nicht, denn neue Stücke sind wohlgehütete Geheimnisse. Obgleich noch jung an Jahren, war er doch auf der Höhe seines Könnens; sollte es, was die Götter verhüten mögen, je dazu kommen, daß Frauen in Tragödien auftreten, so könnte doch meiner Überzeugung nach keine von ihnen rührender und mit mehr Feuer für ihr Geschlecht sprechen als er. Es war also klug, die Rolle des Meleager zu nehmen und das Beste daraus zu machen.
Ich saß mit dem Stück in der Hand in meinem Zimmer und fragte mich, wie ich aus der Sterbeszene am meisten herausholen könnte, als ich in meinem Rücken den Blick zweier Augen spürte. Unwillig drehte ich mich um, obwohl ich nur allzu gut wußte, wer mich ansah. Die Sonne stand im Westen; die Maske war in vollem Licht, streng, strahlend, unerbittlich.
Ich trat hinüber und blickte sie vorwurfsvoll an. Doch der Gott lachte mich in dem Dunkel hinter seinen Augen nur aus. Und so entschloß ich mich für die Rolle der Atalanta, übernahm dazu

noch die Königin Althaia und überließ Anaxis den Meleager. Ich war froh, daß ich ihm etwas anbieten konnte, denn er hatte kürzlich die Hälfte seiner Ersparnisse verloren und war sehr niedergeschlagen (er hatte das Geld in ein Handelsschiff nach dem Schwarzen Meer gesteckt, das untergegangen war). Die Bodenpreise stiegen ständig, und trotz größter Sparsamkeit hatte er das Gut seines Vaters nicht zurückkaufen können. Inzwischen haben die Dinge sich geändert. Er ist wieder im Besitz des Familienguts und hat, seit er sich mit Politik beschäftigt, sogar das Nachbargut dazugekauft.

Die Proben machten mir viel Vergnügen. Als ich eingespielt war, fragte ich mich nicht mehr, was Theodoros machen würde, sondern dachte nur an das, was ich tun wollte. Es war eine Rolle mit viel Licht und viel Schatten; verwickelt, geistvoll, von herber Tragik und mit einem edlen Ende.

Bei der Vorstellung erschienen Theodoros und seine Truppe mit goldenen Kränzen, um zu zeigen, daß sie einen reichen Choregen hatten, und endlich wurde auch der Titel ihres Stücks genannt: *Die verlassene Ariadne*.

Nun, dachte ich, damit kann er nicht fehlgehen, wenn er die Sache richtig anpackt. Der Kranz wird erst die Tränen der Richter trocknen müssen, bevor er ihn aufsetzen darf.

Eine ganze Weile war ich recht niedergeschlagen, doch dann sagte ich mir, von Theodoros besiegt zu werden sei schließlich keine Schande.

Das Wetter am Tag der Aufführung war alles andere als gut: mal war es windig, dann wieder wechselten sich Regen und Sonne ab. Und so ging es den ganzen Tag. Ich glaube nicht, daß das Wetter eines der Stücke besonders begünstigte.

Jetzt, da ich wußte, wer den Kranz erhielt, schlug ich ihn mir aus dem Kopf und spielte zu meinem eigenen Vergnügen und zu dem Vergnügen von Menschen wie Axiothea, deren Urteil ich schätzte. Am Ende waren wir mit der Aufnahme ganz zufrieden, und ich beschloß, Theodoros' Spiel zuzusehen und keine Eifersucht aufkommen zu lassen. Das hindert einen zu lernen, und so einen Schauspieler sieht man schließlich nicht alle Tage. Allein ihn nur über die Bühne gehen zu sehen war ein Entzücken.

Das Stück war ganz offenbar für ihn geschrieben worden. Der Dichter hatte das Richtige getroffen und verlangte nichts anderes von ihm, als sich selbst zu spielen. Jede Wirkung, mit der er je ein Theater zu Tränen gerührt hatte, war hier für die arme Ariadne zu finden. Man hätte glauben können, er wäre ein Gaukler, der für seinen Akt fünf Bälle und einen Stuhl benötigte, nicht aber ein Künstler, der einen Ansporn brauchte. Er tat sein Bestes, um alles frisch und unmittelbar zu bringen, und doch war es, als würzte man verdorbenen Fisch. Immerhin war es so köstlich, ihn zu hören, daß ich überzeugt war, er müsse gesiegt haben; bis der Herold verkündete, ich sei der Sieger.

Ich hatte schon meine Kleider gewechselt und mußte jetzt wieder in mein Kostüm schlüpfen, mich bekränzen lassen und meine Verbeugung machen. Kaum war ich wieder im Ankleideraum, als eine Stimme hinter mir rief: »Mein Lieber! Großartig! Zu schade, daß ich das Ende nicht hören konnte, aber ich mußte mich umziehen.«

Es war Theodoros. Wir waren einander ein- oder zweimal bei Gesellschaften begegnet, aber er war immer von Leuten umringt gewesen. Er packte mich bei den Schultern und küßte mich auf beide Wangen. Keiner in der ganzen Theaterwelt hatte je ein schlechtes Wort über Theodoros gesagt, und jetzt begriff ich, warum.

»Ich saß da«, fuhr er fort, »und haßte dich förmlich wegen dieser wunderbaren Rolle, mit der du so glänzend umzugehen wußtest. Aber wie alle anderen mußte ich mich besiegt geben.«

Soweit kannte ich ihn, um mich von diesen Worten geehrt zu fühlen. Sein Verhalten konnte eisig sein; er ließ sich keinen

Unsinn gefallen, weder von dem reichsten Mäzen noch von Königen. Er fühlte sich ihnen ebenbürtig.
»Darf ich zu deinem Fest kommen? Eine verheiratete Frau, mein Lieber, wenn auch verlassen. Ein Mädchen vom Land braucht unter all diesen schrecklichen Männern einen Schutz.«
So begann unsere Freundschaft, die bis zu seinem Tode dauerte. Nur einen Schatten gab es an jenem Tage, einen jener unglücklichen Zufälle. Dion nahm in Athen an allen heiligen Festen teil, auch an dem des Dionysos, und hätte es für unhöflich gehalten, die Gebräuche seiner Gastfreunde zu verletzen. Doch keinen Augenblick lang hatte ich damit gerechnet, er werde hinter die Szene kommen. Und doch tat er das. Das Stück hatte weder seine Moral noch seine Frömmigkeit beleidigt, und anscheinend hatte meine Darstellung der Althaia ihm Eindruck gemacht, wenn sie ihre Rache bereut, nachdem sie den Sohn umgebracht hat. Wie dem auch sei, er wollte mich begrüßen; doch als er sich dazu entschloß, waren die anderen Besucher schon gegangen, und es waren nur noch Schauspieler und Hetären und alte Freunde im Raum. Und Theodoros, dem seine eigene Rolle mißfallen hatte, machte eine Parodie daraus: er kniete auf einem Tisch, der das Ufer von Naxos darstellen sollte, und deklamierte einen erfundenen Text. Als Dion auf der Türschwelle erschien, wurde es im Skeneraum still wie in einer Schule, wenn der Schulleiter eintritt. So entrüstet Dion auch gewesen sein mußte, verließ ihn doch nicht seine Höflichkeit, und er sagte, was zu sagen war. Sekundenlang aber trafen sich unsere Blicke, und ich las in seinen Augen die Frage: Wie kannst du dieses Leben nur ertragen?, während meine Augen ihn baten: Versuche zu begreifen. Doch die Sache war nur halb so schlimm, und er vergab mir bald und begrüßte mich wie früher.
Von den Lenäen bis zu den Dionysien scheint die Zeit nie sehr lang zu sein. Ich hatte eine gute Rolle, diesmal aber auch Theodoros, und er siegte, und das mit Recht. Ohne ihn hätte ich

übrigens leicht auch gegen Philemon verlieren können. Aber ich war gut aufgenommen worden; ich war ja jetzt ein erster Schauspieler, um den die Choregen sich rissen, und war mit meiner Stellung sehr zufrieden. Bald darauf erhielt ich einen Brief von Dion, in dem er sich lobend über meine Leistung äußerte. Und dann fügte er hinzu: »Du teilst gewiß unsere Freude über die Nachricht von Platons Rückkehr. Er ist bereits in Tarent und segelt mit dem ersten günstigen Wind nach Athen.«

14

Nicht das günstige Segelwetter im Frühjahr war es, was Dionysios veranlaßte, sich von Platon zu trennen. Der Grund war der Krieg.

Dion, der die Karthager kannte, hatte alles getan, um seinen Sturz vor ihnen geheimzuhalten; doch als sie erfuhren, er sei verbannt, sagten sie sich, er könne ihnen also weder schaden noch nützen. Ihre Gesandten verhandelten mit Dionysios und mit Philistos; letzterem mißtrauten sie, ersteren verachteten sie. Den ganzen Winter über bereiteten sie den Krieg vor; und im Frühjahr griffen sie an.

Später erzählte Speusippos mir die Geschichte dieser Wintermonate. Ganz Syrakus bemerkte, daß Platons Krankheit dem Archonten anscheinend näher ging als das Sterben seines eigenen Vaters. Doch kaum war die Gefahr vorüber und Platon wieder auf den Beinen, ging es mit den Szenen von neuem los. Und immer war es derselbe Wunsch, der Erste unter Platons Freunden zu sein. Speusippos sagte, es sei wie in der Schule gewesen, wenn ein Knabe in einen anderen verliebt ist, gab aber doch zu, daß Dionysios wirklich litt.

Ein minderwertiger Charakter hätte ihm geschmeichelt; ein Mann von einigem geistigem Rang hätte ihm rasch alle Hoffnung genommen. Doch für Platon, der daran gewöhnt war, daß junge Männer ihn liebten, war dies der erste Schritt zur Philosophie. Er hätte es für schmählich gehalten, diese Liebe bloß seines eigenen Seelenfriedens wegen zurückzuweisen. Geduldig und selbstlos benutzte er seinen Zauber, der bei Dion noch nach zwanzig Jahren unvergessen war, um seinen Kerkermeister zum Gefangenen zu machen. Speusippos meinte, es sei wie ein Zwiegespräch zwischen Vogel und Fisch gewesen, jeder habe aus einem Element gerufen, darin der andere nicht leben konnte. Für den einen war die Krone der Liebe Vollkommenheit, für den anderen Besitz.

»Sein Vater trägt daran starke Schuld«, sagte ich. »Solange er lebte, war dem armen Teufel nicht eine einzige Stunde Selbstachtung vergönnt. Und jetzt kommt er wie ein Verhungernder zu einem eleganten Symposion und greift ohne Manieren zu. Man kann es seiner Armseligkeit zuschreiben.«

»Ich glaube nicht«, erwiderte Speusippos ungeduldig, »daß er in seiner Jugend auch nur halb soviel durchgemacht hat wie Platon. Der Krieg, die Belagerung, der Tod von Freunden, sei es in der Schlacht oder durch die Hand anderer Freunde; seine Verwandten als Tyrannen getötet und bis zum heutigen Tage verabscheut – und dann Sokrates, den er von allen Menschen am meisten liebte und ehrte, auf legale Art gemordet! Doch wie dem auch sei – ein Mann, der jammert, weckt alles Mitleid. Jedenfalls sagte er dem Dionysios immer wieder, der Weg zu seiner Achtung führe über die Philosophie. Und Dionysios erwiderte beständig, erst müsse Dion verschwinden, denn wie sollte er sonst wissen, daß er zu seinem eigenen Vorteil beraten werde? Die Parteigänger des Philistos hatten ihn gewarnt, man wolle den Weg für Dions Machtergreifung frei machen. Er verlangte einen Beweis für Platons Redlichkeit.«

Das erregte sogar mich. »Beim Hund! Und wie hat Platon so eine Beleidigung geschluckt?«

»Nur Männer können einen beleidigen. Man schlägt kein winselndes Kind, weil es einen an den Kleidern zerrt.«

»Vielleicht«, sagte ich. »Aber manchmal weiß er genau, was er tut.«

»Sehr richtig. Deshalb hat Platon auch die ganze Zeit gekämpft.

In seiner Seele aber ist Dionysios ein Kind, vielmehr ein Stiefkind.«

Selbst als im Frühjahr der Krieg begann, war der Archont nicht gewillt, Platon ziehen zu lassen. Speusippos war verzweifelt gewesen; denn Dionysios mußte mit ins Feld ziehen. Und allein in Ortygia, inmitten seiner Feinde, hätte Platon bestenfalls eine Woche zu leben gehabt. Das wußte er, blieb aber stark und legte Wert darauf, keine Furcht merken zu lassen. Doch er machte seine lange Abwesenheit von der Akademie und sein Bedürfnis nach einem Klimawechsel geltend, und schließlich brachte er Dionysios dazu, in die Trennung einzuwilligen. Dieser nahm ihm jedoch das Versprechen ab, für den Fall, daß Dion aus der Verbannung zurückgerufen würde, müsse auch Platon nach Syrakus zurückkehren. So, um des Freundes willen, sehenden Auges, setzte er zum drittenmal sein Leben aufs Spiel.

Am Ende hatte man ihn und Speusippos reich beschenkt und mit allen Zeichen größter Ehrerbietung ziehen lassen. Wenn Platon gewollt hätte, hätte man ihm ein Vermögen in sizilianischem Gold mitgegeben, für ihn selber oder für die Akademie, die zu unterstützen für Dionysios das größte Glück gewesen wäre. Doch solche Gaben wurden nur von jenen angenommen, die den Lehren der Akademie entsprechend lebten. Ehe er Außenseitern Macht und Einfluß zugestand, hätte Platon lieber auf den Straßen gelehrt wie vor ihm Sokrates. Nichtsdestoweniger war eines klar: Während er den alten Dionysios verlassen hatte als einer, dem schweres Unrecht zugefügt worden war – und für den er allenfalls Rachegefühle hätte empfinden können, wäre er darüber nicht erhaben gewesen –, war Platon an den Sohn durch die heiligen Bande der Gastfreundschaft gebunden, und ich fragte mich, wohin das einmal führen mochte.

Nach meiner Heimkehr sah ich Platon bei einem Konzert im Odeion. Er ging gebeugt, sah blaß aus und hatte an Gewicht verloren, seine einstmals breiten Schultern waren schmal geworden, und das Gesicht zeigte, vor allem zu beiden Seiten des Mundes, tiefe Furchen. Doch wie schön war der Kopf! Die Magerkeit ließ den Körper besser hervortreten. Hagnon sagte, er würde ihn gern malen, obgleich Platon ein besseres Modell für einen Bildhauer wäre.

Eigentlich hatte ich in diesem Jahr eine Rundreise machen wollen, doch es gab so viele Verpflichtungen, daß ich vollauf beschäftigt war. Ich spielte in Ephesos und Milet, und von dort rief man mich nach Pergamon. Und in Delphi, bei den pythischen Spielen, errang ich, durch Apollos Gunst, den Kranz. Als ich den Kopf beugte, um ihn zu empfangen, hörte ich hoch über den Phaidriaden den Schrei eines Adlers, vielleicht desselben Adlers, der geschrien hatte, als ich damals am Kran baumelte.

Das war meine letzte Reise mit Anaxis. Wir kamen noch immer gut miteinander aus, aber er setzte seine ganze Hoffnung auf eine politische Laufbahn, und da er von der Schauspielerei enttäuscht war, versuchte ich nicht, ihm abzuraten. Ich ließ es sogar zu, daß er politische Reden an mir erprobte, so wie man das in den Rhetorenschulen tut, wo ganz offen gelehrt wird, wie man es machen muß, damit die schlechte Sache sich anhört wie die gute.

Ist ein Schauspieler einmal bekannt, so muß er viel umherreisen; doch Dion unternahm in den nächsten Jahren mindestens ebenso viele Reisen wie ich. Man sah ihn bei allen wichtigen Festspielen: in Olympia, in Delphi, in Epidauros, in Delos. Immer waren Menschen um ihn, immer war er der hochgeehrte Gast irgendeiner bedeutenden Persönlichkeit. Aus diesem oder jenem Grund war er gleichsam jedermanns Held. Die meisten Tyrannen beginnen ihre Machtergreifung damit, daß sie die Aristokratie morden; und so sind die konservativ gesinnten Kräfte ebenso tyrannenfeindlich wie die Anhänger der Demokratie, und darum war Dion geradezu der Inbegriff alles dessen, was sie verehrten. Seine politischen Ziele waren gemäßigt gewesen, seine Hände sauber, er hatte sich niemals so weit erniedrigt, Spione oder gedungene Mörder zu verwenden, noch hatte er den Pöbel zum Aufstand gereizt. Alle Bürger von Hellas priesen seine Tugenden. Selbst die Spartaner, Verbündete des Dionysios, gewährten ihm das Bürgerrecht ihrer Stadt, um seiner Achtung vor dem Gesetz und um der heiligen Bande der Verwandtschaft willen. Und dennoch war er bei allen Anhängern der Demokratie beliebt, weil er sich einem Tyrannen widersetzt und die Verbannung auf sich genommen hatte. Man konnte nirgends fehlgehen, wenn man Dions Lob sang. Beinahe schämte ich mich mit der Zeit ein bißchen, es zu tun.

Er trug den Ruhm ebenso edel wie das Mißgeschick. Philosophen widmeten ihm ihre bedeutendsten Werke, Dichter machten ihn zum Helden ihrer Oden. Sein vornehmes Auftreten, sein bitteres Schicksal, das er mit Adel ertrug, sein Reichtum – denn die Erträge aus seinen Besitztümern (nach attischen Maßstäben riesige Summen) wurden ihm Jahr für Jahr überwiesen –, seine Verbindung mit der Akademie, das alles hob das Ansehen des philosophischen Lebens. Da er für sich selbst sparsam war, konnte er für andere eine offene Hand haben, und zudem war er ein großzügiger Gönner der Künste.

Es dürfte im zweiten Jahr seiner Verbannung gewesen sein, als Platon bei den Dionysien ein Chorlied zum Vortrag bringen ließ, für das Dion zum Zeichen seines Dankes für die athenische Gastfreundschaft die Kosten trug. Die Kostüme waren prachtvoll, grün mit goldenen Reben bestickt und einem goldenen Weinlaubkranz für den Flötisten. Es war eine Art dorische Musik, denn Platon und Dion waren, wie alle Pythagoreer, der Meinung, lydische Musik sei zu gefühlvoll. Die gute Haltung, mit der sie den Beifall des Publikums teilten, wurde viel bewundert.

Auch für mich war es eine erfolgreiche Festzeit. Ich spielte die Hauptrolle in einer Neueinstudierung des *Chrysippos* von Euri-

pides, jenes Stücks, das er geschrieben haben soll, als er den Agathon umwarb. Daneben spielte ich noch Laios, den Liebhaber des Chrysippos, und die böse Stiefmutter. Ich gewann den Preis, den ersten, den ich bei diesem größeren Fest errang. Der Chorege lud zu einem prunkvollen Mahl. Ich vermaß mich nicht, Dion aufzufordern, da seine Freunde jetzt durchweg vornehme Leute waren, doch er kam mit Speusippos. Die beiden waren viel zusammen; Axiothea vertraute mir an, daß Platon diese Freundschaft sehr begünstigte, denn er glaubte, sie würde jene stolze Scheu lockern, die häufig bewirkte, daß Dion mißverstanden wurde. Wenn er sich loben hörte, war er um eine Antwort verlegen, und so hielten ihn die Leute leicht für kalt. Jetzt aber wirkte er gelockerter, lächelte häufiger und blieb auch bei diesem Fest länger, als ich erwartet hätte. Es liegt daran, dachte ich, daß er in seiner Seele zum Athener geworden ist. Letzten Endes hatte der junge Dionysios ihm sogar einen Gefallen getan. Die Verbannung bekam ihm gut.
Von Sizilien hörte man wenig; nur selten fuhren Schauspieler hinüber, denn der Krieg dauerte noch immer an. Ich hatte nicht den Eindruck, daß die eine oder die andere Seite vom Erfolg begünstigt war. Die Griechen verloren keine wichtigeren Städte, was sie wohl Philistos zu verdanken hatten; er war zwar ein schlechter Mensch und wurde alt, aber er verstand sich auf das Kriegshandwerk.
Es waren gute Jahre für mich. Ich konnte die Rollen spielen, die mir gefielen. Ich hatte hart gearbeitet und dürftig gelebt, um das zu erreichen. Aber ich lebte nicht nur für meine Arbeit.
Ich hatte unmittelbar vor der Stadt, in der Nähe des Kephissos, ein schönes Haus gekauft, nicht zu elegant, in Reichweite von Freunden, aber abseits von Nichtstuern. Der Garten erstreckte sich bis zum Fluß, auf den Weiden sangen die Vögel, und nachts konnte man das Rauschen des Wassers hören. Zwischen den Häusern lagen Obst- und Weingärten, und die Straße war so still,

daß die Spaziergänger sich noch einmal umdrehten. Bei Sonnenaufgang, wenn ich mein Stimmtraining machte, blieb häufig jemand stehen. Eines Tages, als ich innerhalb meiner Übungen gerade wechselte, merkte ich, daß ich ein Echo hatte. Ich machte ruhig weiter und endete mit einer längeren Rede; dann aber schlüpfte ich rasch durch die Hintertür. An der Mauer, wo die Biegung ihn von meinem Fenster aus unsichtbar gemacht hatte, stand ein junger Mann und wiederholte leise meine letzte Rezitation, um sie frisch im Gedächtnis zu behalten. Er hatte jedes Steigen, jedes Fallen des Tons erfaßt, jede Schwingung.

Als ich mich räusperte, fuhr er auf und erblaßte. Ich beruhigte ihn, so gut ich konnte, und ließ ihn eintreten. Er war ein kräftiger Bursche mit hohen Backenknochen und grauen Augen und dem braunen Haar des Nordens. Obgleich kaum über die Flegeljahre hinaus, wußte er doch sich zu benehmen und hielt den Kopf hoch. Ich forderte ihn auf, das Frühstück mit mir zu teilen, das mein Diener eben hereinbrachte, und fragte ihn, seit wann er den Wunsch habe, Schauspieler zu werden. Er wurde rot und antwortete: »Seit ich zum erstenmal ein Theaterstück gesehen habe.« Seinen Namen wollte er mir nicht nennen; kein Athener könne den aussprechen. »Man nennt mich Thettalos.«

»Schön«, sagte ich. »Du sprichst ein tadelloses Attisch, und das ist nur gut, wenn du Schauspieler werden willst. Wann bist du aus Thessalien gekommen?«

»Mein Vater stammt von dort«, erwiderte er. »Ich bin schon hier geboren, und seit letztem Jahr sind wir Bürger.« Doch als Metöke hatte er bei den heiligen Festspielen natürlich nicht in den Chor gewählt werden können, und so war er mit achtzehn noch ganz ohne Erfahrung und hatte sich alles, was er wußte, nur durchs Zuschauen angeeignet oder so, wie heute, durchs Zuhören. Von seinem Vater hatte er keine Hilfe zu erwarten; er war seinerzeit mit ganz wenig Geld vor der Bedrückung durch einen der Lokalpotentaten seiner Heimat nach dem Süden ge-

flohen und hatte schwer arbeiten müssen, ehe er sich endlich eine Reitschule kaufen konnte. Voller Ungeduld hoffte er, daß sein Sohn sich die Flausen aus dem Kopf schlug.
»Anscheinend hast du mich zum Lehrer gewählt. Aber warum bist du nicht längst gekommen, um dich von mir unterrichten zu lassen?«
»Das hatte ich vor«, erwiderte er, »aber ich wollte erst noch besser werden.«
Es fiel mir schwer, nicht einen Lobgesang anzustimmen oder ihn zu umarmen, doch ich beherrschte mich und sagte: »Laß mich etwas hören, ganz was du willst.«
Ich dachte, nun würde er mit Elektra oder Antigone oder Ajax loslegen. Doch nein. Er hielt die Rede des dritten Schauspielers: wenn der junge Troilos den Achilles um sein Leben bittet. Da gab es nichts Weichliches, nichts Süßliches, sondern nur den stummen Schrecken, als er in den Augen des Achilles seine Verdammung las. Mir war, als sähe ich die erbarmungslose Gestalt des Achilles hoch aufgerichtet vor ihm stehen, geschaffen nur aus seinen Gebärden. Troilos, Prinz von Troja, würde sterben, ohne aufzuschreien, denn er hatte alle Hoffnung aufgegeben. Als er geendet hatte, blieb er auf seinen Fersen sitzen, die Stirn mit Schweiß bedeckt, und wartete auf mein Urteil.
Ich habe vergessen, was ich sagte, denn kaum hatte ich begonnen, da sah ich, daß seine Augen wie gebannt über meine Schulter blickten. Ich brauchte mich nicht umzudrehen. Ich wußte, wo die Maske in ihrem hölzernen Rahmen hing. Es war, als wäre zwischen den beiden ein Blick gewechselt worden, ein Blick des Einverständnisses.
Es heißt, Daidalos, der mythische Erfinder, habe gemerkt, daß sein Lehrling ihn übertreffen würde, und da habe er ihn vom Dach hinuntergestoßen. In jedes Künstlers Seele lebt der Geist des Mörders. Manche machen einen Ehrengast aus ihm, manche legen ihn in Ketten und verriegeln die Tür, aber sie wissen,

daß er nicht tot ist. Nun, gegen diesen jungen Menschen hätte ich nicht grausam sein können. Das lag mir nicht. Natürlich hätte ich sagen können: »Du bist zwar sehr begabt, aber erst muß deine Ausdrucksfähigkeit noch wachsen. Komm wieder, wenn du zwanzig bist.« Und ebensogut hätte ich, da ich ihn ohne Maske den Troilos hatte sprechen hören, auch um meiner selbst willen vorschlagen können: »Mein lieber Junge, ich bin sicher, daß du eine Zukunft hast, aber du mußt zuerst das Leben kennenlernen ... Was du brauchst, ist, die Leidenschaften zu fühlen, zu kennen. Komm bei Sonnenuntergang wieder, wir wollen miteinander zu Abend essen und darüber sprechen ...« Um einen Vogel zu töten, ist es nicht immer nötig, ihm den Hals umzudrehen.

Wieder blickte er an mir vorbei, und ich sah die Begegnung dieser stillen Augenpaare und wie sie miteinander Zwiesprache hielten, doch sie sprachen auch zu mir. Nichts Gutes kann daraus entstehen, dachte ich, wenn man einen Gott beraubt. Und vor allem diesen Gott!

»Nun, Thettalos, ich glaube, du hast so viel gelernt, wie du hinter einer Mauer lernen kannst«, sagte ich. »Jetzt ist es an der Zeit, daß du auf die Bühne kommst. Sag mir, was dein Vater für ein Mensch ist, und ich will mein möglichstes versuchen. Viel Zeit bleibt mir nicht. In einem Monat gehe ich mit einer Truppe nach Epidauros, und da werde ich einen Komparsen brauchen.«

So geschah es, daß der Gott seinen Diener Thettalos anwarb, einen Schauspieler, der nur selten übertroffen wurde; in seiner besten Zeit gab es keinen seinesgleichen. Doch es bedurfte noch einiger Jahre, bevor er selbst sich kannte, denn er war spät zur Kunst gelangt. Er war unsicher, hatte häufig Angst vor seiner eigenen Kraft. Es war wie das Zureiten eines nervösen Vollblutpferdes.

Unser Stück für das Festspiel war *Iphigenie in Aulis*. Von Anfang an ließ ich ihn die dritten Rollen mitlernen, und dazu gehörte

auch die Titelrolle; mit nur ein wenig mehr technischer Schulung wäre er besser gewesen als der von mir verpflichtete Schauspieler. Zunächst ließ ich ihn die einzelnen Verse ein- oder zweimal sprechen, doch bald kam ich davon ab. Er spielte alles aus dem Herzen, einen anderen Weg kannte er nicht; er war eifrig bei der Sache, grübelte den ganzen Tag über allem, was ich ihn lehrte, seine Augen waren grün gesprenkelt, die dunklen Brauen darüber stießen fast zusammen. Mit einem Wort, er raubte mir meine Ruhe. Aber er war so ernsthaft bei der Sache, daß ich nicht wagte, ihn zu stören. Zudem war er stolz und redlich. Und sein Leben war ganz in meine Hand gegeben. Ich wartete. Irgendein Gott sagte mir, die Zeit werde kommen.
In Epidauros hatten wir großen Erfolg. Das Festspiel, sein erstes Auftreten, die Schönheit des Theaters: er war ganz trunken vor Freude. Ich war froh, daß er den Kopf nicht verlor. Nach der Vorstellung nahm ich ihn mit und zeigte ihm die Sehenswürdigkeiten des Ortes. Wir gingen zu der Säulenhalle des Asklepieions hinauf, wo wir Dion begegneten, der gerade herauskam. Obgleich Männer von Rang ihn umdrängten, blieb er doch stehen, begrüßte mich, lobte die Vorstellung und hatte auch ein freundliches Wort für Thettalos, den ich ihm vorstellte. Sobald wir wieder allein waren, fragte er mich: »Wer war das?« Ich erzählte ihm Dions Geschichte und fügte hinzu: »Dort geht der beste Mann unserer Zeit.«
Er folgte meinen Blicken, und dann brach es plötzlich aus ihm heraus: »Ja, und diese Ansicht teilt er mit dir.«
»Mein lieber Junge.« Ich war verblüfft, denn wenn er auch immer offen sprach, war er doch nie vorlaut. »Wie kannst du so etwas sagen? Seine Bescheidenheit ist sprichwörtlich!«
»Und auch das weiß er.« Er stieß einen Stein fort und unterdrückte einen Fluch, weil er sich den Zeh weh getan hatte. Ich sah so gar keinen Grund für dieses jähe Aufbrausen, das sonst nicht seine Art war, und nahm an, er sei etwas überanstrengt.

»Du verkennst ihn«, sagte ich. »Er ist von Natur aus schüchtern; aber er ist zu stolz, um das einzugestehen.«
»Warum nicht? Wer ist er denn, daß er vor dir stolz sein darf? Du bist ebenso groß wie er. Als du das erstemal mit mir sprachst, glaubte ich, ich müßte ersticken, ehe ich wieder genug Atem hatte, um dir zu antworten. Selbst jetzt, wenn ich nicht ...« Mit hochroten Ohren brach er ab und verschluckte beinahe seine Zunge; wie ein Dieb, der ein Versteck sucht, blickte er um sich. Ich legte meine Hand auf seinen Arm, und wortlos gingen wir weiter. Schweigend sagten wir uns alles.
So belohnte uns der Gott. Wenn ich tot bin und Thettalos noch seine Spanne Zeit zu leben hat, wird er vielleicht jungen Leuten einiges von dem weitergeben, was ich ihn gelehrt habe. Da die Erinnerung mit den Menschen stirbt, kommt man auf diese Art der Unsterblichkeit ein wenig näher.
Der Erfolg überzeugte seinen Vater; binnen kurzem konnte er ohne Zwist das Elternhaus verlassen und mit mir leben. Schon vorher waren wir nie lange getrennt, und auf Rundfahrten konnten wir tun, was wir wollten. Ja, es waren glückliche Jahre.
Er war einer jener Schauspieler, in denen das Gefühl ebenso tätig ist wie der Verstand. Leute wie er empfangen diese Gabe unmittelbar von dem Gott; wenn man sie fragt, geben sie Gründe an, doch die Gründe kommen erst später. Er wollte sich um jeden Preis die Technik aneignen; von Kind an hatte er gewußt, warum, und jetzt mußte er wissen, wie, bevor er sich ausdrücken konnte; und seine Ehrfurcht vor mir war rührend. Damit würde es bald ein Ende haben, dachte ich. Was dann? Unterdessen lasen wir *Die Myrmidonen*, sprachen die halbe Nacht darüber und unterwiesen einander. Denn die Gedanken, mit denen er um sich warf, während wir spazierengingen oder aßen oder im Bett lagen, zeugten von sorglosem Reichtum.
Ungefähr um diese Zeit ehelichte Speusippos eine junge Frau, eine Nichte Platons. Er war anscheinend zufrieden und sang vor

mir ihr Lob. Ich weiß nicht, wieviel sie zwischen seiner Arbeit und seinen Ablenkungen von ihm zu sehen bekam. Dion begegnete ich häufig. Nie konnte ich ohne ein Lächeln an die unverhohlene Eifersucht des Thettalos denken. Dion war uns, wie mein Gefährte zugab, als Gott des Glücks erschienen, und er fügte hinzu, er sei zweifellos ungerecht gewesen, denn was hatte er von einem solchen Mann wissen können? Für mich war Dion, obgleich ein König in der Verbannung, doch noch immer ein König. Mochte er auch keine Heere führen, so dienten die Menschen ihm doch mit ihren Seelen, denn dadurch, daß sie an ihn glaubten, konnten sie auch leichter an sich selber glauben. Die Menschen in seiner Umgebung waren sehr verschieden geartet: vornehme Männer, Krieger, Philosophen, Politiker. Er besuchte die elegantesten Abendgesellschaften, und auf einer von ihnen dürfte er seine Freundschaft mit Kallippos erneuert haben, mit dem zugleich er in Eleusis initiiert worden war. Ich kannte Kallippos schon länger; er verkehrte viel in Theaterkreisen. Oft hatte er mir Lob gespendet, wozu er nach schlechten Vorstellungen ebenso bereit war wie nach guten. Das gefiel mir nicht sehr, denn es lag mir nicht, auf Kosten eines besseren Schauspielers gelobt zu werden von einem Mann, der den Unterschied nicht kannte oder mir nicht zutraute, daß ich mir selber ein Urteil über meine Leistung bilden könnte.
Sein wahres Interesse galt der Politik, die er auch in jedem Theaterstück suchte. Die Darstellung der menschlichen Natur fand er langweilig. Mir schenkte er große Aufmerksamkeit, weil ich in Sizilien gewesen war. Schauspieler und Hetären erfahren, wenn auch auf unterschiedliche Weise, eine Menge, wenn sie zuzuhören verstehen, und das wußte Kallippos. Charissa aus Delos, eine alte Freundin von mir, erzählte mir, er wähle ein Mädchen nie um ihrer äußeren Vorzüge oder ihrer erotischen Künste, sondern ausschließlich um ihrer Kundschaft willen, über die er sich vorher genau unterrichtete.

Schauspieler und Huren fand er wohl nützlich, doch er betrachtete sie als Zeitvertreib. Ernsthafter beschäftigte er sich mit dem, was in der Akademie geschah, und hörte Vorlesungen und Diskussionen über politische Theorien an, nahm sich aber, wie Axiothea mir berichtete, keine Zeit für Vorlesungen über Philosophie oder das Wesen der menschlichen Seele. Und so schloß er sich natürlich an Dion an. Obgleich es mir leid tat, Dion in der Gesellschaft eines Mannes zu sehen, der so tief unter ihm stand, konnte ich es doch begreifen. Kallippos' Haß auf die Tyrannen war ehrlich. Auf diesem Gebiet heuchelte er nicht. Übrigens haßte er beinahe alles und jedes, nicht zuletzt sich selbst, wie mir schien. Doch die Tyrannen hatte er genau studiert und konnte einem alles über sie erzählen, etwa über Peisistratos und Periandros. Dion war, wie ich sagte, für ganz Hellas zum Sinnbild des Widerstands gegen jegliche Tyrannis geworden. Darum war er ein Gott für Kallippos, der ihm gegenüber sein wahres Gesicht zeigte, während er Menschen wie mich einfach ausnutzte. Wahrscheinlich wurde der Klatsch, den Kallippos im Skeneraum oder im Bordell aufschnappte, von den Vornehmen und den Philosophen für die Frucht tiefer Einsicht und Logik gehalten. Und an Schmeichelei war Dion gewohnt. Sie begegnete ihm überall.

Unterdessen war ein Jahr als dritter Schauspieler für Thettalos genug gewesen. Es war nun drei Jahre her, seit er sich mir angeschlossen hatte, und jetzt setzte ich ihn als zweiten Schauspieler ein, und zwar nicht bloß aus Liebe, sondern weil ich keinen besseren hätte finden können. Oft fühlte ich mich wie Arion: Nachdem er die Leier gespielt und der prächtige Delphin ihn auf seinen Rücken genommen hat, kommt der atemraubende Ritt durch das Meer, wenn man fühlt, daß die Kraft der Kreatur durch seine Zärtlichkeit gebändigt wird und dennoch des Augenblicks harrt, da sie sich ihrer eigenen Stärke und der Anmut bewußt wird, die Apollo ihm schenkte, und mit einem mächtigen Sprung in das glasige Grün taucht und den Reiter seinen Schwimmkünsten überläßt. Thettalos war immer gefügig. Wenn er mich seine Gedanken wissen ließ, dann sagte er gern, wie wunderbar doch unsere Harmonie sei, und so muß er es auch gesehen haben, dessen bin ich gewiß. Wenn ich auf meiner eigenen Auslegung bestand, unterstützte er mich aus vollem Herzen. Er war absolut ehrlich. Doch es liegt ein Fluch auf dem, der die Boten der Götter zurückhält. In den Tiefen der Nacht zeigte der Mond durch das Fenster mir seine von einem Traum beherrschten Züge. Und ich wußte: Er wird mir entwachsen und mich übertreffen, und auch wenn er fort ist, werde ich ihn noch immer lieben.

Im fünften Jahr von Dions Verbannung kam aus Sizilien die Nachricht, daß der Krieg vorbei war. Er hatte sich zu einem Waffenstillstand hingezogen, und am Ende gab es weder Sieger noch Verlierer. Die Karthager, die bei allen ihren Nachbarn unbeliebt sind, mochten wohl daheim in Afrika Schwierigkeiten haben. Jedenfalls hatten sie es satt, und so wurde ein Friede zusammengeflickt.

Im selben Jahr, als bei gutem Wetter das Meer wieder befahrbar war, erschien der Vertreter Siziliens in der Akademie. Er brachte einen Brief von Dionysios, indem dieser Platon inständig bat, nach Syrakus zu kommen.

Natürlich war Platons erste Frage, ob Dion zurückberufen worden sei. Die Antwort lautete, daß man sich ohne Zweifel während Platons Besuch über diesen Punkt unterhalten könnte. Daraufhin lehnte Platon dankend ab und widmete sich wieder ganz seiner Arbeit. Laut Speusippos war ihm der bloße Gedanke an eine Reise nach Syrakus zuwider. Er wurde jetzt siebzig, und in diesem Alter muß der Mensch auf seine Gesundheit achten, wenn sein Geist noch etwas leisten soll.

Die Nachricht, daß Frieden sei, wurde von uns Theaterleuten erfreut aufgenommen, und schon wurden zahlreiche Rundreisen geplant. Ich für mein Teil hatte kein Verlangen nach Sizilien, zumal wenn Dion nicht dort war. Die *Bakchen* lagen mir noch immer schwer im Magen. Und so fuhren Thettalos und ich ostwärts; wir spielten in Ephesos, Lesbos und Samos, in Halikarnass und Milet und bereisten die wichtigsten Städte von Rhodos. Der alte Maskenbehälter kam wie immer mit auf die Reise. Doch jedesmal, wenn ich ihn an die Wand hängte, hatte ich den Eindruck, daß das Antlitz darin mir sagte: »Nikeratos, du hast etwas von mir empfangen. Ich bin dein Freund gewesen. Du darfst mich nicht versuchen!«

Die Trauben waren gepreßt; der Winter kam, wir spielten bei Fackellicht in hellen Räumen und gingen dann heim ins warme Bett und unterhielten uns über die Veranstaltung. Die Lenäen kamen; dann die Dionysien. Es war eines der Jahre, da ich den Kranz errang.

Eines warmen Frühlingsabends, zwei Tage nach dem Fest, saßen wir im Gras am Flußufer. Eine Drossel schwang sich auf und sang in den hängenden Weidenzweigen. »Liebst du mich noch wie früher?« sagte ich.

»Niko, wie kannst du mich das fragen? Was läßt dich zweifeln?«

Der Ausdruck unbegründeten Schuldbewußtseins in seinen Zügen war schwer zu ertragen.

»Mein Lieber«, sagte ich, »ich habe nie weniger daran gezweifelt. Bei den Dionysien hast du mir den Beweis gegeben. Doch zahlreich sind auch die Beweise, daß die Liebe, die man gibt, stirbt; besser ist es, die Liebe lebendig zu erhalten. Und darum mußt du dich einer anderen Truppe anschließen.«

Seine Augen glichen denen eines Kranken, der vom Arzt hört, was er bereits weiß. Er wollte zürnen; ich sah es an seinem Gesicht, doch er tat es nicht. Als er sprach, war es, als hätten wir schon seit einer Stunde von nichts anderem geredet. »Nein, Niko, es hat keinen Zweck; ich kann's nicht tun. Wie soll ich fortgehen? Wir würden immer getrennt sein, die Hälfte des

Jahres. Zudem ist es noch zu früh. Ich bin noch nicht soweit.« Nicht mit mir stritt er. Ich hätte wissen müssen, daß der Gott ihn ebenfalls bedrängte. »Nur du holst das Beste aus mir heraus. Wer sonst könnte mich so fördern, wie du es getan hast? Wo könnte ich Besseres leisten?«

»Von jetzt an überall. Du weißt es. Nenn mir einen Schauspieler, für den du als zweite Besetzung einspringen möchtest, wie du es bisher getan hast.«

»Jetzt redest du Unsinn.« Er riß das Gras mit den Wurzeln aus. »In einem Wettbewerb nimmt keiner dem Protagonisten etwas weg. Das sollte ich hoffentlich wissen. Du hast es gewiß nie getan.«

»Nicht so, daß es aufgefallen wäre. Doch man zeigt, was man kann. Komm, komm, du verstehst schon.«

»Sag lieber, daß ich nicht zu verstehen wünsche. Im Namen des Gottes, Niko, was willst du mit mir machen? Alles habe ich von dir. Wenn ich schließlich selber etwas zu geben habe, glaubst du nicht, daß ich es geben möchte? Bevor ich auch nur anfangen kann, wirst du nein sagen. Du machst mich zornig.« Er machte eine ärgerliche Geste, um zu zeigen, daß es ihm ernst war. Nie hatte ich ihn mehr geliebt!

»Was dein war, habe ich gern genommen. Doch nun ist die Zeit gekommen, und du weißt es, da du mir gibst, was *sein* ist.« Eine Kopfbewegung nach dem Zimmer hinter uns genügte. Dieses Geheimnis hatten wir von Anfang an geteilt. »Er wird das Vergehen bestrafen«, fügte ich hinzu. »Ihm entrinnt man nicht.«

»Er schuldet dir manches. Ist er weniger dankbar als ein Mensch?«

»Er kann sein Wesen nicht ändern, das erhellt oder verbrennt. Wir sind schon angesengt, mein Lieber. Du hast es auch empfunden. Bei allen Proben, bei allen Wettbewerben, bei allen Siegesfesten, du gibst und gibst und benimmst dich makellos. Später dann wirst du deine Ölflasche verlegt haben und darüber in Wut geraten. So wird es kommen, und in zwei Jahren werden wir nichts haben. Gehorchen wir dem Gott und bewahren wir uns seinen Segen. Jetzt ist die Zeit da!«

Es kam uns beide hart an, und es schmerzte uns tief. Doch in unseren Herzen wußten wir, daß es das Leid wert war. Wir stritten uns noch eine Weile, kannten aber das Ergebnis; der Streit war gewissermaßen ein Opfer, das wir unserer Liebe brachten. Dann sprachen wir von der Vergangenheit, von unseren gemeinsamen Erinnerungen. Doch die Sache mußte ein klares Ende finden, und so sagte ich: »Bald beginnen die Sommerrundfahrten. Du mußt dich umschauen.« Und um ihn zu necken, setzte ich hinzu: »Wie wär's mit Theophanes? Du hättest das Herz, ihn zu bestehlen.«

Er lachte. Wir waren erleichtert, wie man es immer nach großer Anspannung ist.

»Theophanes würde mich nie auch nur in seine Nähe lassen. Er zieht es vor, daß seine Schauspieler aus festem Holz gemacht sind.«

»Im Ernst: Miron wird nicht jünger, und er kennt seine Grenzen. Er sucht einen Zweiten, der ihm Arbeit abnimmt. Natürlich wählt er vorwiegend Stücke mit großen Rollen für einen älteren Schauspieler. Aber du wirst etliche gute Rollen bekommen, für die er schon zu alt ist. Er ist ein Mann, der an den Traditionen hängt, und es wird dir am Ende nicht schaden, wenn du erfährst, wie Kallippides die Rolle in der dreiundneunzigsten Olympiade gespielt hat oder Kleomachos in der hundertsten. Miron ist ein umgänglicher Kerl, du mußt nur über seinen Aberglauben und über seine Neigung, alles als Omen zu betrachten, hinwegsehen.«

»Was andere als Omen ansehen, ist mir gleichgültig. Ich beobachte meine eigenen.«

»Seine größte Tugend in meinen Augen ist, daß er sich nur mit jungen Mädchen abgibt.«

»Auch seine Neigungen sind mir gleichgültig. Ich kenne nur meine eigenen«, setzte er halblaut hinzu. »Ich gehöre nicht zu denen, die nach Wein mit Essig zufrieden sind.«
So redeten wir und legten uns schlafen, und am nächsten Tag unterzeichnete er seinen Vertrag. Bald begannen die Proben; wenn er heimkam, war er immer ganz davon erfüllt. Wir waren glücklich wie Heuschrecken im Herbst und lebten in den Tag hinein. Dann legte Miron eine Rundfahrt nach Delos und den Zykladen fest. Mit einmal war er fort, und seine Abwesenheit war überall zu spüren, wie der erste Schnee.
Ich hätte mir längst einen neuen zweiten Schauspieler suchen müssen, doch ich verschob es von Tag zu Tag, und je mehr ich ihn vermißte, desto anspruchsvoller wurde ich. Ich lehnte ein gutes Angebot aus Mazedonien ab und ließ mich treiben. Doch ich wußte, daß es so nicht weitergehen konnte, und ich stellte rasch eine Truppe für eine kurze Rundreise zusammen, und wir fuhren zu den Isthmien nach Korinth. Bei der Arbeit wurde ich wieder mehr ich selbst; als die Spiele beendet waren, blieb ich noch eine Weile bei alten Freunden und kehrte dann nach Athen zurück, entschlossen, Ordnung in mein Leben zu bringen.
Theodoros fand mich schrecklich mager, als er mich traf, und veranstaltete sofort ein Fest für mich, zu dem er alle schönen jungen Leute einlud, von denen er wußte, daß sie derzeit frei waren. Obwohl sie ebenso frei wieder gingen, wie sie gekommen waren, dankte ich ihm doch für die freundliche Absicht. Ich verließ das Fest mit Speusippos, der mir im Laufe des Abends gesagt hatte, er müsse mir manches berichten, was nicht für alle Ohren bestimmt sei.
Sobald wir allein waren – bis auf seinen Diener, der mit der Fackel vorausging –, fragte ich ihn.
»Die Akademie spitzt die Ohren«, sagte er. »Kein Mensch weiß, wie das enden wird. Dionysios hat abermals an Platon geschrieben.«

»Spielt das eine Rolle? Er hat auch voriges Jahr geschrieben, und Platon hat darauf geantwortet, er möge sich mit diesem Gedanken vergnügen, oder was Philosophen sonst sagen.« Ich hatte auf dem Fest ziemlich viel getrunken.
Speusippos aber war rasch wieder nüchtern geworden. »Diesmal wird er vielleicht gehen müssen.«
»Wieso? Soll das heißen, daß Dions Verbannung aufgehoben wurde?« In letzter Zeit hatten sich meine Gedanken ihm oft zugewendet. Nach meinem Vater war er der Mann, der mich Ehre gelehrt, ja vielleicht der, der mir meinen Weg gezeigt hatte.
»Nein«, erwiderte Speusippos kurz.
»Aber das war doch Platons Bedingung! Dann braucht er also nicht zu reisen.«
»So einfach ist das nicht.« Er sah aus wie jemand, der von Ängsten bedrängt wird. »Erstens einmal hat Dionysios sich wieder der Philosophie zugewendet.«
»Mein lieber Speusippos! Bei gutem Wind dauert die Reise von Syrakus hierher zehn Tage. Bis dahin hat Dionysios sich längst eines anderen besonnen.«
»Nein, er beschäftigt sich schon ein ganzes Jahr damit und hat ernsthaft gearbeitet. Sein Brief an Platon klang recht vernünftig. Und wenn es Platon auch nicht leichtgefallen ist, so hat er ihm doch geantwortet. Der Geist ist da; doch sein Charakter läßt den Archonten scheuen wie ein nur halb zugerittenes Pferd. Das ist's, was Platon beschäftigt. Der Gedanke, daß das Tier, gut zugeritten, auch laufen würde.«
»Gut und schön, aber wenn er so lustig im Geschirr ist, wird er doch lieber allein studieren.«
»So schien es anfangs. Aber warst du es nicht, der von ihm sagte, er wolle immer schon vor dem Rennen den Preis haben?«
»Nun sag bloß noch«, rief ich, »daß er sich einen Akademiker nennt!« Mein Lachen verklang, als ich sah, daß Speusippos nicht

einmal lächelte. Vielleicht hatte er sich, dachte ich, wie manche Männer das tun, einen traurigen Rausch angetrunken.
»Das ist das Letzte. Da er ein Sonderfall ist, hat er die Hand auf etwas legen können, was kein anderer Schüler Platons besitzt – eine Niederschrift von dessen mündlichen Lehren.« Er bemerkte meine Überraschung und fügte geduldig hinzu: »Platon glaubt an den Funken, der von Geist zu Geist zündet. Wenn dein Feuer nicht brennen will, tust du es in den Herd zurück. Er aber mußte es an Dionysios senden, weil er nicht kommen konnte und sein Feuer nur rauchte. Jetzt ist schon beinahe eine These daraus geworden. Und so, statt in aller Ruhe jene Lehren zu benutzen, die das geistige Auge öffnen, lädt er zu einem philosophischen Wettstreit ein und stellt sich selber als ein vollendetes Ergebnis der Schule hin.«
»Platon muß verärgert sein. Aber gewiß nicht verärgert genug, damit man ihn nach Syrakus bringen könnte.« Nach einer Pause: »Und wer sind diese Schmarotzer?«
»Zumeist Kyrenier aus der Schule des Aristippos. Wie er, setzen sie das Gute mit dem Vergnügen gleich, grenzen ihre Begriffe aber weniger sorgfältig ab. Und er selber war nicht sorgfältig genug. Er war zur Zeit des alten Dionysios ebenso als Gast dort wie Platon. Aber anders als Platon hat er sich das sehr zunutze gemacht.«
»Verdient der Sohn bessere Gesellschaft? Warum kann er Platon nicht in Frieden lassen? Nun, ich kann die Antwort erraten. Das sind einfach Nebenbuhler, aufgedonnert, um die wirkliche Liebe eifersüchtig zu machen. Es ist zum Lachen oder Weinen, je nachdem.«
»Ich wünschte, es würde in Lachen enden.«
Der Mond war untergegangen, und ein Wachhund heulte im Dunkeln. Ich dachte an das kalte Bett daheim. Welche schlechten Nachrichten er auch noch verschweigen mochte, mir war es gleichgültig. Doch, wie man es immer tut, erkundigte ich mich.

»Dionysios ist fest entschlossen, Platon zu sich zu locken. Da Überredungskünste nichts nützen, greift er, wie jeder Tyrann in der Klemme, zur Gewalt. Mit seinem letzten Brief lud er Platon ein, mit ihm über die Verwaltung von Dions Gütern in Sizilien zu verhandeln. Wie du vermutlich weißt, wurden ihm die Erträge daraus alljährlich nachgeschickt. Wenn Platon fährt, läßt sich vermutlich alles nach Dions Wünschen regeln. Wenn nicht, droht die Beschlagnahme.«
»So ist das also! Dieser verdammte kleine Erpresser! Er sollte die Menschen besser kennen, mit denen er es zu tun hat!«
Speusippos schwieg. Im Weitergehen dachte ich an Dions wunderbare Erfolge; wie er in Delphi, Delos und Olympia hofgehalten hatte, ein Sinnbild für jeden Freund der Gerechtigkeit. Natürlich mußten Spione all das nach Syrakus gemeldet haben, und man konnte sich die Eifersucht des Dionysios vorstellen. Ein Wunder nur, daß er nicht schon früher auf diese Niedrigkeit verfallen war!
»Nun«, meinte ich, »es ist ein Vorteil, daß Dion immer als Philosoph gelebt hat. Mit dem, was er besitzt, ist er mindestens ebenso gut dran wie du oder ich. Seiner Frau und seinem Sohn wird sicher nichts geschehen, da sie ja zur Verwandtschaft des Archonten gehören; und wenn ihm auch seine Reisen fehlen werden, so wird er doch in der Akademie alle wirklichen Werte finden – Platon, seine Bücher, seine Freunde.«
Im flackernden Licht der Fackel merkte ich, wie Speusippos mir einen Blick zuwarf und dann in die Ferne sah. Aber er sagte noch immer nichts.
»Glaub nicht, daß ich das leichtnehme«, sagte ich. »Natürlich wird es einen Mann von Rang und insbesondere einen Syrakusaner schwerer treffen. Aber wir kennen ihn und sein Ehrgefühl. Je größer das Opfer, desto höher sein Tribut für Freundschaft und Philosophie. So wird Dion es betrachten. Wenn es von ihm abhängt, wird er Platon nie und nimmer gehenlassen.«

Als ich verstummte, gab Speusippos mir noch immer keine Antwort. Schon fürchtete ich, ich hätte ihn irgendwie gekränkt; doch bevor ich ihn fragen konnte, sagte er trocken: »Du irrst dich. Er hat ihn gedrängt.«
Das mußte er mir wiederholen. Wenn man plötzlich zwei Monde am Himmel sieht, so denkt man, der Wein sei daran schuld. Man kommt nicht auf den Gedanken, es könnte wirklich so sein. Und nachdem ich es nochmals gehört hatte, sagte ich: »Was? Ich verstehe nicht ...«
»Frag einen Gott danach, der in den Seelen der Menschen lesen kann.«
»Aber«, ich versuchte, mir klarzuwerden, »selbst vor Dions Verbannung war Syrakus für Platon keine sichere Stätte. Die Parteigänger des Philistos haßten ihn, die Soldaten verlangten unverhohlen sein Blut, und den ganzen Winter über wurde er gegen seinen Willen dort festgehalten. Er war krank und hat in einem Alter, da jeder Tag zählt, ein volles Arbeitsjahr verloren. Wie kann Dion von ihm verlangen, daß er abermals hinfahren soll?«
»Wir müssen gerecht sein.« Speusippos versuchte, sich selbst zu überzeugen. »Es geht nicht nur um das Geld. Dion hofft, daß Platon seine Rückberufung erwirken kann.«
»Hat Dion das gesagt?«
»Ja, gewiß. Zu mir hat er es gesagt!«
»Wie kann er das auch nur einen Augenblick lang erhoffen? Dionysios war bereit, ohne einen anderen Grund als seine Eifersucht das Schlimmste von ihm zu glauben. Und jetzt, da ganz Griechenland den großen Verbannten preist und jedes Wort gegen Dionysios gerichtet ist, jedes Wort ein Stoß gegen seinen Stolz! Der bloße Name muß ihm verhaßt sein. Überdies würde man gar nicht wagen, ihn zurückzurufen; er ist der Held aller Verfechter der Demokratie in Sizilien. Dionysios hat ja bei seiner Einladung an Platon Dions Rückkehr nicht einmal angeboten,

und dafür würde er beinahe alles anbieten. Wie kann Dion träumen, daß er zurückberufen würde?«
»Es ist das Wesen des Menschen, zu glauben, was er heiß ersehnt.«
»Das ist richtig. Ist es aber das Wesen der Philosophie?«
Er blieb stehen. Sein Diener war bis zur Straßenecke gegangen und kam, als er uns nicht sah, zurückgelaufen, um sich zu vergewissern, daß wir ihm folgten. Speusippos winkte ihm weiterzugehen. »Das ist alles, was du sagen kannst, Niko, wenn ich bei dir Tröstung suche?«
»Es tut mir leid. Was weiß ich von der Philosophie? Für mich gibt es nur das eine – daß Platon sein Freund ist.«
»Ja«, sagte Speusippos, »du hast deine eigene Beweisführung. Ich hätte die Logik deines Herzens fürchten müssen.«
Nun schwiegen wir beide. Wir gingen durch die Dunkelheit hinter der schwankenden Fackel einher. Jetzt erreichten wir die Biegung der Straße vor meinem Haus, und der Diener eilte voraus, um die Tür zu beleuchten.
Wir verweilten noch. Vermutlich dachten wir beide, es müßte doch irgendein gutes Wort geben, mit dem wir uns trennen könnten.
»Was ich nicht glaube, ist, daß Dion es nur des Geldes wegen möchte. Er hatte allen Luxus von Syrakus zu seiner Verfügung und brauchte nur in die Hände zu klatschen. Dennoch ist er gegangen. Und sieh doch nur seine Lebenshaltung!«
»Ich bin überzeugt, daß er sie nicht zu ändern wünscht. Doch für einen reichen Mann mit einfachen Bedürfnissen gibt es eine Gefahr; sie ermöglichen ihm, großzügig zu sein. Natürlich hat er nie eine Gegenleistung erwartet. Der Gedanke, Schmeichler zu kaufen, wäre ihm gräßlich. Wie nun aber die Welt ist, wird er auch von Menschen umgeben, die, wie ich fürchte, nicht durchweg uneigennützig sind. Das hat ihm großes Ansehen verschafft, ohne daß er etwas getan hätte, dessen er sich schä-

men müßte. Jetzt aber ist er daran gewöhnt. Und wie du weißt, hat er seinen Stolz.«
Wir waren vor dem Haus angelangt. Der Form halber bat ich ihn einzutreten, doch er lehnte dankend ab mit der Begründung, er müsse früh am Morgen an seine Arbeit gehen. Und so warteten wir noch immer auf ein erlösendes Wort.
»Ich vergesse nie«, sagte ich, »wie edel er immer von Platon gesprochen hat, in jenem ersten Jahr der Verbannung. Damals wart ihr noch in Syrakus ... Es gibt ein Buch Platons, das ich einmal gelesen habe – ja, wirklich, ich habe das ganze Buch gelesen. Es handelte von einem Gastmahl, bei dem Reden zum Preis der Liebe gehalten wurden. Du kennst es wohl?«
»Ja, ich kenne es«, erwiderte er. »Ich habe das *Gastmahl* gerade gestern erst wieder gelesen.«
»Ich meinte, daß Platon dementsprechend gelebt hat.«
»Ich habe dich falsch verstanden. Ich glaubte, du wüßtest vielleicht, für wen es ursprünglich geschrieben war.«
Unsere Blicke trafen sich. Ich sagte: »Das muß bei Dion eine vorübergehende Laune sein. Es gibt Tage, an denen auch gute Schauspieler nichts Rechtes zuwege bringen, und so wird es zweifellos auch bei guten Männern sein. Jetzt, da er weiß, wie Platon empfindet, wird er sich besinnen und nicht mehr an solche Dinge denken. Bestimmt machen wir uns unnötige Sorgen.«
Der Tag brach an. In den Weiden sangen Vögel, dieselben, die mich geweckt hatten, als es im Haus warm gewesen war. In dem grauen Licht sah ich, wie Speusippos' Züge sich in Falten legten, wie die eines Affen, der in eine saure Feige gebissen hat.
»Ich merke, daß ich dir alles sagen muß«, erwiderte er. »Schon im letzten Jahr wünschte Dion, Platon möge die Einladung des Archonten annehmen. Da Platon sich weigerte, ist es seither zwischen ihnen nicht mehr wie früher gewesen. Als jetzt diese erneute Aufforderung kam, suchte Dion ihn auf, um die Sache

mit ihm zu besprechen, ging aber im Zorn weg. Platon hat geschrieben, das weiß ich. Aber es folgte keine Antwort.«
Eine Wolke hatte sich vor die Sonne geschoben und glänzte rosenfarben über uns. Ich blickte zur Oberstadt hin und sah die vergoldeten Verzierungen der Tempeldächer in den ersten Strahlen des Tages glitzern. Vor dem Haus stand der Diener mit der Fackel und wartete, ob er sie auslöschen sollte. Irgend etwas regte sich in meiner Erinnerung; ein Schauder strich mir wie ein kalter Finger den Rücken hinunter. Ich begann zu sprechen, stockte aber gleich.
»Was?« Speusippos schreckte aus seinen Gedanken auf.
»Nein, nichts«, erwiderte ich. »Ich hatte vergessen, daß du nicht bei der Aufführung gewesen bist.«

15

Zu Beginn des Sommers kehrte Thettalos von seiner Rundreise zurück. Wie der heimkehrende Eisvogel eilte er blitzschnell zu seinem Ast am Bach und breitete alle Erlebnisse vor mir aus: welche Theater und Städte er gesehen, welche Triumphe er errungen hatte und wie oft er in eine Klemme geraten war (er war mehr abenteuerlustig als wild). Die halbe Nacht sprach er über die Stücke, die sie aufgeführt hatten, wie Miron sie geleitet hatte und wie er selber es besser gemacht hätte. Er war gerade in dem Alter, da man jedem neuen Gedanken eine Pforte öffnen muß, sonst birst man. Als er um Mitternacht aus dem Bett sprang, um mir zu zeigen, wie er einen Auftritt gespielt hätte, wenn Miron nicht dagegen gewesen wäre, da sah ich über der offenen Tür, wie die Maske auf uns herablächelte, erheitert und gütig.

Wir gingen überall miteinander hin, eine Freude für jene, die uns wohlwollten, ein Gram für alle Boshaften, deren Leibspeise zerbrochene Freundschaft ist und die, als er fort war, eifrig gelästert hatten.

Eines Tages, als wir mit Freunden zusammensaßen, schlüpfte ich zu Sisyphos, dem Goldschmied, hinüber, um für Thettalos einen Ring als Geburtstagsgeschenk zu bestellen; ich wählte einen Sardonyx, darein Eros auf einem Delphin reitend geschnitten werden sollte. Während Sisyphos seine Entwürfe zeichnete, wartete ich vor dem Laden und hörte einen Kaufmann fragen, ob es wahr sei, daß ein Schiff aus Syrakus gekommen sei. Irgend jemand sagte ja, doch es sei kein Handelsschiff, sondern eine Staatstriere, vom Archonten gesandt, um den Philosophen Platon zu holen.

Ich war so völlig mit meinem eigenen Glück befaßt gewesen, daß ich über die Nachricht zutiefst erschrak. Ich ließ alles stehen und liegen, holte Thettalos und beschloß, sofort in die Akademie zu gehen. Obgleich er von Platon nur wußte, was ich ihm erzählt hatte, war er doch sehr betroffen.
»Ich komme mit dir«, sagte er. »Es ist niederträchtig, den armen Mann so zu behandeln. Vermutlich wird er auf niemanden hören als auf Dion, den ich, wie du weißt, nie sehr geschätzt habe, und auf seine philosophischen Freunde. Ich würde mit diesem Mann gern einmal über das Theater reden, Niko. Ich glaube nicht, daß alle seine Begriffe so töricht sind, wie du meinst. Es war an der Zeit, darauf zu verzichten, in jedem Stück die Götter auftreten zu lassen. Die Hälfte aller modernen Dramatiker glaubt ja nicht an sie; die anderen glauben, wie du und ich, daß sie irgendwo oder überall sind, aber jedenfalls nicht auf goldenen Stühlen auf dem Qlymp sitzen, sich streiten und sich in alles einmischen wie ein Haufen mazedonischer Prinzen, immer bereit, auf jeden anständigen Menschen loszugehen, der vergißt, ihnen zu schmeicheln oder sie zu bestechen.«
Obgleich ich selber erst Anfang Dreißig war, standen mir doch häufig beim Gerede der jungen Generation die Haare zu Berge. Als wir in ihrem Alter gewesen waren, wagten wir solche Gedanken nur zu flüstern; zur Zeit meines Vaters stand der Schierlingsbecher darauf. Aber Platon hatte etwas Ähnliches gesagt, und er war doch siebzig.
Im Olivenhain der Akademie begegneten wir Axiothea, blieben aber nicht länger bei ihr stehen, da sie nicht allein war. Platon hatte inzwischen noch eine andere Schülerin angenommen: Lasthenia aus Mantinea. Sie trug Frauenkleidung, weil das ihrer Seele vermutlich mehr entsprach; sie war klein und schlank und hatte eine gewisse ernsthafte Lebhaftigkeit an sich. Für Axiothea war es ein guter Tag gewesen, an dem sie hierhergekommen war. Für eine Frau, deren Geist und Körper Männer

braucht, gibt es das Leben der Hetäre; für sie war das nichts. Sie wäre sehr unglücklich geworden, wenn Platon sie nicht aufgenommen hätte. Ich war froh für sie und wünschte ihr Glück.

Als wir unser Ziel erreichten, sagte Thettalos, der in ernsten Dingen ungemein zartfühlend war, er kenne Speusippos nicht so gut, um gerade jetzt bei ihm einzudringen, und er ging weiter. Vor Speusippos' Tür hörte ich, wie drinnen eine Frau weinte und immerzu jammerte: »Ich werde dich vielleicht nie wiedersehen!« Da ich nicht den Mut hatte, während dieser Szene anzuklopfen, ging ich in den Hain. Ich hatte gehört, was zu hören ich gekommen war. Doch da ich noch mehr wissen wollte, redete ich mir ein, ich könnte vielleicht nützlich sein, wenn ich später wiederkäme.

Da bemerkte ich, daß zwei Männer vor mir zwischen den Bäumen gingen. Es war Platon mit Dion. Ich blieb stehen, wollte kehrtmachen, doch gerade da erblickte Platon einen Mann in einiger Entfernung und ging zu ihm hinüber.

Dion setzte sich derweil auf eine schattige Bank. Ich hätte mich leicht ungesehen entfernen können, doch statt dessen ging ich geradewegs auf ihn zu.

Es war unmöglich, daß ich willkommen sein konnte, aber er erwiderte meinen Gruß weniger kühl, als ich erwartet hatte. Vielleicht war ich gleichsam ein gutes Omen, ein Bote aus Sizilien. Zu jeder anderen Zeit wäre ich weitergegangen, ohne mich aufzudrängen. Doch jetzt setzte ich mich neben ihn.

Ich sprach – wovon, das habe ich vergessen; natürlich nichts, was eine Absicht verraten hätte. Platon war ins Gespräch vertieft und würde noch eine Weile fortbleiben. Dion war durchaus umgänglich. Er dachte vermutlich, daß ich wohlerzogen genug wäre, mich zu entfernen, sobald Platon zurückkäme. Unterdessen war es, wie die Dinge nun einmal standen, seine Pflicht, sich mit mir abzufinden. Meine Ehrfurcht hatte vermutlich in Syrakus zu schwinden begonnen, als ich die Schale mit dem Wein zu Boden schleuderte. Seither hatte ich auch in meinem Beruf Erfolg gehabt und, was vielleicht noch wichtiger war, auch in der Liebe.

Die Ehrfurcht war verschwunden; und doch hatte ich etwas davon wiedergefunden. Die edle Schönheit seiner Züge war wie eine prächtige Maske, mit der zu leben ich lange Zeit gewöhnt gewesen war. Ich betrachtete sie abermals. So viele Männer seines Alters – er mußte jetzt den Fünfzig nahe sein – haben Gesichter, die dick oder schlaff geworden oder von kleinlichen Sorgen durchfurcht und verbittert sind. Seine Züge aber hatten ihre Form bewahrt; es war ein königliches Antlitz, das jenen klassischen, aus bestem Hartholz geschnitzten Masken glich, ein Material, das sich bearbeiten läßt wie Stein.

Ich habe vergessen, wie wir auf Delphi und *Die Myrmidonen* zu sprechen kamen und wie selten sie jetzt in Athen gespielt wurden, und wer von uns beiden Homer erwähnte, jedenfalls war ich es, der sagte: »Aischylos hat sich da und dort von ihm losgemacht. Nimm zum Beispiel Patroklos. In der *Ilias* erinnert sein Vater ihn daran, daß er der ältere der Freunde ist, während Aischylos ihn zu dem geliebten jüngeren Freund macht. Doch ganz bestimmt«, fuhr ich fort und verfolgte diesen Gedanken, wenn man es einen Gedanken nennen kann, »muß er wohl in der Blüte seiner Mannesjahre gewesen sein, als Achilles ihn in die Schlacht schickte.«

Erst als ich diese Worte gesprochen hatte, wurde mir bewußt, was sie bedeuteten. Wenn man mich fragt, wie eine solche Torheit bei einem Menschen möglich war, der sich in der Welt umzutun und sein Brot zu verdienen verstand, kann ich nur vermuten, daß meine Seele sich meine Zunge auslieh, bevor ich es wußte. Wäre es meine eigene Erwägung gewesen, so wäre das schon schlimm genug. Doch das Gedächtnis eines Schauspielers ist wie ein Dohlennest; die Worte entstammten Platons *Gastmahl*.

Noch bevor Dions Gesicht dunkel und kalt wurde wie ein winterlicher Berg, wußte ich, was ich angerichtet hatte. Ihn um Verzeihung zu bitten hätte die Sache nur noch zehnmal schlimmer gemacht, und ich hatte auch durchaus nicht den Wunsch, es zu tun. Ich kann mich nicht mehr erinnern, mit welchen Worten er mich wissen ließ, daß er beschäftigt sei. Er konnte nicht aufrichtiger gewünscht haben, daß ich mich entfernte, als ich selbst es wünschte.

Ich eilte davon und stieß auf Thettalos, der mich zwang, mich zu setzen und ihm zu berichten, was geschehen war. Am Ende sagte er: »Unsinn! Du hättest viel mehr sagen können als das. Warte nur, bis du siebzig bist, und paß auf, ob ich dich so behandeln werde, wie er Platon behandelt.«

Lachen tat mir gut, aber erst am nächsten Tag fühlte ich mich bereit, Speusippos aufzusuchen.

Ich fand ihn im Garten im Gespräch mit dem alten persischen Sklaven, der den Garten pflegte, und mit dem jungen Aristoteles, dem er seine Pflanzen anvertraut hatte. Die zarten Pflänzchen wurden liebevoll umhegt, es gab Felsenterrassen, Windschirme und dergleichen. Da ich ihn beschäftigt sah, wollte ich mich zurückziehen, doch er sagte, er sei für eine Unterbrechung dankbar, denn er sei aus reiner Ruhelosigkeit in den Garten gegangen. »Ich muß daran denken«, sagte er, »in meinem Testament die Freilassung des alten Oitanes festzulegen, für den Fall, daß ich nicht heimkommen sollte. Es würde ihm das Herz brechen, den Garten verlassen zu müssen; für ihn wäre es genauso schlimm, als würde er verkauft.«

Er rief nach gekühltem Wein und sprach eine Weile mit dem jungen Aristoteles, einem schmucken Burschen mit dünnen Beinen und kleinen, scharfen Augen. Dann kam er zurück und setzte sich zu mir an die schattige Mauer des Hauses unter die Reben. Töpfe mit süß duftenden Kräutern standen herum. »Ich überlasse ihm alles«, sagte er. »Er vergißt nie etwas. Einer unserer begabtesten jungen Leute, aber mit den ersten Grundsätzen noch nicht vertraut. Wie, wie, wie? Er muß das immer ergründen. Er kann nicht begreifen, daß für Platon der Gebrauch des Wie dazu da ist, das Warum zu finden. Warum, Niko, ist der Mensch? Und warum fragt der Mensch: Warum? Wenn wir das wissen, dann haben wir die ganze Wahrheit in der Hand. Wohin aber führt es, wenn man sein Lebtag nur ›Wie‹ fragt? Vielleicht dazu, einen Katapult zu entwerfen wie der alte Dionysios, eine Maschine, die einen Stein zwei Stadien weit von den Mauern werfen und einen Menschen – ein Mysterium der Götter – töten kann. Doch wozu das alles? Was kann ich für dich tun, Niko?«

Ich erzählte ihm, ich hätte gehört, daß er mit Platon segeln werde, und ich sei nur gekommen, um ihm Lebewohl zu sagen.

»Du hast keine Ahnung«, mit einem Seufzer lehnte er den Kopf an die Wand, »was vorgegangen ist, seit wir uns das letztemal gesehen haben. Und auch vorher, denn ich habe manches verschwiegen. Du hast mir geholfen, meine Gedanken zu klären ... o ja, natürlich wunderst du dich darüber, wie Platon veranlaßt werden konnte zu gehen. Zu staunen ist nur, daß er sich so lange gewehrt hat. Er hatte kaum einen friedlichen Tag – weißt du, daß Dionysios in den letzten Monaten an jeden einflußreichen Freund, den er in Athen hat, Briefe schrieb, man solle Platon zureden? Er betonte, nur unter seiner Leitung könnten Platons Reformvorschläge durchgeführt werden. Du kannst dir vorstellen, wie Platon zumute war, als halb Athen ihm vorwarf, statt die Tyrannis abzuschaffen, ziehe er es vor, behaglich zu Hause zu bleiben, oder er habe Angst, seine Theorien in der Wirklichkeit zu erproben. Überdies hatte Dionysios auch die Tarentiner gedrängt und Archytas damit gedroht, den Vertrag aufzukündigen, wenn er Platon nicht zu der Reise veranlaßte. Archytas gilt als Vater der Stadt; wie kann er die Sicherheit der

Bevölkerung um eines Freundes willen aufs Spiel setzen, wenn er den Eindruck hat, Platon könnte mit seiner Reise sogar etwas Gutes tun? Natürlich schrieben auch die Kyrenier, die Gäste des Archonten, und rühmten die Fortschritte, die ihr Gastfreund in der Philosophie gemacht hatte, und wie ergeben er zu Platons Lehren stehe. Das bedeutet zweifellos, daß er halbgare Theorien von sich gegeben hat; es wäre Platons Tod, wenn er sie anhören müßte.« Er hielt inne, um Atem zu holen, während sein Diener einen Krug mit Wein auf den Tisch stellte.

»Armer Platon«, sagte ich. »Er muß sich vorkommen wie ein Dichter, wenn Schmierenschauspieler ihm seine besten Verse zerhacken.«

Als der Diener gegangen war, sagte Speusippos: »Auch alle Freunde Dions haben geschrieben. Und ihrer gibt es mehr als alle anderen zusammengenommen.«

Ich sagte nichts. Er brach ein Zweiglein Basilikum ab und roch an den kleinen Blüten.

»Dion ist seit langer Zeit mein Gastfreund. In jedem Fall schulden wir ihm Gerechtigkeit. Er hat einen Sohn, der im Hause des Archonten aufwächst. Er hat auch eine Frau …« Ein Schweigen folgte, ehe er fortfuhr: »Es gibt noch etwas, wovon Dion nichts weiß. Platon hat versprochen, nichts zu sagen – die einzige Bedingung, auf die er sich eingelassen hat in der Hoffnung, die Sache abwenden zu können.« Schon tat es ihm leid, daß er so viel gesagt hatte, und ich mußte ihm versprechen, das Geheimnis zu bewahren.

Wann sie segeln wollten, fragte ich. »Bei gutem Wetter in zwei Tagen«, antwortete er. »Die Götter wissen, wann wir heimkehren werden – wenn überhaupt je. Vor meiner Frau lache ich darüber; armes Ding, sie ist schwanger und selbst noch ein Kind. Es ist grausam von mir zu gehen, das fühle ich; aber schlimmer wäre es, Platon im Stich zu lassen. Wie lange wird es dauern, bevor wir beide, du und ich, wieder hier sitzen?« Er sah

sich im Garten um, da und dort verweilte sein Blick. »Wirst du in Syrakus spielen? Es wäre schön, dich dort zu sehen.«
Als das Schiff in See stach, ging ich wie halb Athen zum Hafen. Meinen Augen bot sich ein bühnengleiches Schauspiel.
Platon und Dion tauschten einen höflichen Kuß wie zwei Könige in der Tragödie; ihren Abschied voneinander hatten sie wohl schon genommen. Ich sah Axiothea und ihre Freundin ganz unverhohlen weinen, und die Augen der männlichen Akademie-Mitglieder waren nicht trockener. Es war, als sähen sie Sokrates seinen Schierlingsbecher trinken. Doch Dion bewahrte seine Haltung. Sein edles Wesen beeindruckte das Publikum so sehr, daß ich fast einen Applaus erwartete.
Monate vergingen. Schon wurde es Herbst, und noch immer gab es keine Nachricht über Platons Heimkehr. Ich sah Axiothea selten, denn unser beider Zeit war ausgefüllt. Thettalos hatte genau wie ich kurze Rundreisen unternommen, zwischen denen er für ein paar Tage zurückgekommen war. Für uns waren das glückliche Feste, die ich gut vorbereitete.
Als das günstige Segelwetter offensichtlich vorüber war, suchte ich Axiothea auf und fragte sie, wo Platon sei. In Syrakus, erwiderte sie. Dionysios habe ihn überredet, den Winter über dort zu bleiben und die Regelung von Dions Besitzverhältnissen durchzuführen.
»Noch einen Winter?« fragte ich. »Nein, das ist zuviel!« Und die kleine Lasthenia fügte scharf wie ein brauner Vogel hinzu: »Hoffentlich erntet er den entsprechenden Dank dafür.«
Axiothea sah uns traurig an. Sie hatte Dion immer verehrt; doch wenn sie auch einen Verlust empfand, hielt sie sich noch immer an den guten Zweck der Sache. In ihren Augen war das simpler als in meinen; sie war nie in Sizilien gewesen.
Der Winter ging vorbei, der Frühling kam. Bei den Dionysien verhandelte Philemon, ein hervorragender Künstler, mit Miron wegen der Freigabe des Thettalos. Sie spielten *Herakles in*

Lydien; Thettalos gab die Omphale und den Iolaos, wechselte mit größter Kunst die Masken und war in der ersten Rolle großartig. Ich konnte die Freude merken, die ihn erfüllte, als er unter einem so ausgezeichneten Protagonisten spielte, obgleich die Zucht des alten Miron ihm gutgetan hatte. Ich selber spielte *Theseus in der Unterwelt* und hätte ihn gern als Peirithoos und als Persephone gehabt; doch einen Vogel kann man nur haben, wenn man die Eierschale zerbricht. Es war eines der Jahre, in denen Theodoros den Preis errang; müde und glücklich kamen wir von seinem Siegesfest heim und weigerten uns, daran zu denken, daß Straßen und Meere bald wieder offen sein würden und wir uns trennen müßten.
Im Frühsommer erhielt Miron das Angebot, nach Mazedonien zu fahren und dann nordwärts nach Byzantion. Da ich wußte, wie schwer es mir fiel, allein irgendwelche Pläne zu machen, schüttelte ich mich wie ein Hund und begann mich umzuhören. Nur vier Tage später, nachdem ich endlich meinen Entschluß gefaßt hatte, kam Thettalos gegen Mittag heim und berichtete, er habe Mirons Truppe verlassen.
»Beim Hund!« rief ich. »Warum hast du dummer Junge mir nicht gesagt, daß du nicht die Absicht hattest, nach Norden zu gehen? Jetzt habe ich einen Vertrag nach Sizilien unterschrieben!«
»Sizilien?« Mit vollem Mund schaute er auf. Er kaute Gerstenkuchen und Rosinen und Käse wie ein Schuljunge, der gerade aus der Ringkampfschule nach Hause gekommen ist.
»Ja, vor Zeugen unterschrieben! Ich werde zwei Monate wegbleiben oder länger.«
»Hast du einen Zweiten?«
»Wann hätte ich ihn suchen sollen? Wenn du doch nur –«
»Teuerster aller Männer! Ich habe schon immer nach Syrakus gewollt.«
Ich fuhr auf; dann aber bezwang ich mein Herz, wie man einen Käfig zudeckt, um den Vogel am Singen zu hindern. »Versuche

mich nicht, mein Lieber. Du weißt so gut wie ich, daß du keine Ruhe geben wirst, ehe du dir nicht eine eigene Truppe schaffst. In spätestens zwei, drei Jahren wird es soweit sein. Zwar bist du einsichtig genug, bis dahin eine Führung zu erdulden, aber du wirst jedem grollen, von dem du sie annehmen mußt. Laß es also nicht mich sein.«
»Wahrhaftig, Niko, ich schwöre dir, es wird das Elysium sein, mit dir zu arbeiten. Ich habe gelebt wie jemand, der flach auf ein Fries gemalt ist. Ich werde meine Seele aus dem Leib sprechen, wenn ich sehe, daß du es bist. Dagegen kann ich nichts machen. Aber ich werde dir nie widersprechen. Alles, was Miron mich gelehrt hat, war, zu erkennen, wie gut du bist.«
»Es würde nie gutgehen!« Ich versuchte, meiner Stimme einen festen Klang zu geben.
»Das Schicksal will es. Es hat doch einen Grund, daß ich ihn gerade heute verlassen habe!«
»Wenn schon nichts anderes, so hast du dir doch wenigstens seinen Aberglauben angeeignet.«
Er kam zu mir und ließ sich neben meinem Stuhl auf die Knie fallen. Das Knabenhafte war aus seinem Gesicht geschwunden, sein Gang war wie der eines jungen Löwen, hatte Gewicht und Anmut. Er faßte meine Hände und begann die Rede des Patroklos aus den *Myrmidonen.* Alle Inbrunst legte er hinein.

»›Falsch unseres Bettes heil'ger Ehre,
O undankbar für diese vielen Küsse …‹

Bitte, Niko, nimm mich mit nach Sizilien.«
»Nun«, sagte ich, »wenn du murrst, setzt du dich im voraus ins Unrecht. Das habe ich vorausgesehen.«
Er nannte mich ein Ungeheuer und umarmte mich. Einen Monat später segelten wir westwärts.
Da wir in Sizilien leicht einen dritten Mann sowie Komparsen

finden würden, fuhren wir allein. Dank des guten Wetters war die Reise ein Vergnügen. In Tarent versäumte ich nicht, Archytas meine Aufwartung zu machen, für den Fall, daß er mir Briefe für Platon mitzugeben hätte. Er dankte mir für mein Anerbieten, doch er hatte gerade einen Boten gesandt. Bei aller Höflichkeit war er auffallend wortkarg und machte keinen glücklichen Eindruck. Er erzählte mir, Platon und Speusippos seien, den Berichten nach, bei guter Gesundheit und stünden bei Dionysios in Gunst. Wie Dion sich befand, vergaß er zu fragen.
In Syrakus wußte man von unserer Ankunft, aber ich war doch überrascht, wie viele Menschen sich zu unserem Empfang versammelt hatten. Thettalos meinte, ich müsse bei meinem letzten Aufenthalt eine ganze Generation bezaubert haben. Doch bald ergründete ich das Geheimnis. Natürlich hatte ich geglaubt, Philistos' Silbertalent, das ich zurückgewiesen hatte, werde auf dem schnellsten Weg wieder in seiner Schatzkammer verschwinden. Jetzt entdeckte ich, daß er meinem Wunsch entsprochen und eine lebensgroße Statue des Gottes hatte anfertigen lassen, der einen goldenen Rebenkranz trug und auf einem vergoldeten Leoparden ritt. Natürlich stand Philistos' Name neben dem meinen auf dem Sockel; als Chorege war das sein gutes Recht. Ich weiß nicht, ob er es aus Eitelkeit getan hatte oder ob er, trotz all seiner Laster, doch zu fromm war, um einen Gott zu berauben. Jedenfalls stand die Statue im Tempel neben dem Theater, und die Syrakusaner glaubten, ich sei der reichste Schauspieler Griechenlands.
Was es an Neuigkeiten gab, erfuhren wir von Menekrates. Er hatte uns am Schiff abgeholt, üppig gekleidet, ganz wie ein erfolgreicher Theaterleiter, der in allen großen Städten Siziliens spielte und einmal im Jahr auch Italien besuchte. Als er das letztemal in Athen gewesen war, hatte ich schon gemerkt, daß es ihm gutging. Er nahm uns mit nach Hause, aber nicht mehr in die Wohnung in der Unterstadt, sondern in ein großes Haus

oberhalb des Theaters. Hier gab es einen Hof mit einem schwarzweißen Mosaikboden und einem Springbrunnen. Von einer Marmorterrasse öffnete sich der Blick über das Meer. Zwei schöne goldhäutige Kinder kamen auf ihn zugesprungen; daraus schloß ich, noch bevor ich sie sah, daß er eine jener blonden Frauen geheiratet hatte, die in Sizilien sehr hoch geschätzt werden.

So spät im Sommer war ich noch nie in Syrakus gewesen; die Straßen waren glühend heiß und staubig, die Berge braun gedörrt. Doch der Hof, von einer höher gelegenen Quelle feucht gehalten, war frisch und grün und durch die dicken Wände angenehm kühl. Beim Essen saßen wir auf Kissen aus persischem Stoff, und zwei Männer und ein Knabe warteten uns auf. Nichts war zu gut für uns. Das war seine Art, auszudrücken, daß ich damals in Leontinoi seinem Schicksal eine günstige Wendung gegeben hatte.

Zunächst sprachen wir vom Theater. Zu dem Fest der Arethusa, der örtlichen Quellennymphe, waren große dramatische Feiern vorgesehen. Schon bei der Ankunft im Hafen hatte ich eine Botschaft von Chairemon, dem Tragödiendichter, erhalten, der aus Athen zu Besuch hier weilte; er ersuchte mich, mit ihm zusammenzukommen, bevor ich irgendwelche Pläne machte.

Erst als die Sklaven abgeräumt hatten und uns mit unseren Bechern allein ließen, erwähnte ich Platon. Mir war aufgefallen, daß unser Gastfreund in seinen Reden behutsamer geworden war. Er hatte jetzt mehr zu verlieren.

»Platon?« sagte er. »Ich habe genug mit meinen eigenen Angelegenheiten zu tun, als daß ich mich um Sophisten kümmern könnte, zumal wenn sie sich in alles einmischen. Wenn wir das Festspiel ohne Aufstände und Straßenkämpfe überstehen, so haben wir das eher den Göttern zu verdanken als diesem alten Mann. Ich glaube, ich werde Glyke und die Kinder für diese Zeit aufs Land schicken.«

Bestürzt erklärte ich, es sei völlig unvorstellbar, daß ein Mann wie Platon eine Verschwörung anzetteln sollte.
»Möglich«, erwiderte er. »Aber mit den Ratschlägen, die er gibt, wird er das kaum nötig haben. Gerade hat der Archont beschlossen – und dafür macht jedermann Platon verantwortlich –, seine altgedienten Soldaten auf Halbsold zu setzen. Halte dich von Ortygia fern! Es wird Unruhen geben, sage ich dir.«
Das leuchtete mir ein. Der alte Dionysios hatte bei allen Glücksrittern, wenn auch sonst bei niemandem, in dem Ruf gestanden, langjährige Dienste reichlich zu belohnen. Überall rings um die Stadt hatten sich altgediente Männer angesiedelt, den Boden hatte er ihnen, oft genug auf Kosten der Bürger, gegeben. Sie bildeten einen nützlichen Rückhalt und erleichterten das Anwerben von Soldaten.
»Er hat«, sagte Menekrates, »wie es im Sprichwort heißt, den Leuten das Fell über die Ohren gezogen, aber jeder wußte, wozu das Geld diente; um seine Macht zu stützen. Und sooft die Karthager kamen, hatten wir den Vorteil davon. Doch der junge Herr, der bestimmt ebenso habgierig ist, gibt das Geld für seine Vergnügungen aus. Während er müßiggeht, haben wir hier zwanzig Wucherer, wo es früher nur einen gab. Glaube mir, er kann sich's nicht leisten, an seinen Truppen zu knausern. Mehr will ich nicht sagen; es ist alles nur Klatsch, und je weniger man weiß, desto besser. Aber Platon muß zuviel oder zuwenig wissen, um solche Ratschläge zu geben.«
»Falls er sie gegeben hat! Ich wette eine Jahreseinnahme dagegen. Beim letztenmal gab es auch dieses Gerede – Philistos hatte es ausgestreut.«
Thettalos, der bis dahin bescheiden Zurückhaltung bewahrt hatte, kam mir zu Hilfe und sagte, ganz Athen wisse, daß Platon wegen Dions Besitztümer gekommen sei und um dessen Rückberufung zu erwirken.
»Rückberufung?« Menekrates sah auf. »Wenn Dion zurückkom-

men will, darf er sicher nicht damit warten, bis man ihn einlädt ... Doch das sind gefährliche Reden.« Er ging zur Tür, um sich zu vergewissern, daß die Sklaven nicht lauschten. Dann sagte er: »Und was die Besitztümer anlangt – die Götter belohnen alle wahren Freunde; wer anders aber als die Götter es in Platons Fall tun wird, weiß ich nicht. Dions Ländereien sind im Frühjahr verkauft worden. Es war davon die Rede, sie seinem Sohn, dem jungen Hipparinos, zu übergeben, doch wozu? Er würde das Geld genauso verschleudern wie Dionysios.«
Ich erinnerte mich an Dions Worte in Tarent. »Wie alt ist der Knabe?«
»So um die vierzehn, glaube ich. Er steht hoch in Gunst bei seinem Onkel, dem Archonten, der gern sagt, aus dem Jungen solle kein Spielverderber werden, wie sein Vater einer ist. Vor einiger Zeit habe ich nach der Aufführung von *Der Wahnsinn des Herakles*, die sehr eingeschlagen hat, an einem Fest teilgenommen. Platon war da und auch der junge Hipparinos. Ein schöner Knabe und eigentlich ganz wie Dion, als er in diesem Alter war. Die Akademie aber wird den Knaben nicht zu sehen bekommen. Das temperamentvollste der Mädchen wurde ihm während des festlichen Mahls an sein Ruhelager geschickt, aber ich hatte nicht den Eindruck, daß er noch viel zu lernen hätte. Schon beim ersten Gang hatte er seine Hand unter ihrem Kleid.«
Thettalos warf mir, als Menekrates den Rücken wandte, einen Blick zu. Er hatte sprechende Augen; manchmal konnte man durch sie hindurchsehen wie durch eine Maske.
»Wo wohnt Platon?« fragte ich. »Sein Neffe ist ein Freund von mir, und ich würde ihn gern aufsuchen.«
»Platon bewohnt wie früher das Gästehaus für die vornehmsten Besucher des Archonten. Aber ich glaube nicht, daß der Neffe auch dort wohnt. Soweit ich weiß, lebt er bei frommen Pythagoreern. Ich will mich gern erkundigen. Thettalos, deinen Becher!

Du trinkst ja gar nicht. Während Niko morgen den Sophisten nachjagt, zeige ich dir das Theater. Die Akustik ist erstklassig, aber du mußt dich damit auskennen.«

Am nächsten Morgen ging ich schon vor Sonnenaufgang zu dem Haus, das Speusippos und Platon früher bewohnt hatten. Der Sklave meldete, sein Herr sei noch im Bett, doch ich sagte, ich wolle warten, bis er aufwache. Es dauerte nicht lange, denn kaum daß ich mich im Hof auf den Brunnenrand gesetzt hatte, kamen zwei Schmiede mit einem großen neuen Riegel für das Außentor.

Das Hämmern weckte Speusippos auf, und er kam in den Hof, um zu sehen, was es gab. Ein hübsches Mädchen mit zerzaustem Haar lief hinter ihm her und hielt ihr Kleid zusammen. Er schärfte ihr ein, rasch nach Hause zu gehen und sich nicht auf der Straße herumzutreiben. Dann wandte er sich um und erblickte mich.

»Niko!« Er lachte kurz. »Ich hatte schon gehört, daß du in Syrakus bist. Wartest du schon lange? Komm herein, ich muß mich anziehen und dann Platon in Ortygia aufsuchen; es empfiehlt sich, früh dorthin zu gehen, solange die Straßen noch ruhig sind. Anscheinend werden Unruhen erwartet.«

Sein Gastfreund begrüßte uns, als wir das Haus betraten, ein silberhaariger alter Mann mit noch aufrechtem Gang und einer Haut wie ein kleines Kind. In seinem Zimmer, wo das Bett noch warm war und den Geruch des Mädchens ausströmte, sagte Speusippos: »Ich glaube nicht, daß er sie gesehen hat. Es liegt mir fern, ihn zu enttäuschen; er weiß, daß ich eher der Philosophie zuneige und weniger den Vorschriften der Pythagoreer. Er würde vermutlich sagen, mein nächtliches Abenteuer habe mich um zwei oder drei Wiedergeburten zurückgeworfen. ›Der Leib ist das Grab der Seele.‹ Nun, ich war an der Grenze angelangt, und davon hatte meine Seele keinen Vorteil. Überdies habe ich von dem Mädchen eine ganze Menge gelernt. Ich werde dir gelegentlich davon erzählen. Willst du mitkommen nach Ortygia?«

Unterwegs fiel mir die Warnung des Menekrates ein, mich dem Ort fernzuhalten. Doch ich schämte mich, weniger mutig zu sein als ein Philosoph; gar nicht davon zu sprechen, daß ich einen Freund nicht im Stich lassen wollte. Bis jetzt war auf den Straßen nichts zu bemerken; sie waren leer.

Ich erkundigte mich nach Platons Befinden und ob seine Mission Erfolg gehabt habe. Speusippos machte eine Geste, die verriet, daß er der Schwierigkeiten mehr als überdrüssig war und am liebsten nicht davon gesprochen hätte. »Platon geht es so gut, wie es ihm eben gehen kann, nachdem er ein volles Jahr nutzlos dahingegeben hat. Du hast es vermutlich gehört. Dions ganzer Besitz ist verkauft worden; für rund hundert Talente oder noch mehr. Und Dionysios tut nicht einmal mehr so, als werde Dion je auch nur eine Drachme davon erhalten. Du meinst, Platon hätte das voraussehen können? Das hat er auch. Aber angesichts der Beschwörungen und Lockungen und Bürgschaften konnte er doch nicht ganz sicher sein. Und außerdem wollte er einen Freund nicht enttäuschen.«

»Mögen die Götter mir, wenn meine bösen Tage kommen, einen solchen Freund senden.«

»Er war immer so. Beim Prozeß des Sokrates konnten weder seine Verwandten noch seine Freunde ihn davon abhalten, Zeugnis abzulegen. Als der Gerichtshof ihn seiner Jugend wegen verlachte, was ihm übrigens das Leben gerettet haben dürfte, war er vor Gram so krank, daß man glaubte, er werde Sokrates nicht überleben. Möge das Glück ihm treu bleiben! Doch ich fange an, mich zu fragen …«

»Was? Der Archont …«

»Mit jedem Tag wird's schlimmer. Wie auch nicht, wenn der Mann sich nicht wirklich wandelt. Platon ist um Dions willen hergekommen. Das war der Köder. Dadurch, daß er nach die-

sem Köder schnappte, machte er den Dionysios eifersüchtig, noch ehe er abreiste. Jedes Wort, das er für Dion sprach, war Öl ins Feuer. Daß er mit Freunden Dions zusammenkommt, wird ihm jedesmal zum Vorwurf gemacht. Lange kann das Band nicht mehr halten, ohne zu reißen. Vor jedem Besuch überfällt mich die Angst. Was werde ich diesmal vorfinden?«
Ich weiß nicht, wie hoch er sein eigenes Leben bewertete, falls Platon nicht da sein sollte. Davon sprach er nicht; eilig schlug er den Weg nach Ortygia ein, ein von Sorgen gequälter Mann. Ich konnte kaum mit ihm Schritt halten.
Ohne Schwierigkeiten gelangten wir durch die Tore. Der Grund war sehr einfach – es gab keine Wachen. Die großen Tore waren geschlossen, doch die Nebentore standen offen.
Vor dem letzten Tor sagte Speusippos, als wären wir von der Agora zur Akademie geschlendert: »Nun, Niko, schönen Dank für deine Begleitung.«
»Nein, nein!« rief ich. »Wofür hältst du mich? Ich komme mit.«
Er war zu sehr in Eile, um zu widersprechen, und nach dem Aufstieg auch außer Atem. Nikeratos, dachte ich, du bist ein zu großer Narr für dieses Leben, das wirst du noch merken. Gleichzeitig aber bin ich neugierig. Was für einen Sinn hat es, die Mühen der Reisen auf sich zu nehmen, wenn man sich nicht umschaut.
Wir mußten durch das Kasernenviertel gehen; es war, glaube ich, die Straße der Gallier. Sie war leer. Keinerlei Wachtposten standen umher oder saßen würfelnd auf den Schwellen. Die Türen waren nicht geschlossen, was mich sehr verwunderte, denn meistens achten Soldaten darauf, ihre Sachen vor anderen zu schützen. Das sagte ich gerade zu Speusippos, als wir das Geschrei hörten.
Irgendwer hatte eine Art Päan angestimmt, in den alle anderen sogleich einfielen, und es entstand ein unbeschreiblicher Mißklang. Dann und wann übertönte ein durchdringenderes

Geheul das der anderen, doch das holten sie mit wortlosem Gebrüll wieder ein.

Meine Knie zitterten wie bei Lampenfieber, nur noch schlimmer. »Sie sind unterhalb der Befestigungsmauern«, sagte ich. »Das hört man. Die Tore müssen geschlossen sein. Es hat keinen Zweck weiterzugehen.«

Ein Soldat kam die Straße herunter. Ich wollte ihm aus dem Weg gehen, doch da rief Speusippos: »Herakleides!«

Es war ein Offizier, ein sizilianischer Grieche, dunkel und gutaussehend, in Kleidung und Sprache ein gebildeter Mann mit angenehmen Umgangsformen. Er war so in Gedanken vertieft gewesen, daß er uns erst bemerkte, als wir dicht vor ihm standen. Aber sein Blick hatte nichts Ängstliches, und er sah auch nicht aus wie jemand, der davonläuft. Als er Speusippos erkannte, sah er ihn offen an. Dann sagte er: »Ich bin nicht im Dienst.«

»Im Namen der Götter«, erwiderte Speusippos, »hör doch nur!«

»Was meinst du?« Er hob die Brauen. »Ich höre nichts.«

Speusippos hielt den Atem an und wartete. Herakleides zuckte die Achseln. »Einige meiner besten Leute sind dabei. Männer, die mich, als ein Speer mich getroffen hatte, vom Schlachtfeld zogen, obwohl sie mich ebensogut in die Hände der Karthager hätten fallen lassen können. Ich kann sie nicht zum Schweigen bringen; wenn ich ihnen den Befehl gebe, werden sie ihn nicht befolgen, und das wäre für die Disziplin nicht gut. Ich kann mir allenfalls ihre Namen notieren. Keine Namen, keine Strafe. Wenn ich könnte, wäre ich auch dort.« Er ging weiter den Hügel hinunter. Ich erinnerte mich, daß ich bei mir dachte, was für ein schlichter, anständiger Mensch er sei, geachtet bei seinen Leuten.

Das Geschrei wurde lauter. Eine Truppe Nubier zog vorbei in Richtung auf den Palast. Sie stampften bei jedem Schritt und sangen im Takt dazu. Dann und wann stießen sie einen Schrei

aus, sprangen hoch und warfen die Speere in die Luft. Ich zog Speusippos in einen Hausflur.
»Laß uns umdrehen«, sagte ich. »Was kannst du ausrichten? Die Mauern sind zehn Fuß dick. Sie werden nie hineingelangen.«
»Nicht«, erwiderte er, »wenn die Männer dahinter sie draußen halten wollen.«
»Das steht bei den Göttern.« Einen anderen Trost fand ich nicht. »Kehren wir um!«
Er kam ein paar Schritte mit mir; dann blieb er stehen. »Nein. Ich warte. Wenn es ihnen auch nicht gelingt hineinzukommen, so wird es mir doch gelingen.« Mein Gesicht war ohne Zweifel ein offenes Buch. Fest legte er mir die Hand auf die Schulter. »Mein lieber Niko, geh zurück, du bist ohnehin schon zu weit mitgegangen. Deine Sache ist es nicht, auszuharren. Ich jedoch ... Er wäre mit Sokrates gestorben, und ich habe viel mehr vom Leben gehabt als er damals. Wenn jetzt die Reihe an ihm ist, so darf ich ihn nicht allein lassen.«
Eine Stimme in mir spendete seinen Worten Beifall; doch alles übrige grollte ihm, weil er mich in seine Entscheidung mit hineingezogen hatte. »Nein«, sagte ich. »Ich komme mit. Ich will sehen, was los ist. Wenn du dich allerdings hinter diesen Mauern umbringen lassen willst, so ist das eine andere Sache.«
Und ich ging neben ihm weiter den Weg hinauf.
Bald gelangten wir zu der breiten Ringstraße, die um den Palast herumführte. Wir konnten den Lärm noch immer hören. Eine Schar von Römern lief an uns vorbei, und sie schrien einander zu. Dann kamen wir zu dem großen, zwanzig Fuß hohen Haupttor mit dem weiten Platz davor. Er war voll von Soldaten, die alle mehr oder weniger nach ihrer Herkunft zusammenstanden. Dahinter hielt sich der Pöbel, und zwar der gefährlichste, den es gibt, alle bewaffnet und an Gewalttaten gewöhnt. Der einzige Trost war, daß sie zu dieser frühen Morgenstunde noch nicht betrunken waren.

Jetzt hörten wir, wie sie »Dionysios« schrien. Als niemand erschien, warfen sie Steine nach dem Wachhaus. Die Nubier waren die besten Schützen. Oberhalb des Wachhauses war ein Fries, und die Nubier zielten auf die Köpfe der Götter und hatten schon etwa die Hälfte heruntergeschlagen. Zu meiner Überraschung waren keine Gallier zu sehen.
Plötzlich erfüllte ein Freudengeschrei den Platz; alle Köpfe drehten sich um. Splitternackt, so wie sie in den Kampf zu ziehen pflegten, und mit blauer Kriegsfarbe bemalt, schleppten die Gallier einen mächtigen Stamm, der aussah wie ein Kiel von Schiffswerften. Die Menge eilte ihnen zu Hilfe und reihte sich zu beiden Seiten auf, während einer den Gesang zum Angriff anstimmte.
Zweimal oder dreimal stießen sie zu. Das Tor war aus Eiche und Eisen, aber ich konnte mir nicht vorstellen, daß es lange halten würde; schon bewegten sich die Angeln. Speusippos sah schweigend zu, zweifellos wappnete er sich mit Philosophie.
Gerade schickten sich die Gallier zu einem neuen Stoß an, da ertönte eine Trompete über das Tor hinweg. Das Geschrei dämpfte sich zu einem dumpfen Murren. Die Gallier ließen den Stamm zu Boden sinken. Eine griechische Stimme rief: »Dionysios!«
Ein alter Mann in Rüstung erschien auf dem Wachtturm – Philistos.
Er sah älter aus, als ich ihn in Erinnerung hatte. Sein Gesicht war fleckig, die Augen eingesunken, die Nase schärfer vorspringend und blauer. Bei seinem Anblick ging ein Murren durch die Menge, doch dann wurde es still. War er vielleicht auch kein beliebter Heerführer, so stand er doch in Speerwurfweite, und das verdiente, daß man ihn anhörte.
Der Sinn seiner Rede war, daß es sich um ein großes Mißverständnis handelte. Übelgesinnte Personen hätten die Befehle des Archonten verfälscht. Er sei entrüstet gewesen, als er von

ihren Beschwerden hörte. Die Zahlungen an die altgedienten Krieger sollten nicht nur beibehalten, nein, von heute an sollten sie erhöht werden.

Natürlich gab es Jubelgeschrei, triumphierend und spöttisch zugleich. Es war den Stimmen aller Rassen deutlich anzuhören, so verschieden die Tonart auch war. Selbst bei den Nubiern merkte man es.

Philistos musterte sie. Ich verachtete den Mann, aber es machte keine Freude zu sehen, wie ein alter Feldherr vorgeschoben wurde, den Truppen diese schamlosen Lügen vorzutragen. Doch ich muß zugeben, daß er es mit großer Würde tat.

Er humpelte steif die Treppe herunter. Die Griechen, die vorher geschrien hatten, riefen jetzt abermals nach Dionysios; diesmal war es offener Hohn. Doch niemand kam.

Schreiend und singend verlief sich der Pöbel zu den Schenken und ließ den Stamm auf der Erde liegen. Die Gallier marschierten neben uns, ohne uns jedoch mehr Beachtung zu schenken als Hunden. Schon jetzt am Morgen war es warm, und der Schweiß rann ihnen über die Kriegsbemalung, die sich nicht verwischte, sie schien eintätowiert. Die Männer rochen wie Pferde.

Speusippos und ich blieben auf dem leeren Platz zurück. Nun brauchte er nicht mit Platon zu sterben, und ich nicht mit ihm. Ich dachte, er werde ebenso erleichtert dreinschauen wie ich, doch er stand da, einen harten Ausdruck um den Mund, den ich an ihm nicht kannte, und sah den Soldaten nach. »Das sollte Dion wissen«, sagte er.

Derzeit konnte nichts mich überraschen. »Meinst du damit, was ich mir vorstelle?« fragte ich.

»Das glaube ich wohl«, erwiderte er. Und dann: »Ich habe diese Nacht mit dem Mädchen gesprochen. Sie war zwölf Jahre alt, als ein Späher des Philistos sie aus ihrem Elternhaus fortschleppte, um Dionysios zu ergötzen. Ihr Vater wehrte sich. Er wurde in

die Steinbrüche geschickt und nie mehr gesehen. Dionysios hatte nicht einmal den Anstand, sie nachher wieder nach Hause zu schicken. Wie eine streunende Katze wurde sie davongejagt; ein paar Iberer bemächtigten sich ihrer, und sie wurde von Kaserne zu Kaserne weitergereicht. Dabei ist ihre Geschichte noch harmlos im Vergleich zu anderen, die sie mir erzählte; aber wenn man das Bett miteinander teilt, geht's einem näher. Dieser Mann macht, was er will! Er allein hat die Macht. Es fällt dem Verstand schwer, das zu begreifen.«
Er hatte recht; wenn man nicht dazu geboren ist, kann man es nicht fassen; es muß gerochen und geschmeckt werden. Wie ich war er zu jung, um sich an dergleichen Dinge in unserer Heimat zu erinnern. Aber sogar die Dreißig hatten einig sein müssen.
»Ein Mann allein!« wiederholte er.
»Falls du ihn einen Mann nennen willst. Daß die Truppen ihn so bezeichnen, bezweifle ich.«
»Welches waren die Worte, die der alte Dionysios auf dem Sterbebett sagte, Niko? ›Eine Stadt in unzerreißbaren Ketten.‹ Die Ketten rosten. Dion sollte das wissen.«

16

Die Soldaten vergnügten sich die ganze Nacht auf Kosten aller, die ihnen über den Weg liefen. Dann kehrten sie zu ihrem Dienst zurück, und die Stadt atmete auf. Ich wurde von Menekrates gescholten, weil ich nach Ortygia gegangen war, und von Thettalos, weil ich ihn nicht mitgenommen hatte. Als ich den Namen Herakleides erwähnte, schaute unser Gastfreund beunruhigt drein. Obgleich es schwer war, sich einen so offenherzigen Krieger als Verschwörer vorzustellen, war nicht daran zu zweifeln, daß die Meuterei die Loyalität der Truppen und die Stärke des Archonten auf eine Probe gestellt hatte. Ob Speusippos das wohl ahnte?

Zwei Tage später, als alles ruhig war, suchte ich Chairemon auf; diesmal nahm ich Thettalos mit, der das Werk dieses Tragödiendichters kennenlernen wollte. Nachdem wir uns umgehört hatten, denn als echter Poet hatte er vergessen, uns zu sagen, wo er wohnte, erfuhren wir, daß er sich als Gast im Palast von Ortygia aufhielt.

»Gut«, sagte Thettalos unterwegs. »Diesmal werde ich mir nicht den ganzen Vormittag die Haare raufen und mich fragen, ob du tot im Rinnstein liegst. Führ mich nur in die Höhle des Tyrannen!«

Nicht gerade mit großem Entzücken näherte ich mich Ortygia. Sollten die Tore wieder geschlossen werden, hatte ich keine Lust, gerade innerhalb der Mauern zu sein. Ich zeigte jedenfalls unsere Pässe, die für den Außenbezirk von Ortygia galten; der Hauptmann der Wache hieß sie auch für den Palast gut.

Wir gelangten durch das letzte Tor und waren im Park des

Palastes. Männer liefen hin und her, leichtbewaffnete Kreter durchstöberten wie Treiber auf der Jagd die Büsche und riefen einander irgend etwas zu. Einige von ihnen hielten uns an, ließen uns aber passieren, ohne zu sagen, wen sie suchten.

Nach einiger Zeit fanden wir den Weg zu dem Gästehaus, wo Chairemon ein Zimmer hatte. Alle Bewohner – Dichter, Abgesandte, unbedeutende Philosophen und dergleichen – standen tuschelnd im Hof zusammen. Kaum hatte Chairemon uns erkannt, kamen sie alle auf uns zugelaufen und fragten nach Neuigkeiten. »Was für Neuigkeiten?« sagte ich. »Wenn ihr die Meuterei meint, nun, die ist anscheinend vorüber.« – »Dann haben sie ihn wohl immer noch nicht erwischt?« fragte jemand. Und als ich wissen wollte, von wem die Rede sei, sagte er: »Herakleides.«

»Ich glaube nicht. Unterwegs trafen wir eine Reihe von Männern, die nach jemand Ausschau zu halten schienen. Was hat er denn verbrochen?«

Mit einmal wurden alle vorsichtig; Chairemon sagte, man wisse nichts Genaues, sondern habe nur gehört, daß er gesucht werde. Ob wir nicht hereinkommen wollten, fuhr er fort, dann könnten wir über das Stück sprechen.

Nachdem sich die Tür geschlossen hatte, schüttelte er uns kräftig die Hand und dankte den Göttern für den Klang der attischen Sprache. Es hätte nicht viel gefehlt, und er wäre in Tränen ausgebrochen. »Nie wieder! Ich bin mit Karkinos gekommen; er ist früher schon hier gewesen und überredete mich anzunehmen. Die Kunstwerke, die Bankette, die Musik und was noch alles! Nie, nie wieder! Nicht daß ich mit dem da etwas zu tun hätte, das keineswegs.« Er warf einen Blick nach der Tür. »Man muß wissen, daß alles geschehen kann – ja, wirklich alles. Aber daran zu denken! Bloß daran zu denken!«

»Pythagoras sagte: ›Finde dich damit ab, daß alles, was geschehen kann, auch dir geschehen kann‹«, erwiderte ich. Dieses

Wort hatte ich in der Akademie gehört. Er sah mich flehend an, als könnte ich es ändern. Ich merkte, wie Thettalos in sich hineinlachte.

Herakleides war beschuldigt worden, die Meuterei angezettelt zu haben. Danach war er verschwunden. Seine Freunde, auch Platon, hatten sich für ihn eingesetzt, denn er hatte zu Dions Partei gehört. Und sie hatten auch einen Geleitbrief des Archonten für ihn erwirkt, damit er seine Angelegenheiten regeln konnte, ehe er in die Verbannung ging. Und heute waren auf die Nachricht hin, daß er gesehen worden sei, Truppen ausgeschickt worden, um ihn zu verhaften. Jetzt nahm man an, der Geleitbrief sei nur ein Kniff gewesen, um seine Abreise zu verzögern.

»Schon möglich«, meinte ich. »Oder Dionysios ist anderen Sinnes geworden.«

»Ja, aber, Nikeratos, seine Ehre ...«

»Über die Ehre gibt es in Syrakus nur einen einzigen Richter.« Chairemon blinzelte. »Wie dem auch sei«, sagte ich. »Es gibt immer noch das Theater. Wäre Troja nicht gefallen, wo wären wir heute?«

Er sah mich ob meiner Leichtfertigkeit vorwurfsvoll an, doch war er bereit, von Geschäften zu sprechen.

Für sein neues Stück *Achilles erschlägt Thersites* hatte er bereits einen Choregen gefunden, und er wünschte, wir sollten es beim Fest aufführen. Obgleich er darauf bestand, es laut vorzulesen – warum nur verstehen sich so wenige Dichter aufs Vorlesen? –, war es doch eine anständige Arbeit. Es begann damit, daß die Amazone Penthesilea als Verbündete Trojas ankommt. Sie fordert die Griechen heraus; man berichtet dem Achilles, der noch immer um Patroklos trauert, die Geschichte ihrer Siege. Er hat jetzt seinen Platz als Held der Griechen wieder eingenommen, und so ist es seine Sache, sich ihr zu stellen. Sie rufen einander zu, fordern sich gegenseitig heraus – die Amazone oben von der

Mauer, er von unten. Liebe auf den ersten Blick. Doch an Stolz und Stellung sind sie einander ebenbürtig; beide schätzen die Ehre höher als das Leben. Sie müssen kämpfen bis zum Tod. Achilles siegt. Er kommt aus der Schlacht, geht neben die Bahre, auf der sie ihren letzten Atem aushaucht. Es ist eine schöne Rede, mit der er ihren Mut preist, um die scheidende Seele zu erfreuen. Nun ist sie tot. Er kniet nieder und weint um sie, beugt sich über die Bahre. Thersites, der Spötter, der es gern gesehen hätte, wenn der große Achilles von Frauenhand gefällt worden wäre, schmäht ihn. Was bist du für ein Mensch! ruft er. Eben noch hast du um Patroklos geklagt, und jetzt ist's diese Amazone, und beide sind durch dich gestorben. Achilles richtet sich auf. Thersites erschrickt und läuft davon; hinter der Bühne hört man seinen Todesschrei. Achilles hat ihn erschlagen. Nach einer lebhaften Szene mit Diomedes, der Genugtuung für das Blut seines Vetters Thersites verlangt, erscheint Artemis, um dem Streit Einhalt zu gebieten und die Helden zu versöhnen. Eine große Prozession! Penthesilea wird ihren Amazonen zurückgegeben, die sie begraben, und damit endet das Stück. In Athen ist es inzwischen oft gespielt worden, damals aber war es die erste Aufführung.

Achilles ist die Rolle für den Protagonisten, aber auch für den Zweiten ist reichlich Futter vorhanden. Die sterbende Penthesilea kann ein Komparse spielen, die lebende und auch Thersites sind Rollen für den Zweiten. Chairemon hatte das Stück abschreiben lassen, und so konnten wir den Text mitnehmen. Wir waren so sehr davon erfüllt, daß wir kaum merkten, wie die Kreter immer noch die Büsche durchstöberten. Wir lasen im Gehen, und so verfehlten wir den Weg und befanden uns plötzlich in einem unbekannten Teil des Parks, zwischen bedrohlich aussehenden Häusern. Ich steckte das Stück in mein Gewand und sagte: »Wir müssen auf demselben Weg zurück, auf dem wir gekommen sind.«

»Gewiß«, meinte Thettalos. »Aber welcher ist es?«
Wir sahen uns drei völlig gleichen Wegen gegenüber. Über ein Gebüsch von rosafarbenem Oleander hinweg erblickte man die Dächer des Palastes. »Wir müssen durch das Gebüsch hindurch«, sagte ich. »Wenn ich weiß, auf welcher Seite des Palastes wir sind, finde ich den Weg.«
Wir drängten uns durch das dunkle Gebüsch. Als es vor uns heller wurde, hörte ich plötzlich die Stimme des Dionysios und blieb reglos stehen. Ich packte Thettalos am Arm. Er verstand sofort. Dies war nicht die Stunde, um hier gefunden zu werden. Es hätte ausgesehen, als ob man den Archonten beschleichen wollte! Ich erinnerte mich an das Wort des Pythagoras, das ich vor Chairemon so leichthin ausgesprochen hatte.
Ein wenig blaß trat Thettalos in eine Lücke zwischen den Blättern. Man muß doch beobachten, sagte er mir nachher, wie die Menschen sich verhalten.
Zuerst konnte ich nur die Stimme des Dionysios vernehmen, die von Mitleid mit sich selbst erfüllt war. Dann unterschied ich noch zwei, drei andere Stimmen. Hin und wieder sagte einer der Männer, die bei ihm waren: »Ja, allerdings« oder »Das kann jeder bezeugen!« oder »Wie wahr!« Sie kamen auf uns zu; während ihre Worte immer deutlicher wurden, machte die Furcht vor Entdeckung mich sozusagen taub. Immerhin hielten sie an, als sie zu einem Dickicht kamen, und erst jetzt wagte ich Atem zu holen. Dionysios sagte: »Doch nein, kein Freund Dions kann in seinen Augen unrecht tun. Jeder Verräter, der mein Salz ißt und meine Soldaten verleitet, wer auch immer, jeder kommt vor mir.« Er schluchzte beinahe. Er war halb betrunken, aber ganz ehrlich.
»Du bist seiner Unverschämtheit gegenüber zu großzügig gewesen, o Herr«, sagte einer seiner Begleiter. »Die Wahrheit ist – vergib, daß ich ganz offen spreche –, du schätzt dich selber nicht hoch genug ein. Und das füttert seinen Stolz.«

»Wenn ich daran denke ...«, begann Dionysios, doch dann verstummte er. Sie gingen weiter; ich schlich mich neben Thettalos und spähte zwischen den Blättern hindurch. Dort war der Archont mit seinen Freunden; über den Rasen kamen drei Männer auf sie zu, der älteste ging voran. Thettalos flüsterte mit hochgezogenen Brauen fragend einen Namen. Ich nickte.
Die beiden jüngeren Männer standen schweigend da, sichtlich tief bekümmert. Platon trat näher. Seine Schultern und sein mächtiger Kopf waren gebeugter, als ich es in Erinnerung hatte; sein Bart, früher grau, war jetzt ganz weiß, während sich in den Brauen noch schwarze Haare in das Weiß mischten. Tief lagen die grauen Augen in den Höhlen und blickten durchdringend. Fast konnte ich durch den Hinterkopf des Archonten hindurchsehen, wie der Blick des Dionysios ziellos umherschweifte. Immerhin entschloß er sich, von seinen Begleitern zweifellos ermutigt, standzuhalten. »Ja, Platon?« sagte er. »Was gibt's?«
»Ich bin hier«, sagte Platon, »auf Bitten dieser Freunde. Sie fürchten, du könntest trotz des Versprechens, das du mir gestern gegeben hast, irgendwelche neuen Schritte gegen Herakleides unternehmen. Er soll hier in der Nähe gesehen worden sein.«
Dionysios richtete sich jäh auf und machte gleichzeitig mit dem Rücken eine leichte Drehung. »Ein Versprechen?« fragte er entrüstet und bemühte sich, überrascht zu klingen.
Bei diesen Worten trat der eine von Platons Freunden auf den Archonten zu, warf sich vor ihm auf die Knie und griff nach seiner Hand. Unter Tränen brachte er eine Bitte vor. Dionysios ließ die Tränen auf seine Hand tropfen, nahm eine stolze Haltung an und spielte den mächtigen Mann. Vielleicht glaubte er ausnahmsweise, seinem Vater zu gleichen. Platon betrachtete die Szene mit Widerwillen. Nach einer Weile trat er vor und legte seine Hand auf die Schulter des Knienden. »Nur Mut, Theodo-

tes«, sagte er. »Dionysios würde niemals wagen, unsere Vereinbarung auf solche Art zu brechen.«
Dionysios vermochte seine Pose nicht durchzuhalten. Jetzt verschränkte er wütend die Arme. »Mit dir«, sagte er, »habe ich mich auf nichts geeinigt. Auf gar nichts!«
Ja, Platon war gealtert. Nie mehr würde er seine frühere Straffheit wiederfinden. Dennoch schien er bei diesen Worten bedrohlich zu wachsen. Ich erinnerte mich, daß ich einmal in irgendeinem alten Provinztheater nachts mit einer Fackel in den Skeneraum gekommen war und mich unverhofft einer großen alten Eule gegenüber gesehen hatte, die mich aus ihrer dunklen Ecke mit ihren runden Augen anstarrte. Beinahe hätte ich die Fackel fallen lassen und das ganze Haus angezündet.
»Bei den Göttern, das hast du getan!« Die beiden Schmeichler kicherten, Platons Freunde zitterten vor Angst. »Du hast mir genau das versprochen, worum dieser Mann bittet.« Damit wandte er dem Archonten den Rücken zu und ging davon.
Ein Schweigen folgte; Dionysios befahl den Freunden des Herakleides, ihm aus den Augen zu gehen, und schritt mit seiner Begleitung auf den Palast zu. Mit einmal war der Rasen von einer gewaltigen Leere erfüllt wie ein Theater nach Beendigung des Spiels.
Erst als wir den richtigen Weg gefunden hatten, vermochten wir wieder zu sprechen. »Er hat ihn vor all diesen Leuten einen Lügner genannt!« sagte Thettalos.
»Und zwei davon waren Freunde Dions!« setzte ich hinzu.
»Wird er ihn töten?«
»Ich weiß nicht.« Ich spürte, daß ich ein wenig zitterte. »Sein Vater hätte es getan. Vermutlich weiß er selbst nicht, was er tun will. Das steht bei den Göttern. Vor allem müssen wir Speusippos aufsuchen und ihn warnen.«
Menekrates beschloß, als er unsere Nachrichten hörte, Frau

und Kinder auf der Stelle außerhalb der Stadt zu schicken. In größter Eile wurde gepackt.
Zweimal gingen wir zu dem Haus, in dem Speusippos wohnte; doch er war nicht da, und niemand konnte uns sagen, wo wir ihn finden würden. Den Rest des Tages verbrachten wir mit Chairemons Drama, doch am nächsten Morgen gingen wir in aller Frühe abermals zu ihm. Der Türhüter, der mich kannte, sagte, er und sein Herr seien im Hause des Archidemos, des Philosophen, dessen Gast Platon jetzt war. Wir starrten ihn an, und er fuhr zögernd fort: » Soviel ich weiß, benötigte der Archont das Gästehaus. Und so hat er Platon ersucht, zu seinen Freunden zu übersiedeln.«
Erleichtert sahen wir einander an. »So geht es Platon gut? Und er wohnt bei seinen Freunden?« Das wurde bejaht. »Und dein Herr und Speusippos sind auch dort?«
»Das kann ich nicht sagen, Herr. Jedenfalls sind sie dorthin gegangen.«
Kein Zweifel, daß er manches verschwieg, aber wir waren zufrieden und gingen erleichtert davon.
Da wir über Platons Verbleib jetzt beruhigt waren, konnten wir mit den Proben beginnen.
Es gab keinen Chor, sondern nur musikalische Zwischenspiele, mit denen sich ein Musikmeister beschäftigen würde. Chairemon war ein sehr moderner Dramatiker. Der dritte Schauspieler, an den ich dachte, war frei und brachte noch einen Freund mit, der den Vierten sprechen sollte. Er rezitierte uns einige Verse; viel hatte er nicht zu reden. Ich verpflichtete ihn sogleich. Komparsen waren leicht aufzutreiben. Chairemon hatte einen vernünftigen Choregen gefunden; er galt nach sizilianischen Maßstäben als kleinlich und war froh, daß er es mit athenischen Schauspielern zu tun hatte, die nicht auf Gold- und Silberfransen bestanden und auch nicht auf Kronen aus echtem Gold. Ich bin eine Spur zu eitel, um mich hinter einem Haufen

von Schmuck zu verbergen, und so kamen wir gut miteinander aus.

Zwei oder drei Tage probten wir schon, als ich auf dem Heimweg Thettalos fragte: »Vor den andern wollte ich nichts sagen, mein Lieber, aber was machst du mit Thersites?«

Er erwiderte meinen Blick, und ich merkte, daß er versuchen wollte, mir etwas einzureden. »Glaubst du nicht, daß es neu wäre und dem Geist der Zeit entspräche, ihn sympathisch darzustellen?«

»Welcher Zeit? Das Stück spielt im Trojanischen Krieg.«

»Ja, aber es ist auch richtig, daß Achilles den Patroklos tötete oder jedenfalls an seinem Tod schuld war. Bei Homer wird nur erwähnt, daß Thersites sich gegen Agamemnon erhebt, der im Unrecht ist. Wer noch hat das getan?«

»Achilles, Diomedes, Chryses, Odysseus.«

»Ja, aber Thersites sprach für das gemeine Volk!«

»Nein, mein Lieber, nur für die Minderwertigen. Es ist die Stimme des Neides, der das große Gute brennender haßt als das große Übel. Darin ist Chairemon dem Homer gefolgt. Penthesilea ist die Rolle, für die man Sympathie wecken muß. Thersites bietet dir den Gegensatz.«

»Es ist im modernen Geist«, meinte er. »Es ist antioligarchisch. Zeigen wir doch, wie der gemeine Mann sich widersetzt; das kann gerade für Syrakus gut sein.«

»Die Götter mögen den Syrakusanern helfen, wenn sie sich in Thersites erkennen! Sie haben die Größe vergessen; um so mehr Anlaß, sie daran zu mahnen. Der Zorn des Achilles währte nur wenige Tage seines Lebens, aber kaum ein Dramatiker hat sich mit etwas anderem befaßt. Es ist doch recht mutig von Chairemon, ihn von seiner besten Seite zu zeigen. Warum sollte man davor Angst haben?«

»O Zeus! Ich glaube fast, du meinst, ich wollte die Szene an mich reißen? Ist es so?«

»Aber nein, ich kenne dich doch. Du willst schaffen, was dein Geist geschaut hat. Ich könnte den Achilles zu diesem Thersites spielen; von nichts erfüllt als von der eigenen Wichtigkeit, seinem Schmerz hingegeben, weil es sein persönlicher Schmerz ist, und den Thersites tötend, nur um großzutun. In dem Text ist das nicht, aber man könnte es so auslegen. Wer weiß? Vielleicht würde das Publikum es schlucken.«
»Nun? Warum also nicht?«
»Vermutlich weil die Menschen mehr sein könnten, als sie sind. Warum soll man ihnen nur zeigen, wie man weniger ist?«
»Man soll sie getreu dem Leben zeigen.«
»Wie auch nicht? Doch getreu wessen Leben? Die Wahrheit kann ebenso mit Achilles rechnen wie mit Thersites, mit Platon wie mit Dionysios. Auch bei Patroklos ist Wahrheit, der nicht an einem Verwundeten vorübergehen konnte und den die Sklavinnen beweinten, weil er immer ein gütiges Wort für sie hatte. Die Welt gehört nicht dem Thersites, es sei denn, wir gäben sie ihm.«
»Lieber Niko, ich hatte dich nicht ärgern wollen. Bestimmt nicht! Du hast die Leitung, und ich habe versprochen, gut zu sein. Ich glaubte nur, es würde das Thema ein wenig auffrischen.«
Während wir weitergingen, fragte ich mich, wieviel von dem, was ich sagte, ich bei den Mitgliedern der Akademie aufgeschnappt hatte, selbst wenn ich ihre Ansichten verwarf.
Im Haus des Menekrates wohnten jetzt nur noch Männer. Nach einigen Tagen sah eine der Dienerinnen frisch und wohlgepflegt aus und trug ein neues Halsband; und Menekrates sang beim Baden. Seine Frau, eine Tochter aus vornehmem Haus, neigte dazu, ihn schlecht zu behandeln.
Wir gaben uns große Mühe mit dem Stück, doch irgend etwas wollte nicht klappen. Thettalos spielte den Thersites genau, wie ich es verlangt hatte, aber er übertrieb, und die Figur hatte alle Menschlichkeit verloren. Ich wußte, daß er es nicht absichtlich

tat; über solche Kleinlichkeit war er erhaben. Es lag einfach daran, daß für ihn alles Leben aus der Rolle gewichen war. Mir blieb nichts anderes übrig, als abzuwarten.
Wir konnten nicht jeden Tag im Theater proben, sondern kamen nur turnusgemäß an die Reihe; an den anderen Tagen mieteten wir einen Raum. Und so vergingen einige Tage, bis wir das Theater wieder betraten. Wir arbeiteten noch immer ohne Masken, und so konnte ich alles genau überblicken. Bei meinem letzten Abgang sprang jemand im Zuschauerraum auf und eilte zum Parodos. Ich wartete. Es war Speusippos.
»Mein lieber Freund«, sagte ich, »was gibt's?«
Sein Bart war nicht geschabt, er wirkte übernächtigt, sein Gewand war am Saum ganz schmutzig, als hätte er es über den Boden geschleift. »Niko, kann ich dich allein sprechen?«
»Natürlich! Am besten im Tempel des Dionysos, denn in den Ankleideraum kann jeder hereinkommen.« Wie gern hätte ich mich in dem Gedanken gewiegt, es sei alles in Ordnung, bloß um mich in meiner Arbeit nicht stören zu lassen. Wenigstens wurde er nicht verfolgt, dachte ich, da er doch im Theater sitzen konnte.
Der Tempel war leer bis auf einen alten Sklaven, der den Boden fegte. Wir setzten uns auf den Sockel eines Standbilds; es war mein goldener Panther, gekauft von dem Honorar des Philistos.
»Ich bin gestern hiergewesen.« Er wischte sich die Stirn. »Ein Mann sagte mir, du würdest heute kommen … die Wachen lassen mich nicht mehr nach Ortygia hinein. Ich weiß nicht, was ich tun soll.«
»Ortygia?« Ich sah erstaunt auf. »Ich dachte, das sei der letzte Ort, wohin du wolltest. Ihr seid doch beide draußen!«
»Nein. Platon ist noch dort.«
Ich war ebenso bestürzt wie verwirrt. »Man hat mir aber doch gesagt, er wohne bei einem Freund!«

»Er ist Gast des Archidemos, gewiß. Doch dessen Haus ist in Ortygia.«
Ich erinnerte mich an die Verlegenheit des Türstehers. Syrakus war, wie immer, voll von Spitzeln.
»Vor einigen Tagen«, begann Speusippos, »hat Platon den Dionysios schwer beleidigt ...«
»Ja, ja, ich weiß. Woher, ist gleichgültig; und was geschah dann?«
»Am nächsten Tag sandte der Archont eine Botschaft, daß das Gästehaus für die Frauen seiner Familie benötigt würde, die sich vor dem Arethusa-Fest zurückziehen und reinigen wollten. Ganz offenkundig eine Lüge, aber besser als ein Dolchstoß im Dunkeln. So betrachteten wir es. Platon sagte, es beweise, daß Dionysios noch nicht ganz seine Seele dem Bösen überlassen hätte. In der Botschaft hieß es auch, daß ein gemeinsamer Freund, nämlich Archidemos, bereit sei, ihn bis auf weiteres bei sich aufzunehmen; angesichts der unsicheren Zeiten halte der Archont es für richtig, daß Platon Ortygia nicht verlasse.«
»Kann man diesem Gastfreund vertrauen?«
»Ohne weiteres, soweit es in seiner Macht steht. Er ist sowohl mit Dion wie mit Dionysios verwandt; ein Pythagoreer, der sich nicht mit Politik beschäftigt. Er verehrt Platon aus tiefster Seele. Bis jetzt bin ich jeden Tag hingegangen. O ja, Archidemos ist zuverlässig, aber er macht sich doch große Sorgen, was inmitten der Soldaten alles geschehen kann! Und jetzt lassen sie mich nicht mehr in die Festung.« Er hob den staubigen Saum seines Gewandes und ließ ihn durch die Finger gleiten.
»Auf wessen Befehl?«
»Meines Erachtens reine Willkür seitens der Soldaten. Gestern nahm ein Gallier meinen Paß und wollte ihn mir nicht zurückgeben. Lachend warteten sie ab, was ich tun würde. Wahrscheinlich dachten sie, ich würde meine Selbstbeherrschung verlieren.

Ich wandte mich an einen römischen Offizier, der gerade vorbeikam – die Römer sind eine Spur weniger barbarisch als die Gallier. Aber er sagte, seiner Ansicht nach habe man mir eine Begünstigung erwiesen. Ich wage mir nicht auszumalen, was er damit gemeint hat.«
»Meutern denn die Truppen noch immer?«
»Nein. Man hat alle ihre Forderungen erfüllt. Doch von den längerdienenden, die den Aufruhr angezettelt haben, ist die alte Lüge wieder aufgewärmt worden, Platon wolle, daß sie entlassen würden, und er habe den Rat gegeben, ihren Sold zu kürzen. In ganz Ortygia erzählt man sich das.«
»Philistos«, sagte ich. Das paßte zu seinem Auftritt auf dem Wachtturm. »Nun, vergiß nicht, in die Befestigung um den Palast haben sie nicht eindringen können, wie wir gesehen haben.«
»Du Narr!« Sein Gesicht war von Sorgen zerquält, und einen Augenblick lang sah es aus, als hätte er mich am liebsten geschlagen. »Das Haus des Archidemos ist nicht innerhalb der Befestigung, sondern in den Außenbezirken, wo die Soldaten untergebracht sind. Die Kasernen sind kaum ein Stadion weit entfernt.«
Ich legte ihm die Hand auf das Knie und verwünschte Dionysios, was sicher keine große Hilfe war. »Aber sie können doch nicht das Haus eines Verwandten des Archonten angreifen.«
»Es sei denn, daß noch eine Meuterei ausbricht; dann ist alles möglich. Oder sie können in der Dunkelheit eindringen, einen Diener bestechen, damit er ihn vergiftet … Niko, hast du einen Paß für Ortygia?«
»Ja. Und Thettalos auch. Aber mit einem fremden Paß kannst du nichts ausrichten. Man kennt dich doch. Du würdest in den Steinbrüchen enden.«
»Natürlich. Es ist gewiß viel verlangt; zumal von dir. Ich weiß, wie du über Platons Kunsttheorien denkst. Doch ich wüßte

sonst niemand. Glaubst du, du könntest hingehen und feststellen, wie es um ihn steht?«

Es bedeutete die Absage einer Probe. Und ganz ungefährlich war es auch nicht. »Natürlich gehe ich hin. Entweder morgen oder heute nach Einbruch der Dunkelheit.« Das würde Zeit sparen, und wir könnten noch immer unsere Probe abhalten.

Als ich ins Theater zurückkam, spazierte Thettalos in seinen schönsten Kleidern umher. »Wo warst du denn? Hast du die Gesellschaft bei der Xenophila vergessen?«

»Mein Lieber, die Dame mit dem schönen Namen wird ohne mich auskommen müssen. Eine unaufschiebbare Verpflichtung! Ich lasse sie schön grüßen.«

Binnen weniger Minuten hatte er mir die ganze Wahrheit entrissen und fragte, wie ich hätte glauben können, er ließe mich allein gehen. Ich wehrte mich nicht lange. Obgleich er jemand war, wie ich ihm häufig sagte, der Schwierigkeiten nicht unbedingt aus dem Wege ging, bewies er doch, wenn er einmal hineingeriet, große Geschicklichkeit.

»Alles, was geschehen kann, soll uns beiden geschehen«, sagte er. »Vermutlich muß ich mich umziehen ... Nein, vor allem du mußt das tun. Wohin gehen Leute wie wir nachts? Zu Gesellschaften natürlich.«

Ich nahm ein Bad, ließ mich mit allerlei duftenden Wässerchen einreiben und machte sorgfältig Toilette. Thettalos ging aus und kam mit einem mit Stroh ausgelegten Korb zurück, aus dem die Hälse von Weinkrügen hervorlugten. »Ich glaube nicht«, sagte er, »daß wir darüber erhaben sein sollten, uns eine gewisse Beliebtheit zu erkaufen.«

Bei Sonnenuntergang erreichten wir das erste Wachhaus, zeigten den Iberern unsere Pässe und sagten einfach: »Wir gehen zu dem Fest.« Sie wußten sogleich, welches Fest gemeint war, und setzten hinzu, der Wein dort würde bestimmt nicht knapp werden.

»Das habe ich dir doch gesagt«, meinte Thettalos. »Aber du mußtest uns beladen wie die Packesel. Wer wird uns nun helfen, unsere Last loszuwerden?«
Auf diese Art kamen wir an allen fünf Wachhäusern vorbei. Als wir in Ortygia waren, war es fast dunkel. Ein Diener mit einer Fackel bot sich uns als Führer an; wir zauderten, doch dann willigten wir ein. Wir würden zwar mehr auffallen, andererseits war es für Gäste einer Festlichkeit natürlicher. Ich hätte den Weg zu dem Haus des Archidemos ohne zu fragen sicher nicht gefunden. Doch der Diener führte uns mühelos; es war ja sein Gewerbe, die Straßen zu kennen. Ohne Schwierigkeiten umgingen wir das Kasernenviertel; es war klug gewesen, daß wir uns festlich gekleidet hatten, so als seien wir Freunde einer wichtigen Persönlichkeit. Gerade hatte der Junge uns erklärt, das Haus sei hier um die Ecke, als er plötzlich ins Dunkel spähte, stehenblieb und zurückwich. Wir taten dasselbe.
Es war eine gute Straße; alles, was man von den Häusern sah, waren hohe Hofmauern, unterbrochen von schweren Türen und ein oder zwei Pförtnerhäuschen. Vor einem Tor, nicht weit von uns, stand lungernd eine Schar Soldaten herum; jedes Kind konnte merken, daß sie nichts Gutes im Sinn hatten.
»Das ist ernst«, sagte ich. »Nicht wie bei den Wachhäusern.«
Der Junge hatte sich an die Mauer gepreßt und sagte schnell, wenn die Herren den Schmutz nicht scheuten, könnte er uns hintenherum zu dem Haus führen. Wir schürzten unsere Gewänder und folgten ihm durch Gäßchen, gerade nur breit genug für einen beladenen Esel. Bald darauf wandte er sich um und sagte: »Hier entlang, meine Herren.« Die kleine Gasse war immerhin auch für einen Karren breit genug und leidlich sauber. In einiger Entfernung brannte ein Feuer, um das fünf Männer saßen. Sklaven, dachte ich. Doch als wir näher kamen, sahen wir, daß es Soldaten waren.
Die Fackel schwankte; ich wollte mich zurückziehen, doch Thet-

talos flüsterte: »Zu spät! Bleib nicht stehen!« Er schritt weiter, schob den Burschen ungeduldig zur Seite und näherte sich dem Feuer. Die Hintertür eines Hauses, ohne Zweifel des Hauses, das wir suchten, war dicht daneben. Die Soldaten schauten auf – ein Gallier, ein Römer und drei Griechen. Selbst sitzend wirkte der Gallier wie ein Riese. Sein Schnurrbart fiel ihm beinahe auf die Brust.

»Kann einer der Herren uns sagen, wie man zum Haus des Diotimos kommt?« fragte Thettalos. »Dieser Sohn von fünfzig Vätern schwur, er kenne die Straße, und nun hat er uns irregeführt.« Einer der Griechen musterte ihn, und Thettalos setzte rasch hinzu: »Diotimos, Sohn des Lykon, der Kyrenier.«

»Nie von ihm gehört.«

Sie nannten uns verschiedene andere Namen, die wir aber alle ablehnten. Ich sagte, es sei klar, daß man uns gefoppt habe; das komme daher, wenn man in Schenken Freundschaften schließe. Ich wollte noch hinzufügen, daß wir hier fremd seien, doch da sah ich, wie sie unsere Kleidung und unsere Ringe musterten, und bemerkte, daß der Junge, obgleich noch unbezahlt, fortgelaufen war. Und so erzählte ich ihnen wichtigtuerisch, wer wir waren.

Sie wechselten zweifelnde Blicke. An meiner Sprechweise merkten sie, daß ich aus Athen war. Einer der Griechen, der wohl manchmal ins Theater ging, meinte: »Wenn du wirklich der Schauspieler bist, so sprich uns doch etwas vor.«

»Mit dem größten Vergnügen! Aber vorher, da wir ja doch nicht zu unserm Fest kommen, könnt ihr uns vielleicht behilflich sein?« Damit hob ich den Korb mit dem letzten Krug. »Zum Hades mit Diotimos! Ich will lieber mit braven Männern trinken!«

Diese Tonart wurde günstig aufgenommen. Es war eine mächtige Amphora, und der Wein war natürlich unvermischt. Keiner klagte darüber, daß das Wasser fehlte. Der Gallier schien überhaupt nicht mehr aufhören zu wollen, den Wein in sich hineinzuschütten. Als sie dann verlangten, ich solle ihnen etwas vorsprechen, tat ich es, um sie abzulenken. »Ich rezitiere euch den Tod des Ajax«, sagte ich. »Wenn jemand mir sein Schwert leihen will.«

Metall blitzte auf; der Gallier sprang auf und wollte über mich herfallen. Die anderen vier hielten ihn zurück; mit grölendem Gelächter erklärten die Griechen, er habe dem Gespräch nicht zu folgen vermocht und gemeint, man wolle uns die Kehle durchschneiden, und dabei hätte er gern mitgeholfen.

Der Gallier bat mich um Verzeihung, war aber nicht bereit, mir sein Schwert zu leihen. So nahm ich ein griechisches Schwert, das mit seiner scharfen Schneide nicht die geringste Ähnlichkeit mit einem Bühnenrequisit hatte.

Überflüssig zu sagen, daß ich ihnen die Todesszene in der Fassung des Polymachos rezitierte, die das Entzücken aller Schmierenkomödianten ist. Zweifellos war es die kläglichste Darbietung meines Lebens – ich wagte nicht, Thettalos anzusehen. Über mein Publikum aber konnte ich mich nicht beklagen. Zweimal unterbrachen sie mich mit Zurufen. Am Ende, da ich nirgends einen möglichen Abgang hatte, mußte ich mich sozusagen auf der Bühne töten. Und in den Theaterregeln der Schicklichkeit erzogen, hatte ich keine Ahnung, wie ich das anstellen sollte. Ich brachte es fertig, indem ich den Soldaten den Rücken wandte, fürchtete aber bis zuletzt, ich könnte mir einen Finger abschneiden. Als ich im Staub lag, jubelten sie laut, und ich fühlte mich von gewaltigen Händen emporgehoben. Der Gallier hatte geglaubt, ich hätte mich tatsächlich umgebracht.

Jetzt waren sie alle begeistert von mir. Ich gab dankend das Schwert zurück, schenkte ihnen noch mehr Wein ein und sagte, sie müßten wohl einen Mann von hohem Rang bewachen, um hier die ganze Nacht auszuhalten – ein Liebesabenteuer vielleicht?

Das brachte mir mehr Antworten ein, als ich gewünscht hatte. Ich komme gut ohne Scherze dieser Art aus. Als Athener und an den gutmütigen phallischen Humor gewöhnt, ergötzen wir uns alle bei den Lenäen, haben aber keine Ahnung, wie schmutzig solche Scherze sein können, wenn sie von der Grausamkeit gespeist werden. Und ich dachte beständig, daß dies ja nur gerade fünf Mann von den Tausenden in Syrakus waren, die mehr oder minder alle so waren. Manchmal schoben sie alles auf Platons Anhänglichkeit an die Sache Dions, und dann fügten sie hinzu, es sei ein Jammer! Wenn sie ihn erwischten, wäre es um ihn geschehen, noch bevor seine reichen Freunde Wind davon bekämen. Als Männer, die die gute alte Zeit beklagten, erzählten sie, wie man unter der Herrschaft des alten Archonten mit ihm umgegangen wäre.

Der Gallier, der schon lange mit seinem kümmerlichen Griechisch zu Wort kommen wollte, berichtete jetzt, er habe Platon mit eigenen Augen gesehen. Anscheinend hatte keiner der anderen im Palast selbst Dienst getan. Er wurde gedrängt, mehr zu sagen, brütete eine Weile und erklärte schließlich: »Er sieht aus wie ein Oberdruide.« Der Römer erklärte, daß die Druiden eine Art heiliger Zauberer seien; sie konnten Donner und Blitz, Nebel und Wind herbeirufen, Männer mit einem Fluch lähmen und nach Belieben durch die Luft fliegen. Der Gallier bestätigte das alles und begann unbehaglich nach der Mauer zu blicken, hinter der sich so eine Persönlichkeit verbarg. Einer der Griechen meinte allerdings, wenn Platon nach Belieben durch die Luft fliegen könnte, würde er es jetzt gewiß tun.

»Früher oder später«, sagte ein anderer, »wird er herauskommen. Wir halten Wache bis Mitternacht; dann lösen uns fünf andere ab.«

Ich sah Thettalos an, als hätte ich eben einen Entschluß gefaßt, und so war es auch. »Weißt du, was ich glaube?« fragte ich.

»Nein«, erwiderte er wie auf ein Stichwort.

»Wir haben uns in dieser Gesellschaft ausgezeichnet unterhalten. Was haben diese braven Leute uns Böses getan, damit wir fortgehen, ohne ihnen die Wahrheit zu sagen?«
»Du hast recht«, erwiderte Thettalos. »Genau das habe ich auch gedacht. Sag es ihnen nur, Niko.«
Die Soldaten horchten auf.
»In meinem Beruf«, begann ich, »hört man allerlei. Wenn es aber je bekannt würde, daß ich der Mann bin, von dem ihr es erfahren habt ...« Ich erschauerte. Sie schworen mir Verschwiegenheit. »Gut denn!« Ich steigerte die Spannung nach besten Kräften. »Ich will es auf mich nehmen. Ich kann nicht zusehen, wie brave Männer von denen zu Häschern gemacht werden, für die sie ihr Blut vergossen haben.«
Jetzt hatte ich ein Publikum, dem der Atem stockte. In der ganzen letzten Woche mußte es bei den Truppen von Gerüchten nur so geschwirrt haben. Ich fuhr fort: »Ich habe es von einem Mann gehört, dessen Namen ich euch, bei den Göttern, nicht zu nennen wage. Er sagte, daß Platon nur deshalb in seiner jetzigen Wohnung untergebracht wurde, damit ihr verlockt würdet, das zu tun, was zu tun ihr vorhabt. Er sagte mir auch, wenngleich ich nicht weiß, ob es stimmt, daß Platon niemals zu der Soldkürzung geraten habe. Nach allem, was ich hörte, möchte man ihn des Herakleides wegen aus dem Weg schaffen, aber keiner will die Verantwortung für seinen Tod auf sich nehmen. Wenn es also dazu kommt, werden sie, um zu zeigen, wie rein ihre Hände sind, die Mörder bestrafen. Ich bin hier fremd und kenne mich nicht aus, aber als ihr unlängst für eure Rechte aufgetreten seid, da habt ihr anscheinend geglaubt, man habe damals den falschen Mann vorgeschoben, damit auf ihn geschossen werde. Nun, ich wollte es euch jedenfalls wissen lassen, wenn ich auch keine Ahnung habe, was es wert sein mag. Schließlich haben wir miteinander getrunken.«
Alle redeten durcheinander, doch ich verstand nur Bruch-

stücke, denn sie sprachen im Dialekt von Ortygia, dem Mischmasch verschiedener Muttersprachen. Anscheinend hatte das, was ich gesagt, ihnen eingeleuchtet. Und als ich darüber nachdachte, leuchtete es auch mir ein. Das wäre ganz im Stil des Dionysios.

Ich hatte nur unbestimmt von Herakleides gesprochen, da ich ja nicht wußte, ob sie zu ihm hielten. Da sie es offenbar taten, sagte ich, hinter den Befestigungsmauern sei bekannt, daß Platon wegen des Herakleides mit dem Archonten in Streit geraten sei. Ich erwähnte nicht, daß ich selber Zeuge gewesen war, denn dann hätten sie mich für einen Lügner gehalten.

Jetzt nannten die Griechen die Namen einiger Freunde, die diese Dinge auch vernehmen sollten. Sie standen auf, und der Römer folgte ihrem Beispiel. Der Gallier hatte sich in seinen Mantel gehüllt und war in den Schutz der Mauer gerollt. Er war fest eingeschlafen und schnarchte. Der Römer versuchte vergeblich, ihn aufzuwecken. Achselzuckend ließen sie ihn liegen und gingen davon.

Wir wandten uns nach der anderen Seite, bis sie um die Ecke waren. »Und wie sollen wir jetzt hineingelangen?« fragte Thettalos. »So wie die Dinge stehen, bin ich sicher, daß das Tor von innen bewacht wird.«

Ich klopfte. Keine Antwort. Aber ich hörte jemanden atmen, nannte meinen Namen und sagte, ich sei ein Freund des Speusippos, der mich schickte, um zu fragen, wie es Platon gehe. Eine leise Stimme forderte mich auf, meinen Namen zu wiederholen. Das tat ich. »Kannst du beweisen, wer du bist, Herr?« fragte die Stimme.

»Beim Hund! Hast du vorhin nicht meine Worte gehört? Ruf deinen Herrn Archidemos, und ich will ihm einiges von Euripides rezitieren, wenn er es wünscht. Aber, im Namen des Zeus, beeil dich!«

In der Tür war ein vergittertes Guckloch. Ein Auge erschien

darin. Das Feuer spendete noch genügend Licht. Ich hörte, wie der Riegel zurückgeschoben wurde. Archidemos stand neben seinem Türhüter. Er trug das einfache Gewand der reichen Pythagoreer, und die Ähnlichkeit mit Dion war unverkennbar. Er entschuldigte sich, daß er uns draußen stehengelassen hatte, und bat uns herein; das Tor wurde abermals doppelt verriegelt. Eine Erfrischung lehnten wir ab, weil wir es eilig hatten; doch ein Sklave wusch uns die Füße, bevor wir zu Platon geführt wurden.

Er saß an einem Tisch. Vor ihm lag eine Wachstafel, auf die er schrieb; daß er überhaupt zu arbeiten versuchte, bewies, daß sein Geist nicht untätig sein konnte.

Er erkannte mich sogleich; und während ich ihm Thettalos vorstellte, fiel mir auf, wie sorgenvoll er aussah. Doch dann erkundigte er sich nach Speusippos, und da wurde mir bewußt, daß man das Schlimmste befürchtete, weil er seinen täglichen Besuch versäumt hatte. Ich beruhigte ihn, was Speusippos anging, und kam auf die Gefahr zu sprechen, in der Platon sich befand.

Er hörte mich mit ausdrucksloser Miene an, nur die Furchen in seinem Gesicht vertieften sich. »Ich danke dir«, sagte er, nachdem ich gesprochen hatte. »Du bestätigst eine Warnung, die ich bereits gestern erhielt. Einige athenische Seeleute suchten mich auf. Sie hatten irgendwelchen Schenkenklatsch von den Söldnern gehört und rieten mir, nicht auszugehen. Doch diese Wache ist, glaube ich, neu. Anscheinend muß ich den Göttern dankbar sein, daß Speusippos keinen Zutritt hatte.«

»Herr«, erwiderte ich, »wir haben uns der Wachen draußen, wie ich hoffe, bis Mitternacht entledigt. Da Schauspieler sich im allgemeinen unbehelligter bewegen können als die meisten Menschen und man sich mit einigem Glück immer auf den Delphischen Spruch berufen kann, solltest du vielleicht die Gefahr auf dich nehmen und mit uns kommen, bevor alles schlimmer wird; ich glaube nicht, daß die Wachen an den Toren dich kennen.« Entschuldigend setzte ich hinzu: »Wir müßten wohl so tun, als kämen wir von einem Fest und seien auf dem Heimweg. Das klänge doch glaubhaft.«

Noch bevor ich zu Ende gesprochen hatte, wußte ich, daß es zwecklos war; aber ich hätte nie geglaubt, daß meine Worte ihn erheitern würden. Aus Höflichkeit jedoch hielt er sich zurück.

»Mein lieber Nikeratos, du sprichst wie ein redlicher Freund und Landsmann, und aus deinen Worten klingt große Tapferkeit. Ich bin euch beiden nicht weniger dankbar, als wenn ich euer Angebot angenommen und euch mein Leben zu verdanken hätte. Das bitte ich euch mir zu glauben. Doch wie ihr seht, bin ich ein alter Mann, habe meine festgelegten Gewohnheiten, und es fehlt mir an der Geschicklichkeit, um derentwillen du so große Wertschätzung genießt. Ich glaube nicht, daß ich die Rolle eines alten Pappasilenos durchhalten könnte, der im Weinrausch heimwärts wankt, und das vor einem so durchtriebenen Publikum. Binnen kurzem würde ich erkannt werden und entweder mein Leben auf eine Art enden, die das Ansehen der Philosophie nicht gerade heben könnte, oder zum Entzücken der Komödienschreiber weiterleben und bewirken, daß meine Freunde hier und in Athen sich aus Scham nicht mehr vor die Tür wagen. Das wäre ein sicherer Gewinn für die Tyrannis. Mein Tod hier aber vielleicht nicht.«

Er hatte mich angesehen; jetzt fiel sein Blick auf Thettalos, der die ganze Zeit reglos auf einem Stuhl gesessen und um sich herum alles vergessen hatte; er war ganz Auge und Ohr.

Wie ich schon sagte, war er nie hübsch gewesen, noch das, was man heutzutage schön nennt. Er hatte die Züge des Nordens, dazu starke Backenknochen, Nase und Kinn waren zu kühn geformt, um einem modernen Bildhauer zu gefallen. Doch wenn ich mir in Gedanken einen Schauspieler vorstellen sollte, der ohne Maske spielen könnte, so wäre es Thettalos. Vermutlich

war ich längst in Gefahr, mich allzusehr an ihn zu gewöhnen. Doch als ich ihn jetzt durch die Augen eines anderen Menschen sah, dachte ich: Das ist Schönheit!
Zu sagen, Platons Züge hätten einen weichen Ausdruck angenommen, wäre nicht richtig; sein Gesicht glich mehr einer Lampe, die vom Docht berührt wird, als er sich jetzt umwandte. Ich spürte jene mächtige Ausstrahlung und jenen Zauber, von dem Dion mir gesprochen hatte. »Überrascht dich meine Entscheidung? Nein, das sehe ich. Ich muß ungefähr in deinem Alter gewesen sein oder etwas älter, als ein Freund von mir in Athen angeklagt wurde, fremde Götter anzubeten und die Seelen der Jünglinge zu verderben. In dem Prozeß ging es um Leben und Tod. Alle seine Freunde waren dabei, denn wir hofften, etwas für ihn tun zu können. Er war der beste Mensch, den ich je gekannt habe.«
Thettalos lauschte mit höchster Aufmerksamkeit.
»Ich hatte gehofft, für die Verteidigung als Zeuge aufgerufen zu werden, denn meine Aussage war wichtig; oder doch wenigstens, wenn wir schon nicht durchsetzen konnten, daß man das Verfahren einstellte, die Umwandlung der Strafe in eine Geldbuße zu erreichen. Doch darauf ließ er sich nicht ein. Als er erkannte, daß dies hieße, die Wahrheit zu verleugnen, für die er lebte, erwiderte er etwa mit diesen Worten: ›Es wäre doch seltsam, o Athener, wenn ich, der ich in der Schlacht meinen Mann gestanden und auf Befehl meines Vorgesetzten dem Tod getrotzt habe, jetzt von dem Platz fliehen sollte, auf den die Götter mich stellten, und das aus Furcht vor dem Tod oder einer anderen Furcht wegen. Denn was der Tod ist, wissen wir nicht; und kein Mensch kann sagen, ob das, was als das größte Übel gefürchtet wird, nicht in Wirklichkeit das größte Gut sein mag. Doch Ungerechtigkeit und Ungehorsam gegenüber den Höheren, von denen die Götter die höchsten sind, das sehe ich als Unehre an. Wenn ihr also zu mir sprecht: Diesmal wollen wir

dich gehenlassen, unter der Bedingung, daß du solche Fragen nicht mehr stellst, dann werde ich antworten: O Männer von Athen, ich ehre und liebe euch. Aber ich werde eher den Göttern gehorchen als euch.‹«

Er mußte gemerkt haben, daß ich eine Bewegung machte, denn er wandte sich zu mir: »Du hast diese Worte gehört?«

»Ja.« Über die zerbrochene Schale hinweg sah ich Dions Gesicht. »Ja, das habe ich.«

Er sprach noch eine Weile mit Thettalos, der mir nachher sagte, er werde sich sein ganzes Leben lang an diesen Mann erinnern. Er war betroffen darüber, daß mein Geist abgeschweift war, doch ich hatte nun einmal meine eigenen Sorgen. Die Zeit verstrich, und wir mußten uns auf den Weg machen, ob mit Platon oder ohne ihn. Während ich auf die Gelegenheit wartete, das auszusprechen, sagte Thettalos: »Und doch, Herr, die Menschenseelen lassen mich an verstreute Saat denken, die in Erdspalten fallen mag oder auch an das Ufer eines Bachs oder dorthin, wo ein Stein darüber hinwegrollt, so daß eine jede ihren eigenen Weg zu Licht und Regen finden muß. Kann eine Seele den Weg auch für eine andere kennen?«

Platon sah ihn voll Sehnsucht an; nicht nach seinem Körper, mochte er ihn auch anziehend finden, sondern weil er den jungen Menschen gehenlassen mußte, obgleich ihr Zwiegespräch gerade erst begonnen hatte. »Du stehst an der Schwelle der Philosophie. Was wissen wir, und was ahnen wir nur? Wir wissen, daß ohne Sonne die Saat nicht grünen wird und ohne Wasser sterben; so wie wir wissen, daß die Zahlen uns nicht belügen können, sondern von göttlicher Unveränderlichkeit sind. Diese Dinge können wir beweisen. Wo der Beweis endet, endet das Wissen. Darüber hinaus müssen wir jeden Schritt erproben und lernen, die Meinung niemals höher zu schätzen als die Wahrheit. Nie vergessen, daß die Menschen so viel Wahrheit erkennen, als ihre Seelen zu erkennen vermögen.

Immer, wenn wir durch den Tod schreiten und weitergehen, um uns selber zu erkennen, bereit zu sein, zum Anfang zurückzukehren, alle unsere Voraussetzungen zu betrachten und von neuem zu beginnen.«

Ich sagte, für uns wäre es an der Zeit zu gehen, und ich fragte, ob wir ihm nicht noch irgendeinen Dienst leisten könnten. »Ja, gewiß«, erwiderte er. »Teilt Speusippos mit, wie ich untergebracht bin, und bittet ihn, daß er Archytas eine Botschaft nach Tarent schickt oder, wenn er kann, selbst hinfährt. Dionysios hat sich dem Archytas gegenüber für meine Sicherheit verbürgt, der daher das Recht hat, in aller Form meine Freilassung zu verlangen. Wenn ihm das verweigert wird, so muß Dionysios dem Archytas oder jedem, den es angehen mag, Rede stehen. Auch sich selber; etwas, das in seinem Fall nicht übersehen werden darf. Wenn ihr das tun wollt, wären ich und meine Freunde euch sehr verbunden.«

An der Hintertür war niemand zu sehen. Unterwegs hoben wir schmutzige Kränze auf, die von heimkehrenden Zechern weggeworfen worden waren, und setzten sie uns auf den Kopf. Wir wurden bei jedem Tor durchgelassen. Als wir das letzte hinter uns hatten, blieb Thettalos stehen, warf seinen Kranz in den Rinnstein und strich sich über die Stirn. »Niko, nimm diesen schmutzigen Kranz ab, du weißt nicht, wie du damit aussiehst.« Er riß ihn mir herunter und glättete mein Haar. »Du hast recht, du Ungeheuer. Ich werde mir den Thersites doch noch einmal überlegen müssen.«

Er hatte großen Erfolg. Ob die Soldaten sich selber erkannt hätten, dessen bin ich nicht sicher, doch das Publikum ließ sie nicht im Zweifel. Chairemon war sehr verstimmt und sagte, dem Stück einen Preis zu geben, hätte soviel geheißen, wie das Leben eines jeden Richters zu opfern; und wir hielten es für besser, die Stadt am nächsten Tag vor Sonnenaufgang zu verlassen.

Während wir unsere Rundreise wie geplant beendeten, hörten

wir in den Städten, durch die wir kamen, folgende drei Neuigkeiten. Die erste war, daß Herakleides seinen Häschern entronnen und über die Grenze in die karthagische Provinz gelangt war, wo er ein Schiff nach Italien genommen hatte; die zweite, daß eine Galeere aus Tarent nach Syrakus gekommen war, um Platon zu holen, und daß der Archont ihn hatte ziehen lassen. Die dritte Neuigkeit lautete, daß Dionysios verkündet hatte, seine Schwester Arete könne nicht länger die Gattin eines Verräters und Feindes sein. Ohne ihre Zustimmung hatte er in seiner Eigenschaft als Oberpriester ihre Scheidung von Dion ausgesprochen und sie seinem liebsten Zechkumpan, einem gewissen Timokrates, zur Frau gegeben.

17

Seit dem Hochsommer waren mehrere Wochen vergangen. Wir waren in einem Olympischen Jahr, und wenn wir an den Spielen teilnehmen wollten, wäre es töricht gewesen, länger in Sizilien zu verweilen.

Die letzten Spiele hatte ich versäumt, und Thettalos war noch nie dabeigewesen. Mir war es beinahe ebenso wichtig wie ihm; bei meinem letzten Besuch, vor acht Jahren, war ich ein wenig älter gewesen, als er heute war. Zwischen den Olympischen Spielen macht das Leben lange Schritte.

Noch immer aber kannte ich mich gut genug aus, um in Elis alles Nötige einzukaufen und ein Lastmaultier zu mieten, was viel billiger ist, als sich an Ort und Stelle von den Händlern schröpfen zu lassen. Wir kauften uns auch unser eigenes Zelt. In Elis gibt es eine Bank, wo man sein Geld hinterlegen kann, bevor man sich auf den Weg macht. All diese großen Feste sind Hermes, dem Leichtfingrigen, heilig.

Nachdem wir auf diese Art Zeit und Aufregungen gespart hatten, kamen wir dem großen Zustrom zuvor, so daß wir unser Zelt in einem Zypressenhain mit schönem Schatten aufschlagen konnten. So würden wir abends, wenn wir heimkämen, nicht in einem Backofen liegen müssen. In der besten Gegend, neben der Altis, dem Tempelbezirk, die wichtigen Besuchern vorbehalten ist, hatten Diener schon hohe Zelte aufgeschlagen, die bereit sein sollten, wenn ihre Herren kämen. Die Wettkämpfer, die seit zwei Monaten hier trainiert hatten, gingen noch immer umher wie Leute, denen der ganze Ort gehört. Dicke, wuchtige Ringer, magere Läufer, Boxer mit geschundenen Nasen und einige ungemein anmutige Knaben, deren Körpermaße noch nicht verdorben waren wie die der Männer mit einseitiger Ausbildung für bestimmte Zwecke.

Nun strömten die Massen herbei. Von jeder Straße hob sich, soweit das Auge reichte, eine Staubwolke von zehn Fuß in die Höhe. Der erste Markt fand statt, auf dem alles feilgeboten wurde: Nahrungsmittel, Kochtöpfe und Öl, Decken, Zeltschnüre, Feuergitter und Messer. Am nächsten Tag dann, nachdem die Besucher ihren ersten Bedarf gedeckt hatten, kaufte man Geschenke wie Bänder, vergoldete Striegel, Amulette, billige Vasen, bemalte Figuren bekannter Schauspieler in ihren Rollen, darunter auch ein oder zwei von mir. Und schließlich gab es kostbare Gegenstände für Kenner mit Geld – Weinbecher, verziert mit schönen Athleten, Stickereien, Marmorfiguren, Waffen mit Einlegearbeiten, Bücher in bester Kalligraphie, Goldarbeiten aus Mazedonien. Und selbstverständlich waren auch Frauen für jeden Stand zu entsprechenden Preisen da. Sie mußten sich in einiger Entfernung am anderen Ufer des Flusses aufhalten, doch man konnte ihre Zelte sehen, teils aus Stroh, teils aus Seide, bereit für die Wettkämpfer, wenn sie ihre Übungen unterbrachen, und für Männer, die ihre Frauen daheimgelassen hatten.

Bald herrschte in dem stillen Hain rund um unser Zelt ein Gedränge von Menschen, die hier ihr Biwak aufschlugen, ihre Mahlzeiten kochten oder einfach ihre Betten aufstellten, in denen sie im Freien schlafen wollten. Wir mieteten uns einen Mann, der unser Zelt bewachte, und machten uns auf den Weg, den Ort zu erkunden. In der Altis begegneten wir ausgerechnet Theodoros, der kein Dach über dem Kopf hatte. Er war vor Monaten von einem wohlhabenden Athener Gönner eingeladen worden, der aber, wie sich herausstellte, plötzlich erkrankt war, zu spät, um Theodoros noch zu verständigen. Natürlich würde Theodoros, sobald seine Verlegenheit bekannt wäre, Dutzende

von Angeboten erhalten, und wir fühlten uns geschmeichelt, als er beschloß, sich zu uns zu gesellen.
Am nächsten Morgen fand die feierliche Eröffnung der Spiele statt; die Luft dröhnte vom Trompetenschall der Herolde, die um die Wette bliesen. Wir grüßten Zeus und Pelops von weitem; die Menge um den großen Altar war so dick wie Haferbrei und ebenso heiß.
Das schläfrige Tal war jetzt schon gleichsam eine Stadt, und überall gab es etwas zu sehen und zu hören. In der einen Halle hielt ein politischer Philosoph, aus der Schule des Isokrates, glaube ich, einen endlosen Vortrag und belehrte die Großen der Welt, wie sie die Staatsgeschäfte zum eigenen und zum Nutzen Griechenlands führen sollten. Alle Gesandten, Sophisten und Politiker waren da, die Halle war gedrängt voll, viele standen in der Stoa oder auch draußen in der Sonne. Theodoros zeigte uns die verschiedenen Geheimagenten, die nicht auf das achteten, was nach der Behauptung des Redners unbedingt zu geschehen hatte, sondern sich durch die Menge schoben, um zu erfahren, was wirklich geschah. Wir bemerkten auch eine Schar blonder Mazedonier, mit prunkvollem Schmuck beladen – ich muß zugeben, daß sie ihn tadellos zu tragen verstanden und daß er wunderschön war. Und sie lauschten genauso wie die Griechen. Obgleich sie ein wild begeistertes Theaterpublikum sind und jeder Schauspieler Geschichten über Pella erzählen kann, staunte ich über dieses höhere Streben. Theodoros sagte allerdings, er bemerke jedesmal, wenn er hinkomme, eine Veränderung; die Mazedonier ließen sich mehr und mehr mit den südlichen Staaten ein; nicht daß daraus etwas Besonderes entstehen würde, meinte er, es sei denn, daß es einem ihrer Könige gelänge, über zwei Olympiaden am Leben zu bleiben. Es sei seltsam, daß dieses Amt immer noch so begehrt sei. Wie würde der Vortragende das erklären?
Wir gingen weiter, besichtigten eine Bude mit tanzenden Zwer-

gen, hörten uns ein Konzert im mixolydischen Stil an für Doppelflöte, Aulos und Kithara; ein Wahrsager warf Kiesel und verkündete, wer beim Rennen siegen würde – schon am nächsten Morgen wurde er Lügen gestraft. Und dann hörten wir uns noch eine Weile die Ausführungen eines Rechtsgelehrten an, der erklärte, wie er die Sache seines Klienten zum Sieg führen könnte, auch wenn Recht, Gesetz, öffentliche Meinung und alle Beweise zugunsten der anderen Seite sprachen. Dann gingen wir auf demselben Weg zurück, auf dem wir gekommen waren. Gerade hatte der politische Philosoph mit seinem Gerede aufgehört. Die Menge auf den Straßen hatte sich zerstreut, die Zuhörer strömten ins Freie und diskutierten so eifrig, als ob all diese Worte ein wirkliches Ereignis zur Folge haben könnten.

Das sagte ich zu Theodoros, als ich am Ende der Straße einen Mann kommen sah, den ich an seinem Gang sofort erkannte. Es war Platon. Speusippos war bei ihm, ferner Xenokrates und eine Gruppe von Freunden und Anhängern. Ich freute mich, ihn wieder unter meinesgleichen zu sehen. Thettalos fand, er sehe besser aus, gleichwohl habe Syrakus doch Spuren hinterlassen. Theodoros, der ihn scharf beobachtete, sagte: »Nach der Art, wie die Leute ihn begrüßen, scheint er eben erst eingetroffen zu sein.«

»Ja«, erwiderte ich, »er ist wohl gerade von Tarent herübergekommen.«

»Dann, meine Lieben, wollen wir warten, denn wenn ich mich nicht irre, werden wir ein denkwürdiges Schauspiel zu sehen bekommen. Jeden Augenblick muß er Dion begegnen.«

»Bist du dessen sicher?« Aus irgendeinem Grunde wollte ich daran zweifeln. »Ich habe keinen seiner Leute an einem Zelt arbeiten sehen.«

»Niko, mein Lieber, du glaubst doch nicht, daß Dion sein Zelt mitbringen muß wie gewöhnliche Sterbliche. Er wohnt im Gästehaus des Staates, dem Leonideion, wie die anderen Berühmtheiten. Sieh nur, da kommt er.«

Dion trat ins Sonnenlicht, zusammen mit einer ganzen Schar seiner Anhänger, darunter Herakleides und sein athenischer Freund Kallippos. Ins Gespräch vertieft, gingen sie die Straße hinunter. Platon sah Dion zuerst. Er verlangsamte seinen Schritt, und seine Umgebung verstummte. Als er weiterging, wurden die Menschen ringsum aufmerksam. Das mußte er gespürt haben. Doch in der letzten Zeit hatte er sich darin üben können, seine Gedanken bei sich zu behalten, wenn es sich als nötig erwies. Ich sah in seinen Zügen einen forschenden Ausdruck oder glaubte jedenfalls, ihn zu sehen. Das Forschen galt entweder dem Mann dort auf der Straße oder ihm selber.

Jetzt hatte auch Dion die Blicke der Umstehenden bemerkt. Prüfend sah er sich um, blieb jäh stehen; dann ging er weiter. Thettalos' Hand umschloß mein Gelenk.

Jetzt standen sie einander gegenüber. Dion ergriff Platons Hand, nahm ihn am Arm und zog ihn beiseite. Die Geste war deutlich; sie sonderte die beiden von ihrem Gefolge ab. Ich sah, wie Kallippos etwas zu Herakleides sagte; worum es ging, verstand ich nicht. Eines hatte ich jedoch gesehen: Die vollendete Schicklichkeit, mit der Dion Platon begrüßt und sich nach seinem Befinden erkundigt hatte; und dahinter brannte seine Ungeduld wie ein Feuer hinter der Herdtür.

Von allen Orten der Erde dürfte wohl keiner weniger die Möglichkeit bieten, sich abzusondern, als Olympia in der Woche der Spiele. Man müßte eine Meile weit ins Land hineingehen, um allein zu sein. Dion war Gast des Stadtrats; Platon teilte zweifellos sein Zelt mit Freunden. Keiner von beiden war dazu geschaffen, sich in eine Ecke zu verkriechen. Was Platon Dion zu sagen hatte, das sagte er ihm in der Straße der Sieger, auf dem Mar-

morsitz unter dem Standbild des Läufers Diagoras. Wir standen zwischen zwei Sockeln in der Nähe, von wo aus wir sie sehen konnten.
Es ist anzunehmen, daß Dion etwas vom Verkauf seiner Besitztümer gehört hatte, doch er schien geglaubt zu haben, das Vermögen selbst sei unangetastet und man müsse Dionysios dazu bringen, es ihm zu senden. Jedenfalls vermochte ich festzustellen, daß die Wahrheit für ihn eine Überraschung darstellte. Man konnte ungefähr ahnen, wie sich das abspielte. Platon begann damit, daß der Verlust des Geldes das letzte der Übel sei. Das schluckte Dion, ohne das Gesicht allzusehr zu verziehen. Er bewahrte mühsam seine Ruhe. Dann erkundigte er sich nach seinem Sohn. Das erkannte ich daran, daß Platon eine Pause machte. Auch hier sagte er vermutlich so viel von der Wahrheit, wie er mußte. Dion schluckte, seine Lippen preßten sich zusammen. Das berührte ihn schon stärker. Platon bot ihm eine gewisse Tröstung, was Dion davon hörte, weiß ich nicht. Er beobachtete Platons Gesicht, das ihm verriet, daß er noch mit etwas zurückhielt.
Platon ließ ihn nicht warten. Nachher trat ein Schweigen ein. Es war, als breitete dieses Schweigen sich von Dion über die ganze Straße aus. Es war wie eine jener großen, stummen Vorbereitungen bei Aischylos für Achilles oder Niobe. Doch keine lange Rede folgte. Dion ballte nur die Faust und ließ sie ganz langsam auf das Knie sinken. Sein Gesicht sagte alles. Ich sah mich um und bemerkte, daß Kallippos den Arm des Herakleides packte; Speusippos wandte sich, Triumph in den Augen, zu Xenokrates. Auch Dion sah das; ein Mann, gewohnt, in der Öffentlichkeit zu leben, der ausgesprochen hatte, was er dachte, und jetzt nicht rückwärts ging. Dann, wie gegen seinen Willen hingezogen, wandte er sich wieder zu Platon.
Platon sagte etwas, nur ein paar Worte, und schüttelte langsam den Kopf. Sekundenlang wirkte er ganz einsam, wie ein Mann,

der ein Schiff außer Sichtweite beobachtet. Irgendwo mochte es in einen Hafen einlaufen; doch nicht in den Hafen, der es vor dem Sturm schützt. Er befiehlt es dem Himmel und wendet sich ab.

Als sie fort waren, sagte Theodoros, der, ohne zu wissen, was wir wußten, sehr wohl erkannt hatte, wonach er ausschaute. »Habt ihr ihre Gesichter gesehen? Das ist Krieg!«

Ja, das glaube ich auch, sagte ich. Wir unterhielten uns, doch Thettalos blieb stumm. Schließlich drehte er sich zu mir: »Liebt er seine Frau? Du sagst nein.«

»Das war meine Meinung. Doch er würde es mir schwerlich verraten.«

»Jedenfalls«, meinte Theodoros, »denk an die Beleidigung. Kann es eine größere geben?«

Thettalos sah mich wieder an und sagte: »Nun, nicht für ihn.«

Ich verstand ihn. Ich erinnerte mich an Speusippos' kleines Flötenmädchen, dessen Vater in den Steinbrüchen gestorben war, einer von Tausenden in diesen langen Jahren. Gerade jetzt hatte ich ihre Geschichte und seinen Zorn noch immer in den Zügen des Speusippos brennen sehen. Ich dachte an Platon, der den Wölfen von Ortygia hingeworfen worden und nur mit dem nackten Leben davongekommen war. Durch all diese Dinge hindurch hatte Dion sich an die Maximen des Pythagoras und an die Lehren der Akademie erinnert. Doch es gibt eine Grenze dessen, was der gerechte Mann ertragen kann.

Wir gingen auf den Tempel zu. Ich hob die Augen. Dort, an der westlichen Giebelwand, stand Apollo streng und schön zwischen den Lapithen und schüttelte den Sieg aus seinem erhobenen Arm.

Vielleicht, dachte ich, ist es für einen Philosophen unmöglich, König zu sein; jedenfalls beides zugleich zu sein. Das mag dem

Gott vorbehalten bleiben. Dort, an seiner Seite, standen Theseus und Peirithoos, die Helden, die seine Schlacht gewinnen wollen. Wir sind unserer überdrüssig und haben von einem König geträumt. Wenn jetzt die Götter uns einen gesendet haben, wollen wir von ihm nicht verlangen, daß er mehr sein soll als ein Sterblicher.

18

Ein Jahr verging, bevor Dion bereit war. Das Gerede über Olympia wäre verhallt, wenn nicht unterirdisch Gerüchte sich ausgebreitet hätten wie die Schößlinge der Aloe und immer irgendwo neu aufgekommen wären. Griechenland war voll von syrakusanischen Verbannten; Väter und Söhne, denn die Tyrannis hatte fast ein halbes Jahrhundert gedauert. Diese Leute wurden abgehorcht; nach so langer Zeit kann ich gestehen, daß ich selber dabei mitwirkte. Manchmal brachte ich einen Brief zu einer wichtigen Persönlichkeit, manchmal erkundete ich die Gefühle der Verbannten an Ort und Stelle. Dion sah ich nicht häufig. Zumeist übernahm Speusippos meine Berichte. Die Akademie war tief verstrickt.

Platon begegnete ich nie, es sei denn zufällig, wenn ich kam oder ging. Er grüßte mich, erkundigte sich aber nicht nach meinem Anliegen. Er hatte jedermann erklärt, wo er stand. Dion war Unrecht geschehen; er hatte das Recht, Genugtuung zu fordern, die Freunde hatten das Recht, ihn zu unterstützen. Platon wollte das weder tadeln noch loben. Er selber hatte vom Bürgerkrieg die Ansicht, die seine harte Jugend ihn gelehrt hatte. Zudem war er des Dionysios Gastfreund gewesen mit all den religiösen Pflichten, die damit zusammenhingen. Wenn die Leute ihn an die Zeit in Ortygia erinnerten, antwortete er, daß Dionysios ihm nichts getan habe, obgleich er doch die Macht besessen hätte, ihm das Leben zu nehmen, und gegen ihn aufgebracht gewesen wäre. Die Heiligkeit ihres Bandes sei noch immer unverletzt. Er war alt; er konnte keine Waffen tragen, selbst wenn er das Recht dazu gehabt hätte. Darum – wenn auch wahrscheinlich oft genug gedrängt – würde er keinen Krieg mit Zunge oder Schreibstift machen, was er für die Lösung eines Feiglings hielt. Wenn die beiden Verwandten je versöhnt werden könnten, wäre es seine Pflicht zu vermitteln, da er an beide gebunden war.

Korinth, die Mutterstadt, hatte mehr syrakusanische Verbannte in ihren Mauern als irgendeine andere Stadt. Es ist ziemlich kostspielig, dort zu leben; und so waren es zumeist die verbannten Aristokraten, die sich im Lauf der Jahre dort angesiedelt hatten. Mit ihnen hatte ich nichts zu tun. Das besorgte Dions Bruder Megakles, der selber zu ihnen gehörte. Er war ein verwässerter Dion, könnte man sagen. Er sah gut aus, war würdig, soldatisch, hochgewachsen, aber alles um eine Stufe tiefer. Ich bezweifle, daß die syrakusanischen Missetaten ihn je sehr geschmerzt hatten, denn er selber hatte nicht darunter gelitten. Doch er war ein sizilianischer Adliger, wohlgesittet und tapfer, und brannte auf Rache. Ich kümmerte mich nur um meine eigenen Angelegenheiten, doch nach dem, was ich von den Verbannten wußte, deren Kinder als Korinther aufwuchsen, glaubte ich nicht, daß es ihnen dringend sein würde, diese freundliche Stadt zu verlassen und die Waffen gegen die stärkste Macht von Hellas zu ergreifen.

Thettalos war meiner Meinung; doch das alles betraf ihn weniger als mich. Er kam und ging, versuchte sich an allem, wovon er fühlte, er könnte dadurch wachsen. Er wurde jetzt von guten Protagonisten als Zweiter sehr gesucht, und sein Ausdrucksvermögen wurde stärker mit jeder neuen Rolle. Wir verstanden einander. Ich wußte inzwischen ziemlich genau, welche Art von Schauspieler ich selber war und wie ich mich einzuschätzen hatte; er lernte noch, sich selber zu kennen – und da war mehr zu kennen, muß ich wohl sagen. Wenn diese oder jene Möglichkeit seinen Pfad kreuzte, wurde er unstet und launisch, begeistert oder bedrückt. Keiner von uns beiden hätte es ertragen, lange mit dem andern zu arbeiten. Dadurch, daß wir das einander offen eingestanden und das Wetter nahmen, wie es eben kam, entgingen wir dem Schiffbruch und entdeckten neue Küsten. Er kam von Delos zurück, wo er großen Erfolg gehabt hatte, und fluchte, nichts sei ihm nach Wunsch gegangen. Er wolle mit mir arbeiten, und wäre es auch nur für ein einziges Stück. »Du hast mich gelehrt, wie, Niko; und jetzt mahnst du mich daran, zu fragen, warum. Vielleicht sind's diese Philosophen, von denen du dich nicht fernhalten kannst.«

Gerade jetzt konnte man, wie ich schon erklärt habe, auf der Akademie auch neben der Philosophie noch ziemlich viel erfahren. Zum Beispiel, daß Dion Soldaten anheuerte. Trotz all seiner Verluste in Sizilien war er immer noch reicher, als ich je geahnt hatte. Die meisten Verbannten hatten ihn im Stich gelassen; kaum daß er von dreißig eine feste Zusage erhielt. Die andern hatten zuviel gelitten, bevor sie ausgewandert waren, oder fürchteten für ihre Verwandten in Syrakus oder schätzten ihre Bequemlichkeit oder glaubten einfach nicht, daß das Unternehmen irgendwelche Aussichten hatte. Und so nahm der landlose, verbannte Dion Lanzenträger in Dienst wie ein König. Sie wurden auf dem Peloponnes angeworben, marschierten westwärts, fuhren mit dem Schiff nach Zakynthos hinüber, wo Megakles sie drillte. Zakynthos ist eine stille, sehr ländliche Insel; ich glaube nicht, daß es dort auch ein Theater gibt. Gerüchte sickerten so gut wie keine durch.

Nichtsdestoweniger war, als das Segelwetter des nächsten Jahres einsetzte, in Syrakus einiges bekanntgeworden. Zweifellos hatten die Verwandten geschwatzt. Griechenland war von den Spitzeln des Dionysios voll wie immer. Oder vielmehr des Philistos. Die letzten Flüchtlinge, Freunde des Herakleides, kamen zu ihm und zu Dion und berichteten, der alte Mann herrsche jetzt über Syrakus; nur der Herrschertitel fehle ihm. Doch auch den könnte er haben, setzten sie hinzu, wenn er nur wollte. Zum mindesten hatte er den Vorzug, treu zu sein. Seit Platons Abreise habe Dionysios sich wieder seinen Ausschweifungen ergeben und sei nur selten nüchtern für ernsthafte Staatsgeschäfte. Je mehr er trank, desto zügelloser wurde er in seinen Vergnügungen. Philemon, der vor kurzem dort aufgetreten war, versicherte mir, selbst die Hetären bemühten sich, bei der Auslosung den kürzeren Strohhalm zu ziehen, wenn der Archont sie zum Abendessen einlud, denn keine hatte Lust zu gehen. Sein Sohn Apollokrates, jetzt ein heranwachsender Jüngling, verachtete ihn ganz offenkundig und zog die Gesellschaft der Söldnerhauptleute vor. Der junge Hipparinos aber, der Liebling seines Onkels, war noch immer bei jedem Fest zu sehen und schien sich dabei sehr heimisch zu fühlen.

Speusippos trat rückhaltlos für den Krieg ein. Das kleine Flötenmädchen hielt in ihm bestimmte Pläne wach. Er hatte einige ihrer Freunde kennengelernt, und schließlich sprachen auch jene Leute mit ihm, die ihm vorher ausgewichen waren, weil der Archont ihn gut empfangen hatte. Je mehr er hörte, desto mehr wuchs sein Zorn. Aber auch seine Hoffnung. Seine Verbannung hatte Dion im Volk zu einer sagenumwobenen Gestalt gemacht. Er würde wiederkommen, wie ein alter Heldenkönig, um sie alle in die Freiheit zu führen. Und wenn keiner mit ihm segeln wollte, mochte er nur ruhig allein kommen, und sobald sein Fuß das Land betrat, hätte er ein Heer hinter sich.

Einige der jungen Leute von der Akademie brachten schon ihre Sachen in Ordnung, um auf den ersten Ruf bereit zu sein. Axiothea vertraute mir an, wie unglücklich sie war, weil sie nicht unter ihnen sein konnte. »Ich muß in meinem letzten Erdenleben etwas Böses getan haben«, sagte sie, »und das ist die Strafe, die ich wählte, als meine Augen sich öffneten. Und so muß ich es geduldig tragen und auf Besseres in meinem nächsten Erdenleben hoffen. Aber, ach, es ist hart!«

Speusippos selber konnte nicht gehen. Platon, der jetzt bemüht war, das verlorene Arbeitsjahr einzubringen, hätte ihn nicht entbehren können; überdies war er genau wie Platon Gast des Archonten gewesen. In der Akademie rangierte er unmittelbar hinter Platon, und es wäre fast, als ginge Platon selber. Doch einige der hervorragendsten Männer legten ihre Bücher beiseite und putzten ihre Waffen. Einer von ihnen, Miltas aus Thessalien, entstammte einer langen Reihe von Sehern im Dienste Apollos. Er war es, der den Tag bestimmte, an dem Dion in See stechen sollte. Just nach dem Festtag des Gottes. Dion kam zur rechten Zeit in Zakynthos an, um ein Weihopfer darzubringen. Tags zuvor besichtigte er seine Truppen und erklärte ihnen, was dieser Krieg bedeutete. Sie waren entrüstet, denn sie waren Krieger von Beruf und kannten die Befestigungen von Syrakus. Sie begannen zu schreien, doch Dion hatte nicht umsonst in all den Jahren Truppen befehligt. Er beruhigte sie, malte ihnen, ohne Worte zu verschwenden, die Aussichten des Erfolgs aus, und am Ende jubelten sie ihm zu.

Am Tag des Apollo veranstaltete er eine großartige Feier; jedes Gefäß war aus Gold. Dann bewirtete er seine Leute, alle achthundert, auf der Rennbahn. So großer Reichtum war ihm noch geblieben, nachdem er sie angeheuert, unterhalten und gedrillt hatte. Dieser Aufwand machte sich bezahlt. Sie waren überzeugt, daß er nicht derart mit dem Geld um sich werfen konnte, wenn er nicht der Unterstützung in Sizilien sicher wäre.

Damals und später kamen Nachrichten von alldem nach Athen, als die Männer der Akademie Botschaften sandten. Doch immerhin, um nichts zu verhehlen: An dem Abend, bevor sie in See stachen, begann der Vollmond zu verblassen, die Farbe zu wechseln, und dann trat eine Mondfinsternis ein. Die Leute waren erschrocken. Kein Omen, sagten sie, könnte für ein Heer schlimmer sein. Just die gleiche Erscheinung hätten die Athener im großen Krieg vor Syrakus erschaut. Und die ganze Streitmacht sei damals vom Erdboden vertilgt worden; und das war erst der Anfang aller Übel gewesen.

Hier zeigte sich Dion, der die Sache durch vernünftige Gesetze zu erklären vermochte, als gewitzter Befehlshaber. Er berief Miltas, um die Vorzeichen zu deuten. Dieser weise Mann verkündete, der Mond müsse auf Erden wie im Himmel für die größte und stärkste Macht einstehen; es sei also die Herrschaft des Dionysios, die vor ihren Augen erlosch, um ihnen Mut zu machen. Kein Omen könnte besser sein.
Die Leute beruhigten sich. Eines aber bemühten Dion und sein Bruder sich, nicht bekanntwerden zu lassen. Herakleides, der versprochen hatte, eine Flotte aufzubringen mit einer Bemannung, die segeln und kämpfen würde, war nicht nach Zakynthos gekommen.
Während dieses Jahres der Vorbereitung hatten sich die Beziehungen zwischen ihm und Dion abgekühlt. Da Verbannte miteinander arbeiten müssen, waren sie häufiger zusammengekommen als in der Heimat. Herakleides hatte eine zwanglose Art, die zu ihm und zu seiner Politik gehörte. Für ihn war es der Prüfstein guten Willens, daß man ihm aufgrund seiner eigenen Bedingungen entgegenkam. Das wiederum wollte Dion nicht; zunächst weil es ihm gegen den Strich ging, dann aber auch, weil er begann, dem Mann zu mißtrauen. Jetzt schickte Herakleides Entschuldigungen; ob gute oder nicht, das weiß ich nicht, und das wußte wohl auch Dion nicht. Jedenfalls setzte Dion sein Vertrauen in den Gott und stach mit dem in See, was er eben hatte.
Das waren drei geräumige Frachter, die von zwei Kriegstrieren geleitet wurden. Abgesehen von den Waffen für sich und seine Leute, führte er noch Waffen für zweitausend Mann mit sich. An der Ferse Italiens lauerte die syrakusanische Flotte unter Philistos, um ihm den Weg abzuschneiden.
Das aber erfuhr er rechtzeitig; und jetzt legte er tatsächlich alles in die Hand Apollos. Statt abzuwarten und zu hoffen, Philistos werde sich zurückziehen, verließ er die Strecke längs

der Küste, der jeder erfahrene Schiffsführer folgt, und wandte sich auf die offene See. Mir wird schlecht, wenn ich nur daran denke.
Apollo segnete ihn. Sie hatten während der ganzen Fahrt guten Wind und erreichten Sizilien binnen zwölf Tagen. Das Land, das sie zuerst erblickten, war das Südkap, kaum dreißig Meilen von Syrakus entfernt. Das hieß den Gott doch allzusehr versuchen. Sie hielten sich wieder von der Küste fern und gerieten, als sollte ihr Zweifel bestraft werden, in einen Sturm, der sie in Richtung Afrika trieb und beinahe kentern ließ. Mit Rudern arbeiteten sie sich von der Küste fort, gelangten in das ruhige Gewässer der Großen Syrte und sagten ihr Dankgebet. Eine Brise des verzeihenden Gottes wiegte sie wieder nach Sizilien zurück, wo sie bei Minoa in der karthagischen Provinz landeten.
Die Truppen, die diesen Küstenstrich bewachten, sammelten sich, denn sie glaubten, der Krieg habe wieder begonnen. Darauf war Dion vorbereitet gewesen. Er schärfte seinen Leuten ein, daß ihr Leben von ihrer beherrschten Haltung abhing. Sie hatten den Vorteil der Zahl und müßten diese Truppen ohne Blutvergießen zurückdrängen. Dann könnte er mit dem Befehlshaber verhandeln. Sie schlossen ihre Reihen und nahmen die Befestigung ein, ohne auch nur einen einzigen Mann zu töten. Dann lud Dion zu Verhandlungen ein. Der karthagische Hauptmann kam, und, siehe, es war ein Mann, den er kannte. Bei irgendeinem früheren Feldzug hatte er sich Dion ergeben und war von ihm ehrenvoll behandelt worden. Sobald er überzeugt war, daß Dions Krieger nicht gegen die Herrschaft Karthagos ins Feld zogen, war rasch eine Übereinkunft hergestellt. Dion räumte die Befestigung; Synalos brachte Dions Leute unter und versorgte sie mit Vorräten. Überall in Sizilien hatte Dions Wort Gewicht. Wenn er Philistos und dessen Herrn stürzte, so würde kein Karthager sich beklagen. Wenn er, wie das Gerücht wissen wollte, Ortygias Befestigungen zu schleifen und die Söldner zu

entlassen beabsichtigte, hätte man noch weniger dagegen einzuwenden.
Dions Leute waren im Lager bei Minoa, als die Nachricht von der größten Gunst des Gottes eintraf, von einer Segnung, an die man kaum glauben konnte. Nicht nur daß Philistos immer noch die Tür des leeren Stalls bewachte, nein, auch Dionysios selbst hatte Syrakus mit achtzig von den noch verbleibenden Schiffen verlassen, alle mit Truppen besetzt.
Fragt mich nicht, warum. Vielleicht glaubte er, Dion würde nach Tarent segeln, und er, Dionysios, könnte zwei Vögel mit einem Schlag treffen; dem Archytas hatte er wohl kaum vergeben, daß dieser die Freigabe Platons verlangt hatte. Oder vielleicht wollte er im entscheidenden Augenblick dabeisein. Wie dem auch sein mochte, ich bin überzeugt, daß er es aus eigenem Antrieb tat, nachdem er sich selber und seinem eigenen Entschluß überlassen gewesen war. Ich könnte mir vorstellen, daß Philistos vermocht hätte, ihn zu töten.
Dions Leute waren von diesem Glücksfall so erschüttert, daß sie die Ruhepause ablehnten, die er ihnen anbot, um sich von der Seereise zu erholen. Sie baten ihn, weiterzuziehen, solange die Sterne günstig standen. Ich weiß nicht, was sie gesagt hätten, wenn sie die ganze Geschichte von Apollos Vorsorge für Dion gekannt hätten. Der Gott hatte geradezu ein Wunder für ihn gewirkt.
Dionysios hatte als Herrscher an seiner Statt seinen Günstling Timokrates bestellt, den Gatten von Dions Frau. Dieser Mann schickte auf die Nachricht von der Landung hin einen Eilboten nach Italien mit Briefen an Dionysios und Philistos. Der Mann landete in Rhegion und schlug die kürzere Inlandstraße nach Kaulonia ein, wo der Archont seine Schiffe hatte. Dort begegnete er einem Bekannten, der bei einem Opfer gewesen war und ein Stück Fleisch bei sich hatte. Der Freund gab ihm etwas von dem Fleisch ab, das der Bote, sobald er Zeit hatte, unterwegs essen

wollte. Da er die Dringlichkeit seines Auftrags kannte, wanderte er bis tief in die Dunkelheit hinein; schließlich suchte er ein Lager für die Nacht. Er aß nur ein Stück Brot und legte sich, die Brieftasche unter dem Kopf, zum Schlafen nieder. Als er erwachte, war sie fort, und mit ihr das Fleisch, das er daran gebunden hatte. Angstvoll suchte er die Gegend ab, fand aber keine Spur menschlicher Diebe, wohl aber die Spur von Wölfen. Den ganzen Morgen durchstöberte er das unwegsame Land ringsum. Er sagte sich, daß der Wolf sicher das Fleisch gefressen hatte, aber doch wohl kaum die Brieftasche. Doch er schien sie in seine Höhle mitgenommen zu haben, damit seine Jungen daran kauen lernten. Anscheinend hatte dem Boten niemand gesagt, wie sein Auftrag lautete, und er hatte wohl wenig Lust, zu bekennen, was geschehen war. Und so tat er, was ich an seiner Stelle auch getan hätte. Er brannte nach Italien durch und änderte dort seinen Namen. Viel später erzählte er die Geschichte. Der Wolf aber ist, wie jedermann weiß, ein Geschöpf Apollos.

Unterdessen brach Dion nach Syrakus auf. Einen Teil der Waffen ließ er bei Synalos, der zusagte, sie ihm nachzuschicken.

Bald wurden sie auch benötigt. Kaum war die Schar über den Halys auf griechischem Boden, als die Männer begannen, ihnen zuzulaufen. Berittene aus Akragas, Hopliten aus Gela, das der alte Dionysios den Karthagern zur Plünderung überlassen, nachdem es seinen Zwecken gedient hatte. Noch mehr Leute aus Kamarina. Sobald sie in die Gegend rund um Syrakus kamen, stiegen auch die Bauern von den Hügeln herunter; Leibeigene der großen Grundbesitzer, die kleinen, rothaarigen Sikuler, die noch vor den Hellenen im Land gewesen waren, arme griechische Kleinbauern, mit denen die Katapulte des alten Dionysios und die jungen Mädchen des Sohnes gekauft worden waren. Ladung um Ladung der mitgebrachten Waffen wurde verteilt. Es war, als wäre ein Gott gekommen, um sie zu führen. Alle, die dabeigewesen sind, stimmten darin überein, daß Dion in dieser ganzen Zeit sich stets seiner Rolle bewußt war. Es war, als hätte er sie sein ganzes Leben lang geprobt. Er war jetzt in dem Alter, da er einem Bildhauer eher als Zeus denn als Apollo hätte sitzen können. In den Jahren bei der Akademie war ihm der Bart gewachsen; jetzt hatte er ihn soldatisch kurz geschnitten. Er war ein muskelharter, edler Zeus, geeignet, Blitze zu schleudern, ein Zeus für Phidias; daß sein Haar angegraut war, verlieh ihm Würde. Er war Erlöser, Held, Vater; und wenn er auf Abstand hielt, so war das völlig entsprechend.

Timokrates, dem seine Botschaften keine Hilfe brachten, versuchte Syrakus mit den wenigen Männern, die ihm geblieben waren, in Verteidigungszustand zu setzen. Und er mußte die aus dem Dienst Entlassenen einberufen, um die Wälle zu bemannen. Das waren zumeist alte Krieger aus den Feldzügen des früheren Archonten, aus der Gegend von Leontinoi. Sie verteilte er auf die Stadt und verwendete seine Truppen, um Ortygia zu halten. Dion, dessen letzte Überläufer aus Syrakus selbst kamen, hörte von diesen Vorbereitungen und veranstaltete einen Scheinangriff auf Leontinoi, das jetzt von allen Männern verlassen war. Die Knaben liefen von dort nach den Befestigungen von Syrakus, um ihre Väter zu warnen, welche die Tore öffneten und unverzüglich heimzogen, denn dem jungen Dionysios schuldeten sie, ihrer Meinung nach, gar nichts. Nach Einbruch der Dunkelheit zog Dion geradewegs gegen Syrakus. Als es tagte, stand er am Fluß Anopos, nur eine Meile entfernt.

Bevor er weiter vorrückte, opferte er dem Apollo Helios. Er hatte jetzt fünftausend Mann hinter sich. In ihren Augen wirkte er so göttergleich, als er, mit Lorbeer bekränzt, die Arme zur Sonne erhob, daß sie alle Zweige von den Bäumen brachen und sich für den Sieg bekränzten. Und ihr übergroßes Vertrauen wurde auch nicht bestraft; man mochte es eine Prophetengabe nennen.

Nachdem die Leute aus Leontinoi davongelaufen waren, befahl Timokrates, die Tore von Ortygia zu schließen. Doch bevor er selber dort sein konnte, waren die Syrakusaner aus der Stadt gestürmt, um Dion willkommen zu heißen. Hätte Timokrates sich blicken lassen, so wäre er umgebracht worden; und draußen stand der Mann, dem er eine Beleidigung angetan hatte, die überall die schwerste Rache verlangt. Er bestieg das erste Pferd, das er finden konnte, hüllte sich in seinen Mantel und sprengte davon. Um sich zu rechtfertigen, ritt er dahin und dorthin, schilderte die überwältigende Macht von Dions Truppen, der offenbar unbezwinglich war. Und so schlossen jene, die sich bisher vorsichtig zurückgehalten hatten, sich jetzt Dion an. Und ebenso gesellten sich zu ihm die alten Krieger aus Leontinoi, die ihre Heime und Frauen in Sicherheit gefunden hatten. Syrakus war frei. Bevor noch Dion es betreten hatte, war die Tyrannis gebrochen. Jedermann konnte tun, was er wollte. Zunächst machte man Jagd auf die Spitzel des Philistos. Auf allen Straßen wurden diese Leute oder Leute, die man dafür hielt oder die verwandt mit ihnen waren oder die irgendwer aus persönlichem Rachedurst angezeigt hatte, gehetzt oder auch daheim aufgestöbert oder aus den Tempeln gerissen, in die sie geflohen waren, und von der Menge zu Tode geprügelt.

Dion zog zu den Wällen, und ihm wurden die großen Tore geöffnet. Er hatte seine prächtigste Rüstung angelegt, die mit Gold verziert war. Zu seiner Rechten ging sein Bruder, zu seiner Linken der Athener Kallippos. Herakleides mit seinen Schiffen war noch nicht angekommen.

Die angesehensten Persönlichkeiten der Stadt erschienen in weißen Gewändern. Als sie den heiligen Weg aufwärts gingen, regneten von den Hausdächern Blumen und Kränze und Bänder auf sie herab. Die Bürger stellten Altäre auf und brachten Dankopfer dar, als Dion vorüberschritt. Auf Lorbeer und Myrte, Rosenkränzen und Blut ging er zu der großen Sonnenuhr des Dionysios, die gegenüber von Ortygia steht, und von ihrem Zifferblatt aus sprach er zu den Bürgern. Dank der Gunst der

Götter, sagte er, habe er ihnen die Freiheit gebracht; sie gehöre ihnen, wenn sie ihm nur helfen wollten, sie zu verteidigen. Sogleich waren sie gewillt, ihm und Megakles das Amt des Diktators zu verleihen, das die Archonten innegehabt hatten. Er dankte ihnen; doch er wollte die Menschen nicht mißbrauchen, die so wenig an die Freiheit gewöhnt waren, und so schlug er einen Rat von zwanzig Bürgern vor, solchen, die aus der Verbannung zurückgekehrt waren, und treuen Freunden des Kallippos. Nachdem das mit lauten Zurufen begrüßt worden war, zog er gegen die letzte Befestigung, die sich noch hielt, das starke Werk von Euryalos. Seine Besatzung ergab sich unter der Bedingung, daß sie sich entweder Dion anschließen oder die Stadt verlassen durfte. Unter Jubelrufen, die noch auf den Hängen des Ätna zu hören gewesen sein mußten, öffnete Dion die Kerker und ließ die Gefangenen frei.
Jetzt hielt sich nur noch Ortygia. Die Festung war uneinnehmbar, doch Dion hatte auf der Landseite eine Belagerungsmauer errichten lassen, um sie abzuriegeln. Er ließ seine neuen Rekruten bewaffnen und drillen und schlug sein Hauptquartier in Euryalos auf. Sieben Tage später fuhr Dionysios, den die Nachricht endlich erreicht hatte, mit seinen Schiffen in den Hafen ein. Wäre Herakleides mit der versprochenen Flotte gekommen, so hätte man Dionysios bestimmt aufhalten können. So aber konnten Dions Truppen nichts tun als zuschauen. Dionysios konnte alles einführen, was er brauchte; bald kam auch Philistos mit einer zweiten Flotte. Ortygia würde eine langwierige Angelegenheit werden. Doch unterdessen war Syrakus frei.
Mit den Kräften, über die er verfügte, hätte Dionysios an der Küste anlegen und zu Land angreifen können; doch er verharrte in Ortygia und hoffte, wie sich später herausstellte, mit Dion, als ein Ehrenmann mit dem andern, zu einer Einigung zu gelangen. So wie der Archont es ansah, war der Pöbel nur die Triebkraft von Dions sehr persönlichem Krieg gewesen und brauchte nicht

berücksichtigt zu werden. Da er Platon kennengelernt hatte, hätte er auch Dion besser kennen sollen. Dion schickte die Unterhändler zurück und erklärte, er werde nichts lesen, was nicht auch dem Volk vorgelegt werden konnte. Dann erfolgten öffentliche Vorschläge für Steuersenkungen und so weiter. Die Syrakusaner lachten, und Dion antwortete, wenn Dionysios abdankte, würde er ihm sicheres Geleit gewähren. Andernfalls mochte er seinen Atem sparen.
Nach einiger Zeit bot Dionysios an, diesen Vorschlag aufgrund vereinbarter Bedingungen zu erwägen. Man möge Gesandte schicken. Einige führende Bürger machten sich auf den Weg. Die Wachen bei den Wachhäusern standen müßig herum und riefen dem Volk zu, daß sie bald arbeitslos sein würden. Bei Sonnenuntergang wurde noch immer verhandelt; die Gesandten mußten über Nacht bleiben. Die Truppen auf der syrakusanischen Belagerungsmauer hielten eine sorglose Wache, wie es auch der Feind tat. Die Arbeit an der Mauer, ein Notbehelf, der verstärkt werden sollte, war eingestellt worden. Um Mitternacht öffneten sich die fünf Tore von Ortygia. Die Besatzung stürmte gegen die Belagerungsmauer und ihre verschlafenen Mannschaften.
Die brüllenden Nubier, die Gesichter beschmiert wie weiße Totenschädel, die nackten, bemalten, sieben Fuß langen Gallier, vom starken Wein trunken, die zähen, eisenharten Römer brachen über Bürger herein, die nicht daran gewöhnt waren, sich zu wehren, unerfahren im Gebrauch der Waffen. Sie wichen zurück und flohen unter Geschrei. Damit hätte die Sache ein Ende gehabt, wären nicht Dions gedrillte Truppen gewesen, die nicht erst auf den Ruf der Trompeten warteten, um gleichzeitig mit ihm zur Mauer zu eilen. Seine Stimme übertönte das Getöse, er stand in der ersten Reihe und führte sie an. Ein prächtiger, donnernder Zeus, den Speer in der Hand, als schleuderte er Blitze; und so sammelte er seine Krieger, bis sein Schild an

vielen Stellen getroffen und sein Harnisch überall gekerbt war. Selbst als ein Speer ihm die rechte Hand durchbohrte, bestieg er ein Pferd und ritt durch die Reihen, um die Syrakusaner zu ermutigen, den Kampf wiederaufzunehmen. Schon hatte er die Männer von der Achradina wieder beisammen, der Feind war auf die Straßen beim Dammweg zurückgedrängt. Und unter diesem neuen Angriff gaben die Truppen des Dionysios den Kampf auf und flohen; viele wurden am Fuß der Mauer gefangen. Auf Dions Seite gab es nur fünfundsiebzig Tote; teils weil seine geschulten Krieger so gut gekämpft, teils weil die Syrakusaner sich gar nicht auf einen Kampf eingelassen hatten. Sie waren aber sehr dankbar und bewilligten den Kriegern eine Sonderzahlung von hundert Minen. Einen Teil dieses Geldes verwendeten die Männer darauf, Dion einen goldenen Kranz zu stiften.

Am nächsten Tag wurden die Gesandten zurückgeschickt. Dionysios hatte zwar den Waffenstillstand gebrochen, war aber dennoch nicht so tief gesunken, daß er sie getötet hätte. Vielleicht war Platons Besuch am Ende doch nicht ganz ohne Wirkung geblieben.

Die nächste Botschaft aus Ortygia war an Dion persönlich gerichtet. Er empfing sie in aller Öffentlichkeit, und es wurden ihm Briefe von seiner Frau und seiner Mutter übergeben. Auch diese Briefe las er laut und mit ruhiger Stimme dem Volk vor; die Frauen waren traurig, aber an allen Ränken unschuldig. Am Ende gab es noch einen Brief; Dion wurde gebeten, ihn allein zu lesen, es sei eine Botschaft seines Sohnes. Er muß wohl versucht gewesen sein, diesem Wunsch zu willfahren, doch er erbrach das Siegel. Und der Brief war keineswegs von Hipparinos, sondern vom Archonten. Das Schreiben ist derzeit in den Archiven der Akademie, und ich habe es einmal gelesen. Jetzt heißt es, daß das ein schlauer politischer Trick gewesen sei, doch ich sehe nur den Schreiber darin. Nichts als Gefühl, Gereiztheit, Mitleid mit sich selbst und unvernünftige Hoffnungen. Es verweilte bei Dions Jahren redlichen Dienstes gegenüber beiden Archonten, warf ihm einen ungerechten Groll vor, schwur, daß seine Verwandten, Gattin und Mutter es büßen müßten, wenn er nicht nachgebe. Dann wurde er angefleht, das heilige Syrakus nicht einem verblödeten Pöbel hinzuwerfen, der es in ein Chaos stürzen und nachher ihm die Schuld daran geben würde. Und zum Schluß, als besondere Lockung, bot er an, Dion als Archonten gelten zu lassen, wenn dieser sich verpflichten würde, die Tyrannis beizubehalten. Das dürfte Philistos hinzugefügt haben.

Dion verschmähte es zu schreiben, sondern sandte nur eine kurze soldatische Antwort. Doch der Brief war nicht vergebens gewesen. Das Volk wußte, was ihm angeboten worden war. Bestimmt mußte ihn das reizen. In den Schenken wurde darüber geschwatzt. Dions Soldaten machten nur mit oder prügelten sich, wenn sie sich Kampflust angetrunken hatten. Derzeit liebten sie ihn schon wie einen Vater.

Jetzt geschah es, daß Herakleides endlich mit zwanzig Trieren und fünfzehntausend Mann in Syrakus ankam.

Er hatte sich lange zurückgehalten. Wenn es ihm darum zu tun gewesen wäre, Dion zu Hilfe zu kommen, so hätte er das tun können. Die Trieren allein – auch ohne die mit Truppen beladenen Frachtschiffe – hätten genügt, Dionysios von Ortygia fernzuhalten. Man kann kaum daran zweifeln, daß er geglaubt hatte, Dion in Not zu finden. Ob das, was er anstrebte, für das Volk gemeint war oder für ihn selber – nun, er ist nicht da, um das aufzuklären.

Jedenfalls fand er Dion als hochgeehrten Sieger, angebetet von seinen Soldaten und geachtet von den Bürgern. Irgend etwas mußte geschehen, wenn Herakleides nicht als der Nachzügler wirken sollte, der erst nach dem Fest kommt. Er hatte noch immer viel zu seinen Gunsten anzuführen. Seine Verbannung

sprach für ihn und für seine Haltung gegen den Tyrannen; und er hatte seine heiteren, herzlichen Umgangsformen. Den Gegensatz konnte niemand verkennen. Wenn Dion mit fünfzig noch nicht gelernt hatte, sich mit dem Volk gemein zu machen, so zeigte er vermutlich, daß er es eben nicht erzwingen wollte.
All diese Verhandlungen mit Ortygia führten zu nichts. Der Krieg zu Lande kam nicht vom Fleck. Doch einige der Kriegstrieren des Dionysios schlossen sich den Syrakusanern an, so daß Herakleides jetzt über sechzig Trieren verfügte. Eines Tages erhielt er die Nachricht, daß Philistos auf die Meerenge zusegelte. Jetzt sah er die Möglichkeit, Ruhm zu gewinnen. Die Flotten stießen aufeinander, Philistos wurde umzingelt, und als seine Galeere erstürmt wurde, fand man den alten Mann auf dem Heck, ein Schwert im Leib. Da er beinahe achtzig war, hatte er nicht mehr die Kraft besessen, saubere Arbeit zu leisten, und so lebte er noch. Herakleides, der immer wußte, wie man sich beim Volk beliebt machte, übergab ihn dem Pöbel als Spielzeug.
Man kann sagen, daß er wußte, was er verdiente, und darum hatte er auch versucht, sich zu töten. Er war der rechte Arm der Tyrannis gewesen, seit sie begonnen hatte. Doch man konnte auch sagen, daß er dem Sohn treu geblieben war, obgleich der Vater ihn auf einen bloßen Verdacht hin in die Verbannung geschickt hatte. Daß er überhaupt in seinem Alter noch zu den Waffen gegriffen hatte, während er doch mühelos mit einem Sack voll Gold hätte davonsegeln können, um bequem im Bett zu sterben, hätte ihm doch, wenn auch mit Widerstreben, eine gewisse Achtung eintragen sollen. Doch nein, an der Belagerungsmauer hatten die derzeit freien Bürger von Syrakus versagt. Jetzt aber waren sie zu ungeduldig, auch nur einen Tag zu warten. Er wurde splitternackt ausgezogen und an einen Strick gebunden. Seiner Wunde wegen war er nicht imstande, durch die Straßen zu gehen, sondern er wurde geschleift, und jedermann durfte sein Mütchen an ihm kühlen. Zuletzt, als man

merkte, daß er bewußtlos war und man keinen Spaß mehr mit ihm treiben konnte, schlug man ihm den Kopf ab und warf den Straßenjungen den Leib hin. Sie zogen ihn an dem lahmen Bein, das er sich fünfzig Jahre vorher in der Schlacht geholt hatte, bis auch sie es satt hatten, und dann warfen sie ihn auf den Misthaufen. Als Dion von der Sache erfuhr, war der alte Mann schon tot. Von dem Akademiker Timonides, der mit ihm gesegelt war, erfuhr ich, daß Dion sich bis tief in die Nacht hinein in seinem Zimmer eingeschlossen hatte. Er war immer des Glaubens gewesen, daß Ehre Ehre zeugt. Er hatte geschwitzt und geblutet, um dieses Volk zu befreien; diese Menschen besaßen ein Stück von seiner Seele. Nicht weiter erstaunlich, daß er, während Herakleides, als der Held aller Welt, mit den Hauptleuten tafeln ging, dem Fest fernblieb. Vor langer Zeit, in Delphi, als Meidias getötet wurde, hatte ich gesehen, daß er nicht begriff. Die Menschen waren ihm fremd. Er hatte auch jetzt noch nicht gelernt, wozu Menschen fähig sind, wenn sie zwei Generationen lang Dreck fressen müssen. Es genügte ihm nicht, sie zu bemitleiden und jenen zu grollen, die sie entwürdigten; er hatte sich selber einreden wollen, daß die Freiheit sie adeln würde. Als sie ihn in der Schlacht im Stich ließen, hatte er ihnen vergeben; er war Soldat und erwartete nicht viel von nur unvollkommen ausgebildeten Bürgern. Diese Schlächterei, glaube ich, war es, was seine Seele verletzte. Solche Menschen, mag er gedacht haben, konnten ihr eigenes Wohl nicht erkennen; wenn es ihnen überlassen blieb, für sich selber zu kämpfen, würden sie schlimmer leiden als unter der Tyrannis und noch tiefer sinken. Denn er glaubte, was Sokrates Platon und Platon ihn gelehrt hatte – daß es besser ist, Unrecht zu leiden, als Unrecht zu tun.
Der Herbst schloß die offenen Seewege, obgleich noch immer Schiffe durch die Enge nach Italien hinüberkreuzten, wie sie das bei gutem Wetter das ganze Jahr über tun. Seegefechte gab es nicht mehr; Herakleides aber stand jetzt in der öffentlichen

Achtung ebenso hoch wie Dion. Er war liebenswürdig zu jedermann und machte kein Geheimnis aus seiner Überzeugung, daß Syrakus, wie Athen, von der Volksversammlung und allgemeiner Abstimmung beherrscht werden sollte. Solange Dionysios in Ortygia saß, war die Notwendigkeit eines Oberbefehlshabers jedem klar. Derzeit begnügte sich Herakleides damit, Ränke zu spinnen, um gleichen Anteil an der Herrschaft zu haben.
Ich weiß nicht, was Dionysios tat, als er vom Tod des Philistos hörte und wußte, daß er jetzt den Krieg selber führen mußte. Vermutlich betrank er sich. Sicher ist, daß er binnen kurzem eine Botschaft an Dion sandte und die Übergabe von Ortygia anbot: den Palast, die Festung, die Schiffe, sein stehendes Heer und fünf Monate vollen Sold für die Krieger; dafür sicheres Geleit nach Italien und ein jährliches Einkommen.
Dion muß versucht gewesen sein, eigene Bedingungen zu stellen, doch er hatte sich bei seiner Ehre verpflichtet, alle solchen Angebote dem Volk vorzulegen. Einstimmig sagte das Volk nein. Die Menschen hatten jetzt Philistos' Blut gekostet, um wieviel süßer wäre das seines Herrn! Dionysios mußte am Ende sein, um dieses Angebot zu machen. Sie waren entschlossen, ihn lebend zu bekommen. Vergebens erklärte Dion ihnen, daß alles, worum sie gekämpft hatten, ihnen jetzt gehörte, wenn sie es nehmen wollten. Sie dachten nur und sprachen es auch aus: »Da ist ein Mann, der nicht gelitten hat!« Sizilien ist ein Land, wo man die Rache schätzt. Irgend jemand sagte, er müsse ein besseres Angebot haben als vorher, um den Tyrannen frei abziehen zu lassen; doch dieser Mann war ein Verwandter von ihm. Keinem dieser Gerüchte trat Herakleides entgegen. Vielleicht glaubte er sie; es ist leicht, von einem Mann, den man haßt, das Schlimmste zu denken. Die Gesandten wurden mit leeren Händen zurückgeschickt, die Belagerung ging weiter. Herakleides verbrachte seine Zeit mehr und mehr auf dem Festland mit politischen Umtrieben. Und eines nebligen Tages im Früh-

herbst, als die Wachtposten der Flotte ihren Dienst leichtnahmen, bestieg Dionysios ein Schiff, das alle seine Schätze trug, und segelte davon. Als die Nachricht bekannt wurde, war er bereits in Italien.

In Athen sprach man von nichts anderem. Die größte Tyrannis in Hellas war gebrochen worden, und das von einem Mann, der seine Ausbildung in Athen erhalten hatte, ja, beinahe ein Athener war. In der Akademie liefen grauhaarige Philosophen herum wie Schuljungen. Axiothea und ihre Freundin umarmten mich im Olivenhain. Sie erzählten mir, was in den Straßen noch nicht bekannt war, daß Ortygia sich auch ohne seinen Gebieter noch immer hielt, der den jungen Apollokrates als Befehlshaber zurückgelassen hatte. Das überstieg selbst meine Vorstellungen von Dionysios. Wenn sein Sohn ihm glich, so war der Krieg so gut wie gewonnen, und wir waren uns einig, daß wir das ebensogut schon jetzt feiern konnten wie später. Wir erinnerten uns, daß vor gar nicht langer Zeit eine Sternschnuppe den Himmel gekreuzt hatte, so leuchtend, daß sie von einem Dutzend Städte gesehen worden war und die Nacht zum Tag gewandelt hatte.

Viele Leute veranstalteten zu Ehren des Ereignisses Feste, darunter auch Thettalos und ich. Theodoros erzählte uns eine köstliche Geschichte. Er hatte kürzlich in Mazedonien vor dem neuen König Philipp gespielt, den man, seiner Meinung nach, schwerer umbringen würde als seine Vorgänger. Als der leuchtende Stern auftauchte, hatte dieser Bergkönig anscheinend geglaubt, das sei eine Huldigung für ihn, weil er irgendeine Schlacht und ein Wagenrennen gewonnen und seine Frau ihm einen Sohn geschenkt hatte. Er und sein Hof hatten daraufhin die ganze Nacht hindurch getafelt und getrunken. Dann, nur wenige Wochen später, war die große Nachricht aus Syrakus gekommen. Wir lachten über die Großmannssucht dieses Barbaren, dachten nicht mehr an ihn und tranken auf die Freiheit aller Griechen.

19

O Nikeratos!« sagte Axiothea, denn sie war die erste, der ich es erzählte. »O Nikeratos, gehst du wirklich nach Sizilien? Lieber Freund – ich könnte dich beinahe hassen. Wo wirst du denn spielen? Doch gewiß nicht in Syrakus, wenn die Belagerung noch immer andauert.«
Nirgends, soviel ich weiß. Ausnahmsweise reise ich zu meinem Vergnügen. Warum auch nicht, solange ich noch meine ganze Kraft habe?«
»Deine Kraft? Nach diesem löwengleichen Diomedes? Ich schäme mich deiner. Geht Thettalos auch?«
»Nein, er ist in Ionien und wird noch einige Wochen nicht frei sein. Dies tue ich ausschließlich für mich selber. Ich habe den Beginn dieses Unternehmens mitangesehen, und ich möchte dabeisein, wenn es von Erfolg gekrönt wird.«
Diese Worte, kaum ausgesprochen, mißfielen mir. Wenn ein Tragödienschauspieler von Kränzen spricht, zumal wenn er gerade einen errungen hat, spricht er von Tragödien. Ich hatte immer Wörter, die Unglück bringen, vermieden. In diesen Dingen bin ich vorsichtig, und es war eigentlich nicht meine Art.
Ich fragte sie, welche neuen Nachrichten sie erhalten habe. Timonides schrieb noch immer an Speusippos, der mit seinen Forschungen, seiner Arbeit in der Akademie und der Beschäftigung mit den Archiven des Feldzugs jetzt viel zu sehr überlastet war, um unter die Leute zu gehen, und so sah ich ihn nur selten. Sie erwiderte, er habe vorige Woche einen Brief erhalten, und anscheinend gebe es keine großen Veränderungen. Dann setzte sie hinzu: »Aber derzeit erfahren wir nicht alle Nachrichten. Sie

werden uns gewöhnlich laut vorgelesen. Natürlich dürfte jetzt weniger zu berichten sein. Herakleides scheint noch immer Schwierigkeiten zu machen – zu uns hat er nie gehört, mußt du wissen. Bist du ihm je begegnet?«
»Ja, einmal ganz kurz. Ich hielt ihn für einen guten, schlichten Soldaten, aber das ist er nicht. Er hätte Schauspieler werden sollen. In meiner Truppe möchte ich ihn aber nicht haben. Er würde einem die Maske verstecken, und während man sie sucht, würde er etwas aus dem Stegreif glänzend hinlegen.«
»Hast du gehört, was er, nach der Flucht des Dionysios, getan hat, um sich bei den Bürgern wieder in Gunst zu setzen? Er schlug der Versammlung vor, das ganze syrakusanische Land sollte zu gleichen Teilen verteilt werden.«
»Was? Jetzt? Während der Krieg noch dauert? Das kann ich nicht glauben.«
»Es ist aber wahr. Ich habe diesen Teil des Briefes gesehen.«
»In Sizilien! Kein Mensch würde auch nur einen Zoll seines Zwiebelackers preisgeben, ohne sich zu wehren. Da hätte es einen Aufstand gegeben, dann einen Ausfall aus Ortygia, und Dionysios wäre heimgekehrt.«
»Das muß Herakleides vermutlich ebensogut gewußt haben wie Dion. Doch Dion war es, der nein sagen mußte.«
Wir saßen auf der Marmorbank, neben dem Standbild des Helden Akademos. Sein Schatten fiel im Abendsonnenschein weit über uns hinaus; ein langer, dünner Helmbusch, ein Speer, der sich zehn Ellen über das Gras streckte. Nach einer Weile sagte sie: »Wir haben immer alle Briefe gehört … es heißt, daß Dion sich verändert hat.«
»Das bezweifle ich. Viel wahrscheinlicher, daß er mit dem Versuch, sich zu ändern, aufgehört hat.«
»Platon hat sich verändert.«
»Ja, das will ich dir glauben.«
»Als er jung war, ist er gereist, verstehst du. Wie Solon und

Herodot. Er hat in Ägypten gelernt. Er sieht nicht, wie die meisten Menschen es tun, außerhalb von Hellas nur Barbarei. Nicht einmal immer in Mazedonien. Doch er hat immer gelehrt, daß man für jede Polis Gesetze geben muß entsprechend der Zahl jener Menschen darin, die denken können. Früher glaubte er, es würde ihrer viele geben, wenn man sie frei aus den Reichen und den Armen wählen könnte und miteinander ausbilden. Noch immer zieht er das Verdienst der Geburt vor. Jetzt aber glaubt er, solcher Menschen seien weniger und nicht genug, um es zustande zu bringen oder in Gang zu halten. Das ist alles.«

»Alles? Das scheint mir doch ziemlich viel zu sein.«

Sie seufzte. »Er ist dort gewesen, ich nicht. Nun, du fährst jetzt, Nikeratos. Wie ich dich beneide.«

Ich hatte es so eingerichtet, daß ich in etwa einem halben Monat segeln sollte. Speusippos gab mir einen Berg von Briefen für Dion mit. Da Herakleides und Theodotes – jener Verwandte, der Platon angefleht hatte, sich für Herakleides bei Dionysios einzusetzen – an alle möglichen führenden Männer in Griechenland Briefe schrieben, in denen sie gegen Dion hetzten, wollte er ihn warnen.

Auch Platon schrieb. Lange nachher, als es schon in den Archiven war, erfuhr ich, was für einen besorgten Brief ich mitgenommen hatte. Er begann mit guten Wünschen und Hoffnungen; er mahnte Dion daran, daß die Augen der Welt auf Syrakus und auf ihn und durch ihn auf die Akademie gerichtet seien. Er warnte ihn davor, daß überall Gerüchte über einen Streit zwischen ihm und Herakleides im Umlauf seien, und das würde die gute Sache gefährden. Er wisse alles nur vom Hörensagen, fügte er hinzu, denn es sei lange her, seit Dion ihm geschrieben habe. Das Ende, soweit ich mich daran erinnere, lautete etwa: »Sei vorsichtig. Man sagt, du seist nicht so freundlich, wie du sein kannst. Vergiß nicht, daß man, um etwas zu erreichen, die

Menschen gewinnen muß. Unduldsamkeit macht ein Haus einsam.«

Ich hatte von Tarent die schlimmste Überfahrt seit damals, als mein Schiff gekentert war. Mit einem ausgezeichneten Kapitän und einer tüchtigen Mannschaft meisterten wir das Wetter gerade noch. Ich war zu Tode verängstigt, doch an Bord waren Leute, die wußten, wer ich war. Wenn ich je daran gezweifelt hatte, wieviel Eitelkeit hinter dem Mut der meisten Menschen steckt, jetzt wußte ich es.

Ich überquerte das Meer nach Rhegion und setzte meine Reise zu Land fort, denn ich wollte nicht zwischen die Kriegsflotte von Ortygia gelangen. Der Stadtverkehr war alles in allem wie früher. Ich mietete ein gutes Reitmaultier, weil sich das besser machte und ich in der Gegend immerhin bekannt war. Es war ein langer Ritt, und als ich nach Leontinoi kam, war ich müde. In der Stadt gab es keine Männer, denn sie waren, wie man mir berichtete, für Dion in den Kampf gezogen. Als ich die Knaben nach meinem alten Gastfreund, dem römischen Hauptmann Aulus Rupilius, fragte, sagten sie, er sei hier, um seinen Vater zu begraben. Ich suchte ihn auf und brachte eine Opfergabe dar. Man drängte mich, über Nacht zu bleiben, und Rupilius sagte, er würde gerne am nächsten Tag in meiner Gesellschaft nach Syrakus zurückkehren.

Wir machten uns frühzeitig auf den Weg. Er war durchaus nicht in tiefer Trauer, denn sein Vater war seit langem stumpfsinnig gewesen. Und so machte der Sohn sich mehr Sorgen um die Zukunft als um die Vergangenheit. Als ich ihn fragte, was denn los sei, erwiderte er nur, er habe gehört, in Syrakus sei nicht alles, wie es sein sollte. Ich bemerkte, daß er seinen Panzer und sein Schwert trug. Er trabte weiter, ein breitschultriger, graubärtiger Mann mit einer Boxernase, einem roten Gesicht und schweißtriefend, als die Sonne den Panzer bestrahlte. Aber er brütete vor sich hin und hörte nur mit halbem Ohr, was ich sagte.

Hatte die Partei des Herakleides ihn am Ende gegen Dion aufgehetzt? Es war gut, daß ich diese Frage bei mir behielt. Sobald Dions Name fiel, beschämte er mich mit einem Lobgesang, der sich über mehrere Stadien unserer Reise fortsetzte. Ja, ja, das war ein Mann mit den echten, alten Tugenden! Nichts für sich selbst, alles für das Gemeinwohl! Mut und Kriegskunst im Kampf! Die Ausdauer eines um zwanzig Jahre jüngeren Mannes! Ein Heerführer, der nie weicher oder trockener schlief als seine Leute, noch aß, wenn sie hungerten. Ein Mann von *gravitas* – ein lateinisches Wort, das, wie ich glaube, so etwas wie Würde der Seele bedeutet. Unbestechlich im Amt, makellos in seiner persönlichen Ehrenhaftigkeit. Es mochten ihm jene Künste abgehen, mit denen niedrigere Männer den Toren zu schmeicheln wußten; doch um den richtigen Befehl in der Not oder um ein heiteres Wort zu seinen Leuten war er nie verlegen. Kurz – dies entschlüpfte ihm wider Willen, denn er war ein höflicher Mann –, es war ein Jammer, daß Dion an die Griechen verschwendet wurde. Er hätte ein Römer sein sollen.

Ganz offenbar sprach aus diesem Lob eine gewisse Empörung. Doch ich vermochte die Ursache nicht zu ergründen, denn der Mann war entschlossen, nur Gutes zu sagen.

Wann immer wir einen Blick aufs Meer hatten, deutete er auf die Kriegsschiffe. Ich fragte, wie es um die Belagerung stehe, und merkte, daß er voller Hoffnung war. Apollokrates, ein Bursche von etwa sechzehn, konnte kaum mehr als das Sinnbild eines Führers sein, eine Geisel der Besatzung für den durchgegangenen Tyrannen. Die Absperrung war dicht, und die Belagerten mußten an den meisten Dingen Mangel leiden.

»Alles hilft den Syrakusanern, nur sie selber nicht«, sagte er. »Sie erinnern mich an die Menschen in dem Stück, das du gespielt hast; entschlossen, die Götter zu vertreiben!«

»Du machst mir angst. Wie lange brauchen wir noch bis Syrakus?«

»Das hängt davon ab, ob wir Reittiere zum Wechseln finden. Wenn nicht, werden wir kaum vor Einbruch der Nacht dort sein.«

»Macht nichts. Hier oben ist die Straße gut. Von der nächsten Erhebung aus sollten wir das Meer sehen.«

»Still!« sagte er.

Römer wie Spartaner sind nicht dafür, Worte zu verschwenden. Er hob die Hand und hielt sein Maultier an. Und dann hörte ich vor uns Kampflärm. »Was kann das sein? Wir sind doch noch ein ganzes Stück vor Syrakus.«

»Dort unten ist eine Flußmündung. Dionysios könnte Truppen gelandet haben. Bleib in Deckung, bis wir mehr sehen.«

Wir ritten zum nächsten Hügel, banden die Tiere unterhalb der Kuppe an und setzten unseren Weg zu Fuß fort. Der Lärm kam immer näher. Zwei kämpfende Truppenteile, der eine ohne Zucht und Ordnung, schreiend und fluchend – das konnte man deutlich unterscheiden –, der andere seltsam still, nur von Zeit zu Zeit ertönte ein scharfer Befehl.

Wir waren jetzt unterhalb des Gipfels; Rupilius, murrend und knurrend in seiner Rüstung, war stehengeblieben, um Atem zu holen. Plötzlich packte er meinen Arm so fest, daß ich beinahe aufgeschrien hätte. Und dann erkannte auch ich die Stimme des Befehlshabers. Wir kletterten so rasch wir konnten auf den Gipfel, und ohne Deckung zu suchen, blieben wir an einen Felsen gelehnt stehen und beobachteten das Schauspiel, das sich unseren Augen bot.

Unter uns war der Fluß, der sich in der Ebene zwischen Hügeln und Meer verbreiterte. Eine größere Truppenmacht war dabei, ihn zu überschreiten und nordwärts in Richtung Leontinoi zu marschieren. Eine Reihe von Männern stapfte durch das schenkelhohe Wasser und hielt ihre Waffen trocken, während die Hauptmacht sie deckte. Das andere Heer, sofern man dieses Wort auf eine Schar anwenden kann, die weit mehr wie Pöbel wirkte, versuchte, sie zu bedrängen. Einige aus diesem Haufen waren bewaffnet wie Soldaten, andere trugen, was man bei einer Rauferei gerade in die Hand bekommt, wieder andere hatten Steine. Es gab auch etliche leichte Reiter, die speereschwingend dahin und dorthin sprengten; anscheinend hatten sie keinen Führer, er wäre denn weit hinter ihnen. Der andere Führer aber war deutlich zu sehen; er ermutigte die Nachhut. Ich hörte, wie ein Stein gegen seine Rüstung krachte. Es war Dion.

Rupilius kniff mich in den Arm. »Die Unseren!« rief er. »Ich muß fort! Ich muß hinunter!«

»Warte doch«, bat ich. »Sag mir vorher, was sich dort begibt.« Ich konnte mir nicht vorstellen, warum gutausgebildete Soldaten vor solch einem Pöbel weichen sollten; und vor allem Dion.

Rupilius eilte vorwärts. Dion hatte seine Leute, von denen nur noch wenige im Fluß waren, in einer Schlachtordnung von sechs Reihen aufgestellt. Der Feind, im Nu weniger eifrig, zögerte eine Weile. Doch immerhin brüllte einer einen Päan, und so wurde ein wirkungsloser Angriff unternommen. Dions Leute wankten nicht. Zunächst schrien sie nur und schlugen auf die Waffen. Das zähmte einige der Angreifer, doch die meisten stürmten weiter. Von ihnen wurde die Mehrzahl einfach mit Schilden und Speerschäften niedergeschlagen. Als sie zu Boden sanken, zogen die übrigen sich in völligem Durcheinander zurück. Sie wurden nicht verfolgt. Die Schlachtreihe wartete nur in Abwehrstellung, während Dion das Zeichen gab, die Flußüberquerung fortzusetzen.

Etwa fünfzig waren am anderen Ufer, als die Gefallenen sich wieder rührten und aufstanden. Daraufhin faßten andere sich wieder ein Herz und stießen ein Kriegsgeschrei aus. Irgendwo hörte ich sogar einen Befehl.

Abermals ordnete Dion seine Reihen. Doch diesmal – das merkte ich seinem lauten Zuruf an – gab er den Befehl zum Angriff.

Seine Leute drängten vorwärts, Schild an Schild, eine feste Reihe. Sie stießen auf die anderen wie eine Woge, die sich hart und schwer wie aus einem Stück bricht. Jetzt fielen die Männer wirklich, zumeist auf der Seite der Feinde. Es war bald vorüber; sie liefen wie die Kaninchen. Jene, die gefangen wurden, knieten zum Zeichen dafür, daß sie sich ergaben, vor den Soldaten nieder, berührten deren Bärte oder Knie. Einige von Dions Leuten, deren Blut aufgewallt war, machten sich an die Verfolgung, doch er rief sie zurück, und wie gute Jagdhunde gehorchten sie, schleppten aber immerhin noch weitere Gefangene mit sich.
Unterdessen stand Rupilius wie angewurzelt. Jetzt rührte er sich wieder. Er müsse gehen, sagte er.
»Dann nimm dein Pferd«, meinte ich. »Du wirst es bestimmt brauchen, und ich komme mit dir.«
Wir holten die Tiere, und als wir die Furt erreichten, hatten Dions Männer die Überquerung beendet; sie verbanden ihre Wunden und trieben die Gefangenen zusammen. Dion war näher geritten, saß schweigend auf seinem Pferd und schaute auf die Leute hinunter.
»Beim Hund!« sagte ich zu Rupilius. »Die sehen aus wie Syrakusaner!«
Rupilius beugte sich nur vor und spuckte in den Staub; dann stieß er seinem Tier die Fersen in die Flanken. Ich folgte ihm. Er galoppierte direkt zu Dion, sprang vom Pferd und sah aus wie ein Hund, der vom Piräus nach Salamis geschwommen war und seinen Herrn gefunden hatte.
»Herr«, sagte er, »Aulus Rupilius meldet sich zurück zum Dienst.«
»Du bist willkommen, Rupilius«, erwiderte Dion. »Obgleich es so aussieht, als ob für uns beide hier kein Dienst mehr zu leisten wäre.«
Bevor ich mehr hören konnte, war ich von Soldaten umringt, die

mich fragten, ob ich aus Syrakus stamme, wie man eine Schlange fragen mochte, ob sie giftig sei. Ich erklärte ihnen, wer ich war; Soldaten sind meist freundlich zu Schauspielern, und als sie erfuhren, daß ich nicht einmal ein Sizilianer war, begannen sie alle auf einmal zu reden. Soviel ich ihren Worten entnehmen konnte, hatte Herakleides, dessen Namen keiner ohne eine Verwünschung nannte, wieder die Teilung des Landes vor die Versammlung gebracht. Dion hatte sich abermals dagegen ausgesprochen. Das Volk aber, vorher gut bearbeitet, hatte ihn überstimmt und von seinem Amt als Oberbefehlshaber abgesetzt. Das verärgerte seine Truppen, die ihm zujubelten und die neuen statt seiner gewählten Feldherren auspfiff. Daraufhin hatte Herakleides erklärt, diese Truppen seien Dions ganz persönliche Streitmacht und würden auf Kosten der Stadt ausgehalten, um Dions Bestrebungen zu unterstützen und ihn zum Tyrannen zu machen. Er beantragte, daß ihr Sold, der schon seit fünf Monaten überfällig war, nicht aus der Stadtkasse bezahlt werden sollte – eine Forderung, der begeistert zugestimmt wurde. »Und so«, berichtete einer, »sagten wir ihnen, was sie und ihr Archont miteinander machen sollten, und führten unseren Feldherrn aus dem Dreck heraus. Und waren froh, daß wir ihn hatten.«

Ein anderer bemerkte dazu, Herakleides habe ihnen angeboten, sie zu Bürgern zu machen – welch ein Geschenk! – und sie sogar zu bezahlen, wenn sie Dions Dienst verlassen wollten. Diese Ratten mochten ihr schmutziges Silber nur behalten. Sie selber aber wären bereit, für Dion überallhin zu gehen, nach Ägypten, Persien, Gallien oder Babylon. Sie würden auch nach Nordafrika gehen und dort eine Pflanzstätte gründen. Und so weiter. Sie waren vor Zorn halb toll.

»Gut«, sagte ich. »Ihr seid also gegangen. Wie kam es aber zu dieser Schlacht?«

Wieder folgten Verwünschungen: »Der Feldherr hat es zu ge-

lassen aufgenommen, und sie müssen geglaubt haben, mit ihm könne man umspringen, wie man wollte.«
»Die Demagogen glaubten, sie könnten ihn erwischen ...«
»... waren uns auf den Fersen wie räudige Hunde hinter einem Bettler ... noch bevor wir aus der Stadt draußen waren.«
»Wir haben uns einfach umgedreht, haben mit den Speeren gegen die Schilde geschlagen, und da sind sie umgefallen und haben sich bepißt ...«
»Dion wollte nicht erlauben, daß wir sie anrührten.«
»Den Feldherrn wie einen Sündenbock ins Gebirge zu treiben! Diese Hurensöhne!«
»Ihre Mütter haben sie wahrscheinlich ausgelacht, und da haben sie's jetzt noch einmal versuchen wollen!«
»Bleib nur da und warte, was wir mit denen machen werden, die wir geschnappt haben!« Sie wiesen mit dem Daumen auf die Gefangenen, die jammernd die Hände ausstreckten.
Dion war noch immer da und schaute auf sie hinunter, ein hochgewachsener Mann auf einem hohen Pferd. Er sah nicht älter aus als damals, da ich ihn in Athen kennengelernt hatte, eher jünger, fand ich. Braungebrannt, schlank, voller Tatkraft, entschlossen wie ein kriegsgewohnter Mann. Ein eherner Mann, ein ehernes Pferd – wie ein Standbild sah er aus. Jeder konnte ihn betrachten, doch er sagte nichts. Sein Gesicht verriet mir, daß er aufgehört hatte, sich für irgend jemanden ins Zeug zu legen. Es hatte keinen Sinn, und zu gewinnen war dabei nichts. Er würde seine Gedanken aussprechen, wann und wo es ihm beliebte, wenn es ihm überhaupt beliebte. Er sah mich und senkte den Kopf zum Gruß, ohne zu fragen, warum ich da war. Er hatte andere Sorgen.
Rupilius hielt noch immer sein Pferd am Zügel und hoffte auf ein Wort von Dion. »Herr, solange du in Leontinoi bist, steht dir mein Haus zur Verfügung. Mein Gastzimmer ist angenehm und kühl, Nikeratos wird es dir bestätigen ...«

»Du bist spät gekommen, Aulus«, sagte ein anderer Offizier. »Glaubst du wirklich, daß noch niemand den Feldherrn an seinen Herd geladen hat? Er hat mir diese Ehre verheißen.«
Die Griechen, die den größeren Teil der Truppe ausmachten, murmelten zustimmend. Sie konnten in diesem Wettstreit nicht mithalten, da sie vom Festland waren, hauptsächlich Argiver, stämmige Männer, die oft bei Ringkämpfen siegten, daneben auch einige Korinther und zähe arkadische Bergbewohner.
»Ich danke dir, Rupilius«, sagte Dion. »Still in den Reihen! Ich will diese Abgesandten anhören.«
Zwei Männer lösten sich aus dem fernen Haufen von Syrakusanern und schwenkten grüne Zweige. Dion schickte niemanden aus, um sie heranzuführen, sondern blieb ruhig auf seinem Pferd sitzen und ließ sie näher kommen. Die Soldaten lehnten sich auf ihre Speere, lautlos, wie ihnen befohlen war. Es war förmlich zu sehen, wie es in ihnen zuckte.
Mit finsterer Unterwürfigkeit baten die Abgesandten, ihre Toten heimtragen zu dürfen, und gestanden damit nach dem Gesetz der Waffen zu, daß der Gegner das Feld beherrschte.
»Nehmt sie«, sagte Dion.
Sie warteten. Dions Pferd stampfte ungeduldig. Sie räusperten sich und baten, er möge doch so gnädig sein und das Lösegeld für die Gefangenen bestimmen.
Abermals folgte eine Pause, während die Soldaten leise murrten und Dion die Abgesandten musterte, wie er es mit den Gefangenen getan hatte. Dann wies er auf einen Berg von Schilden, die seine Leute gesammelt hatten, als die Syrakusaner geflohen waren. »Ich habe gehört, daß Dionysios, bevor er aus der äußeren Stadt vertrieben wurde, den Bürgern die Waffen wegnahm aus Angst, sie könnten sie gegen ihn verwenden. Ihr aber seid in Waffen gekommen. Wer hat sie euch gegeben?«
Sie traten von einem Fuß auf den andern. Ich betrachtete die Schilde; es war korinthische Arbeit, das sah man. Die Soldaten

gaben ihrem Unmut lautstark Ausdruck. Und dann verstand ich ihn.
»Still!« sagte er abermals. Und dann: »Geht und nehmt diese Männer mit euch.« Er wies auf die Gefangenen, die angstvoll gelauscht hatten. »Ich bin ein Syrakusaner. Ich verlange kein Lösegeld für meine Landsleute. Und ich habe keine Verwendung für sie. Führt sie fort!«
Erst als die Abgesandten mit den Gefangenen durch den Fluß gewatet waren, wirkte er so entspannt, daß ich mich mit meinem Briefsack vorwagte. Er dankte mir höflich, aber kurz und reichte ihn einem Offizier, der sich damit beschäftigen sollte. »Hier ist noch ein Brief, Herr«, sagte ich, »den du vielleicht selber sehen möchtest.« Und damit gab ich ihm Platons Brief.
Er nahm ihn und dankte mir. Schon war er im Begriff, ihn zu den anderen zu legen, doch dann bemerkte er, daß ich ihn beobachtete, und das mochte ihn an manches erinnert haben. Jedenfalls öffnete er den Brief und las ihn. Es war ein kurzer Brief. Und in Dions Zügen veränderte sich nichts. »Ich danke dir, Nikeratos«, sagte er. »Eine Antwort ist nicht nötig.«

20

Am liebsten wäre ich sofort nach Messena geritten, um ein Schiff in die Heimat zu nehmen. Leontinoi mußte so überfüllt sein, daß drei in einem Bett schliefen; und bei dem Gedanken an Syrakus wurde mir übel. Immerhin hatte ich eine lange Reise hinter mir. Jedermann in Athen würde mich nach Neuigkeiten fragen, und man würde mich wahrscheinlich für töricht halten, weil ich weggelaufen war. Außerdem hatte ich Menekrates geschrieben, daß ich käme; ihm konnte man vertrauen, und ich käme nicht in die Lage, das Brot mit einem von Dions Feinden brechen zu müssen.

Vor seinem Haus sagte der Türhüter mir allerdings, Menekrates sei auf einer Rundfahrt in Italien; mein Brief hatte ihn nicht erreicht und lag ungelesen auf dem Tisch. Seine Frau war mit seinen Söhnen bei ihrem Vater. Abermals wünschte ich, ich wäre nicht gekommen, und wanderte reisemüde durch die Stadt auf der Suche nach einem Gasthaus. Der Türhüter hatte gemeint, Menekrates werde bald zurückkommen, und so wollte ich eine Weile bleiben, um ihn nach Möglichkeit zu sehen.

Die Stadt war voll von Parteienzwist; die an Dions Stelle gewählten Führer hatten alle ihre eigenen Anhänger. Sie hatten sich im gemeinsamen Interesse geeinigt. Man sagte mir, Dion habe, als man ihn aus der Stadt trieb, auf Ortygia gewiesen, dessen Wälle mit wachsamen Männern besetzt waren. Doch keiner achtete auf ihn.

Ich fand ein ruhiges, sauberes Gasthaus und ging früh zu Bett. Doch kaum war ich eingeschlafen, wurde ich wieder gestört: aus dem Nebenraum war das Weinen einer Frau zu hören. Sie war anscheinend ganz allein. Es ging mich nichts an, ob sie zum Haus gehörte oder eine Hetäre war, doch die Art, wie sie ihr Schluchzen dämpfte, beunruhigte mich, und ich konnte nicht wieder einschlafen. Da man im Haus noch wach war, stand ich auf und fragte eine Dienerin, wer in dem Zimmer wohne. Ein junger Mann aus Athen, erwiderte sie.

Ich ging wieder auf mein Zimmer. Ich hätte schwören mögen, daß es das Weinen einer Frau war; bei einem Mann klang es in der Regel rauher. Ich zauderte nicht länger, sondern nahm meine Lampe und klopfte an die Tür. Das Schluchzen dauerte an. Als ich die Klinke niederdrückte, gab sie mühelos nach.

Durch das Licht aufgestört, fuhr mein Nachbar mit einem Schreckenslaut auf und zog die Decke höher. Das Gesicht war vom Weinen geschwollen und machte mir angst; doch ich hatte das Gefühl, das Gesicht zu kennen. »Vergib mir«, sagte ich, »aber ich komme aus Athen. Ich bin Nikeratos, der Tragöde. Man sagte mir, daß du aus meiner Stadt bist. Fehlt dir etwas? Kann ich dir helfen?«

»Niko! O Niko!«

Ich trat an das Bett. Kaum traute ich meinen Augen, doch sie sahen richtig. »Axiothea! Im Namen aller Götter, was machst du hier?« Sie sah mich mit solcher Freude an, wie ein Kind seine Mutter ansieht; ich setzte mich zu ihr und nahm sie in die Arme. Ich hatte die Wahrheit schon erraten, bevor sie sie aussprach. Alle ihre Freunde waren mit Dion gegangen; sie hatte sich mit Lasthenia zerstritten und war davongelaufen. Die Reise war schrecklich gewesen; man hatte sie für einen Eunuchen gehalten, und das hatte sie über sich ergehen lassen und ebenso ertragen müssen wie die Späße der Seeleute. Als sie nach einer schlimmen Überfahrt endlich nach Syrakus gelangte, war das just an dem Tag, da Dion wie ein Hund aus der Stadt gejagt wurde.

Schon durch die Reise sehr mitgenommen, fand sie alles hier

bedrohlich: die Soldaten, die Bettler, die Betrunkenen, die Agenten, die sie umwarben, die Kuppler, die ihr Knaben oder Mädchen anboten. Jeden Augenblick hatte sie erwartet, erkannt und von der Menge gesteinigt zu werden. Sie hatte vorgehabt, sich zu ihren Freunden von der Akademie zu gesellen, die zu Dion hielten, und gehofft, man werde ihre Unerschrockenheit bewundern. Doch die waren alle nach Leontinoi aufgebrochen. So war sie ganz allein.

Ich erzählte ihr, was ich miterlebt hatte und daß Dion sich in Sicherheit befand.

»Ich habe ihn bei der Versammlung gesehen«, sagte sie. »Er hat sich verändert, Niko. Aber wen kann das verwundern? Unter solchen Menschen!«

»Er ist hier geboren. Es ist kaum seine Schuld, daß er sie nicht kannte. Und hätte er sie gekannt, so hätte er auch nichts Besseres tun können. Wie die Dinge stehen, gleichen er und das Volk den Gestalten einer Tragödie; sie sprechen miteinander in bester Absicht, sind aber geboren, einander zugrunde zu richten. Jede Seite hat ihr Gutes, doch es ist über sie verhängt, daß keine es bei der anderen sieht. Dion ist der tugendhaftere; doch er hat weniger gelitten. Nur ein Gott könnte hier ein gerechter Richter sein.«

»Gibt es denn irgendwo unter der Sonne eine Gerechtigkeit?« fragte sie.

»Komm, trockne deine Augen. Du hast zuviel gelesen, bevor du dich umgeschaut hast. Du kannst das Wort eines Mannes nehmen, der arm gewesen ist. Es gibt Güte, und wie die Welt nun einmal ist, beweist das meiner Ansicht nach, daß die Götter leben. Wie anders kann man es sich vorstellen? Doch Güte ist wie Geld; nur eine ganze Stadt hat genug. Du mußt klein beginnen und ein Kapital aufbauen. Es hat keinen Zweck, seine Einnahmen zu vergeuden und dann, wenn die Bank zusammenkracht, verbittert zu sein und an nichts zu glauben.«

»Jetzt, da du bei mir bist, Niko«, sagte sie lächelnd, »kann ich glauben.«
»Das ist besser. Du hast mich früher nie so genannt. Lächle wieder! Hier sind wir beide in Syrakus, haben Zeit, soviel wir wollen, und wer weiß, wann du wieder so weit reisen wirst. Du kannst dich nicht in einem Mauseloch verkriechen, bis du heimfährst. Wasch also dein Gesicht mit kaltem Wasser, ruh dich ein wenig aus; ich möchte doch, daß mein Freund mir Ehre macht. Und morgen wollen wir uns die Stadt ansehen. Schlaf jetzt!«
Am nächsten Morgen holte ich sie ab, und wir verbrachten einige Tage damit, Syrakus zu besichtigen. Sie war immer ein schlankes Mädchen ohne viel Busen gewesen; durch die Reise war sie viel zu mager für ihr Geschlecht geworden, doch recht anziehend als Knabe, wie manche unserer Bekannten merken ließen. Wenn sie errötete, so erklärte ich, daß mein Freund von einem spartafreundlichen Vater zu größter Zurückhaltung erzogen worden sei. Und vor älteren Leuten machte sie den Mund nicht auf. Sobald wir wieder allein waren, lachten wir darüber. Um die Komödie aufrechtzuerhalten, kaufte ich ihr kleine Geschenke nach letzter Mode wie etwa eine Spange mit einem fliegenden Eros. Wir zeigten uns überall Hand in Hand, um Rivalen abzuschrecken. Apollodoros war der Name, unter dem sie umherging.
Ich zeigte ihr das Theater und seine Maschinen. Der Aufseher war ungemein freundlich. Auch meinen goldenen Leoparden im Tempel ließ ich sie sehen. Dann gingen wir ans Wasser hinunter, von wo aus wir einen Blick auf Ortygia und seine Katapulte hatten – ein Ergebnis der Mathematik, das sie in Erstaunen versetzte, wie es wohl auch Pythagoras überrascht hätte. Dions Belagerungsmauer war noch immer unvollendet; seit er fort war, hatte man nicht mehr daran gearbeitet. Ich zeigte ihr, unter der Wassertreppe von Ortygia, wo die Quelle der Arethusa in die See hinunterrauscht. »An Wasser wird es ihnen nie fehlen«,

sagte ich. »Aber mit Nahrungsmitteln sind sie anscheinend knapp. Lange kann es nicht mehr dauern.«

»Und Herakleides wird den Ruhm für sich in Anspruch nehmen. Ist das dort seine Flotte? Die Schiffe, die näher kommen?«

Wir blieben eine Weile stehen und beobachteten die Hafeneinfahrt.

»Was fällt ihnen ein«, sagte ich, »so nahe an Ortygia heranzusegeln? Sie müssen doch in Schußweite der Katapulte sein.« Gerade da zogen sie die Segel ein und begannen zu rudern. »Oh, das sind ja die Feinde!«

Die Leute begannen zu schreien und zu laufen und sich am Ufer zu sammeln. Ich legte den Arm um Axiothea, damit wir im Gedränge nicht voneinander getrennt würden. »Hab keine Angst«, sagte ich. »Herakleides hat wieder einmal eine Dummheit gemacht. Das ist die Flotte mit Nachschub für die Besatzung.«

Jubelrufe schallten über das Wasser, als die Schiffe an der Wassertreppe festmachten. Sogleich wurde mit dem Löschen der Ladung begonnen. Fürs erste hatte die Besatzung wieder genug zu essen.

Als die Menge das mitbekam, erfolgte ein wütendes Rennen und Drängen zu den Galeeren. Mit viel Lärm und Aufwand wurden die Schiffe ins Wasser geschoben.

»Was nützt das?« sagte ich. »Höchstens um Herakleides' Gesicht zu wahren.«

Die Schiffe wurden mit höchster Geschwindigkeit durch den Hafen gerudert. Die Frachter setzten das Löschen ihrer Ladung fort, aber die Begleittrieren stellten sich zum Kampf. Es kam zu einem heftigen Zusammenstoß, bei dem die Katapulte nicht verwendet werden konnten, weil sie auch die eigenen Schiffe getroffen hätten. Das Ende war, daß die Syrakusaner zwei oder drei der Kriegsschiffe versenkten und vier weitere kaperten, die ohne ihre Besatzung – denn die Männer waren ins Wasser

gesprungen und hatten fliehen können – im Triumph eingeschleppt wurden. Die Frachter aber waren unversehrt.
Es war unverkennbar, daß sie nicht nur Lebensmittel ausluden, sondern auch Soldaten. Und kurz darauf schrie die Wache am äußeren Wachhaus den Syrakusanern gellend zu, der große campanische Feldhauptmann Nypsios aus Neapolis habe seine Truppen hierhergebracht; die Syrakusaner sollten sich nur ihres Lebens freuen, solange sie es noch könnten. Ein Offizier gebot den Wachsoldaten scharf Schweigen, doch die Syrakusaner ließen es sich nicht zweimal sagen.
Nie habe ich eine solche öffentliche Orgie erlebt. Sie tanzten in allen Straßen zum Klang der Pfeifen der Flötenmädchen aus den Bordellen, solange sie noch Beine zum Tanzen hatten. Der Wein floß wie die Bäche im Frühling. Herakleides wurde durch die Stadt getragen wie das Standbild eines Gottes. Man hätte denken können, Dionysios samt seiner ganzen Flotte sei versenkt und Ortygia erstürmt worden. Meiner Meinung nach schämten sie sich tief in ihrer Seele, daß sie Dion so behandelt hatten, und sie waren auch verängstigt ohne ihn. Jetzt aber konnten sie einander wieder umarmen, und das stieg ihnen zu Kopf.
Bald brachte ich Axiothea in das Gasthaus zurück, nachdem zwei Betrunkene versucht hatten, sie mir zu entreißen. Als wir uns schleunigst entfernten, grölten sie hinter uns her. Wer ich denn sei, daß ich alle hübschen Burschen selbst behalten wollte? Etwa ein Oligarch? Oder einer von Dions Partei?
In den Straßen hatte es schlimm ausgesehen. Noch schlimmer sah es bei Einbruch der Nacht aus. Vom Dach des Gasthauses aus betrachteten wir das Schauspiel. Man hatte mächtige Feuer angezündet, um die Orgie zu erhellen. Die Wachen auf der Belagerungsmauer hatten Weinschläuche, groß genug für ein Satyrspiel, und betranken sich. Dazwischen brüllten sie den Feinden Schmähungen zu; die aber standen still wie Richter in einem Theater und lauschten nur.

Unten sprengte der Lärm einem beinahe die Ohren, und die Frauen schrien noch lauter als die Männer. Ich nahm Axiothea zu mir ins Zimmer. Sie war völlig erschöpft; wir waren gleichsam alte Kameraden, und daß ich sie in meinem Bett unterbrachte, fand sie ganz in der Ordnung. Als die Leute unten müde vom Wein wurden und verstummten, wurde sie schläfrig und schloß die Augen.

Da plötzlich zerriß ein entsetzliches Geschrei die Nacht. Mein Herz klopfte wie wild. Ich glaube nicht, daß ich auch nur einen Augenblick im Zweifel darüber war, worum es sich handelte. Ich riß die Fensterläden auf und beugte mich hinaus. Der Nachthimmel war klar, und ich sah, daß es oben auf der Belagerungsmauer von Menschen wimmelte. Körper fielen, Leitern schwankten, als die Angreifer sie auf der anderen Seite anlegten. Dem Geräusch nach mußten sie schon über der Mauer gewesen sein, bevor die Soldaten erwacht waren.

Es ist der Alptraum eines jeden reisenden Schauspielers, in eine Stadt zu geraten, die geplündert wird. In meiner ganzen Laufbahn war es mir mit einiger Klugheit gelungen, das zu vermeiden. Jetzt aber, ohne die Ausrede einer guten Rolle oder eines großen Wettbewerbs, war ich mittendrin. Wäre ich bei Sinnen gewesen, so hätte ich mich vor Sonnenuntergang mit Axiothea auf den Weg gemacht. Nie, auch in meinen schlimmsten Träumen nicht, hatte ich mich in solcher Lage mit einem Weib belastet gesehen.

Sie setzte sich auf und fragte: »Was gibt's?«

»Ein Ausfall aus Ortygia«, sagte ich. »Ich fürchte, sie haben die Belagerungsmauer erobert, und du weißt, was das heißt. Ja, meine Liebe, jetzt werden wir zwei uns in Sicherheit bringen müssen. Zieh deine Reiseschuhe an. Ist das deine Geldtasche? Binde sie unter dein Gewand. Sonst nimm nichts mit. Wir versuchen, über die Dächer zu entkommen. In einem Haus sitzt man leicht in der Falle.«

Der Lärm näherte sich mit einer Geschwindigkeit, die mich beängstigte. Doch nach dem, was ich den ganzen Abend gesehen, hätte ich nicht überrascht sein dürfen. Plötzlich schlugen hohe Flammen vom Ende der Mauer auf; die Syrakusaner hatten das Holz dort in Brand gesteckt. Doch wie gewöhnlich zu spät. Der Feind war schon auf der anderen Seite, und die Flammen erhellten ihm nur den Weg.

Die Dachtreppen waren außerhalb des Hauses. Wir liefen durch das Gasthaus, stolperten über Betrunkene. Durch Funkenflug oder von den Angreifern angezündet, brachen auf den Hausdächern Brände aus und zeigten uns die Bewohner von Ortygia, die durch die Gassen jagten. Schon schrien Frauen. Axiotheas Finger umklammerten mein Handgelenk.

»Wir müssen trachten, die Menge hinter uns zu lassen«, sagte ich, »sonst werden wir zu Tode getrampelt. Die Dächer bieten uns einen ziemlich langen Rettungsweg. Gürte dein Gewand in die Höhe. So kannst du ja nicht laufen.«

Ihre Hände zitterten, und so tat ich es für sie. Wir kletterten die Dächer entlang, hörten hinter uns das Angstgeschrei der Syrakusaner und die gellenden Kampfrufe der Campanier – die Stadt gehörte offenbar ihnen. Axiothea hielt sich sehr gut und machte keine Schwierigkeiten. Ich erinnerte mich an das Mädchenrennen in Olympia. Als wir innehielten, um Atem zu holen, fragte sie: »Wohin gehen wir?«

Ich hatte es selber nicht gewußt, doch jetzt antwortete ich sofort: »Ins Theater!«

Zum nächsten Dach mußten wir hinaufklettern. Als wir einander dabei geholfen hatten und sahen, daß die rote Glut am Himmel heller wurde, sagte ich: »Es ist ebensogut wie irgendwas anderes. Und es gibt tausend Möglichkeiten, sich zu verstecken. Ich wüßte nicht, was wir Besseres tun könnten.«

Die Dächer waren zu Ende, und wir mußten auf die Straßen hinunter. Überall strebten Menschen den Stadttoren zu, doch

einen kleinen Vorsprung hatten wir immer noch. Als wir in eine Seitenstraße abbogen, hörte ich einen fürchterlichen Lärm vom Tor her; wir hatten also recht daran getan, diesen Ausweg nicht weiter zu verfolgen. Schon war das Theater vor uns, sein hoher goldener Thyrsos fing den Feuerschein auf.
»Komm«, sagte ich. »Wir wollen uns Dionysos anvertrauen. Ich habe ihm ein prachtvolles Geschenk gemacht, abgesehen von allem anderen, was ich für ihn geleistet habe. Jetzt kann er etwas für mich tun.«
Neben dem Theater war ein Tempel des Apollo, voll von Menschen, die dort eine Freistatt suchten. Drinnen glitzerte das goldene Haar des Gottes im Fackellicht. Ich hob die Hand und flehte um seinen Segen. Doch ich dachte, daß die Schätze im Tempel, dazu die vielen Frauen, die Frömmigkeit der Campanier auf eine harte Probe stellen könnte. Die Menschen fürchten die Götter einer eroberten Stadt nicht wie die eigenen. Dionysos war die Rettung – sonst gab es keine.
Das Theater war ganz leer. Wie eine widerhallende Schale verstärkte die tiefe Mulde das Schreien und Johlen der Plünderer. Hinter der Bühne war es zunächst stockfinster, doch bald stellten wir fest, daß die Fenster genügend Licht gaben. Im Zimmer des Aufsehers fand ich einige Nahrungsmittel. Sogar einen Krug Wein gab es. Wir trugen die Sachen in den Ankleideraum des Protagonisten. Keiner von uns beiden war hungrig, aber der Wein kam uns gelegen.
»Bleib hier«, sagte ich. »Ich steige auf den Platz der Götter hinauf, um zu sehen, was vorgeht.«
Ich sah aber nichts, denn die aufsteigenden Sitzreihen des Theaters versperrten den Ausblick. Ich legte mich nieder – ein Schauspieler kann nicht auf dem Platz der Götter sein, ohne zwanzigtausend Augenpaare auf sich gerichtet zu spüren – und dachte eine Weile nach. Anfangs hatte ich nicht an die ganze Üppigkeit des Theaters gedacht, die der alte Dionysios ihm zu

Ehren seiner Stücke gespendet hatte. Da waren, wohin man auch blickte, vergoldete Girlanden. Die Plünderer würden vielleicht nicht gerade das Theater suchen. Sollten sie es aber betreten, würden sie es von oben bis unten durchstöbern, bevor sie es in Brand setzten. Dionysos, dachte ich, wirst du deinem Diener helfen? Und ich erinnerte mich an das letzte Mal, als ich hier oben gewesen war. Es war in den *Bakchen*, und ich erschien als Gott, um das Spiel zu enden.

Vermutlich führt ein Gedanke zum andern; doch es war, als hätte ein Blitz in meinen Geist eingeschlagen. Ich kletterte hinunter und ertastete mir den Rückweg zu Axiothea. Ihre Hand streckte sich mir vom Lager entgegen. Ich trat zu ihr. »Ich habe überlegt, was zu tun wäre, wenn sie hierherkommen«, sagte ich.

Ich spürte, wie ihr Körper steif wurde, doch sie ließ keinen Laut hören. Sie bemühte sich schmerzlich, nach Platons Vorschrift zu handeln: Sei, was du zu scheinen wünschst. »Denk daran«, fuhr ich fort, »daß diese Männer Campanier sind, Bergbauern aus Italien. Ich glaube nicht, daß schon einer von ihnen je in einem wirklichen Theater gewesen ist. Sie sind ja eben erst angekommen. Unsere Sache ist es, ihnen die richtige Furcht vor dem Gott einzujagen. Komm mit, und ich zeige dir, was wir machen müssen.«

Ich führte sie hinaus, zwischen die Hebel und Flaschenzüge und großen Räder. Ich hatte nie in einem Stück mit solchen besonderen szenischen Künsten gespielt, ohne mich über sie unterrichten zu lassen. In Syrakus zumal sind die Maschinen so berühmt, daß es gegen alle Gebote meines Berufs gewesen wäre, sie nicht genau in Augenschein zu nehmen. Ich kannte sie alle.

»Diese große Maschine da«, sagte ich, »erzeugt den Donner. Sie ist schwer, aber du mußt so lange daran ziehen, bis die Donnertrommel anfängt, sich zu drehen. Dann zieh noch zweimal und dann warte, bis du mich schreien hörst. Dann zieh noch einmal

und zähle bis zehn. Hierauf bring diese Maschine in Gang. Das ist das Erdbeben.«
Wir übten die Griffe mehrmals; dann sah ich mich nach dem Flaschenzug für das Schallbrett um. Es mußte irgendwo im Dunkeln sein. Ich versuchte dies und jenes, nicht ohne die Besorgnis, irgendein Geräusch würde die Aufmerksamkeit auf uns lenken. Zuletzt senkte es sich herab, und ich konnte es befestigen. »Bis zum Morgen dürfen wir uns nicht von hier wegrühren«, sagte ich. »Damit wir bereit sind. Wie kalt du bist! Warte, ich hole etwas Warmes für dich.«
Unter den Requisiten im Skeneraum war ein alter Türvorhang, den ich uns um die Schultern legte. Dann rieb ich ihr die Hände, damit sie nicht empfindungslos würden, wenn Axiothea sie zu unserer Rettung gebrauchen müßte. Wenn ein Schrei schrecklicher war als die anderen und näher kam, sich über das Getöse erhob, drückte sie sich an mich, und ich nahm sie in die Arme. Ihre schmalen Schultern waren rührend, wenn ich sie so in der Dunkelheit an mir spürte.
Der Himmel war mit wildem Rauch bedeckt, der die Sterne verhüllte; ich gab mir keine Rechenschaft darüber, wie die Nacht verging. Ich dachte an Thettalos, von dem ich ohne Abschied scheiden mußte, sie an Lasthenia, die sie angefleht hatte, nicht nach Syrakus zu gehen. Wir redeten von unseren Geliebten, um uns zu trösten, und hielten einander bei den Händen. Ich sprach den Gedanken nicht aus, daß die Campanier, wenn sie schon kämen, am besten vor Tagesanbruch kommen sollten. Daß wir sie bei Tageslicht zum Narren halten könnten, war nicht sehr glaubhaft.
Die Nacht wurde durch einen Aufschrei zerrissen, der alles Bisherige wie ein Geflüster wirken ließ. Es war, als schrien tausend Frauen gleichzeitig mit dem Todesschrei von ebenso vielen Männern. Dann schrie ein Kind, schriller als ein Vogel. Jetzt waren sie beim Tempel des Apollo. Ich preßte den Vorhang

an Axiotheas Ohren; sie streckte den Kopf heraus und fragte: »Sollen wir's mit dem Donner versuchen?«
»Nein«, erwiderte ich. »Die Akustik wirkt nur innerhalb des Theaters. Arme Seelen! Möge der Gott sie rächen!«
Sie brauchten einige Zeit, um in den Tempel einzudringen. Nachher hörten wir das Jammern der Frauen, die am Leben gelassen worden waren, um nach Ortygia geschleppt zu werden. Das Kind schrie immer noch den gleichen Schrei, bis es wahrscheinlich tot war. Ich blickte über Axiotheas Kopf hinweg nach dem Himmel hinter dem Fenster und glaubte immer wieder das erste Grau der Dämmerung zu sehen.
Und dann kamen sie. Ich konnte ihr rohes Gebrüll hören, als sie durch den oberen Eingang traten und auf den höchsten Reihen waren. Die seltsam gestaltete Umgebung verwirrte sie anfangs, dann aber witterten sie die Beute unten.
»Laß sie nur näher kommen«, flüsterte ich Axiothea zu. »Sie müssen alle drin sein. Spiel nicht vor einem halbleeren Haus. Ich werde dir ein Zeichen geben.« Jetzt konnten wir in der Nacht schon sehen wie Katzen. Ich gab ihr einen Kuß. Das sollte uns Glück bringen.
Die Schallbretter in Syrakus haben ein Geheimnis, das man nicht kennenlernt, wenn man nicht in dem richtigen Stück auftritt, in einem wie die *Bakchen* oder sonst einem, wo ein Gespenst vorkommt. Dreht man sie ein wenig nach rechts, so öffnet sich ein Schacht zu der Echokammer. Der Lärm ist schrecklich; man kann sich schwer vorstellen, daß ein menschlicher Mund ihn erzeugt, auch wenn's der eigene ist. Ich wartete und stellte den Hebel richtig ein. Jetzt kamen die Campanier über die Mitteltreppe herunter und kletterten, etwa hundert Mann, über die Sitze. Und die Plünderer schweiften, wohin es sie gerade trieb. Als ich sah, daß keine mehr nachkamen, ließ ich noch eine Weile verstreichen, damit sie den Raum und die Stille spürten. Und dann füllte ich meine Brust und brüllte:

»Iakchos! Iakchos!« Und in meinem Herzen flehte ich den Gott an um die Gabe, Schrecken einzuflößen. Er ließ mich nicht im Stich. Als mein Schrei aus der Echokammer widerhallte, war es, als wären sämtliche Furien entfesselt.
Ich wartete. Es schien mir wie eine Ewigkeit, und ich fragte mich, ob der Hebel nicht arbeitete oder ob Axiothea den falschen Hebel in Gang gesetzt hatte. Dann aber dröhnte der erste Donnerschlag, und die große Trommel drehte ihre Steine. Auch das widerhallte aus der Echokammer. Schon bei Tag ist es laut genug, um ein volles Haus niederzuschmettern. In dem leeren Theater aber, bei Nacht, war die Wirkung unvorstellbar. Füße begannen zu scharren. Ich brüllte abermals, hielt mein Gebrüll noch länger als beim erstenmal. Abermals das Dröhnen des Donners! In der Pause vor dem nächsten Schlag hörte ich sie davonstürmen wie Wahnsinnige. Ich glaube nicht, daß auch nur ein einziger das Erdbeben abwartete.
Ich eilte zu Axiothea zurück, die sich an den Hebel für das Erdbeben klammerte, als wäre sie daran festgefroren, und schloß sie in die Arme. Ich erinnere mich, daß ich sie hochhob und zu unserem Vorhang trug, der ausgehöhlt war wie ein Hundelager. Wir fielen zusammen darauf, hielten uns umklammert, lachten leise und küßten einander. Obwohl ich mich wiederholt darum bemüht habe, kann ich mich dennoch nicht genau entsinnen, wie es geschah; alles, was ich weiß, ist, daß wir überrascht waren, daß es dennoch nichts Seltsames war und daß es uns guttat. Im Theater war alles still; nach einer Weile, als hätte der Gott uns versichert, daß wir in seiner Hut seien, schliefen wir ein und wachten erst bei Tagesanbruch auf. Als ich nach dem Morgengrauen gespäht hatte, konnte es nicht mehr als eine Stunde nach Mitternacht gewesen sein. So täuscht einen die Angst.
In den Zweigen draußen gurrten die Tauben; von der Stadt drang noch immer der Lärm herüber, doch jetzt unterbrochen

und aus größerer Entfernung. Axiothea regte sich, sah mich verwirrt an, fragte sich offenbar, wieviel von alldem sie nur geträumt hatte; doch da sie noch Jungfrau gewesen war, konnte der Zweifel nicht lange dauern. Ich schob ihr das Haar aus der Stirn und streichelte ihre Wange.

»Nun, liebe Freundin, wir haben uns in die Hände des Dionysos gegeben«, sagte ich, »und du weißt ja, was für ein Gott er ist. Nach allem, was er für uns getan hat, dürfen wir ihm dieses kleine Opfer nicht übelnehmen. Komm, ein neuer Tag ist da, und du bist wieder Apollodoros. Du weißt ja – man braucht sich an nichts zu erinnern, was während der Dionysien geschieht.«

Sie schüttelte ein wenig den Kopf, als wollte sie ihn klären. Dann küßte sie mich schnell und brachte ihr Gewand in Ordnung. Ich ging hinaus, um eine Wasserleitung zu finden; ihr Mund war ebenso trocken gewesen wie meiner.

Wir entdeckten, daß die Straßen rundum jetzt still waren. Die Achradina hatte noch immer ausgehalten, und die Soldaten waren zu ihrem Dienst zurückgerufen worden. Wir suchten unseren Weg zwischen Rauch, Asche und Blut. Von dem, was wir unterwegs sahen, habe ich vergessen, was ich nur vergessen konnte; nicht aber den Tempel des Apollo. Es wäre besser gewesen, gar nicht hineinzuschauen. Ein alter Priester, um den Kopf einen Verband anstelle des Lorbeerkranzes, wanderte zwischen den Leichen umher, preßte die Hände vor den Mund und weinte wie ein Kind. Das ganze Heiligtum geschändet und er allein, es zu reinigen! Irgendwo in den Ecken stöhnten noch Sterbende. Und auf seinem Sockel stand die Statue Apollos. Den goldenen Bogen hatte man ihm aus der Hand gerissen, der Kopf war kahl wie ein Ei. Das goldene Haar war wie eine Perücke angefertigt und nur mit Nadeln befestigt gewesen. Ich weiß nicht, warum gerade das für mich der Gipfel des Grauens war, doch noch heute, wenn ich einen kahlen jungen Mann auf der Straße sehe, dreht sich mir der Magen um.

Ein totes Mädchen lag auf der Schwelle in einer Blutlache; mein Blick fiel auf ihr Haar, das ich schon gesehen zu haben glaubte. Und so war es auch. Es war des Speusippos kleines Flötenmädchen, und das Unrecht, das man ihr angetan hatte, war für ihn ein Kriegsgrund gewesen. Viel Glück hatte ihr das gebracht!
Axiothea stand neben mir in der Vorhalle. Ich versuchte sie fortzuziehen, doch sie rührte sich nicht. »Nein, ich habe mich daran beteiligt, Gesetze für die Menschen zu schaffen, und habe doch nur das Beste an Menschen gekannt. Ich habe kein Recht, mich vor dem Schlechtesten zu verstecken.« Sie ging näher und schaute lange ins Tempelinnere.
»Komm jetzt«, sagte ich. »Das genügt.« Damit zog ich sie gewaltsam die Stufen hinunter. Auf der Straße sagte sie: »Platon und Dion sind Krieger gewesen. Sie dürften das vermutlich gekannt haben.«
»Man hat mir gesagt, daß es bei den Karthagern noch schlimmer zugeht. Dies ist nur eine übliche Plünderung. Aber laß uns von etwas anderem sprechen, damit wir nicht der Verzweiflung anheimfallen. Reden wir von den guten Menschen, die wir gekannt haben; auch sie gehören der Wirklichkeit an.«
Um eine langweilige Sache kurz zu fassen, sei nur gesagt, daß wir durch das nördliche Tor der neuen Stadt hinauswanderten und die Straße nach Leontinoi einschlugen. Was von den Lebensmitteln des Theateraufsehers noch übrig war, diente dazu, unterwegs unseren Hunger zu stillen. Auf der Straße war nicht viel los. Vermutlich wollten nur wenige Bürger an einem Ort Zuflucht suchen, wo es von Dions Kriegern wimmelte.
Am Straßenrand stand ein Mann, der zu hohem Preis die Überfahrt nach Rhegion anbot – ein Seemann, der die Katastrophe auszunutzen und ein Geschäft zu machen versuchte. Das Schiff würde bestimmt überladen sein, aber wir entschlossen uns doch sofort zur Mitfahrt. Wir sehnten uns beide nach Athen wie ein Kind nach der Mutterbrust.

Wir waren kurz vor der Stelle, wo die Straße zum Ufer abbiegt, als wir das Stampfen von Hufen hörten. Sechs Reiter näherten sich im Galopp, und wir fragten uns, was für Nachrichten sie wohl zu wem bringen wollten. Ich merkte, wie einer mich anschaute, als er vorbeiritt, und hörte, daß er einem anderen meinen Namen zurief. Und dann machten sie alle halt und kamen zurück.

Sie waren Syrakusaner, und so wartete ich. Ein Mann saß ab, der trotz Schmutz und Staub vornehm wirkte. »Ich bin Hellanikos«, sagte er und nannte mir auch die Namen der anderen. »Du bist mit Dion bekannt. Ich bitte dich im Namen des barmherzigen Zeus, reite mit uns nach Leontinoi und schließ dich uns an, wenn wir uns ihm zu Füßen werfen. Die Achradina ist gefallen. Er ist unsere einzige Hoffnung.«

Ich traute kaum meinen Ohren, aber ich wollte Menschen in Not nicht kränken, und so sagte ich nur: »Ihr könnt doch nicht annehmen, daß er kommen wird. Und selbst wenn er wollte, würden seine Leute sich weigern. Gerade haben mein Freund und ich beschlossen, das Schiff zu nehmen und heimzufahren. Es tut mir leid.«

»Niko«, sagte Axiothea, »sei kein Narr. Tu, was sie verlangen. In Athen sehen wir uns wieder.« Sie hatte so gut mit einer Knabenstimme zu sprechen gewußt, daß ich selber erstaunt war. Sie schob mich zur Seite. »Geht nur zu ihm. Wenn er immer noch Dion ist, so wird er kommen.«

»Unmöglich! Welcher Mann auf Erden ...«

»Er verschmäht die Rache; er sagte, das hieße, mit dem Übel gemeinsame Sache zu machen. Waren das nicht die Worte, die er dir in Delphi gesagt hat?«

»Nikeratos!« rief einer der Männer. »Ich flehe dich an. Die Zeit drängt.«

»Nein, bei Zeus! Dich hier auf der Straße stehenzulassen wie einen verlorenen Hund ...«

»Ich bin um der Sache willen gekommen. Da ich nicht helfen konnte, möchte ich doch nicht glauben müssen, daß ich sie behindert habe. Ich habe gelernt, wie man sich auf einem Schiff zu verhalten hat. Nach alldem wird es ein Kinderspiel sein. Leb wohl, Niko. Du hast mich zu einem echteren Philosophen gemacht. Geh mit den Göttern!«

Die Männer verbargen, da sie mich benötigten, ihre Verachtung für den albernen Komödianten, der nicht fort konnte, ohne seinen Lustknaben zu küssen. Einer von ihnen, der bereit war, zurückzutreten, weil Dion ihn nicht kannte, gab mir sein dampfendes Pferd. Von der Straßenbiegung schaute ich noch nach Axiothea zurück. Sie aber wandte sich nicht um; die schmalen Schultern gestrafft, wanderte sie den Pfad hinunter, der zum Meer führte.

21

Als der Abend sich senkte, kamen wir nach Leontinoi, wo die Männer in der Kühle umherschlenderten oder vor den Schenken unter den Bäumen saßen. Als wir geräuschvoll einritten, drängten sich alle um uns. Wir fragten nach Dion, und seine eigene Stimme antwortete. Er war mit Kallippos und anderen Freunden ausgegangen, um frische Luft zu schöpfen.

Wir saßen ab und eilten auf ihn zu; während die Zuschauer auf die Tische stiegen oder gar auf Bäume kletterten, um besser zu sehen, knieten wir als Bittende vor ihm. Das mit einer gewissen Anmut zu tun will gelernt sein. Einer der Männer verlor beinahe das Gleichgewicht.

Hellanikos berichtete, ohne jede Entschuldigung, die entsetzlichen Geschehnisse; er war ein wackerer kleiner Grundbesitzer, der sich für etwas erniedrigen mußte, woran er keinen Anteil hatte. Es war klug gewesen, ihn als Abgesandten zu wählen. Und dann sagte noch jeder von uns seinen Spruch. Dions Augen wanderten von einem zum andern, gleichsam erstaunt. Was er dachte, war nicht zu erraten. Da ich kein Syrakusaner war, sprach ich als letzter: »Herr, wir kommen zu einem Mann, dem schwereres Unrecht angetan wurde als Achilles und erbitten mehr, als Priamos erbat. Doch die Stadt ist Syrakus, und der Mann ist Dion.«

Er schaute auf uns herunter, sein Gesicht blieb reglos. Er schluckte, und dann biß er sich auf die Lippen. Endlich kam ein Laut aus seiner Kehle, und ich sah, daß er weinte.

Nachdem er seine Stimme bemeistert hatte, sagte er: »Das geht nicht mich allein an. Die Männer müssen darüber entscheiden. Ist der Ausrufer da?«

Die Versammlung fand im Theater statt, wie das in Leontinoi Brauch ist. Als ich das letzte Mal an diesem Ort gewesen war, hatte ich die Hauptrolle gespielt. Jetzt war ich nichts als ein Komparse; doch es gab keinen Protagonisten, den zu unterstützen für mich so ehrenvoll gewesen wäre. Mit Freuden hätte ich für ihn selbst die Bühne gefegt.

Hellanikos wiederholte seine Schilderung, diesmal vor den Soldaten, und so halfen wir ihm aus dem Stegreif, so gut wir konnten. Dann wandte sich Dion an sie: »Ich habe euch hierhergerufen, damit ihr entscheiden könnt, was euch das Beste dünkt. Für mich gibt es keine Wahl. Dies ist mein Land. Ich muß gehen; und wenn ich es nicht retten kann, so sollen seine Trümmer mein Grab sein. Wenn ihr aber in euren Herzen das Bedürfnis fühlt, uns zu helfen, so töricht und elend wir sind, so vermöchtet ihr zu eurem ewigen Ruhm diese unglückliche Stadt noch immer zu retten. Ist das zuviel verlangt, so lebt wohl und nehmt meinen Dank. Mögen die Götter euch für den Mut segnen, den ihr bisher bewiesen, und für die Güte, die ihr mir gezeigt habt. Wenn ihr später von mir sprecht, so sagt, daß ich nicht zusehen wollte, wie euch ein Unrecht geschah, noch aber meine Landsleute im Mißgeschick verlassen konnte.«

Ich glaube nicht, daß er vermocht hätte, weiterzusprechen; doch die Jubelrufe übertönten seine Stimme. Die Krieger ließen seinen Namen erschallen wie einen Kriegsschrei, und dann gellte es: »Nach Syrakus!«

Hellanikos hielt vermutlich eine Dankrede; ich glaube, daß er Dion umarmte. Ich weiß es nicht, denn meine Blicke waren von Tränen verschleiert.

Sie nahmen sich gerade nur Zeit zu essen und sich zu rüsten. Noch am selben Abend sahen wir, wie sie den dreißig Meilen langen Marsch nach Syrakus antraten. Ich selber habe mein ganzes Leben lang Dionysos gedient und nie andere Waffen getragen als Theaterschwerter. Dies war eine Arbeit für Fachleute, nicht für Mitläufer. Doch obgleich die Seeleute noch immer Plätze für die Überfahrt nach Italien anboten, ging ich nicht an Bord. Ich war Zeuge einer Seelengröße gewesen, die man, ohne zu lästern, als göttlich bezeichnen durfte. Ich fühlte das Bedürfnis, auch das Ende zu erfahren. Schlimmes wie Gutes geht jeden Menschen an; beides rührt an unser aller Schicksal.

Von Rupilius hörte ich später, was sich begab. Den ganzen Tag hatten die Eroberer in Syrakus geplündert und die wenigen Straßensperren erstürmt, die noch gehalten hatten. Herakleides und seine Offiziere liefen dahin und dorthin und versuchten, ihre versprengten Truppen zu sammeln. Doch die vergeudeten Stunden von Trunkenheit und Panik waren nicht wieder einzubringen. Bei Einbruch der Nacht, wie Wölfe, die sich an ihrer Beute gesättigt haben, zogen sich die Männer von Ortygia wieder in die Festung zurück zu den Frauen, die sie geraubt hatten.

Die Syrakusaner schlichen umher, verbrachten die Nacht damit, nach Verwandten zu suchen oder sich aus den Trümmern ein schützendes Dach zu flicken. Das Tageslicht zeigte ihnen, daß die Stadt noch immer ihnen gehörte. Sie sammelten sich bei der Mauer mit den halbverkohlten Latten und besetzten sie wieder. Um Mittag brachte ein Reiter die Kunde, daß Dion unterwegs war. Da strömten sie in die Tempel, um den Göttern zu danken.

Das war Syrakus.

Herakleides sah in dieser Nachricht sein Todesurteil. Es war nun einmal so, daß das Volk eher ihm die Schuld an den Ausschweifungen gab als sich selber; seines kleinlichen Triumphes wegen hatte er die Stadt verloren. Wenn Dion, den er vertrieben hatte, jetzt als Retter heimkehrte – was hatte er, Herakleides, da zu erwarten? Vielleicht dachte er an Philistos. Solche Männer erblicken in anderen, was sie von sich selber wissen.

Er und seine Freunde ritten durch das ratlose Volk und riefen, daß die Gefahr von Ortygia nun vorüber sei; die Menschen wären doch verrückt, wenn sie einen Tyrannen, den sie verjagt hatten, jetzt mit seinem Heer einmarschieren ließen, in dem jeder auf Rache brannte. Furcht war die Luft, die sie einatmeten, mit der Tyrannis waren sie aufgewachsen. Das alles schien ihnen sehr vernünftig zu sein. Und so schickte man Boten aus, um Dion zu bestellen, er werde nicht benötigt und könne kehrtmachen.

Der Kleinadel, dessen Vorfahren den älteren Dionysios bekämpft und das teuer bezahlt hatten, sah in hilflosem Grauen seine einzige Hoffnung zusammen mit den Fetzen von Selbstachtung dahinschwinden. Seine Angehörigen wußten, warum Dion aufgebrochen war. Seit der Tyrann ihre Väter vernichtet hatte, waren sie ganz aufeinander angewiesen gewesen. Die großen Latifundien fielen den Freunden des Tyrannen zu; aber ein kleines Stück Land und bescheidene Renten hatten es ihnen ermöglicht, Lehrer vom Festland kommen zu lassen. Sie hatten gelernt, nach den Regeln zu ringen, die alten Lieder zu singen, ja, auch sich der alten Ehre zu erinnern.

So schickten sie denn ihre eigenen Boten, flehten Dion an, diese letzte Schande der Stadt zu verzeihen, rühmten seine Seelengröße und baten ihn, daran festzuhalten. Es sei Wahnsinn zu glauben, daß die Truppen des Nypsios schon gesättigt seien oder zurückgeschlagen werden könnten. Ohne Dion würde alles zugrunde gehen.

Die beiden Botschaften erreichten ihn beinahe gleichzeitig, und er erwog beide. Zwar verlangsamte er das Vorrücken seiner Leute, marschierte aber dennoch weiter. Derzeit konnte ihn vermutlich nichts mehr überraschen.

Bei Anbruch der Dämmerung schickte Herakleides Truppen an das Nordtor, um Dion aufzuhalten. Doch bald wurden sie zu einer anderen Tätigkeit abberufen. Als die Nacht sich senkte, brachen Nypsios' Krieger abermals aus Ortygia aus und über-

fluteten die Belagerungsmauern wie ein Fluß bei Hochwasser. Diesmal kamen sie, um die Stadt zu zerstören.
Derzeit mochte Dionysios nur noch auf Ortygia Wert legen. Die Stadt hatte ihn verworfen; mochte sie mit ihrem Pöbel untergehen, und wenn er wiederkäme, könnte er sie mit Leuten bevölkern, die mehr nach seinem Sinn waren. Nypsios und seine Soldaten mußten Vorschriften mit sich gebracht haben, und ihre Führer hatten wohl ganz bestimmte Befehle. Vielleicht sah Dionysios sich jetzt selber in die Rolle des Herakles versetzt. Nur daß natürlich für ihn kein Scheiterhaufen flammte.
Alles, was irgendeinen Wert besaß, war bereits geraubt worden; nun blieb nichts mehr zu tun als zu morden. Sie stürzten sich auf die Stadt nicht wie Menschen, sondern wie Gorgonen oder mitleidlose Furien. Sie schlitzten Frauen auf, spießten Kinder auf ihre Lanzen oder warfen sie in brennende Häuser; wohin sie kamen, legten sie Feuer und schossen Flammenpfeile auf die Dächer. In jener Nacht starben Glauke, die Gattin des Menekrates, und seine jungen goldhäutigen Söhne. Anscheinend war sie kurz vor dem Siegesfest des Herakleides in die Stadt zurückgekehrt, um alles für den Empfang des Gatten vorzubereiten. Ich habe gehört, wie sie starben, doch ihm gegenüber habe ich immer geleugnet, daß ich etwas wisse, und soweit mir bekannt, hat er es auch nicht erfahren. Mögen die Götter ihm diese Unkenntnis bewahren!
Das Prasseln des Feuers, die ununterbrochenen Schreie, gleichsam ein einziger Schrei der sterbenden Stadt, das Zusammenstürzen der Häuser, das alles tönte, als hätten die Götter den Tod selbst entsandt, um der Menschheit ein Ende zu bereiten. In diesen Tartaros kam Dion mit seinen Leuten, und sie wurden wie rettende Götter empfangen. Wie auch nicht? Er war tapfer, großherzig, edel; treu wie Gold. Kein Mensch erinnerte sich in dieser Nacht daran, daß er es war, der den Krieg begonnen hatte.

Die ganze Nacht lang kämpften sie zwischen Qualm und Flammen und Asche und versengten Leichen; sie hielten Zucht, sie wahrten ihre Schlachtordnung und sorgten auch dafür, daß die Verbindungslinien offen blieben. Nicht nur vom Feind wurden sie bedroht, sondern auch von stürzenden Mauern und Balken. Vor Anbruch des Morgens waren die Angreifer zurückgeworfen. Jene, die unter den Mauern in die Falle geraten waren, wurden getötet, wo man sie fand. Und anschließend ging man daran, die Brände zu löschen.

All das berichtete mir Rupilius, als er mit den Verwundeten nach Leontinoi zurückkehrte. Er hatte die ganze Nacht, trotz eines verbrannten Arms, gekämpft, dann aber wurde er am Bein verwundet, und der Arzt schickte ihn vom Schlachtfeld. Ein wenig von seiner Güte vergalt ich ihm dadurch, daß ich ihm Dienste leistete, für die seine Sklaven sich nicht eigneten, oder ich las ihm in griechischer Sprache vor, die er selber nicht lesen konnte. Dion, sagte er, sei auch verwundet worden, doch er habe weitergekämpft, die Wunde nur notdürftig verbunden. Herakleides und seine Freunde waren verschwunden wie Gespenster beim Hahnenschrei. In Anbetracht der Volksstimmung war das sehr klug gewesen.

Täglich liefen in Leontinoi Nachrichten ein. Als der Sieg gesichert war, kam der Stadtrat zu mir und forderte mich auf, einen Chor aus den *Persern* als Dankopfer für Apollo zu leiten. Ich nahm an, unter der Voraussetzung, daß ich in Syrakus geeignete Mitspieler noch am Leben fand. Ich machte mich also an die Arbeit, als wir erfuhren, daß Herakleides sich Dion ergeben und dessen Gnade erfleht hatte.

Rupilius konnte das einfach nicht glauben, und ich schlug vor, daß ich mich selber nach Syrakus begeben wollte. So ritt ich denn aus der Kühle der Hügel über die heiße, staubige Ebene mit ihren Kakteen und Aloen in die Stadt hinunter. Die Dächer waren ausgebessert worden, Leichen und Trümmer fortgeräumt. Doch noch immer roch es nach Brand und Angst und Tod. Ich fragte mich, ob sie bei diesem zweiten Angriff auch das Theater zerstört hatten, doch nein, es war unbeschädigt. Das Gerücht ging um, daß es nachts von dem rachsüchtigen Gott heimgesucht werde. Derzeit war es voll besetzt, denn hier tagte die Volksversammlung. Ich kam gerade noch zurecht, um einen Platz in der zehnten Reihe zu finden.

Dion trat unter tosendem Beifall durch die Orchestra ein und stieg mit seinem Bruder und Kallippos auf die Bühne. Dann wurden Herakleides und Theodotes hereingeführt, von einer dichten Reihe Soldaten umringt, sonst hätte die Volksmenge sie geschlachtet. Theodotes hatte aufgegeben und sah schon leichenblaß aus. Herakleides aber brachte noch immer eine gute Leistung zuwege. Er stand aufrecht da, tapfer, doch ohne Trotz, ein Mann, den das Schicksal genarrt hatte und der, wenn es denn sein mußte, seine Verdammung hinnehmen würde, ohne zu murren. Mehr als je konnte ich mir ihn als Schauspieler vorstellen. Begabt, aber überall Unheil anrichtend, alle anderen Schauspieler bestehlend, bis keine Truppe mehr etwas von ihm wissen wollte.

Nachdem die Anklage verlesen worden war, durften die beiden sich verteidigen. Herakleides trat vor. Ich sah den geöffneten Mund, doch die Worte ertranken in dem Gebrüll der Menge. »Tod!« schrien so ziemlich alle.

Nach einer Weile näherte sich ihm Dion. Die Flüche verwandelten sich in Jubelrufe. Er hob die Hand, um Schweigen zu gebieten. Das brachte man ihm dar wie eine Girlande. Statt zu sprechen, bedeutete er Herakleides, das Wort zu ergreifen.

Solche Gönnerschaft bewirkte, daß Herakleides angehört wurde. Er hatte eine Witterung für die Stimmung des Hauses; das war seine größte Begabung. Er war klug genug, sich kurz zu fassen. Er wies auf Dion und erklärte, dieses Mannes Tugend habe alle einstige Feindschaft überwunden; nichts sei ihm ge-

blieben, als sich an seine Großherzigkeit zu wenden, die er nicht verdiene. In Zukunft, wenn es so etwas für ihn noch gäbe, würde er hoffentlich lernen, sich ihrer würdig zu erweisen.
Die Menge höhnte. Anders als Dion hatten die Versammelten in der Vergangenheit gehört, was Herakleides über Dion gesagt hatte, und so wußten sie, was seine jetzigen Reden wert waren. Hellanikos sprang auf und verlangte, die Stadt solle von dieser doppelzüngigen Schlange befreit werden. Noch andere meldeten sich zu Wort und sagten, dieser Mann habe Syrakus mehr Schaden zugefügt als Dionysios. Verstärkt erschollen die Stimmen, die seinen Tod verlangten. Jetzt war es deutlich, daß Dion sprechen wollte. Und im Nu war das Theater still wie bei einer Tragödie.
»Landsleute«, begann er, »ich bin ein Soldat.« Lauter Beifall. »Als ich jung war, übte ich mich wie andere Offiziere im Gebrauch der Waffen und in der Sorge für meine Leute.« Beifall bei den Soldaten. »Dann wurde ich in die Verbannung geschickt; und statt mein Leben in Müßiggang zu vergeuden, gab ich mich anderen Beschäftigungen hin. Ich ging zu der Akademie in Athen, die die Menschen lehrt, wirkliche Menschen zu sein. Ich lernte nicht, die Karthager zu bezwingen, sondern den eigenen Zorn und die Rachsucht, die Waffen nicht vor ihnen zu strecken, noch den Schild der Selbstbeherrschung sinken zu lassen. Wenn wir jenen Gutes tun, die uns Gutes erwiesen haben, wo ist da das Verdienst? Die wahre Prüfung ist, Böses mit Gutem zu vergelten. Triumph im Krieg geht vorüber. Die Zeit wandelt jedes Glück. Doch sich in Barmherzigkeit und in Gerechtigkeit auszuzeichnen, das heißt einen unverwelklichen Kranz gewinnen. Das ist der einzige Sieg, den ich mir über diese Männer wünsche. Und ich glaube, wenn ihr ihn mir zugesteht, wird er uns alle bereichern. Denn ich meine, kein menschliches Herz dürfte so völlig das Gedächtnis an das Gute verlieren, das unseren Seelen eingeboren ist, daß man es nicht daran erinnern und

seine Augen reinwaschen kann. Menschen sündigen aus Unkenntnis des Guten; hat man es ihnen einmal gezeigt, so erkennen sie ihr Glück. Und so wollen wir es jetzt diesen Männern zeigen, und ich glaube, daß sie es uns in den kommenden Jahren vielmals wiedergeben werden. Wenn ich je ein wenig Freundlichkeit von euch, Männer von Syrakus, verdient habe, so verflechtet mich nicht in ein Unrecht, sondern laßt mich frei davon heimgehen. Die Rache ist bei den Göttern allein.«
Ein langes Gemurmel folgte. Wenn dies ein Theaterstück gewesen wäre, dachte ich, welch ein Applaus hätte die Vorstellung unterbrochen! Es war großartig; gesprochen aus vollem Herzen, von einem Mann, dessen Stimme und Persönlichkeit in jedem Wort sich die Waage hielten. Und doch saß ich hier, trockenen Auges, in der zehnten Reihe und hatte meinen Anteil an dem verstörten Schweigen. So wäre es nicht gewesen, wenn er in Leontinoi gesprochen hätte. Lag der Fehler an mir? Ich wußte es noch nicht, als ich mich am nächsten Tag niedersetzte, um Rupilius meine Geschichte zu erzählen.
Zuerst hörte er mir mit Zwischenrufen zu, dann aber verstummte er, ganz wie die Syrakusaner. Und endlich sagte er: »Und sie haben Herakleides Verzeihung gewährt?«
»Sie taten es für Dion. Beide konnten mit ihren Freunden davongehen. Zuerst wurde natürlich noch geredet. Ich bin nicht bis zum Ende geblieben.«
Er ließ einen langen Seufzer hören. »Was ist?« fragte ich. Diese Frage stellte ich auch mir, und er merkte das vermutlich. »Glaubst du, Nikeratos«, sagte er, »daß Herakleides sein Wort halten wird?« Ich schüttelte den Kopf. »Nun? Was hat deine Frage dann für einen Sinn?«
»Vielleicht hatte Dion trotzdem recht. Er war der Sieger an Tugend.«
Er beugte sich vor, stöhnte, weil sein verwundetes Bein sich bemerkbar machte, und klopfte mir aufs Knie. »Nimm keinen

Anstoß daran, daß ich offen spreche. Dion ist der beste Mann, den ich kenne. Ich würde für ihn sterben und nicht fragen, warum. Doch im Grunde ist und bleibt er Grieche. Wäre er ein Römer, so hätte er gewußt, warum er dem Herakleides nicht verzeihen durfte. In Rom hättest du dir nicht einmal die Frage gestellt.«

Alle Römer sind stolz auf ihre heimatlichen Bräuche, auch wenn sie dort nicht ihr Leben verdienen können, sondern ihre Schwerter verleihen müssen. Ich hatte Rupilius liebgewonnen. Als er sah, daß ich nicht böse war, fuhr er fort: »Ihr Griechen, das weiß ich, übertrefft uns Römer in all den Gaben Apollos. Aber vor den Gaben Jupiters, Zeus', meine ich, wirkt ihr manchmal wie Kinder. Erst kommt der einzelne und dann die Stadt, und erst kommt die Stadt und dann Griechenland. Ihr habt oft genug darunter zu leiden gehabt und werdet noch oft zu leiden haben. Dion, glaubte ich, sei anders. Er hat nie an sein Leben gedacht noch an seinen Besitz, wenn das Volk eines von beiden gebraucht hat. Sieh aber her, was er jetzt getan hat. Weil dieser Mann sein persönlicher Feind war, den er an Tugend übertreffen will, läßt er ihn auf die Syrakusaner los, als wären nicht durch jenen ihre Straßen zu Trümmerhaufen geworden. Wenn er sich nicht bessert, und dafür kann Dion, der ein Mann ist und kein Gott, sich nicht verbürgen, könnte nicht alles wieder so werden? Beim Herkules, er hätte doch wenigstens auf Verbannung bestehen sollen! Nach der Auffassung eines Römers hat er sich ebenso an öffentlichen Gütern bereichert, als hätte er seine Hand in ihre Schatzkammer gesteckt. Nicht daß ich ihm das übelnehmen wollte. Er ist ein Grieche. Er denkt wie ein Grieche. Das ist alles. Immer noch ist er der beste Feldherr, unter dem ich je gedient habe. Vollkommenheit ist nur den Göttern vorbehalten. Doch die Wahrheit ist die Wahrheit.«

Da wir beide wußten, wie sehr wir ihn liebten, durften wir so offen sprechen. »Er war wie ein Gott, Rupilius«, erwiderte ich.

»Es muß schwer sein herabzusteigen. Unsere größten Bildhauer lassen irgendeine Winzigkeit unvollendet oder roh, um die Götter nicht herauszufordern. Ist einer einmal ein Gott gewesen, so muß er vollkommen sein und vollkommen wirken. Ich weiß nicht, wie das dir, als Römer, vorkommt. Ich bin ein Grieche. Und mich erschreckt es.«

22

Bei der nächsten Versammlung, als die Toten kaum begraben und die Gefangenen von Ortygia eben erst ausgelöst waren, schlug Herakleides vor, Dion solle der Titel eines obersten Befehlshabers mit allen Machtbefugnissen angeboten werden. Das war das alte Amt der Archonten gewesen. Dion nahm weder an, noch lehnte er ab, sondern er überließ die Entscheidung dem Volk. Kleinadel und Mittelstand waren dafür, das übrige Volk aber, von den Freunden des Herakleides angeführt, jubelte dessen Großherzigkeit zu und stimmte dafür, ihm seinen alten Rang als Admiral zurückzugeben, mit den gleichen Rechten wie Dion. Ich probte gerade die *Perser*, doch als ich auf der Agora von Leontinoi diese Nachricht erfuhr, brachte ich sie unverzüglich zu Rupilius. »Donnernder Jupiter!« grollte er. »Der Kerl ist nicht einmal imstande, eine Getreideflotte über die Meerenge zu führen! Wie hat Dion dem ein Ende gemacht?«
»Wie hätte er das tun sollen? Er hat Herakleides feierlich und in aller Öffentlichkeit vergeben; er hat grundsätzlich die höchste Gewalt abgelehnt. Hätte er sich widersetzt, so wäre er nach beiden Seiten verdächtig gewesen.«
»Und das wußte Herakleides. Dion hätte ihn nicht am Leben lassen dürfen.«
»Er sagte einmal zu mir: ›Ein Staat ist die Gesamtheit seiner Bürger. Wenn sie alle ihren persönlichen Tugenden entsagen, wie können sie das Wohl der Gemeinschaft aufbauen?‹ Und das ist gewiß richtig.«
»Ja? Und was dann?« Er tastete nach seinem Stock, den ich ihm gab.

»Das weiß ich nicht«, erwiderte ich. »Sogar Platon ist heimgefahren, um es nochmals zu überdenken. Aber er ist alt. Viel Zeit hat er nicht mehr.«

»Platon! Nenn den Namen dieses Mannes nicht vor mir!« Er beugte sich höflich seitwärts, um auszuspucken.

Bei der nächsten Versammlung brachte Herakleides abermals die Landverteilung zur Sprache; er erinnerte das Volk daran, daß sie schon einmal behandelt worden war, erwähnte aber nicht, was die Folgen gewesen waren. Er hatte die Mehrheit für sich. Dagegen waren die Grundbesitzer, die großen wie die kleinen, die gleichzeitig die waffengeübten Bürger waren und die Wucht des Krieges zu ertragen hatten. Dion, ohne Worte an eine lange Rede zu verschwenden, legte als Oberbefehlshaber der Landstreitkräfte sein Veto ein. Das Volk zerstreute sich murrend, wie das arme Leute auf der ganzen Erde täten; und die Partei des Herakleides flüsterte überall das Wort: Tyrannis!

Kurz darauf setzte ich die *Perser* an und teilte die Hauptrollen mit Menekrates, der erklärte, er müsse arbeiten, sonst werde er wahnsinnig. Er war eiligst aus Italien heimgekommen, doch glücklicherweise zu spät, um die Leichen der Seinen zu finden. So zahlte ich den Mann aus, den ich verpflichtet hatte. Es war ihm nicht sehr lieb, aber er verstand. Für einen alten Freund war da nur wenig zu tun. Ich spielte den Boten und den Geist, er die Königin Atossa und den Xerxes. Es war eine schlechte Vorstellung. Ich war nicht mit dem Herzen dabei und auch nicht gut in Form. Der Chor war zusammengewürfelt. Menekrates hatte seinen Verstand wohl gerettet, indem er seinen Gram in diese Geschichte von altem Unheil ergoß, doch es war eine schlechte Leistung, wie das Schauspielern geschieht, wenn sie aus ungezügeltem Empfinden heraus spielen und nicht aus wohlberechneter Kunst. Immerhin, wie das in jenen Zeiten stets so war, waren die Zuschauer, gerade weil er fühlte, was er darstellte, überzeugt von seiner Leistung und spendeten dem Stück

großen Beifall. Am Schluß weinte er – das war nicht weiter schlimm, denn es paßte zur Handlung –, aber von da an konnte er wieder essen und schlafen.
Bald darauf verließ er Syrakus, begab sich nach Ionien, das er nicht kannte, und versuchte zu vergessen. Sein Haus war bis auf die Grundmauern niedergebrannt worden, aber sein Geld war noch immer an einem Ort vergraben, den niemand außer ihm kannte. Vielleicht konnte er eine gewisse Erleichterung darin finden, daß er nicht mittellos war. Ich selber blieb noch einige Zeit und lehrte Rupilius griechisch zu schreiben. Er würde sicher bald wieder auf den Beinen sein. Da er sich in diesen Wochen ganz an mich angeschlossen hatte – seine Töchter waren verheiratet, und Söhne hatte er nicht –, nahm ich das als Vorwand, noch zu bleiben. Ich weiß nicht, ob es Hoffnung oder Furcht war, was mich in Wirklichkeit bannte.
Dionysios hatte sich in Lokroi, nördlich von Rhegion, an der Küste niedergelassen, der Heimat seiner Mutter. Es hieß, daß er nach Sonnenaufgang nur selten nüchtern sei. Aber seine Kapitäne waren es, und seine Flotte stellte eine Beunruhigung dar. So segelte denn Herakleides mit seinen Schiffen nordwärts, um die Meerenge freizuhalten, und ankerte in Messena.
Die Krieger auf den Schiffen waren Soldaten, die in gewohnter Weise unter ihren Offizieren dienten. Sie hatten kaum ihr Lager aufgeschlagen, als ihr Befehlshaber schon Nachrichten heimsandte, um Dion zu warnen. Herakleides wollte die Flotte zur Meuterei aufreizen.
Seine Leute hatten immer unter ihm gedient; ihre Gunst hatte er durch lockere Zucht gewonnen. Sie kannten Dion nicht, wie ihn die Landtruppen kannten. In Syrakus wie auch anderswo sind die Seeleute ärmer als die waffentragenden Bürger, die ihre Ausrüstung selber beschaffen. Alle Seeleute sind Demokraten; unsere in Athen aber sind an den öffentlichen Dienst gewöhnt und haben allzu viele Versprechungen von Demagogen ange-

hört, um ihnen zu trauen. Diese Männer hier waren weniger erfahren. Herakleides erklärte ihnen, der alte Tyrann sei viel zu sehr dem Trunk ergeben gewesen, um etwas Schlimmeres zu tun, als sie zu vernachlässigen, während der neue kalt und nüchtern sei und ihnen keine Freiheit gewähren würde.

Die Soldaten waren vom ersten bis zum letzten Mann Dion treu ergeben, und so ging fast jede Schenke in Trümmer, in der Soldaten und Seeleute aufeinanderstießen. Die Offiziere beobachteten unterdessen Herakleides wie Hunde vor einem Fuchsbau. Ein verdächtiger Bote wurde erwischt, und da zeigte es sich, daß Herakleides mit Dionysios verhandelte.

Daraufhin stellten sie ihn und drohten, mit ihren Leuten abzuziehen und ihn vor Gericht zu bringen, wenn er nicht sofort nach Syrakus segelte. Das mußte er denn tun; es war gerade zu der Zeit, da Dionysios ein Söldnerheer mit spartanischen Hauptleuten nach Sizilien schickte. Die Schiffe des Herakleides bereiteten ihnen keine Schwierigkeiten, und so konnten sie bei Akragas landen.

Leontinoi ist ein Ort, in dem ein Athener sich wie im Käfig fühlt; nicht lange, und ich fand einen Anlaß, um nach Syrakus zu fahren. Die Stadt sah schrecklich aus, voll von rattenverseuchten Trümmern und Menschen, die unter Flechtwerk kauerten. Die Theaterschenke war geöffnet und verkaufte jedem, der eintrat, unvermischten Wein. Aber kein einziger Schauspieler war zu erblicken. Doch war dies die Stadt, in der Dion lebte und alle Ereignisse sich zutrugen. Er war nie zu sehen, sondern sandte nur Befehle aus. Doch die streitenden Parteien von Messena waren zurückgekommen, um hier weiteres Unheil zu stiften. Es gab etwa drei Straßenkämpfe am Tag. Dauernd waren die Soldaten damit beschäftigt, die Straßen zu säubern. Häufig stießen sie auf Seeleute, die Steine warfen oder versuchten, sie aufzuhalten.

Auf der Straße begegnete ich Timonides von der Akademie, jenem Mann, der nachher die Geschichte schrieb und Platon mit

Neuigkeiten versorgte. Obgleich ich ihn nur flüchtig kannte, begrüßten wir einander wie alte Freunde. Er war ein kleiner, drahtiger Mann mit einem hohen, kahlen Schädel, den jetzt ein Helm bedeckte. Er erzählte mir, die Streitkräfte des Dionysios grüben sich ein, und Herakleides fordere beständig, das Heer solle gegen sie ziehen, obwohl doch jedes Kind sehen konnte, daß es, wie die Dinge nun einmal standen, Wahnsinn gewesen wäre. Und was die Bodenverteilung betraf, so war es jetzt Dion überlassen, sie abzulehnen. Dann würde Herakleides ihn anklagen, den Krieg hinzuziehen, um sich länger an der Macht zu halten.
»Aber warum wird diesem Menschen nicht endlich der Prozeß gemacht? Er hat nicht nur feierliche Eide gebrochen, die er in aller Öffentlichkeit geschworen hatte, sondern ist jetzt dreifach ein Verräter an der Stadt.«
»Nicht, wenn die Bürger das nicht sagen. Und wer anders könnte ihm den Prozeß machen?«
Timonides' Haut war von einem kürzlich überstandenen Fieber noch ganz gelb; er war mager wie eine Wespe und auch so leicht gereizt. »Ich habe es Dion gesagt«, platzte er heraus. »Wir alle haben es ihm gesagt, daß er sich selbst in dieses Dilemma gebracht habe, als er dem Mann verzieh. Moralische Notwendigkeit, staatsmännische Kunst, gesunder Menschenverstand – laß mich auch nur eines davon in deinem Verhalten sehen, habe ich zu ihm gesagt. Nur ein einziges. Doch nein, er wird eiskalt und schlägt auf den Tisch. Er sei Dion und wolle nicht weniger sein. Und damit hat es sein Bewenden … Gesetz, Zustimmung der Bürger, Gerechtigkeit! Nach der Plünderung, als der Kerl vor Gericht stand, hatte Dion alle hinter sich. Und was bleibt ihm jetzt? Nur wie der alte Dionysios zu sagen: ›In die Steinbrüche, weil ich es befehle!‹ Kannst du das erkennen? Ebensogut könnte er sich in der Öffentlichkeit mit einer Hure herumtreiben. Er ist mit Händen und Füßen gebunden. Wir alle wissen das. Genau wie er. Und, wichtiger noch, auch Herakleides weiß es. Was

können wir tun? Nur beten, daß der Kerl in der Schlacht fällt. Mein lieber Nikeratos, darum bete ich jeden Tag zu jedem Gott, von dem ich annehme, daß er mich hört.«

»Was für eine Schlacht? Seit wann ziehen wir ins Feld?«

»O doch, wir werden ins Feld ziehen! Dion wird den Vorwurf von Feigheit und Tyrannei nicht auf sich sitzen lassen.«

»Feigheit?«

»Ja, ja! Das Volk vergißt. Hast du in deinem Beruf noch nicht entdeckt, daß die Menge vergißt?«

»Es ist eine kalte Welt, die du mir da zeigst, Timonides.«

»Nun, das ist nichts Neues. Wir müssen tun, was wir können. ›Erkenne dich selbst!‹ ›Von nichts zuviel!‹ Es ist viel Wahres in diesen alten Sprüchen.« Er hatte sich schon von mir verabschiedet, wandte sich aber noch einmal um. »Er ist ein guter Mann. Einer der besten unserer Zeit. Wenn er es nur selber in Frage stellen könnte wie Sokrates, dann wäre er ein großer Mann.«

Tatsächlich wurde das Unternehmen gegen Dionysios' Truppen in Gang gesetzt. Die Flotte fuhr die Küste entlang, das Heer marschierte auf dem Landweg. Sie waren schon einige Wochen fort, und noch war nichts entschieden, weder so noch so. Rupilius' Wunde heilte, doch das Bein würde lahm bleiben, auch wenn er jedem erzählte, er werde bald wieder ins Feld ziehen. Dann kam die Nachricht, daß Dion mit seiner ganzen Reiterei auf völlig erschöpften Pferden in die Stadt zurück galoppiert war. Er schloß die Tore und bemannte die Mauern. Der Mann, der uns das meldete, hatte bis zum Morgen die Stadt nicht verlassen dürfen. Rechtzeitig hatte die Botschaft Dion erreicht, daß Herakleides mit der Flotte zurücksegelte, um Syrakus zu besetzen. Nun, da er merkte, daß man ihm zuvorgekommen war, veranstaltete er einen friedlichen Einzug und behauptete, er habe gehört, die Flotte des Dionysios sei gesichtet worden. Jeder kannte die Wahrheit, aber niemand konnte sie beweisen.

Das Gerücht von all den Schwierigkeiten verbreitete sich jetzt

über ganz Griechenland. Die Spartaner mit ihrer alten Unverschämtheit hatten, als wären sie noch die Herren von Hellas, einen Feldherrn geschickt, der Syrakus verteidigen sollte, da die Führer sich nicht einigen konnten. Herakleides empfing ihn mit einem Haufen Lügen; doch obgleich ein Spartaner, hatte der Mann genug Verstand, die Lage selber zu prüfen, und dann erklärte er sich für Dion. Herakleides war des Spartaners so sicher gewesen, daß er dessen Schiedsspruch im voraus begrüßte. Jetzt mußte er in den Tempel gehen und geloben, sein Verhalten zu ändern. Das befriedigte den Spartaner, und er kehrte heim. Es ist ein schlichtes, frommes Volk!
Bald danach bekam ich Nachricht von Thettalos, der mich fragte, ob ich verrückt geworden sei, in einem Hexenkessel wie Sizilien zu verweilen, statt zu arbeiten. Schon argwöhnte er, daß ich einen neuen Freund haben könnte. Sein Brief war voll von Theaterneuigkeiten, sichtlich dazu bestimmt, mich zur Heimkehr zu bewegen. Ich antwortete, daß ich reisen würde, sobald ich könnte, und daß mein Herz unverändert sei. Das war richtig; es hatte für eine Weile einen kraushaarigen römisch-griechischen Jüngling in Leontinoi gegeben, aber nichts Ernstes.
Da ich nach so langer Abwesenheit von Athen die Heimreise auf einem guten Schiff antreten wollte, ließ ich das erste Schiff abfahren, das ich hätte nehmen können; es hatte eine Ladung Häute an Bord. Ein Gott mußte mich gelenkt haben, denn das Schiff kenterte bei Lokroi, und die halbe Besatzung ertrank. Und gerade als es abgefahren war, ergab sich Ortygia.
Seit Herakleides zum Nachgeben gezwungen worden war, hatte sich die Einschließung der Festung verstärkt. Die Wächter hatten aufgehört zu singen. Ein Überläufer, der nachts herübergeschwommen war, enthüllte uns, daß sie den Elefanten geschlachtet hatten, obgleich er mindestens vierzig Jahre alt war. Doch selbst jetzt wagte niemand eine Hoffnung auszusprechen. Bis endlich der Gesandte des Apollokrates kam. Er war bereit,

Ortygia mit dem stehenden Heer, der Flotte, den Kriegsmaschinen und allem zu übergeben, wenn er dafür sicheres Geleit mit fünf Trieren erhielt, um seine Mutter und seine Schwestern mit ihrer Habe fortzubringen. Anscheinend hatte Dionysios diese Damen zurückgelassen. Gerechterweise darf man annehmen, daß er befürchtete, auf hoher See angegriffen zu werden.
Jedermann in Syrakus, der Freunde in Reichweite der Stadt hatte, sandte ihnen eine Botschaft, damit sie an dem großen Tag teilnehmen könnten. Rupilius und ich empfingen die Nachricht sehr früh und reisten die Nacht hindurch, um gute Plätze in der Nähe des Meeres zu haben. Mit einmal war es, als wollte die halbzerstörte Stadt vor Leben bersten. Windschiefe Vorhallen wurden mit Pfählen gestützt und mit Girlanden geschmückt; halbverhungerte Kinder steckten sich Blumen ins Haar und tanzten im Reigen durch die Straßen. Sämtliche Hetären legten ihre dünnsten Seidengewänder an, was reizvoller war als völlige Nacktheit, und so fuhren sie in bemalten Wagen zum Ufer und sangen zur Leier. Knaben hingen wie Trauben von Datteln an den Palmen. An jedem Altar brachten Priester Trankopfer dar und bekränzten die Standbilder der Götter.
Es war ein heller Tag mit leichtem Wind; das Licht schimmerte auf den aufgerollten Segeln und blitzte von den tropfenden Ruderblättern. Dion bestieg das Geleitschiff, das den letzten aus dem Geschlecht der Tyrannen den Abschied gab. Die Trompeten dröhnten von den Mauern, und die Jubelrufe rollten wie die Brandung die Küste entlang. Alte Männer weinten, junge Männer schrien vor Freude und umarmten einander. Die Tore von Ortygia standen zum erstenmal seit fünfzig Jahren offen und waren unbewacht.
Timonides, dem ich zufällig begegnete, erzählte mir, als Dion vor dem Palast gestanden habe, sei seine Mutter ihm, seinen Sohn an der Hand, entgegengekommen, gefolgt von seiner Gattin, einer Frau mit ergrauendem Haar, die wie eine Fremde

gewirkt habe. Ihre Augen hätten voll Tränen gestanden. Seit ihr zweiter Gatte vor Dion geflüchtet war, hatte sie in Ortygia gelebt, die Gattin zweier Männer und keines. Seine Mutter, eine edle alte Frau mit dem schönen Wuchs der Familie – ungefähr das einzige, was ihr noch geblieben war –, hatte die arme Seele bei der Hand genommen und Dion gefragt, ob er sie als seine Verwandte empfangen wolle, was sie nach dem Recht der Geburt war, oder als seine Gattin, was sie im Herzen immer geblieben war. Dion hatte sich großartig benommen. Wollte jemand ein Stück schreiben, um ihn von seiner besten Seite zu zeigen, so hätte er diese Szene ersinnen können. Er hatte sie umarmt und zärtlich geküßt, hatte den Knaben in ihre Hut gegeben und sie ehrenvoll in sein Haus führen lassen. Timonides schneuzte sich in der Erinnerung an den Auftritt und sagte, soweit man habe sehen können, sei kein Auge tränenleer geblieben.

»Wie hat der junge Hipparinos es aufgenommen?«

»Er wirkte eingeschüchtert und blickte verdrossen drein. Aber es kann auch sein, daß er von der Szene überwältigt war. Er ist ja erst etwa sechzehn. Man hat noch reichlich Zeit, seine bisherige Erziehung wiedergutzumachen.«

»Natürlich«, sagte ich. Damit mußte das Stück schließen – mit dem Siegeszug, der wieder in den alten Rang erhobenen Gattin, dem Helden auf dem Gipfel seiner Laufbahn, dem Chor, der Lobeshymnen singt, und dem Publikum, das glücklich und zufrieden heimgeht. Ich konnte ruhig nach Athen segeln, der erste, der die gute Nachricht brachte. Ein langes Stück meines Lebens, darin sich manchmal meine ganze Seele verstrickt hatte, endete mit einem Päan der Freude.

Am nächsten oder am übernächsten Tag wollte ich Dion meine Aufwartung machen, wie das jedermann von Rang und Ansehen tat. Er empfing uns, immer ein Dutzend zu gleicher Zeit. Ich wollte ihm weiter nichts als Glück wünschen. Er hatte ein schlichtes weißes Gewand angelegt. Zur Zeit der Parteienkämpfe hatte er an Gewicht verloren. Doch gerade das ließ die schönen Züge seines Gesichts stärker hervortreten, aus dem die Freude der Erfüllung leuchtete. Er war der Retter seines Volkes, er hatte seine Verbannung und das seiner Gattin angetane Unrecht gerächt, hatte einen niedrigen Feind überwunden, ohne sich selbst zu erniedrigen. Er war Dion, und er war nie weniger gewesen.

Er nahm mich beiseite, begrüßte mich und sagte, er habe sich auf der Straße von Leontinoi nur kurz bedanken können. Seine Güte rührte mich. Im Überschwang seines Herzens hatte er mir meinen Beruf vergeben. Der ganze Saal sprudelte von Glück und Triumph wie ein prächtiger, von Wein überschäumender Becher.

Einige nahe Freunde standen umher, die wohl auch bleiben würden, wenn die anderen Gäste gegangen waren: Timonides, der vermutlich darauf brannte, seine Geschichte zu schreiben, und Kallippos aus Athen, der Tyrannenhasser, der lange Zeit Dions rechte Hand gewesen war. Was hatte er wohl empfunden, als er das leere Ortygia sah? Seine blassen Augen wanderten, als spähten sie nach etwas aus, das er verloren hatte.

Es war Zeit zu gehen. Ich warf noch einen letzten Blick auf Dion, der lachend inmitten seiner Freunde stand, und dann kam mir die Geschichte von dem alten olympischen Sieger in den Sinn, der seine beiden Söhne in ein und demselben Jahr bekränzt sah. »Stirb jetzt!« hatte das Volk ihm zugerufen, und das sollte bedeuten, daß in Zukunft kein Augenblick diesem gleichen könnte. Ich stand auf der Schwelle, obgleich ich mich schon verabschiedet hatte, blickte auf das ernste, glückliche Gesicht, und eine Stimme in meiner Seele, die ich nicht zum Schweigen bringen konnte, rief: »Stirb jetzt, Dion, stirb!«

Ich verdrängte dieses Gefühl, wie man das immer mit Worten von übler Vorbedeutung tun muß, und ging, um mein Schiff zu besteigen.

23

In jenem Jahr hatte ich viel zu tun. Als ich zurückkam, hörte ich mich um, was die anderen in der Zwischenzeit gemacht hatten. Thettalos hatte, wie er gestand, in Korinth eine kleine Liebelei mit einem jungen Mann gehabt. Nichtsdestoweniger waren wir froh, wieder zusammenzusein, verziehen einander und redeten zwei Tage lang ununterbrochen. So ist es immer nach einer Trennung, und daran kann die Zeit nichts ändern.

Gerüchte hatten wissen wollen, daß es geheime Aufträge waren, die mich so lange in Sizilien festgehalten hatten. Ich sagte nichts dazu, und meine Verschwiegenheit fand allgemeines Lob. Während ich fort war, hatte Thettalos seinen Platz auf der Liste der Protagonisten erobert, und bei den Dionysien spielten wir zum erstenmal in Stücken, die beide den Preis anstrebten, er den Troilos, ich den Odysseus. Wir wußten, daß jeder sein Bestes geben würde und wir einander nichts zu neiden hätten; über solche Torheiten waren wir hinaus. Ich siegte, wenn auch nur mit Stimmenmehrheit, und bald würde die Reihe an ihn kommen. Bei dem anschließenden Fest vertieften wir uns derart ins Gespräch über die dramatische Technik – er hatte zum erstenmal eine Vorstellung leiten dürfen, und es war ein durchschlagender Erfolg gewesen –, daß unsere Freunde uns voneinander losreißen mußten. Ich hatte beinahe vergessen, wessen Fest es war.

Wir beschlossen, eine Zeitlang als Partner zu arbeiten, und fuhren nach Ephesos. Immer wieder, im Abstand von einigen Jahren, ist es eine Freude, gemeinsam mit Thettalos eine Rundreise zu machen, wenn man nachher auch ein oder zwei Jahre braucht, um wieder zu Atem zu kommen. Zwischen seiner Arbeit und seinen Seitensprüngen sind die Tage erfüllt, und von der Nacht bleibt nicht viel übrig. In seiner Kunst ist er mit sich zufrieden. Bei seinen Abenteuern holt er immer meinen Rat ein und ist so dankbar, als hielte er sich daran.

Dann und wann trafen Nachrichten aus Sizilien ein; Dion war noch immer an der Macht, Dionysios hatte nicht versucht zurückzukehren, obgleich er in Lokroi wegen seiner ständigen Trunkenheit und seines ausschweifenden Lebens verhaßt war. Beide Heere standen noch immer in Syrakus. Dion hatte Nypsios mit seinen Soldaten abziehen lassen und die übrigen behalten. Die Stadt war seit den Zeiten des alten Dionysios noch nie so gut verteidigt gewesen. Dion selbst lebte nach den keuschen, simplen Regeln des Pythagoras.

Mehr als das hörte ich nicht – vielleicht weil ich nicht fragte. Das Drama war vorüber. Der Held lebt in Ehren weiter, das Publikum weiß das. Doch das Theater ist leer, die Ausfeger haben sich seiner bemächtigt. Es ist die Zeit der Erinnerung.

Auf dem Rückweg blieben wir zum Fest des Apollo in Delos und spielten dort die *Hyperboreer*, deren Handlung auf der Insel spielt. An einem jener betäubenden, sengenden delischen Tage, als wir während der Proben bei einem Spaziergang auf der Löwenterrasse am See etwas Luft schnappen wollten, begegneten wir dem Dichter Chairemon. Er hatte es sorgfältig vermieden, jemals nach Syrakus zurückzukehren, weil er dort Gast des Dionysios gewesen war; da er aber immerhin einen ganzen Monat in der Stadt verbracht hatte, galt er als Fachmann für sizilianische Fragen. Abermals mußten wir uns die Geschichte seiner Abenteuer anhören, die in Athen jedermann auswendig kannte, nur daß er jedesmal irgend etwas hinzufügte, um seinen Haß auf die Tyrannis zu beweisen. Schließlich sagte er: »Unglückliches Volk! Schon seit ihrer Grausamkeit gegen die Leute

des Nikias zur Zeit unserer Väter scheinen sie unter einem Fluch zu stehen.«
»Nun, jetzt haben die Erinnyen sich doch erweichen lassen.«
»Sag einmal«, unterbrach Thettalos. »Ist dein neues Stück fertig?«
Chairemon ließ sich nie gern unterbrechen, auch nicht mit einer Schmeichelei. Er wandte sich zu mir: »Das müssen wir noch abwarten. Anscheinend geht, bis auf die Orgien im Palast, alles so, wie es immer gegangen ist.«
»Was denn!« sagte ich. »Jetzt lebt man doch nach Gesetz und Recht!«
»Es tagt ein Verfassungsrat. Man kann nicht über Nacht ein neues Gesetzbuch schreiben, das ist nur natürlich. Unterdessen aber dauert die Militärregierung an.«
»Das ließ sich kaum vermeiden. Aber das Volk braucht nicht mehr die Feste des Dionysios zu bezahlen.«
»Die Steuern sollen noch immer hart sein. Schließlich müssen die Truppen ihren Sold bekommen. Die brauchen sich nicht zu beklagen. Strenge Zucht, aber man kümmert sich um sie. Keine von den Gemeinheiten des jungen Dionysios. Und dann werden natürlich alle, die Dion zur Macht verhalfen, gut behandelt. Er war immer großzügig, selbst als Verbannter. Doch jetzt kann er es kaum aus seinem eigenen Vermögen leisten. Nun, er ist der Oberbefehlshaber, er kann tun, was ihm beliebt. Kein Mensch wird ihm vorwerfen, daß er zuviel für sich selbst ausgibt.«
»Herakleides hat also diesmal seine Versprechungen gehalten?«
»Herakleides?« Er sah erstaunt drein und freute sich, besser unterrichtet zu sein als ich. »Dort, wo er jetzt ist, hat er keine Wahl.«
»Niko«, sagte Thettalos, »der Flötist wartet. Du wolltest doch noch das eine Stück mit ihm wiederholen.«
»Was!« rief ich. »Herakleides tot? Ein Segen für alle. Das waren die Götter Dion schuldig.«

Chairemon zog die Brauen hoch. »Die Götter helfen dem, der sich selbst hilft. In diesem Sinne magst du recht haben.«
»Sehr wahr«, warf Thettalos ein. »Aber du wirst uns entschuldigen müssen, Chairemon, wir haben ...«
»Nein! Warte!« sagte ich. »Chairemon – wie ist er gestorben?«
»Er wurde erstochen in seinem eigenen Haus. Von irgendwelchen Männern aus alteingesessenen Familien, die ein ganzes Jahr darauf gewartet hatten, daß man es ihnen erlaubte. Es wurde immer wieder aufgeschoben, bis er in der Versammlung beantragte, Ortygia müsse abgebrochen, seine Befestigungen müßten geschleift werden, denn es sei ein Hort der Tyrannis und gegen das Volk gerichtet. Man hielt es für unklug, ihm öffentlich den Prozeß zu machen ... Widerwärtig! Doch das ist Sizilien. Man darf dort nicht auf griechische Ethik rechnen. Ebensogut könnte man in Mazedonien sein.«
Thettalos, der mich fortziehen wollte, stand jetzt ganz still, die Hand auf meinem Arm. Wenn manche Leute glauben, daß er sich nicht beherrschen kann, so irren sie.
»Mein lieber Chairemon«, sagte ich, »die Tat selbst überrascht mich nicht; aber daß Dion zugestimmt haben soll, glaube ich erst, wenn ich das Wasser bergauf fließen sehe.«
»Ich versichere dir, ich habe es von dem Bankier Damon, ein sehr nüchterner Mann. Dion hat es in seiner Trauerrede beinahe zugestanden, aber er sagte, es sei für das Wohl der Stadt notwendig gewesen.«
»Was für eine Trauerrede? Wer hat sie gesprochen?« Ich hörte meine eigene Stimme, als wäre es die eines Wahnsinnigen.
»Dion, wie ich gesagt habe. Er ordnete ein Staatsbegräbnis an um seiner früheren Verdienste willen und setzte die Rede selber auf ... Du spürst die Hitze, Nikeratos, was? Hier herrscht die glühendste Sonne von Griechenland. Gehen wir unter die Stoa.«
»Wir müssen fort.« Thettalos drängte mich. »Eine Probe ruft uns.« Chairemon sagte, er wolle bis zum Theater mit uns kom-

men; die Straßen waren heißer als die Terrasse. Thettalos ging zwischen uns, damit ich mich fassen konnte. Ich hörte, wie Chairemon zu ihm sagte: »Diese Abgeschlossenheit hat sich bei Dion entwickelt, seit sein Sohn gestorben ist. Er hat keinen andern.«

Ich erwachte aus meiner Betäubung. »Er hat seinen Sohn verloren?«

»Sag lieber, daß er ihn nie zurückgewonnen hat. Der Sohn hatte ganz den Geschmack des Onkels geerbt und ließ sich nicht gern Vorhaltungen machen. Es muß für Dion als Vater und als Mann der Öffentlichkeit ein schwerer Schlag gewesen sein. Es heißt, daß er sehr streng mit ihm gewesen ist. Aber man darf nicht alles glauben, was man hört. Es muß nicht wahr sein, daß der Bursche sich vom Dach heruntergestürzt hat. Wahrscheinlich war er betrunken und ist gestolpert.«

Der Skeneraum wirkte dunkel nach dem strahlenden Licht draußen. »Mein Lieber«, sagte der Dichter, »ich wünschte, ich hätte es dir in Samos gesagt. Aber ich erfuhr es am Abend vor der Vorstellung und wollte dich nicht aufregen. Und außerdem hoffte ich, es würden unterdessen bessere Nachrichten einlaufen.«

»Er hat es für die Stadt getan«, sagte ich. »So wenigstens hat er es betrachtet. Aber wie muß er gelitten haben! Und die Leichenrede, das Staatsbegräbnis ... Wer kann sich so etwas vorstellen?«

»Wegen seiner Anmaßung hat der Gott ihn geschlagen«, sagte Thettalos mit seiner schönen Stimme. »Doch dann, versöhnt, hat er ihn zu den Sternen erhoben. So, glaube ich, hat er es aufgefaßt. Komm, Niko, laß uns an die Arbeit gehen, sonst findest du heute nacht keinen Schlaf.«

Ich war seit einigen Wochen wieder in Athen, als ich eine Botschaft von Speusippos erhielt, der mich aufforderte, ihn in der Akademie aufzusuchen.
Ich hatte mich ferngehalten, hauptsächlich weil Axiothea mir noch immer aus dem Weg ging. Die Erinnerung an unsere Dionysien verwirrte sie und ließ allzuviel anderes aus jener Nacht aufleben. Der Blick in den Tempel war mehr gewesen, als ihre Seele ertragen konnte, und sie hatte sich auf die Philosophie geworfen und versuchte zu begreifen, warum die Götter dergleichen erlaubten. Sie sagte, es sei besser als der Friede der Unwissenheit, und das mußte sie zweifellos wissen. Doch es dauerte eine ganze Weile, bis wir unsere alte Unbefangenheit wiedergefunden hatten. Unterdessen, nachdem ich sicher war, daß ich sie nicht geschwängert hatte, hielt ich mich fern. Hinzu kam, daß ich mich auch davor fürchtete, noch weitere Nachrichten aus Syrakus zu hören. Um so mehr erschreckte mich dieser Ruf, denn Speusippos empfing nicht in der Akademie, und es gab nur eine einzige Angelegenheit, bei der ich von Nutzen sein konnte.
»Niko«, begann er, sobald wir allein waren, »hast du irgendwelche Theaterpläne für Syrakus?« Früher hätte ich ja gesagt, ob es wahr gewesen wäre oder nicht. Jetzt aber schüttelte ich den Kopf und wartete. »Dann«, fuhr er fort, »kann ich dich nur anflehen, wenn du mein Freund bist, wenn du Dion liebst, unter irgendeinem Vorwand dorthin zu fahren. Ein plötzlicher Besuch unsererseits würde auffallen und unter Umständen gerade das beschleunigen, was wir fürchten.« Er nahm einen Brief vom Tisch. Noch immer sagte ich nichts, sondern sah ihn nur an. Als er merkte, daß er mir mehr mitteilen müßte, sagte er: »Platon hat mich aufgefordert, es so geheimzuhalten wie nur möglich. Der Mann ist an der Akademie gewesen; er war nie wirklich einer von uns, doch solche Unterscheidungen kennt die Welt nicht. Die Wahrheit ist, daß wir Angst um Dion haben, ja, sogar

um sein Leben. Nicht bekannter Feinde wegen, mit denen er schon fertig wird, sondern wegen eines vertrauten Freundes.«
»Kallippos?«
»Was?« rief er und sprang fast vom Stuhl auf. »Du hast es gewußt?«
»Erst jetzt weiß ich es. Aber ich hätte es wissen sollen. Er ist ein Mann, in dessen Liebe Haß gemischt ist. Er hat Dionysios verloren. Wohin sonst kann er schauen? Ich sah es in seinem Gesicht, wenn ich es nur verstanden hätte.«
»Irgend jemand hat unsere Freunde in Tarent gewarnt. Ein vertrauenswürdiger Mann, der sagte, er habe zunächst Dion selbst gewarnt; doch Dion wollte es nicht glauben. Jetzt verstehst du, was ich von dir verlange und warum.«
»Ja«, sagte ich. »Ich übernehme es. Das hat Dion von seinen Freunden wahrhaftig verdient.«
Er sah mich bekümmert an, so wie vermutlich auch ich ihn angesehen habe. »Du weißt es also jetzt, Niko. Versuche, in ihm einen Mann zu sehen, der nicht in seine Niedrigkeit verstrickt ist, sondern in seine Großherzigkeit.«
»Das will ich tun. Für einen Schauspieler ist das nicht schwer. Die Tragödien sind voll davon.«
»Er wird angeklagt, seine Machtbefugnis zu verlängern. Das ist ganz gewiß ungerecht. Platon und ich haben ihm den Entwurf einer Verfassung geschickt, der besten, welche die Stadt, wie sie nun einmal ist, ertragen kann. Auch Korinth hat Ratgeber entsandt. Doch wo Gerechtigkeit ist, bekommt keiner, was er wünscht, auf Kosten eines anderen. Es braucht Zeit, um sich über solche Dinge einig zu werden. Zwietracht und Mißtrauen sind aufgekommen. Herakleides hat eine Erbschaft hinterlassen.«
»Was wird Dion am Ende sein?«
»Ein verfassungsmäßiger König.«
Das Wort klang mir in den Ohren wie ein großer Vers in einer

Tragödie. »Das ist sicher vom Himmel so bestimmt worden«, sagte ich.
»Ein König, über dem das Gesetz steht. Er wird nicht die Macht haben zu strafen. Dazu sind nur die Richter befugt. Es wird einen Senat geben und eine noch nicht festgelegte Form der Volksbefragung.«
»Und da liegt der Hase im Pfeffer?«
»Wie auch nicht? Sag keinem Menschen in Syrakus außer Dion, daß du von uns kommst. Um deinetwillen nicht, aber auch um seinetwillen!«
»Ich will mich daran halten. Ich kenne Kallippos seit langem.«
»Es ist eine große Fracht an wahrer Menschlichkeit da, und beinahe sicher im Hafen«, sagte er. »Du kannst sie noch für die Welt retten, Niko. Geh mit den Göttern!«

Das Jahr war mild. Das Schiff arbeitete sich mit Rudern durch die reglose See. Abends war der Himmel blaßrot über einem blaßblauen Horizont; das rötliche Haar der thrakischen Ruderer glühte darin wie schwelende Kohle. Ihr Vorgänger hörte nicht auf zu singen, ein Lied, das klang wie eine Woge, die sich bricht, in einer Klage aufsteigt, um mit dem Ruderschlag herabzustürzen. Wir kamen mit drei Tagen Verspätung nach Syrakus, aber ich hatte den Sinn für die Zeit in der Weite und Ruhe des Meeres verloren. Nachts schaute ich nach den tiefhängenden Sternen aus und wußte nicht, ob ich früh oder spät eingeschlafen war. Zum erstenmal seit meiner Knabenzeit wünschte ich nicht, die Reise sollte ein Ende nehmen.
Die Trümmer von Syrakus waren beseitigt und die Stadt beinahe wieder aufgebaut worden. Alles schien ruhig zu sein. Die gleichen dünnbeinigen, abgezehrten Kinder trieben sich in den Straßen herum. Jetzt aber, wenn ein Wagen vorüberfuhr, warfen sie manchmal einen Stein nach ihm. Das hätten sie sich früher nicht getraut.

Ich ging in die Theaterschenke; für meine Anwesenheit hatte ich mir eine Geschichte zurechtgelegt; ich hatte erfahren, daß jetzt, da alles in Ordnung gebracht worden sei, dem Theater nicht soviel Aufmunterung zuteil werde, wie es sich geziemte. Die athenischen Schauspieler seien besorgt, und ich sei gekommen, um die Lage zu prüfen, bevor einer von uns sein Geld an die Reise wagen würde. Ganz unbestimmt ließ ich auch fallen, daß ich auf der Suche nach Begabungen sei. Das trug mir die Antworten ein, die ich benötigte. Bei den großen Festspielen würden noch immer Tragödien aufgeführt, hieß es, doch da der Oberbefehlshaber stets fernbliebe, drückten sich natürlich auch jene, die sich gut mit ihm zu stellen suchten. In Athen waren die Pflichten des Choregen eine Steuer für reiche Männer. In Syrakus hatte man diese Pflichten nur des Ruhmes wegen übernommen oder um dem Archonten gefällig zu sein. Manche konnten sich das nicht mehr leisten, andere wollten nicht, da sie ja doch nichts zu gewinnen hatten. Das Theater war so gut wie tot. Mit der Ausnahme, daß Kallippos jüngst eine Aufführung der *Choephoren* veranstaltet hatte, mit der das Publikum sehr zufrieden gewesen war und die ein paar Schauspielern Arbeit verschafft hatte.

Ich bemerkte, das sei genau das richtige Stück für ihn, nichts als Haß und Rache. Dann drängte sich eine Schar junger Schauspieler um mich, die alle darauf brannten, Syrakus zu verlassen, und so war ich beschäftigt, bis es an der Zeit war, ein Gasthaus zu suchen. Mein früheres stand noch, und ich bezog das Zimmer, in dem Axiothea gewohnt hatte.

Einladungen für den Abend hatte ich abgelehnt, weil ich früh aufstehen wollte, und ich war gerade im Begriff, mich hinzulegen, als man mir einen Besucher meldete. Es war Kallippos.

Er war jetzt hier ein Mann von Bedeutung, und es wäre ganz natürlich gewesen, wenn er mich aufgefordert hätte, ihm in seinem Haus meine Aufwartung zu machen.

Er war noch genauso, wie ich ihn aus Athen in Erinnerung hatte, als er neugierig hinter die Szene gekommen war; nur eine gewisse Spannung war da, die er zu verbergen suchte. Die höflichen Vorreden erledigte er ziemlich hastig. Um ihm zu helfen, sagte ich, wie leid mir die Schauspieler in Syrakus täten, die schwere Zeiten durchmachen müßten, und es sei traurig, sich vorzustellen, daß es ihnen unter der Tyrannis besser gegangen sei als unter einer erleuchteten Herrschaft.

Sogleich war er im richtigen Fahrwasser. Er begann mit einem erheuchelten Loblied auf Dion; dann sprach er von Enttäuschungen und brachte matte Entschuldigungen vor. Ich erwiderte, das alles bestätige nur, was ich gehört hätte; von wem, verschwieg ich. Dann aber ließ er die Maske fallen und erklärte, es sei doch eindeutig, daß Dion den Krieg über die Stadt gebracht habe, bloß um sich selber als Tyrann aufzuspielen. »Wir von der Akademie –« ich konnte mir Speusippos vorstellen, wie er bei diesen Worten blaß vor Zorn geworden wäre – »sind höchst bitterlich enttäuscht worden.«

Das sei eine schlimme Nachricht, sagte ich. Wenn er wünsche, würde ich Speusippos in Athen aufsuchen und es ihm berichten. Oder ziehe er vor, mir einen Brief mitzugeben? Ich wollte wissen, ob dieser Vorschlag ihn erschrecken würde. Wenn ja, dann wären seine Pläne wohl noch nicht zu weit fortgeschritten.

»Ich würde das begrüßen«, sagte er. »Dir mit deiner Kenntnis von Syrakus würde man glauben. Du hast die Laufbahn dieses Mannes beobachtet; du hast den Tyrannen gekannt, als er noch im Ei an die Schale geklopft, sie zerbrochen und sich nach Futter umgeschaut hat. Du hast den Anfang miterlebt … Gedenkst du länger hier bei uns zu bleiben?«

Das war keine müßige Frage. Ich spürte, wie meine Hände feucht wurden, denn er dachte, daß ich ihn verstünde. Seine blassen Augen warteten. Ich wußte, als hätte ich durch seine

Kleider gesehen, daß er einen Dolch bei sich hatte für den Fall, daß ich merken ließ, er habe zuviel gesagt. Glaubte er wirklich, daß er hier in der Stadt töten konnte, ohne Rechenschaft abzulegen? Das verriet mehr als alles andere!

Jetzt mußte ich um mein Leben Komödie spielen. Verständnisvoll scheinen, ohne doch seine Absicht zu durchschauen. Er wollte, daß ich ihn vor der Akademie rechtfertigen sollte. Heuchelte ich Zustimmung, so würde ihn das ermutigen. Ich wußte nicht, was jemand wie ich ihm sagen könnte, um ihn zu einem Aufschub zu überreden.

Und so tat ich erfüllt von meinen eigenen Angelegenheiten, was bei einem Schauspieler ja niemanden verwundert. Ich erzählte ihm von einem Stück, das ich gerade gelesen hatte. Wie ich es in Szene setzen würde – es sei denn, daß ich mein Urteil darüber änderte. Welche syrakusanischen Schauspieler ich engagieren wollte, fuhr ich fort und befragte ihn über jeden einzelnen. Ich sagte, ich hätte Dion aufsuchen wollen, um mit ihm über uns Schauspieler zu sprechen und ihn um seine Unterstützung zu bitten, doch nach dem, was ich gehört hätte, könnte ich mich dazu nicht entschließen. Ich müßte es überschlafen und nochmals gründlich erwägen. Dieses Gerede hatte er bald satt und schickte sich an zu gehen. Um ihn bei guter Laune zu halten, rühmte ich, daß er das schöne alte Stück von den *Choephoren* zu neuem Leben erweckt habe. In der Tür blieb er mit vielsagendem Lächeln stehen. »Es war ein Trost für jene, die um Herakleides trauern. Und es mahnte sie daran, daß die um Agamemnon Trauernden mehr taten als weinen.«

In dieser Nacht schloß ich kaum ein Auge. Ich wußte, daß Dion immer bei Morgengrauen aufstand, und so erhob ich mich, als es noch dunkel war, um nur keine Zeit zu verlieren. Er hatte, wie ich wußte, sein altes Haus in Ortygia wieder bezogen.

Die Wachhäuser waren noch immer bemannt. Die Wachen waren höflich und fragten nur, was ich wünschte. Einen Paß

brauchte ich nicht. Ich war auch nicht beschattet worden. Offenbar hatte ich Kallippos davon überzeugt, daß er von mir nichts zu befürchten hatte.
Dions Haus war, wie immer, in gutem Zustand, schlicht und sauber. Diesmal kam kein Knabe mir entgegen. Ich blickte nach dem Dach; von dort, wo es aufhörte, ging es steil in die Tiefe hinunter.
An der Tür sagte mir der Pförtner, der Herr sei eben zum Palast gegangen, um mit seinem Tagewerk zu beginnen.
In der Vorhalle, zwischen den roten Löwen aus samischem Marmor, begrüßte mich ein stämmiger Argiver in schimmernder Rüstung und fragte mich nach meinem Namen. Er führte mich ins Innere, obgleich ich den Weg so gut kannte, daß meine Füße ihn ganz von selbst eingeschlagen hätten.
Es warteten schon einige Leute, so früh es auch noch war. Ich dachte an die Gesichter, die man früher hier erblickt hatte. Verängstigt oder frech oder verschmitzt. Gesichter, die einander mißtrauisch beobachteten, eifrige Schmeichlerfratzen. Sie waren fort; doch die neuen Gesichter, die man jetzt sah, drückten Sorge, Groll und Ungeduld aus. Die Menschen schienen nicht glücklich. Weder Hoffnung noch Zuneigung spiegelte sich in ihren Zügen. Kein Lächeln, keine Liebe. Die vergoldete schwere Tür stand offen. Ich betrat den Raum, den ich ein Dutzend Jahre lang nicht mehr betreten hatte.
Aber ich brauchte nicht lange zu warten; fast sofort kam ein Bediensteter. Der Oberbefehlshaber wünsche mich zu empfangen. Ich hörte das Murren jener, die vor mir dagewesen waren. All der Flitter und Tand war verschwunden. Der Raum war beinahe kahl. Nur ein Möbelstück sah ich, das ich kannte. Dionysios hätte es nicht nach Lokroi mitnehmen können – das Schiff wäre unter dem Gewicht gesunken. Es stand an seinem Platz, auf seinen beschwingten Sphinxen, massig wie ein Grabmal, genau dort, wo sein erster Eigentümer an ihm *Hektors*

Loskauf geschrieben hatte. Dahinter aber, in einem guten, einfachen Stuhl aus geglättetem Holz saß der Herr von Ortygia. Ich erkannte ihn kaum. Sein Haar war fast weiß. Viel Fleisch hatte er nie angesetzt, doch sein Körper hatte die straffe Glätte eines Athletenkörpers gehabt. Jetzt war er hager; die Haut an den mit Kriegsnarben bedeckten Armen war faltig. Er wirkte wie ein Mann von sechzig, obwohl er den Bart geschabt hatte, um jünger auszusehen, wie alternde Führer das nach Möglichkeit tun müssen. Die Brauen waren zu einem finsteren Ausdruck zusammengezogen, den er gar nicht mehr zu merken schien. Seine dunklen Augen sahen mich mit einer Art Gier an – Gier wonach? Nach den alten Zeiten, nach einem schlichten Trost von Mann zu Mann, nach einer guten Botschaft? Ich weiß es nicht; und er verdrängte es, was es auch sein mochte. Das konnte zur Gewohnheit geworden sein. Es war eine Schwäche gewesen, daß er mich zuerst gerufen hatte, und darüber ärgerte er sich, war aber zu gerecht, um es mich fühlen zu lassen.
Er stand auf. Ich war aus Athen, wo die Bürger nicht vor sitzenden Männern stehenbleiben. Es war die Höflichkeit eines Königs gegenüber einem Mann, der in der Verbannung sein Gast gewesen war. Vermutlich tauschten wir die üblichen Begrüßungen aus, aber ich erinnere mich nur an sein Gesicht. Ein König, hatte ich gesagt. Am Ende wird er König sein. Die Götter hatten es bestimmt. Nun, hier sah ich es. Der Titel war nichts, hier ging es um die Sache. Immer wenn ich es mir ausgemalt hatte, sah ich ihn wie an jenem Tage in Delphi, lang ist's her, als er in den Skeneraum trat wie das Standbild eines Siegers. Ich hatte sein Antlitz gesehen wie die früheren Masken Apollos, die der Jugend die Weisheit und Kraft der Mannheit verleihen. Jetzt stand ich vor einem König – einem alten König, seiner Bürde überdrüssig, befleckt von den Sünden, zu denen die Macht Menschenhände zwingt, wenn die Menschen nicht den Mut haben, diese Macht niederzulegen. Zusammen mit den anderen Lasten

tragen sie ihre Scham in hartnäckigem Mut, die Einsamkeit ist ihnen vertraut, und die Hoffnung hat sie vergessen.
Die gottgleiche Maske war abgefallen; mit der Liebe meiner Jünglingszeit war ich es, der sie ihm, meinem eigenen Bedürfnis zu genügen, angelegt hatte. Wer träumt nicht von klarem Wasser, wenn die Quellen trübe sind? Aber ich hatte nur geträumt, und er hatte versucht, den Traum zur Wirklichkeit werden zu lassen. Jetzt besaß er alles, was ihn, wäre seine Seele im Bösen versunken, glücklich machen konnte. Der alte Dionysios hatte es besessen und war zufrieden gestorben. Dion litt, weil er das Gute geliebt hatte und sich noch immer danach sehnte. Und ich meinte, auch ich sei von meinem Beruf geprägt. Das nächste Mal, wenn ich *Theseus in der Unterwelt* spiele, werde ich seiner gedenken.
»Herr«, sagte ich, »ich habe einen Brief von Speusippos; darf ich dich bitten, ihn bald zu lesen? Seit ich hier bin, habe ich erfahren, daß die Warnung begründet ist. Der Mann, dessen Name in dem Brief genannt wird, hat sich mir genähert. Er plant einen bewaffneten Aufstand, alles ist so gut wie vorbereitet. Er will deinen Tod!«
Er hörte mich ruhig an, ohne daß die Farbe seines Gesichts gewechselt hätte, nickte und streckte die Hand nach dem Brief aus. Er hätte mich sicher zum Sitzen aufgefordert, doch als er merkte, daß kein zweiter Stuhl vorhanden war, blieb er stehen. Es war ein ziemlich langer Brief, doch er überflog ihn schnell, als suche er etwas Bestimmtes. Als er es gefunden hatte, legte er den Brief beiseite.
»Speusippos hat dir anscheinend mitgeteilt, was er gehört hat«, sagte er. »War es nur Kallippos, vor dem du gewarnt wurdest? Sonst niemand?«
»Nur er. Ich kannte ihn in Athen. Er war mir gegenüber wahrscheinlich weniger vorsichtig, als er es wohl in der Akademie gewesen ist. Er ist gefährlich.«

»Sagen wir schlau und fähig.« Er lächelte mir zu; das Lächeln eines Königs für einen schlichten, wohlmeinenden Bürger. »Beruhige dich, Nikeratos. Wenn Kallippos gefährlich ist, so ist er es nur für meine Feinde. Ich werde dir einen Brief für Speusippos mitgeben, der seine Sorgen zerstreuen wird.«
Ich war eher beunruhigt als überrascht. Männer erwarten von anderen, was sie bei sich selber kennen, dachte ich. Und so schilderte ich ihm haargenau das Gespräch des Vorabends, ließ nichts aus, selbst das nicht, was ihn kränken oder verletzen konnte. Zartgefühl war jetzt nicht am Platze.
»Ja, ja.« Wie geduldig das klang! Ich traute meinen Ohren nicht. »Wie ich schon sagte – ein schlauer Mann. Seit einiger Zeit hat er es sich zur Aufgabe gemacht, die Leute in der Stadt auf die Probe zu stellen, deren Treue er mißtrauen zu müssen meint. Natürlich hat er dazu meine Erlaubnis eingeholt – jemand könnte mir ja, wie du und auch andere es getan haben, davon berichten. Es tut mir leid, daß er dich falsch eingeschätzt hat, Nikeratos. Aber jetzt verstehst du wohl und bist zufrieden. Nichtsdestoweniger bin ich dir für deine gute Absicht dankbar.«
Ich sagte irgend etwas. Vielleicht entschuldigte ich mich sogar. Mein Körper war gleichsam eine einzige Wunde. Alles war dahin, die erzharte Ehre, der Stolz des Achilles, rein wie Feuer. Vor mir stand nichts als ein alter König, den Notwendigkeiten einer kranken Macht verfallen, der gelernt hatte, einen Mann wie Kallippos als Spion zu verwenden.
Ich sagte, was mir gerade einfiel, und wartete auf die Entlassung. Doch er hielt mich zurück, erkundigte sich nach athenischen Angelegenheiten, und in seinen Zügen war wieder jene seltsame Gier. Ich hatte ihn nie in dieser Stimmung erlebt, in der er sprach, nur um zu sprechen. Er war einsam und würde es immer sein; vielleicht bedeutete sogar die bloße Erinnerung an frühere Tage ihm etwas.
»Du kannst Speusippos beruhigen«, sagte er. »Seine Befürch-

tungen sind grundlos. Selbst meine Frau und meine Mutter haben sich täuschen lassen, und ich vermochte nicht, sie zu beruhigen. Kallippos aber tat es, indem er im geweihten Hain den heiligen Schwur der Demeter sprach ... Du mußt begreifen, Nikeratos, daß Syrakus nicht Athen ist.«
Ich dachte an die Straße nach Leontinoi. »Nein«, sagte ich. »Diese Menschen sind mir anvertraut. Sie sind wankelmütig, töricht, feig, widerwärtig – meine Ahnen haben dazu beigetragen, sie so zu machen. Ich muß sie gegen ihren Willen retten und ihnen Zeit geben zu wachsen, bevor die Karthager sie für alle Ewigkeit zu Sklaven machen. Du, Nikeratos, der du die Könige und Herrscher unter der Last des Verhängnisses zeigst, kennst die niedrigen Mittel nicht, welche die Menschen von jenen verlangen, die sie von ihrer Niedrigkeit erheben wollen. Weißt du, daß sie von mir verlangt haben, ich solle das Denkmal des älteren Dionysios niederreißen, des Vaters meiner Frau, des Mannes, der mich, bei all seinen Fehlern, mehr liebte als seinen eigenen Sohn? Mir vertraute er sein Leben an, mir allein. Können die Leute sich vorstellen daß ich ihre Liebe auf eine so schmutzige Art erkaufen würde?«
»Die Toten müssen wir achten«, erwiderte ich. »Sie sind hilflos, wie wir es eines Tages sein werden.«
»Hilflos?« Er sah mich an. »Glaubst du das? Du meinst mit Pythagoras, daß sie in einer Vorhölle schlafen, bis sie vor die Richter gebracht werden, um ihre eigene Sünde zu wählen? Du glaubst nicht an die Rache der Toten, an den Stoff all eurer Tragödien?«
»Ich weiß nicht, Herr. Alle Schauspieler sind abergläubisch. Ich denke, ich würde es eher den Göttern überlassen. Sie wissen mehr von der Wahrheit.«
»Da hast du recht! Das ist die Antwort der Philosophie ... Gestern hatte ich einen seltsamen Traum, wenn man es einen Traum nennen kann, was man mit wachen Sinnen sieht. Ich saß

in meinem Arbeitszimmer, als mein Auge durch eine Bewegung gebannt wurde. Ich schaute auf. Am Ende des Raumes war ein altes Weib mit einem Besen und fegte den Boden. Keine Magd würde das in meiner Gegenwart tun. Als ich erstaunt hinsah, wandte sie sich zu mir. Sie hatte ein Gesicht, Nikeratos, wie die Furien in den *Eumeniden*, über alle Beschreibung furchtbar. Die Maske war lebendig, mit Augen wie glühende Kohlen. Und in ihrem Haar ringelten sich Schlangen.«

Ich sah die Schweißtropfen auf seiner Stirn. Bei jedem anderen wäre ich hinzugetreten und hätte ihm den Arm um die Schulter gelegt, doch hier wußte ich, daß das nicht ging. »Herr«, sagte ich, »du hast dich Tag und Nacht für die Stadt aufgeopfert, ohne den Dank dafür zu ernten, der dein Herz erleichtert hätte. Du bist vermutlich beim Lesen eingedöst und hast von irgendwelchen Schrecken in deiner Kindheit geträumt. Meiner Meinung nach sollten kleine Kinder überhaupt nicht ins Theater gehen, wenn solche Masken auftreten.«

Er lächelte; vor allem aus Stolz, doch ich sah darin auch eine gewisse Güte. Jetzt war er im Begriff, mich zu entlassen. Plötzlich überfiel mich der Gedanke, daß ich ihn nie wiedersehen würde. Wie ein Wahnsinniger rief ich: »Herr, erinnere dich, wie glücklich du in Athen gewesen bist. Jedermann dort hält deinen Namen in Ehren. Warum kommst du nicht in die Akademie zurück? Überlege, welche Freude das für Platon wäre!«

Er straffte sich, falls man das von einem Mann sagen kann, der sich gerade hielt wie ein Speer. Seine Brauen hoben sich; sekundenlang fand ich in dem alten, müden Gesicht den gebieterischen jungen Mann wieder, den ich in Delphi gekannt hatte.

»Für Platon? Gelaufen zu kommen wie ein Feigling, ohne etwas vollbracht zu haben, es sei denn, daß ich die Tyrannis in ein Chaos verwandelt hätte? Zurück zu Platon, der hier dreimal sein Leben für mich und meine Sache gewagt hat? Lieber wäre ich

nicht geboren, als aus der Schlacht zurückzukehren wie jemand, der seinen Schild weggeworfen hat.«
»Du sprichst wie Dion, und ich sehe ein, daß es so sein muß. Vergib mir, Herr. Doch da Kallippos glaubt, du seist in Gefahr, haben die Menschen nicht gar zu leicht Zutritt zu dir? Man hat mir keine Schwierigkeiten gemacht, ganz anders als in der alten Zeit.«
»In der alten Zeit? Das will ich hoffen. Wozu wäre ich sonst hier? Besser tot, bevor die Sonne niedergeht, als solch ein Leben!«
Er sagte noch ein paar Worte, versprach, mir den Brief für Speusippos am nächsten Tag zu übergeben, und dann entließ er mich. Ich ging mit dem Gedanken, daß ich ihn schließlich doch wiedersehen würde.
Ich schlenderte durch die Stadt, begegnete ein oder zwei Freunden und hörte, ein junger Schauspieler, dessen Begabung mir gerühmt worden war, habe nach mir gefragt. Es wäre schade gewesen, nicht mit ihm zusammenzutreffen, und so ging ich abends in die Theaterschenke.
Noch immer wurden Gäste aller Art bedient, doch es war nicht mehr der gemütliche Ort von ehedem. Der lange Tisch am Ende des Raumes war mit Soldaten besetzt, jungen Griechen, welche die Köpfe zusammensteckten und leise miteinander redeten. Sie wirkten wie kräftige, frühreife Lümmel. Als man mir meinen Wein brachte, stand einer von ihnen auf und ging hinaus. Ich erkannte Kallippos. Wenn diese Burschen irgendeine Torheit begangen hatten, würden sie es bald bereuen.
Sie tuschelten noch immer miteinander; da sie in Straßengewändern waren und ohne Waffen, dachte ich, daß im Augenblick nichts Schlimmes von ihnen zu erwarten wäre. Und doch waren sie Nachbarn, die mir wenig zusagten, und ich beschloß, nicht länger zu bleiben. Ich wollte gerade aufstehen, als ein Mann um die Fünfzig, der allein in einer Ecke gesessen hatte, zu mir herüberkam. »Nikeratos«, sagte er, »ich überlege die ganze Zeit,

ob ich dich begrüßen soll und ob du mich nach so langer Zeit überhaupt noch wiedererkennst.«
Er hatte ein gutes, freundliches, ein wenig verschwommenes Gesicht, das einmal schön gewesen sein mußte. Ich konnte mich nicht an ihn erinnern, doch da er mir gefiel, murmelte ich irgend etwas. »Nein, natürlich, das kannst du nicht«, fuhr er fort. »Du warst ja damals noch ein Kind und machtest in den Stücken, die dein Vater spielte, deine ersten Gehversuche. Aber ich hätte dich überall erkannt … Einmal, vor langer, langer Zeit, haben wir zusammen *Die Myrmidonen* gelesen.«
»Ariston!« rief ich und ergriff seine Hände. Es war, als begegnete ich einem Fremden. Unsere Liebe hatte ich vergessen wie einen Traum, doch all die Jahre hindurch hatte ich Dankbarkeit für ihn empfunden. Seine Güte war es, an die ich mich erinnerte.
Er erzählte mir, er sei ausgerechnet immer dann, wenn ich nach Syrakus kam, auf einer Rundreise gewesen. Doch das war sicher nicht wahr. Wahrscheinlich hatte er keine Arbeit gehabt und wollte sich die Vergangenheit nicht zunutze machen. Er war kein sehr guter Schauspieler. Sein Gewand war gestopft, er sah hungrig aus, doch er hatte seinen Becher Wein bezahlt, bevor er mich ansprach.
Sofort beschloß ich, mich um ihn zu kümmern, ihn nach Athen mitzunehmen und ihm Arbeit zu verschaffen, doch das konnte ich nur nach und nach machen, denn er war ein Mann von Selbstachtung. So sprachen wir denn von der Vergangenheit, während an dem langen Tisch die jungen Soldaten die Köpfe zusammensteckten oder laut auflachten, wie Knaben das tun, wenn sie einen bösen Streich vorhaben, bei dem ihnen nicht ganz geheuer ist.
Einmal schnappte ich einen Satz auf, an dessen genauen Wortlaut ich mich nicht entsinne, der aber in mein Denken eindrang: »Er wird in sein Haus gegangen sein.« Damit konnte jedermann in der Stadt gemeint sein. Ich weiß nicht, warum es mir auffiel.

Und doch war es so, und meine Aufmerksamkeit wandte sich von Ariston ab, lang genug, daß er es merkte. Das wollte ich nicht. Es lag mir fern, ihn zu kränken. Und so wandte ich mich ihm wieder zu und redete und lauschte und brachte ihn dazu, eine gute Mahlzeit mit mir zu teilen. Noch bevor wir fertig waren, verließen die jungen Griechen die Schenke.

Wir verabredeten, uns in Bälde wiederzusehen – ihn zu fragen, wo er wohnte, wäre taktlos gewesen –, und ich schlug den Weg zu meinem Gasthaus ein. Die Sonne senkte sich. Im Süden bricht die Nacht schnell herein; Rot wird, während man hinschaut, zu Violett. Ob es dieses merkwürdige Licht war oder die Worte, die ich erlauscht und nicht beachtet hatte und die sich jetzt in meinem Kopf regten, oder ob ein neuer Ton mich durch den Lärm der Stadt erreichte, das kann ich nicht sagen; doch mit einmal durchzuckte es mein Herz, und ich begriff. Ich hatte von Kallippos die Wahrheit gehört. Dion war es, den er belogen hatte.

Ich begann durch die Straßen in Richtung Ortygia zu laufen. Die Leute starrten mich an. Ich lief, wie ein Kind vor einem Schreckgespenst davonläuft, das sonst keiner sehen kann. Als der verbleichende Tag wie Blut in das Dunkel im Westen sank, wußte ich – ich lief aus der Gewißheit meiner Seele heraus, daß es zu spät war.

Schon drangen Schreie aus Ortygia herüber, pflanzten sich von Wachhaus zu Wachhaus fort. Auf dem Dach des Palastes stand ein Mann mit zwei Fackeln und gab seine Nachricht vor dem dunkelnden Himmel weiter.

Ich hielt inne und hoffte, meine Angst sei töricht gewesen, der Tumult müsse andere Gründe haben. Doch ich wußte es besser. Die Furcht war vorüber, ich empfand nicht einmal Kummer. Es war alles, was ihm geblieben war, wie ein König in der Tragödie zu sterben, auf purpurnem Boden zu der Axt hinter der Tür zu schreiten. Er war aus dem Gefängnis von Ortygia befreit, und

das auf die einzige Art, auf die er befreit werden konnte, bevor es sich für immer um ihn schloß. Man brauchte mir nicht zu sagen, daß er mutig gestorben war, wie ein Krieger gegen sie alle gekämpft hatte. Solange es möglich war, vergebens zu hoffen, hoffte ich, daß er nicht allein gekämpft hatte.
Es war mir kein Bedürfnis, in Syrakus zu bleiben und seine Leichenrede zu sprechen. Es war auch niemand da, der sie geschrieben hätte. Das war die Sache des alten Mannes in Athen, der sie vermutlich in seinem Herzen längst geschrieben hatte. Was mich betraf, nun, Kallippos würde keine Zeit daran vergeuden, sich um mich zu kümmern, einen eitlen Komödianten, der nichts im Kopf hatte als seine Rollen. Ich würde mit Ariston segeln, der gütig gewesen war, als Güte oder Grausamkeit noch die Macht besaßen, meine Seele zu formen, und ich würde darauf achten, daß er nicht hungrig oder einsam sterben müßte. Das, dachte ich, ist alles, was, wenn man es recht bedenkt, die meisten Menschen hoffen können, aus dem Gang der Geschichte zu retten.

24

Rund ein Dutzend Jahre sind seither vergangen. Ich bin nie wieder in Syrakus gewesen. Man sagt, daß auf den Straßen dort Gras wächst und daß es weniger Einwohner hat als irgendeine Landstadt in Attika. Tyrannenherrschaft war auf Tyrannenherrschaft gefolgt – die des Kallippos war so verhaßt, daß sie nur ein einziges Jahr dauerte –, und zeitweilig war sogar Dionysios zurückgekommen, um über das Elend zu herrschen. Schließlich hatte Korinth, die Mutterstadt, Mitleid mit ihrem unseligen Kind und hatte einen Feldherrn geschickt, anscheinend einen braven Mann. Er schob Dionysios wieder ab; ob er die Karthager loswerden kann, wissen die Götter. Unterdessen ist sein Glaube an die Menschen so stark, daß er Ortygia waffenlos gemacht hat; die Mauern dieser Raubtierhöhle liegen derzeit in Schutt und Asche.

Dionysios kam mit dem Leben davon. Mehr nicht. Heute ist er ein Niemand, führt eine Knabenschule in Korinth und kauft sich selber auf dem Markt sein Essen. Das letzte Mal, als ich dort auftrat, kam er hinter die Szene, um mich zu begrüßen. Die Götter erwiesen ihm eine fragwürdige Gunst, denn er kann es sich nicht leisten, sich ins Grab zu trinken, und wird bloß dick. Noch immer hält er sich für einen Fachmann in Sachen Drama, und so blieb er eine Weile, bis angesehenere Bürger kamen und ihn unterbrachen.

Abgesehen von Korinth, das ein Interesse daran hat, verschwendet kaum jemand einen Gedanken an Syrakus. Allzu vieles geschieht heute in Griechenland, wo Philipp von Mazedonien nach Süden drängt und sich überall einmischt. Keiner hat Zeit, sich um eine entlegene Insel voll von streitenden Banditen zu kümmern, mag ihr Ruhm in der Vergangenheit auch noch so groß gewesen sein. Vermutlich werden sich dann und wann ein paar hundert Menschen in dem großen Theater versammeln. Aber alle guten Schauspieler sind längst ausgewandert.

Griechenland bietet uns reichlich Arbeit. Man sagt, daß die Technik noch nie so weit fortgeschritten war, obgleich es andererseits lange her ist, daß ich ein gutes Stück gelesen habe. Die großen Erfolge sind fast alle Wiederaufnahmen, die wir irgendwie in neuem Licht darzubieten bestrebt sind oder zum mindesten mit einem Glanz spielen, der der gewaltigen Toten würdig ist.

Thettalos und ich bewohnen noch immer das Haus am Fluß und machen dann und wann auch eine Rundreise zusammen. Wir haben jetzt unsere eigene Art und stimmen durchaus nicht immer überein, doch keiner von uns kann sich vorstellen, lange ohne den andern zu leben.

Im Frühling dieses Jahres waren wir fast immer zusammen. Er wurde bei den Dionysien bekränzt und gab ein Fest, von dem man, wie immer von seinen Festen, noch das ganze Jahr reden wird. Dann ging er nordwärts nach Pella. Heutzutage kann keiner, der im Theaterleben beachtet werden will, lange von Pella fernbleiben. Dort sind Schauspieler so geachtet, daß wir sie sogar als Gesandte hinschicken.

Thettalos hatte viel Freude an seiner Rundfahrt und kehrte, neben seiner Bezahlung, mit schönen Geschenken zurück. Er erzählte mir, er sei der Königin Olympias vorgestellt worden und sei ganz betroffen gewesen, als er sah, daß sie mit zahmen Schlangen bekränzt war; sie hätten sich aufgerichtet und ihn angezischt. Philipps Gemahlin war ihm wie eine Gestalt aus den *Bakchen* vorgekommen. Langweilig war es in Pella nie. »Und außerdem«, er seufzte und schüttelte den Kopf, »bin ich verliebt.

Ich habe mein Herz für immer verloren. Ich werde nie wieder derselbe sein.«
An diese Erklärung war ich gewöhnt, auch daran, ihn aus jedem Ungemach herauszureißen, das dahinterstecken mochte, und so sagte ich, hoffentlich handle es sich diesmal nicht um die Frau eines Feldherrn. Ich war ganz erleichtert, als ich hörte, es sei ein Knabe, und fragte ihn, ob er den schönen Blonden nach Athen mitgebracht habe. Er schüttete sich aus vor Lachen, und als er wieder sprechen konnte, sagte er: »Nein, ich hatte Angst vor seinem Vater.«
Da Mazedonien voll von gewalttätigen Räubern ist, lobte ich seine Klugheit. Er setzte hinzu: »Und mehr noch vor seiner Mutter, aber am meisten vor ihm selbst.« Ich hob die Brauen und wartete. »Nein«, fuhr er fort. »Du bist ja nächsten Monat in Pella und kannst ihn selber sehen.«
»Ausgezeichnet. Und wie heißt er?«
»Du wirst es wissen, wenn du ihn siehst. Er läßt nie eine Aufführung aus.« Mehr wollte er nicht erzählen, doch ein wenig später fragte er: »Warum spielst du nicht, wenn du nach Pella gehst, *Die Myrmidonen*?«
»Mein Lieber«, erwiderte ich, »ich glaube, es ist an der Zeit, daß ich die Maske des Achilles aufgebe. Ich habe die Fünfzig hinter mir; aber es ist nett von dir, daß du das vergißt.«
»Unsinn! Du trägst eine junge Maske so gut wie eh und je. Wenn du dich lächerlich machen würdest, wäre ich der erste, der es dir sagte. Das weißt du sehr gut. Tu's, solange du kannst. Du bist ein prächtiger Achilles! Gib den Leuten etwas, woran sie sich erinnern können.«
Ich war gerührt und erfreut; denn es stimmte – in dieser Frage hätte er nicht zu lügen vermocht. Dann sagte ich: »Warum aber *Die Myrmidonen*?«
»Nun, seit etwa zehn Jahren sind sie dort nicht mehr gespielt worden. Die neue Generation kennt sie nicht.«

»Thettalos! Ich glaube, du willst das alles nur, um deinem jungen Freund zu gefallen.«
»Meinem ...?« Er schaute mich an, lachte und sagte dann: »Ach, da schmeichelst du meinen kühnsten Hoffnungen. Aber es ist wahr. Er möchte das Stück sehen. Ich hätte es selbst gespielt, wenn in Pella ein Manuskript aufzutreiben gewesen wäre.«
»Hätte er dir nicht seines leihen können?«
»Er hat nie eines gehabt. Er weiß nur, daß es an die *Ilias* anschließt, die er zum größten Teil auswendig kann.«
»Nun, das ist schon etwas! Deine letzte Flamme hat ja nicht einmal lesen können. Ich hätte wirklich Lust, es aufzuführen, wenn es dort so lange Zeit nicht gespielt worden ist. Es würde mir Spaß machen.«
»Schön. Ich verspreche dir, daß du es nicht bereuen wirst. Aber laß deinen dritten Mann als Apollo fliegen. Ich kann dich nicht entbehren, mein lieber Niko. Und der Kranführer trinkt.«
»Ich habe den Apollo nie gespielt, mit Ausnahme jenes einzigen Males in Delphi, gewissermaßen als Opfergabe für den Gott.«
Ich verstummte. Ich dachte an den Krieg, der dort herrschte, an das Heiligtum, dessen Gold geraubt worden war. Nichts ist in unserer Zeit heilig.
Nach einer entsprechenden Vorbereitung führte ich meine Truppe nach Pella, das uns, wie immer, begierig empfing. Man ist jetzt schon daran gewöhnt, daß die Schauspieler vor der Aufführung früh zu Bett gehen, statt bis zum Morgengrauen zu trinken.
König Philipp hatte das Theater des Königs Archelaos ausschmücken lassen; es war an nichts gespart worden. Der Kranführer war nüchtern. Unmittelbar vor meinem Auftritt berührte ich, wie ich das immer tue, die Maske Apollos. Ich trage sie nicht mehr, denn niemand würde das begreifen, aber ich nehme sie überallhin mit, damit sie mir Glück bringt. Der Gott sah ernst, aber friedlich drein. Ich glaubte, ihn sagen zu hören: ›Heute

mußt du gut sein, und zwar aus einem ganz bestimmten Grund. Aber sei nur ganz ruhig, ich werde schon für dich sorgen.‹ Vor dem Spiel war ich schwankend gewesen, aber das legte sich, als ich begann, und ich glaube nicht, daß ich jemals besser gewesen bin. Am Schluß des Stücks dachte ich: Ich darf es nie wieder tun. Aus Angst, die Götter zu versuchen.

Im Ankleideraum drängten sich die üblichen Besucher. Ich war noch in meinem Kostüm, als an der Tür eine Bewegung entstand und die Menge links und rechts zurücktrat wie Komparsen, wenn ein Protagonist auftritt.

Da stand ein Knabe von etwa vierzehn Jahren, dessen feuergoldenes Haar locker über der Stirn lag und ihm in den Nacken fiel. Alle Mazedonier haben blaue Augen, jedoch nicht *so* blau. Ein halbes Dutzend anderer Jünglinge, ungefähr in seinem Alter, stand hinter ihm. Als ich sah, daß keiner von den anderen sich vordrängte, erriet ich, wer er war.

Er ließ den Blick durch den Raum schweifen, kam näher und fragte: »Wo ist Achilles?«

Es ist ein großes Theater; selbst von der ersten Reihe ist es noch sehr weit bis zur Bühne. »Hier, Herr«, sagte ich.

Er blieb stehen und sah mich an. Seine Augen waren groß und wirkten darum noch blauer. Es tat mir leid, daß ein so schöner Knabe enttäuscht sein sollte: in seinem Alter erwartet man immer, daß das Alter des Schauspielers der Maske entspricht. Vermutlich fehlten ihm die rechten Worte, aber er sagte ruhig: »Das ist höchst wunderbar. In deiner Seele muß ein Gott wohnen.«

Ich verdarb die Sache nicht dadurch, daß ich ihm sagte, ich sei froh, noch meine Zähne zu haben. »Ich hatte einen guten Vater«, erwiderte ich, »und konnte jung anfangen, Herr. Und seither habe ich nicht aufgehört zu üben.«

»So bist du also immer, dein ganzes Leben lang, Schauspieler gewesen?« Als ich das bejahte, nickte er, als befriedigte ihn diese

Antwort. »Und du hast es immer verstanden!« Er stellte mir noch ein oder zwei Fragen über die Technik des Berufs, die von großem Sachverstand zeugten. Ich merkte, daß er mit Thettalos gesprochen hatte. Jetzt sah er sich um und sagte zu den Besuchern: »Ihr könnt gehen!«
Sie drängten hinaus. Als seine Begleiter folgen wollten, packte er einen von ihnen beim Arm. »Du bleibst, Hephaistion!« Der hochgewachsene Bursche trat neben den Prinzen, sein Gesicht leuchtete. »Die anderen sind Gefährten des Prinzen, aber wir beide sind Hephaistion und Alexander«, sagte er.
»So war es«, ich lächelte ihnen zu, »im Zelt des Achilles.«
Er nickte. Das war ein Gedanke, der ihm geläufig war. Er trat näher und berührte meine dürftige Bühnenrüstung, um zu sehen, wie sie gemacht war. Auf seinem Arm, von einem breiten, goldenen Band halb verdeckt, war eine lange Narbe. Man hätte an eine Verwundung in der Schlacht denken können, wenn er nicht so jung gewesen wäre. Sein Gesicht war ein wenig länger, als die Bildhauer es gewöhnlich formen. Die Haut war hell, leicht gerötet, ein wenig sonnenverbrannt. Er wirkte munter und herzlich. Ein angenehm frischer Duft umgab ihn, doch nicht von Badeessenzen, sondern es hatte mit ihm selbst zu tun – köstlich wie der Duft einer Sommerwiese. Ich hätte ihn gern an mich gezogen, um die Wärme zu spüren, die von ihm ausging, aber ebensogut hätte ich eine Flamme berühren können oder einen Löwen.
Er bemerkte, daß wir jetzt allein im Raum waren, und sagte: »Ich habe dir etwas zu sagen. Du sollst der erste sein, der es hört. Eines Tages werde ich am Grab des Achilles ein Opfer darbringen. Hephaistion wird für Patroklos opfern. Das ist ein Eid, den wir geleistet haben.«
Gute Nachricht, dachte ich, wenn König Philipp vorhat, sich ostwärts zu wenden! »Das ist in Persien, Herr«, sagte ich.
»Ja.« Er sah überlegen drein wie Apollo unter den Lapithen.

»Und wenn wir dort sind, kommst du und spielst *Die Myrmidonen.*«
Ich schüttelte den Kopf. »Selbst wenn das bald geschehen sollte, werde ich zu alt dafür sein.«
Er sah mich prüfend an, als wollte er die Zeit berechnen. »Vielleicht«, meinte er. »Aber ich wünsche deine Stimme in der Ebene von Troja zu hören. Kein anderer wird dir gleichen. Und so, wenn ich dich bitte, wirst du kommen?«
Als wäre ich über die Straße zum Abendessen eingeladen worden, antwortete ich: »Ja, Herr, ich komme.«
»Das wußte ich. Du begreifst diese Dinge. Und es gibt eine Frage, die ich dir stellen möchte.«
Irgend jemand räusperte sich auf der Schwelle. Ein kleiner, adrett gekleideter, dünnbeiniger Mann mit einem Philosophenbart trat ein. Unzufrieden sah er den Knaben an, wie eine Henne, die ein Adlerei ausgebrütet hat. Der Knabe erwiderte den Blick, dann sah er mich an, als wollte er sagen, man müsse die Menschen nehmen, wie sie sind. »Nikeratos«, sagte er dann, »ich möchte dir meinen Lehrer vorstellen, Aristoteles. Oder hast du ihn vielleicht schon in Athen kennengelernt?«
Es war offenbar, daß dieser sich nicht erinnerte, und noch offenbarer, daß er nicht den geringsten Wert darauf legte, einem Schauspieler vorgestellt zu werden. Daraus war ihm kaum ein Vorwurf zu machen. Ich hatte gehört, daß er die Akademie verlassen hatte, vor allem aus Mißfallen darüber, daß Speusippos zum Leiter bestellt worden war. Daß er hier war, hatte ich nicht gewußt.
Der Knabe verdrängte unbefangen all das und sagte zu mir: »Eines gibt es in der *Ilias*, was ich nie verstanden habe. Ich hoffte, das Stück könnte mir das erklären. Warum hat Achilles nicht gleich zu Beginn den Agamemnon getötet? Dann hätten Patroklos und die anderen Helden nicht sterben müssen. Hast du eine Ahnung, warum sich das so abgespielt hat?«

»Weil Athene zur Vorsicht riet. Agamemnon war der mächtigere König. Und er war der höchste Befehlshaber.«
»Aber was für ein Feldherr! Er vergeudete das Leben seiner Leute. Wirklich geführt hat er sie nicht. Er beraubte seinen besten Unterführer, um eine Schuld zu begleichen, die er selber auf sich geladen hatte. Und er hätte um Verzeihung bitten sollen. Mit einem albernen Befehl verschuldete er einen Rückzug, und dann konnte er seine Leute nicht wieder in die Hand bekommen; das mußte Odysseus tun. Kannst du dir etwas Schmählicheres vorstellen? Der oberste Befehlshaber! Nicht einmal einem thrakischen Viehraub konnte er Einhalt tun. Ich vermag mir nicht vorzustellen, warum Achilles ihn nicht getötet hat. Das war er den Griechen schuldig. Sie kannten ihn. Sie wären ihm alle gefolgt und hätten dem Krieg ein Ende gemacht. Keinem anderen als Agamemnon ist es zu verdanken, daß dieser Krieg zehn Jahre dauerte. Sie hätten Troja binnen zweier Winter erobern müssen.«
Aristoteles trat von einem Fuß auf den anderen und versuchte, den Prinzen fortzulocken, ohne ihm geradezu zu sagen, er solle kommen, denn wenn der Prinz nein gesagt hätte, wäre das für die Stellung des Lehrers ein harter Schlag gewesen. Ich sah, daß der Knabe das begriff, doch nicht nach Knabenart, sondern wie ein Erwachsener. Ich glaube auch, daß es ihn erheiterte, doch nicht lang genug, um ihn von seinen Gedanken abzulenken.
»Hätte Achilles Troja erobert, so glaube ich nicht, daß er es zerstört hätte, jedenfalls nicht, wenn Patroklos noch am Leben gewesen wäre. Allerdings – wäre Patroklos gefallen – dann ja! Es war so eine Vergeudung! Die Trojaner waren gut und tapfer, sie hätten mit den Griechen zusammen ein großes Königreich schaffen können. Bedenke nur, wo Troja lag! Und all die Schiffe, die nie benutzt wurden! Achilles hätte eine der Töchter des Priamos heiraten können. Nie hätte er sich so entwürdigt, daß er diese königlichen Frauen zu Sklavinnen gemacht hätte, des-

sen bin ich sicher.« Er blickte an mir vorbei und sah das alles vor sich. Seine Glut versengte mich beinahe. Und doch sprach er mit ausgezeichneter Betonung die Verse:

»›Singe, o Göttin, den Zorn des Peleiden Achilleus,
Ihn, der entbrannt den Achaiern unnennbaren Jammer
   erregte
Und viel tapfere Seelen der Heldensöhne zum Hades
Sendete, aber sie selbst zum Raum darstellte den Hunden
Und dem Gevögel umher ...‹

Doch es war nicht sein Zorn. Er erkannte nicht, was er zu tun hatte.«

Mit seinem langen Haar, in der Art, wie man es auf den archaischen Standbildern sieht – Mazedonien ist voll von solchen alten Gebräuchen –, wirkte er wie der Heldenjüngling aus einer alten Sage, auf die Stimme eines Geliebten lauschend, der auch ein Gott ist. Aristoteles hüstelte. Gelassen entzog sich der Knabe seinen Eingebungen. Er sagte: »Aber Achilles mußte irgendeinen Grund gehabt haben. So lange ist das her, zwölf Generationen von Menschen, heißt es. Der wahre Grund ist wohl vergessen worden.«

Aristoteles streckte die Hand aus und zupfte an Hephaistions Tunika. Der junge Prinz sah sich wie zufällig um und erwischte ihn dabei. »Wir müssen gehen«, sagte er wie jemand, der einen Hund für dessen Kunststücke belohnt. Doch er blieb immer noch bei mir stehen. Damit wollte er wahrscheinlich seinen Lehrer necken. »Sooft ich die *Ilias* las«, fuhr er fort, »habe ich versucht, Achilles eine Stimme zu geben, aber ich habe immer nur meine eigene gehört. Jetzt wird er deine Stimme haben. Es ist ein großes Geschenk, das du mir gemacht hast!«

Während ich nach einer Antwort auf diese Rede suchte, zog er von seinem Arm das große, schwere Band aus mazedonischer

Goldarbeit, eine dreifach gewundene Schlange mit Augen aus Rubinen und überaus sorgfältig gefertigten Schuppen. Er nahm meine Hand und legte es mir an. In seiner Berührung lag soviel Lebenskraft, daß gleichzeitig mit dem warmen Gold mein ganzer Arm zu entflammen schien. »Dies zur Erinnerung!« sagte er. Ich dachte, er meinte die Gabe, doch er umfaßte meine Schultern und küßte mich auf den Mund. Dann legte er den Arm um Hephaistion, und sie verließen den Raum, gefolgt von dem Philosophen.

Nachdem ich nach Athen zurückgekehrt war, begab ich mich am nächsten Morgen in die Akademie. Niemand war zu sehen; ich hatte diese frühe Stunde gewählt, da alle an der Arbeit waren. Die Myrte auf Platons Grab wächst hoch und kräftig, und der Marmor hat einen wundervollen Glanz.
Der Hain war grün. Doch vor meinem geistigen Auge sah ich die weißen Hänge des Ätna, die titanischen Lavablöcke schwarz auf Schneefeldern und das Schneelicht in jenen blauen Augen, verzückt und aufmerksam.
Wie eine Flamme wird er durch die Welt wandern, wie ein Löwe. Wird suchen und niemals finden, wird nie wissen – denn er wird immer nur vorwärts blicken und nie hinter sich –, daß, während er noch ein Kind war, die Dinge, die er sucht, aus der Welt entschwunden sind, abgenutzt und verbraucht. Wie ein Löwe wird er seiner Nahrung wegen jagen und sich zufriedengeben mit dem, was er findet. Wie ein Löwe wird er manchmal zornig sein. Immer wird er geliebt werden, doch nie die Liebe kennen, die ihm gefehlt hat.
Keiner wollte für Dion kämpfen, als er, wie seine eigene Seele es sah, sein Leben für die Gerechtigkeit hingab. Doch für diesen Knaben wird man sterben, ob er im Recht ist oder im Unrecht. Er braucht die Menschen nur mit seinem blauen Feuer anzusehen und zu sagen: »Meine Freunde, ich glaube an euch!« Wie

viele von uns – Thettalos vermutlich und ich selber – werden diesem goldenen Daimon folgen, wohin er uns auch ruft, um ihm Götter und Helden zu zeigen, unsere Kunst an seinen Träumen zu entzünden und seine Träume an unserer Kunst, nach Troja, nach Babylon oder ans Ende der Welt, wo wir unsere Gebeine in den Städten der Barbaren lassen? Er braucht nur zu rufen.
Ich entsann mich, wie ich vor meinem Auftritt in Pella die Maske berührt hatte; es sollte mir Glück bringen. Und der Gott hatte anscheinend zu mir gesagt: ›Sprich für mich, Nikeratos. Irgendeines Menschen Seele lauscht.‹ Irgendeine Seele vermutlich immer, wenn man nur wüßte, wessen. Platon hatte das nie vergessen.
Ich saß neben dem Grab und streifte das goldene Band von meinem Arm, das ich fast ununterbrochen trage; die meisten Menschen sehen darin eine Eitelkeit, doch nicht Thettalos, obgleich er mich auslacht. Der Marmor war sonnenwarm und von Schatten gesprenkelt. Ich legte das Gold darauf, als könnte es sprechen und als legte ich eine Hand in eine andere.
Alle Tragödien handeln von schicksalhaften Begegnungen; wie anders sollte ein Stück entstehen? Das Schicksal teilt seine Schläge aus, Schuld wird gesühnt oder in Freude verwandelt, da ist Tod oder Triumph, da hat eine Begegnung stattgefunden – und eine Wandlung. Undenkbar, daß jemand eine Tragödie schreiben könnte – und das ist gut so, wie würde man sie sonst ertragen –, deren Tragik darin besteht, daß die Hauptgestalten einander nicht begegnen.

Nachwort der Verfasserin

Nikeratos ist eine erfundene Gestalt. Die Schriften, welche die Sieger bei den dramatischen Festspielen in Athen verzeichneten, sind nur in Bruchstücken auf uns gekommen, und wenige beziehen sich auf die Zeit, in der unsere Geschichte spielt; der Name des Protagonisten in *Hektors Loskauf* wurde uns nicht überliefert, und es ist auch nicht bekannt, wer die Schauspieler waren oder was sie taten, als die verbannten Oligarchen von Phigalia das Theater stürmten. Beide Ereignisse werden von Diodorus Siculus berichtet, ebenso die Geschichte von dem Chorsänger, der im Jahre 368 v. Chr. Dionysios d. Ä. die Nachricht von seinem verhängnisvollen Sieg brachte.

Thettalos und Theodoros sind in den Listen der Sieger verzeichnet, und es gibt literarische Hinweise auf ihre Begabung und ihren Ruhm. Die Gestalt des Thettalos habe ich einem höchst gefährlichen Abenteuer entnommen, das er im Jahre 338, vier Jahre nach Ende unserer Geschichte, im Auftrag des jungen Alexander unternahm. Während einer der häufigen mazedonischen Familienfehden wollte Alexander, um dynastische Pläne seines Vaters zu durchkreuzen, einen Ehekontrakt mit der Tochter des Satrapen von Karien abschließen. Thettalos hatte mit dieser geheimen Mission Erfolg, bis Philipp hinter die Sache kam. Der Arm des Königs reichte weit, und er ließ Thettalos in Ketten von Korinth herbeibringen, begnadigte ihn aber offenbar später. Es ist unwahrscheinlich, daß Thettalos unter solchen Umständen von dem achtzehnjährigen Prinzen einen im Verhältnis zu den Gefahren stehenden Lohn erwartet haben könnte. Doch daß er die Gefahr auf sich nahm, ist bedeutungsvoll für beide.

Theodoros war einer der größten griechischen Schauspieler. Wie alle anderen Schauspieler seiner Zeit mußte er seinem Publikum in Männerrollen gefallen, doch seinen Ruhm erwarb er sich als Darsteller tragischer Heldinnen. Als er vor Alexander von Pherai die Merope verkörperte, mußte der blutdürstige Räuberhauptmann das Theater verlassen, um nicht in Tränen gesehen zu werden.
Es ist wichtig, sich in Erinnerung zu rufen, daß die grimassenschneidenden flachen Masken von Tragödie und Komödie, heute ein Klischee kommerzieller Kunst, keinerlei Beziehung zu irgend etwas haben, das auf der griechischen Bühne getragen wurde. Die Masken bedeckten den ganzen Kopf, und dazu gehörten auch Perücken, die auf Stoff befestigt waren – nur die Vorderseite war aus festem Material. In griechisch-römischen Zeiten, als die Theater größer wurden und der Geschmack verfiel, wurden die tragischen Masken grotesk vergrößert und stilisiert, während der Schauspieler selbst ausgestopft und auf Kothurne gestellt wurde, damit er größer und mächtiger wirkte. Da der Hals sich jedoch nicht entsprechend strecken ließ, war die Gesamtwirkung zunehmend häßlicher und banaler. Doch im fünften und vierten Jahrhundert folgten die Masken dem damaligen Stil der Bildhauerei, der die Natur idealisierte oder überbetonte; nach den wenigen erhaltenen Darstellungen waren sie offenbar von großer Subtilität, Vielseitigkeit und oft auch Schönheit. Der Mund war nicht, wie bei späteren Masken, einfach ein großes, schmerzliches Loch, sondern leicht geöffnet wie beim Sprechen.
Kein Teil des griechischen Lebens ist Thema so vieler gelehrter Untersuchungen gewesen wie die Technik des Theaters. Die literarischen Schilderungen sind später entstanden und oft widersprüchlich, die zeitgenössischen Hinweise beiläufig. Wenn man einen Roman schreibt, muß man sich zwischen widersprüchlichen Theorien über Dinge wie die Form und Verwen-

dung der Maschinen oder die Höhe der Bühne oberhalb der Orchestra entscheiden. Sicher ist jedoch, daß drei Männer sämtliche Sprechrollen in jeder Tragödie spielten, der Komparse hingegen, sofern es einen gab, immer nahezu oder gänzlich stumm blieb und daß die Schauspieler irgendwie die gebotene erstaunliche Wandlungsfähigkeit aufbrachten. Eine Anekdote berichtet von einem Schauspieler, der so in seine Stimmübungen vertieft war, daß er sein Stichwort versäumte.

Zu Beginn des dritten Jahrhunderts waren die Schauspieler in Gilden organisiert, die ihren Sitz in den großen Städten hatten. Diese Gilden veranstalteten die Rundreisen. Das vierte Jahrhundert muß eine Übergangsperiode gewesen sein, in der sehr viel mehr dem Unternehmungsgeist des einzelnen überlassen war. Ich war auf Vermutungen angewiesen, was die Arrangements betrifft, die die Schauspiel-Direktoren jener Zeit für sich selbst getroffen haben mögen. Daß sie auch im diplomatischen Dienst verwendet wurden, ist hinlänglich bezeugt.

Während der ganzen klassischen Periode leisteten die Schauspieler – mochten sie auch ein noch so ausschweifendes Privatleben führen – ihre Arbeit gleichsam als religiösen Ritus im Dienst des Dionysos oder eines anderen Gottes, dem die jeweilige Tragödie geweiht war. Aus diesem Grund waren sie auch vom Kriegsdienst befreit. Platons Besorgnis, was den Inhalt der Stücke angeht, sollte man gerechterweise nicht als eine Zensur der Ideen betrachten. Sie ist vielleicht eher dem Wunsch des aufgeklärten Christen vergleichbar, der aus der Liturgie die Stellen vom Zähneknirschen der Bösen in den Flammen der ewigen Verdammnis getilgt sehen möchte.

Die tiefe politische Enttäuschung der Zeit fand ihren geistigen Ausdruck in der Suche nach idealen Gesellschaftssystemen. Historisch ist sie in der Erscheinung Alexanders des Großen verkörpert. Um das zu begreifen, braucht man nur an das jahrelange Elend des Peloponnesischen Krieges zu denken, braucht man nur die Reden der Politiker des vierten Jahrhunderts zu studieren. Die kleingeistigen, eitlen und unehrenhaften Anwürfe, zu denen selbst ein Demosthenes sich im öffentlichen Streit hinreißen ließ, muß man gelesen haben, um sie zu glauben; und sie wurden nicht etwa von irgendwelchen Feinden veröffentlicht, sondern vom Verfasser selbst, nachdem er sie sorgsam ausgefeilt hatte.

Bei der Geschichte des Dion habe ich mich hauptsächlich auf Plutarch gestützt, der zu vielen, inzwischen verlorengegangenen Quellen Zugang hatte, so zu den Berichten des Timonides und der Geschichte des Philistos. Über Platons zweiten und dritten Besuch in Syrakus berichtet uns Platon selbst. Fast alle heutigen Gelehrten sehen den dritten und den ungemein wichtigen siebenten Brief als authentisch an; das Persönliche, das in beiden Texten durchklingt, ist höchst überzeugend.

Axiothea und Lasthenia werden von Diogenes Laertius als Schüler Platons genannt. Über ihr Leben oder über ihren Charakter berichtet er uns nichts, außer daß sie nach Platons Tod ihr Studium an der Akademie unter Speusippos fortsetzten und daß Axiothea »Männerkleidung getragen haben soll«.

Zehn Jahre nach Dions Tod im Jahre 354 v. Chr. wandten sich die Syrakusaner an Korinth um Hilfe gegen die wiedererwachte Tyrannis des Dionysios und gegen die von Karthago drohende Gefahr. Timoleon wurde mit einer kleinen Streitkraft ausgesandt. Seine Geschicklichkeit, sein Glück und seine gediegene Redlichkeit verhalfen ihm innerhalb weniger Jahre zum Erfolg. Unter seiner väterlichen Führung genoß die Stadt zwei friedliche, glückliche Jahrzehnte, ehe der Zyklus von Demagogie und Tyrannis abermals begann. Die Verfassung des Timoleon scheint eine begrenzte Demokratie mit eingeschränktem Stimmrecht gewesen zu sein; nach den Ehrungen zu urteilen, die ihm zu seinen Lebzeiten und auch nach seinem Tode noch erwiesen wurden, muß sie die Bürger wohl befriedigt haben.

Um Dions Fehlschlag gerecht zu beurteilen, muß man bedenken, daß Timoleon es mit einer ganz anderen Bevölkerung zu tun hatte. Die Syrakusaner waren durch Krieg, Entbehrung und Flucht derart dezimiert worden, daß eine der ersten Maßnahmen Timoleons darin bestand, mit Zustimmung der Bürger zur Stärkung der Stadt neue Siedler heranzuziehen. Nicht weniger als 60 000 folgten seinem Ruf (eine Zahl, die nur die Männer berücksichtigt, nicht aber deren Familien), von denen viele Tausende aus Korinth oder anderen stabilen Gemeinschaften kamen. Wenn das Gebiet von Syrakus so viele Zuwanderer verkraften konnte, dann muß die Bevölkerung der Stadt schon sehr zusammengeschmolzen gewesen sein.
Es besteht keine wirkliche Parallele zwischen dieser Epoche der syrakusanischen Geschichte und den Einrichtungen irgendeines heutigen Staates. Christentum und Islam haben die ethischen Wertvorstellungen der Welt unwiderruflich verwandelt. Der Philosoph Heraklit sagte, daß man nicht zweimal in denselben Fluß hineinsteigen könne. Der ständige Strom der menschlichen Natur wird von dem Land, über das er hinfließt, geformt und bildet immer neue Untiefen, Wirbel, Wasserfälle und Weiher. Vielleicht beruht der einzige wirkliche Wert der Geschichte in der Betrachtung dieses endlos wechselnden Spiels zwischen dem Wesentlichen und dem Zufälligen.

Äschylos' Tragödie Die Myrmidonen *ist verlorengegangen bis auf ein paar wenige Passagen, die wir als Zitate aus Werken anderer Autoren kennen und die ich hier teilweise benutzt habe. Von den zahlreichen Stücken der drei großen Tragödiendichter ist uns nur ein Bruchteil erhalten geblieben. Andere Dichter, die zu ihrer Zeit so hoch eingeschätzt wurden, daß sie beim Wettstreit den Sieg über diese Meister davontrugen, sind heute überhaupt nur noch dem Namen nach bekannt – ihr gesamtes Werk ist verschollen. Im Roman erwähnte Stücke sind darum zum Teil erfunden.*